25 HISTOIRES D'AMOUR

DU MÊME AUTEUR

WATER MUSIC, Phébus, 1988.

LA BELLE AFFAIRE, Phébus, 1991. Seuil, 1993.

AU BOUT DU MONDE, traduit par Jef Tombeur, Grasset, 1991.

SI LE FLEUVE ÉTAIT WHISKY, traduit par Robert Pépin, Grasset, 1992.

L'ORIENT, C'EST L'ORIENT, traduit par Robert Pépin, Grasset, 1993.

AUX BONS SOINS DU DOCTEUR KELLOGG, *La route de Wellville*, traduit par Robert Pépin, Grasset, 1994.

HISTOIRES SANS HÉROS, *nouvelles*, traduit par Robert Pépin, Grasset, 1996

AMÉRICA, *roman*, traduit par Robert Pépin, Grasset, 1997.

RIVEN ROCK, *roman*, traduit par Robert Pépin, Grasset, 1998.

T.C. BOYLE

25 HISTOIRES D'AMOUR

traduites de l'américain par

ROBERT PÉPIN et JEF TOMBEUR

BERNARD GRASSET
PARIS

L'édition originale de cet ouvrage a été publiée par Viking Penguin aux USA, en 1998 sous le titre :

STORIES

Toutes les nouvelles sont traduites de l'américain par Robert Pépin, à l'exception de « Ike et Nina », « Caviar », et « Sérieusement secoué », traduites de l'américain par Jef Tombeur avec la collaboration de Cécile Bloch-Rodot.

Dédié à mes directeurs de collection :

Bill Buford, Dan Halpern, Lewis Lapham,
Charles McGrath, George Plimpton,
Alice K. Turner et Robley Wilson, Jr.

« L'instinct l'a emporté. »

Bob Marley
in « I Shot the Sheriff [1] *»*

1. « J'ai abattu le shérif ». *(N.d.T.)*

La poudreuse fatale

Cent sept qu'il y en avait, de tous les âges, de toutes les formes et de toutes les tailles, des vingt-cinq-trente ans habillées de robes qu'on aurait cru coupées dans du film alimentaire à deux ou trois qui, plus anciennes, solidement charpentées et vêtues de pantalons, auraient pu être mères, — mères de types déjà mûrs, avec bouc et bossant au McDonald, s'entend. J'étais censé les accueillir quand elles descendraient de l'avion de Los Angeles, — moi et Peter Merchant dont l'agence de voyages avait organisé tout ce week-end en partenariat avec une firme de Beverly Hills. Il y avait aussi deux ou trois autres mecs, des qu'en voulaient comme J.J. Hôtel, et le mauvais élément, savoir plus précisément Bud Withers, qui n'avait aucune envie de cracher les cent cinquante dollars exigés pour le buffet, la fête « Malibu Beach » et la vente aux enchères après. Tous espéraient quelque chose du genre gratis, mais j'étais là pour faire tampon et m'assurer que rien de tel ne se produirait.

Peter était tout sourires lorsque, nous portant à la rencontre de la première nana, Susan Abrams, d'après son badge, nous nous écriâmes en chœur « Bienvenue à Anchorage, terre du grizzly et de l'homme au grand cœur ! ». Oui, bon, c'était assez bébête (l'idée était de Peter, pas de moi), et je me sentis un peu idiot lorsque je me retrouvai devant les premières (elles avaient

Titre original : « Termination dust », publié par *Playboy*. Traduction de Robert Pépin, 1996.

le regard dur, des *divorcées*[1] à tous les coups, peut-être même des secrétaires juridiques, voire des avocates, il n'aurait plus manqué que ça), mais lorsque je découvris la petite aux yeux couleur fonte des glaces au cinquième ou sixième rang, je commençai vraiment à reprendre courage. Son badge avait été calligraphié à la main et non pas imprimé à l'ordinateur comme tous les autres et ça, ça me titillait, le soin que ça supposait... Je lui serrai la main, lui lançai « Bonjour, Jordy, bienvenue en Alaska » et lui tendis un petit bouquet à porter à la boutonnière de son corsage.

Elle avait l'air un peu hébété, mais j'attribuai la chose au voyage, aux petits verres et à l'atmosphère de fête qui avait dû régner dans l'avion, — cent sept femmes qui s'en allaient passer le week-end de Labor Day dans un Etat où on ne comptait pas moins de deux hommes libres par femme ! Mais je me trompais du tout au tout. Il s'avéra que c'est à peine si elle avait bu un verre de chablis. Ce que je prenais pour de la confusion, de la léthargie, à vous de choisir, n'était autre que de l'étonnement. Comme je devais l'apprendre plus tard, ce pays l'attirait depuis toujours, — livres et rêves, elle y pensait depuis son enfance qu'elle avait passée à Altadena, Californie, à deux pas du stade du Rose Bowl. Amoureuse des livres, — elle enseignait l'anglais —, elle s'était coincé une nouvelle édition reliée cuir de haute qualité des *Hauts de Hurlevent* sous le bras avec lequel elle portait sa valise et son sac de voyage. Je lui donnai la petite trentaine.

— Merci, me répondit-elle d'une voix chuchotante qui me renvoya aussi sec à mes treize ans, puis elle cligna de ses yeux couleur fonte des neiges pour bien s'imprégner de mon visage et de mon étendue (je dois dire que je suis grand, de fait, un des plus grands des alentours de Boynton, un mètre quatre-vingt-quinze, cent onze kilos et ce n'est pas encore que du gras), lut mon nom sur mon badge et ajouta, comme en un souffle profond de sa petite voix flottante, « Ned ».

Et disparut, et ce fut la suivante (elle avait une tête de carte topographique et une poigne de bûcheron), et la suivante encore,

1. En français dans le texte. *(N.d.T.)*

et encore, tandis que je me demandais jusqu'où ça monterait pour Jordy et si mes 125 $, — je n'étais pas prêt à dépenser plus —, allaient suffire.

***

Les filles, — femmes, dames, comme vous voudrez —, se reposèrent un moment à leur hôtel, y firent leurs ablutions, repassèrent leurs habits et se maquillèrent pendant que Peter Merchant et Susan Abrams papillonnaient à droite et à gauche pour s'assurer que tout, jusqu'au moindre détail, était prêt pour la soirée. J'allai m'asseoir au bar et bus de la bière mexicaine pour me mettre dans l'ambiance. J'avais à peine fini la première lorsque je levai la tête et qui c'est que je vois si c'est pas J.J. et Bud avec disons... une demi-douzaine de types du coin, tous aussi maigres et affamés que chats en hiver ? Bud m'ignora et commença à baratiner les mecs d'Anchorage avec ses conneries habituelles sur la façon dont il vivrait des ressources naturelles de la terre, là-bas, dans sa cabane des environs de Boynton, — des bêtises de la plus belle eau ainsi que peut en témoigner n'importe qui au bout de trente secondes —, mais J.J., lui, s'installa à côté de moi, poussa une espèce de soupir jodlé et m'offrit un verre, que j'acceptai.

— T'en as choisi une ? me demanda-t-il avec son air moqueur, comme si toute cette histoire de contingent de Los Angeles n'était qu'une mauvaise blague alors que je savais pertinemment qu'il bluffait et que, doucement optimiste, il attendait autant que moi de l'événement.

L'image de cent sept femmes en sous-vêtements me traversa soudain la cervelle, puis j'imaginai Jordy en soutien-gorge noir et petite culotte assortie et risquai un petit sourire gêné.

— Oui, reconnus-je.

— Du diable si M. Letricheur là-bas (geste en direction de Bud qui tous les week-ends se traîne dans le guano jusqu'au cou avec les passionnés du grand air genre catalogue L.L. Bean) n'en a pas une lui aussi ! A l'entendre, il aurait déjà son numéro de chambre et lui aurait dit qu'il ferait toutes les offres qu'il faut pour pouvoir sortir avec elle, même si ça devait l'obliger à piocher dans la fortune familiale.

Mon rire fut du genre amer et étranglé. Bud sortait à peine de prison, où il avait fait six mois pour avoir tiré au fusil dans les fenêtres de trois cabanes et la vitrine ensoleillée du magasin que je possède dans l'artère principale (il n'y en a qu'une) de Boynton centre, population : cent soixante-dix habitants. Il n'avait même pas de pot de chambre où pisser, hormis ce que lui versait le ministère des Anciens Combattants, le chômage ou autre, — ce n'était pas facile à dire vu la tendance qu'il avait à mélanger fiction et vérité. Ça et la cabane à rats qu'il avait construite sur des terres fédérales dans la vallée du Yukon, et ça, c'était condamné à la démolition. Je ne savais pas ce qu'il avait fait de son gamin après que Linda l'avait quitté et n'avais aucune envie de le deviner.

— Et d'abord, comment est-il arrivé ici ? demandai-je à J.J.

Le crâne chauve et la barbe abondante et blanche comme neige, J.J. était veuf et, musicien, savait préparer le rond d'élan avec ail et sauce blanche aussi méchamment que le dernier des types arrivés ici depuis dix ans. Il haussa les épaules et reposa sa chope sur le comptoir.

— Comme toi et moi, dit-il.

Je ne le crus pas.

— Tu veux dire… en voiture ? Et où l'aurait-il eue ?

— Tout ce que je sais, c'est que la semaine dernière il m'a dit qu'il avait un copain qui allait lui passer un Land Cruiser Toyota tout neuf pour le week-end et qu'en plus, il avait l'intention de rentrer chez lui à Boynton avec Mme Withers Numéro Deux, même s'il devait finir par caner et lâcher les cent cinquante billets pour la soirée et le reste. A l'entendre, ce serait un investissement ! Comme s'il pouvait y avoir une femme assez folle pour le suivre où que ce soit ! Et je te parle même pas d'une cabane au trou du cul du monde !

Il faut croire que l'étonnement m'avait déjà bien abruti car je n'arrivais pas vraiment à lui fournir de réponse. De fait, je me contentai de regarder par-dessus ma bière. Ici, la nuque de Bud, là, ses coudes sur le bar, plus bas l'échancrure de ses bottes, — comme si je pouvais y entrevoir les pieds en plastique qu'il y avait enfournés. Je les avais vus une fois, ces pieds, lorsque, de retour de l'hôpital, il était passé au magasin pour boire un verre avec moi, — il était déjà à moitié saoul et portait un short sous son manteau bien qu'il fît moins quarante à l'extérieur. « Hé, Ned ! m'avait-il lancé d'un sale ton accusateur, t'as vu ce que vous m'avez fait, toi et les autres ? » et il avait entrouvert son manteau pour me montrer ses chevilles, ses sangles et ses pieds en plastique, — on aurait dit exactement ceux des mannequins exposés dans les vitrines des grands magasins.

J'étais embêté. Je connaissais Bud et si je n'avais pas envie de le laisser entendre à J.J., je savais à quel point il pouvait être charmant (surtout quand on n'était pas averti) et combien les femmes le trouvaient séduisant. Je n'arrêtais pas de me dire « Et si c'était après Jordy qu'il en avait ? ». Sauf qu'ensuite, je m'ajoutais qu'il y avait peu de chances, — sur cent sept femmes qui en voulaient et parmi lesquelles choisir... —, et même : il en serait resté cent six et ç'aurait été bien le diable si aucune n'était faite pour moi.

***

Statistiques :

Sur une population de 170 habitants, Boynton comptait 32 femmes, toutes mariées et toutes invisibles, même lorsqu'elles s'asseyaient au bar que j'ai ouvert dans l'arrière-salle du magasin. En hiver, la température moyenne était de moins dix-sept et il y avait presque deux mois pendant lesquels on voyait à peine le soleil. Ajoutez à cela qu'en Alaska, tous les adultes ou presque ont un problème de boisson et vous n'aurez aucun mal à imaginer le genre de vie qu'on se tape les mauvais jours.

Et je ne faisais pas exception à la règle. L'hiver n'en finissait pas, les nuits, on les passait seul, et la picole était un bon moyen d'atténuer une solitude et un ennui qui paralysaient tellement que c'est à peine si on se sentait vivant. Je n'avais rien d'un poivrot, ne pas se méprendre, — rien à voir avec Bud Withers, même de loin —, et je tentais de me dominer : l'alcool, je n'y touchais, et encore, qu'une fois tous les deux jours, au maximum, et j'essayais toujours de ne pas perdre espoir. C'est d'ailleurs pour cette raison que je quittai le bar après deux bières et retournai chez Peter pour m'asperger d'after-shave, solidifier les cheveux qui poussent autour de ma calvitie avec un bon coup de brumisateur et passer la veste de sport que j'avais portée pour la dernière fois à l'enterrement de Chiz Peltz (il est mort gelé la nuit où Bud a perdu ses pieds, et c'est moi qui ai dû l'arracher à la porte du bar le matin venu : on aurait dit une statue en bronze, tout recroquevillé comme il était sur sa bouteille avec sa parka ramenée sur sa tête, même que c'était comme ça qu'on avait dû l'enterrer, avec sa bouteille et tout et tout).

Après, je repris les rues mugissantes jusqu'à l'hôtel et la salle de bal qui auraient pu contenir tout Boynton et ce qu'elle compte d'habitants, — j'avais l'impression d'être un étudiant de première année écrasé contre le mur à la fête hebdomadaire. Sauf que je n'avais plus rien d'un bizut et que ce n'était pas d'une fête qu'il s'agissait. J'avais trente-quatre ans et plus qu'assez de vivre comme un moine. Il me fallait quelqu'un à qui parler, — une compagne, une aide, une épouse —, et c'était là ma meilleure chance d'en trouver une.

Dès que je vis Jordy debout près de la table des *hors-d'œuvre* [1], les cent six autres femmes disparurent à ma vue et je sus que je m'étais raconté des histoires là-bas au bar. C'était elle, elle et elle seule, que je voulais et le désir que j'eus d'elle fut comme une souffrance qui ne me lâcha plus à partir de ce moment-là. Une autre femme l'accompagnait. Elles s'étaient rapprochées et parlaient ensemble, mais à être honnête, j'aurais été incapable de dire si cette autre femme était grande ou petite, blonde, brune ou rousse : je ne voyais que Jordy.

— Bonjour ! lui lançai-je, ma veste de sport me serrant aux aisselles et collant au dos comme une bête vivante. Vous vous souvenez de moi ?

Bien sûr qu'elle s'en souvenait. Elle tendit le bras pour me serrer la main et me faire un petit bisou au bord de la barbe. L'autre femme, — l'invisible —, disparut au second plan avant qu'on ait pu me la présenter.

Que dire après ça ? Je me retrouvai à court de mots. Mes mains me paraissaient grosses et encombrantes, comme si on me les avait agrafées aux bras lorsque j'avais franchi le seuil de la pièce, et ma veste de sport battait des ailes autour de moi et me

1. En français dans le texte. *(N.d.T.)*

plantait ses serres dans le cou. J'avais envie de boire un coup. Méchant.

— Vous voulez prendre quelque chose ? me chuchota Jordy en brisant ses mots en de minuscules pépites de sens.

Elle tenait un verre de vin blanc à la main et portait une paire de boucles d'oreilles scintillantes qui pendaient jusqu'aux os superbement sculptés de ses épaules nues.

Je la laissai me conduire à la longue table pliante avec ses quatre barmen tout affairés d'un côté et toutes les femmes qui se bousculaient de l'autre tandis que les grands cinglés de la forêt faisaient de leur mieux pour les saouler de paroles, puis il y eut un double scotch dans ma main et je me sentis mieux.

— C'est un beau pays, dis-je en portant un toast à la dame, audit pays, à la salle et à tout ce qu'il y avait autour.

Nos verres s'entrechoquèrent, et j'ajoutai :

— Surtout par chez moi, à Boynton. C'est calme, vous savez ?

— Oh, je sais, me renvoya-t-elle, et pour la première fois je remarquai un petit quelque chose qui, à peine contenu, ne demandait qu'à pétiller sous sa voix rocailleuse, enfin… j'imagine. D'après ce que j'ai lu… c'est bien dans le bassin du Yukon, n'est-ce pas… Boynton ?

C'était le signal et je lui fus reconnaissant de me l'avoir donné. Cinq minutes durant, je lui tins un discours insensé sur les merveilles géologiques et géographiques des alentours de Boynton, avec considérations sur la flore et la faune locales, les curiosités humaines aussi, mais en prenant bien soin d'éviter les statistiques dégrisantes au vu desquelles je me demandais encore ce que j'étais allé foutre dans ce bled. Lorsque j'en eus fini, je m'aperçus que mon verre était vide et que Jordy se tortillait dans ses bottines pour pouvoir en placer une.

— Je vous demande pardon, lui dis-je en baissant la tête en signe d'excuse, je ne voulais pas vous rebattre les oreilles de… C'est juste que… (et là, ma langue s'étant déliée sous la brûlure envahissante du scotch, je m'avançai un peu)… c'est juste qu'on n'a guère l'occasion de parler avec des gens nouveaux, à moins de se taper toute la piste jusqu'à Fairbanks et ça, c'est plutôt rare… surtout avec quelqu'un d'aussi joli que, enfin… avec une femme aussi attirante que vous.

Elle se débrouilla pour rougir très joliment sous le compliment, puis s'embarqua elle aussi dans un discours où elle décria le manque d'humanité de la vie citadine, son agitation, sa précipitation et ses ennuis constants, son air malsain, ses plages polluées et, chose qui retint vraiment mon attention, son manque d'hommes ayant les valeurs, l'énergie et le cran des gens d'autrefois. En prononçant cette dernière phrase, — je ne sais pas si c'est exactement ainsi qu'elle s'exprima, mais le message était clair —, elle leva si fort son regard de glacier sur moi que je me sentis capable de marcher sur l'eau.

Nous faisions la queue à la table du buffet lorsque Bud Withers y arriva d'un pas traînant. Il était surprenant de voir à quel point il se débrouillait bien sur ses pieds en plastique, — quelqu'un qui n'aurait pas su ce qu'il avait ne l'aurait jamais deviné. Certes, on voyait bien que quelque chose clochait, — chaque fois qu'il faisait un pas, on avait l'impression qu'il se récupérait, comme si quelqu'un venait juste de le pousser par-derrière —, mais, comme je l'ai dit, ce n'était pas aussi anormal que ça. Toujours est-il que je me débrouillai pour me positionner entre Jordy et ce qu'il pouvait voir, me recroquevillai sur ma compagne tel l'aigle qui masque sa proie et continuai de converser avec elle. Elle s'intéressait à la vie de Boynton, — et obsessionnait, non, vraiment, sur les détails les plus infimes —, je lui dis toute la liberté qu'on avait dans la forêt, comment on peut y vivre la vie qu'on veut, en accord avec la nature au lieu de calfeutré dans quelque boîte en stuc à côté d'un hypermarché.

— Mais… et vous ? me demanda-t-elle. Vous ne vous sentez pas coincé, dans votre magasin ?

— Parfois, quand j'ai des fourmis dans les jambes, je ferme pour deux ou trois jours, c'est aussi simple que ça.

Elle eut l'air choqué, ou alors… non, sceptique est plus juste.

— Et vos clients ?

Je haussai les épaules pour lui montrer combien tout était décontracté dans le coin.

— Ce n'est quand même pas le bureau de l'aide publique, lui répondis-je, et pour boire, ils peuvent toujours aller au Nougat, chez Clarence Ford. (De fait, Clarence voulait appeler son bar « The Nugget[1] », mais comme il est brouillé avec l'orthographe… et moi qui me donne toujours la peine de prononcer ça exactement comme il faut, rien que pour l'irriter !) Ce qui fait que dès que j'en ai envie, que ce soit au cœur de l'hiver ou autre, j'accroche mon panneau « PARTI COURIR LES BOIS », je sors mes raquettes et je m'en vais poser mes pièges.

Elle parut réfléchir à ce que je venais de dire, les cheveux qu'elle avait autour des tempes frisottant sous la vapeur qui montait des plateaux de service.

— Et c'est quoi que vous chassez ? Le vison ?

— La marte, le lynx, le renard, le loup.

La bouffe était bonne (ça valait mieux vu le prix que ça coûtait), j'en déposai un beau tas dans mon assiette, mais juste assez pour qu'elle ne me prenne pas pour un goinfre. Il y eut un silence. Alors seulement je pris conscience de la musique, — un air des Beach Boys joué par un orchestre de Juneau installé à l'autre bout de la salle.

— Pour le renard, enchaînai-je sans trop savoir si elle avait envie d'entendre ou pas, quand on le trouve, il a la patte coincée dans un piège ou alors il a essayé de se la bouffer et il gronde comme une tronçonneuse. Bon alors, ce qu'il faut faire, c'est lui flanquer un coup de gourdin en travers du museau, comme ça… (et je lui montrai de ma main libre)… et ça suffit à le mettre K.-O. Après, on lui appuie juste un peu sur la gorge jusqu'à tant qu'il arrête de respirer et on a une belle fourrure toute propre, si vous voyez ce que je veux dire.

Soudain inquiet, je me demandai si elle ne comptait pas au nombre des allumés du mouvement pour la libération des animaux, ceux qui veulent protéger rats, tiques et puces jusqu'au dernier, mais non, elle n'avait pas du tout l'air irritée. En fait même, son regard me parut filer au loin un instant, jusqu'au moment où elle se pencha en avant, se servit une belle portion de crabe et se redressa en souriant.

— Comme les pionniers, quoi, dit-elle.

C'est à ce moment-là que Bud nous débusqua. Et se colla pile où il fallait dans la file, posa une main sur la taille de Jordy

1. Soit « la pépite ». *(N.d.T.)*

et l'attira à lui pour l'embrasser alors qu'elle tenait son plateau à la main et tout et tout, même qu'elle fut obligée de le tenir gauchement devant elle sinon il y aurait eu du crabe et de la salade d'avocat tout partout sur le devant de sa robe en soie noire.

— Désolé d'être en retard, poupée, lui lança-t-il avant de prendre une assiette et d'y empiler une montagne de charcuterie et de saumon fumé.

Jordy se tourna vers moi, mais je fus incapable de déchiffrer son visage, absolument incapable, sauf que, bien sûr, je sus aussitôt que Bud m'avait coiffé sur le poteau et que même s'il n'y avait qu'une chance sur 107 pour que ça se produise, c'était bien Jordy qui lui avait donné le numéro de sa chambre. Le comprendre m'estourbit, mais, ma stupeur passée, je sentis la colère me monter comme la mousse dans la boîte de bière.

— Ned, murmura Jordy, vous connaissez Bud ?

Bud me regarda d'un sale œil, à mi-chemin entre « va te faire mettre » et le regard mauvais de celui qui triomphe. Je tentai de garder mon calme, par égard pour Jordy. « Oui » fut tout ce que je lui répondis.

Elle nous conduisit jusqu'à une table au fond, — du genre table à banquet, celle-ci était interminable et située à deux pas de l'orchestre —, Bud et moi nous y assîmes chacun d'un côté de la dame en essayant de la serrer au plus près.

— Bud, reprit-elle dès que nous fûmes installés, et vous, Ned, ajouta-t-elle en se tournant vers moi avant de se tourner de nouveau vers lui, je suis sûre que vous pouvez m'aider sur ce coup-là et je veux absolument savoir la vérité vu que ça fait partie intégrante de mon histoire d'amour avec l'Alaska et que je viens de lire un truc où on dit que ce n'est pas vrai.

Elle avait dû hausser la voix pour se faire entendre par-dessus les accents de Little Deuce Coupe, — ne pas oublier que c'était la « fête Malibu Beach » et que tout y était, jusques et y compris un tas de sable dans un coin et une affiche de trois mètres de haut représentant Gidget en bikini —, nous nous penchâmes tous les deux en avant pour entendre mieux.

— Je voudrais savoir si vous avez vraiment soixante-douze mots différents pour désigner la neige… en esquimau, je veux dire.

Bud ne m'accorda même pas un regard avant d'embrayer sur ses conneries marque déposée habituelles : il avait passé deux ans avec les Inuits tout là-haut dans les environs de Point Barrow (quand il ne feintait pas l'ours polaire, il taillait la bavette de morse avec les mémés), à son avis, soixante-douze était plutôt en dessous de la vérité. Sur quoi il attaqua dans un dialecte qu'il avait dû inventer sur-le-champ et, chose qui me donna envie de vomir, ne cessa pas d'adresser son grand sourire de lune à Jordy jusqu'au moment où, parce que j'avais pris la dame par le coude et qu'elle s'était retournée vers moi, son faux esquimau se coinça dans son gosier.

— On appelle ça la poudreuse fatale, dis-je.

Elle haussa les sourcils. De l'autre côté d'elle, Bud prit l'air de quelqu'un qui s'ennuie et meurt de faim et commença à avaler sa nourriture comme un ours atteint d'hyperphagie. C'était la première fois qu'il la fermait depuis qu'il s'était mis en travers de notre chemin.

— C'est à cause de la route, expliquai-je. Elle est à deux voies et gravillonnée. Elle part de l'Alaska Highway vers le nord et finit en cul-de-sac à Boynton.

Elle attendit encore. L'orchestre étant arrivé à tâtons au bout d'un morceau, la salle s'emplit soudain du brouhaha de cent conversations. Bud leva la tête de dessus son assiette et me décocha un regard de haine pure et simple.

— Continuez, dit-elle.

Je haussai les épaules et jouai avec ma fourchette.

— C'est tout, dis-je. A la première chute de neige, à condition que c'en soit une bonne, c'est terminé jusqu'au printemps suivant, point final, y a rien d'autre à en dire. T'es à Boynton, t'y restes jusqu'à…

— Et si tu n'y es pas ? demanda-t-elle, une pointe d'ironie brillant dans ses yeux tandis qu'elle s'enfournait un morceau de crabe dans la bouche avec une minuscule fourchette à deux dents.

Bud répondit à ma place.

— Tu peux plus y arriver.

***

La vente aux enchères avait été organisée à des fins charitables, tout son produit devant être également partagé entre La Maison de Retraite du Trappeur, la Clinique du Sida et la Banque de Nourriture du Grand Anchorage. Je n'y voyais aucune objection, — de fait, j'étais même heureux d'y prendre part —, mais comme je l'ai dit, j'avais peur que quelqu'un mise plus fort que moi pour un rendez-vous avec Jordy. Pas que ce rendez-vous eût été plus que ça, — un rendez-vous —, mais c'était aussi la chance qu'on avait de passer l'essentiel de la journée du lendemain avec la femme de son choix, et quand on n'a plus que deux jours et demi, ça en fait un gros morceau. Je m'étais entretenu avec J.J. et certains autres et tous prévoyaient de miser sur celle-ci ou sur celle-là, puis de l'emmener en bateau de pêche ou en Super Cub pour voir les glaciers à l'est, quand ce n'était pas directement en forêt afin de veiller sur leurs cabanes et autres intérêts. Personne ne parlait de baise, — c'eût été rabaisser l'affaire —, mais elle était bien là, juste sous la surface, telle une promesse brûlante.

La première femme partit pour soixante-quinze dollars. La quarantaine ou à peu près, elle avait l'air d'une infirmière ou d'une assistante dentaire, quelqu'un qui sait vraiment bien se débrouiller d'un bassin hygiénique ou d'un aspirateur de salive. Nous restâmes tous à regarder tandis que trois hommes donnaient de l'exercice à leurs index et que le commissaire-priseur (Peter, évidemment, comme si ç'aurait pu être quelqu'un d'autre !) passait de l'un à l'autre et y allait de toutes sortes d'apartés comiques jusqu'au moment où ils conclurent.

— Soixante-quinze dollars une fois ! Soixante-quinze dollars deux fois, lança-t-il, adjugé au monsieur en chapeau rouge.

Je regardai le bonhomme (ce n'était pas quelqu'un que j'aurais connu, un type d'Anchorage sans doute) monter les trois marches de l'estrade installée près du tas de sable et sentis quelque chose bouger en moi lorsque notre assistante dentaire de quarante ans sourit comme si le monde entier s'était mis à fondre, lui donna un baiser tout droit sorti d'un film et partit avec lui, main dans la main. Mon cœur battait aussi fort qu'un piston cassé. Je n'arrivais pas à voir Bud dans l'assistance, mais je savais ses intentions et, comme je l'ai dit, à cent vingt-cinq dollars j'arrêtais. Pas question de monter plus haut, pour quelque raison que ce soit.

Jordy fut la neuvième à passer. Deux ou trois des femmes qui l'avaient précédée valaient vraiment le coup d'œil, — des secrétaires, il y a des chances, ou alors des serveuses de bar à cocktails —, mais Jordy les laissait loin derrière, et facilement. Ce n'était pas seulement qu'elle avait de l'instruction, ce fut aussi la façon dont elle se tint, la manière dont elle monta sur l'estrade avec un petit sourire bien à elle et laissa errer ses yeux au regard insatiable sur la foule jusqu'au moment où elle les arrêta sur moi. Je faisais une tête de plus que tout le monde et donc, bon, faut croire qu'il n'était pas trop difficile de me repérer, mais… Je lui fis un petit signe, et le regrettai aussitôt, — j'avais levé la main.

La première enchère fut à cent dollars et lancée par une espèce de pitre en chemise de bûcheron qui donnait l'impression d'avoir été tiré de dessous un buisson quelque part. Je vous jure qu'il avait de la peluche dans les cheveux. Si ce n'est pas pire. Peter avait lâché : « Bon, qui c'est qui se lance ? On ouvre à combien ? » et voilà que ce type avait levé la main et crié « 100 dollars », comme ça. J'en restai abasourdi. Bud, oui, j'étais prêt à l'affronter, mais ça, c'était complètement différent. A quoi il jouait, ce mec ? On enfile une chemise de bûcheron et on mise sur Jordy ? J'eus toutes les peines du monde à ne pas fendre l'assistance pour aller le virer de ses bottes telle mauvaise herbe au bord du chemin. Mais là… une autre main avait surgi juste devant moi et… il devait avoir dans les soixante balais, au minimum, et attention la nuque : toute couturée et pleine de rides, et les cheveux : tout jaune pipi, même qu'il avait des poils qui lui sortaient des oreilles, sauf que tranquille, comme s'il commandait quelque chose au bar, il monta et dit :

— Cent vingt.

C'était la panique, on m'assiégeait de tous côtés, je sentis ma langue s'épaissir dans ma bouche tandis qu'en levant le bras à mon tour, je m'écriai : « Cent… ! », repris mon souffle, et conclus « … vingt-cinq ! ». Puis ce fut au tour de Bud. Je l'entendis avant de le voir tout avachi au deuxième rang, près de l'estrade. Il ne se donna même pas la peine de lever la main.

— Cent cinquante ! lança-t-il et tout de suite l'espèce de corbeau déplumé que j'avais devant moi croassa.

— Cent soixante-quinze.

J'étais en nage, je me tordais si fort les mains qu'un instant j'eus peur que la gauche ne m'écrase la droite et vice versa ; ma veste de sport me labourait telle une haire, une camisole de force trop petite sous les bras et aux épaules. Cent vingt-cinq était mon plafond, absolument et inconditionnellement, — même qu'à payer ça, je tirais sacrément sur la corde —, mais je sentis mon bras se mettre à monter comme s'il était attaché à une ficelle.

— Cent soixante-seize ! hurlai-je, et tout le monde se tourna vers moi pour me dévisager.

J'entendis un rire devant, une espèce de petit ricanement en coup de poignard qui m'expédia de la lave brûlante dans les veines, — le rire de Bud, le rire haineux et moqueur de Bud qui disait « ah mais non, pas question ! », puis ce fut sa voix qui transperça le mur d'étonnement dont on entourait encore ma dernière enchère, et ma perte fut consommée.

— Deux cent cinquante dollars ! dit-il et là je restai stupéfié tandis que Pete s'écriait « Deux cent cinquante dollars une fois ! Deux cent cinquante dollars deux fois ! » et abattait son marteau.

Je ne me rappelle pas ce qui se produisit ensuite, mais je me détournai avant que Bud ait pu rejoindre l'estrade de son pas traînant afin d'y prendre Jordy et de recevoir le grand baiser public qui m'était destiné, — me détournai et titubai jusqu'au bar tel le cerf touché au bas-ventre. J'essaie toujours de dominer mes colères, non, vraiment, — je sais que c'est un de mes grands défauts —, mais il faut croire que je me montrai assez rude avec les deux types catalogue L.L. Bean qui me barraient la route du scotch. Je ne fis rien d'extravagant, rien de plus que les informer en termes on ne peut plus clairs qu'ils se trouvaient sur mon chemin et que s'ils aimaient bien la manière dont leurs bras s'emmanchaient dans leurs épaules, il vaudrait mieux qu'ils dégagent le plancher telle la Fée Bonbon et sa suite, mais quand même… je le regrettai.

Rien de ce qui arriva ce soir-là n'est très clair dans mon esprit, pas après que Jordy fut partie avec Bud par appât du gain et rien d'autre, — sauf ceci : je n'arrêtais pas de me dire, encore et encore, comme si on m'avait implanté une esquille dans le cerveau : « Comment diable ce fils de pute sans emploi a-t-il fait son compte pour trouver deux cent cinquante dollars ? »

***

Le lendemain matin, j'appelai la chambre de Jordy dès mon réveil, parce que oui, il y avait quand même ça : à moi aussi, elle avait donné son numéro de chambre, sauf qu'à ce moment-là je m'étais demandé à quoi elle jouait. Je n'obtins pas de réponse, ce qui me dit quelque chose que je n'avais pas envie de savoir. Je passai à la réception de l'hôtel, où l'employé m'informa que Jordy avait filé la veille au soir. Je devais avoir une sale gueule car, sans que je le lui demande, il me précisa qu'il n'avait aucune idée de l'endroit où elle s'était rendue. C'est alors que la femme invisible que j'avais rencontrée au cocktail sortit de nulle part, que soudain elle fut visible dans son jogging vert vomi, avec ses cheveux graisseux et son visage tout grêlé et tout nu sous l'absence de maquillage.

— Vous cherchez Jordy ? s'enquit-elle, peut-être même en me reconnaissant.

Dans ma poitrine mon cœur battit brusquement beaucoup moins fort et j'eus honte. Je n'étais pas à ma place, je me sentis gêné, ma tête, là, était bien caverneuse et pleine de vents de tous ces whiskys de la douleur que j'avais descendus.

— Oui, reconnus-je.

Alors elle eut pitié de moi et me dit la vérité.

— Elle est partie dans une petite ville avec le mec de la vente aux enchères d'hier soir. Elle m'a dit qu'elle reviendrait lundi pour reprendre son avion.

Dix minutes plus tard, j'étais au volant de mon Chevy une demi-tonne et remontais l'autoroute jusqu'à Fairbanks pour obliquer vers Boynton par la route gravillonnée. L'urgence qui m'animait était proche de la folie et mon pied jouait les blocs de ciment sur l'accélérateur : je savais ce que Bud allait faire dès qu'il serait à Boynton. Il allait virer la voiture que, je n'en doutais pas, il avait empruntée sans le consentement de son propriétaire légitime, — et qui cela pouvait-il bien être, je n'en savais rien —, puis il chargerait son canoë de vivres et, Jordy avec lui, descendrait le fleuve jusqu'à sa cabane. Et si c'était bien ça qui se produisait, Jordy ne serait jamais à l'heure pour son avion. Pas celui de lundi, en tout cas. Peut-être même aucun autre.

J'essayai de penser à Jordy, à la manière dont j'allais la sauver de tout ça et à toute la reconnaissance qui serait la sienne lorsqu'elle découvrirait le genre d'individu auquel elle avait eu affaire et ce qu'il avait en tête, mais chaque fois que je voulais voir son visage, c'était celui de Bud qui sortait de quelque trou bien noir de ma conscience pour l'effacer. Je le revoyais assis au bar le soir où il avait perdu ses pieds, assis à boire sans arrêt bien que je lui aie interdit l'accès de mon établissement déjà trois fois dans l'année, mais, c'est vrai, sois revenu trois fois sur ma décision. Il avait décidé de se déchirer et se saoulait en compagnie de Chiz Peltz et d'un Indien sur lequel je n'avais jamais posé les yeux, mais qui prétendait être un Tête Plate pur sang originaire du Montana. Janvier, quelques jours à peine après le nouvel an, disons… deux heures de l'après-midi et il faisait déjà noir de l'autre côté des vitres. Moi aussi je buvais, — je servais au bar, oui, mais je me servais aussi, du scotch —, parce que c'était un de ces jours où le passage du temps n'ayant aucun sens, la vie qu'on mène se traîne comme si on y avait mis les freins. Il devait y avoir huit ou neuf autres clients, Ronnie Perrault et sa femme, Louise, Roy Treadwell qui répare des scooters des neiges et vend du bois au stère, Richie Oliver et quelques autres… je ne sais pas où J.J. se trouvait ce jour-là, chez lui à jouer au solitaire ou à regarder fixement le mur, qui sait ?

Toujours est-il que Bud se déchirait sérieux et s'était mis à user d'un langage que je ne tolère pas dans mon établissement, — à aucun moment, et surtout pas quand il y a des dames dans l'assistance. Je lui enjoignis donc de remballer ses gros mots et c'est là que les choses se gâtèrent. Résultat, je fus obligé de clouer l'Indien sur le mur du fond en lui serrant le kiki et d'arracher une bonne moitié de la parka de Bud avant d'arriver à les convaincre, et tous les trois, d'aller s'achever au Nougat, ce qu'ils firent, en tirant la gueule. Clarence Ford les supporta jusqu'aux environs de sept heures du soir, puis il les vira à coups de pied dans le cul et ferma sa porte à la barre. Ils s'installèrent dans la voiture de Chiz Peltz et, moteur qui tourne et chauffage à fond, se passèrent et repassèrent une bouteille jusqu'à je ne sais pas quelle heure. Evidemment, la voiture finit par être à court d'essence et, nos trois gaillards ayant sombré dans le coma éthylique pendant que la température nocturne tombait à quelque chose comme moins cinquante, comme je l'ai dit, Chiz n'y résista pas et comment fit-il son compte pour atterrir devant ma porte, je ne le saurai jamais. Nous transportâmes Bud à l'hôpital de Fairbanks par hélicoptère, mais on ne parvint pas à sauver ses pieds. L'Indien, — que je n'ai jamais revu depuis —, revint au Nougat et donna l'impression d'amortir le coup en se descendant douze tasses d'un café généreusement arrosé de bourbon.

Bud ne me le pardonna jamais, ni à moi, ni à Clarence ni à quiconque en ville. C'était un rouspéteur et un râleur de première, le genre d'individu qui accuse toujours les autres de ses malheurs et maintenant, il avait Jordy avec lui, Jordy, la douce et rêveuse prof d'anglais qui s'imaginait sans doute que l'Alaska se réduisait à une série d'épisodes de Northern Exposure[1], où, charmant et excentrique, tout le monde passe son temps à s'expédier des mots d'esprit à la figure. Et Bud, moi, je le connaissais. Je savais comment il avait dû lui parler de sa cabane en ruines et lui dire comment ce n'était qu'à trois coups de pagaie en canoë et non pas à plus de dix-huit kilomètres en descendant le fleuve et... et qu'est-ce qu'elle allait faire quand elle le découvrirait ? Attraper un taxi ? Telles étaient mes pensées lorsque je traversai Fairbanks, me dirigeai vers l'Alaska Highway et, pour finir, pris vers le nord, en direction de Boynton. L'après-midi était déjà bien avancé et j'avais encore deux cent soixante-dix kilomètres de route gravillonnée à me taper avant d'arriver à Boynton. Quant à rattraper Bud... Il ne me restait plus qu'un espoir : qu'il ait fait un arrêt au Nougat pour y prendre son comptant de vodka habituel, mais il y avait peu de chances, — il devait avoir envie de descendre le fleuve au plus vite avant que Jordy pige enfin à qui elle avait affaire et ce qui était en train de se passer. Parce qu'il y avait aussi ça : je ne la comprenais tout simplement pas. Absolument pas. C'était lui qui avait misé le

1. Série télévisée du début des années 90. *(N.d.T.)*

plus fort, elle était beau joueur, bon, d'accord, mais... rouler toute une nuit avec cette ordure ? Supporter ses conneries pendant des heures et des heures, à en crever, voire... les croire ? Pauvre Jordy. Pauvre, pauvre Jordy.

J'arrivai à Boynton en un temps record (je n'avais pas levé le pied une seule fois) et m'arrêtai devant mon magasin dans un nuage de gravillons. Il n'y avait que trois autres voitures, toutes aussi familières que la mienne, et c'était aux destinées d'un bar bien bien calme que présidait un Ronnie Perrault auquel j'avais demandé de me filer un coup de main pendant le week-end, — grâce à Peter et à son infatigable baratin, la moitié des hommes de la ville s'était rendue à Anchorage pour y assister au grand événement.

— Ronnie, lui lançai-je en entrant aux accents d'un Lyle Lovett chantant Mack the Knife comme s'il était à moitié mort, est-ce que tu as vu Bud ?

Amoureusement penché sur une cigarette et un Myer's au Coka, Ronnie serrait la main de Louise dans la sienne. Il portait une casquette des Seattle Mariners à l'envers et avait le regard distant de l'homme perdu au nirvana du rhum. Soixante-dix ans, dos en capilotade et yeux qui pleuraient, Howard Walpole se tenait à l'autre bout du comptoir, tandis que Roy Treadwell et Richie Oliver jouaient aux cartes à la table près du poêle. Ronnie fut lent à répondre, à peine s'il se réveilla, comme la grenadine qui ne se réchauffe pratiquement jamais au fin fond de l'office.

— Je croyais que tu devais pas rentrer avant mardi, finit-il par dire en mâchonnant ses mots.

— Hé, Neddy, s'écria Richie en étranglant si fort ce diminutif que celui-ci en ressembla à un grincement, combien que t'en as ramené ?

— Bud, répétai-je en m'adressant à l'assistance en général, quelqu'un l'a-t-il vu ?

Et là, il leur fallut réfléchir. Ils avaient tous l'esprit passablement nébuleux, — quand le chat n'est pas là, les souris dansent —, mais ce fut Howard qui sortit le premier de sa transe.

— Bien sûr que je l'ai vu, dit-il en se penchant si fort en avant au-dessus de son verre que j'eus peur qu'il ne tombe dedans, tôt ce matin... dans un Land Cruiser Toyota flambant neuf que je sais pas où il l'a trouvé, même qu'il avait une femme avec lui.

Puis, comme s'il se rappelait quelque détail aussi lointain qu'insignifiant, il ajouta :

— Et comment que c'était, votre foire à la fesse, hein ? T'es pas encore marié ?

Louise ricana, Ronnie partit d'un gros rire, mais je n'étais pas d'humeur à supporter.

— Où est-il allé ? insistai-je.

L'espoir, toujours l'espoir, mais je savais la réponse.

— J'y ai pas parlé, reprit-il, mais j'crois qu'il descendait le fleuve.

***

Le fleuve n'était pas trop mauvais à cette époque de l'année, mais ses eaux n'en couraient pas moins à bonne vitesse et, je le reconnais, je ne suis pas un as du canoë. Je suis trop grand pour un truc aussi petit, — un hors-bord avec moteur Johnson, voilà ce qu'il me faut —, et je me sens toujours empoté et lourd du haut. Il n'empêche, là j'étais, et filais avec le courant en n'ayant qu'une idée en tête : Jordy. Remonter le fleuve serait une vraie chierie, mais nous serions deux à pagayer et puis, — et je n'arrêtais pas de me concentrer là-dessus —, qu'est-ce qu'elle me serait reconnaissante de l'avoir sortie de là, bien plus que si j'avais misé mille dollars sur elle et l'avais emmenée se gaver de steaks au resto trois soirs de suite ! Sauf qu'alors il se produisit la chose la plus étrange qui soit, — le ciel ayant viré au gris, il se mit à neiger.

C'est qu'il ne neige tout simplement jamais aussi tôt dans l'année, — jamais jamais, ou presque. Mais quoi ? C'était pourtant le cas. Le vent remontant dans la vallée et me jetant de petits grains de glace sèche dans la figure, je mesurai à quel point j'avais été bête. Je me trouvais déjà à plusieurs kilomètres de la ville et certes, j'avais une parka légère et des moufles avec moi, et encore un morceau de fromage, un pain, deux ou trois Cocas et autres, mais je n'avais rien prévu en cas de mauvais temps. Pour une surprise, c'en était une. Naturellement, à ce moment-là j'étais sûr qu'il ne s'agissait guère que d'une averse, quelque chose qui blanchirait le paysage pendant une journée avant de fondre, mais quand même... au milieu du fleuve comme je l'étais, je me sentais bien idiot de n'avoir rien pour me protéger et commençai à me demander comment Jordy allait prendre la chose, — vu la façon dont elle se souciait de tous les mots qu'il y avait pour décrire la neige ! Qu'est-ce qu'elle devait en avoir gros sur la patate là-bas en bas, dans l'espèce de tas de merde qui tenait lieu de cabane à Bud ! Nulle part où aller et cette neige qui tombait comme une condamnation à perpète ! J'appuyai fort sur la pagaie.

Il faisait déjà nuit lorsqu'au sortir du virage, j'aperçus les lumières des cabanes dans le fin canevas de la neige. Avec la parka et les moufles que j'avais enfilées, je devais ressembler à un bonhomme de neige dressé dans l'enveloppe blanche du canoë et sentais la glace se former dans ma barbe, à l'endroit où mon souffle gelait en me sortant des narines. Je humai une odeur de feu de bois et contemplai le ciel qui dégringolait doucement. Etais-je en colère ? Pas vraiment. Pas encore. Pour l'instant, c'était à peine si j'avais réfléchi à ce que j'allais faire, — cela me semblait parfaitement évident. Moyens frauduleux ou pas, ce fils de pute l'avait avec lui et, même dans ses rêves les plus fous, jamais la très douce Jordy avec son Emily Brontë sous le bras n'aurait pu imaginer ce dans quoi elle était en train de s'engager. De fait, Bud l'avait tout simplement enlevée. En-le-vée.

Il n'empêche : lorsque je me retrouvai là, lorsqu'enfin je respirai la fumée et vis les lampes qui brûlaient, je me sentis soudain bien timide. Enfoncer la porte et annoncer tout de go que je venais la sauver, je ne le pouvais quand même pas. Quant à faire croire que je passais dans le quartier par hasard... Sans compter que c'était Bud qu'il y avait là-dedans et Bud, c'était quelqu'un d'aussi purement méchant que le serpent à sonnettes qu'on a coincé en lui collant une main derrière la tête. Bud adorer cette scène ? Pas vraiment et ce, quel que soit l'angle sous lequel on envisage la chose.

Et donc, ce que je fis : la neige recouvrant aussitôt les traces de ma manœuvre, je tirai le canoë sur la berge à une centaine de mètres de la cabane et, aussi furtivement que le peut un homme de ma taille, je m'approchai en rampant... je n'avais pas envie d'éveiller l'attention de son chien et de tout foutre en l'air ainsi.

Mais, et je le compris en marchant sur la pointe des pieds dans la neige ainsi qu'une statue qui a pris conscience, c'était quoi, au juste, que j'allais foutre en l'air ? Ce n'était quand même pas que j'aurais eu un plan d'action. Ni même seulement une idée.

Pour finir, je fis ce qui s'imposait : je me glissai jusqu'à la fenêtre comme un chapardeur. Au début, je ne vis pas grand-chose, — avec la quantité de crasse qu'il y avait sur les vitres ! —, mais je frottai un carreau avec le bas tout mouillé de ma moufle et les objets commencèrent à prendre du relief. Dans un coin de la pièce le poêle brûlait fort, était gueule de feu qu'il avait ouverte tout grand afin que ça ressemble à une cheminée. A côté du poêle se trouvait une table avec une bouteille de vin posée dessus. Deux verres, dont un à moitié plein. C'est alors que je vis le chien, — une espèce de malamute qui dormait sous la table. Un peu de mobilier, fait maison : un genre de canapé sur lequel on avait jeté un vieux matelas, deux ou trois chaises grossières en bois de tremble avec l'écorce encore dessus. Quatre ou cinq seaux d'eau en plastique blanc alignés le long d'un mur orné des cochonneries habituelles dans l'arrière-pays : chaussures pour la neige, pièges, peaux, la tête toute pelée d'un caribou empaillé qu'il avait dû acheter à une vente d'objets récupérés dans un incendie. Mais point de Bud. Ni de Jordy. Je compris alors qu'ils devaient se trouver dans la pièce de derrière, — la chambre à coucher —, et cela me rendit tout bizarre. Au fond de ma gorge quelque chose se serra comme si quelqu'un essayait de m'étrangler.

En tombant à un rythme soutenu, — déjà une bonne dizaine de centimètres par terre, au moins —, la neige étouffa le bruit de mes pas tandis que je faisais le tour de la cabane pour arriver à la fenêtre de derrière. La nuit était totale et, un coup j'inspire, un coup j'expire, le ciel si bas que c'était lui qui respirait à ma place, la neige enfermant tout dans le silence. Une bougie brûlait à la fenêtre, — vu la façon dont la lumière tremblait, je sus que c'en était une avant même d'y être —, et j'entendis de la musique (des violons qui jouaient à l'unisson, le genre de truc auquel je ne me serais jamais attendu de la part d'un vaurien comme Bud) et des voix, c'était bas et intime, comme un murmure. Manière de chuchotements confus chez Jordy et sonorités plus profondes de Bud, je faillis bien m'arrêter net et tout resta en suspens l'espace d'un instant. Une partie de moi voulait s'écarter de cette fenêtre, regagner le canoë en rampant et tout oublier de cette affaire. Mais je n'en fis rien. Pas moyen. Jordy, c'était moi qui l'avais vue le premier, moi qui lui avais serré la main, moi, qui lui avais donné les fleurs à mettre à son corsage et avais admiré son badge aux lettres manuscrites, ça n'était pas juste. Tels des hurlements, ces murmures me montaient si fort à la tête que je ne pouvais penser à autre chose.

Mon épaule frappa la porte de derrière juste au-dessus du loquet, qu'elle envoya valdinguer comme s'il s'était agi d'un jouet, et je me retrouvai à l'intérieur, à bout de souffle et tout blanc jusqu'aux sourcils. Je les vis ensemble dans le lit, j'entendis son espèce de petit cri d'oiseau à elle et son juron à lui, puis ce fut le chien qui déboula de la pièce de devant comme s'il était éjecté de la gueule d'un canon. (Je tiens à préciser ici que j'aime les chiens et que je n'ai jamais levé le petit doigt sur aucun que j'aurais jamais eu, mais celui-là... celui-là, il fallait que je lui règle son compte. Je n'avais pas le choix.) Je le cueillis au moment où il décollait du sol et le cognai dans le mur derrière moi jusqu'à ce qu'il s'effondre en un tas. Jordy s'était mise à hurler, oui, hurler, et l'on aurait pu croire que c'était moi le méchant alors même que je tentais de la calmer, — ah, ses bras nus et la couette remontée sur ses seins ! ah, les pieds en plastique de Bud, là, posés sur le plancher comme des chaussons ! —, qu'en le lui disant à mille mots à la minute, je lui promettais de la protéger, oui, tout irait bien et je veillerais à ce que Bud soit poursuivi au maximum de ce que permettait la loi, voilà, au maximum... tout cela jusqu'au moment où, en vrai serpent qu'il était, celui-ci se mit à chercher quelque chose à tâtons sous le matelas, jusqu'au moment où j'attrapai son espèce de poing tout miteux avec le .38 spécial bleu-noir qu'il y tenait et serrai jusqu'à ce que ce soit l'autre qui monte et que celui-là aussi, je l'attrape et le serre.

Jordy bondit vers l'autre pièce et je vis alors qu'elle était nue et sus tout de suite qu'il avait dû la violer parce que jamais elle n'aurait consenti à faire quoi que ce soit avec ce fumier, pas Jordy, pas ma Jordy à moi, — penser à ce qu'il lui avait fait me mit vraiment en colère. L'arme était tombée par terre, je l'expédiai sous le lit d'un coup de pied, lâchai Bud et mis fin à ses jurons et à son langage ordurier en lui en filant vite une petite sur l'arête du nez, même que ce fut presque un réflexe. Il devint tout mou sous la violence du coup et oui, je le reconnais, j'étais fâché, furieux de ce qu'il avait fait à cette fille et rien ne me parut plus normal que de tendre la main en avant et de lui appuyer sur la gorge jusqu'à ce que les moignons de ses jambes, — on les aurait dits à vif —, cessent de s'agiter sur la couverture.

Alors je repris conscience de la musique et entendis tous ces violons qui s'amplifiaient dans les haut-parleurs du radio-cassette posé sur l'étagère, qui remplissaient la pièce tandis que le vent s'engouffrait par la porte dont il ne restait plus que des lambeaux grinçant autour de son loquet cassé. Jordy, pensai-je, Jordy a besoin de moi, elle a besoin que je l'aide à sortir de là, — je la rejoignis dans la pièce de devant pour lui dire la neige, comment elle était en train de tomber hors de saison et ce que cela signifiait. Elle était accroupie dans un coin en face du poêle, elle avait le visage mouillé et frissonnait. Elle serrait son pull-over autour de son cou et avait enfilé une jambe de son jean, mais l'autre était nue et blanche de ses petits orteils peints jusqu'à la courbe de sa cuisse, et au-delà. Ce fut un dur moment. Mais j'essayai de lui expliquer, non, vraiment.

— Regarde dehors, lui dis-je. Regarde la nuit. T'as vu ça ?

Elle leva le menton et regarda, par-delà le seuil jusqu'au fond de la chambre, par-delà Bud sur son lit et le chien par terre, jusqu'au trou béant où la porte s'était trouvée. Oui, ça y était, la neige tombait comme la fin de tout, et n'avait plus qu'un nom que j'essayai de lui dire. Parce que pour aller quelque part maintenant…

Ce n'était pas une mauviette...

Tendre, fragile et coquette, elle n'était pas, et ne cédait pas gentiment non plus, — elle n'était et ne serait jamais la petite femme de personne. Ce rôle-là, sa mère l'avait tenu et il n'y avait qu'à voir le triste sac de névroses et de dysfonctionnements d'alcoolique qu'elle était devenue. Et son père, donc ! Le pacha du living-room qu'il avait été, le sultan de la cuisine et l'empereur de la chambre à coucher. Et qu'est-ce que ça lui avait rapporté ? Un coup de couteau dans la poitrine, un foie fragile et deux pieds qui auraient tout aussi pu être des moignons. Non, Paula Turk n'était pas née pour mener ce genre d'existence avec mélodrames domestiques et bébés qui tètent goulûment, — c'était à quelque chose de plus enrichissant qu'elle était promise, à quelque chose de plus complexe, à quelque chose qui la ferait et l'élèverait, et ce quelque chose serait grand. Elle voulait entrer en concurrence et gagner, — toujours devant elle brillait comme une icône sacrée l'image scintillante du triomphe. Et chaque fois qu'elle flanchait, chaque fois que, la niflette ou la grippe lui bouffant ses réserves d'énergie, elle allait dans le mur dans les vagues paralysantes du Pacifique ou les vents diaboliques tout en haut du col de San Marcos, elle s'obligeait à le franchir en s'administrant des coups de fouet qui n'acceptaient aucune excuse et ne toléraient aucune faiblesse de la chair. Elle avait vingt-huit ans et allait conquérir le monde.

Titre original : « She wasn't soft », publié par *The New Yorker.* Traduction de Robert Pépin, 1995.

Tout à l'opposé, Jason Barre, — il avait trente-trois ans et, propriétaire d'un magasin pour surfers et plongeurs sous-marins, était l'homme qu'elle voyait assez régulièrement depuis neuf mois —, ne semblait guère consumé par les feux de la compétition. Médecins l'un et l'autre (et au moins autant que le reste, c'était ça qui l'avait mis dans les bonnes grâces de Paula la première fois qu'ils s'étaient rencontrés), ses parents lui avaient offert son magasin, lequel magasin ne cessait de perdre de l'argent depuis son inauguration trois ans plus tôt. Lorsqu'il y avait du tube, Jason ralliait la plage et quand la vague était plate, il s'installait derrière son comptoir et, le cul sur son tabouret pivotant, vendait de la poudre à shape à des ados décolorés qui disaient des trucs du genre « c'est clapot » et « méchant barrel » d'une voix pénétrante et nasillarde. Il aimait surfer et, grand sourire californien et perpétuellement endormi sur la figure, tongues aux pieds et shorts amples et délavés à peine maintenus en place par le doux renflement de son ventre et les deux ancres de son bassin, respirer les brumes de la cigarette dans les bars à sportifs.

Paula n'en était pas gênée. Elle lui disait qu'il devrait arrêter de fumer et ralentir sur la bouteille, mais elle ne le lui rabâchait pas. De fait, elle ne s'en souciait pas trop, — un tueur dans le couple suffisait. Lorsqu'elle s'entraînait, et c'était tout le temps maintenant, elle ne pouvait s'empêcher d'éprouver une sorte de supériorité morale sur tous ceux qui ne le faisaient pas, — et Jason comptait, et absolument, à leur nombre. Pour elle, il ne constituait pas une menace et n'avait aucune envie d'en devenir une, — ce n'était tout simplement pas comme ça qu'il fonctionnait. Il était mignon, un point c'est tout, et de la même manière qu'elle avait un léger *frisson* [1] de plaisir en découvrant son petit ventre sous son T-shirt trop grand, ses yeux endormis et ses manières super-relax, il admirait, lui, sa force et sa beauté dure et triomphante. Elle ne consommait jamais de drogue ou d'alcool, — ou alors si peu —, mais il l'avait un jour convaincue d'essayer une ou deux taffes de marijuana avant de faire l'amour et ça semblait la décontracter, si fort lui ouvrir les

1. En français dans le texte. *(N.d.T.)*

pores qu'elle sentait ses terminaisons nerveuses s'y faufiler et que leurs ébats ne ressemblaient à rien de ce qu'elle avait jamais vécu, sauf peut-être à la joie de briser le ruban au bout des quarante-deux kilomètres du marathon.

C'était par un vendredi soir du mois d'août, — sept heures et demie, le soleil pendait à la fenêtre comme une piñata. Elle venait juste de sortir de la douche après avoir passé six heures à se préparer pour le triathlon du dimanche suivant lorsque le téléphone sonna. La voix de Jason lui parvint, basse et douce :

— Hé, poupée, dit-il en soufflant dans le téléphone comme un maniaque de la baise.

Il l'appelait toujours « poupée », et elle adorait ça parce que justement elle n'en était pas et n'en serait jamais une, — leur manière à eux de se moquer des troglodytes scotchés aux tabourets du bar à côté de lui.

— Ecoute, reprit-il, qu'est-ce que tu dirais de me rejoindre au Clubber's, histoire de passer un moment. Oui, je sais, t'as besoin de dormir, le grand jour, c'est après-demain et y a toutes les chances pour que Zinny Bauer dorme déjà, mais… qu'est-ce que t'en penses ? Allez, quoi. C'est mon anniversaire.

— Ton anniversaire ? répéta-t-elle. Je croyais que c'était en décembre.

Il y eut une pause infime pendant laquelle elle remarqua le brouhaha habituel en arrière-plan, — pochards qui hurlent comme au plus profond des enfers, cris des animateurs de six jeux télévisés passant sur les douze télés grand écran et pulsations sourdement insistantes du juke-box derrière tout ça.

— Non, reprit-il, mon anniversaire, c'est aujourd'hui, 26 août… non, c'est vrai. Je ne sais pas quand tu t'es mis en tête que c'était en décembre, mais… Allez, viens, poupée. Et d'ailleurs… faudrait pas que tu te bourres de farineux et de féculents ?

Il le fallait et elle le reconnut.

— J'allais me faire des crêpes et des *penne*, dit-elle. Avec un peu de sauce au fromage et peut-être du pain à faire roussir et servir, tu sais…

— Je t'emmène au Pasta Bowl, bouffe à volonté… et je te promets de te ramener à onze heures.

Il baissa encore la voix et ajouta :

— Et pas de baise, je sais... Moi, te vider de ton énergie ? Tu plaisantes !

***

Ce n'était pas une mauviette parce qu'elle se tapait soixante-dix kilomètres de course à pied par semaine, en faisait trois cent soixante-quinze de plus en vélo et s'enfilait quinze mille mètres de crawl à la piscine de Banos del Mar. Jamais encore elle n'avait été en aussi bonne forme et le triathlon de samedi n'était rien, bien moins que la moitié de la distance qu'il lui faudrait couvrir pour le grand, — l'Homme de fer d'Hawaii —, en octobre. Ce n'était pas une mauviette parce qu'elle avait terminé deuxième des dames l'année précédente à Hawaii et quarante-quatrième en tout, ce qui voulait dire qu'elle avait battu mille trois cent cinquante concurrents, dont mille deux cents, en gros, étaient des hommes. Comme Jason. Mais plus en forme. Sacrément plus en forme.

Elle passa le prendre au Clubber's, — il ne touchait plus au volant, enfin... plus depuis sa dernière arrestation pour conduite en état d'ivresse —, et dut supporter la puanteur des cigarettes et l'odeur légèrement acide des vomissures de la veille pendant qu'il finissait son cocktail et concluait son analyse des chances de succès des Dodgers sur un point passablement abstrait, — savoir la cloque qu'Untel, à moins que ce n'ait été quelqu'un d'autre, aurait eue au médius. Cheveux blancs à trente-six ans et tête en gueule de chien nu avec gros bourrelets, celui qu'on appelait Little Drake s'était penché en avant à en tomber de sa chemise hawaïenne, puis s'était placé dans le rayon d'action des mains gesticulatrices de Jason comme s'il n'avait jamais entendu paroles plus sages. Paula ? En short et débardeur en Lycra, elle resta au bar, à boire une Evian à la paille pendant que les fanas du sport admiraient en douce ses pectoraux, ses obliques et la musculature comme passée au marteau de ses jambes, — une poupée, que c'était, pas de doute. Ça ne la gênait pas. De fait même, ça l'avait ravie et revigorée, — sans parler de l'énorme supériorité qu'elle avait ressentie en regardant ces tas de chairs pâles qui surgissaient dans tous les coins tels champignons, — et leurs petites amies donc ! celles qui, grinçantes autant qu'avachies à leurs bras, faisaient semblant de s'intéresser à l'épreuve sportive qu'on montrait à la télé.

Mais quelqu'un lui parlait... Little Drake, c'était Little Drake, celui qui se penchait devant Jason et s'adressait à elle comme si elle faisait partie du cercle des intimes.

— Alors, Paula, disait-il. Paula ?

Elle fit pivoter sa tête vers lui, — elle avait faim maintenant, et elle perdait patience. Elle n'avait aucune envie de traîner au bar et de parler de Tommy Lasorda [1], d'O.J. Simpson, de la proposition de loi 187 [2] ou de la manière dont Phil Aguirre s'était cassé les deux jambes et la clavicule dans une vague de Rincon ; ce qu'elle voulait, c'était aller au Pasta Bowl et à ses féculents et farineux.

— Oui ? dit-elle en essayant d'être polie par respect pour Jason.

— Alors... c'est samedi que vous leur faites honte ?

Jason écrasa sa cigarette dans le cendrier et ramassa sa monnaie sur le comptoir. Ils se dirigèrent vers la porte, — dans dix minutes, elle piquerait à la fourchette le *fettucini* ou le cheveu d'ange à l'olive noire et à la tomate séchée au soleil pendant que Jason lui ferait, pour son plus grand régal, un compte rendu satirique de sa journée en lui disant tous les cinglés qui avaient défilé dans son magasin. Le petit homme à cheveux blancs n'avait pas besoin d'un exposé, sans compter qu'il aurait été bien incapable de sentir la différence entre ce qu'elle cherchait à accomplir et l'espèce de farce rituelle qui consistait à cracher sa chique et s'attraper les couilles comme le faisaient tous ces « athlètes » en bel uniforme qu'il voyait sur l'écran de télé au-dessus de sa tête et donc, elle se contenta de sourire, comme une poupée, et lui répondit :

— Oui.

En vérité, cette épreuve, qui n'était rien, un échauffement, et encore, aurait même été moins que rien si, fait étrange, Zinny Bauer n'avait pas décidé d'y prendre part. Originaire de Hambourg, Zinny était une professionnelle, celle-là même qui, l'an-

1. Le patron des Dodgers. *(N.d.T.)*

2. Visant à couper les fonds destinés à l'instruction des enfants d'immigrés clandestins. *(N.d.T.)*

née précédente, l'avait doublée avec la force d'une machine dans les derniers mètres de l'Homme de Fer. Ce que Paula n'arrivait pas à comprendre, c'était la raison pour laquelle elle se donnait la peine de participer à cet événement mineur alors qu'il y avait tant d'autres courses, et des plus belles, à remporter. En sortant de Clubber's, elle en toucha un mot à Jason.

— Pas que ça m'inquiéterait, précisa-t-elle. C'est juste que je ne pige pas.

Doux et beau, le soir rutilait, l'air sentait fort l'océan, en s'enfonçant vers Hawaii, le soleil exprimait l'ultime lumière du ciel. Jason portait son maillot des *Firty Niners*, celui qui était tout rose à force d'avoir passé, et des shorts si énormes que ses jambes en ressemblaient à des baguettes. Il jeta un de ses regards tombants à Paula, puis, soudain distrait, tapa deux fois sur sa montre avant de la porter à son oreille en fronçant les sourcils.

— C'te saloperie s'est arrêtée, dit-il.

Il attendit qu'ils se soient faufilés dans la voiture avant de revenir à l'affaire Zinny Bauer.

— C'est simple, poupée, reprit-il alors en haussant les épaules et laissant retomber toutes les rides sur son visage. Elle veut te sonder.

***

Il aimait la regarder manger. Cette opération ne la rendait pas timide, — pas comme les autres filles avec lesquelles il était sorti, celles qui n'arrêtaient pas de suivre un régime et lui donnaient à lui, l'impression d'être un cochon à deux têtes chaque fois qu'il s'asseyait pour manger, — que ce soit un Big Mac ou l'assiette mexicaine à La Fondita. Pas de « salade avec l'assaisonnement sur une assiette à part » pour Paula, ni non plus de pain sans beurre ou de portions enfant. Paula attaquait la nourriture en bûcheron et mieux valait ne pas laisser traîner ses doigts et ses mains au milieu. Ce soir-là, elle commença par des *gnocchi* de pommes de terre dans une sauce blanche parsemée de flaques de beurre et fit descendre avec un demi-pain italien bien croustillant avant de nettoyer son assiette à l'en faire briller. Elle passa ensuite aux *fettucine* Alfredo et, à son troisième voyage au comptoir libre service, empila encore des *mostaccioli mari-*

nara avec de gros morceaux de saucisse chaude dans son assiette, — et du pain, toujours plus de pain.

Il commanda une bière, alluma une cigarette sans y penser et se pelleta des *spaghetti carbonara* dans l'entonnoir, — bien épais sur la fourchette et ruisselant de sauce. A peine l'eut-il fait qu'il se retrouva pris dans le regard vert et bien brûlant d'un garçon, une espèce de petit pédé à cou épais comme un crayon et qu'il aurait pu casser en deux comme un gressin s'il ne s'était pas trouvé en Californie où tout est toujours si formidâble et décontract'. C'était dans ce genre de moments qu'il aurait aimé habiter Cleveland, où, même s'il n'y avait jamais vécu, il se doutait bien que les gens n'auraient jamais supporté le genre de merdes qui se préparait.

— Il faudrait voir à éteindre ça, lui lança le petit pédé.

— Pas de problème, mec, lui renvoya-t-il en gesticulant si fort que la fumée s'éparpilla tout autour de lui comme les restes d'un feu sur lequel on a pissé. Dès que j'ai (et je pompe et je pompe) tiré une goulée (et je pompe et je pompe) et trouvé (et je pompe et je pompe) un cendrier (et je pompe et je pompe) quelque part... vous n'en n'auriez pas un (et je pompe et je pompe) par hasard... (et je pompe et je pompe), si ?

Et bien sûr, de tout ce temps le petit pédé n'avait pas cessé de lui en tendre un comme si c'était un petit pot pour bébé ou autre, mais sa cigarette n'étant déjà plus qu'un mégot rougeoyant, qu'un bout... un « bout » ? tout rouge ? ben, dis donc ! Jason tendit le bras et écrasa sa cigarette dans le cendrier en disant : « Merci, mec, non vraiment », oui, même si ce n'était plus une cigarette, mais un « bout ».

Le garçon ayant enfin disparu, il retrouva Paula et sa quatrième assiette de bouffe, — remplie, celle-là, de vermicelle et de salade aux trois haricots, sans parler de quartiers de fruits de cinq couleurs différentes.

— C'était quoi, ce cirque ? demanda-t-elle. Tout ça pour ta cigarette ?

Il l'ignora et continua d'enfourner ses spaghetti. Et but une longue gorgée de bière en haussant les épaules.

— Bof, ouais, dit-il enfin. Encore un fasciste au boulot.

— Ne sois pas comme ça, lui renvoya-t-elle en se servant

de son croûton pour poursuivre ses haricots autour de son assiette.

— Comme ça quoi ?

— Tu sais bien ce que je veux dire. Pas la peine de te faire un sermon.

— Ah bon ? dit-il en baissant les yeux. Et tu appelles ça comment, toi ?

Elle soupira et se détourna, et ce soupir l'irrita vraiment, lui resta sur le cœur, lui donna envie de renverser la table et d'expédier quelques assiettes par la fenêtre. Il était saoul. Aux trois quarts saoul, en tout cas. Les lèvres de Paula se remirent à bouger.

— Ce n'est pas tout le monde qui aime respirer par un tube rempli de tabac incinéré, tu sais ? ajouta-t-elle. Les gens, c'est plutôt dans la santé qu'ils font.

— Qui ça « les gens » ? Toi, oui, peut-être. Mais le reste, ils veulent juste faire chier. Ils veulent juste m'abroger les droits que j'ai en public, — « abroger », ben ça alors ! mais d'où ça sortait ? —, et après me frotter le nez dedans.

Cette idée le rendit tellement amer que lorsque, du coin de l'œil, il vit le garçon faire des entrechats en passant devant eux, il claqua des doigts avec autant de méchanceté qu'il le pouvait.

— Hé, mec, lança-t-il, encore une bière, d'accord ? Dès que tu peux, vu ?

C'est alors que Zinny Bauer fit son entrée dans la salle. Elle en franchit le seuil comme une bête qu'on aurait croisée dans un laboratoire expérimental, une chose à l'œil creux, une chose tellement maigre et sans chair qu'on l'aurait dite collée directement sur les os. Elle avait un type avec elle, — son entraîneur, son mari ou autre —, et lui, on l'aurait dit tout droit sorti d'une bande dessinée des *X Men* tant il était tout en tête, épaules et gros biceps pleins de viande. Jason les reconnut, — c'était quand il était descendu à Houston en avion et, malheur, avait vu Paula toucher le fond à la course : sixième qu'elle avait terminé alors que Zinny Bauer, l'Etonnante Femme en Os, l'emportait facilement. Et voilà qu'ils étaient là, Zinny et Klaus, — à moins que ce n'ait été Olaf, ou autre chose —, au Pasta Bowl et qu'ils s'y bourraient de féculents et de farineux comme tout un chacun. Jason vit arriver sa bière, — bien froide et fiable, verte dans la bouteille et tout ambrée dans le verre —, et la descendit en deux gorgées.

— Hé, Paula, dit-il sans pouvoir étouffer la joie qui perçait dans sa voix (brusquement, et sans savoir pourquoi, il était tout heureux), hé ! Paula ! T'as vu qui c'est qu'est là ?

***

Le truc qui la foutait en l'air était bien qu'il lui avait menti, de la même façon que son père mentait à sa mère, de la même manière exactement, — sans faire attention, presque automatiquement. Ce n'était pas du tout son anniversaire. Il n'avait dit ça que pour la faire sortir de chez elle, que parce qu'il était saoul et se moquait bien qu'elle doive courir le surlendemain et pour ça, ait besoin de repos, de calme et de tranquillité, et surtout pas de stimulations. Il était égoïste, c'est tout, égoïste et irréfléchi. Et après, il y avait eu l'histoire de la cigarette, — alors qu'il savait tout aussi bien qu'un autre que depuis le mois de janvier, un décret interdisait de fumer dans les endroits publics... mais non, il avait fallu qu'il fasse suer, comme le dernier des petits crâneurs de surfers qui ne l'a pas digéré. Ce qu'il était. Mais tout ça, c'était encore pardonnable, — non, ce qu'elle ne pouvait pas pardonner du tout, c'était le coup de Zinny Bauer.

Alors qu'elle n'était même pas censée se trouver dans ce restaurant ! Alors qu'elle aurait dû être chez elle ! Alors qu'elle aurait dû s'y faire des crêpes et des *penne* avec de la sauce au fromage et rester inerte sur son canapé, la télécommande à la main. C'était l'avant-veille du grand jour, c'était le moment de faire le plein et de jouer les légumes. Mais non : à cause de lui, à cause de son héros qui parlait si bien et portait des shorts larges, c'était au Pasta Bowl qu'elle se trouvait et qu'elle se bourrait, et en public, de féculents et de farineux.

C'était déjà bien assez horrible comme ça, mais il avait fallu qu'il rende tout ça encore plus affreux, bien plus affreux, qu'il en fasse, voilà, un des moments les plus insoutenables de son existence. Ce qui s'était produit était complètement fou et si elle ne l'avait pas connu comme elle le connaissait, elle aurait pu penser qu'il avait tout manigancé. Là ils étaient, à se disputer sur sa cigarette et la manière dont toute cette histoire avait affecté sa décontraction, — il était saoul et elle ne l'aimait pas quand il était comme ça, pas du tout —, lorsqu'il avait brusquement pris des airs de conspirateur et lui avait lancé :

— Hé, Paula, t'as vu qui c'est qu'est là ?

— Non, qui ça ? dit-elle.

Puis elle jeta un coup d'œil par-dessus son épaule et se figea sur place : Zinny Bauer et son mari, Armin !

— Oh merde ! reprit-elle en baissant la tête et se concentrant sur son assiette comme si elle n'avait jamais rien vu d'aussi fascinant. Elle m'a pas vue, au moins ? Il faut qu'on s'en aille, Jason. Maintenant. Tout de suite.

Mais Jason affichait un sourire satisfait. Ç'avait l'air de le rendre joyeux, tout ça, comme si Zinny Bauer et lui étaient de vieux copains.

— Mais, poupée, t'as bouffé que quatre assiettées ! s'écria-t-il. T'es sûre que t'en as pour ton argent ? Tiens, moi, je dirais pas non à un peu de rab de pâtes... en plus que j'ai pas encore mangé ma salade...

— Arrête de rigoler, c'est pas marrant, lui renvoya-t-elle d'une voix qui s'étiolait dans sa gorge. Je ne veux pas la voir. Je ne veux pas lui parler. Je veux juste sortir d'ici, d'accord ?

Son sourire s'élargit encore.

— Bien sûr, poupée, dit-il, je comprends ce que tu dois ressentir... mais tu vas la battre, c'est clair, et sans te casser. Inutile de laisser quiconque te foutre à la porte de ton restaurant préféré et dans ta propre ville, encore, parce que quoi ? Ça serait juste ? Ça serait dans l'esprit de la compétition amicale ?

— Jason, dit-elle en avançant le bras en travers de la table pour lui prendre le poignet, je ne rigole pas. On sort d'ici. Tout de suite.

Elle avait la gorge serrée, tout ce qu'elle avait avalé menaçait de remonter. Ses jambes lui faisaient mal et là, sa cheville, celle qu'elle s'était foulée au printemps précédent... elle avait l'impression qu'on y avait planté un clou. Zinny Bauer. Elle ne pensait plus qu'à elle, Zinny avec ses longs muscles et le fin duvet blond qui avait repoussé sur son crâne chauve, Zinny avec ses yeux qui n'arrêtaient pas de bouger. Zinny Bauer était derrière elle, dans son dos, là, juste là, — ce fut trop dur à supporter.

— Jason ! siffla-t-elle.

— D'accord, d'accord, dit-il en reposant son fond de bière et plongeant la main dans sa poche pour y chercher quelques billets froissés qu'il lança sur la table afin de régler l'addition.

Puis il se leva de sa chaise avec la majesté lente du poivrot et lui fit un clin d'œil comme pour lui indiquer que la voie était libre. Elle se mit debout, mais en baissant les épaules comme si elle pouvait devenir invisible à force de se comprimer, et regarda obstinément par terre tandis que Jason la prenait par le bras pour lui faire traverser la salle, — si jamais Zinny la voyait, elle, Paula, n'en saurait rien parce que non, ce n'était pas elle qui allait lever la tête, il était hors de question d'établir le moindre contact oculaire.

Du moins le croyait-elle.

Elle se concentrait sur ses pieds, sur les carreaux noirs et blancs par terre et sur la manière dont elle les négociait comme si on avait attaché ses chaussures de course aux pieds de quelqu'un d'autre lorsque, Jason s'étant arrêté brusquement, elle leva les yeux sans faire attention et s'aperçut qu'ils tournaient autour de la table de Zinny Bauer comme des connaissances de hasard, comme des voisins en route pour une réunion de parents d'élèves.

— Mais… vous ne seriez pas Zinny Bauer ? s'écria Jason d'une voix soudain haute et nasale comme celle des Valley Girls qu'il s'était pris à imiter. Zinny Bauer, la grâânde triathlète ? Ah, mon Dieu, mais si, mais si ! C'est vous ! Ah, mon Dieu, mon Dieu ! Est-ce que je pourrais avoir un autogrââphe pour ma fillette ?

Paula s'était pétrifiée. Plus moyen de bouger, de parler, ni même seulement de cligner des paupières. Et Zinny… A la voir, on aurait pu croire que son avion venait de s'écraser. Jason, lui, continuait de jouer la comédie en faisant semblant de chercher un stylo dans ses poches lorsqu'Armin brisa le silence.

— Bourquoi vous voûtez pas le camp, hein ? s'écria-t-il, toutes ses veines lui saillant dans le cou.

— Oh, elle sera râävie ! reprit Jason d'une voix tellement pincée qu'on aurait dit qu'il couinait. Vous pouvez pas savoir comme elle est adorââble. A peine six ans qu'elle a et… ah, mon Dieu ! Elle ne va pas en revenir !

Armin se dressa de toute sa hauteur. Les paupières plissées et le regard dur, Zinny serra le bord de la table avec des doigts exsangues. Le garçon, — celui-là même que Jason avait charrié —, se mit en route vers eux en criant : « Tout va bien ? » comme si cela pouvait avoir un sens.

Puis, comme ça, la voix de Jason changea.

— Et toi aussi, Ducon, lança-t-il. Toi aussi, tu peux aller te faire foutre avec ta pétasse sans cheveux !

Armin faisait de la gym, ça se voyait, et Paula doutait fort qu'il se soit jamais collé une cigarette dans le bec, — un joint, n'en parlons pas —, mais Jason réussit à lui tenir tête, au moins jusqu'à ce que le personnel des cuisines sépare les combattants. Il y eut un peu de casse, deux ou trois chaises de renversées, beaucoup de bruit, de jurons et de menaces, l'essentiel de ces dernières proférées par Jason. Tout le monde ayant perdu ses couleurs lorsque le personnel des cuisines s'était porté à la rescousse, quelqu'un décrocha le téléphone pour appeler la police, mais Jason parvint à s'esbigner en fulminant juste avant qu'elle arrive. Et Paula ? Paula se fit de plus en plus petite jusqu'au moment où elle se retrouva derrière son volant, à enfiler lentement une ruelle après l'autre dans l'espoir de retrouver Jason.

Qu'elle ne trouva pas.

***

Lorsqu'il l'appela le lendemain matin, il était tout excuses et gentillesses. Il chuchota et gémit, il lui chanta des choses, sa voix courant continu de réconforts qui s'insinuaient en elle, qui de sa tête descendaient dans ses veines et ses artères jusqu'au plus profond d'elle-même.

— Ecoute, Paula, je n'avais aucune envie que ça dégénère, lui murmura-t-il, il faut me croire. C'est juste qu'à mon avis, t'avais pas à te cacher de quiconque, c'est tout.

L'esprit engourdi, elle l'écouta et permit que ses paroles la saturent. On était à la veille de la rencontre, se laisser distraire par quoi que ce soit était hors de question. Mais là, tandis qu'il continuait à se répandre dans le téléphone d'une voix de grand puni, à s'apitoyer sur son sort comme si c'était lui qu'on avait embarrassé et humilié, soudain elle sentit l'indignation lui monter : ne comprenait-il donc pas ? Ne savait-il pas ce que c'est que de regarder sa défaite dans les yeux ? Et devant une assiette de pâtes, en plus ! Elle l'interrompit en plein milieu d'une longue digression dans laquelle il s'était lancé, — l'histoire d'un héros du surf des années cinquante et de toutes les avanies qu'il avait dû affronter de la part d'une armée de concurrents, d'une épouse qui lui suçait les sangs et d'horribles retours de vague sur la plage de Newport.

— Qu'est-ce que tu croyais ? lui lança-t-elle. Que tu me protégeais ? C'est ça ? Parce que si c'est ça, laisse-moi te dire que toi ou un autre, je n'ai pas besoin qu'on prenne fait et cause pour moi...

— Paula, la reprit-il de sa voix qui courait vers elle dans le téléphone, Paula... je suis de ton côté, moi, tu te rappelles ? J'adore ce que tu fais. Je veux t'aider. (Pause.) Et oui, je veux aussi te protéger.

— J'ai pas besoin.

— Bien sûr que si. Tu crois que non, mais t'en as besoin. T'as donc pas compris que j'essayais de la déstabiliser ?

— De la déstabiliser ? Au Pasta Bowl ?

Sa voix fut si douce que c'est à peine si elle l'entendit :

— Ouais.

Puis il ajouta, encore plus doucement :

— Et c'est pour toi que je l'ai fait.

***

C'était samedi. Vingt-six degrés, le soleil qui brille sans entrave, les touristes qui sortent en masse. Au magasin, ça n'arrêtait pas depuis dix heures, — rien de bien grand : des Sandows, des chaussettes-tubes, des T-shirts, deux ou trois guides illustrés sur les bons endroits de la South Coast qu'à ne pas être complètement nul, tout le monde connaissait assez pour ne pas avoir besoin de guide, — mais Jason resta à la caisse pendant le repas et jusqu'à la pause respiration de quatre heures et demie, moment où les touristes avaient tendance à se fixer sur les glaces en cornet et autres bicyclettes-sidecars lamentables sur lesquelles ils se croyaient obligés de pédaler du haut en bas de la rue comme les vrais *guppies* [1] qu'ils étaient. Il avait même appelé Little Drake pour lui demander de venir lui filer un coup de main pendant une heure ou deux. Drake n'avait pas râlé. Après une enfance de riche passée à Montecito, il avait eu les cheveux tout blancs à vingt-sept ans et vivait maintenant avec ses parents aux cheveux encore plus blancs. Il leur gérait leurs deux immeubles de location en ville, — autant dire qu'il n'avait pas grand-chose à faire hormis préparer le bar au Clubber's ou hanter les magasins tel le plus infime des fantômes de clients. Et donc, pourquoi ne pas le mettre au boulot ?

— Pas de quoi casser trois pattes à un canard, lui avait précisé Jason par-dessus le faible bourdonnement de la station radio « les grands succès d'hier ».

Il s'était renversé en arrière sur son tabouret haut et adossé au mur pour décapsuler sa première bière de la journée.

— Des petits trucs, avait-il repris, mais beaucoup. J'ai failli fourguer la planche Al Merrick à un mec... je le sentais déjà... mais quelque chose a dû lui faire peur. Peut-être que sa Maman lui avait repris sa carte Visa, je sais pas.

Drake tira sur sa bière d'un air contemplatif et regarda par la vitrine les touristes qui montaient et descendaient State Street comme à la parade. Il ne réagit pas. On approchait de l'heure cruciale, celle qui est connue sous le nom d'heure des cocktails, deux pour le prix d'un, la lumière frappait le dessous des palmes, tout était doux et joli, tout filait gentiment vers le dîner, puis la soirée, devant eux la nuit entière était comme une promesse.

— A quelle heure ils jouent, les Dodgers ? finit-il par demander.

Jason regarda sa montre. Pur réflexe. Le match Dodgers/Pods aurait lieu à cinq heures et demie, — Nomo contre Benes, heure et chaîne sur laquelle ça passait, il le savait tout aussi bien que son numéro de code au distributeur de billets. Le match des Angels constituerait le plat de résistance, — sept heures et demie, chez eux, contre les Orioles. Et Paula... Paula serait chez elle, elle aussi, à se concentrer (ne pas déranger,

1. Acronyme de « gay, upwardly mobile professionals », soit des yuppies homosexuels avec préoccupations écologiques. *(N.d.T.)*

merci beaucoup) pour la grande confrontation avec l'Etonnante Femme en Os le lendemain matin.

— Cinq heures et demie, dit-il après un long silence.

Drake ne répondit pas. Il avait fini sa bière, il se traîna jusqu'au petit frigo derrière le comptoir pour en prendre une autre. Il l'ouvrit, la sirota, rota, se gratta consciencieusement, y alla de quelques commentaires sur l'anatomie d'une Mexicaine obèse qui remontait de la plage en bikini rouge et enfin, enfin, osa poser une question sur le problème qu'on avait abordé :

— C'est l'heure de fermer ?

Un samedi du mois d'août ? Toutes choses égales par ailleurs, Jason serait resté ouvert jusqu'à six heures, enfin... pas loin. C'était pendant les mois d'été (l'équivalent de Noël pour tous les autres commerçants) qu'il faisait l'essentiel de son chiffre d'affaires et il essayait de maximiser, non vrai, mais il savait aussi ce que voulait dire Drake. Cinq heures moins vingt et il leur restait encore à comptabiliser tous les reçus, à fermer la boutique et à déposer le fric à la Banque d'Amérique avant de s'installer au Clubber's pour regarder le match. Ça serait agréable de se poser au comptoir, devant disons... un grand tequila-tonic, et d'ouvrir le cahier sports du journal avant le début du match. Juste histoire de se détendre les nerfs et de profiter du fruit de son labeur. Il poussa un soupir, pour la forme, et dit :

— Ouais, bah, pourquoi pas ?

Après, il y avait eu l'heure des cocktails et il avait bu deux grands tequila-tonics avant de passer à la bière, et les Dodgers avaient fière allure, vraiment fière allure, et quelqu'un lui avait payé un verre. Drake jacassait sur un truc... le chat de sa copine, les cales sur les pieds de sa mère... Jason l'avait viré de sa conscience, avait commandé deux tacos au poulet et regardé le soleil faire toutes sortes de tours en rose et saumon sur la vitrine d'en face avant que le gris finisse par l'emporter. Il se disait qu'il aurait dû aller surfer, que peut-être il irait le lendemain matin lorsqu'il avait pensé à Paula. Il fallait absolument lui souhaiter bonne chance, lui passer un coup de fil, au moins ça. Mais plus il y réfléchissait et plus il la voyait seule dans son appartement, en train de se descendre sa flotte et de s'enfoncer dans la coquille de sa concentration tel un maître chinois du Zen, — et plus il avait envie de la voir.

Ils n'avaient pas baisé depuis une semaine. Elle était toujours comme ça quand l'heure de la compétition approchait et il ne lui en voulait pas, non. Ou plutôt si… si, il lui en voulait. Ça le foutait en l'air. Parce que tu parles d'une affaire ! Ce n'était quand même pas comme si elle pratiquait un sport de ballon où il faut avoir un peu d'adresse… et donc, le flanquer à la porte pour ça ? Mais pourquoi ? Elle était comme ses parents à lui, — des surdoués raides du col, personnalité de type A, on se lève tôt, on fait du jogging et hop, on sort flanquer sa pâtée au monde. Dieu, ce que ça pouvait être anal ! Cela dit, c'est vrai qu'elle avait un sacré corps, aussi ferme et sans défaut que ceux d'*Illustrated Man*, — enfin, non : *Woman*. Il y songea et pensa aussi à la façon dont tout le visage de Paula s'adoucissait lorsqu'ils étaient au lit ensemble ; debout dans la cabine téléphonique, il la vit dans les incandescences floues d'un film retaillé pour la télé. L'appeler, non, peut-être pas. Mais… la surprendre ?

Pieds nus et habillée d'un sweat-shirt et d'un short trop grands, elle tenait un demi-pichet de liquide boueux préparé au mixer lorsqu'elle lui ouvrit la porte. Pour avoir l'air surpris, elle avait l'air surpris, mais pas en bien. De fait, elle se renfrogna et posa son pichet sur le meuble de la bibliothèque avant de le faire entrer et de refermer la porte derrière lui. Il n'eut même pas le temps de lui dire qu'il l'aimait et voulait lui souhaiter bonne chance qu'elle attaquait :

— Qu'est-ce que tu fous ici ? s'écria-t-elle. Tu sais bien que je ne peux pas te voir ce soir. Non mais, qu'est-ce que t'as ? T'as bu ? C'est ça ?

Qu'aurait-il pu lui dire ? Il regarda un instant le liquide marron au fond du pichet, puis il lui décocha son plus beau sourire mitonné chien battu et eut un haussement d'épaules qui lui ruissela jusqu'aux hanches.

— Je voulais juste te voir, dit-il. Te souhaiter bonne chance, tu comprends ?

Il fit un pas en avant pour l'embrasser, mais elle l'évita et s'empara de son pichet plein de boue pour s'en faire un bouclier.

— Un bisou pour la chance ? insista-t-il.

Elle hésita. Il vit une ombre passer dans son regard, un soupçon d'inquiétude, l'angoisse de la compétition, comme un papillon, puis elle lui sourit et lui planta sur les lèvres un baiser au goût de soja, de miel et de Dieu sait quoi encore au fond de son pichet.

— Pour la chance, d'accord, dit-elle, mais pas d'excitation.

— Et pas de baise, ajouta-t-il en essayant de transformer la chose en plaisanterie. Je sais.

Alors elle rit, d'un rire clair de petite fille, d'un rire qui brisa le charme.

— Pas de baise, répéta-t-elle. Mais j'allais regarder un film. Si tu veux m'accompagner…

Il trouva une des bières qu'il avait garées au fond du frigo pour les urgences de ce type et s'installa à côté d'elle sur le canapé pour regarder le film, — une merde édifiante sur une moitié d'infirme qui remporte le cent mètres haies aux Jeux olympiques pour Handicapés en Suède —, mais il était si excité que, rien à faire, ses doigts n'arrêtaient pas de s'égarer entre les épaules et les seins de Paula, quand ils n'erraient pas entre sa taille et ses cuisses. Au moins l'embrassait-elle quand elle le repoussait. « Demain », lui dit-elle, mais ce n'était qu'une promesse et ils le savaient aussi bien l'un que l'autre. L'horreur de Houston l'avait tellement dévastée qu'elle n'accepterait pas de coucher avec lui avant une semaine et demie et qu'elle en était encore tendue comme un arc chaque fois qu'il la touchait. Le souvenir de l'affaire le rongeait tant qu'il sirota sa bière d'un air morose, puis lui lança :

— Des conneries, tout ça !

— Quoi, des conneries ?

— Que tu vas coucher avec moi demain. Houston et Zinny Bauer, tu te rappelles ?

Elle changea brusquement de figure et, très en colère, brandit vivement la télécommande en direction de l'écran, d'où l'image disparut.

— Tu ferais mieux de partir, dit-elle.

Mais il n'en avait aucune envie. C'était sa petite amie, non ? Et ça servait à quoi qu'elle le soit si elle le virait chaque fois qu'elle avait une petite course de merde au programme ? Il ne comptait donc pas pour elle ? Absolument pas ?

— J'ai pas envie, dit-il.

Elle se leva, mit les mains sur les hanches et le fusilla du regard.

— Moi, il faut que j'aille me coucher, dit-elle, tout de suite.

Il ne bougea pas. Ne remua pas un muscle.

— Hé ben moi aussi, lui renvoya-t-il, et rien à faire, il fut très laid en le disant, moi aussi, j'ai envie de me coucher.

***

Plus tard, toute cette affaire le mit mal à l'aise. Plus que mal à l'aise. Il ne savait pas très bien comment c'était arrivé, mais il avait dû y avoir du ressentiment, enfin... il le pensa, ça l'avait pris sans qu'il s'y attende, — sans parler du fait qu'il était saoul, ce qui l'excusait peut-être. Non, ça ne l'excusait pas. Toujours est-il qu'il n'avait pas voulu en venir aux mains et que lorsqu'elle avait enfin cessé de lui résister et qu'il avait pu lui enlever son short, il n'avait plus guère eu envie d'aller jusqu'au bout. Ce n'était pas faire l'amour, ce n'était pas du tout ce qu'il voulait. Elle était restée immobile sous lui, comme si elle était morte, comme une espèce de zombie, oui, et ça l'avait dégoûté, tellement dégoûté même qu'il aurait été absolument incapable de s'excuser. Il avait senti son regard sur lui tandis qu'il se rebraguettait et ses yeux étaient durs, accusateurs, comme des serres, et il avait dû gagner la salle de bains en vacillant et se couvrir sous le bruit des deux robinets et celui de la cuvette des W.-C. pour ne pas tomber en morceaux. Il était allé trop loin, il le savait. Il avait honte, très profondément honte, mais il n'y avait plus rien à dire. Il avait baissé les épaules et fichu le camp en traînant les pieds.

Et maintenant là il était, contrit et avec la gueule de bois, à musarder du côté d'East Beach dans le frais silence de sept heures du matin en attendant le départ de la course avec tous les autres guppies. Et Paula ne voulait même pas le voir. Bouche fermée, lèvres serrées fort en une petite ligne de rien sous son nez, elle ne regardait pas plus loin que le bout de son équipement, — savoir sa bicyclette ultralégère avec ses barres de triathlon (on aurait dit une araignée), l'espèce de petite calotte qui lui tenait lieu de casque, ses bidons d'eau, tout, quoi. Elle avait enfilé un maillot de bain deux pièces et s'était déjà fait peindre son numéro, — le 23 —, sur le haut des bras et les muscles longs et luisants de ses cuisses. Il sortit une cigarette de son paquet et regarda au-delà d'elle en se demandant de quoi ils se servaient pour peindre les numéros, — du Magic Marker ? du fard gras ? quelque chose qui ne disparaîtrait pas au contact de l'eau en tout cas, de l'eau ou de la sueur. Il se rappela son aspect à Houston, quand elle fonçait dans la brume épaisse, toute luisante de sueur et le visage crispé en un masque de douleur, les jambes et les fesses tendues, les seins aplatis sur la poitrine et comme pris dans l'étau de son maillot moulant. Il y repensa en la regardant derrière la ligne de flics tandis qu'elle se penchait pour jouer avec sa bécane, — pas un gramme de graisse, rien, même pas un cheveu de travers… il banda rien qu'à l'observer.

Mais cela ne dura pas car aussitôt il eut honte de ce qui s'était passé la veille et comprit que cette fois-ci, il devrait vraiment se plier en huit pour rattraper le coup avec elle. Sans compter que regarder les quelque quatre cent six masochistes décharnés passer au pas de charge devant lui dans leurs T-shirts en goretex et leurs shorts en Lycra et tout le reste suffit à lui faire à nouveau froid dans le dos. L'estomac en œuf au plat laissé trop longtemps sur le comptoir et là, ses mains qui tremblaient quand il alluma sa cigarette ? Au lit, voilà où il aurait dû être, — sept heures du matin, non mais ! Ils étaient fous, tous ces gens, complètement fous : se lever à l'aurore pour s'infliger un supplice pareil ! Quinze cents mètres dans l'eau, cinquante et un kilomètres en biclo et quinze de mieux à la course pour finir… et dire que c'était une simple balade à côté de l'Homme de Fer ! Ils étaient tous en os et longs muscles sans graisse, de vrais sloughis, et, filandreuses et sans nichons les femmes ne se distinguaient pas des hommes. Sauf Paula. De ce côté-là elle était plutôt bien et ça, c'était génétique, — de ses seins elle parlait comme de ses « réserves de graisses ». Il se demandait s'ils rétrécissaient le moins du monde pendant la course, — avec tout ce stress et ce qui partait en eaux —, lorsqu'une femme avec beaucoup de cheveux et trop de maquillage lui demanda du feu.

Elle s'agitait avec disons… deux cents autres spectateurs,

— peut-être aurait-il mieux valu les traiter de sadiques —, en attendant de voir ces cinglés faire leur truc.

— Merci, lui souffla-t-elle après qu'il se fut suffisamment penché vers elle pour toucher le bout de sa cigarette avec le sien.

Puis d'une voix qui s'était coincée au plus profond de sa gorge, — un vrai grincement de fumeuse —, elle ajouta :

— Alors, comme ça, vous êtes venu assister à l'événement ?

Il se contenta de hocher la tête en signe d'acquiescement.

Puis ce fut le silence. Ils tétèrent chacun leur cigarette. Deux mouettes battirent vigoureusement l'air derrière eux, puis se posèrent dans le sable pour y chercher à grands coups de bec tout ce qui pouvait se manger.

— Je m'appelle Sandra, reprit-elle de sa propre initiative, mais il ne l'écoutait pas, pas vraiment, parce que c'est alors que son idée lui était venue, son inspiration, son instant de grâce et sa rédemption : soudain, il savait ce qu'il allait faire pour regagner les bonnes grâces de Paula. Il détourna les yeux de la jeune femme et, son regard survolant la foule, les reposa sur Paula qui s'était penchée sur son équipement, son air de « on ne fait pas de prisonniers » bien collé sur la figure. Que veut-elle par-dessus tout ? se demanda-t-il, et il était tellement excité qu'il faillit se poser la question tout haut. Qu'est-ce qui la rendrait heureuse et ferait qu'heureuse de le voir, elle serait prête à faire la fête, à danser jusqu'à l'aube et à passer l'éponge ?

Gagner. C'est tout. Battre Zinny Bauer. Et alors, à l'instant même où, ayant surpris son regard, Paula lui jetait un œil noir, il imagina Zinny Bauer, l'Etonnante Femme en Os, en train de débouler dans la dernière ligne droite tous bras et jambes qui pompent, supérieure, aucun problème, et le gobelet vert vif de Gatorade que lui tendait en souriant un volontaire en T-shirt et casquette officiels des volontaires, oui, voilà… et Zinny Bauer, voilà, buvait son rafraîchissement, le descendait en pleine foulée… et continuait de courir jusqu'au moment où elle s'écrasait dans le mur qu'il était déjà en train de lui construire.

***

Paula s'enfonça le bonnet de bain rouge sur les oreilles, ajusta ses lunettes de natation et traversa la plage à grands pas, les battements de son cœur aussi lents et réguliers que ceux du lézard sur le rocher froid. Elle était concentrée, aussi claire et certaine dans sa tête qu'elle l'avait jamais été de sa vie. Plus rien ne comptait maintenant, hormis de laisser sur place tous ces cracks, grandes gueules et autres petits machos, — et Zinny Bauer avec. Il y avait deux ou trois pros qui concouraient chez les hommes et elle ne se faisait pas d'illusions, elle ne les battrait pas, mais les autres, oui, dureté, endurance et volonté, elle allait leur donner une sacrée leçon. Ce qui s'était passé avec Jason la veille au soir était quelque chose dont elle pouvait se servir, le genre même d'incident qui la mettait en colère et l'obligeait à se demander ce qu'elle avait pu lui trouver. Il se moquait bien d'elle. Il se moquait de tout le monde. C'était ce qu'elle se disait lorsque le coup de pistolet ayant retenti, elle se jeta à l'eau avec la horde tonnante des autres. Dans son esprit l'image du visage larmoyant qu'il avait pris pour s'excuser brûlait si fort, — un viol de rendez-vous galant, c'était comme ça que ça s'appelait —, qu'elle ressortit de l'eau juste derrière Zinny Bauer, Jill Eisen et Tommy Roe, un des pros catégorie hommes.

Bon, parfait. Elle était déjà montée sur son vélo, avait franchi la ligne comme un éclair et descendait maintenant la grande et large pente de Cabrillo Boulevard sur un rythme impeccable, sans le moindre effort, comme si son sang passait de ses veines dans la machine elle-même. Elle n'avait pas fait huit cents mètres et savait déjà qu'elle allait rattraper Zinny Bauer et la dépasser pour courir avec les champions hommes et arriver première pour la course à pied. C'était écrit, elle le sentait, le sang battait fort dans ses tempes et dans la machine impeccable qu'était devenu son cœur. La colère était descendue dans ses jambes comme une énergie amère et qui brûle fort. Bien repliée sur son guidon, Paula se nourrissait d'air et volait. Si de tout ce temps elle n'avait jamais fait que courir pour elle-même, pour quelque chose qu'elle ne pouvait contenir, c'était maintenant pour Jason qu'elle le faisait, pour lui montrer, lui montrer ce qu'elle était, ce qu'elle était vraiment. Il n'avait aucune excuse. Absolument aucune. Et cette course, elle allait la remporter, et battre Zinny Bauer et ces centaines et centaines de sportifs à la manque, tous ces mous, tous ces essoufflés, ces mal entraînés et autres vantards qui se battaient les pectoraux, oui, eux aussi, et elle accepterait son trophée et passerait devant lui comme s'il n'existait pas parce qu'une mauviette, non, elle n'en était pas une et que c'était ça qu'il allait découvrir une bonne fois pour toutes.

***

Lorsqu'il retrouva la plage, Jason pensa qu'il avait lui aussi effectué une manière de course. Il soufflait fort, — il allait falloir arrêter de fumer —, et le mal de tête que lui avait flanqué la tequila l'échauffait tellement qu'il envisageait sérieusement d'entrer au Clubber's et de s'y descendre un petit verre ou deux bien qu'il ne fût encore que neuf heures et demie du matin et que les touristes... ils seraient tous là, à mettre du beurre sur leur pain perdu et vous voudriez pas me passer le sirop d'érable, s'il vous plaît ? merci beaucoup. Il avait dû se taper tout le chemin jusque chez Drake et le secouer de sa torpeur pour avoir le Tuinol, — un des six mille médicaments que le médecin prescrivait à sa mère pour l'aider à combattre les douleurs atrophiantes de ses quelque soixante-dix ans d'âge. Et d'ailleurs, Tuinol, Nembutal, Dalmane ou Darvocet, Jason s'en moquait bien, du moment qu'il y en avait assez. Il ne se défonçait plus aux barbituriques depuis longtemps, — il n'avait pas dû avaler un seul Tooey depuis dix ans —, mais il n'avait oublié ni la bonne chaleur engourdissante que ça procurait, ni l'impression d'avoir les jambes en tronc d'arbre profondément planté en terre qu'il en retirait.

Le soleil avait fini de brûler le brouillard, sur l'eau le jour était clair et scintillant. La course ayant commencé à sept heures et demie, ça lui laissait encore du temps, — les premiers concurrents hommes franchiraient la ligne d'arrivée dans un peu moins de trois heures, les femmes y parvenant vers trois heures dix-trois heures douze, en gros. Il ne lui restait plus qu'à se faufiler dans le saint des saints, ramasser un T-shirt et une casquette qui traînaient, trouver le Gatorade et se poster à deux ou trois kilomètres de l'arrivée. Bien sûr, il pouvait se faire que l'Etonnante Femme en Os ne lui prenne pas son gobelet, surtout si elle le reconnaissait de l'autre soir, mais il n'aurait qu'à s'enfoncer sa casquette sur le crâne, se cacher derrière ses Ray-bans et lui montrer le visage même de l'adoration. Une seconde, c'était tout ce qu'il y faudrait. Une main qui sort de la foule, le gobelet qui sue légèrement et accompagne si bien la championne dans sa course qu'elle n'est même pas obligée de casser son rythme... pourquoi aller chercher plus loin ? Elle boit et c'est le mur. Et si ce n'était pas le mur au premier coup, il sauterait dans sa voiture et la rattraperait un kilomètre plus loin.

Cela faisait un moment qu'il observait un des volontaires de la sécurité posté devant la caravane qui servait de centre de commandement. Dix-huit ans, disons, le cheveu graisseux et une croix énorme qui lui pendouillait à une oreille, des peaux mortes et autres restes d'acné. La copie conforme des gamins auxquels il vendait des combinaisons étanches et de la cire d'abeille tueuse, — peut-être même en était-ce un. Il se répéta d'y aller mollo. Commerçant il l'était quand même, l'un des piliers de la communauté du centre ville, quelqu'un qu'on pouvait reconnaître. Mais bon et alors ? Que se passerait-il si cela se produisait ? Il donnait volontairement de son temps libre, un point c'est tout ; citoyen concerné, il faisait de son mieux pour promouvoir le tourisme et tout ce qu'il y avait de bien en ce monde. Il se baissa pour passer sous la corde.

— Salut, mec, tape là, lança-t-il au gamin, et il leva la main en l'air pour que celui-ci le salue en champion, — ce qu'il fit. Désolé d'être en retard. Jeff est dans le coin ?

Le gamin lui fit un sourire béat de gros niais.

— Ben, oui, sûr... je crois qu'il est parti faire un tour à la plage avec Everardo, Linda et des types de la presse, mais si vous voulez que je... je pourrais...

Jeff. Le risque n'était pas énorme, — aucune foule de cette taille, surtout composée de sloughis, de grands désossés et de guppies, n'aurait pu se passer d'un Jeff. Jason haussa les épaules.

— Mais non, dit-il, ça ira. Mais hé, dis... où sont passés les casquettes et les T-shirts ?

Puis il s'était retrouvé dans sa voiture et, au diable les arrestations pour conduite en état d'ivresse, son grand gobelet vert bien froid entre ses genoux, y avait brisé des comprimés de Tuinol en cherchant à se garer le long du parcours. Il s'était rangé sous un énorme pin de Monterey, — une vraie petite ville à lui tout seul —, et avait fini de frelater le Gatorade en remuant avec son index. Combien en faudrait-il pour que les jambes de la Femme en Os s'engourdissent et que la championne en vienne à ne pas terminer l'épreuve sans que ç'ait l'air suspect ? Deux ? Trois ? Il n'avait pas envie qu'elle tombe direct dans les pommes, s'effondre dans les buissons ou autre, et ne voulait pas non plus lui faire de mal, enfin... pas vraiment. Mais quatre... quatre était un beau chiffre bien rond et devait suffire. Il suça le doigt dont il s'était servi comme d'un fouet à cocktail pour voir s'il y décelait un goût de médicament, mais non, rien. Il en but une goutte, comme ça. Rien. De toute façon, le Gatorade avait un tel goût de merde que personne n'aurait pu sentir la différence.

Il trouva un petit groupe de volontaires en T-shirt et casquette jaune canari et se posta à une centaine de mètres d'eux sur le trottoir, la glace tintant dans son gobelet tandis qu'il faisait tourner sa bombe liquide au ras du bord. La brise était douce, le soleil se prenait dans la cime des arbres et tendait ici et là un doigt long et mince pour montrer la route. Il ne révélerait jamais rien à Paula, bien sûr, pas question, mais c'est avec elle que la tête lui tournerait, avec elle qu'il ferait sauter les bouchons de champagne et ce serait elle, Paula, qui le remplirait de toutes les extases de la victoire.

Un cri monta de la foule et le tira de sa rêverie. Une foulée après l'autre, le premier des hommes abordait le long virage de la route. Barbe et lunettes de soleil enveloppantes... c'était le Finlandais. C'était l'un des grands favoris ou alors... ç'aurait été l'Anglais ? Jason cacha son gobelet dans son dos, se fondit dans la masse, qui était plutôt clairsemée à cet endroit, et regarda passer le type, bouche noire grande ouverte, les deux trous de ses narines comme poinçonnés dans sa figure, la tête à sautiller au bout de son cou comme si on ne l'y avait pas bien attachée. Un autre type déboula dans le virage au moment même où le Finlandais le dépassait, puis il y en eut encore deux autres derrière lui et ceux-là se traînaient. Quelqu'un les acclama, mais cela manqua de force.

Jason vérifia sa montre. Encore cinq minutes et il pourrait commencer à attendre l'Etonnante Femme en Os, quel monstre elle faisait quand même ! Et elle, hein, avait-elle baisé avec Klaus, Olaf ou autre la veille du grand événement ou bien était-elle comme Paula, tout en concentration et non, non, non ? Il tripota doucement son gobelet en se rappelant de ne pas l'abîmer ou froisser en aucune manière, — il fallait qu'il ait l'air impeccable, tout droit sorti du baquet de Gatorade —, et surveilla le bout de la rue jusqu'à ce que sa vue commence à se brouiller tant il faisait attention.

Deux autres types lui passèrent devant et ceux-là, personne ne les acclama, pas même un murmure, mais là, sur le trottoir d'en face, deux femmes d'âge moyen poussèrent brusquement un cri et la foule se joignit à elles : la première femme, — une ficelle toute en os et silhouette de marionnette qui crachait et soufflait —, venait d'apparaître dans le lointain. Jason s'avança. Tira, pur réflexe, sur le rebord de sa casquette et remonta les verres de ses lunettes sur ses yeux. Et se mit à sourire, toutes les dents en feu et les lèvres grandes ouvertes : là, là, bois-moi, prends-moi !

Mais tandis que la femme se rapprochait, — elle était en nage, ses coudes et ses genoux battaient et la foule commençait à s'y mettre, on poussait des hourras, on l'acclamait, elle, la première des femmes dans une course d'hommes, c'était la première Femme de fer de la journée —, il se rendit compte que non, ce n'était pas du tout Zinny Bauer. Elle avait la taille trop longue, et ses jambes et ses seins étaient trop pleins... puis il vit clairement le numéro, c'était le 23, c'était Paula. Elle était encore à cinquante mètres de lui, mais il vit bien la dureté de son regard et son petit sourire de triomphe et de supériorité. Elle était en train de gagner. Elle était en train de battre Zinny Bauer, Jill Eisen et tous ces pauvres machos qui peinaient en montant les collines et dévalant les rues goudronnées derrière elle. C'était son heure de gloire !

Mais alors, et ce fut sans y penser, il fit un pas en avant, là, sur la chaussée où elle pouvait le voir, et lui tendit la tasse. Il entendit ses chaussures, — elles battaient le sol sans faiblesse ni pitié —, et vit la grimace glaciale de son sourire et son regard froid et triomphant. Et sentit, à peine si elle l'effleura, le contact de sa peau lorsque le gobelet quitta sa main.

Amours modernes

Il n'y avait eu, ce premier soir, aucun échange de sécrétions corporelles, et ni l'un ni l'autre nous n'y avions trouvé à redire, au contraire. J'étais passé la prendre sur le coup de sept heures et l'avais emmenée chez Mee Grop. Méticuleusement elle y avait, une à une, détaché toutes les lamelles de viande de son Phat Taï. Sous mes yeux, elle avait descendu quatre bouteilles de Singha à trois dollars pièce, doucement je lui avais caressé les cheveux pendant qu'elle s'endormait en regardant *The Terminator* au cinéma du Circle Shopping Center. Ils sentaient bon la balsamine. Nous avions pris un dernier verre au Rigoletto (et y avions mangé deux parts de pizza, simples, au fromage), enfin je l'avais ramenée à son appartement. Dès que je m'étais garé devant chez elle, elle avait ouvert la portière. Puis elle s'était tournée vers moi et, en me montrant le long visage triste et élégant de ses ancêtres puritains, m'avait tendu la main.

— C'était bien, m'avait-elle dit.

— Oui, lui avais-je répondu en lui prenant la main.

Elle portait des gants.

— Je vous appelle ?

— Parfait, lui avais-je répondu en lui décochant mon sourire le plus somptueux. Moi aussi.

Le deuxième rendez-vous s'en vint, nous fîmes plus ample connaissance.

— Je ne saurais vous dire tout ce que notre dernière soi-

Titre original : « Modern Love », publié par *Playboy*, repris dans le recueil *If the River was whiskey* (Si le fleuve était whisky, traduction de Robert Pépin, Grasset, 1992).

rée m'a coûté ! dit-elle, l'œil rivé sur son sundae au fondant moka-café.

C'était en début d'après-midi, à Mamaroneck. Nous nous trouvions chez Helmut, au Salon de l'Ice-Cream à la Bonne Vieille Mode d'Antan. Entourée de fenêtres en verre dépoli, la salle était inondée de soleil et faisait penser au hall d'entrée d'une maison de repos. Derrière le comptoir, les appliques lumineuses rutilaient. La barre d'appui luisait tellement fort qu'on s'y voyait. Ça sentait le désinfectant. Nous étions les seuls clients.

— Que voulez-vous dire ? lui demandai-je, la bouche toute glutineuse de marshmallow et de caramel.

— Vous savez bien ! La nourriture thaïe, les fauteuils au cinéma et ces « toilettes dames », là-bas… ah ! mon Dieu !

— La nourriture thaïe ?

Je ne suivais pas très bien. Je me souvins de la manière dont elle avait manœuvré ses lamelles de porc et de celle, plus que chichiteuse, dont elle avait disséqué ses vermicelles chinois.

— Vous êtes végétarienne ?

Exaspérée, elle détourna le visage, puis me gratifia du choc glacé de ses yeux bleus grands ouverts.

— Vous n'avez donc pas lu les statistiques du ministère de la Santé sur les conditions sanitaires dans les restaurants étrangers ? dit-elle.

J'en ignorais tout.

Elle haussa les sourcils. Se fit pressante. Me chapitra.

— Ces gens-là sont des réfugiés ! s'écria-t-elle. Ils ont des critères, comment dirai-je… autres ? Ils ne sont même pas vaccinés.

Je la regardai plonger sa petite cuiller dans les profondeurs de son sundae et entrouvrir un rien les lèvres pour se loger de très mignonnes portions d'ice-cream et de fondant dans la bouche.

— Enfin, je veux dire : les clandestins. Soit : une bonne moitié d'entre eux.

Elle avala et, ce faisant, eut un mouvement de gorge quasi imperceptible, à peine un frisson qui lui remonta. Une gazelle.

— Ivre de peur, que j'étais, reprit-elle. Panique noire. C'était plus fort que moi : je n'arrêtais pas de me dire que j'allais me retrouver avec une hépatite, une dysenterie, la dengue, enfin… une maladie !

— La dengue ?

— D'habitude, quand je vais au cinéma, je prends toujours soin d'emporter un couvre-siège jetable. Les fauteuils, on ne sait jamais qui s'est assis dessus avant. Ni combien de fois. Quant aux vilains petits bouillons de culture de ceci ou de cela qui pourraient encore mitonner dans les restes de berlingots, dans les traces de Coca-Cola et les grains de pop-corn ruisselants de beurre qui traînent un peu partout… Mais c'était notre premier rendez-vous, je n'avais pas envie que vous me trouviez trop intransigeante ou autre et donc, je n'en avais pas sur moi. Après, il y a eu les « toilettes dames »… Vous trouvez sans doute que je dramatise, n'est-ce pas ?

En fait, oui. Bien sûr que oui. La nourriture thaïe, moi, j'aimais bien. Et aussi les sushis et le crabe au gingembre. Et les souvlakis graisseux qu'on vend au coin des rues. Dans son regard, il y avait l'effroi de la sainte, de l'obsesso, de la grande affolée de la chair à mortifier, mais je m'en moquais : elle avait les yeux clairs, elle était adorable, renversante, pure, aussi fraîche et incomparable qu'une créature tout droit sortie d'un tableau de l'école préraphaélite. Et puis j'étais amoureux. Cela sans même parler du fait que, moi aussi, j'étais un peu comme ça. Hypocondrie. Rétention anale. Rien qui dépasse, les livres rangés par ordre alphabétique. J'avais trente-trois ans, j'étais célibataire, j'avais quelques égratignures et je lisais les journaux : herpès, sida et cette sale blennorragie asiatique qui résistait à tous les antibiotiques de la création. J'étais prêt à y aller doucement.

— Non, lui répondis-je, je ne trouve pas que vous dramatisez.

Je marquai un temps d'arrêt et respirai si fort que presque j'en poussai un soupir.

— Je suis désolé, murmurai-je en lui coulant un regard aussi contrit que celui d'un chien, je ne savais pas.

Alors elle tendit le bras en avant et me toucha la main — oui, la toucha : peau contre peau. Et me chuchota que ce n'était rien et qu'elle en avait vu d'autres.

— Si vous voulez tout savoir, reprit-elle, j'aime beaucoup ce genre d'endroits.

Je regardai autour de moi. La salle était toujours déserte. En toque et combinaison d'un blanc étincelant, seul Helmut s'y affairait à briquer les carreaux du mur.

— Je comprends, dis-je.

Un mois de rendez-vous, de musées, de virées à travers la campagne, de restaurants français et allemands, d'ice-creams dégustés dans des cafétérias de grandes surfaces et des bars décorés de fougères avant qu'elle ne m'embrasse. Et quand enfin elle le fit — c'était après que nous avions revu *David and Lisa* dans une salle d'art et d'essai perdue au fin fond de Rhinebeck et par une nuit si glaciale que nulle bactérie de série ou autre virus de bas étage n'eût pu y survivre —, ce fut à peine si elle m'effleura du bout des lèvres. Elle portait un manteau de fourrure synthétique à épaulettes rembourrées et s'était enfoncé un chapeau cloche tricoté sur le front. Nous sortions du cinéma, déjà nous affrontions la bourrasque nocturne, elle me serra le bras.

— Ah, Dieu ! s'exclama-t-elle, tu l'as vu crier « Tu m'as touché » ? Incomparable, non ?

Elle avait les yeux écarquillés et paraissait étrangement surexcitée.

— Ça ! dis-je, pour être dément…

C'est alors qu'elle m'attira contre elle et m'embrassa. Je sentis le doux frémissement de ses lèvres sur les miennes.

— Je t'aime, dit-elle, enfin… je crois.

Un mois de rendez-vous galants et un seul petit baiser tout sec et papillonnant ? Vous commencez sans doute à vous poser des questions sur moi, mais non, cela ne me gênait vraiment pas. Je vous l'ai déjà dit : j'étais prêt à attendre, j'avais la patience de Sisyphe, être à ses côtés, et rien d'autre, me suffisait. Pourquoi précipiter les choses ? me disais-je. Tout cela est bon, tout cela est charmant, tout cela se déroule avec l'agréable lenteur d'une histoire d'amour à la Capra et chez lui, tout ne finirait-il donc pas par le triomphe de la lumière et de la tendresse ? C'est vrai qu'elle avait des côtés bizarres, mais qui n'en a pas ? A parler franc, je ne m'étais jamais senti très à l'aise avec le genre trois petits verres, dîner et hop ! au pageot. Les filles qui vous sautent dessus comme si elles sortaient de prison, ça y est, je suis libre, juste le temps de me maquiller, je m'installe au fond de la voiture et en avant ! très peu pour moi. Breda, car c'était son prénom, Breda Drumhill, et dire son nom et en entendre les sonorités me faisaient fondre, Breda était toute différente.

Pour finir, quinze jours après notre virée à Rhinebeck, elle m'invita chez elle. On prendrait un cocktail, souperait et passerait une soirée tranquille en regardant la télé.

Elle habitait Croton, au rez-de-chaussée d'une maison victorienne restaurée. A moins de huit cents mètres se trouvait la gare de Harmon, où, tous les matins, elle prenait le train pour Manhattan : Breda était secrétaire de rédaction à la revue *Anthropologie actuelle*. Cela faisait six ans qu'elle occupait ce poste — depuis sa sortie de l'université de Barnard où elle avait passé deux diplômes d'études supérieures : le premier en rhétorique et le second en cultures étrangères —, et cela lui convenait à merveille. En vadrouille à Bornéo, sur les bords du Dayak ou parmi les Kurdes du Kurdistan, des anthropologues de terrain lui envoyaient des brouillons de rapport à la grammaire torturée et c'était à elle de les remettre en forme pour le *vulgum pecus*. Il n'y avait donc rien d'étonnant à ce que la saleté, les maladies exotiques, les coutumes délirantes et les habitudes les plus révoltantes occupent une place de choix dans son travail quotidien. Tous les deux ou trois jours, elle m'appelait de son bureau et, en ayant bien du mal à ne pas jubiler, me donnait les derniers détails sur quelque horrible maladie qu'elle venait de découvrir.

Pour m'accueillir à sa porte, elle avait revêtu un kimono en soie au décolleté plongeant et rehaussé d'une paire de dragons aux queues entrelacées. Elle s'était relevé les cheveux en chignon comme si elle sortait du bain. Elle sentait le Noxzema et le PhisoHex. Elle me fit un bisou sur la joue, prit la bouteille de Vouvray que je lui tendais et me conduisit dans la pièce de devant.

— La maladie de Chaga, dit-elle en me souriant assez grand pour que je ne manque rien de sa denture parfaite et surdimensionnée.

— La maladie de Chaga ? répétai-je en écho sans trop savoir quoi faire de ma personne.

La pièce était aussi nue qu'une cellule de moine. Deux chaises, un canapé à deux places, une table basse, tout cela en verre, chrome et plastique noir. Pas de plantes (« Dieu sait quels insectes pourraient s'y cacher… et la saleté… ça doit grouiller de bactéries… sans même parler des araignées, des vers et autres petits machins »), pas de tapis (« un vrai paradis pour les puces, les tiques et les chiques »).

Sans cesser de me sourire, elle me pilota jusqu'au canapé recouvert de plastique noir et s'assit à côté de moi, la bouteille de Vouvray sur les genoux.

— Amérique du Sud, reprit-elle, l'œil luisant de plaisir. Dans la jungle. Les punaises de la mort qu'ils appellent ça ! C'est pas fantastique ? Elles te piquent, te suçotent un peu les sangs et après, elles te font caca juste à côté de la plaie. Et alors toi, tu te grattes parce que ça te rentre dans les veines et entre un et vingt ans plus tard, tu te retrouves avec un truc à mi-chemin entre le sida et la malaria.

— Et au bout c'est la mort ?

— Et au bout c'est la mort.

Le ton était plus lugubre. Elle ne me montrait plus sa denture. Que dire ? Je lui tapotai la main et lui décochai un grand sourire.

— Miam miam, dis-je en essayant de l'attraper, qu'est-ce qu'on mange ?

En guise d'entrée, outre une soupe froide aux carottes et à la crème de tofu, elle me servit quelques sandwichs à la purée de lentilles, le plat de résistance consistant en un soufflé à l'ail garni aux légumes biologiques. Deux doigts de cognac, télé grand écran. Nous regardâmes *The Boy in the Bubble* [1], film qui retrace la vie d'un gamin qui, privé de tout système de défense immunitaire, avait dû dès la naissance être élevé dans un environnement entièrement aseptisé : le plus léger éternuement eût suffi à le tuer. Breda renifla beaucoup pendant la première demi-heure, puis, me serrant fort la main, sanglota ouvertement

1. Soit : Le Petit Garçon dans la bulle. *(N.d.T.)*

lorsque, enfin sorti de sa bulle, le gamin attrape trente-sept maladies différentes et meurt avant la pause publicitaire.

— C'est la sixième fois que je le vois, ce film, dit-elle en essayant de se dominer, mais non : je me fais avoir à tous les coups... Quelle vie ! reprit-elle en saluant l'écran de son verre. La perfection même ! Tu ne l'envies pas, ce gamin ?

Je ne l'enviais pas. Mais j'enviais beaucoup le pendentif en jade qui s'agitait entre les seins de Breda, et le lui dis.

Elle aurait pu glousser, hoqueter ou baisser les yeux, elle ne fit rien de tout cela. Elle me coula un long regard, comme si elle réfléchissait, puis s'autorisa à rougir, sa gorge en étant aussitôt délicieusement piquetée de blanc et de rose.

— Tu me donnes une minute ? me demanda-t-elle d'un ton mystérieux, et disparut dans la salle de bains.

J'en fus tout électrisé. Ça y était. Enfin. Après tous les aveux, serrements de mains, petits rires et micmacs habituels, après tous les kilomètres que nous avions parcourus en voiture, tous les repas que nous avions pris ensemble, toutes les salles de musées que nous avions arpentées, tous les films que nous avions vus, enfin, le plus naturellement et gracieusement du monde, nous allions nous unir dans les derniers gestes de l'amour.

J'avais chaud. Des gouttes de sueur perlaient à mon front. Je ne savais s'il fallait se lever ou rester assis. Et alors la lumière baissa et alors elle parut, à côté du rhéostat.

Elle avait gardé son kimono, mais s'était encore relevé les cheveux. Sévèrement ils trônaient en chignon au sommet de son crâne. Breda s'était préparée à la bataille et, dans sa main, tenait quelque chose — un petit paquet plat enveloppé dans du plastique. Elle traversa la pièce, l'emballage frissonna.

— Quand on aime, on fait l'amour, dit-elle en s'installant à côté de moi sur le canapé doux comme des pierres. C'est bien naturel.

Elle me tendit son paquet.

— Je ne voudrais pas que tu te fasses des idées fausses sur mon compte, reprit-elle d'une voix rauque et râpeuse. Ce n'est pas parce que je prends mes précautions, que je suis d'un naturel timide et qu'il y a, disons-le, beaucoup de saleté de par le monde, que je n'aurais pas un côté passionné. J'en ai un. Et je t'aime. Je crois.

— Bien sûr, dis-je en avançant la main et sans plus penser à son paquet.

Nous nous embrassâmes. Je lui caressai la nuque, y sentis quelque chose d'étrange, comme un creux ondoyant, et allais me demander si sa peau ne s'était pas transformée en plastique d'emballage alimentaire lorsque sa main se posa sur ma poitrine.

— Attends, dit-elle, le… le truc.

Je me redressai sur mon séant.

— Le truc ?

Il faisait sombre, mais bien je vis la rougeur qui lui montait au visage. Que de douceur ! Qu'elle était émouvante, ma p'tite Emilienne, ma p'tite princesse victorienne !

— C'est suédois, dit-elle.

Je regardai l'objet qu'elle avait mis sur mes genoux. Il s'agissait d'une feuille de plastique transparente plusieurs fois repliée sur elle-même, couleur chair et aussi épaisse qu'un sac poubelle haute résistance. Je le brandis devant elle. Ses yeux s'agrandirent, son regard vacilla. Une idée folle me passa par la tête, puis s'en fut. Non, me dis-je.

— C'est le dernier modèle, reprit-elle, et se mit à parler à toute allure. Il n'y a rien de plus sûr… enfin, je veux dire, rien ne pourrait…

J'avais le visage en feu.

— Non, dis-je.

— C'est une capote, s'écria-t-elle, les larmes aux yeux. C'est mon médecin qui me les a trouvées… c'est… c'est suédois.

Son visage se plissa, elle se mit à pleurer.

— C'est une capote, répéta-t-elle et si fort se prit à sangloter que, son kimono s'entrouvrant, je découvris qu'elle lui couvrait les mamelons. Une capote pleine anatomie !

Je me sentis blessé, je l'avoue. Moins par son obsession des microbes et de la contagion que par le fait qu'après tout ce temps, elle ne me faisait toujours pas confiance. J'étais propre, quintessentiellement propre. J'étais en bonne santé, je n'avais pas d'habitudes extravagantes et changeais de chaussettes et de sous-vêtements tous les matins — parfois même deux fois par jour. Gérant d'un magasin de chaussures que m'avait laissé mon père — celui-ci était mort, fort proprement, d'un infarctus du myocarde à l'âge de soixante-quinze ans —, je travaillais enfin dans un bureau où tous les employés étaient impeccables, portaient des vêtements immaculés et n'avaient, moralement, rien à se reprocher.

— Mais, Breda ! m'écriai-je en lui tendant les bras pour la consoler et en lui effleurant par la même occasion ses doux seins sous plastique, tu n'as donc pas confiance en moi ? Tu ne crois pas en moi ? Tu ne... tu ne m'aimerais donc pas ?

Puis, la prenant par les épaules, je lui relevai le menton et l'obligeai à me regarder en face.

— Je suis propre. Tu peux me croire.

Elle détourna la tête.

— Je t'en prie, murmura-t-elle de sa plus petite voix, fais ça pour moi... Si tu m'aimes vraiment...

Pour finir, je lui obéis. Je la regardai me désirer à chaudes larmes, je regardai la fine feuille de plastique qui la moulait entièrement, et m'exécutai. Elle m'aida à entrer dedans, m'y fit deux trous pour les narines, m'en remonta la fermeture Eclair en plastique dans le dos et m'ajusta fermement le vêtement sur la tête. Il me moulait aussi parfaitement qu'une combinaison de plongée. Et tout, caresses, tendresse et doux abandon, tout fut à la hauteur de ce que j'avais espéré.

Ou presque.

Le lendemain, elle m'appela du bureau. Je travaillais à mes chiffres de vente en pensant à elle.

— Bonjour, lui lançai-je en lui roucoulant quasiment dans l'écouteur.

— Ecoute ça ! dit-elle d'une voix tremblante d'excitation.

— Dis, la coupai-je avec passion, c'était vraiment extraordinaire, hier soir.

— Ah oui, dit-elle, hier soir. Oui, oui. Et je t'aime, non, vraiment...

Elle marqua un temps d'arrêt pour reprendre son souffle.

— Mais bon, écoute-moi ça : je viens juste de recevoir le rapport d'un couple qui vit chez les Touaregs du Nigeria. Les

Touaregs sont des gens qui suivent les troupeaux et ramassent leurs excréments pour en faire du feu, tu vois ?

D'un petit bruit, je lui signalai que cela ne m'avait pas échappé.

— Bon. Et donc, avec ce caca, ils font aussi leurs huttes… c'est pas dément ça ? Et devine un peu… tu sais ce qu'ils mangent quand les temps sont durs ? Disons quand les récoltes sont mauvaises et que c'est à peine si les bêtes arrivent à tenir debout…

— Attends. Laisse-moi deviner, dis-je… Ils mangent du caca ?

Elle poussa un grand youpi.

— Oui, oui ! C'est pas fou, ça ? Du caca, qu'ils mangent, du caca !

Je lui en avais gardé une de derrière les fagots. Une maladie, s'entend. C'était un docteur de mes amis qui m'en avait parlé.

— Et l'onchocercose, tu connais ? dis-je.

— Non. Raconte, raconte !

La voix était émue.

— Afrique et Amérique du Sud. La mouche commence par te piquer et après, elle te pond ses œufs dans le sang et dès qu'ils sont éclos, les larves… tu sais, les petits vers blancs ?… hé bien, elles te remontent jusqu'aux yeux et on les voit gigoter partout, juste sous la membrane… ?

A l'autre bout du fil le silence s'installa.

— Breda ?

— Tu es répugnant, dit-elle. Vraiment répugnant.

— Mais je croyais que… lui renvoyai-je, et puis m'arrêtai. Je te demande pardon.

— Ecoute, dit-elle d'une voix de nouveau tendue, en fait, je t'ai appelé pour te dire que je t'aime, je crois, et aussi parce que je voudrais te présenter quelqu'un.

— Bien sûr, dis-je.

— Je voudrais te présenter Michael. Michael Maloney.

— Pas de problème, dis-je. Qui est-ce ?

Elle hésita, puis marqua un léger temps d'arrêt, comme si elle comprenait qu'elle allait trop loin.

— C'est mon médecin.

L'amour, ça demande du travail. Il faut savoir se courber, faire de subtils compromis, se sacrifier. Sans sacrifices, l'amour n'est rien. J'allai voir le docteur Maloney. Pourquoi pas ? J'avais déjà avalé du tofu, ironisé sur la lèpre et la bilharziose comme si j'en étais définitivement à l'abri, et fait l'amour dans un sac. Si ça pouvait la rendre heureuse et apaiser les craintes qui la rongeaient nuit et jour, alors oui, ça en valait la peine.

Le docteur Maloney travaillait chez lui, à Scarsdale, dans une maison imitation Tudor ton sur ton, avec allée serpentant entre des chênes aussi vieux que la Chrysler de mon grand-père. Barbe rousse et crâne rasé, il était encore assez jeune — la petite quarantaine, à mon avis — et portait des lunettes surdimensionnées à monture en plastique transparent. Il me prit tout de suite, oui : le jour même où je l'appelai, et m'accueillit en personne sur le pas de sa porte.

— Breda m'a parlé de vous, dit-il en me conduisant dans son cabinet voûté éclairé par des floods.

Il me toisa un instant du regard, marmonna quelques « oui, oui » dans sa barbe, puis, secondé par deux infirmières, Mlles Archibald et Slivovitz, me fit subir une série d'examens à faire rougir un astronaute.

D'abord, il y eut les mensurations, jusque et y compris celles des phalanges des doigts, des maxillaires, du crâne, du pénis et du lobe de l'oreille. Après quoi il passa au toucher rectal, à l'électro-encéphalogramme et à l'analyse d'urine. Enfin vinrent les examens — à savoir : tests de stress, tests épidermiques, réflexes, capacité pulmonaire (après avoir soufflé dans des ballons jaunes jusqu'à les faire exploser, je crachai encore dans une machine aussi grosse qu'un orgue Hammond), radios, numération séminale, plus un questionnaire long de vingt-quatre pages et couvrant des chapitres aussi divers que l'analyse des rêves, la généalogie et l'aptitude au raisonnement logique. Et, bien sûr, il me pompa du sang — afin de vérifier le fonctionnement de mes centres vitaux et d'établir la liste des maladies auxquelles j'avais été exposé.

— A moins d'avoir testé plus de cinquante anticorps, on n'est sûr de rien, dit-il en me cachant son regard derrière ses énormes lunettes. Le nombre de gens atteints de maux dont ils ignorent tout a de quoi surprendre.

Je n'aurais su dire s'il plaisantait ou parlait sérieusement. En me reconduisant à la porte, il me prit par le bras et m'annonça qu'on aurait les résultats dans une huitaine de jours.

Cette semaine fut la plus belle de ma vie. Il ne se passait pas un soir que je ne fusse avec elle. Le week-end arrivant, nous montâmes dans le Vermont, dans un centre de santé dont lui avait parlé sa cousine. Nous y soupâmes aux chandelles et, oui, de bonne et vraie nourriture. Après quoi nous enfilâmes nos combinaisons en Saran Wrap[1] et, joyeusement hygiéniques, fîmes l'amour. J'aurais voulu plus que cela, bien sûr, j'aurais voulu sentir sa peau contre la mienne, mais fus quand même rassasié et heureux. Vas-y doucement, me dis-je. Chaque chose en son temps. Une nuit que nous étions ainsi enlacés dans la grande forteresse blanche de son lit, j'ôtai le capuchon de ma combinaison et lui demandai si elle aurait jamais assez confiance en moi pour accepter de faire l'amour à l'ancienne, soit : à cru et sans aucune protection. S'étant elle aussi débarrassée de son capuchon, elle se détourna et me montra son inimitable profil de patricienne.

— Oui, dit-elle, la voix brusquement très basse. Oui, bien sûr. Dès que nous aurons les résultats.

— Les résultats ?

Elle se tourna vers moi, chercha mes yeux.

— Tu ne vas pas me dire que tu as déjà oublié ?

J'avais oublié. Eperdu, passionnément tendu, débordant d'amour comme je l'étais, j'avais oublié.

— Grand sot ! murmura-t-elle en suivant le contour de mes lèvres de son doigt élégamment plastifié. Et Michael Maloney, ça ne te dit rien ?

Un jour, la baraque s'écroula.

J'appelais, elle n'était pas là. J'essayais à son bureau, sa secrétaire m'informait qu'elle était sortie. Je lui laissais des messages. Jamais elle ne me rappelait. C'était comme si nous ne

---

1. Nom d'un emballage en plastique pour contact alimentaire. *(N.d.T.)*

nous étions jamais rencontrés, comme si j'étais un parfait inconnu, un démarcheur qui fait du porte-à-porte, un mendiant des rues.

Je campai devant sa maison. Une semaine durant je restai assis au volant de ma voiture et observai sa porte avec la dévotion fanatique du pèlerin agenouillé devant l'autel. Rien. Jamais elle ne rentrait chez elle ni n'en sortait. Je lui téléphonai à lui en faire péter le combiné, mis tous ses voisins à la question, hantai son ascenseur, son hall, la réception de son bureau. Elle avait disparu.

En désespoir de cause, je décidai d'appeler sa cousine de Larchmont que j'avais rencontrée une fois. Terne, le pull-over avachi et l'œil lugubre, elle m'avait fait l'effet d'une dame chez qui tous les gènes qui avaient si glorieusement profité à Breda auraient décidé de mal tourner. Que lui dire ? Je lui avais préparé un petit topo — ma mère était en train de mourir du côté de Phoenix, mes affaires marchaient mal, je buvais trop, pensais suicide, autodestruction et jour du Jugement dernier et donc, il fallait absolument que je lui parle, juste une fois, la dernière, bref, est-ce que, par hasard, vous ne sauriez pas où elle se trouve ? —, ce fut Breda qui décrocha.

— Breda, c'est moi, dis-je d'une voix étranglée. Je te cherche partout, je suis fou de...

Silence.

— Breda, qu'est-ce qu'il y a ? Tu n'as pas reçu mes messages ?

— Je ne peux plus te voir, dit-elle.

La voix était hachée, lointaine.

— Tu ne peux plus me... ?

J'en restai abasourdi. J'avais mal, la colère montait.

— Que veux-tu dire par là ?

— Tous ces pieds... ah non ! dit-elle.

— Tous ces pieds ?

Il me fallut une bonne minute pour comprendre qu'elle en avait après mon magasin de chaussures.

— Mais je n'en touche pas un seul ! m'écriai-je. Je travaille dans un bureau ! Comme toi. Un bureau climatisé ! Et dont toutes les fenêtres sont hermétiquement fermées ! Des pieds, je n'en ai pas touché un seul depuis l'âge de seize ans !

— Champignons, dit-elle. Psoriasis. Eczéma. Gomme.

— C'est quoi, ça ? L'épreuve de culture physique ? lui lançai-je d'une voix brisée par la colère. J'ai raté l'examen ? C'est ça ?

Elle refusa de me répondre.

Je frissonnai par tout le corps.

— Qu'est-ce qu'il a dit ? Qu'est-ce qu'il a dit, c't'espèce de fumier ?

Sur la ligne il y eut comme un lointain tic-tic, comme une infime pulsation qui traversait le temps et l'espace. Doucement les millions de kilomètres du réseau de la Bell Telephone se mirent à trembler.

— Ecoute, la suppliai-je, laisse-moi te revoir au moins une fois, rien qu'une… c'est tout ce que je te demande. On en reparle, on… tiens, qu'est-ce que tu dirais d'un pique-nique ? A Central Park ? On pourrait étaler une couverture… chacun son coin… on…

— Maladie de Lyme, dit-elle.

— Maladie de Lyme ?

— Répandue par la tique. Et dans l'herbe, ça grouille, les tiques. Paralysie de Bell, méningite, parois du cerveau qui gonflent comme de la pâte à crêpes.

— Bon. A Rockefeller Center ? Près de la fontaine ?

— Pigeons, me renvoya-t-elle d'une voix morte. Des rats volants, c'est tout ce que c'est.

— Chez Helmut ? On pourrait se retrouver chez Helmut. Je t'en supplie. Je t'aime.

— Désolée.

— Breda, s'il te plaît, écoute-moi. On était si proches…

— C'est vrai, dit-elle.

Et alors je repensai à cette première soirée que j'avais passée chez elle, au gamin dans sa bulle, à nos combinaisons en Saran Wrap et encore, ô vertige, j'éprouvai l'étendue de notre amour, lorsque, tel le marteau-pilon, elle acheva sa phrase :

— Mais pas tant que ça.

Ike et Nina

Le temps a jeté un voile sur l'affaire. Les protagonistes s'enfoncent désormais dans l'oubli : je crois donc pouvoir aujourd'hui, sans mauvaise conscience, révéler les faits qui ont entouré l'une des liaisons les plus secrètes et les plus étonnantes de notre époque : je veux parler de l'*affaire de cœur* qui unit le trente-quatrième président des Etats-Unis et celle qui était alors la première dame d'Union soviétique. Oui : l'aigle et l'ours, réchauffant la guerre froide à la flamme de leur passion. Dwight D. Eisenhower — Ike — viril, fringant, sportif, dans les bras de Madame Nina Krouchtcheva, la svelte et séduisante institutrice ukrainienne. Derrière des portes closes, dans des toilettes d'ambassades et des couloirs d'hôtels, ils s'abandonnèrent à l'urgence de leurs amours interdites, tandis que la paix et la stabilité du monde civilisé étaient dans la balance.

Etant donné la nature délicate — ou pour mieux dire sensationnelle — de ce qui suit, je me suis efforcé de raconter cette histoire de manière aussi détachée que possible. Et je dois ajouter pour ma propre défense que si je prends la parole aussi tardivement, c'est dans le seul souci de donner aux générations futures un regard plus informé sur cette période troublée. Certains seront choqués par ce qu'ils liront ici, et d'autres émus. D'autres encore — les inévitables négateurs et sceptiques — auront peut-être de la peine à me croire. Mais avant de refuser d'en savoir davantage, permettez-moi de vous rappeler à quel point il fut à une certaine époque impensable d'accorder foi aux rumeurs concernant un Errol Flynn flirtant avec les Nazis et les homosexuels, un Roosevelt entiché trente-trois ans durant de Lucy Mercer, ou l'irré-

Titre original : « Ike and Nina », publié par *Paris Review*. Traduction de Jef Tombeur.

sistible attirance d'un Ted Kennedy pour une assistante de campagne électorale, jeune ingénue de onze ans sa cadette. La vérité est souvent difficile à avaler. Mais aucun historien digne de ce nom, aucun journaliste qui se respecte, aucun témoin scrupuleux des événements qui, dans l'histoire des hommes, ont ébranlé la planète et bâti leur époque, n'a jamais blêmi devant elle.

Voici donc l'histoire d'Ike et de Nina.

En septembre 1959, j'étais l'assistant d'un second couteau du personnel politique d'Eisenhower. J'avais trente et un ans, j'étais diplômé de droit international, et j'étais conseiller auprès de la faculté de langues slaves de l'une de nos grandes universités [1]. J'avais eu très peu de contacts avec le président, que je n'avais en vérité vu que deux fois dans les dix-huit mois que j'avais passés à la Maison-Blanche (la première fois je cherchais un distributeur d'eau quand je l'avais aperçu — une fugitive vision de son front radieux — en réunion restreinte dans une pièce isolée avec Foster Dulles et Andy Goodpaster ; une semaine plus tard, alors que je me pressais dans un couloir avec une liasse de rapports à déchiqueter, je l'avais entrevu qui sortait par une porte de service avec ses clubs de golf). Ainsi que des dizaines de jeunes gens brillants et ambitieux mis en apprentissage chez les puissants, je n'étais à ce stade de ma carrière qu'un factotum, un brasse-papier, enfoui si loin dans les structures du pouvoir que je devais sans doute le céder dans la hiérarchie au mitron chargé de tortiller les croissants pour le chef-pâtissier. J'avais des qualités — je n'en doutais pas — mais elles n'avaient pas encore été mises à l'épreuve, et, pour autant que je sache, j'étais ignoré. Vous imaginez donc ma surprise quand un matin de bonne heure je fus convoqué au Bureau Ovale.

Il faisait lourd, et malgré le ronronnement qui dans les couloirs témoignait de la bienveillante activité des climatiseurs, ma chemise était trempée quand j'arrivai devant l'entrée du saint des saints présidentiel. Un cerbère en uniforme et au poil ras poussa la porte, aboya mon nom et me fit entrer. J'étais rempli de perplexité, d'appréhension, d'une crainte sacrée. La porte se

1. Je préfère ne pas la nommer, tout comme j'ai choisi de ne pas révéler ici ma véritable identité, pour d'évidentes raisons.

referma derrière moi avec un clic discret, et je me retrouvai dans le Bureau Ovale, seul devant le président des Etats-Unis. Ike était debout devant la fenêtre ; il contemplait les arbres en sifflotant *La Valse du Soupirant* et retournait entre ses doigts un livre de mots croisés. « Bien », dit-il en me faisant face pour me tendre la main, « M. Paderewski [1], c'est cela ? »

« Oui, Monsieur le Président », répondis-je. Il prononçait mon nom « Paderousski ».

« Bien », répéta-t-il en me jaugeant de ses yeux bleu acier tandis qu'il traversait la pièce d'un pas guilleret et balançait le livre sur son bureau, comme un frappeur laissant négligemment tomber sa batte après avoir une nouvelle fois projeté la balle hors des limites du stade. Il avait l'allure d'un homme décidé à en découdre de ses deux mains, d'un gymnaste, d'un athlète sur la ligne de départ, d'un joueur de golf professionnel prêt à swinguer du fer 9. Ne vous laissez pas abuser par toutes ces histoires de santé déclinante : c'est ainsi qu'il m'apparut ce matin-là de septembre dans le Bureau Ovale : les épaules larges, la taille mince, alerte et impérieux. Ni les crises cardiaques répétées ni un accès d'iléite n'avaient le moins du monde entamé le vieux soldat. A deux semaines de son soixante-neuvième anniversaire, il était aussi pétulant qu'un lycéen le soir des *proms* [2]. Ce qui me ramène à la raison de cette convocation.

« Vous êtes un bon élément, n'est-ce pas Paderewski ? » demanda Ike.

Je répondis par l'affirmative.

« Et vous parlez le russe, c'est bien cela ? »

« Oui, Monsieur le Président — ainsi que le polonais, le serbe, le serbo-croate et le slovène. »

Il poussa un grognement et posa une fesse sur le coin de son bureau. La lumière qui venait de la fenêtre jouait sur le sommet de son crâne, pour en faire un second soleil. « Vous êtes informé de la prochaine visite du chef de l'Etat soviétique et de — hm — son épouse ? »

J'acquiesçai.

1. J'ai adopté ce pseudonyme pour le présent récit et par concession aux nécessités narratives.
2. Soirée et bal de fin d'études dans les écoles américaines. *(N.d.T.)*

« Parfait, parfait, Paderewski, car à compter de cet instant je fais de vous mon adjoint personnel pour toute la durée de cette visite. » Il me considéra comme si j'étais une forme de vie étrange et insignifiante qui mériterait un examen plus approfondi au microscope, du regard de l'homme qui avait pourchassé des armées à travers l'Europe et poussé Hitler dans la tombe. « Tout ce qui pourra arriver, chacun des ordres que vous recevrez, devra être traité de manière strictement confidentielle — top secret — est-ce bien clair ? »

Je me sentis imparti d'une mission, gonflé d'importance et de dignité. Voici que je me trouvais soudain élevé du rang pour seconder de mes modestes talents le premier citoyen de la nation, le général-en-chef lui-même. « Parfaitement clair, Monsieur le Président », répondis-je en réprimant l'impulsion de me mettre au garde-à-vous.

Il parut rassuré et, prenant une pose détendue sur son bureau, me fit le compte rendu long et compliqué d'un article qu'il avait lu dans le *National Geographic*, où il était question des pyramides d'Egypte et de la manière dont les membres du cortège funéraire du pharaon étaient énucléés sur place, ou bien emmurés avec leur maître — ou quelque chose de ce genre. Ne sachant que faire de cette histoire, j'affichai une moue méditative. Quand il eut terminé je le gratifiai d'un sourire qui eût fait fondre la banquise.

Ike me renvoya mon sourire.

Vous aurez déjà deviné, j'en suis sûr, en quoi devaient consister mes fonctions spéciales — j'étais appelé à servir d'intermédiaire entre Ike et Mme Khrouchtchev, de porteur de messages, de chambrière et de pourvoyeur de prétextes : je serais l'entremetteur du président. Avec le recul, je puis dire en toute honnêteté que je n'ai éprouvé alors aucun scrupule, pas plus que je n'en éprouve aujourd'hui, concernant mon rôle dans cette affaire. Non. J'ai le sentiment d'avoir bénéficié d'un privilège — celui d'être le témoin de l'une des grandes passions de notre époque, d'un amour à la fois tendre et profane, un amour qui couva à l'abri du regard méfiant de deux nations rivales pour finalement éclater en étreintes passionnées et en insatiables baisers.

Ike, ainsi que je devais l'apprendre plus tard, était tombé sous le charme de Madame K. en 1945, lors de sa visite triomphale à

Moscou après la chute du Troisième Reich. Cela se passa le dernier jour de cette visite, un jour mémorable : le Japon venait de jeter l'éponge et la guerre mondiale se terminait enfin. Harriman avait organisé une réception et un buffet à l'ambassade des Etats-Unis pour célébrer l'événement et honorer Ike et son frère d'armes, le maréchal Joukov. A la modeste suite d'Ike étaient venus se joindre une poignée de militaires et de politiques russes de haut vol. La soirée finit dans un joyeux tumulte : on chantait, on dansait, on échangeait de grandes tapes sur l'épaule. Les bouchons sautaient, la vodka coulait à flots, la salle résonnait de clameurs excitées. Et c'est alors que Nina Krouchtcheva fit son entrée.

Ike resta stupéfié. Soudain rien n'exista plus pour lui — ni Joukov, ni Moscou, ni Harriman, ni l'armistice, ni le « Chant des Bateliers de la Volga » qui un instant plus tôt résonnait à ses oreilles — seule comptait cette vision apparue dans l'encadrement de la porte, simple, sans ornements, élégante, digne d'une authentique princesse de cette terre. Il ne savait que dire, il ignorait qui elle était. Les seuls mots de russe qu'il connût — *zdrasvitié* et *spassibo* [1] — lui montèrent aux lèvres comme une prière éperdue. Il supplia Harriman de la lui présenter et passa près d'elle le reste de la soirée, affable comme à son naturel, abîmé dans les calmes profondeurs de ses yeux aux riches couleurs de limon — envoûté. Il n'avait pas besoin d'interprète.

Dix longues années allaient s'écouler jusqu'à leur prochaine rencontre, des années qui verraient la mort de Staline, l'ascension de Khrouchtchev, et l'accession fulgurante d'Ike lui-même à la présidence des Etats-Unis. Pendant tout ce temps, alors que croissait l'hostilité entre leurs pays, Ike et Nina chérirent le souvenir de leur éphémère rencontre. Pour sa part, Ike pensait que lui était apparue une vision, qu'il avait bu à la coupe de la perfection, qu'aucune autre femme ne pouvait espérer l'emporter — ni Mamie, ni Ann Whitman, ni même son ancien béguin, la ravissante et brillante Kay Summersby. Il éplucha les dossiers de la CIA sur cette âme envoûtante qu'était Nina Petrovna, épouse du leader soviétique ; il remplit un album de photos d'elle et d'articles de presse détaillant les déplacements de son mari. Par deux fois, risquant tout, il put commu-

1. « Bonjour » et « merci ».

niquer avec elle par le truchement d'un agent discret et dévoué de la CIA. En juillet 1955 il s'envola pour Genève, avide de coexistence pacifique.

A la Conférence de Genève ils se trouvèrent à nouveau réunis, et ce qui avait débuté dix ans plus tôt comme un vif engouement fleurit dans la maturité et la passion d'un amour qui devait les hanter jusqu'à leur dernier jour. Ike était dans la force de l'âge : guerrier debout, dirigeant rusé, il était capable à soixante-cinq ans de se débarrasser d'un infarctus comme d'un simple rhume ; Nina, de dix ans plus jeune, s'épanouissait dans sa plénitude de femme, charmante, solide, ses lèvres d'elfe ornées d'un doux et impénétrable sourire. Par des subterfuges qui eussent fait des nœuds dans les services de renseignement de leurs pays respectifs, ils réussirent à voler dix minutes ici, une demi-heure là — parvenant, en dépit des pourparlers, des dîners officiels, des réceptions et des abrutissantes cascades de discours, à apaiser le feu de leur désir et à sanctifier à jamais leur amour. « Sans contacts personnels », déclara Ike à un dîner en l'honneur de la délégation soviétique, ses juvéniles yeux bleus posés sur Mme Khrouchtchev, « on pourrait imaginer que l'autre mesure quatre mètres de haut et a des cornes et une queue. » Russes et Américains répondirent ensemble par un tonnerre de rires et d'applaudissements. Nina Pétrovna, première dame d'Union soviétique, rougit en baissant les yeux sur sa poularde à la Kiev.

Et c'est ainsi que, lorsque le gigantesque TU 114 soviétique se posa en rugissant sur la base aérienne d'Andrews en septembre 1959, je me tenais aux côtés de mon président, la gorge nouée : moi seul savait ce que représentait réellement pour lui cette visite soviétique, moi seul savait à quel fil ténu était suspendu l'équilibre de la paix mondiale. A quoi pouvait songer le président quand les roues du grand avion fuselé touchèrent la piste ? Je ne puis que l'imaginer. Peut-être pensait-il qu'elle l'avait oublié, ou que l'insistante curiosité de la presse les empêcherait de voler ces rares et précieux instants passés ensemble, ou encore que son mari — cette brute à tête de torpille — les démasquerait et, dans sa rage, mettrait le monde à feu et à sang. Songez à Ike en cet instant, songez aux obstacles quasiment infranchissables qui se dressaient devant lui, et vous comprendrez pourquoi je le considère comme l'un des amants les plus passionnés de tous les temps. Roméo ne lui arrive pas à la cheville, pas plus que Douglas Fairbanks ; et même un Edward Windsor éperdu d'amour pâlit de la comparaison. Quoi qu'il en soit, il bondit sur l'occasion comme un bédouin retrouvant l'oasis : un rendez-vous était prévu le soir même, et je devais en être l'instrument.

Les cérémonies de bienvenue à la base d'Andrews, pendant lesquelles Ike dut se contenter d'échanger des sourires et une poignée de main avec le *premier* et la *premiersha*, furent suivies d'un banquet officiel à la Maison-Blanche, avec l'ambassadeur Menchikov, Khrouchtchev et sa suite, Ike et Mamie, Christian Herter, Richard Nixon, et d'autres ; puis les femmes se retirèrent dans le Salon Rouge pour le café. J'étais assis à côté d'Ike pendant tout le repas, après quoi je m'attardai dans le vestibule qui donne accès au Salon Rouge. Au dîner, Ike avait baisé la main de Madame K., et ils s'étaient entretenus avec animation pendant quelques minutes, mais en masquant si bien leurs émotions que nul n'aurait pu deviner qu'ils étaient autre chose que deux affables personnages faisant assaut de courtoisie en société. Moi seul savais.

J'interceptai la *premiersha* lorsque, dans un feu d'artifice de flashs, elle ressortit du Salon Rouge en compagnie de Mamie. Ainsi que j'en avais été instruit, je lui pris le bras pour l'escorter jusqu'au Salon Est, où l'attendait pour le clou de la soirée un récital de chansons américaines. Je lui parlai en russe, bien qu'à ma surprise elle semblât avoir quelques rudiments de conversation anglaise (était-ce un souvenir de ses années d'enseignement, ou avait-elle potassé pour Ike ?). Tel un Cyrano, je lui confiai que le président se mourait d'une tragique impatience, n'avait pensé qu'à elle pendant les quatre années qui s'étaient écoulées depuis Genève, et je lui récitai un poème galant qu'il avait composé pour elle en anglais — j'en ai oublié le propos, mais il bouillonnait de préciosités élisabéthaines et de métaphores guerrières, de cœur déchirés, de bastions à défendre, et de références à l'artillerie lourde, aux casemates et aux escarpements de l'amour à conquérir. Enfin, sur le seuil du Salon Est, je lui glissai un bout de papier dans la main. Il y était simplement écrit : *3 heures du matin, porte de service, Blair House.*

A trois heures moins cinq, dans une limousine de location sans marques extérieures, le président et moi nous arrêtions au bord du trottoir à peu de distance de Blair House, où Khrouchtchev et sa suite étaient installés pour la nuit. J'étais au volant. Le panneau vitré s'ouvrit et la voix du président m'enveloppa, surgie de l'ombre : « OK, Paderewski, à vous de jouer — et bonne chance. »

Je sortis de la voiture et remontai le trottoir. La nuit était tiède et humide, et l'obscurité faisait un manteau — les lampadaires semblaient assourdis comme si on les avait voilés pour l'occasion. Chaque coin d'ombre grouillait bien sûr d'agents des Services Secrets — il y en avait assez autour de Blair House pour remplir deux fois le Stade du Mémorial — mais ils me laissèrent la voie libre. (Ike avait tout arrangé : une seule personne devait être autorisée à entrer par l'arrière de Blair House à trois heures précises ; deux en ressortiraient un instant plus tard.)

Elle m'attendait près de la porte, vêtue d'un pantalon, d'un manteau et d'un chapeau d'homme. « Madame Krouchtcheva ? » murmurai-je. *« Da »*, répondit-elle, la voix douce comme un baiser. Nous traversâmes le jardin d'un pas rapide, et je la menai jusqu'à la voiture en admirant l'habileté d'Ike : si quiconque — même parmi les légions d'agents des Services Secrets, de la CIA et du FBI — nous avait vus, on aurait pris la dame pour son mari et on en aurait conclu qu'Ike avait mis sur pied une entrevue privée et ultrasecrète. Je me glissai à la place du conducteur et la voix d'Ike, chavirée d'émotion, surgit à nouveau : « En route, Paderewski, dit-il, en route pour les étoiles. » Et la vitre se referma dans un claquement passionné.

Pendant deux heures je fis le tour du Capitole avant de revenir, comme prévu, à Blair House où je garai la voiture en bas de la rue. Lorsque j'arrêtai le moteur je les entendis, Ike et Nina, qui chuchotaient, s'embrassaient, froissaient leurs vêtements. Elle partit d'un petit rire. Ike sifflotait. Elle rit à nouveau, d'un charmant tintement de clochettes, musical et juvénile — si je n'avais pas été au courant j'aurais pu imaginer qu'Ike était là en compagnie d'une étudiante. Je songeais non sans satisfaction que l'affaire était pratiquement bouclée quand le panneau s'ouvrit. « OK, Paderewski, on file », dit Ike. J'entendis un baiser prolongé, chose que tout le monde reconnaît non pas tant par expérience — car après tout qui écoute ? — que grâce à l'attention qu'y ont apportée les ingénieurs du son d'Hollywood. Puis les dernières paroles adressées par Ike, dans un susurrement passionné, des paroles qui restent gravées dans ma mémoire comme dans la pierre : « A notre prochaine rencontre », murmura-t-il.

Il se passa alors une chose curieuse, au moment précis où j'ouvris la porte pour Mme Khrouchtchev : une voiture venait dans notre direction, une voiture de marque étrangère, qui ralentit lorsque Mme K. descendit de la limousine. Rien de plus : elle ralentit, c'est tout. J'y prêtai à peine attention sur le coup, mais l'écho de cet instant devait résonner dans l'histoire. Le cliquetis du moteur disparut ; les grillons crissaient. Sans plus attendre, je reconduisis Mme Khrouchtchev jusqu'à Blair House, la fis entrer, et revins à la limousine.

« Bien joué, Paderewski, bien joué », dit Ike comme je passais la marche avant pour remonter la rue. Et il fit alors une chose qu'il n'avait pas faite depuis des années : il alluma une cigarette. J'observai la lueur de l'allumette dans le rétroviseur, et je le vis souffler la fumée avec un air de parfait contentement, comme s'il venait de traverser le Potomac à la nage ou de dompter un mustang pour une publicité télévisée. « A la Maison-Blanche, dit-il, presto. »

Six heures plus tard, Madame K. apparut avec son mari sur le perron de Blair House pour répondre aux questions des journalistes. Elle portait un discret chemisier de soie gris et une pointe de rouge à lèvres. L'un des reporters lui demanda ce qu'elle souhaitait surtout voir pendant sa visite aux Etats-Unis, et elle jeta un bref regard à son mari avant de répondre (aussi imperméable à l'anglais qu'il aurait pu l'être au vénusien, il arborait un large sourire pour montrer ses dents pointues). « Tout ce qui intéresse le plus M. Khrouchtchev », dit-elle. Les journalistes n'en demandaient pas davantage : les flashs crépitèrent, et un essaim de communiqués prit la voie des airs. Qui aurait pu deviner ?

Ensuite les Khrouchtchev se rendirent par train spécial à New York, où Madame K. était invitée à un déjeuner au Waldorf pendant que son mari haranguait un groupe de capitaines d'industrie dans le salon d'Averell Harriman. Tous les postes de radio de la ville braillaient « le Cha-Cha de Moscou » et « L'Ours a franchi l'océan » de Jimmy Driftwood. Une escouade des plus beaux spécimens du Département de la Police de New York — un mètre quatre-vingts minimum, experts en jiu-jitsu et tireurs d'élite — formaient un mur humain autour du Premier ministre et de son épouse pendant qu'on leur montrait les beautés de la *Big Apple*. New York avait déroulé le tapis rouge ; les Khrouchtchev le foulèrent avec un air de digne satisfaction, qui bientôt se transforma en une gaieté démonstrative et insouciante. En montant avec Nina dans l'avion qui devait le conduire à Los Angeles, Nikita cabotinait pour les photographes, embrassait des bébés, serrait des mains avec le zèle d'un candidat à la présidence.

Et alors le ciel nous tomba sur la tête.

A Los Angeles, officiellement parce que le discours musclé du maire Paulson l'avait irrité, et aussi parce qu'il avait découvert que Disneyland ne faisait pas partie du programme, réapparut le Khrouchtchev rageur, celui qui tapait sur les tables et domptait les Magyars : il fit un esclandre. Les Américains étaient des rustres mal léchés, qui ne l'avaient invité à traverser la moitié du monde que pour l'insulter. La coupe était pleine. Il écourtait son voyage et rentrait à Moscou.

J'étais avec Ike quand les premières images de l'éclat du chef d'Etat soviétique apparurent sur les écrans. Bedonnant et truculent, les bajoues tremblantes, les poings dressés, Khrouchtchev donnait au pays des leçons d'étiquette tandis que Nina, tête baissée, se tenait humblement près de lui. D'une voix pincée qui aurait pu sortir de la marionnette d'un ventriloque, Ike murmura : « Mon Dieu, il sait tout. » (Et soudain je me rappelai la voiture qui avait ralenti, la vision fugitive d'un visage blafard derrière la vitre teintée, et je pensai à Alger Hiss, aux Rosenberg, au vaste réseau d'espions soviétiques qui opéraient sans entraves dans le pays de la liberté : en fin de compte on l'avait vue.) Hochant la tête, Ike se leva, traversa la pièce, et alluma une nouvelle cigarette *verboten*. Il semblait las, immensément vieux : c'était Rip Van Winkle[1] qui sortait de son long sommeil pour retrouver son fusil couvert de rouille. « Eh bien, Paderewski », soupira-t-il, un nuage bleu accroché en volutes aux mèches argentées de ses tempes, « nous voici dans la merde jusqu'au cou, me semble-t-il. »

1. Dans le récit de Washington Irving (1820), Rip Van Winkle s'endort pour échapper à une épouse acariâtre, et se réveille au bout de vingt ans pour découvrir un monde méconnaissable. *(N.d.T.)*

Il avait raison, mais en partie seulement. Il faut reconnaître que Khrouchtchev sut couvrir sa retraite avec un art consommé — après tout, comment aurait-il pu révéler une affaire aussi scabreuse, aussi insultante, sans perdre la face et se transformer aussitôt du maître viril et belliqueux qui menait les masses soviétiques d'une poigne de fer en un cocu rondouillard et pitoyable ? Il se laissa adoucir par les excuses de Paulson et de Cabot Lodge pour l'insulte présumée, posa avec Shirley MacLaine à la Twentieth Century Fox, et s'envola pour une visite crispée à San Francisco. Il fit un arrêt dilatoire sur le chemin du retour vers Washington, où l'attendait l'inévitable confrontation avec l'homme qui s'était soudain révélé être un rival en amour comme en idéologie. (Vous vous souvenez, j'en suis sûr, de ces célèbres photos de *Life*, *Look* et *Newsweek*, qui montrent Khrouchtchev jetant un regard salace sur un épis de maïs phallique, tapotant la panse d'un quidam coiffé en brosse à la ferme Garst, dans l'Iowa, ou brandissant un porcelet par la peau du cou. Examinez-les à nouveau — en les rapprochant des photos d'avant Los Angeles — et vous serez frappé par le mélange de fureur jalouse et d'incompréhension qui marque les traits du leader soviétique, et par le regard doux, tragique et abattu de sa femme.)

J'étais dans la voiture du président lorsqu'il se rendit à Camp David pour les pourparlers qui devaient marquer le temps fort de la visite de Khrouchtchev. Il était vaincu, défait, sa voix avait perdu toute couleur. Il s'était préparé pour ces discussions comme il s'était préparé pour la campagne d'Europe, échafaudant des stratagèmes et des ruses, étudiant des plans, repérant le terrain, convaincu qu'il pourrait enlever sa dulcinée pour une ou deux heures d'idylle sous les pins. Il ne lui restait à présent aucune chance. Aucune chance, en vérité, de jamais la revoir. Il était affaissé sur le siège, la tête appuyée contre la lunette pare-balles comme s'il n'avait plus la force de la tenir droite. Et alors — de ma vie je n'ai rien vu d'aussi émouvant, d'aussi profondément désolant — il se mit à pleurer. Je lui offris mon mouchoir, qu'il repoussa d'un geste, la poitrine déchirée de grandes vagues de sanglots. Ses fascinants yeux bleus, qui avaient contemplé d'un regard égal les scènes de destruction les plus abominables dans l'histoire du monde civilisé, étaient rougis d'un chagrin qui passait le désespoir. « Nina », fit-il dans un hoquet, et il enfouit son visage dans ses mains.

La suite, vous la connaissez. Les « difficiles » négociations de Camp David (qui officiellement portaient sur la question du Mur de Berlin), le report, demandé par le chef d'Etat soviétique, de la visite d'Ike au printemps, « quand tout refleurira », puis l'annulation pure et simple de l'invitation, et le discours virulent de Khrouchtchev contre Eisenhower à la suite de l'incident de l'avion U-2[1]. Ensuite ce fut la dernière année du mandat d'Ike, sa torpeur, ses problèmes cardiaques — *des problèmes de cœur* : peut-on pousser plus loin l'ironie ? — et son vieillissement rapide et visible, comme si chaque instant de chaque jour pesait sur lui ainsi qu'une éternité. Et enfin la dernière image que nous avons conservée de lui : celle d'un aimable vieux bonhomme, un tantinet gâteux, pourchassant une balle blanche à travers les links comme une partie de lui-même qu'il aurait égarée.

Quant à moi, je fus rapidement rétrogradé après la visite des Khrouchtchev — j'eus presque le sentiment d'être une gêne pour Ike, et en un sens je suppose que cela était vrai, puisque je l'avais vu la garde baissée et le cœur à nu. Je quittai le gouvernement quelques mois plus tard, pour mener depuis lors une carrière universitaire en tous points satisfaisante — j'ai de bonnes chances en fait d'obtenir une titularisation dans l'année qui vient. Ma vie a été riche et pleine. Elle a eu ses hauts et ses bas, ses années d'existence au quotidien et quelques moments inoubliables au faîte de l'histoire des hommes. Quand je songe à tout cela, aux milliers d'événements dont j'ai été le témoin, aux amours que j'ai vécues, aux émotions qu'ont fait naître en moi les tragédies de notre temps, je puis dire avec une respectueuse gratitude et la plus profonde sincérité que rien ne m'a davantage ému et tendrement étonné que la joie, le chagrin, l'envolée épique de cet amour contrarié d'Ike et de Nina. Je repense à la guerre froide, à l'escalade nucléaire, à la Hongrie, à la Corée, à l'incident de l'U-2, et en fin de compte tout fait pâle figure en regard de ceci : il l'aimait, et elle l'aimait.

---

1. Incident diplomatique majeur causé, en 1960, par l'interception au-dessus du territoire soviétique d'un avion de reconnaissance américain en mission d'espionnage. *(N.d.T.)*

Les jardins sous la terre

« Mais vous ne me connaissez pas si vous pensez que j'ai peur. »

Franz Kafka, *Le Terrier*

De fait il ne savait bien faire qu'une chose, — creuser. Il creusait pour manger, il creusait pour respirer, il creusait pour vivre et pour dormir. Il creusait parce que c'était de la terre qu'il avait sous les pieds et qu'on le payait pour la déplacer. Il creusait parce que c'était sacré, parce que c'était honorable et sain. Enfant en Sicile, avec ses frères il s'était tenu sous le soleil qui tape comme un marteau et jour après jour il avait planté sa pelle dans la peau de l'antique et vénérable terre des vergers de son père. Jeune homme à Boston, puis à New York, il avait foui tel le rongeur sous les rues et les fleuves, récuré les parois des tunnels du métro et les murs des aqueducs, abattu son pic et levé sa pelle, travaillé la poussière. Et maintenant il avait trente-deux ans et, son titre de propriété en poche (trente-cinq hectares d'une terre sinistre et recuite), se trouvait en Californie. Et creusait.

AMIS !

VENEZ AU PAYS DE LA FERTILITÉ ! CELUI OÙ LE SOLEIL BRILLE TOUTE L'ANNÉE ET OÙ JAMAIS LA TERRE NE SE SOUMET AU GEL ! VENEZ SUR LA TERRE QUE LES ANGES ONT BÉNIE ! VENEZ EN CALIFORNIE !

Titre original : « The Underground Gardens », publié par *The New Yorker*. Traduction de Robert Pépin, 1998.

Ecrivez dès maintenant à :
Euphrates Mead, Boîte postale 9
Fresno, Californie.

Oui, c'était irréfutable, la terre ne gelait jamais. Mais le ciel la brûlait jusqu'à ce qu'elle soit comme pierre, jusqu'à ce qu'elle soit aussi dure et impénétrable que les briques d'adobe que les Indiens et les Mexicains empilaient afin de construire leurs maisons minables et poussiéreuses. Ça, Baldasare l'avait découvert dans les torpides léthargies de l'été 1905, quelques jours à peine après avoir débarqué du train avec sa pioche, sa pelle, sa valise en carton et sa maigre provision de pâtes sèches, de farine et de haricots. Il avait traversé tout le pays pour prendre possession de la terre qui bientôt resplendirait sous les feuilles dentelées et les vrilles joliment recourbées de ses plans, ceux des Vignobles Baldasare Forestiere.

Lorsqu'il était descendu du train, dans l'air chaud et sentant bon les choses qui croissent et se multiplient, il était si plein d'espoir que c'en était presque l'extase. Il y avait des oliviers en Californie, et encore des orangers, des citronniers et des limettiers, des palmiers et les champs de vigne et de coton qui avaient rempli les fenêtres du train de toutes sortes de promesses. Fini la neige et la gadoue, fini les pieds mouillés et les caoutchoucs, fini la grippe qui confisque tout ce qu'on a de forces dans le dos et les bras, il n'y avait plus que de la chaleur, de la bonne chaleur sicilienne, celle qui cuit le bonhomme jusqu'à ses os de Sicilien heureux, jusqu'à la moelle.

La première chose qu'il avait faite à la gare avait été de demander son chemin. Labyrinthe de verbes menaçants et de cris rauques et tronqués qui sonnaient faux à ses oreilles, son anglais n'en étant pas moins convenable, il s'était vite retrouvé à revenir sur ses pas et suivre la voie ferrée. Cinq kilomètres vers le sud et après, on remonte un ruisseau asséché jusqu'à l'endroit où deux chênes écorchés par le feu se réunissent comme des bras qui s'étreignent, il ne pouvait pas louper sa propriété. En tout cas, c'était bien ce que le type du quai lui avait dit. Avec sa salopette et son chapeau de paille, son nez long et ses deux mouchetures en guise d'yeux au milieu de la figure, c'était un paysan, on ne pouvait s'y tromper. « C'est là qu'y a tous les Ritals, lui avait-il précisé, là où Mead leur a vendu. C'est bien trente-cinq hectares que vous avez, non ? C'est ce que je me disais. Comme les autres ».

A peine arrivé, Baldasare avait posé sa valise en carton par terre et n'avait pu s'empêcher de tout parcourir à pied, oui, ses trente-cinq hectares, en tenant droit devant lui comme une baguette de sourcier la carte d'arpenteur qu'Euphrates Mead lui avait envoyée par courrier. Bruns en mille dégradés et gris vert complètement brûlé, la terre était pâle et partout couverte de cardères dont les tiges épineuses et délabrées tombaient déjà en poudre sous ses pas ; leur duvet s'insinuait dans le col ouvert de sa chemise, dans ses chaussettes et ses chaussures, sous la ceinture de son pantalon, était démangeaison de la terre, abrasive et sans pardon. Au-dessus de lui, des vautours montaient dans les courants d'air comme cendre ailée. Des lézards filaient sous ses pieds.

Ce soir-là, il mangea des sardines à même la boîte, en trempant des crackers dans les restes qui s'étaient collés dans les coins et en léchant l'huile sur ses doigts, puis il étendit une couverture sous un de ses nouveaux chênes et dormit comme si on l'avait assommé. Le lendemain matin, il gagna la ville à pied et y acheta une brouette. Il la remplit de provisions et y ajouta deux bidons de vingt litres qui avaient jadis contenu de l'huile d'olive, mais étaient maintenant remplis d'eau, enfin… d'une variante oléagineuse et à fort goût de fer-blanc de ce qu'il savait être de l'eau. Puis il souleva les deux brancards de sa brouette neuve jusqu'à ce que les muscles du bas de son dos se tendent comme à l'accoutumée et poussa son engin le long de l'interminable chemin qui conduisait au site des futurs Vignobles Baldasare Forestiere.

Il avait toujours vu grand, même lorsque, petit garçon, il errait dans les vergers de son père, ceux qui ne lui appartiendraient jamais à cause d'un double caprice de la biologie et du destin, — ses frères étaient nés avant lui. Que, ce qu'à Dieu ne plaise, Pietro ou Domenico s'en vienne à mourir ou émigrer en Argentine ou en Australie, il trouverait toujours l'autre sur son chemin. Mais cela ne l'avait pas découragé : Baldasare se savait promis à la gloire. Au contraire de ses frères, il avait le don de voir les choses ainsi qu'elles le deviendraient un jour, et s'était donc vu en Amérique, ici même, à Fresno : ses trente-cinq hectares de terre croulaient sous les vignes, les énormes foudres en chêne pour la fermentation se dressaient dans ses caves fraîches, sa maison, — elle avait quatre pièces et une véranda —, trônait au sommet d'une colline, son épouse se tenait fièrement au milieu de la véranda tandis que ses quatre fils et ses trois filles couraient au loin comme poulains et pouliches dans la cour.

Ce jour-là, le premier, il ne s'arrêta même pas pour manger. Les yeux brûlants de la sueur qui le piquait et les mains comme remodelées autour des brancards polis qu'il y serrait, il fit encore trois allers-retours en ville, — soit un total de dix-huit kilomètres, dont la moitié en poussant sa brouette surchargée. On le remarqua tandis qu'en voiture ou en charrette on vaquait à ses occupations, — petit homme rôti par le soleil et portant les habits dans lesquels il avait dormi, il suivait encore et encore la ligne tracée par un seul et unique pneu avachi le long du grand chemin de terre. Aurait-il levé le menton que personne, c'est probable, ne l'aurait salué de la tête, mais qu'importe : jamais il ne lâchait des yeux la ligne que le pneu dessinait sans trembler dans la poussière.

A la fin du week-end une cabane se dressait sous le chêne, — d'une pièce et pas beaucoup plus grande que le lit qu'il y avait construit avec des planches. Ce n'était qu'un abri, qu'un espace qui, en le séparant des animaux, lui rappelait qu'il était un homme et pas une bête. « Les hommes se tiennent debout et règnent sur les bêtes, lui avait dit son père lorsqu'il était encore enfant. Les hommes vivent dans des maisons, n'est-ce pas ? Et les bêtes, hein, *mi figlio*, où vivent-elles ? Dans la terre, n'est-ce pas ? Dans des trous. »

Ce fut un jour de la semaine suivante qu'il se mit à creuser (n'ayant pas de calendrier, il n'aurait pu distinguer samedi de dimanche, et même s'il en avait eu un, où étaient donc passés l'église et le prêtre pour le guider ?). Il voulait que le puits se trouve pile devant l'arbre sous lequel sa maison se dresserait un jour, mais il en savait assez sur l'eau pour comprendre que ça ne serait pas si simple. Il passa une matinée entière à sonder les alentours immédiats, à suivre des lits de ruisseaux asséchés et à observer la manière dont la colline de sa maison et celle juste à côté se serraient comme les fesses d'une femme solide et féconde, jusqu'au moment où enfin, là, exactement là, au fond de la raie, il planta sa pioche dans le sol.

Cinquante centimètres plus bas, il touchait la roche de soubassement. Il n'en fut pas déconcerté, pas du tout, — il ne pensait pas qu'elle s'étendrait sous ses trente-cinq hectares de terre —, et un coup de pioche après l'autre, il l'attaqua jusqu'à ce qu'il l'ait transpercée. Et au fur et à mesure qu'il s'enfonçait, il retailla au carré les flancs de son excavation et les consolida avec du mortier, puis il conçut un système de poulies à l'aide duquel il put remonter de pleins seaux de terre superflue hors de son trou. A la fin du deuxième jour, il lui fallait une échelle. Une semaine plus tard, à dix-sept mètres de profondeur, il toucha enfin au but, l'eau pure et douce lui mouillant les chaussures avant de monter son échelle de fortune sur environ un mètre vingt de hauteur. Il n'avait pas plus tôt installé sa pompe à main en exultant d'y voir couler son eau scintillante sous le soleil que déjà, tuyaux, conduits, fossé, citerne et réservoir, il se lançait dans la construction de son système d'irrigation. Si, si. Puis, et ses mains tremblaient, il creusa la terre à l'endroit où s'allongerait sa première rangée de vignes et sa nouvelle vie, — sa vie de désillusions —, commença.

Trois mois plus tard, lorsque ses économies se mirent à fondre, Baldasare Foresterie redevint une fois encore un homme de peine. Il laboura les champs d'autres hommes, planta des arbres chez autrui, creusa des tranchées d'irrigation et planta des pieds de vigne pour X et pour Y sans discontinuer. Et sur ces terres à lui, au bout de ces premières semaines de fiévreuse activité, tout ce qu'il réussit à obtenir après avoir travaillé le sol sans relâche et l'avoir amendé avec les plus infimes moisissures de feuilles et autres chiures de poulet qu'il pouvait trouver fut un potager si malingre et minuscule qu'une ménagère en aurait eu honte. Il avait rêvé d'être indépendant, — de son père et de ses frères, des durs patrons yankees du bâtiment à Boston et Manhattan —, qu'y avait-il gagné sinon de retrouver une fois de plus un salaire d'esclave ?

Il déprima. Il fut sombre et morose, et rumina. C'était moins M. Euphrates Mead qui l'avait trahi que la terre, oui, la terre elle-même. En maniant la pelle et suant avec d'autres hommes qui, eux aussi en longue file, suaient, il songea au suicide sous tous ses aspects les plus tapageurs et les plus compliqués, — à jamais ses yeux s'étaient fermés sur cette terre sans valeur et sur sa vie, elle aussi sans valeur. Jusqu'au jour (c'était par un après-midi pluvieux, il s'était assis au comptoir du drugstore de Siagris devant un hamburger et une tasse de café) où il eut une vision qui changea tout. Car cette Vision fut concrète, — aussi palpable que chair, elle se déplaçait avec la grâce et la fluidité d'une femme, d'une femme qu'il pouvait presque toucher en allongeant le...

— Vous désirez autre chose ? lui demanda-t-elle.

La question le surprit tellement qu'il y répondit en italien. Yeux en olive, cheveux haut empilés sur la tête comme un gâteau, peau qu'on aurait pu manger à la petite cuiller et... ce n'était pas le vieux Siagris, cette espèce de Grec tout poilu, qui lui avait brûlé son hamburger avant de le poser devant lui sur le comptoir ? Ou alors... il aurait rêvé ?

Un pli entre les deux sourcils et les mains sur les hanches, la serveuse le regardait d'un drôle d'œil.

— Qu'est-ce que vous dites ?

— Ben, enfin... (il cherchait son anglais), non, non, merci... mais qui, enfin...

Elle resta sereine, — l'image même de la sérénité —, bien que les autres consommateurs, des hommes en costume, deux gamins et leur mère qui traînaient devant leurs ice-creams, la regardent tous et attendent sa réponse en silence.

— Je m'appelle Ariadne, dit-elle. Ariadne Siagris.

Elle jeta un coup d'œil par-dessus son épaule et contempla l'homme aux yeux noirs qui se tenait devant le gril.

— Et lui, c'est mon oncle, ajouta-t-elle.

Baldasare fut charmé, — voire sidéré. Elle était belle, — à ses yeux affamés en tout cas —, il voulut lui lancer un mot d'esprit, lui dire quelque chose de charmeur, quelque chose qui lui ferait comprendre qu'il n'était pas un énième ouvrier agricole italien ne rêvant que de pouvoir se payer son prochain hamburger, mais quelqu'un qui avait du poids, un propriétaire terrien, le futur grand patron, voilà, des Vignobles Baldasare Forestiere. Mais rien ne lui venant, sa cervelle implosa pendant que sa langue mourait dans l'étui de sa bouche. Puis il sentit ses mâchoires s'ouvrir toutes seules et s'entendit déclarer :

— Baldasare Forestiere, à votre service.

Il ne devait jamais oublier cet instant tout le temps qu'il continua de creuser, soulever et brouetter car alors elle le regarda un bon coup, comme si elle pouvait voir au plus profond de lui-même et, ses lèvres remontant à la commissure, posa deux doigts en travers de sa bouche et pouffa.

***

Cette nuit-là, couché dans son lit misérable au fond de sa cabane misérable, — de son poulailler, oui ! —, il ne pensa qu'à elle. Ariadne Siagris. Il n'y en avait pas d'autres. Elle était ce qu'il était venu chercher en Amérique, il dit son nom à haute voix tandis que la pluie tambourinait sur sa toiture grossière et s'infiltrait dans mille fentes et craquelures pour crachiner sur ses couvertures déjà mouillées, le dit et le redit, et se fit le serment solennel qu'un jour elle serait son épouse. Mais il faisait froid, mais de l'autre côté du mur la nuit était noire et sans limites, mais ses dents claquaient si fort que ses mots eurent toutes les peines du monde à lui sortir de la bouche. Il était fou, bien sûr, et le savait. Comment pouvait-il croire avoir la moindre chance avec elle ? Que pouvait-il donc lui offrir, à elle qui s'en était venue de son lointain Chicago, Etat de l'Illinois, pour vivre avec son oncle, le Grec prospère, — elle, la fille qui était allée à l'école et avait l'habitude des livres et des belles choses ? Car oui, il s'était renseigné, — il n'avait même fait que ça depuis qu'il avait quitté le drugstore cet après-midi-là. Les parents d'Ariadne étaient morts, tués à un passage à niveau, et elle avait dix-neuf ans, et deux sœurs et trois frères plus jeunes, tous expédiés chez divers parents. Ariadne. Ariadne Siagris.

La pluie tombait sans relâche. Elle parlait, soupirait et rugissait. Il avait enfilé tout ce qu'il possédait de vêtements, il s'était enroulé dans ses couvertures et recroquevillé sur la lampe à huile de charbon, mais, rien à faire, il gelait, — même ici, en Californie. C'était une nuit sans fin, une nuit insupportable, mais une nuit où, une pensée empilée sur une autre ainsi que briques dans un mur, son esprit était tellement libre de courir l'univers entier de sa vie qu'à un moment donné, Dieu sait pourquoi, il songea aux grands tunnels qu'il avait creusés à New York et à

Boston, — comme ils étaient propres, chauds en hiver et frais en été, comme toujours ils sentaient la riche odeur de la terre ! La neige pouvait bien tomber dans les rues au-dessus, et les caniveaux geler et le vent entailler les yeux des gens, sous la terre jamais il ne faisait mauvais, jamais jamais. Il y pensa et vit tout en images, — les énormes galeries voûtées creusées en sous-sol, la locomotive avec sa suite de wagons sous la terre, et tous les passagers qui, placides, regardaient par les fenêtres —, puis il sombra dans le sommeil.

Le lendemain matin, il se remit à creuser. La pluie s'en était allée et le soleil brillait comme une huile qu'on aurait renversée sur ses trente-cinq hectares de boue et de caillasse. Il se disait et redisait qu'il creusait une cave, — celle qu'il faudrait à la maison qu'il se construirait un jour parce qu'il n'avait pas renoncé, pas encore, pas lui, Baldasare Forestiere —, mais même alors, même lorsqu'il crachait dans ses mains et levait la pioche au-dessus de sa tête, il savait qu'il y avait plus. La pioche montait et s'abattait, la pelle léchait la terre avec toutes les audaces d'une langue qui furète, la brouette gémissait sous une charge, puis une autre. Baldasare creusait. Et il était heureux, plus heureux qu'il l'avait jamais été depuis qu'il était descendu du train parce que c'était pour elle, Ariadne, qu'il le faisait et que c'était pour ça, pour creuser, qu'il était venu au monde.

Mais un jour, bel espace profond et voûté où il pouvait non seulement se tenir debout (et il faisait un bon mètre soixante-dix), mais encore lever le bras droit au-dessus de sa tête et à peine réussir à toucher le plafond, la cave fut terminée et il ne sut plus trop que faire après cela. Il aurait pu en remettre les coins d'équerre et en raboter les murs avec sa bêche jusqu'à ce que tout y soit rectiligne, mais il ne le voulait pas. C'était ainsi qu'étaient construites toutes les pièces où il avait vécu et là, en grattant, lissant et damant, il avait compris que cela ne lui plaisait pas. Non, cette cave-là aurait la forme d'un dôme, serait comme l'abside de la cathédrale où il avait fait ses dévotions lorsqu'il était enfant, et son entrée, elle, serait protégée des éléments par un grand et large plan incliné criblé de rigoles qui se déverseraient dans un bassin, juste devant la porte de devant. Et son toit, bien sûr, serait en roche de fondation, insensible à la pluie et au soleil et plus solide que n'importe quelles tuiles ou bardeaux.

Il passa deux jours à polir les parois et nettoyer et niveler le plancher, en travaillant à la lumière d'une lanterne à huile de charbon tandis que, là-haut, le ciel se déchirait en lambeaux de nuages et brûlait sous un soleil qui resta pile en son centre jusqu'à ce que l'orage suivant s'en vienne l'y éteindre comme une bougie. Lorsque la pluie arriva, rien ne lui parut plus naturel au monde que de descendre ses vêtements, son lit et les meubles qu'il s'était fabriqués dans cette cave aussi étanche que confortable. En plus, se dit-il alors même qu'il se confectionnait des étagères et perçait un trou dans la roche afin de faire passer un tuyau de poêle à l'extérieur, pourquoi donc aurait-il eu besoin d'une cave, — d'une cave au sens précis du terme, s'entend —, s'il ne pouvait pas faire pousser les oignons, les pommes, les patates et les carottes à y entreposer ?

Dès que son poêle installé, la chaleur eut chassé jusqu'à la moindre trace d'humidité, il posa les planches dures de son lit tout au long d'un interminable après-midi de pluie et, en fumant cigarette sur cigarette, réfléchit à ce que son père avait dit... des bêtes et de la manière dont elles vivaient dans la terre, dans des trous. Son père était un homme sage. Il avait du caractère et des biens. Mais il n'habitait pas en Californie et n'était ni amoureux d'Ariadne Siagris ni obligé de vivre dans une bicoque dont même les pigeons n'auraient pas voulu. Il y mit le temps, mais la conclusion à laquelle il parvint étant qu'il n'avait rien d'une bête, mais seulement l'esprit pratique, il ne fut pas surpris de se voir quitter son lit, aller chercher sa pelle et commencer à gratter le mur est de sa cave. C'est qu'il voyait déjà un vestibule, une grande entrée aussi droite qu'un fil à plomb et gracieuse et commode que les arches dont les Romains faisaient jadis si bon usage. Et plus loin, tandis que la terre se reprenait à tomber et que la brouette tremblait de la recevoir, une cuisine et une chambre donnant sur un atrium avec vigne vierge et glycines serpentant vers la lumière, camélias, fougères et impatientes débordant de paniers et de pots en argile, — et planté fermement en terre, six mètres sous la surface, un avocatier aussi lourdement chargé de ses fruits que carriole des quatre saisons.

L'hiver traînait en longueur. Il n'y avait guère d'embauche

à cette époque de l'année, — les vignes avaient été vendangées, les grappes foulées, la vigne vierge taillée, les figuiers élagués et les semailles terminées. Baldasare avait tout le temps qu'il voulait. Il ne restait pas oisif (de fait, il continuait de creuser) et n'était pas davantage sans ressources. Modeste dans ses besoins et frugal par habitude, il avait économisé presque tout ce qu'il avait gagné pendant l'été et à l'automne, — en raccommodant ses vêtements, en ne mangeant guère plus que des œufs durs et des pâtes et en se servant de ses trente-cinq hectares comme d'un lieu où piéger le lapin et l'oiseau chanteur et ramasser du bois pour son poêle. Il ne s'autorisait qu'une seule petite faiblesse : le tabac, — ça et, une fois par semaine, un sandwich au hamburger au drugstore de Siagris.

C'est là qu'en mastiquant, fumant et sirotant du café, il étudiait sa future épouse, aussi ardent à le faire que l'érudit à travailler son sujet de prédilection. Il lui préparait des petits discours dans sa tête, des remarques en passant qu'il répétait encore et encore jusqu'au moment où elles lui venaient comme il fallait, — à son idée au moins. En paressant devant son café après avoir ôté d'un doigt mouillé les miettes dans son assiette, il attendait qu'elle s'approche avec un verre et laissait étourdiment échapper : « L'on dirait que le temps changera, n'est-il pas vrai ? », ou « Ceci est le plus bon sandwich au hamburger que recevra jamais ma bouche ». Et elle ? Elle lui montrait ses dents en y allant d'un petit rire chevalin, ou alors elle pouffait, puis, parfois, éternuait en se couvrant la bouche et le nez d'une main ainsi que, c'est probable, sa mère le lui avait appris. Et pendant tout ce temps, Baldasare se repaissait de sa vue. Il n'était pas rare qu'il reste deux ou trois heures assis au comptoir, jusqu'au moment où, Siagris le Grec lui ayant assené quelque remarque impatiente, il se levait tout confus et, le visage empourpré, gagnait la porte en s'excusant et faisant force courbettes.

Ce fut pendant ces instants d'intense examen qu'il commença à remarquer certaines imperfections, toutes mineures, chez sa future épouse. C'est ainsi que malgré son instruction, elle semblait éprouver des difficultés démesurées à rendre la monnaie ou à lire le menu porté à la craie sur le tableau noir derrière elle. En plus, elle avait l'air de prendre du poids et n'hésitait pas à grignoter les bouts de *doughnuts* ou de pommes de terre frites que les clients laissaient dans leurs assiettes. Si elle était substantielle la première fois qu'il avait posé les yeux sur elle, elle était maintenant bien plus que cela, — forte, en fait. Aussi forte que la Signora Cardino là-bas au pays, à Mensina, la Signora dont on disait qu'elle prenait l'huile d'olive pour de l'eau et déjeunait de gâteaux et de crèmes sucrées. Et il y avait aussi ses yeux, — ou plutôt non, son œil droit. Il louchait un peu et comment avait-il donc fait son compte pour ne pas le voir lorsqu'il était tombé amoureux ? Mystère. Cela étant, il dut y regarder à deux fois avant de repérer les poils qu'elle avait au menton, — raides comme moustache de chat et tout aussi translucides ils étaient —, et pour ce qu'il en savait les rougeurs qui commençaient à paraître sur la peau parfaite de ses mains et de sa gorge pouvaient très bien n'être rien de plus que taches de sauce marinara, comme si elle s'était trop approchée de la marmite.

Moins aveuglé par les feux de la certitude, un autre amoureux eût pu y voir des défauts à mettre à son passif, Baldasare, lui, les chérit. Ils faisaient partie d'elle, partie de la quiddité qui la rendait unique parmi les femmes. C'est avec satisfaction qu'il vit ses hanches et ses fesses tellement s'arrondir qu'à dix-neuf ans elle marchait déjà en se dandinant, que, son cœur s'emballant, il s'aperçut que ses taches lui remontaient de la gorge aux joues, puis au front, que son œil droit lui sortait maintenant de la tête pour regarder droit devant, là-bas, tout là-bas, jusqu'à la fenêtre et au-delà, que jour après jour il était plus sûr qu'elle lui appartenait. Parce que… qui aurait vu plus en elle que lui ? Qui aurait pu l'aimer davantage ? En dehors de lui, Baldasare Forestere, qui donc allait se déclarer ? Car il allait le faire bientôt… dès qu'il aurait fini de creuser.

***

Deux ans passèrent. Il travailla pour d'autres hommes et mit de côté jusqu'au dernier *cent* de ses gains, — son labeur fut bien pire que celui du mineur, — et creusa encore pendant ses moments de liberté. A peine terminait-il un couloir ou une pièce, à peine finissait-il de creuser pour arriver à la lumière qu'aussitôt il voyait le couloir et la pièce juste derrière. Une vision, oui, il en avait une, et devait penser à Ariadne, mais ce n'était pas le genre d'homme à rêvasser. Il n'avait pas le don des lettres, il ne jouait ni du violon ni de l'harmonica et rendait rarement visite à ses voisins. Le théâtre de boulevard étant bien loin, — bien trop loin pour y aller à pied —, il ne s'y était rendu qu'une fois, avec Lucca Albanese, un ouvrier agricole avec lequel il s'était lié d'amitié. Il y avait découvert des comédiens, des jongleurs et de jolies femmes qui dansaient toutes comme des oiseaux en vol, mais pas un instant il n'avait cessé de regretter les deux *cents* que lui avait coûté son voyage en car et les quinze de plus qu'il avait dû débourser pour entrer, — et jamais plus il n'y avait remis les pieds. Non, non : il restait chez lui avec sa pelle et sa vision et bien des fois n'aurait pu dire le matin du soir.

Mais le samedi était sacré. C'était le jour où il faisait à pied les cinq kilomètres qui le séparaient du drugstore de Siagris, que ce soit l'hiver et qu'il pleuve, ou l'été et qu'il fasse plus de quarante-cinq à l'ombre. Il tirait fierté de sa constance et se plaisait à croire qu'Ariadne attendait ses visites hebdomadaires avec autant d'impatience que lui. Sa place au bout du comptoir était toujours libre, comme si on la lui réservait, et il adorait les petits sourires avec lesquels l'accueillait la jeune femme et « Alors, comment ça va ? », « Belle journée », « Croyez qu'on va vers la pluie ? », la belle aisance avec laquelle ces expressions familières tombaient de ses lèvres agiles d'Américaine.

Avec le temps ils devinrent de plus en plus intimes. Elle lui dit les maux de dos de son oncle, la maladie de son chat et l'ascension de son frère aîné au poste de contremaître à l'*Iron Works* de Chicago, il lui dit son ranch et combien il était élégant et spacieux. « Douze pièces, lançait-il, douze pièces pour moi tout seul. » Enfin vint le jour où il lui demanda, dans son anglais fou, si elle voulait bien y aller pique-niquer avec lui.

— Mais pas juste le pique-nique, précisa-t-il, aussi la scène, comment dit-on, la scène du lieu et ma… ma maison parce que je veux… j'ai besoin… voyez-vous, je…

Enorme et tachée, elle se pencha au-dessus du comptoir. Son poids s'étant stabilisé au cours de l'année précédente, — elle avait dû attendre vingt-deux ans pour arriver, enfin, au maximum de sa croissance —, elle flottait au-dessus de ses pieds tel un des vaisseaux aériens dont s'enorgueillissaient tant les Allemands.

— Oui, dit-elle.

Et en pouffant, éternuant et posant une grande main marbrée sur sa bouche, elle ajouta :

— J'adorerais.

Il vint la chercher le dimanche suivant et d'un pas léger monta l'escalier délavé de soleil qui conduisait à son appartement, celui où, juste au-dessus du magasin, elle habitait avec son oncle et sa tante et leurs cinq enfants. C'était par un chaud matin de septembre, toute la ville de Fresno et la grande vallée poussiéreuse qui s'étendait au-delà se débattaient dans quelque chose de prodigieux, dans des souffles d'air tellement desséchés et brûlants que le monde entier ressemblait à un four de pizzeria grand ouvert. Ce fut Siagris le Grec qui l'accueillit. Il était en bras de chemise, la sueur avait fait une serpillière de ses vêtements et sa chemise blanche lui collait comme un timbre au renflement du ventre. Il ne lui sourit pas, mais il n'avait pas l'air mécontent non plus et Baldasare comprit parfaitement le regard qu'il lui lançait : Siagris ne l'aimait pas, mais alors pas du tout, — en d'autres circonstances il aurait même été capable de faire un détour pour l'écrabouiller comme un insecte —, mais bon : il avait une nièce qui prenait de la place et bouffait comme six nièces, Baldasare, qui sait, allait peut-être l'en débarrasser.

— Entrez, lui dit-il, et voici : Baldasare, le troglodyte, se retrouva dans une pièce sise un étage au-dessus du sol.

A l'intérieur, il faisait encore plus chaud. Les enfants Siagris se traînant à droite et à gauche comme des mouches écrasées, Mme Siagris, et sa chevelure s'agrippait à son crâne comme une bête sauvage, passa la tête à la porte de la cuisine. Comme il faisait trop chaud pour sourire, elle grimaça, puis retira sa tête du paysage. Et c'est alors qu'au milieu de cette scène étouffante, la voix d'un ventriloque ayant lancé « Il est là », Ariadne se montra dans le couloir.

Toute en blanc, elle portait un chapeau grand comme un plateau de table au sommet de son tas de cheveux ô combien impressionnant. Baldasare fondait déjà, — la chaleur —, lorsqu'elle braqua son œil fou sur lui et retroussa les lèvres en un sourire des plus timides, Baldasare fondit un peu plus.

Dehors, dans la rue, elle lui donna le bras, ce qui posa un léger problème dans la mesure où, parce qu'elle était nettement plus grande que lui, il dut lever gauchement la main pour le lui prendre. Il avait mis son plus beau costume, — lavé de la veille au soir —, et la veste à laquelle il n'était pas habitué lui collait au corps ainsi qu'une peau morte, le col neuf en Celluloïd de sa chemise lui arrachant le cou tandis que sa cravate, elle, menaçait de l'étrangler. Ils étaient presque au bout du pâté de maisons lorsqu'elle joignit les pieds et s'arrêta.

— Où est votre voiture ? demanda-t-elle.

Voiture ? Baldasare fut bien perplexe. Non, il n'avait pas de voiture… il n'avait même pas un cheval.

— Je n'ai pas, dit-il en essayant de lui offrir son plus beau sourire. Nous marchons.

— Marcher ? répéta-t-elle en écho. Par cette chaleur ? Vous êtes fou !

— Non, dit-il, nous marchons, et en se penchant en avant, il exerça une pression certes délicate, mais bien réelle sur le monument de son bras au repos.

Les joues de la jeune femme étant toutes tachées sous l'ombre en arc de cercle bien net que le bord de son chapeau projetait sur son visage, ses yeux en forme d'olives parurent capter les siens.

— Vous voulez dire, et là sa voix se fit rouspéteuse et fort peu clémente, que… que vous n'avez même pas une charrette ? Vous ? Avec cette grande maison dont vous n'arrêtez pas de me parler ?

Le dimanche suivant, bien qu'il l'arrachât de jeter son argent par les fenêtres comme on ne sait quel millionnaire de Park Avenue, il arrêta le cabriolet qu'il avait loué devant le drugstore. Ciel clair, soleil haut et impitoyable, ce fut le même scénario qu'on joua en haut des marches, sauf que cette fois Baldasare donna l'impression d'avoir la situation bien en main. Il fut aussi bref avec Siagris que celui-ci le fut avec lui, se fendit d'un bon mot sur la chaleur pour le plaisir des enfants, poussa Ariadne dehors (la semaine précédente, elle avait refusé d'aller plus loin que le premier banc qu'elle avait vu) et, tel un *cavaliere* d'antan, lui fit descendre les marches avant de monter dans la voiture.

Baldasare n'aimait pas les chevaux. Les chevaux étaient grands, ils n'avaient pas de classe, ils coûtaient cher et semblaient toujours avoir besoin qu'on les lave, ferre, soigne, et toute cette avoine... et celui qui tirait le cabriolet ne dérogeait pas à la règle. Bête, plein de flatulences et le flanc large, il était gris souris et faisait de son mieux pour résister à toute sollicitation des rênes et contrecarrer les moindres désirs de l'homme qui les tenait. Baldasare était en nage lorsqu'ils arrivèrent dans sa propriété, pas un pouce de ses habits qui ne fût trempé comme du buvard, et il avait les nerfs à vif. En plus, il n'avait même pas essayé de faire la conversation en conduisant, quand enfin ils s'arrêtèrent à l'ombre de son chêne préféré et qu'il se retourna vers Ariadne, il vit bien que la promenade ne l'avait pas ravie elle non plus.

Elle avait le chapeau de travers et les lèvres serrées en une ligne fine et qui ne lâchait pas. Elle luisait de sueur, ses mains ressemblaient à deux boules de pâte frites dans le saindoux et un fin tégument de poussière mouillée lui collait à la peau. Elle le gratifia d'un froncement de sourcils concentré.

— Eh bien, dit-elle, où est-ce ? Pourquoi nous arrêtons-nous ici ?

Sa langue se mit en route avant même qu'il ait fini de descendre et se soit précipité pour l'aider.

— Ceci est ce que j'ai désir te montrer et salut, parce que... ben, je le fais pour toi.

Il étudia l'expression de son visage tandis qu'elle faisait courir son regard de la cabane miteuse au monticule du puits, puis, par-dessus les buissons foudroyés de soleil, jusqu'à l'endroit où le sommet de l'avocatier sortait de terre comme un mirage. Et là, elle aperçut la pente qui conduisait à la cave. Stupéfaite elle le fut, — il le vit sur son visage et pas question de nier, mais il vit aussi qu'elle faisait de son mieux pour lui sourire et centrer son regard sur lui.

— Vous me jouez un tour, n'est-ce pas ? Vous plaisantez et votre maison se trouve de l'autre côté de cette colline, dit-elle tout là-haut perchée sur la voiture... non ?

— Non, non, lui renvoya-t-il, non. C'est ceci, vous voyez ?

Et il lui montra la pente, le sommet de l'avocatier et la

bosse que faisait le cône inversé de son nouvel atrium en crevant la surface de la terre.

— Douze pièces, je vous dis, douze pièces.

Insistant, il avait posé sa main sur son bras afin de l'aider à descendre de voiture, — qu'elle vienne donc voir, juste ça —, et voulait lui dire comme il faisait frais là-bas en bas sous la terre, comme tout y sentait bon, comme il était bon marché d'ajouter des pièces, de construire une nurserie, une salle de couture, tout ce qu'elle désirait. Il n'y fallait qu'une pelle et un dos solide, nul besoin de gaspiller un seul *cen t* en clous, bois et bardeaux qui tombaient en morceaux au bout de cinq ans d'exposition au soleil. Voilà ce qu'il voulait lui dire, mais les mots se refusant, c'était par les pressions de sa main sur son bras qu'il essayait de le lui faire comprendre, en tirant de plus en plus fort dessus comme si tout dépendait du fait qu'elle veuille ou ne veuille pas descendre de la voiture… et il avait raison, Dieu, qu'il avait raison !

— Lâchez-moi ! s'écria-t-elle en dégageant son bras.

Et elle se mit à sangloter, en reprenant fort son souffle comme si l'air surchauffé avait cessé d'être ambiant pour devenir autre chose qui l'étouffait…

— Vous aviez dit… vous aviez dit… douze pièces !

Il essaya de lui reprendre le bras, — « S'il vous plaît, la supplia-t-il, s'il vous plaît » —, mais elle se libéra si violemment que la voiture faillit s'affaisser sur ses ressorts. Ariadne avait le visage furieux et strié de larmes et de poussière.

— Espèce de sauvage ! hurla-t-elle. Espèce de rital ! de macaroni ! Vous… vous… vous ne valez pas mieux qu'un assassin !

Trois jours plus tard, en un seul paragraphe encadré d'un liséré noir, le journal local annonçait les fiançailles d'Ariadne Siagris et d'Hiram Broadbent, Œufs et Volaille.

***

Fiançailles ne voulaient pas dire mariage, telle fut l'idée qui lui vint lorsque Lucca Albanese lui fit part de la nouvelle. Des fiançailles, ça se rompait comme une promesse, une déclaration d'intention, voire un contrat. De l'espoir, il y en avait encore, ce n'était pas possible autrement.

— Qui est cet Hiram Broadbent ? voulut-il savoir. Tu le connais ?

Attablés devant un plat de haricots aux vermicelles dans la cuisine souterraine de Baldasare, les deux hommes parlaient à voix basse et sur un ton tragiquement italien. Lucca venait juste de lui lire l'annonce, les mots anglais aux bords coupants l'en cisaillaient encore tandis que les pâtes se transformaient en coton dans sa bouche. Il allait étouffer, il allait vomir.

— Ouais, bien sûr que je le connais, répondit Lucca. C'est un grand mec plein de gras. Il porte un chapeau de paille, hiver comme été. Il boit et il est méchant comme la peste, mais comme son père possède un élevage de poules qui fournit en œufs tous les marchés de Fresno et des environs, il a toujours des tonnes d'argent dans ses poches. Putain, Baldasare ! Si tu sortais un peu de ton trou, tu saurais de qui je parle !

— Tu ne penses pas que… enfin… qu'Ariadne ne ferait pas… si ?

Lucca baissa la tête et promena sa fourchette dans son assiette.

— Tu sais ce qu'y disait, mon père, quand j'étais gamin à Catagne ?

— Non, qu'est-ce qu'il disait ?

— Il disait qu'y avait plein de poissons dans la mer.

Mais cela importait peu à Baldasare, — Baldasare, lui, ne voulait qu'un poisson. Ariadne. Pour qui donc avait-il creusé hormis pour elle ? Ce palais souterrain avec ses coins lisses, ses dégagements des plus élégants et ses cours spacieuses, c'était pour elle qu'il l'avait créé, pour lui donner toute la place dont elle aurait envie en quittant le réduit au-dessus du drugstore, celui où elle avait vécu à la merci de son oncle. Comme si elle ne s'en plaignait pas sans arrêt ! Si seulement elle savait ! Si seulement elle voulait bien lui donner une chance en descendant, juste une fois, dans les fraîcheurs de la terre, il était sûr qu'elle changerait d'idée, c'était forcé.

Cela dit, il y avait un problème. Un insurmontable problème. Elle refusait de le voir. Il était passé au drugstore dans l'espoir de se réconcilier avec elle, de la convaincre que c'était elle qu'il aimait, qu'il n'y avait qu'elle dans sa vie, mais elle avait reculé derrière le comptoir, échangé quelques mots avec son oncle et disparu dans la gueule ensoleillée de la porte de derrière. Et Siagris avait pivoté sur lui-même comme une bête surprise dans sa tanière, l'épaule rentrée et la tête basse.

— On veut plus de vous ici, compris ? avait-il dit.

Il y avait eu le crépitement de quelque chose qui frit, une odeur d'oignons et de thon, une rangée de visages blancs qui se levaient devant des tasses de cafés et des parts de tarte. Alors Siagris s'était appuyé au comptoir et s'était fait la tête la plus horrible possible.

— *Capiche* ? avait-il ajouté.

Mais Baldasare Forestiere n'était pas homme à se décourager facilement. Il avait songé à envoyer une lettre à Ariadne, mais il n'avait jamais appris à écrire et l'idée de la faire rédiger par quelqu'un d'autre le remplissait de honte. Pendant les quelques jours qui suivirent, il ressassa le problème en continuant de travailler comme manœuvre et en pelletant, soulevant, tirant et se courbant, retrouva les gestes familiers qui lui permirent de penser librement et de parvenir à une lucidité pleine de sueurs. Lorsque le troisième jour toucha à sa fin, il sut ce qu'il devait faire.

Ce soir-là, sous le couvert des ténèbres, il poussa sa brouette le long de la route qui descendait à la ville et trouva le chemin du terrain vague derrière le drugstore. Et se mit à creuser. Toute la nuit durant, tandis que les constellations dérivaient dans les immensités au-dessus de sa tête et jusqu'à ce que, une à une, elles aient fui le ciel, il manœuvra la pelle, la pioche et le râteau. Le lendemain matin, dès l'aurore, les contours de son message étaient clairement visibles de la fenêtre du second, au-dessus du drugstore. En forme de cœur, il était, sur un mètre de profondeur, symbole parfaitement proportionné de son amour et s'incurvait avec grâce sur un bon quart d'hectare.

Et lorsque ces contours furent terminés, il s'attaqua à l'intérieur. En esprit, il voyait un cratère en forme de cœur au beau milieu du terrain vague, et l'affaire avait au moins un mètre de profondeur, des murs aussi lisses que du ciment et un trou qui montrerait à Ariadne le vide qu'elle avait laissé en lui. Il remontait la pente qu'il avait façonnée avec une pleine brouettée de terre à étendre aux quatre coins du terrain lorsque, en levant la tête, il vit Siagris et deux de ses enfants qui, debout là-bas, l'observaient en baissant la tête. Siagris avait posé ses mains sur ses hanches et semblait plus incrédule qu'autre chose.

— Mais bon sang de bon Dieu, qu'est-ce que vous fabriquez ? cracha-t-il enfin.

En virant si large avec son chargement de terre que Siagris et ses enfants durent faire vite un bond en arrière, Baldasare n'hésita même pas. Il poursuivit son chemin jusqu'à la portion de terrain où il jetait de la terre et ratissait.

— Je creuse, répondit-il par-dessus son épaule.

— Mais vous pouvez pas ! s'écria Siagris. C'est une propriété privée. Vous ne savez pas qu'on n'a pas le droit de creuser comme ça dans le jardin des gens ? Hé mais... ! Vous ne savez donc rien ?

Baldasare n'avait pas envie d'un affrontement. Convenable, doux et pacifiste, il l'était, mais déterminé, il l'était aussi. En repassant une fois de plus avec sa brouette vide et en la posant dans la pente, il répondit :

— Dites-lui de regarder. Il n'y a qu'elle. Pour elle je fais ça.

Après quoi, suppliques, menaces et reproches, il ne voulut plus rien entendre et continua patiemment de creuser, de monter ses murs et d'étaler sa terre. Le soleil grimpa dans le ciel. Baldasare ne s'arrêtait que pour boire de temps en temps un peu d'eau à une cruche, ou s'asseoir sur sa brouette renversée et manger silencieusement un sandwich, — il en avait tout un stock emballé dans du papier de boucher. Infatigable, il travailla toute la journée durant et ce, bien que le shérif soit passé le menacer, sauf que même le shérif ne savait pas trop à qui appartenait le terrain qu'il était en train de bousiller, ne pouvait l'affirmer, s'entend, sans aller consulter les registres du cadastre, ce qu'il ferait dès le lendemain matin à la première heure, Baldasare pouvait y compter. Celui-ci ne se donna même pas la peine de lui répondre. Et continua de creuser, tout simplement.

Le soir commençait à tomber. Baldasare avait évidé tout le périmètre de son cœur sur une profondeur d'un mètre et n'était même pas près de s'arrêter. Deux mètres, se disait-il, c'était ça qu'il fallait, — comment aurait-on pu lui reprocher de lever les yeux sur la fenêtre où rien ne se révélait, mais où il espérait découvrir son *inamorata* ? Si elle regardait, si elle voyait travailler son dos et les muscles fermes de ses bras, elle n'en faisait rien voir. Pas découragé pour autant, Baldasare continua de creuser.

Et il vint un moment, — il devait être minuit passé, le quartier était calme comme la tombe et là, Baldasare travaillait au clair d'une lune qui croissait —, où deux hommes apparurent à la limite nord de l'excavation, pile à l'endroit où les lobes du cœur se rejoignaient en une courbe gracieuse.

— Hé, le rital ! lança le premier. Je sais pas pour qui tu te prends, mais tu gênes ma fiancée et j'ai décidé d'arrêter ça.

Sous la lune froide, l'ombre de cet homme était immense, ç'eût pu être celle d'un ours ou d'un bison. L'autre était moins épais, mais large d'épaules, — là où ça comptait —, et dansait sur des pieds ombreux. Pas un bruit ne se faisait entendre hormis ceux de la pelle qui tranchait et de la terre qui claquait en tombant dans la brouette.

Il était petit, Baldasare, mais les centaines de tonnes de terre qu'il avait remuées dans sa vie lui avaient donné des jambes et des bras d'acier. Lorsque ses adversaires lui dégringolèrent dessus, il se battit comme un homme qui aurait fait deux fois sa taille. Mais il n'empêche, — il n'avait aucune chance de l'emporter et, bien chauffé par du bon bourbon du Kentucky et aidé, juste à temps, par un Calvin Tompkins qui, maréchal ferrant de son état, avait été boxeur autrefois, Hiram Broadbent parvint à le flanquer par terre. Et lorsqu'il fut par terre, les deux hommes le rossèrent avec leurs grosses chaussures jusqu'à ce qu'il cesse de bouger.

Lorsque l'hôpital le relâcha, Baldasare était un autre homme, — assez en tout cas pour que l'image d'Ariadne Siagris ne lui infeste plus le cerveau. Il retourna chez lui, s'assit dans un fauteuil à bascule en bois courbé et regarda fixement les murs en terre sculptés de la cuisine qui donnait sur l'atrium et le tronc strié de l'avocatier solitaire. Il avait le bras droit en écharpe et plâtré du coude au poignet et sous sa chemise était ficelé comme une momie égyptienne tant il avait fallu de bandes pour maintenir en place ses côtes fêlées. Un soir, environ une semaine plus tard, — sa « période de deuil », comme il l'appela plus tard —, il se retrouva dans la dernière et la plus profonde de ses pièces, celle tout au bout du passage qui conduisait au nouvel atrium où il songeait à planter un citronnier, ou peut-être un cognassier. Il y régnait un calme surnaturel. La terre donnait l'impression de respirer pour et avec lui.

Et là, soudain il commença à voir des choses, toutes sortes de choses, eut une montée d'ébauches grossières et de plans achevés qui vacillèrent sur le mur devant lui telles les images mouvantes d'Edison. Ce qu'il vit ? Un labyrinthe souterrain de trente-cinq hectares qui lui faisait des signes, un dédale à nul autre pareil avec bassins à poissons et jardins ouvrant sur le ciel au-dessus et plus encore, bien plus encore, une boutique de cadeaux, un restaurant italien avec des vues de grottes souterraines et un terrain où ranger les voitures et les automobiles des clients qui viendraient en foule afin de voir ce qu'il avait accompli pendant son passage sur cette terre. Complète, cette vision fut bien plus éloquente que n'importe quelle coupe ou plan d'architecte, et il en fut renversé. Il n'était pas vieux et se portait mieux de jour en jour, certes il avait encore pas mal de temps à attendre, mais au moins savait-il où il allait. Les jardins souterrains de Baldasare Forestiere, se dit-il à lui-même pour essayer le nom, puis il prononça la chose à haute voix :

— Les jardins souterrains de Baldasare Forestiere.

Et là, debout dans le silence éternel qui règne sous la terre, il tendit le bras devant lui, toucha le mur de la main gauche et tourna la paume comme s'il voulait bénir un lieu saint. Puis, gauchement au début, mais avec une grâce et une souplesse grandissantes, il se mit à creuser.

Les sœurs noir et blanc

Je leur tondais régulièrement la pelouse, — avant qu'elles la pavent, s'entend. C'est Moira, l'aînée, celle aux cheveux blancs et à la jupe vanille, qui m'annonça la mauvaise nouvelle.

— Vincent, me dit-elle, Caitlin et moi avons décidé de nous passer de la pelouse… et des buissons et des fleurs avec.

Nous nous trouvions dans la cuisine, endroit d'où l'on avait effacé jusqu'au moindre soupçon de couleur, Caitlin se dressait au seuil de la pièce avec ses cheveux vulcanisés et sa figure en gâteau à la crème et je m'appelle Larry, pas Vincent, — cela juste pour vous donner une idée.

Je raclai les pieds par terre et baissai la tête.

— Bref, vous n'aurez plus besoin de jardinier ?

Moira échangea un regard avec sa sœur, qui avait exactement le même âge que moi, — quarante-deux ans. Je le sais parce que nous sommes allés à l'école ensemble, tous les trois, de la primaire au collège, époque à laquelle leurs parents les ont emmenées vivre à New York. Peu de temps après, ceux-ci sont morts en leur laissant des tonnes de fric et elles ont fini par retrouver le chemin de la Californie et se réinstaller dans la grande maison familiale, laquelle a quelque chose comme vingt pièces et un hectare de pelouse et de massifs de fleurs que je connaissais intimement. Moira n'attirait plus vraiment le regard, — trop sévère et montée à quatre épingles —, mais

Titre original : « The black and white sisters », à paraître in *Playboy*. Traduction de Robert Pépin, 1997.

Caitlin, à condition que la lumière soit bonne, pouvait être encore très séduisante. Elle avait un style rétro-vampire bien particulier, avec robe noir mort moulante, peau Kabuki et le reste. Et ongles noirs, bien sûr. Des orteils également. J'en voyais l'alignement brillant et régulier se pointer sous l'ourlet de sa robe.

— C'est-à-dire que non, dit-elle en hésitant et reprenant ses airs de grand-mère un peu brusque alors que grand-mère, elle ne l'était pas, que de fait elle ne s'était même jamais mariée et ne devait pas avoir plus de quarante-quatre, quarante-cinq ans, je n'irais pas aussi vite en besogne. Il va falloir enlever tous les arbres et tous les buissons, enfin… tout ce qu'on voit de ce côté-ci de la barrière.

J'avais pas mal roulé ma bosse (court séjour en fac, bref passage dans la marine, deux fois marié et deux fois divorcé) et avais vécu à Poughkeepsie, Atlanta, Juneau, Cleveland et Mazatlan avant de trouver un chez moi, et ma mère, en Californie, rien ne me surprenait. Enfin… pas vraiment. Je scrutai le visage de Moira en enfonçant la pointe de ma grosse chaussure dans le carré de lino devant moi.

— Je ne sais pas, dis-je enfin, ça va être un sacré chantier… les arbres, en tout cas et… Je peux m'occuper des fleurs et des buissons tout seul, mais pour les arbres, il va falloir faire appel à un professionnel. Je peux passer quelques coups de fil si tu veux.

Dure et agaçante, Moira me répondit aussitôt :

— Tu connais les règles… jeans noirs, T-shirt blanc et casquette noire. Aucune exception.

Je portais moi-même un jean noir, — avec un T-shirt blanc et une casquette noire dont j'avais, sur sa demande, ôté le logo argenté des Raiders. J'étais donc en règle côté paramètres. Et la paie était bonne, très bonne, et j'avais l'habitude de traiter avec des excentriques fortunés, ce qui, dans cette petite ville gauchement vieillotte au bord de la mer, constitue la totalité de notre clientèle ou pas loin. Et comme chacun sait, « excentrique », c'est du langage codé pour ne pas dire fou à lier.

— Bien sûr, lui répondis-je, pas de problème.

— Tu nous envoies la note ? ajouta Moira en lissant sa jupe, puis, toute frissons nerveux, elle s'en fut ouvrir la porte du frigo pour voir ce qu'il y avait dedans.

Dix pour cent, je voyais déjà le coup, — et pour les arbres ça irait chercher dans les onze-douze mille dollars, facile. Ce n'était pas de l'escroquerie, pas vraiment, juste la commission qui me reviendrait pour satisfaire leurs caprices, — ou besoins. Jeans noirs et T-shirts blancs. Bien sûr. Je hochai la tête, juste ça.

— Et pas de Mexicains, reprit-elle. Je sais que maintenant il n'y a pratiquement plus que ça dans les équipes d'ouvriers et je n'ai rien contre eux, mais tu sais ce que je veux, Vincent, non ? Dis…

Du frigo elle sortit un pichet transparent rempli de lait et un verre du buffet.

— Une équipe noire ne me gênerait pas du tout, noire… ou blanche, d'ailleurs. Mais il faut que ce soit l'un ou l'autre. On ne mélange pas et tu sais…

Elle marqua une pause et, son verre dans une main et le pichet dans l'autre, conclut en ces termes :

— Si c'est des Noirs, j'aimerais assez qu'ils soient en jeans blancs et T-shirts noirs. Cela poserait-il problème si jamais la question était soulevée ?

— Non, répondis-je en secouant lentement la tête comme si j'arrivais à peine à en supporter le poids, absolument aucun.

— Bien, dit-elle en versant un autre verre de lait bien blanc et le posant sur le plan de travail à côté du pichet comme si elle arrangeait une nature morte.

Puis elle serra les mains sur sa poitrine, décocha un bref coup d'œil à sa sœur et me sourit comme si je venais de découper le monde en forme de melon et le lui tendais, une tranche gouttante après l'autre.

— Bon alors, on commence dès que possible, c'est ça, hein ? Le plus tôt sera le mieux ?

— Entendu, dis-je.

— Alors, c'est parfait. Tu as quelque chose à ajouter, Caitlin ?

Et de sa voix aussi douce que battement d'aile de piéride du choux, Caitlin répondit :

— Non, rien.

***

Fuchsias, lauriers et faux orangers, je commençai à déterrer les buissons moi-même, mais dus pas mal me décarcasser pour trouver une équipe pour les arbres. Il y avait trois grands chênes dans le jardin de devant, un théier australien mature sur le côté est de la maison et une demi-douzaine de citronniers derrière. Il y faudrait au moins dix hommes, avec grimpeurs, gruebenne, broyeuse et un bon nettoyage et, comme je l'ai dit, ça coûterait cher. Et ce serait du gaspillage. Une honte, non, vraiment : ramener à zéro, puis paver un jardin comme ça, — mais bon, si c'était ce qu'elles voulaient, je n'étais pas des mieux placés pour discuter. J'allais me faire dans les onze cents dollars sur les arbres et cinq cents de plus en déterrant les buissons et retournant la pelouse.

Le problème, — et Moira l'avait bien vu —, fut de trouver une équipe de non-Mexicains à San Roque. Il n'y en avait tout simplement pas. Pas plus qu'il n'y avait de Blancs pour faire la sale besogne quand c'était d'arbres qu'il s'agissait, — en gros, on se contentait de sous-traiter et d'envoyer la note —, et des Noirs, en ville, il n'y en avait aucun. Pour finir, je descendis à Los Angeles en voiture et allai exposer la situation à Walt Tremaine (de chez «L'arbre et la souche de Walt»), lequel Walt accepta de monter et sous-traiter le boulot, en y ajoutant trois cents dollars pour les impératifs esthétiques, — savoir le coup des jeans blancs et des T-shirts noirs.

Le ventre solide et la calvitie luisante et tachetée de sueur, Walt Tremaine était un homme de taille moyenne. Il donnait l'impression d'avoir la cinquantaine et portait des jeans coupés à mi-cuisses et une chemise moulante avec un petit alligator sur le sein gauche. L'alligator était vert et la chemise couleur courge d'été, — savoir d'un jaune si vif et si brillant qu'on l'aurait dit à base d'aniline. Nous étions en train d'étudier la question du théier, — massif et sinueux, il avait expédié des branches tout partout dans un fouillis de buis oubliés —, lorsque les deux femmes tournèrent le coin de la maison. Moira était en blanc, — bottes à talons hauts, sweater et robe qui lui tombait jusqu'aux chevilles bien que, comme tous les jours ou presque, il fît un temps superbe —, et Caitlin en noir, comme à son habitude. L'une et l'autre tenaient un parasol, mais cette fois-ci c'était, va savoir pourquoi, — peut-être cherchaient-elles à impressionner

Walt Tremaine en improvisant avec audace —, Caitlin qui avait pris le blanc et Moira le noir.

Je fis les présentations, radieuse, Moira prit Walt par la main et lui dit :

— Et donc, comme ça, vous êtes noir.

Il se contenta de regarder quelques instants l'image de sa main gantée de blanc dans l'ombre de la sienne, puis il la corrigea :

— Non, dit-il, Afro-américain.

— Voilà, lui renvoya-t-elle toujours rayonnante, exactement ! Et j'adore la couleur de votre chemise, mais vous comprenez bien, je l'espère, qu'elle est trop excitante et qu'il va falloir s'en passer. Vous… comprenez ?

Puis elle se tourna vers moi et ajouta :

— Vincent, avez-vous expliqué nos exigences à ce monsieur ?

Walt Tremaine me regarda d'un drôle d'air. D'un air d'autant plus étonné que je m'étais présenté à lui sous le prénom de Larry lorsqu'il était descendu de sa camionnette, — sans parler du commentaire que Moira venait de faire sur sa chemise, du blanc mort de la robe qu'elle portait, du noir passablement invalidant du rouge à lèvres de sa sœur et ce n'était pas tout : il y avait aussi le soin exagéré que Moira mettait à prononcer chaque syllabe, comme une gouvernante anglaise à laquelle on aurait attaché une planche dans le dos. Walt travaillait à Van Nuys et ne devait pas rencontrer beaucoup de femmes de son acabit dans le cours d'une journée ordinaire. Mais pas de problème de ce côté-là, il se montra à la hauteur.

— Bien sûr, dit-il en faisant passer un petit sourire sur ses lèvres, votre bonhomme là… quel que soit son prénom… m'a mis au courant. Je peux vous faire le boulot, mais je dois vous préciser qu'en tant qu'employeur, je respecte les lois sur l'égalité à l'embauche et que j'ai huit Mexicains, deux Guatémaltèques, un Serbe et un type des îles Fidji sous mes ordres, en plus de mes Afro-américains. Je n'aime pas beaucoup ça, mais je peux prendre une équipe de Noirs et vous l'amener ici, si c'est ça que vous voulez.

Il marqua une pause. Ecrasa un instant de l'herbe du bout de l'orteil et porta un doigt à ses lèvres. Et lorsqu'il reprit la parole, ce fut en haussant la voix tandis que dans ses yeux les pupilles montaient comme des stores en folie avant de redescendre :

— Des jeans blancs ? dit-il.

Caitlin y alla d'un petit rire et parcourut la pelouse du regard. Sa sœur lui décocha un coup d'œil féroce avant de se recoller ses airs de grand-mère sur la figure.

— Faites-nous plaisir, voulez-vous ? dit-elle. Nous essayons seulement de… disons que nous essayons de simplifier notre environnement.

Plus tard dans l'après-midi, — je suais à pleins baquets —, je m'arrêtai pour ôter mon T-shirt trempé de part en part et me passer au jet afin d'enlever la poussière qui me collait à la peau. Et là j'étais, l'esprit vide et l'odeur de tout ce qui vit et grandit à me monter dans les narines pendant que l'eau du tuyau tantôt me gouttait des doigts, tantôt me gonflait les joues, lorsque, le portail de devant s'étant ouvert, la Mercedes noire de Caitlin remonta l'allée, puis, moteur tournant à l'allemande, vint s'arrêter à côté de moi en silence. Cela faisait une heure que je taillais dans un vieux massif de plombagos et je n'étais pas content. Il me semblait mauvais, profondément mauvais de détruire ces choses vivantes et belles, pour moi, c'était profaner ce jardin et tout le quartier autour, violer les principes que je m'efforce de suivre… non, ce n'était pas pour mutiler et déraciner des trucs que j'avais monté une entreprise de jardinage ! C'était favoriser la croissance que je voulais ! Soigner. Faire renaître ! Tout ça, quoi. Des moments pénibles, j'en avais déjà vécu, surtout avec ma deuxième femme, tout ce que je peux dire, c'est que Dieu merci nous n'avions pas eu d'enfants.

Bref, là nous étions et elle, elle descendait de sa voiture avec un chien tout pantelant sur les talons (non, ce n'était ni un scotch-terrier ni un labrador noir, mais un pulik de Hongrie tellement noir qu'il en dessinait un trou mouvant dans le paysage). Elle ôta deux sacs en plastique pansus de la place du mort, — de l'épicerie —, et je me rappelle m'être demandé si leur obsession chromatique englobait la nourriture. Dans le premier sac il devait y avoir, je le pensai, des aubergines et dans le second de la glace à la vanille, un gâteau au chocolat, de la sauce Béchamel, des bananes vieilles de huit jours, du café, du saindoux Crisco… l'inspiration me manqua lorsque je m'aperçus qu'elle se tenait devant moi, à deux pas et encore, et regardait l'eau qui roulait sur mes épaules, puis descendait, tel un serpent, sur ma poitrine et se glissait sous la ceinture de mon jean réglementaire.

— Bonjour, Larry, murmura-t-elle en me souriant avec autant de tendresse qu'il est possible à une femme aux paupières passées au noir et aux lèvres couleur de péripatéticienne décédée. Comment va ?

Je tentai d'effacer toute trace d'irritation sur mon visage, — comme je l'ai dit, je n'étais pas très heureux de ce que sa sœur et elle m'obligeaient à faire, mais j'essayais de garder le sens des proportions. Des clients cinglés, j'en avais eu, et bien plus fous qu'elles. Il y avait eu, tenez, Mme Boutilier du Plessy, celle qui m'avait fait creuser un bassin de six mètres de diamètre pour un seul et unique poisson rouge qu'un inconnu lui avait donné dans une allée marchande, et Frank et Alma Fortressi, ceux qui m'avaient payé pour que je trace des lignes de Visquine sur le plancher de leur chambre à coucher et y déverse trente sacs de mélange fertilisant pour pouvoir planter des pivoines au pied de leur lit. Je renvoyai son sourire à Caitlin.

— Pas mal, je crois, lui répondis-je.

Elle se protégea les yeux du soleil et me regarda en clignant des paupières.

— C'est de la sueur ? me demanda-t-elle. Là, ce que t'as partout sur toi, je veux dire…

— C'en était, lui répondis-je en soutenant son regard.

Je me rappelai d'elle enfant : cheveux noirs en tresses, comme Pocahontas, genoux à fossettes, la ligne droite et serrée d'une robe de petite fille, mais rose, la robe, ou vert mousse ou bleu lac Tahoe.

— Je viens de me passer au jet.

— C'est du boulot, non ? reprit-elle en regardant par-dessus mon épaule comme si elle s'adressait à quelqu'un derrière moi. Je t'offre quelque chose à boire ?

— Pas du lait, j'espère, lui dis-je, et elle rit.

— Non, non, pas de lait, c'est promis. Je peux te donner du jus de fruit, un soda, de la bière… tu veux une bière ?

Le chien renifla ma jambe, enfin… j'espère que c'est ça

qu'il faisait car il était si noir et avait le poil si ébouriffé qu'on ne savait pas à quel bout on avait affaire.

— Une bière serait vraiment bien, dis-je, sauf que... je ne sais pas ce que ça vous fait, à ta sœur et à toi, parce que... la bière, c'est pas blanc, si ?

Je marquai un temps d'arrêt, puis j'ajoutai :

— Ni noir non plus.

Pas décontenancée pour un sou, elle garda son sourire.

— Et d'un, me répondit-elle, Moira faisant toujours la sieste après le déjeuner, cela ne l'affectera en rien, et de deux... (et là, elle me regarda droit dans les yeux et son sourire monta d'un cran)... dans cette maison, on ne sert que de la Guinness.

Nous nous assîmes dans la cuisine, — carrelage noir et blanc, placards blancs, appareils ménagers noirs —, et bûmes chacun trois bouteilles tandis que le soleil glissait sur les vitres et que le plombago s'étiolait sur ses racines nues et tailladées. La bière, l'heure, le fait qu'elle se tenait là et m'écoutait, je ne sais pas trop pourquoi, mais je m'ouvris à elle, et vraiment. Je lui parlai de Janine, ma deuxième épouse, lui racontai comment elle n'arrêtait pas de m'asticoter, — quoi que je fasse, je n'étais jamais assez bon pour elle —, et, prenant une tangente, lui dis le changement qui s'était opéré en moi lorsque, à Haïti, j'avais pour la première fois compris que c'était dans les choses de la terre que je voulais travailler, dans tout ce qu'il y a de rédempteur à creuser et planter, à créer des plates-bandes de fleurs, tracer des rigoles et mettre des arbres en terre. (Je me trouvais au sommet de l'Haleakala Crater, au cœur d'un vrai jardin de paradis, et autour de moi il n'y avait que débris volcaniques, qu'un lugubre paysage entièrement fait de symboles pétrifiés. C'était l'aurore et je n'avais pas dormi, touristes à l'œil chassieux, Janine et moi nous tenions debout dans le vent et contemplions ce néant lorsque j'avais brusquement compris ce que j'attendais de la vie. Je voulais que les choses y soient vertes, point à la ligne. C'était aussi simple que ça.)

Caitlin savait écouter et j'aimais bien la façon dont, fort délicatement, un degré de plus après l'autre, elle renversait son verre en buvant, la manière dont brillaient ses yeux, dont ses mains s'étalaient, bien plates, sur le dessus de la table comme si nous étions en mer et qu'elle devait retrouver son équilibre. Elle ne cessait d'écarter ses cheveux de son visage, puis de se pencher en avant pour qu'ils y pendent à nouveau et chaque fois que j'abordais un sujet sensible ou douloureux (et tout ce qui tournait autour de Janine ou presque tombait dans cette catégorie), une petite ride de sympathie se creusant entre ses sourcils, elle claquait la langue comme si quelque chose s'était collé à la voûte de son palais. Après la deuxième bière, nous en vînmes à des sujets moins personnels, — le temps qu'il faisait, le jardinage, les gens que nous connaissions tous les deux. Lorsque nous décapsulâmes la troisième, nous commençâmes à évoquer les profs miteux, boiteux et cinglés que nous avions eus au collège et certains désastres parmi les plus mémorables de cette époque, comme la fois où, la pluie étant tombée nuit et jour pendant pratiquement une semaine, des rochers de la taille d'une Volkswagen s'étaient mis à sortir du lit de la rivière pour emprunter la voie rapide sur l'autoroute.

Je m'amusais bien et les moments où cela m'arrivait étaient rares depuis mon divorce. Les buissons, je me le dis alors, pouvaient attendre jusqu'au lendemain, — et les arbres, l'herbe et le ciel avec. Il était agréable, pour une fois, de laisser l'après-midi s'étirer sur la fenêtre comme une peau fine et de ne se soucier de rien. J'étais rond. Rond à trois heures de l'après-midi et cela m'était égal. Nous venions de nous moquer de M. Clemens, le prof d'anglais qui porta le même costume et la même cravate deux ans d'affilée et disait « pwème » au lieu de « poème » lorsque je reposai mon verre et demandai à Caitlin ce que je voulais savoir depuis que j'avais glissé ma carte de visite dans sa boîte aux lettres six mois plus tôt.

— Ecoute, Caitlin, lui dis-je en chevauchant l'euphorie de ces derniers rires en échos, j'espère que tu ne prendras pas ça en mauvaise part, mais c'est quoi, cette histoire de noir et blanc, enfin, je veux dire... c'est politique ? C'est une question de style ? Un truc religieux ?

Elle se renversa dans son fauteuil et fit un effort pour continuer de sourire. Le chien dormait dans un coin, aussi minable et informe qu'un vieux manteau en alpaga dégringolé d'un cintre. Il lâcha un long soupir, souleva brièvement la tête, et la laissa retomber.

— Oh, je ne sais pas, dit-elle, c'est une longue histoire...

C'est alors que, pile au bon moment, Moira se pointa. Vêtue d'un tailleur-pantalon genre tulle blanc qu'elle aurait pu s'acheter à un salon d'apiculteurs, elle hésita à l'entrée de la cuisine lorsqu'elle me vit assis avec sa sœur et un bon verre de bière noire, mais cela ne dura pas.

— Ah ça, mais Vincent, s'écria-t-elle, plus gouvernante que jamais, quelle bonne surprise !

***

Le lendemain matin, à huit heures, Walt Tremaine débarquait avec sept Noirs en jeans blancs, T-shirts noirs et casquettes blanches, et assez de matériel lourd pour abattre tous les arbres sur huit cents mètres avant le déjeuner.

— Et comment vous portez-vous par ce beau matin, monsieur Vincent Larry ? me lança-t-il. Ou alors… ce serait Larry Vincent ?

Je soufflai sur une tasse de café brûlant de chez McDonald et fis passer ma langue sur les restes d'un Egg McMuffin.

— Appelez-moi Larry, tout simplement. C'est à cause d'elle, lui répondis-je en guise d'explication. Moira, l'aînée. Elle est, enfin… bon, c'est même pas la peine que je vous dise… je suis sûr que vous saurez en tirer vos conclusions.

Il se planta sur ses pieds et se serra les bras autour de la poitrine.

— Oh, je sais pas, moi, dit-il en versant dans le philosophique tandis que ses bonshommes nous passaient devant avec cordes, tronçonneuses, souffleuses et émondeuses. Y a des fois où j'aimerais assez mettre un peu de simplicité dans ma vie… si vous voyez ce que je veux dire. Je passe la moitié de mes journées dans les arbres, j'ai de la sciure plein les cheveux et quand je rentre à la maison, ma femme espère que je vais tondre la pelouse et sortir le sécateur pour tailler la haie. (Il regarda ses pieds, puis toute la pelouse.) Merde, tiens, j'aimerais bien paver mon jardin, moi aussi.

J'allais lui répondre « Je comprends ce que vous voulez dire », parce que c'est le genre de truc qu'on lâche dans ce type de situation, mais cela aurait impliqué que j'en étais d'accord et ce n'était pas le cas, mais alors pas du tout. Je haussai donc les épaules d'un air évasif et regardai Walt observer ses grimpeurs qui filaient en haut du chêne le plus grand, le plus vieux et le plus vénérable du jardin.

Plus tard, lorsque l'arbre déjà réduit en morceaux, le mec que j'avais embauché pour la journée et moi-même eûmes retourné la pelouse et fait au râteau trois grands tas de ses restes agonisants (on aurait dit des meules lestées du haut), Moira parut, avec plateau de cookies Oreo [1] et pichet de lait, dans son grand tra-la-la d'apicultrice. Il était quatre heures de l'après-midi, la cour sentait fort la poussière et l'air vibrait sous le bruit de la broyeuse de Walt Tremaine tandis que ses hommes y enfournaient les derniers débris du chêne. Plus petits, mais non moins nobles, les deux autres avaient été décapités avant d'être abattus, le théier ayant, lui, été soulagé de ses branches. En gros, on avait l'impression qu'une bombe avait frappé la cour, mais, miracle, en épargnant la maison (blanche, naturellement, avec moulures encore plus blanches et toit d'un noir absolu). Je regardai Moira circuler entre les ouvriers tout suants et suffoqués de Walt Tremaine et ici leur verser un verre de lait, là leur offrir des gâteaux.

En arrivant devant Greg (jeans noirs, T-shirt blanc, casquette noire et peau blanche) et moi, elle permit à son sourire d'hésiter et trembler deux fois sur ses lèvres avant de s'y établir. Nous marquions une pause bien méritée et, confortablement étendus sur le dernier carré de pelouse en état de siège, tentions de rassembler nos forces avant d'apporter tout ce gazon jaunissant à ma camionnette. Nous nous étions vraiment défoncés tout l'après-midi et tant laissé prendre par la cadence de nos destructions que nous ne nous étions même pas arrêtés pour boire au tuyau, mais là, nous ne pûmes nous empêcher de prendre l'air coupable, — pas moyen de faire autrement quand le client surprend l'ouvrier assis sur son cul. Je lui présentai Greg, qui ne se donna pas la peine de se lever.

— Très heureuse de faire votre connaissance, dit-elle, Greg se contentant de lui renvoyer un grognement en se calant un petit gâteau dans la joue.

1. Gâteaux ronds au chocolat et à la crème, donc noirs et blancs. *(N.d.T.)*

Je commençai à les faire moi-même passer à la ronde, avec le lait, tellement j'en avais assez d'être réduit au rôle de silhouette dans un tableau délirant. Moira ne m'en sourit pas moins, d'un sourire cent pour cent grande rêveuse interplanétaire qui m'inquiéta (l'ascenseur montait-il vraiment jusqu'en haut ?), du moins pendant un instant, puis elle se tourna de nouveau vers Greg.

— Vous euh… comment dire ? murmura-t-elle en étudiant son visage et ses muscles profondément bronzés. Vous n'êtes pas Mexicain, par hasard ?

Greg parut surpris, — et choqué, peut-être un peu aussi : pourquoi ne pas lui demander s'il n'était pas Zoulou ? Il me décocha un bref regard, puis revint sur Moira.

— Mon nom est Sorenson, lui répondit-il en luttant pour contrôler sa voix, puis il ôta sa casquette et lui montra les reflets blonds dans ses cheveux.

Après quoi, il remit sa casquette d'un air indigné et tendit les bras en avant.

— Je fais du surf chaque fois que j'en ai l'occasion, lui précisa-t-il. Ceci est ce qu'on appelle un « bronzage ».

Je regardai le soleil frôler les cheveux de Moira tandis qu'elle se redressait avec son plateau et se battait avec son sourire. Elle devait se décolorer, je me le disais parce qu'en dessous de soixante-dix ans personne n'a les cheveux aussi blancs et que oui, les siens étaient étonnants, tout blancs jusqu'à la racine, mais d'un blanc de mouton, d'os, de feuille de papier, lorsqu'elle redressa les épaules et contempla Greg de haut, comme s'il était une espèce de bête essoufflée qu'elle aurait découverte dans une cage au zoo.

— Bon, dit-elle, c'est bien. Très bien. Le surf est un bon sport. Et vous allez travailler longtemps ? Pour nous, je veux dire ?

— Moira, l'interrompis-je avant que Greg lâche quelque chose que j'aurais pu regretter par la suite, on aura fini demain à cette heure-ci. On n'a plus qu'à ratisser la pelouse, enfin, je veux dire… les mottes de terre pour le type du goudron et après, on porte les restes du pittosporum sous le théier. Walt Tremaine et son équipe en ont encore pour deux jours.

Moira vacilla devant cette perspective, son costume en tulle d'apicultrice se gonflant sous une brusque montée de vent. Elle tint le plateau de gâteaux et de lait droit devant elle et pour la première fois je remarquai ses mains, — des mains de jeune femme, des mains pures et sans rides, avec ongles lourdement émaillés d'un blanc de glaçage à gâteau.

— Vincent, dit-elle au bout d'un instant en haussant la voix pour se faire entendre par-dessus les gémissements à effet Doppler du broyeur dans la rue, Vincent… je peux te dire deux mots en privé ?

Elle s'éloigna sans attendre ma réponse et je me retrouvai contraint de me relever et de lui courir après comme le manœuvre qu'on avait embauché pour aider, rien de plus.

Nous avions fait une quinzaine de mètres dans le jardin dévasté lorsqu'elle se tourna vers moi.

— Ce Sorenson, dit-elle, c'est ton associé ?

— Et… ?

— C'est un saisonnier, non ?

J'acquiesçai d'un signe de tête.

Elle jeta un coup d'œil à la maison, je suivis son regard jusqu'à une fenêtre du deuxième étage. Caitlin s'y tenait dans son noir funéraire et contemplait fixement le carnage.

— Je ne voudrais pas te vexer, Vincent, reprit Moira qui regardait toujours l'image de sa sœur, mais… tu pourrais pas trouver quelqu'un de moins jaunâtre que lui pour demain ?

Du jardinage, il n'y en aurait plus pendant un bon bout de temps et je n'étais plus vraiment obligé de courber l'échine devant cette femme, — ni de lui faire plaisir non plus —, mais il n'empêche : je la suivis dans cette voie. Disons que c'était un réflexe.

— Bien sûr, lui répondis-je, et dus me retenir de lui tirer mon chapeau. Pas de problème.

***

Une semaine plus tard, le jardin n'était plus qu'un parking vide entouré par une palissade de trois mètres de haut, — et blanchie à la chaux, naturellement. De la maison on ne voyait plus un pouce de vert nulle part, — ou de jaune, de rouge, de rose ou de violet tangerine d'ailleurs. Je me demandai comment

Moira et sa douce et triste sœur se sentaient lorsque, passant sur leur plateau goudronné aux courbes parfaites, elles levaient la tête et plongeaient les yeux dans les profondeurs azurées d'un ciel au milieu duquel le soleil s'obstinait à être jaune. Déçues ? Frustrées ? Navrées que Dieu ne nous ait pas faits aussi insensibles à la couleur que les chiens ? Peut-être auraient-elles dû aller jusqu'à tout couvrir d'un dôme, — bien sûr, comme pour un stade de base-ball, parce qu'alors elles auraient pu en peindre les plafonds en blanc arctique. Ou renoncer entièrement à la lumière du jour. Une belle nuit étoilée n'aurait pas dérangé leurs plans.

Donné-je l'impression d'être amer ? Je l'étais, et me dégoûtais d'avoir participé à ce fiasco. Comme tout cela était négatif, définitif, asphyxiant et minable ! Moira était cinglée et sa tête et son cœur devaient être aussi noirs que les robes de sa sœur, mais Caitlin… je n'arrivais pas à croire qu'elle ait sombré à ce point. Pas après la journée que nous avions passée à boire de la bière et à évoquer notre enfance. Ah, la façon qu'elle avait eue de me sourire et de dire mon prénom, le vrai, pas cette invention à la noix (et d'abord qui c'était, ce Vincent, hein ?). Non, parce que du sentiment, il y en avait eu, j'en étais sûr, et de la sensibilité et de la douceur aussi. Et du besoin. Beaucoup, beaucoup de besoin. C'est pour ça que je me surprenais à ralentir chaque fois que je longeais leur palissade en allant d'un chantier à un autre, dans l'espoir de voir Caitlin sortir sa Mercedes noire en marche arrière ou prendre son courrier, sauf que je ne voyais jamais que leur palissade toute blanche.

Jusqu'au jour, — c'était en début de soirée, je faisais trempette dans ma baignoire et me frottais pour enlever le Miracle-Gro qui m'avait laissé des taches de vert-de-gris profondément enfoncées dans la peau des mains et des avant-bras —, où le téléphone sonna. Je le décrochai, en dégoulinant, à la cinquième sonnerie. C'était Caitlin.

— Bonsoir, Larry, me dit-elle d'une voix douce et voilée, écoute… Tu me manques, enfin… je ne te vois plus et… j'aimerais pouvoir t'offrir une bière de temps en temps…

— J'arrive tout de suite.

C'était en plein été, il faisait encore jour lorsque je parvins à destination. Les rues baignaient dans une luminescence douce et laiteuse, ici et là le papillon bondissait dans l'air, bougainvilliers, hibiscus et lauriers-roses, tout s'embrasait contre la nuit qui tombait. J'avais enfilé automatiquement des jeans noirs et un T-shirt blanc tout simple, mais juste avant de franchir la porte, j'ouvris la penderie et y attrapai un blouson de sport vert-jaune acheté un jour de fête de Saint-Patrick, le genre de truc pour lequel on regrette d'avoir dépensé du bel et bon argent dès qu'on a avalé sa dernière bière et que le violoneux a fini de mouliner sa musiquette. Mais à mon idée, Caitlin avait besoin d'un peu de couleurs dans sa vie et j'étais l'homme qu'il fallait pour lui en donner. En chemin, je m'arrêtai chez le fleuriste et lui achetai une douzaine de roses à longue tige, sans même regarder les blanches à deux fois. Non, les roses que je lui choisis étaient d'un rouge aussi profond et vrai que ce que pour quoi il vaut la peine de vivre, rouge vif, voilà, d'un rouge qui filait de leurs tiges vertes comme le sang d'une artère ouverte.

J'entrai le code au portail, pénétrai avec mon pick-up dans le vaste parking qu'était devenu leur jardin et me garai près de l'escalier de devant, — ceci en passant : mon camion est blanc, mais d'un blanc sale, vieux et tout éreinté. Bref, c'est en jean noir, chemise blanche et blouson vert-jaune que je descendis de mon véhicule tout blanc et traversai le parking noir pour monter les marches blanches avec mes roses rouge sang serrées sous le bras.

Caitlin vint m'ouvrir.

— Larry, murmura-t-elle en laissant errer son regard de mon visage à mon blouson et retour, je suis contente que tu aies pu venir. As-tu mangé ?

J'avais mangé. Un hamburger immonde au boui-boui du coin, avec des frites à mourir et une petite assiettée de cole-slaw qui avait fermenté. J'aurais pu mentir et tenter d'imaginer Caitlin en train de préparer vite fait un petit gâteau au chocolat ou une sole au beurre noir avec de la purée et des haricots noirs, mais ce n'était pas pour manger que j'étais venu.

— Oui, lui répondis-je, en rentrant du boulot. Pourquoi ? Tu veux aller au restaurant ?

Nous étions déjà dans l'entrée, dans un monde tout de blanc et de noir, pas même une once de gris, les carreaux luisaient, les chaises étaient en ébène et l'armoire japonaise laquée. Caitlin me décocha son sourire lèvres noires.

— Moi ? dit-elle. Non, non. Je n'ai pas envie de sortir.

Pause, puis ceci :

— J'ai envie d'aller au lit.

Au lit, après que j'eus découvert qu'elle était aussi blanche et noire sans ses habits, nous sirotâmes de la bière brune et de la porter en contemplant mes roses scintillantes, — elle les avait mises dans un vase blanc posé contre un mur blanc comme en trompe-l'œil. Et nous parlâmes. De l'amour, du désir et du deuil, du monde avec ses odeurs et ses couleurs, nous parlâmes encore et encore en évitant le sujet qui se dressait entre nous. De nouveau intimes, nous nous serrions dans les bras l'un de l'autre, — tout son rouge à lèvres noir avait disparu sous mes baisers —, lorsque je reviens à la question que je lui avais posée dans la cuisine la dernière fois que nous nous étions parlé.

— Bon, d'accord, dis-je. C'est une longue histoire, mais la nuit est jeune et que je te dise : je n'ai pas sommeil pour un sou. Alors, Caitlin… le noir et blanc… dis-moi.

L'histoire serait meilleure si l'on y était confronté à une manière de Rose-pour-Emily [1], si Moira y avait été délaissée à l'autel dans sa robe de satin et ses voiles blancs, ou séduite puis abandonnée par quelque hippie en chemise rose iridescent et veste teintée à la ficelle, mais ce n'était pas ça du tout. Moira était tout bêtement déprimée. Effrayée par le monde. Et elle avait besoin de s'y retrouver.

— Mais toi, demandai-je à Caitlin en scrutant son regard, toi… toi aussi, tu penses comme ça ?

Nous étions nus, dans les bras l'un de l'autre, étendus en travers du lit. Elle haussa les épaules.

— Un peu, dit-elle. Quand nous étions enfants, avant de déménager à New York, Moira et moi regardions la télévision, tout était en noir et blanc, Fred MacMurray, Donna Reed, *Father Knows Best* [2], et nous jouions à un truc, enfin… c'était plutôt un concours à qui rendrait sa chambre comme l'univers de ces

1. Titre d'une nouvelle de William Faulkner dont l'héroïne, Emily, couche avec son amant mort. *(N.d.T.)*

2. Soit Papa saura bien. *(N.d.T.)*

émissions où tout finissait toujours par s'arranger. Moi, je voulais le blanc, mais comme Moira était plus vieille, j'ai hérité du noir.

Il y avait plus, mais la remarque suivante — « Nos parents n'ont pas apprécié, bien sûr » — ne fut pas prononcée par Caitlin, mais par sa sœur. Peut-être avais-je fermé les yeux un instant, je ne sais pas, mais voilà que tout d'un coup elle était là, toute en blanc, plantée au bout du lit. Elle avait serré les lèvres en une petite moue, comme si ce qu'elle voyait la répugnait, mais elle me regardait sans ciller.

— A New York, tout était rose, tout était dentelles et mousselines, couleur pêche, champagne, rose des petites filles et des demoiselles qui rougissent. C'était ça que voulait Papa… et sa femme aussi. Des petites filles. Des petites filles normales, gentilles, toujours à faire la révérence, chuchoter avec respect et monter sur ses genoux pour qu'il leur raconte une histoire avant d'aller faire dodo. J'avais seize ans, Vincent. Et Caitlin en avait quatorze. Tu vois un peu ? Tu comprends ?

Je remontai les draps noirs sur mon ventre en essayant de calmer les battements de mon cœur. La situation était pour le moins inhabituelle, — comme je l'ai dit, j'ai pas mal bourlingué, mais là, ça me dépassait complètement. J'avais envie de dire quelque chose, mais quoi ? j'aurais été bien en peine de le savoir. J'avais le bras droit sous les lourdes et somptueuses épaules de Caitlin, je les serrai un rien, — pour me rassurer.

— Non, non, Larry, me lança celle-ci qui avait anticipé sur mes pensées. Ça n'est pas du tout ça. Rien de cochon là-dedans. Mais Papa voulait mettre un terme à cette histoire de noir et blanc et nous… nous, on ne voulait pas. C'est pas vrai, Moira ?

Moira regardait de l'autre côté de la pièce, là où la nuit s'était accrochée dans les fenêtres, absolue, sans aucune altération.

— C'est vrai, Caitlin, on ne voulait pas. Et on leur a montré, n'est-ce pas ?

Je sentis Caitlin se tendre à côté de moi. Je n'avais plus qu'une envie : bondir hors du lit, m'enfiler mon blouson par le col et courir jusqu'au camion. Au lieu de quoi, je m'entendis demander :

— Comment ?

Alors les deux sœurs rirent ensemble, d'un rire bas et râpeux qui leur montait du plus profond de la gorge et non, côté hilarité, il n'y en avait pas beaucoup là-dedans.

— Oh, je ne sais pas, moi, dit Moira en lançant la tête en arrière pour se remettre à rire, puis en me regardant à nouveau et se tapotant la poitrine d'une main. Disons que les couleurs, des fois, ça ne se contrôle plus, si tu vois ce que je veux dire.

— Le feu est notre ami, ajouta Caitlin en laissant un petit blanc après la dernière syllabe.

— A condition de le respecter, renchérit Moira, et elles rirent de nouveau ensemble.

Je remontai encore un peu le drap. Caitlin avait allumé deux bougies noires quand le ciel s'était assombri, j'en contemplai les flammes vacillantes et regardai comment les rubans jaunes de la lumière mouraient, puis se recréaient, encore et encore. Il n'y avait plus aucun bruit dans la pièce.

— Et Vincent, reprit Moira en se retournant vers moi, que je te dise quelque chose au cas où tu déciderais de voir ma sœur d'une manière un tant soit peu régulière... tu n'es pas assez blanc, tout simplement. On ne fait plus de travaux d'extérieur, c'est hors de question.

Elle partit d'un autre rire, qui, c'était déjà ça, avait un peu plus de feu.

— Tu ne voudrais quand même pas finir par ressembler à ton copain surfer, si ?

Le silence dura. J'entendis les deux sœurs respirer doucement, presque à l'unisson, et l'on aurait dit que c'était pour moi qu'elles le faisaient : jamais encore je ne m'étais senti aussi serein et sans volonté. La blancheur menaçait, le pâle éthéré du néant, et le noir aussi, celui du sommeil sans rêve. Je fermai les yeux. Ma tête, je le sentis, s'enfonçait dans l'oreiller comme dans les boues anciennes d'une forêt jamais visitée.

— Oh et... Vincent ? Encore une chose, ajouta Moira tandis que j'ouvrais assez longtemps les yeux pour la voir traverser la chambre et jeter les roses dans la corbeille à papier. Tu te teins les cheveux, tu veux ?

Fougou à pleurer

« Radicchio avachi. »

« Fougou à pleurer. »

« Insulte à la frisée, à l'endive et au cœur de laitue. »

« Coulibiac à dégoûter le diable. »

Six mois durant, il ne sut d'elle que son pseudonyme, Willa Frank, que la morsure de ses adjectifs, que le tour méprisant de ses métaphores, que la précision glacée de ses épithètes. La nature du plat ? La ferveur et le savoir-faire du chef cuisinier ? La fraîcheur ou la rareté des ingrédients qu'il avait utilisés ? Aucune importance : elle trouvait toujours à redire. « Le canard ressemblait au genre de résidus que l'on s'attendrait plutôt à trouver au fond d'une urne funéraire. » « La sauce à l'orange avait certes une piquante amertume, mais l'on eût juré d'un citron mariné dans du vinaigre à cornichons. » « Pasta serait-il donc obligatoirement synonyme de pâteux ? Pas que je sache. On ne s'en serait pas douté "Chez Udolpho" l'autre soir. Ses cheveux d'ange "frais" avaient le goût et la consistance de la colle à bois. »

La causticité de ses jugements lui pinçait le cœur, le faisait trembler et pâlir du haut jusqu'en bas. Petite boule au creux de l'estomac, le courage lui en tombait comme croquette au fond du bac à friture brûlante. Le matin où elle assaisonnait ainsi son collègue Udolpho, Albert était en train de boire un espresso qu'il s'était fait réchauffer et de grignoter un bout de dacquoise aux noisettes qui avait réchappé à la ruée de la veille au soir. Comme tous les vendredis, il avait ramassé le journal sur le tapis-brosse

---

Titre original : « Sorry Fugu », publié par *Harper's*, repris dans le recueil *If the River was Whiskey* (« Si le fleuve était whisky », traduction de Robert Pépin, Grasset, 1992).

de la porte d'entrée, s'était préparé un casse-croûte et, tel le plongeur intrépide et désinvolte qui se jette dans l'eau glacée du lac, s'était mis à lire la rubrique « Où dîner ce soir ? ». Une semaine sur deux, Willa Frank cédait la place à une certaine Leonora Merganser qui, femme au grand cœur, parlait de ses restaurants avec l'enthousiasme de la maman poule que ses huit enfants ont emmenée dîner en ville le jour de la fête des Mères. Torrents d'éloges, ses articles faisaient tomber le lecteur de sa chaise et, fortement salivatoires, l'écrasaient contre la cabine téléphonique jusqu'à ce que frénétiquement il obtienne qu'on lui réserve une table. Mais cette semaine-là, c'était Willa Frank qui officiait, et Willa Frank n'aimait jamais rien.

D'une main tremblante — combien de temps lui restait-il encore avant que, telle l'espionne qui tue, elle ne se glisse Chez D'Angelo et ne l'embroche à son tour ? —, il aplatit la page du journal et étudia les grosses capitales du titre :

CHEZ UDOLPHO :
CUISINE POUR TROGLODYTES
ET ATMOSPHÈRE DE CAVERNE

Le cœur serré, il lut. Willa Frank y avait dîné à trois reprises : la première fois en la compagnie d'un peintre abstrait de Detroit et les deux autres avec son ami habituel, un jeune homme au goût si délié que l'appeler autrement que « Le Palais » eût été difficile. Et chaque fois, sniff sniff, la cuisine l'avait déçue. Les lampes à gaz début de siècle que le grand-père d'Udolpho avait importées de Naples n'avaient pas eu l'heur de lui plaire (« On y voyait si mal qu'à un moment donné nous ne pûmes nous empêcher de nous demander si nous n'étions pas tombés dans quelque arrière-caverne du Neandertal »), ni non plus le feu qui brûlait dans l'énorme cheminée en pierre de la grande salle (« Que de fumée ! ah, ces puanteurs de marrons qu'on incinère ! »). Et puis, il fallait bien en venir à la nourriture ! Arrivé au passage sur les pâtes, Albert fut incapable de poursuivre sa lecture. Il replia son journal aussi soigneusement qu'il eût pu recouvrir d'un linceul le cadavre brisé d'Udolpho et le reposa à côté de lui.

C'est alors que, le bout de nappe mouillée dont elle s'était fait un torchon bien serré dans sa main, Marie poussa la porte de la cuisine et se planta devant lui.

— Albert ? dit-elle en hoquetant.

Son regard étant remonté du journal au visage douloureux de son ami, elle ajouta :

— Y a quelque chose qui va pas ? Elle a... ? Aujourd'hui ?

Elle s'attendait au pire, il la rassura d'une voix si traînante et lugubre qu'on l'eût dit au bord de rendre l'âme :

— Udolpho, dit-il.

— Udolpho ?

D'abord soulagée, elle passa presque aussitôt à la colère.

— Udolpho ? répéta-t-elle comme si elle n'en croyait pas ses oreilles.

Il hocha tristement la tête. Cela faisait trente ans que Chez Udolpho régnait en maître sur tous les restaurants du West Side. Jamais on n'y cédait aux engouements ou aux caprices de la mode, jamais on n'y faisait dans le chic. On était classique, et d'un classique qu'aucune « nouvelle mangerie [1] » à murs pastel et chaises Breuer ne pourrait jamais espérer égaler. James Cagney, Jimmy Durante, Roy Rogers, Anna Maria Alberghetti, tous les grands y avaient dîné. Chez Udolpho, c'était un temple, une institution.

Petit gros tristounet dont on adorait se moquer — ah ! cette bedaine ! ah, cette faim insatiable qu'il avait ! —, Albert lui-même n'avait encore que douze ans lorsque, dans l'une de ses alcôves « enfumées » mais à ses yeux au moins ô combien exotiques ! il avait eu la révélation de sa vie. C'est alors en effet qu'en goûtant à ses vermicelles aillés avec filet d'huile d'olive, à ses champignons sauvages, à son *osso buco* garni de petites pâtes en tortillons ruisselants de beurre que, tout ainsi qu'Alexandre devait un jour avoir senti qu'il avait l'étoffe d'un conquérant, il avait, lui, Albert D'Angelo, compris qu'il était fait pour manger. Et que loin d'être quelque chose dont il eût fallu avoir honte, ce destin, ce mélange de vocation et de métier constituait, bien au contraire, le summum auquel il eût pu aspirer. Libre à ses camarades de délirer sur Snider, May, Reese et Mantle. Pour

1. En français dans le texte. *(N.d.T.)*

Albert D'Angelo, ce qui comptait avait noms Pellaprat, Escoffier et Udolpho Melanzane.

Oui. Et voilà qu'aujourd'hui, Willa Frank y avait veillé, Udolpho n'était plus rien !

Penchée sur la table, Marie s'était mise à lire à son tour et déjà s'indignait de sa voix flûtée de petite fille :

— Et d'abord, d'où est-ce qu'elle sort, celle-là ? s'écria-t-elle.

Albert haussa les épaules. Depuis dix-huit mois qu'il avait ouvert son restaurant, la presse l'avait presque entièrement ignoré. Oui, il avait bien eu droit à un petit paragraphe dans *Le Barbelé*, hebdomadaire alternatif distribué au coin des rues par des gaillards graisseux aux narines transpercées d'une épingle, mais cela comptait-il vraiment ? De fait, il n'y avait qu'un journal qui avait de l'importance, et c'était celui où Willa sévissait. Le bouche à oreille n'était certes pas à négliger, mais sans un article d'elle, autant dire qu'on était mort. Le seul problème là-dedans, c'était que si jamais elle vous en faisait un, mort, on l'était encore plus.

— Peut-être que t'auras l'autre, celle qu'est gentille, lança soudain Marie. Comment s'appelle-t-elle, déjà ?

— Leonora Merganser, marmonna-t-il en desserrant à peine les dents.

— Ecoute, c'est pas impossible…

— Sauf que moi, c'est Willa Frank que je veux, grogna-t-il.

Marie haussa le sourcil. Elle replia le journal, s'approcha de lui, se heurta à sa panse et lui déposa un baiser sur la barbe.

— Tu plaisantes ? dit-elle.

Tables en bois de pin tout simple, murs blanchis à la chaux, petits palmiers en pots que caressait la lumière tamisée du matin, Albert contempla son restaurant d'un œil torve.

— Leonora Merganser ? reprit-il, mais elle tomberait en pâmoison devant le Hamburger Hamlet ou le Long John Silver du coin ! Tu parles d'un défi à relever !

— Défi ? répéta-t-elle. Mais, mon chou, c'est pas d'un défi à relever que nous avons besoin, mais d'un restaurant qui marche, non ? Enfin, je veux dire… si jamais on se marie et tout et tout…

Albert se rassit lourdement et avala une gorgée de son espresso de nouveau aussi froid que marbre.

— Je suis pas un grand cuisinier, moi ? s'écria-t-il.

Quelque chose dans le ton de sa voix lui indiqua que la question n'était pas que de pure rhétorique.

— Mais bien sûr que si, mon gros bébé en sucre ! lui susurra-t-elle dans le creux de l'oreille avant de s'asseoir sur ses genoux pour mieux lui ébouriffer les cheveux. Le meilleur, même ! Le meilleur absolument. Mais…

— Willa Frank, gronda-t-il, Willa Frank. C'est elle que je veux.

Il est des soirs où tout marche comme sur des roulettes : la baudroie est si fraîche que presque elle en frétillerait sur le gril, le *pesto* si aérien qu'on dirait une brise dans les pins, la tablée de huit, là-bas, si fort se régale de ses sept entrées et de ses six plats de résistance bien fumants et délicatement colorés que l'on croirait un seul homme assis devant son plat préféré. Malheureusement, ce soir-là n'en était pas un. Ce soir-là, c'était un soir où tout va de travers.

Il y avait d'abord, et c'était agaçant, qu'Eduardo, le garçon chilien qui comme Chico Marx saupoudrait ses propos de « hé… hé » qui, croyait-il, lui donnaient l'air italien, était en retard. Du coup, obligée qu'elle avait été de faire asseoir et de servir les six premiers clients de la soirée, Marie se retrouvait à la bourre pour les desserts dont elle était seule responsable. Les malheurs se succédant à vive allure, Albert avait aussi découvert qu'il était à court de mesquite pour les tomates séchées au soleil accompagnant les *fusilli* aux *funghi*, câpres, olives noires et, bien sûr, tomates séchées au soleil, et que la crème fraîche pour la *frittata piemontese* avait mystérieusement tourné. Il y avait enfin qu'au moment même où, ayant réussi à remonter la pente, Albert s'était mis à œuvrer dans l'espèce d'état second où l'esprit et le corps ne font qu'un, Roque avait déraillé.

Sur les cinq employés du restaurant, savoir Marie, Eduardo, Torrey (qui passait le chiffon dans la journée), Albert en personne, et Roque, c'était sans doute ce dernier qui opérait au niveau le plus fondamental : Roque, c'était le plongeur. Le plongeur du Yucatán. Celui qui devait veiller à ce qu'il y eût toujours assez d'assiettes propres — gris et rose, elles étaient en grosse faïence de Syracuse —, pour tenir le coup de feu du milieu de la soirée. Or, ce soir-là, Roque semblait décidé à ne relever ce défi qu'avec une lenteur extrême et ne grattait ses assiettes et ne les aspergeait à grands coups de super-gicleur que comme s'il avait sombré dans un rêve. Qui plus était, non content de lambiner (pleine de taches rouges, de sauces blanchâtres et de petits grumeaux de graisse froide, sa vaisselle sale montait à côté de lui telles les tours de Watts), il marmonnait. Des choses sombres. Et dans un dialecte si abscons qu'Eduardo même n'eût pu en sonder les profondeurs.

Lorsque, un peu brutalement peut-être, mais il n'en pouvait plus lui-même, Albert voulut savoir de quoi il retournait, Roque explosa. « Hé, Roque... ça va ? », voilà pourtant bien tout ce qu'il lui avait demandé. Il n'empêche : aurait-il traîné sa mère dans la boue, et avec elle ses quatorze sœurs et tous les habitants du village où il avait vu le jour, que le résultat n'eût pas été pire. L'imprécation aux lèvres, Roque se mit à sautiller sur place et, quittant brusquement son évier en acier inoxydable, arracha son tablier et, l'une après l'autre, commença à expédier ses assiettes contre le mur. Seuls les cent dix kilos d'Albert ajoutés aux quatre-vingt-dix d'Eduardo parvinrent à jeter ses cent vingt livres (poids des cuissardes y compris) hors de la cuisine, puis à la rue. Ensemble, Eduardo et Albert lui claquèrent la porte au nez — porte sur laquelle il continua de tambouriner avec une chaussure pendant une bonne demi-heure, si ce n'est davantage. Poussant un gros soupir, Marie empoigna la lavette.

Le désastre. Pur, sans aucun mélange ni partage. La soirée était fichue.

Albert venait juste de rattraper son retard lorsque, de sa démarche traînante, Torrey arriva à la porte de derrière, entra dans la cuisine et lui tendit sa grande main osseuse en guise de salutation. Pâle et ratatinée, Torrey avait dix-neuf ans et, rousse, se coiffait en brosse, à la lesbienne. Elle avait aussi la voyelle plate et l'intonation montante de la vraie Valley Girl, et voulait une avance.

— *Momento, momento*, lui souffla Albert en passant devant elle une casserole de béarnaise dans une main et un pot de mayonnaise débordant de beurre d'oursin orange vif dans l'autre.

Albert adorait faire usage de ses rudiments d'italien lorsqu'il était à ses fourneaux. Cela lui donnait l'impression d'être invincible.

Torrey se traîna mollement à travers la cuisine et alla se poster devant le hublot de la porte battante marquée « Salle ». A défaut d'autre chose, elle pourrait toujours y regarder les clients manger, boire, fumer et palper leurs pâtisseries du bout du doigt. La béarnaise faisait de jolies flaques au cœur d'une courgette d'été passée au gril, d'épaisses virgules de beurre d'oursin dégoulinaient sur le filet de baudroie confortablement couché en son plat, que Torrey acceptât seulement de laver la vaisselle et Albert lui offrirait une prime de combat rapproché. Sauf que non : soudain, Torrey émit un long sifflement. Pas celui dont on use pour héler un taxi ou bisser un grand artiste, non. Celui auquel on a recours pour dire sa surprise ou son émoi, celui qui veut dire : « Ah ben merde alors ! » Albert s'arrêta net. Il allait y avoir un malheur, il le savait aussi sûrement que, tout autour de sa calvitie, il savait que déjà ses cheveux se hérissaient comme camail de coq.

— Quoi ? dit-il. Qu'est-ce qu'il y a ?

Avec la lenteur du bourreau, Torrey se tourna vers lui.

— Je vois, dit-elle. C'est parce que c'est le soir à Willa Frank, c'est ça ?… Ça marche comme tu veux ?

Dans l'instant, la baudroie partit en fumée, la béarnaise se liquéfia et Marie laissa tomber deux tasses de café et une assiette de *millefoglie* maison.

Aucune importance : une seconde plus tard, ils étaient tous les trois agglutinés à la petite fenêtre ronde et, tels torpilleurs collés au périscope, scrutaient les profondeurs du restaurant.

— Laquelle c'est ? siffla Albert dont le cœur battait déjà la chamade.

— Là-bas ? dit Torrey en transformant comme à son habitude sa réponse en question. Avec Jock ?… Jock McNamee ? Celui avec la perruque blonde ?

Albert regarda, mais ne vit rien.

— Où ça ? où ça ? s'écria-t-il.

— Là-bas ? Dans le coin ?

Dans le coin, dans le coin. Il y découvrit une femme jeune, presque une fillette, assise toute blonde dans sa robe noire (elle ne portait pas de soutien-gorge) en face d'une espèce d'énorme géant à la brosse rayée à l'eau oxygénée.

— Où ça ? répéta-t-il.

— La blonde ?

A côté de lui, il sentit que Marie allait tourner de l'œil.

— Mais c'est pas poss…

Les mots lui manquèrent. C'était donc ça, Willa Frank la « doyenne » du bon goût ? Willa Frank la « grande dame » de la haute cuisine ? Willa Frank l'impitoyable fureteuse à qui erreur de jugement, sous-cuisson ou accident malheureux, rien jamais n'échappait ? Et le grand péquenot à grosses mâchoires et avant-bras de lutteur qui la regardait ? C'était donc ça, le monsieur qui, prétendument, avait le palais le plus délicat, le plus raffiné, le plus sophistiqué, et blasé, que la ville eût jamais connu ? Non, ce n'était pas possible.

— Même que moi, ce mec, je le connais, tu woâs ? reprit Torrey. Le Jock ? Même qu'il est à l'Anti-Club et tout et tout, tu woâs ?

Albert ne l'écoutait pas. Raide comme la cisticole couturière fascinée par le cobra, il observait Willa Frank. Elle était frêle et jolie, avait les yeux noirs de la houri, portait des monceaux de bijoux — et ne ressemblait pas du tout à celle qu'il avait attendue. Il s'était imaginé une femme élégante, la cinquantaine un peu veinée, compassée, patricienne, disons : Boston ou Newport. Mais… minute ! Voilà qu'Eduardo leur apportait leurs plats… tripes à la florentine pour elle, naturellement… ça, elle avait bien choisi et pas de problème, il était sûr de son affaire : un plat comme ça, même quand rien ne marchait… mais… et « Le Palais » ? qu'avait-il pris ? Albert s'écrasa le nez sur la vitre, sentit que, toute molle et perdue, Marie s'était mise à lui masser faiblement la main. Voilà ! Veau *piccata*, oui, un très bon plat, remarquable même. Bien sûr. Bien sûr.

Mais déjà Eduardo s'éloignait après avoir salué ses clients d'un gracieux signe de tête. Le grand punk à cheveux jaunes se pencha sur son assiette et renifla. Délicieusement blonde et venimeuse, tueuse même, Willa Frank piqua une tripe et porta sa fourchette à ses lèvres.

— Elle a détesté ! J'en suis certain ! Absolument certain !

Le visage enfoui dans ses mains et la toque lui tombant sur le front tel un gros oiseau de malheur, Albert se balançait d'avant et d'arrière sur sa chaise. Minuit passé, le restaurant était fermé. Assis au cœur de sa cuisine dévastée, dans les détritus, la gadoue et l'odeur rance de la graisse froide et des épices épuisées, un hoquet après l'autre, Albert longuement sanglotait.

Marie se leva pour lui masser la nuque. La douceur même, Marie, la femme faite miel. Ah ! ses bras lourds et fermes, ses poignets pleins de grâce, la générosité de ses chairs débordantes ! Marie ! Le seul être qui pût le consoler de ce monde entièrement tombé aux mains des Willa Frank !

— C'est rien ! ne cessait-elle de lui répéter d'une voix toute de murmures apaisants. Ils étaient bons, tes plats, je t'assure !

Il avait échoué et le savait. Avoir choisi ce soir-là ! Pourquoi n'était-elle donc pas venue un soir où toute l'équipe répondait, un soir où il gazait, un soir où le plongeur n'avait pas bu, un soir où la crème était fraîche, un soir où les petits tas de mesquite montaient quasiment jusqu'au plafond, un soir où, merde de merde ! il pouvait vraiment se concentrer ?

— Elle a pas fini ses tripes, reprit-il désespéré. Itou pour les légumes grillés ! Je le sais, j'ai vu son assiette.

— Elle reviendra, dit Marie. Trois visites minimum, tu le sais bien.

Il repêcha un mouchoir au fond de sa poche et se moucha tristement.

— Ouais, fit-il, trois coups et c'est fini.

Puis, s'étant dévissé le cou pour la regarder, il ajouta :

— Quant au « Palais »... le « Jock », quoi... enfin, je ne sais pas comment il s'appelle, moi, ce pedzouille... eh bien, son veau *piccata*, il y a même pas touché ! Une bouchée et basta ! Même chose pour les pâtes. Eduardo m'a affirmé qu'il n'avait fait que manger du pain en buvant de la bière !

— Qu'est-ce qu'il y connaît, lui, à la bouffe ? dit Marie. Et elle ?

Albert haussa les épaules. Comme empalé sur sa propre défaite, il se redressa d'un air las et se servit un verre d'Orvieto et une assiette de restes de ris de veau.

— Tout, dit-il d'un ton lamentable.

Parfumée et craquillante, la viande lui fondait en la bouche, était on ne peut plus indiciblement cuite à point. Il haussa une deuxième fois les épaules.

— Ou rien, mais ça change quoi ? De toute façon, on est baisés.

— Et ce « Frank », reprit-elle, c'est quoi, comme nom, d'abord ? Teuton ? Alors c'est ça ?

Elle était passée à l'attaque et, tel le général qui cherche la faille avant d'infiltrer les défenses ennemies, faisait les cents pas sur le linoléum.

— Les Francs… Dis, ça serait pas les barbares qu'au lycée, ils faisaient le sac de Rome ? Ou celui de Paris ?

Willa Frank. Sur la langue d'Albert, le nom était bien amer. Willa, Willa, Willa. Osseux, ce prénom, maigre, efflanqué, dénué de toute sensualité, l'antithèse même du très rond et très ample Leonora. Ça sentait la dureté puritaine, la négation de la chair, l'absence de tout compromis face à la tentation. Willa. Comment pouvait-on même seulement espérer séduire une Willa ? Et Frank de surcroît. C'était encore pire : un nom d'homme. Froid, rébarbatif, allemand, français. Le nom d'une femme qui jamais ne se compliquerait la tâche en allant chercher du côté de la charité, en essayant d'épargner la victime. Non, c'était le nom d'une femme qui toujours assènerait ses adjectifs comme on flanque des coups de gourdin.

Il était toujours à mijoter dans son jus d'amertume et à manger sans plus rien sentir lorsque, de l'autre côté de la porte, un bruit soudain le fit sursauter. Il empoigna une poêle et traversa la pièce sur la pointe des pieds… Que se passait-il encore ? Avaient-ils, en plus, décidé de le dévaliser ? C'était ça ? Il ouvrit la porte d'un coup sec.

Dans la faible lumière de la ruelle, deux petits hommes se tenaient, le plus petit ressemblant tellement à Roque qu'on eût pu le prendre pour un clone.

— Salut, dit le plus grand en ôtant une casquette graisseuse marquée à l'emblème des Dodgers. On m'appelle Raul… et celui-ci, poursuivit-il en montrant son compagnon, on l'appelle Fulgencio, cousin à Roque.

Fulgencio sourit en entendant qu'on prononçait son nom.

— Roque est parti à Albuquerque, reprit Raul, et il est désolé. Mais il vous envoie son cousin, Fulgencio, pour laver.

Albert recula pour laisser passer Fulgencio qui, tout hochements de tête et sourires grimaçants, mima les gestes du plongeur en action. Sans cesser de grimacer et de frotter son assiette imaginaire, il traversa la cuisine en dansant la samba, sortit le super-gicleur de son logement tel le soudard qui tire sa rapière et s'attaqua à la vaisselle avec une ardeur qui eût accablé son folâtre cousin.

Longtemps Albert resta figé sur place, à le regarder. C'est à peine s'il sentait Marie dans son dos, à peine s'il vit le petit geste que lui fit Raul en refermant doucement la porte derrière lui. Tout à coup pourtant, il se sentit racheté. Il renaissait et non, plus rien ne lui était interdit. Là, devant lui, il y avait Fulgencio et, parfait inconnu deux minutes auparavant, Fulgencio lui lavait ses assiettes comme si c'eût été son destin depuis toujours. Et il y avait aussi Marie, Marie qui toujours se tiendrait à ses côtés quand bien même il lui faudrait pour cela apporter des cactus et des lézards à tous les saints du désert. Et enfin il y avait lui, Albert, et dans la force de l'âge, Albert était un cuisinier accompli, quelqu'un qui s'y connaissait et, inspiré, était peut-être même, potentiellement au moins, l'un des plus grands maîtres de l'art culinaire de son temps. Non mais ! que signifiait ? De quoi se plaignait-il ?

Il avait voulu Willa Frank ? Il l'avait eue. Un soir où rien ne marchait, c'est vrai, mais cela pouvait arriver à tout le monde. Le mesquite avait manqué, la crème avait tourné, le plongeur était devenu fou, pas même Puck ou Soltner n'aurait pu s'en tirer.

Elle reviendrait. Deux fois encore. Alors, il serait prêt.

Toute la semaine durant, le restaurant baigna dans l'attente. Se surpassant encore, Albert fit reculer les frontières de sa nouvelle cuisine, version Italie du Nord, en inventant une douzaine de plats, parmi lesquels une délicieuse pasta noire aux crevettes grillées, un civet de lièvre à la sauce piquante et, à vous dévaster absolument, une grande sturnelle marinée au vin blanc, aux échalotes et à la menthe. Albert était inspiré, Albert travaillait comme un possédé. Pas un soir qu'il n'offrît sept entrées et six spécialités du chef, pas un soir qu'elles ne fussent toutes différentes. Il se surpassait, et surpassait encore.

Vendredi arriva et s'en fut. Dans le journal du matin, Leonora Merganser s'extasiait sur un boui-boui hellène du nord d'Hollywood : la *spanakopita* n'existait pas avant qu'on ne l'y goûte, dans les replis d'une feuille de vigne elle avait vu la preuve que le cuisinier était un dieu. Fulgencio astiquait ses assiettes avec passion, Eduardo travaillait son accent et bombait le torse, Marie concoctait des desserts tellement aériens qu'ils en décollaient de l'assiette. Jour après jour, Albert partait à l'assaut de nouveaux sommets.

Ce fut le mardi suivant, un mardi bien calme, voire le plus calme qu'il eût jamais vécu, que Willa Frank reparut enfin. Il n'y avait que quatre clients dans la salle : un septuagénaire à l'air squelettique et profession libérale accompagné de sa petite-fille (du moins Albert l'espérait-il) et un couple d'habitués de Beverly Hills qui étaient venus toutes les semaines depuis l'ouverture du restaurant.

Eduardo annonça l'arrivée de la dame en donnant un grand coup de pied dans la porte de la cuisine. La mine défaite et la fiche où il avait griffonné le nom du cocktail qu'on lui avait commandé tremblant encore dans sa main, il entra et murmura :

— Elle est là.

Le silence tomba. Son super-gicleur à la main, Fulgencio se figea. Marie leva le nez de dessus une tourte. Albert, qui mettait la dernière main à des escalopes sautées « *al pesto* » pour le professeur et à du blanc de canard aux champignons pour sa petite fille, vacilla comme s'il venait de recevoir une décharge de chevrotines. Lâchant tout, il se rua au hublot pour la voir.

C'était sa minute de vérité et presque le courage lui manqua : Willa Frank était stupéfiante de beauté. Aussi parfaitement inaccessible que les mannequins étiques et hautains qui souvent le dévisageaient sur les couvertures des magazines empilés près des caisses du supermarché. D'une élégance glacée, elle portait un chemisier moulant couleur béchamel. Comment pourrait-il jamais, malgré tout son talent et l'infinie générosité de son cœur, espérer émouvoir et troubler un être aussi sublime, réveiller jusques en leurs tréfonds mêmes des papilles aussi lasses que les siennes ?

Navré déjà, il regarda les gens qu'elle avait invités. Aussi gigantesquement grimaçant, gros mangeur et platement beau que jamais, il y avait « Le Palais » — espérer de l'aide de ce côté-là eût été bien fou. Passant au couple qu'elle avait amené avec elle, Albert y chercha un signe d'encouragement. En vain. D'âge moyen, ils avaient le cheveu argenté et, sur leur trente et un, avaient l'air sec et raide de ceux qui inflexiblement cherchent à dominer leurs moindres appétits : aussi sympa que des gardiens de prison. Albert comprit que la pente ne serait pas facile à remonter. Il revint à son gril, se ceignit d'un tablier propre, et attendit le pire.

Marie prépara les boissons : deux Martinis, un Glenlivet sans glace pour Willa et une bière pour Le Palais. En entrée, ils avaient commandé une *mozzarella di buffala marinara*, la *caponata* d'Angelo, une salade d'encornets et des médaillons de veau à la marmelade d'oignons. Y mettant toute son âme, Albert décora et garnit ses plats avec le soin, la patience et la chatoyante imagination d'un Toulouse-Lautrec courbé sur sa toile et, vaincu, les vit réintégrer la cuisine à moitié mangés. Vinrent les plats de résistance. Le quatuor avait commandé cinq mets différents. Le visage de pierre, Albert les passa à Eduardo, puis, tel le voyeur, alla se coller au hublot.

Fasciné, il les regarda se pencher en arrière pour permettre à Eduardo de leur présenter la nourriture. Il attendit, mais rien ne se produisit. C'est à peine s'ils jetèrent un coup d'œil à ce qu'on leur montrait. Puis, comme s'ils s'étaient donné le mot, ils commencèrent à s'échanger leurs plats. Albert n'en revenait pas : que croyaient-ils donc être en train de bâfrer ? Le Spécial Empereur de Chine de chez Chow Fou ? Enfin il comprit : il n'était pas question de commencer avant que l'énorme à mâchoire de brute ait daigné se prononcer. Personne ne mangeait, on se taisait, sans même oser lever son verre de Château-Bellegrave 1966 à ses lèvres, on épiait les moindres gestes du Palais. Lentement celui-ci renifla, toucha du bout d'un doigt, se lécha, dédaigneusement goûta, l'une après l'autre, toutes les créations du maître. Le dos raide et ses yeux noirs grands ouverts, Willa regarda le géant à vaste gueule et dessus de crâne en tapis-brosse se pencher sur son assiette et se poser un morceau de coquille Saint-Jacques ou de canard sur la langue. Tous les plats ayant fait le tour de la table, les écrevisses Alberto s'immobilisèrent enfin, telle boule de roulette, devant Le Palais. Mais non : ça, on avait déjà reniflé. Ça, on y avait déjà sali sa fourchette. Majestueux, Le Palais poussa son assiette de côté et d'une voix rauque commanda une autre bière.

Noire journée que celle du lendemain ! Il avait deux zéros pointés contre lui et le troisième se profilait déjà à l'horizon. Il ne savait plus que faire. Fiévreusement il avait rêvé, s'était vu hachant des truffes et des pieds de cochon réanimé, enfin s'était réveillé, les plus folles recettes au bout des lèvres : cornichons en tranches et œufs d'alose, mousse d'oignons à la cannelle, haricots noirs vinaigrette. Sans rire ou presque, il concocta même un menu imaginaire fait de plats auxquels, sheik ou président, personne n'avait jamais goûté. Et lui trouva un nom : « La cuisine des Espèces en Danger[1] ». On y aurait droit à du blanc de condor californien aux chanterelles, à de l'oiseau-serpent meunière, à des médaillons de panda *alla campagnola*. Lorsque, dans le courant de l'après-midi, il lui présenta son projet, Marie éclata de rire. « Et moi qui venais d'inventer une cuisine nouvelle ! » hurla-t-il. L'espace d'un instant, le ciel se découvrit un peu.

Mais tout aussi rapidement se couvrit à nouveau : il avait compris ce qu'il fallait faire. Il allait falloir lui parler, oui, à elle qui était sa critique la plus sévère par le truchement même de la nourriture qu'il lui servirait. Il allait falloir tout lui traduire, la réveiller d'un baiser. Mais comment ? Comment pourrait-il jamais la sortir de son long sommeil si son péquenot de chien de garde continuait à se mettre au milieu ?

De fait, le dénouement était plus proche qu'il ne le pensait.

Le lendemain après-midi arriva. C'était jeudi, la veille du jour où son prochain arrêt de mort devait paraître dans le journal, il se faisait déjà tard. Assis à une table au fond de la salle

1. En français dans le texte. *(N.d.T.)*

encore plongée dans la pénombre, Albert sombrement réfléchissait à son menu. Il était à peu près sûr que sa dernière visite serait pour ce soir-là, mais n'avait toujours pas la moindre idée de la manière dont il allait procéder pour se racheter. Longtemps il resta là, vautré dans son malheur, à regarder Torrey qui, l'embout magique de son aspirateur à la main, ici et là sondait les profondeurs des tables alignées devant lui. Dans son dos, à la cuisine, des sauces mijotaient et un filet de veau rôtissait. Marie faisait cuire du pain, Fulgencio empilait du bois. Cela devait faire cinq minutes qu'il regardait Torrey lorsqu'enfin il l'appela :

— Torrey ! hurla-t-il pour couvrir le bruit de l'aspirateur. Torrey ! Tu pourrais pas éteindre ce bazar une minute, non ?

Le grondement se fit sifflement asthmatique, puis silence. Torrey leva la tête.

— Ce mec, ce... ce comment qu'y s'appelle déjà ? Jock ?... qu'est-ce que tu sais de lui ?

Il étudia son menu couvert de gribouillis, puis la regarda de nouveau.

— Dis... tu saurais pas ce qu'il aime bouffer, ce type, par hasard ?

Torrey traversa la salle en traînant les pieds et se gratta le chaume qu'elle avait sur la tête. Elle portait une chemise en flanelle déchirée et trois fois trop grande pour elle. Une tache de graisse lui ornait le dessous de l'œil gauche. Il lui fallut un bon moment pour répondre. Le bout de sa langue lui pendait à la commissure des lèvres, incessamment son front se plissait sous l'effort.

— Des trucs ordinaires, dit-elle enfin en haussant les épaules. Du steak brûlé, des patates avec la peau, des petits pois bouillis, tout ça, quoi... Tous les trucs que sa mère devait lui faire. Enfin, tu vois... le genre cuisine de soupente irlandaise ?

Albert travailla beaucoup ce soir-là — comme un fou, même : le restaurant était bondé. Mais lorsque, sur le coup de neuf et demie, Willa Frank et son Palais y firent leur entrée d'un pas sautillant, il était prêt. Ils avaient réservé, sous un nom d'emprunt, naturellement : « M. Cavil, deux personnes. » Eduardo fut donc en mesure de les faire asseoir tout de suite. Après quoi, il se rua à la cuisine et, à bout de souffle, tel le tocsin auquel on s'est habitué, lança son « Elle est là ! ». Et, papillonnant, repartit dans la salle, ses consommations sur son plateau : Glenlivet sans glace pour elle, canette de bière pour lui. Albert ne leva même pas la tête.

Sur la cuisinière il y avait néanmoins une casserole, plutôt petite. Et au fond de la casserole, il y avait trois pommes de terre : bien dures, germées, pas lavées et la peau couverte d'estafilades. Elles bouillaient, furieusement. Au milieu, dansant au gré des bulles, s'agitait encore le contenu d'une boîte de petits pois de la mère Hubbard : une demi-livre, en solde. Albert continua de travailler en chantonnant. Il fit revenir des morceaux de mérou aux crevettes, au crabe et aux coquilles Saint-Jacques dans une grande poêle, hacha menu de l'ail et des poireaux, déposa de pleines cuillerées à soupe de foie gras au sommet de divers tournedos. Lorsque, vingt minutes plus tard, et toujours en soufflant, Eduardo s'engouffra dans la porte pour lui passer la commande, il lui arracha sa fiche des mains et, sans même y jeter un coup d'œil, la déchira en petits morceaux. L'heure H était arrivée.

— Marie ! cria-t-il. Marie… vite !

Il avait pris son air le plus paniqué. On aurait dit quelqu'un qui se raccroche à un brin d'herbe pour ne pas dégringoler au fond du ravin.

Marie se sentit toute molle. Elle reposa son shaker à cocktails et s'essuya les mains à son tablier. Il y avait de la catastrophe dans l'air.

— Qu'est-ce qu'y se passe ? dit-elle dans un hoquet.

Il était à court de purée d'oursins. Et d'herbes pour parfumer le poisson… et Willa Frank avait commandé l'oursinade de mérou. Il n'y avait plus un instant à perdre : que Marie coure donc jusque chez Edo, oui, à la Maison du Sushi, et qu'elle demande à Greg Takesue de lui en donner assez pour tenir jusqu'au lendemain. Oui, il lui avait passé un coup de fil. C'était d'accord.

— Allez, file ! gémit-il en se tordant les mains qu'il avait grandes et pâles.

L'espace d'un instant, Marie hésita.

— Mais c'est à l'autre bout de la ville !… J'aurai bien de la chance si ça ne me prend qu'une heure !

Dans le regard d'Albert, tout disait la question de vie ou de mort.

— Va, dit-il. Je l'occuperai.

La porte n'avait pas plus tôt claqué derrière elle qu'il prenait Fulgencio par le bras.

— Quant à toi, hurla-t-il au-dessus du vrombissement du super-gicleur, tu te prends une petite pause. Trois quarts d'heure… non, une heure !

Yeux sombres et paupières aztèques en lames de rasoir, Fulgencio le dévisagea. Puis se fendit d'un énorme sourire.

— *No entiendo*, dit-il.

Albert le lui mima, puis lui montra la pendule. On hocha la tête, énormément, de part et d'autre. Fulgencio disparut. En sifflotant *Core 'ngrato*, air favori de sa défunte mère, Albert, d'une longue glissade, gagna le frigo à viandes et en sortit le tas de graillons grisâtres qu'il avait acheté l'après-midi même au supermarché Safeway du coin. Steak dans le rond, qu'ils appelaient ça — 2 dollars 39 la livre. Il ôta l'emballage en plastique de ce truc qu'il avait dans la main, décrocha sa plus grande poêle, monta la flamme de la cuisinière au maximum et, sans la moindre cérémonie, balança son amas de chairs gelées dans les profondeurs noirâtres de l'ustensile de cuisine.

Eduardo continuait d'entrer et de sortir : pas le temps de poser la moindre question sur la double absence de Marie et de Fulgencio. Il enleva les tournedos Rossini, et encore l'oursinade de mérou, et l'anguille *alla veneziana*, et la *zuppa di datteri Alberto* — et rapporta les assiettes sales, les fourchettes congestionnées de bouffe, les verres à vin maculés de beurre et de rouge à lèvres. Là-bas, un gros nuage de fumée montait de la poêle posée sur le brûleur avant. Albert sifflotait sans désemparer.

Et puis, alors qu'une fois encore Eduardo se ruait follement dans la cuisine, Albert l'attrapa par le bras.

— Tiens, dit-il, en lui collant une assiette dans la main. Pour le gentleman qui accompagne Miss Willa.

Atterré, Eduardo regarda fixement l'assiette. Là, sous ses yeux, disposés avec toute la finesse[1] d'un quelconque « plat du jour », se trouvaient trois patates bouillies, une pleine louche de

1. En français dans le texte. *(N.d.T.)*

petits pois complètement réduits et quelque chose qui, aussi raide et plat que hachoir, et aussi noir que le fond de la poêle, ne méritait guère plus que le qualificatif de « latte de viande ».

— Fais-moi confiance, reprit Albert en guidant son garçon chancelant jusqu'à la porte. Ah ! j'oubliais ! ajouta-t-il en lui fourrant une bouteille de ketchup dans la main, et on arrose comme il faut.

Et non, Albert ne céda pas à la tentation d'aller mettre le nez au hublot. Il baissa la flamme sous ses casseroles, se lissa les tempes et commença à compter, aussi lentement que dans un jeu d'enfants à l'école, jusqu'à cinquante.

Il n'était pas encore à vingt que, rutilante dans sa robe indienne rouge tomate, Willa s'engouffrait dans la cuisine. Juste derrière elle, l'air d'un martyr, Eduardo tendait les mains en un geste suppliant. Albert leva la tête, bomba le torse et rajusta sa grosse panse derrière les blancheurs immaculées de son tablier. Il congédia Eduardo d'un claquement des doigts, se tourna vers Willa Frank et lui décocha le sourire sec et compassé d'un candidat aux élections.

— Je vous demande pardon, dit-elle d'une voix plate et suraiguë tandis qu'Eduardo s'esbignait, mais... c'est vous, le maître queux ?

Vingt-huit, vingt-neuf... Albert comptait toujours.

— Non, parce qu'il faut que je vous dise (elle était tellement furieuse qu'elle avait du mal à parler)... que... que jamais de ma vie, je... je...

— Chuuuuut ! dit-il en se mettant un doigt sur les lèvres.

Puis, d'une voix aussi apaisante et profonde qu'un massage lombaire, il ajouta :

— Là... là... tout va bien.

Et, la prenant doucement par le coude, il la conduisit à une table qu'il avait installée entre la cuisinière et l'étal à découper. Nappe d'un blanc neigeux, verres en cristal, assiettes en porcelaine, couverts en argent massif qu'il avait empruntés à sa mère. Une seule chaise, une seule serviette.

— Asseyez-vous, dit-il.

Elle se dégagea.

— Mais je n'ai aucune envie de m'asseoir ! se récria-t-elle, l'œil brillant de suspicion.

Sa robe en laine la moulait comme un collant de danse. Ses hauts talons claquèrent sur le linoléum.

— Vous savez, n'est-ce pas ? dit-elle en reculant. Oui, vous savez qui je suis.

Ours énorme et serein, Albert la suivait. On aurait dit qu'ils dansaient. Il acquiesça d'un hochement de tête.

— Mais alors pourquoi… ?

Dans les yeux de Willa, la vision était horrible. Ce steak profanateur qui se baladait… et Albert le voyait bien.

— Ce que vous faites est un suicide ! reprit-elle.

Une poêle apparut dans sa main. Il était si près d'elle qu'il sentait le maillage de sa robe à travers le tissu fin et souple de son tablier.

— Chut ! ronronna-t-il, on n'y pense plus. On ne pense plus à rien. Là…

Et, soulevant le couvercle de sa poêle, il ajouta :

— Sentez-moi un peu ça.

Elle le regarda comme si elle ne savait plus où elle était. Elle contempla la poêle fumante, leva les yeux sur lui. Il vit le mouvement doux et involontaire de sa gorge.

— Rondelles d'encornets à l'aïoli, murmura-t-il. Allez, on en prend une. On goûte.

Tout doucement et sans la lâcher des yeux, il déposa la poêle sur la table, y prit une rondelle d'encornet et la lui mit sous le nez. Ses lèvres — elles étaient pleines, elles étaient sensuelles, il le voyait bien maintenant, non, rien à voir avec les petits traits de chair pâle et duraille qu'il s'était imaginés — frémirent à peine. Elle rejeta le menton en arrière, un rien, puis sa bouche s'ouvrit, tout grand. La becquée avait commencé.

D'abord les encornets : un, deux, trois petits encornets. Puis une casserole de *tortellini* au homard : sauce épaisse et safranée, délicatement butyreuse. Presque elle lui en lécha les doigts. Il lui redemanda de s'asseoir. Il lui posa sa grosse main sur le coude, il la guida, là, en avant, enfin elle obéit.

Il jeta un coup d'œil au hublot et, sans cesser de regarder dans la salle, sortit quelque chose du four : des toasts aux tomates séchées au soleil, le tout recouvert de fromage de chèvre d'Atascaredo. Là-bas, Jock avait le nez dans son assiette. Disparu ou presque, le steak. Empalé sur les pointes de sa fourchette, un gros tas de viande carbonisée se balançait. Le géant mastiquait, la joue aussi tordue que s'il chiquait.

— Là, murmura Albert en se tournant vers Willa.

Il lui cacha les yeux sous sa main chaude et embaumée.

— Et maintenant, la surprise.

Il la laissa finir ses *taglierini alla pizzaiola* (saucisse au fenouil maison garnie de tomates finement hachées), lui permit d'éprouver les premiers émois de son « glacé de pamplemousse nappé citron Meyer », puis posa sa question :

— Et lui, hein ? Pourquoi lui ?

Elle reprit un peu de glace avec sa minuscule cuiller en argent, s'en lécha une goutte qui lui était restée accrochée au coin des lèvres.

— Je ne sais pas, dit-elle d'un air résigné. Faut croire que je ne fais pas confiance à mon palais. Ça doit être ça…

Il haussa les sourcils. Il était penché sur elle, il était plein de sollicitude, chaleureux, dans sa main la casserole de coulibiac de saumon en brioche dégoulinait d'œufs et d'amourettes d'esturgeon, était comme une offrande.

Elle regarda ses mains tandis qu'il lui ôtait sa glace et la remplaçait par une assiette de coulibiac.

— Enfin…, reprit-elle, puis s'arrêta pour qu'il puisse lui en glisser un morceau dans la bouche, puis reprit… en fait, les trois quarts du temps, je sens rien… (en mâchonnant, son adorable gorge s'abaissant et se soulevant tandis qu'elle avalait…) et Jock… lui, il déteste tout. Ce qui fait que lui, je sais qu'il ne risque pas de s'emballer pour un rien.

Elle en reprit un morceau, marqua une pause, réfléchit.

— En plus, aimer quelque chose, enfin… aimer vraiment quelque chose et le dire, c'est courir de tels risques ! Parce que… et si je me trompais ? Et si, en fait, ce que j'aimais était parfaitement immonde ?

Albert la pressait de toutes parts. Dehors, il s'était mis à pleuvoir. Dans la ruelle, les gouttes crépitaient comme de l'huile bouillante. Le four rougeoyait, le gril sifflait, autour d'eux les parfums de tout ce qu'il avait créé doucement montaient, manne et ambroisie.

— Hmmmh, bon, dit-elle en grignotant, sans même s'en

rendre compte, du prosciuto saupoudré de mozzarella. Ah, je ne sais pas, reprit-elle un instant plus tard.

Elle avait les doigts noirs d'anchoyade. Enfin, elle se confia :

— C'est peut-être pour ça que j'aime le fougou, dit-elle.

— Le fougou ?

Albert en avait vaguement entendu parler.

— Japonais... c'est ça ? dit-il.

Elle acquiesça d'un signe de tête.

— C'est une espèce de poisson-coffre. Et là-bas, y font ça en sushi ou en petits rubans frits. Mais ce qu'il y a de bon là-dedans, c'est le foie. Ici, c'est interdit. Vous le saviez ?

Albert l'ignorait.

— Et ça peut tuer, ce poisson, reprit-elle. Vous paralyser complètement. Mais si on fait qu'en grignoter juste un petit bout, ça vous engourdit complètement les lèvres, les dents, puis toute la bouche.

— Comment ça... ? Comme chez le dentiste ? s'enquit-il d'un ton horrifié.

Un truc qui vous engourdissait les lèvres ? la bouche ? Il était horrifié. C'était un vrai sacrilège.

— Mais c'est horrible ! s'écria-t-il.

Elle avait l'air aussi penaud qu'une enfant qu'on vient de châtier.

Pivotant sur les talons, il se tourna vers le fourneau, puis se retourna vers elle : dans sa main, il tenait une autre casserole.

— Allez, encore ce petit truc. Rien qu'un peu, lui dit-il d'une voix enjôleuse.

Elle se tapota sur le ventre et lui fit un sourire, un grand sourire, un sourire rayonnant, radieux.

— Oh non, non, Albert... je peux t'appeler par ton prénom ?... Non, non, je sais pas si je pourrai...

— Allez, dit-il, là !

Et sa voix était aussi douce que celle d'un amant.

— Allez, ouvre !

Poème sans héros

Pour finir, chance, persévérance et respect de tous les instants pour l'esprit de la glasnost, elle réussit à avoir ce qu'elle voulait. Renversant. Son visa était de six mois et il ne lui restait plus que quinze jours à passer aux USA lorsqu'elle bascula corps et âme dans l'amour, fut ravie par la passion et se retrouva mariée… à un Américain, rien que ça. Yusef Ozizmir de son nom, celui-ci était naturalisé et, originaire d'une petite ville des environs d'Ankara, contrôlait la production dans une fabrique de prothèses dentaires de Culver City. Un soir, tard, elle m'appela pour m'annoncer la nouvelle et se vanter un peu de sa lune de miel à Las Vegas et du nouveau trois-pièces avec grandes penderies et douces senteurs marines qu'elle possédait maintenant à Manhattan Beach. Sa voix était toujours celle que j'avais gardée en mémoire : frêle, empreinte d'un fort accent et par à-coups si râpeuse de sensualité que toutes les fibres de mon corps s'étaient réveillées comme un seul homme la première fois que je l'avais entendue. La façon qu'elle avait de dire « wodka » m'excitait encore beaucoup, même après ce que nous avions vécu.

— Je suis heureux pour toi, Irina, lui dis-je.

— Ah, soupira-t-elle de sa voix déjà minuscule et que la communication incertaine rendait plus minuscule encore, c'est très gentil à toi, ça : je suis reconnaissante. Yusef me confère grands bonheurs aussi, oui ? Il m'a donné une bague de vingt-quatre carats d'or et une automobile Lincoln.

Le silence se fit. Je jetai un coup d'œil à mon appartement, y vis les rayonnages qui croulaient, l'écran de télé où se dérou-

Titre original : « Without a Hero », publié par *Harper's*, repris dans le recueil *Without a Hero* (Histoires sans héros, traduction de Robert Pépin, Grasset, 1996).

lait une sombre comédie romantique remontant à l'ère du noir et blanc et, derrière, la fenêtre aux vitres noires. La voix d'Irina se fit encore plus minuscule, se contracta même tellement qu'elle en devint à peine audible, ne fut plus qu'infimes couinements de passion qui hésite.

— Tu sais... tu me manques, Casey, reprit-elle dans un souffle. Tu me manqueras toujours trop.

— Ecoute, Irina, il va falloir que j'y aille...

J'essayais de trouver une excuse, — ma cuisine avait pris feu, ma mère venait de se taper une montée de ptomaïnes si brutale qu'on avait dû l'expédier à l'hôpital de toute urgence, j'avais besoin de faire aiguiser mes couteaux —, lorsqu'elle me coupa la parole :

— Oui, Casey, je sais. Il faut que tu ailles. Tu dois aller. Toujours tu vas.

— Ecoute, recommençai-je, puis je me repris. A plus.

Pendant un instant, rien ne se produisit. J'écoutai la friture sur la ligne. Puis sa voix me revint, et jamais encore je n'en avais entendu de si faible.

— Oui, dit-elle, à plus.

La première fois que je vis Irina (que je posai les yeux sur elle, s'entend), le coup avait été préparé à l'avance. Elle se trouvait à la salle des bagages du terminal international Tom Bradley de l'aéroport de Los Angeles où on m'avait envoyé la chercher. J'étais en retard, — et c'était ma faute, je le reconnais —, et m'inquiétais pour plusieurs raisons : j'avais peur de la rencontrer, mais j'avais aussi peur de la rater, j'appréhendais les problèmes du couchage et du dîner, sans compter cent autres choses qui allaient de mon ignorance totale de la langue russe à ma connaissance plus que sommaire des géants de sa littérature en passant par la crainte de voir ma protégée vouloir s'acheter des blue-jeans avec une malheureuse poignée de roubles. Je courais encore dans les couloirs, évitant ici un Sikh à la vue basse, là un solide Britannique, là encore un VRP japonais ou coréen plein de circonspection, et dans ma tête Soljenitsyne, Tchekhov, Dostoïevski et Tolstoï, les grands noms des lettres russes roulaient comme une incantation lorsque je la repérai.

Impossible de se tromper. Je n'avais pas oublié le signalement que Rob Peterman m'avait fait d'elle (vingt-huit ans, blonde, silhouette digne des ballets du Bolchoï et visage qui pouvait tuer), mais je n'en avais pas besoin. La dame se tenait au cœur d'un maelström d'agitation, une cigarette dans une main et un gobelet en plastique rempli de vodka dans l'autre. Autour d'elle beaucoup de choses avaient chu comme après un cyclone, journaux, bagages, articles de maquillage, serviettes et mouchoirs en papier, un pull-over, plusieurs sacs à main, une demi-douzaine d'animaux empaillés et une casquette des Dodgers, tous objets qui occupaient les deux rangées de sièges qu'elle avait derrière elle. Madame, elle, s'était engagée dans une chaude discussion sur la perestroïka, l'indépendance de la Lituanie, la menace d'un conflit nucléaire et les mérites respectifs de la Jaguar XJS et de la Mercedes 560 SEC avec trois businessmen bien lubrifiés et portant des costumes froissés. Sa cigarette, — « Une Gauloise, naturellement, comme s'il y avait autre chose ! » —, décrivait des arcs de cercle dans l'air, désespérément démodées, ses bottes de danseuse de cabaret dessinaient des pas de mazurka sur le tapis, les franges de sa veste en cuir bleu ciel tremblant et tressautant à qui mieux mieux. Je ne savais que faire. Je suais d'avoir sprinté par tout l'aéroport et avais certainement mon regard fou de type coincé dans une grange en flammes.

— Et vous savez ce que je vous donne pour cette Mercedes ? demanda-t-elle sèchement au plus petit et au plus froissé de ses hommes d'affaires. Hé ?

Pas de réaction. Le trio se contenta de la dévisager, la bouche légèrement béante, comme si elle débarquait des lointaines contrées de l'espace intersidéral.

— *Nitchevo !* s'écria-t-elle avant de laisser échapper un petit rire. C'est ce que veut dire « rien » en russe. *Nitchevo.*

Et alors elle me regarda et, s'arrêtant net au milieu de la phrase qu'elle avait commencée, elle me fixa de ses yeux d'un beau bleu laiteux et, je le remarquai aussi, un rien exophtalmiques. Puis elle me sourit et, ce faisant, m'offrit pour la première fois le spectacle de ses dents acérées et de ses lèvres fines qui grimaçaient. Je fus tout brûlant du sang qui se ruait dans mes veines : un sourire russe, me dis-je, mon premier !

— Casey, dit-elle, et ce n'était pas une question qui exprimait le doute, Casey.

Et se détournant de ses trois interlocuteurs, elle les congédia comme s'ils n'avaient jamais existé et me tomba dans les bras.

Il n'y avait aucune honte à vouloir des choses et Irina en voulait beaucoup. « Là d'où je viens, me disait-elle de sa petite voix haletante et rocailleuse, nous n'avons pas. »

La première fois qu'elle me fit cette révélation, nous rentrions de l'aéroport dans ma voiture. Elle avait les yeux qui brillaient et, sa casquette des Dodgers (à elle offerte par un des trois businessmen) lui ceignant le front comme une couronne de lauriers, gaiement elle chantait les marques et les noms des automobiles que nous doublions sur l'autoroute : « Corvette ! Z-car ! BMW 750 ! » J'essayais de ne pas lâcher la route des yeux, mais ne pouvais m'empêcher de lui couler un regard en coin de temps à autre.

Rob Peterman n'y était pas allé par quatre chemins pour me brosser son portrait, je m'en rendais bien compte maintenant. Dans l'excitation du moment, à l'aéroport, je n'avais vu en elle que la très exotique Irina, que l'idéal de Rob soudain fait chairs et os, mais à l'examiner de plus près, je constatais déjà qu'elle n'avait rien d'une beauté, — intéressante, elle l'était assurément, mais ne ressemblait guère à l'espèce de déesse hyperboréenne qu'on m'avait fait espérer. Sauf que… comme s'il n'en allait pas toujours ainsi !

— N'est-ce pas le magasin I. Magnin ? s'écria-t-elle au moment où nous quittions l'autoroute.

Puis elle se tourna vers moi et une fois encore me gratifia de son sourire, et roucoula et ronronna.

— Oh, Casey, c'est tellement… comme je vais dire ? tellement excitant pour moi !

Il y avait ses yeux qui proéminaient, il y avait l'ampleur excessive de son front, sa bouche aux lèvres tirées et aux petites dents pointues, et il y avait ses cheveux, et son sourire, voilà. Pour un homme qui, comme moi, avait divorcé trois mois plus tôt, elle était superbe, — mieux que superbe même. J'oubliai l'idéal et basculai tête la première dans le réel.

— Je vous y emmène dès demain, lui dis-je. Vous pourrez y perdre la raison à tous les rayons.

Elle me regarda d'un air radieux, dans ses yeux l'admiration était absolue.

— Et ce soir, ajoutai-je d'une voix que je laissai traîner un peu afin de ne pas trop laisser paraître mon impatience, ce soir… Je me disais qu'un petit dîner tranquille devrait suffire, enfin… si vous n'êtes pas trop fatiguée, s'entend.

Quinze jours plus tôt, Rob Peterman m'avait appelé de Georgetown, où il était un des principaux rouages du Département des Relations Internationales de l'Université. Il revenait d'une tournée de conférences de six semaines en Russie et avait une bonne nouvelle à m'annoncer. Mieux encore, il m'avait rapporté un petit cadeau.

J'avais rencontré Rob à la faculté. Membres de la même fraternité, nous avions fait des choses assez folles ensemble et n'avions jamais perdu le contact depuis cette époque.

— Un cadeau ? répétai-je.

— Disons ça autrement, Case, me répondit-il. Il y a des tonnes d'étudiants à Moscou, il y en a des milliers et des milliers, dont un gros pourcentage de provinciales qui sont prêtes à tout pour rester dans la capitale. Ou pour voir le monde, dans le cas présent.

Il eut aussitôt toute mon attention, je dois le reconnaître.

— Tu n'en reviendrais pas de voir combien de ces demoiselles traînent les bars et les hôtels de l'Intourist. Et cultivées, avec ça, intelligentes ! Et belles, cela va sans dire… Tu sais bien : le genre princesse ukrainienne, concentré de plaisirs géorgiens, beauté slave à longues jam…

— Oui, oui. Et alors ?

— Elle s'appelle Irina et atterrira à L.A. dans huit jours. Vol TWA huit cent quatre-vingt-quinze en provenance de Moscou avec escale à Paris. Irina Soudeïkina. Je, euh… j'ai fait sa connaissance là-bas et elle… elle a besoin d'attaches.

Il baissa la voix et ajouta :

— Si jamais Sarah découvre le pot aux roses, elle m'emmène direct chez le véto et lui ordonne de me les couper, tu vois ce que je veux dire ?

— Comment est-elle ?

— Qui ça ? Irina ?

Et c'est là qu'il m'avait fait son portrait généreux, douze paragraphes, au moins, et si propres à attiser les flammes de mon imagination que je n'en avais bientôt plus été qu'une seule et même boule de besoins, d'espoirs et de concupiscence mélangés.

— D'accord, d'accord, lui dis-je enfin, j'ai compris. Et c'est quoi, son numéro de vol, déjà ?

Or donc, là nous étions, dans ma voiture, et remontions Pico pour gagner mon appartement cependant que, croulant sous le poids des sous-entendus, ma question sur le dîner restait pendante entre nous. J'avais sorti le canapé-lit dans la chambre de derrière, installé un lampadaire dans un coin et rangé un peu. Elle n'avait pas parlé d'hôtel, et je n'avais pas cherché à en savoir plus long sur ce point. Je jetai un coup d'œil à la route, puis me tournai vers elle à nouveau :

— Parce que vous êtes bien fatiguée, n'est-ce pas ? lui demandai-je.

— Ne vivez-vous pas à Beverly Hills, Casey ? me répondit-elle.

— A Century City. En bordure de Beverly Hills.

— Dans une villa ?

— Dans un appartement, mais bien… avec beaucoup d'espace.

Elle ajusta sa casquette, dont la visière laissa paraître le haut de ses cheveux blond doré.

— Oh, j'ai dormi dans l'aéroplane, reprit-elle en faisant monter son sourire d'un cran. Je ne suis pas fatiguée. Je ne suis pas fatiguée du tout.

De fait, Irina passa les deux mois suivants chez moi. Elle s'installa dans la chambre de derrière tel le Bédouin dans un avant-poste du désert et en moins d'une semaine répandit ses affaires dans tout l'appartement : son panda empaillé alla se percher sur le poste de télé, ses chaussettes de jogging échouèrent sous la table de la cuisine cependant que ses livres de la collection Harlequin se multipliaient comme crapauds sur mon tapis. Mes affaires à moi ? Voyant les biens sous un angle passablement communiste, elle n'hésitait pas à éparpiller mes disques de Coltrane sur le canapé ou à enfourcher mon VTT Bianchi à huit cents dollars pour foncer jusqu'au Beverly Center, où on me le piqua sans tarder parce qu'elle ne s'était pas donné la peine de le boucler à la chaîne ou au cadenas. Sans parler du téléphone dont elle devait croire que c'était l'Etat qui réglait les factures pour les plaisir et agrément des locataires et de leurs invités. Débraillée, indolente et, à peu de choses près, totalement inerte, elle était l'ultime rejetonne de trois générations de prolétaires qui avaient vécu dans un sombre et vaste paradis où l'ambition et l'esprit d'initiative avaient toujours compté pour du beurre. Amer, moi ? Et comment ! Mais tout cela, je l'ignorais encore, et m'en serais complètement moqué si je l'avais deviné. Tout ce que je savais alors, c'était son sourire et ses cheveux, et la proximité de ses chairs. Tout ce que je savais ce premier soir, c'était qu'elle venait de se retirer dans sa chambre, et qu'elle devait être en train d'y défaire ses valises et de s'habiller pour le dîner.

Je l'emmenai manger des sushis dans Wilshire. Je pensais l'impressionner avec mon savoir-faire[1] et mon internationalisme, ce fut elle qui m'étonna : non seulement elle était grande adepte de l'*ebi*, de l'*unagi* et du *katsuo*, mais elle passa sa commande dans un japonais impeccable. Elle portait une minirobe taillée dans un tissu brillant et fragile, — et le décolleté ne manquait pas de profondeur —, elle avait tiré ses cheveux noirs en arrière et se les était noués sur le crâne en un gros chignon bouffant et, oui, elle avait même fait quelques efforts pour se maquiller. Le chef cuisinier ne cessait de se répandre sur elle,

1. En français dans le texte. *(N.d.T.)*

blablatant à n'en plus finir en japonais, lui façonnant d'étranges créatures dans des bouts de radis et de carottes, lui faisant miroiter de rarissimes trésors de fougou, qui est un gros poisson-coffre de son pays. Cela faisait bien deux ans que je fréquentais son établissement, jamais il ne m'avait même seulement remarqué.

— Euh… Irina ? lui demandai-je tandis que le chef s'éloignait à regret pour préparer un roulé de coquilles Saint-Jacques destiné au couple assis à la table voisine. Où avez-vous appris le japonais ? Non, parce que… c'est très impressionnant.

Elle marqua un temps d'arrêt, une fine lamelle de saumon norvégien lui restant délicatement coincée entre les lèvres, puis elle se frotta la bouche et soupira :

— Oh, ce n'est rien. J'ai passé six mois au Japon en 1986.

La nouvelle me surprit.

— Ils vous ont… enfin, je veux dire… Le gouvernement russe vous a laissée partir à l'étranger ?

Elle me décocha un clin d'œil.

— Je suis alors étudiante en langues à l'Université d'Etat de Moscou, Casey, me répondit-elle. Ne suis-je pas alors censée apprendre ces langues en visitant les pays où elles sont parlées ?

Sur quoi elle se pencha de nouveau sur son assiette et y saisit une étrange friandise que le chef lui avait sculptée.

— Et d'ailleurs, reprit-elle en apostrophant son assiette de sa petite voix flûtée, il y a un homme que je connais à Moscou et il peut arranger des choses… même des difficiles.

J'avais des centaines de questions à lui poser, — sur la vie de l'autre côté du rideau de fer, sur le Japon, sur son enfance, ses années de fac et son mystérieux bienfaiteur moscovite —, mais je préférai me concentrer sur mon saké et certain petit bout de *maguro* qui, fort glissant, s'obstinait à éluder mes baguettes. De fait, je ne pensais plus qu'à remonter dans ma voiture pour la ramener chez moi.

J'étais un peu tendu lorsque nous revînmes à l'appartement, — les fièvres du premier rendez-vous, le genre de trucs que se tapent tous les hommes de l'adolescence jusqu'à la tombe : casserole ou pas casserole ? —, et ne trouvai pas grand-chose à lui dire. Irina, elle, semblait inconsciente de tout et, fort allumée par le saké et les trois grandes chopes d'Asahi qu'elle avait descendues, agitait follement sa cigarette de droite et de gauche et croisait et décroisait les jambes en faisant rouler ses phrases aux tournures latino-anglo-saxonnes plus qu'exotiques sur sa langue. Que c'était bien ici en Amérique, disait-elle, combien sympathique vraiment, et que j'avais une belle voiture, mais n'aurais-je pas préféré modèle plus sport ? Et je gagnais beaucoup d'argent, n'est-ce pas ? Oui, elle le savait parce que j'étais si généreux et n'était-il pas bien de manger la nourriture japonaise qu'à Moscou il y avait seulement un endroit où on en mangeait et seulement si on était apparatchik ?

Enfin arrivés chez moi, nous prîmes un digestif dans le living, — Grand-Marnier, à vingt-six dollars le cinquième de flacon et elle en remplit son ballon à ras bord —, pendant que Coltrane nous jouait « Tout ou rien » en guise de sérénade. Nous parlâmes de choses et d'autres, de choses sans importance surtout, la demoiselle devenant de plus en plus animée au fur et à mesure que son verre se vidait. Puis, sans un mot d'explication, — salut, au revoir, bonne nuit et merci pour le dîner, rien de rien —, elle se leva, remplit son verre ballon une deuxième fois et disparut dans sa chambre.

J'en fus anéanti. Ainsi donc, c'est comme ça, me dis-je avec amertume, telle est ma folle expérience des choses de la Russie ! Cent vingt billets pour le sushi, un demi-litre de Grand-Marnier et je me traîne jusqu'à l'aéroport, et retour, et en pleine heure de pointe, rien que pour avoir le plaisir de la ramener à la maison ? Je restai assis en l'endroit et, le cœur un peu barbouillé, entendis le clic immensément triste et expirant de ma platine lorsque, le disque s'étant achevé, ma chaîne s'éteignit d'elle-même.

Tout ce qu'elle avait bu s'ajoutant à la fatigue du décalage horaire Moscou-Los Angeles, je me dis qu'elle avait dû s'écrouler sur son lit, mais je me trompais. J'étais sur le point de renoncer et de m'extraire de mon fauteuil pour aller me laisser choir dans mon lit inconfortable lorsqu'elle s'encadra dans le montant de la porte.

— Casey, murmura-t-elle d'une voix lourde et profonde, et là, dans la lumière tamisée, je voyais bien qu'elle portait quelque chose de soyeux et de diaphane… une doudoune, pensai-je, une doudoune russe ! Casey, roucoula-t-elle, je ne parais pouvoir dormir.

Ce fut en gros huit jours plus tard qu'elle me demanda pour la première fois si je connaissais Akhmatova. Je la connaissais, mais pas personnellement. De fait, elle m'était encore plus obscure qu'un Pouchkine ou un Lermontov qui n'étaient déjà que faibles souvenirs de cours où j'avais beaucoup sommeillé.

— Nous l'avons étudiée en fac, lui répondis-je en m'excusant de mon mieux. Après sa mort... dans les années soixante, n'est-ce pas ? C'était un bref survol de la littérature russe. En traduction, bien sûr...

Elle était assise en tailleur sur le canapé-lit, au milieu d'une jonchée de journaux et de revues. Elle ne portait qu'un T-shirt et une culotte et, fasciné, je la regardais appliquer une couche luisante de vernis rose néon sur ses ongles d'orteils. Elle leva la tête un instant et me fixa de ses grands yeux bleu pâle. Puis elle les ferma et se mit à réciter :

DE L'ANNÉE DIX-NEUF CENT QUARANTE
COMME D'UNE HAUTE TOUR JE ME PENCHE,
ET UNE FOIS ENCORE JE DIS ADIEU
A CE QU'IL Y A LONGTEMPS J'ABANDONNAI,
COMME SI JE ME SIGNAIS
ET DÉJÀ DESCENDAIS
SOUS DE SOMBRES
VOÛTES.

— C'est de sa grande œuvre *Poème sans héros*. N'est-ce pas triste et beau ?

Je contemplai ses ongles d'orteils qui scintillaient dans la lumière du matin. Je regardai ses jambes nues, son visage, ses yeux. Nous sortions tous les soirs, — je l'avais emmenée à Chinatown, à Disneyland, au Music Center et à la jetée de Malibu —, et tout rejaillissait sur moi.

— Oui, dis-je.

— C'est une belle œuvre sur le mourir d'amour, Casey, sur le poète qui se tue parce que son amante ne le veut.

Elle ferma de nouveau les yeux et ajouta :

— « Pour un instant de paix je donnerais la paix du tombeau. »

Elle laissa le moment s'éterniser, hypnotisant, il fut grains de poussière flottant dans le rayon de soleil qui tombe de la fenêtre, oiseau de paradis qui glisse avec la lumière, circulation qui se tait dans la rue. Et déjà elle me regardait, douce et rusée tout ensemble.

— Dis-moi, Casey, où trouve-t-on semblable héros aujourd'hui ? Où trouve-t-on homme qui meure d'amour ?

Ce fut le lendemain qu'elle m'emprunta mon vélo pour se rendre au Beverly Center et que nous eûmes notre première engueulade.

J'étais rentré tard du boulot, — il y avait des problèmes avec la personne que nous avions embauchée, l'incompétence, comme d'habitude, sans parler de l'illettrisme —, et l'appartement tenait du foutoir. En fait, non : « foutoir » était peu dire. On aurait pu croire qu'une horde de babouins y était restée enfermée à clé pendant une semaine entière. Pas un disque qu'on n'ait sorti de sa couverture pour qu'il prenne la poussière, pas un livre qu'on n'ait laissé traîner dans le living, ouvert à plat, face contre terre, comme une chose mutilée. Il y avait des vêtements, des draps et des oreillers roulés en boule un peu partout, tout ce qui était surface horizontale croulant sous une masse confuse de bouffe à emporter et d'emballages crevés : Colonel Sanders, Chow Foo Luck, McDonald's, Arby's, Taco Bell. Elle téléphonait dans la pièce du fond, — appel longue distance quelque part en Russie —, et n'avait pas jugé bon de changer le T-shirt qu'elle portait la veille. Elle dit quelque chose en russe, puis je l'entendis marmonner :

— Oui, et mon boy-friend américain est tellement riche…

— Irina ?

— Il faut que j'y aille. *Do svidaniya.*

Je fis un pas dans sa chambre, Irina vola à travers la pièce et se jeta dans mes bras en sanglotant déjà, au-dessus du sol. Cela me déconcerta.

— Qu'est-ce qu'il y a ? lui demandai-je en la rattrapant du mieux que je pouvais.

Brusquement je la vis me quitter pour s'en aller visiter

Chicago, New Orleans et New York. En moi un abîme s'ouvrit : je l'avais perdue.

— Tu… Tout va comme il faut ?

Brûlant, son souffle se glissait dans mon cou. Elle se mit à m'embrasser, séance tenante et sans désemparer, jusqu'à ce que, la prenant par les épaules, je l'oblige à me regarder en face.

— Irina ? Dis-moi : qu'est-ce qu'il y a ?

— Oh, Casey ! s'écria-t-elle entre deux hoquets, et sa voix était si faible que je l'entendais à peine, j'ai été si bête ! Même en Russie nous devons boucler nos choses, mais je n'ai jamais rêvé qu'ici où on a tant…

Ainsi découvris-je que mon VTT à huit cents dollars avait vécu. De la même manière, je devais plus tard apprendre qu'elle avait rétamé les lames de mon robot-mixer en essayant de couper un ananas entier en petits dés, constater que la moitié de mes disques étaient rayés et m'apercevoir que ma veste blanche Ci Siamo toute neuve était couverte de marques de rouge à lèvres, à moins qu'il ne s'agît de jus de canneberge, ou de sang, va savoir.

Sens de l'humour, patience, grâce et aplomb, je perdis tout d'un coup et ce fut la scène de ménage. Les accusations plurent. Je me moquais bien d'elle, hurla-t-elle : les objets comptaient plus qu'elle à mes yeux.

— Les objets ! répétai-je en ricanant de mépris. Mais qui donc passe la moitié de sa vie à traîner chez Robinson, Saks et autres May Company, hein ? Qui téléphone en Russie comme si Dieu en personne allait descendre sur terre pour régler la note à ma place ? Qui ne m'a jamais proposé un sou pour payer une facture, pas même une fois ?

Ses cheveux lui pendaient follement dans la figure, quelques mèches restant prises ici et là dans les humidités luisantes qu'elle avait soudain sous les pommettes.

— Je ne compte rien pour toi, me renvoya-t-elle de sa voix la plus minuscule. Je suis seulement pour toi un plaisir momentané.

Je n'avais plus rien à dire. Je restai planté sur place et tempêtai tandis qu'elle se démenait de droite et de gauche, enfilait son jean et ses bottes, passait sa veste à franges en cuir bleu ciel et écrasait son mégot dans une tasse à café abandonnée. Puis elle me jeta un regard où le mépris le disputait à la tristesse et à la colère, ramassa son sac à main et fila en claquant la porte.

Je ne dormis pas bien cette nuit-là. Je guettai le bruit de la clé dans la serrure, j'imaginai Irina se frayant un chemin au milieu des punks et des mendiants du boulevard et me demandai si elle avait des amis chez qui aller. Elle avait un peu d'argent, je le savais, mais elle le thésaurisait comme un vrai capitaliste, et connaissait toutes les marques si elle ne s'achetait jamais rien. Je revis ses bottes ridicules d'effeuilleuse de cabaret, sa veste à franges, l'élasticité ô combien sexy de sa démarche et non, il n'y avait pas une once de flegme russe là-dedans. Une demi-douzaine de fois je me levai pour me lancer à sa recherche, une demi-douzaine de fois je me ravisai. Au petit matin, lorsque enfin je sortis de mon lit pour aller travailler, l'appartement était pure désolation.

Toute la journée durant j'appelai chez moi, mais n'obtins pas de réponse. J'étais en colère, je souffrais, l'inquiétude me rendait malade. Pour finir, aux environs de quatre heures de l'après-midi, elle décrocha.

— C'est Irina, dit-elle, et sa voix était mais petite ! mais lasse !

— C'est moi, Casey.

Rien.

— Irina ? Ça va ?

Pause.

— Je vais très bien, merci.

Je voulais lui demander où elle avait passé la nuit, je voulais savoir, je voulais la posséder, je voulais exiger, mais entendre ses murmures tremblotants me fit bafouiller.

— Ecoute, Irina, pour hier soir… Je voulais te dire… Je te demande pardon.

— Il n'est pas de problème, dit-elle.

Puis elle marqua une pause et ajouta :

— Je te laisse cinquante dollars, Casey, sur la table dans la cuisine.

— Comment ça ?

— Je m'en vais maintenant, Casey. Je sais quand on ne me veut.

— Non, non... je ne voulais pas... je... J'étais en colère, j'étais très énervé, voilà. C'est tout. Je te veux, Irina. Vraiment.

Je la suppliai et, tout suppliant que j'étais, remarquai néanmoins que, sans m'en rendre compte, j'empruntais à sa diction et hachais mes phrases d'une manière empruntée, à la russe.

— Ecoute, attends-moi un peu, veux-tu ? Je rentre tout de suite. Je t'emmènerai où tu voudras... tu veux aller à l'aéroport ? En car ? Comme tu voudras.

Rien.

— Irina ?

Petite voix :

— J'attendrai.

Ce soir-là, je l'emmenai manger italien chez Harry. Elle fut radieuse, souriante jusqu'au vertige. Elle n'arrêtait pas de me regarder et tout ce que je racontais était d'un drôle à mourir : elle n'avait jamais rien entendu d'aussi comique. Elle découpa son veau en fines lamelles, elle jeta du bel et fluide italien au garçon, elle descendit du chianti verre après verre, sans arrêt elle me couvrait de bisous et nouait ses doigts aux miens comme si nous étions ados de seize ans se promenant dans les allées marchandes. Ça ne me gênait pas. C'était de notre réconciliation qu'il s'agissait et de lourdes vapeurs de sensualité planaient au-dessus de notre table.

Au dessert, — un millefeuille avec cappuccino et Grand-Marnier —, elle se pencha vers moi et, généreuse, m'offrit le spectacle de ses yeux gonflés. Lumière tamisée, et sa voix n'était plus que chuchotements. Je m'attendais à ce qu'elle me dise : « Ne veux-tu me ramener au lit maintenant ? », mais elle me surprit. L'œil égrillard, elle s'éclaircit la gorge et me lança :

— Casey, je me demandais... Crois-tu que je devrais placer mon argent dans des titres garantis par la banque ou dans des fonds mutualistes ?

Elle ne m'aurait pas plus suffoqué en me demandant qui jouait troisième base dans l'équipe des Dodgers.

— Quoi ?

— La Magellan a la meilleure performance, n'est-ce pas ? susurra-t-elle, parler d'argent semblant rendre sa voix encore plus incendiaire. Mais le fondateur prend sa retraite, n'est-il pas vrai ?

Soudain la colère me prit. Ainsi donc, c'était ça ? Elle m'arnaquait ? Elle avait du fric à investir et toit, repas et le reste, se faisait entretenir comme si cela lui revenait de droit divin ? Je baissai les yeux sur mon cappuccino et marmonnai :

— Ben, je sais pas, moi. Pourquoi me poses-tu cette question ?

Elle me tapota la main et de son petit bout de voix faiblissant elle me dit :

— Peut-être ce n'est pas le moment.

Ses lèvres s'ourlèrent d'une *moue* [1] de contrition, mais presque aussitôt elle retrouva sa gaieté.

— Il est encore tôt, Casey, reprit-elle en vidant son Grand-Marnier d'une traite avant de se lever. Ne veux-tu m'emmener à l'Odessa ?

Situé dans le quartier de Fairfax, l'Odessa était un club où des émigrés russes de tous âges s'installaient autour de longues tables de style cafétéria pour écouter des chanteurs sirupeux et des comédiens de troisième zone. Les clients buvaient du Coca et de la vodka chaude, — un coup l'un, un coup l'autre, le Coca dans la main gauche et la vodka dans la droite —, reprenaient les mélodies en chœur et quittaient leurs places pour tituber tout autour de la salle aux accents frénétiques d'un orchestre tatar. Nous restâmes jusqu'après la fermeture, dansâmes jusqu'à en être trempés de sueur et ingurgitâmes assez de vodka pour faire le plein d'un Boeing 747. La soirée se prolongeant, nous portâmes des toasts à Gorbatchev, à Mikhaïl Barychnikov et aux filles de Tbilissi, de Leningrad et de Mourmansk, et bûmes encore à la santé de tout un chacun présent dans la salle, individuellement et au moins trois fois de suite. Puis nous rentrâmes

1. En français dans le texte. *(N.d.T.)*

en voiture, où Irina s'évanouit, notre folle nuit trouvant enfin sa conclusion lorsque, la dame ayant royalement dégobillé dans le ficus en pot, je fus obligé de la mettre au lit comme si elle était invalide.

Le lendemain matin je ne me sentais pas trop frais et me fis porter pâle au bureau. Lorsque je sortis de mon lit, la porte d'Irina était toujours fermée. Je me préparais du café lorsqu'elle s'encadra dans la porte de la cuisine et vint s'effondrer sur une chaise. Elle avait enfilé un vieux peignoir froissé et donnait l'impression d'avoir dormi dans une tombe.

— Moi aussi, lui lançai-je en portant les deux mains à mes tempes.

Elle ne dit rien, mais accepta le café que je lui versais. Au bout d'un moment, elle me montra la fenêtre du doigt : une de mes voisines avait permis à son chien de renifler les buissons qui bordaient notre petit carré de pelouse.

— Vois-tu ce chien, Casey ? me demanda-t-elle.

J'acquiesçai d'un hochement de tête.

— C'est un chien très chanceux.

— Chanceux ?

— Oui, dit-elle d'une voix pleine de léthargie et en prenant tout son temps, car c'est un chien qui n'a jamais goûté à la vodka.

Je ris, mais eus aussitôt l'impression qu'on m'aspirait les yeux dans la tête cependant que mon café me barattait sauvagement les intérieurs.

Et ce fut alors qu'encore une fois elle me surprit. Dehors, le chien avait disparu, sa maîtresse l'ayant violemment tiré en arrière au bout de sa laisse. Lentement la machine à café gouttait. Deux rues plus loin, quelqu'un emballa son moteur.

— Casey, reprit-elle, et Dieu qu'on était maître de soi et, mortellement sérieux, me regardait dans le plus blanc du blanc des yeux, ne veux-tu m'épouser ?

La deuxième explosion se produisit à la fin du mois, lorsque la facture de téléphone arriva. Quatre cent vingt-sept dollars et soixante-deux cents. J'identifiai quelques appels, — j'avais téléphoné une fois à mon avocat, une autre à Rob Peterman et, fin saoul, avais dit le fond de mon cœur à une vieille copine (aujourd'hui mariée) de Santa Barbara. Mais le reste... rien que des communications longue distance avec Moscou, Nijni Novgorod, Londres, Paris et Milan. J'étais fou de rage. Catatonique. Pourquoi aurait-il fallu que je me sente responsable de sa note ? Je n'avais aucune intention de l'épouser et le lui avais expliqué le lendemain de notre virée à l'Odessa. Je l'avais informée de mon récent divorce et lui avais dit que je me méfiais de tout ce qui pouvait être engagements et là, je n'avais pas menti. Je lui avais même précisé que je ressentais encore des trucs pour mon ex, ce qui là encore était vrai, à ceci près, — mais je ne lui en avais pas soufflé mot —, que ces trucs étaient tous de pure antipathie. Irina s'était contentée de me dévisager, puis elle avait quitté la table de la cuisine et était allée s'enfermer dans sa chambre, à double tour.

Pour l'heure néanmoins, elle était partie faire un tour dans les grands magasins (où elle étudiait sans doute quelque machine à pop-corn ou engin à purifier l'eau du robinet), la maison était un champ de ruines, je n'avais pas encore eu le temps de desserrer mon nœud de cravate et la note de téléphone me flanquait de grandes secousses dans tout le corps. Je venais à peine de me verser un verre lorsque je l'entendis glisser sa clé dans la serrure. Elle entra, elle était toujours aussi inconsciente, elle s'avança dans un grand froufrou de paquets et de bibelots bon marché, je lui sautai dessus sans attendre.

— Non mais, tu te rends compte de ce que ça signifie ? lui criai-je. Ne sais-tu pas que le téléphone n'est pas gratuit dans ce pays ? Qu'il y a toujours quelqu'un qui doit régler la note ? Et que ce quelqu'un, c'est moi ?

Elle me lança un regard froid et dur. Ses pupilles se rétrécirent et son menton trembla.

— Je paierai, dit-elle. Est-ce donc là ce que tu ressens ?

— Ce que je ressens ? répétai-je en hurlant. Ce que je ressens ? La vie, c'est payant pour tout le monde ! Voilà ce que je ressens. Que ça te plaise ou pas, c'est comme ça que fonctionne la société. C'est peut-être différent au paradis des travailleurs, je n'en sais rien, mais ici on joue dans les règles.

Elle ne trouva rien à redire à mes arguments et me tint seulement sous son regard méprisant comme si c'était moi qui déraisonnais et alors, oui, je songeai à Julie, ma première femme, — elle était de mèche avec elle, c'était son double —, et l'amertume me rongea jusqu'au fond de l'âme. Je laissai tomber la facture sur la table basse et sortis de la pièce à grandes enjambées.

Le lendemain, lorsque je rentrai du travail, la facture n'avait pas bougé d'un pouce, mais, telle une mise de poker, cinq billets de cent dollars craquant neufs se trouvaient à côté du document. Irina était à la cuisine. Je ne savais que lui dire. Brusquement j'eus honte.

Comme à la dérive, j'entrai dans la pièce, posai ma veste de sport sur le dossier d'une chaise et ouvris le frigo pour y prendre un verre de jus d'orange.

— Bonjour, Casey, me dit-elle en levant les yeux de dessus son magazine.

Un magazine féminin. Epais comme un annuaire du téléphone.

— Salut.

Le niveau du jus d'orange montant dans mon verre, je regardai, l'esprit ailleurs, la masse verdâtre de la pelouse par la fenêtre, puis je me tournai vers elle.

— Irina, murmurai-je, et l'on aurait dit que ma voix se coinçait dans ma gorge, je veux te remercier pour la facture de téléphone… enfin, je veux dire : je veux te remercier pour l'argent.

Elle leva les yeux sur moi et haussa les épaules.

— Ce n'est rien, dit-elle. J'ai un travail maintenant.

— Un travail ?

Il y avait son sourire, ses petites dents pointues…

— *Da*. J'ai rencontré un homme à l'Odessa quand je vais prendre le thé jeudi dernier ? Te souviens-tu je t'ai raconté ? Il s'appelle Jénia et m'a offert boulot.

— Génial, dis-je. Fantastique. Il faut fêter ça.

Je levai mon verre comme s'il était rempli de Perrier-Jouët, puis je lui demandai :

— Et c'est quoi, ce boulot ?

Elle baissa les yeux sur son magazine, puis releva la tête à nouveau et me regarda sans broncher.

— Hôtesse d'accompagnement.

Je me demandai si j'avais bien entendu.

— Quoi ? Qu'est-ce que tu me racontes ?

— C'est un service d'hôtesses d'accompagnement, Casey. Jénia dit que les hommes qui viennent ici pour les affaires importantes… dans le cinéma, la banque, l'immobilier… ils m'aimeront bien. Il dit que je suis très belle.

J'étais effaré. J'avais l'impression qu'on m'avait vidé de mon air.

— Tu plaisantes, ou quoi ?

Haut perchée, ma voix n'était plus que couinements.

— Irina, c'est… (Je ne trouvais même plus mes mots…) ce n'est pas bien. C'est pas légal. C'est… c'est de la prostitution, tu ne le sais pas ?

L'œil astucieux et le visage petit et fermé, elle m'étudiait. Elle soupira, posa sa revue et se leva de son siège.

— Il n'est pas de problème, dit-elle enfin. S'ils ne me plaisent, je ne coucherai pas avec.

Et moi, hein ? eus-je envie de lui rétorquer. *Et Disneyland, Zuma Beach et le reste ?* Je préférai l'agresser.

— Tu es folle, lui crachai-je. Complètement dingue. Tu sais dans quoi tu mets les pieds ?

Elle ne m'avait pas lâché des yeux, pas même une seconde, et se tenait à trente centimètres de moi. Je sentais son parfum, français, à quatre cents dollars l'once. Elle haussa les épaules et tira les bras en arrière pour faire ressortir sa poitrine.

— Qu'y pourrais-je faire ? me demanda-t-elle de sa plus petite voix, de son ton le plus triste et languissant. Je n'ai rien et tu ne veux m'épouser.

C'était fini entre nous et nous le savions tous les deux.

Ce soir-là je l'emmenai dîner, mais l'affaire tint du requiem, de la mise en terre. Elle regardait dans le vide. Nous n'avions pas grand-chose à nous dire. De retour à la maison, je vis son visage s'illuminer un instant lorsqu'elle se pencha pour éteindre la lampe. J'éprouvai quelque désir, mais le tuai. Chacun d'un côté nous partîmes, vers nos chambres et nos lits séparés.

Le lendemain matin, je m'assis devant une tasse de café tiède et la regardai préparer ses valises. Elle avait l'air triste et doux et se mouvait comme au rebours d'un courant invisible. Dans ses cheveux je vis de l'eau ruisselante, et des poissons imaginaires accrochés aux poutres. Je ne savais pas si son histoire d'hôtesse d'accueil était du bluff, je ne savais pas non plus si elle était vraiment naïve, — ou calculatrice —, mais j'avais l'impression d'avoir un fardeau en moins sur les épaules. Maintenant que tout était fini, je commençais à la voir sous un autre jour, et tellement moins cru qu'une pointe de culpabilité me fouailla bientôt.

— Ecoute, Irina, lui dis-je tandis qu'elle se démenait pour fermer sa valise de force, je suis désolé. Vraiment désolé.

Elle rejeta ses cheveux en arrière d'un mouvement de la tête et enfila sa veste en cuir bleu ciel d'un petit coup d'épaules.

— Irina, regarde-moi…

Pas question de me regarder. Elle se pencha pour boucler sa valise.

— On n'est pas dans un poème, Irina, lui dis-je. C'est la vie.

Elle pivota si soudainement que je reculai.

— Il n'y a que moi, Casey, me renvoya-t-elle en me dévorant des yeux. Il n'y a que moi qui sache mourir d'amour.

Toute mon amertume me revint d'un coup, et avec elle toute ma souffrance et toute ma culpabilité. Jénia, le Japon, le mystérieux bienfaiteur moscovite, Rob Peterman et combien d'autres encore ? De la libre entreprise, oui ! Du commerce, du troc, de la vente et de l'achat… mais où était l'amour là-dedans ? Pis encore : où était passé ce que j'avais eu d'amour pour elle ?

Je fus dur, je fus pierre, granit.

— Eh bien, c'est ça : meurs d'amour ! lui lançai-je.

Ce fut comme si un rideau était tombé entre nous. Une voiture remonta la rue. Une à une, je les entendis, les gouttes de café tombaient de la machine à espresso. Alors Irina courba la nuque comme si elle accusait le coup, puis elle se pencha pour ramasser ses valises. J'étais paralysé. Mort. Je la regardai se battre avec ses affaires, je la regardai se battre avec la porte. Soudaine, la lumière laissa place aux ténèbres, je regardai la porte qui se refermait.

Cœur de championne

Des yeux on scrute le champ de maïs et le champ de blé (or et brun d'or et jaune d'or, ils miroitent au soleil de midi), remonte la pente herbeuse jusqu'à la grange plus rouge que rouge sur le ciel plus bleu que bleu, traverse la cour de ferme impeccable avec ses poules qui picorent, continue, voilà, jusqu'à la porte de derrière avec sa moustiquaire. Elle s'ouvre, trou noir dans la lumière du soleil, Timmy sort, cheveux soyeux, visage de poupon nourri au maïs. Il est habillé d'une salopette pimpante, d'un T-shirt à rayures et de baskets Ked bleues à bouts carrés. Il doit y avoir de la brise, — nous ne serons pas déçus —, ses cheveux propres et fins ondulent et retombent tandis qu'il traverse la cour d'un pas traînant et gagne l'orée du champ. Il ne cligne pas des paupières malgré l'éclat du soleil, de ses yeux aussi bleus que lentilles de contact teintées il contemple le blé qui hoche la tête. Puis de trois doigts il fait un joli triangle, le porte à ses lèvres et pousse un sifflement long et bas qui remonte sec et s'arrête net, au plus haut. Un ange passe, il siffle à nouveau. Et c'est là que nous la voyons enfin, — tout là-bas à l'autre bout du champ, sillon qui file comme une vague et se rue, flou qui détale, poitrail blanc, pattes qui lancent des éclairs, la chienne.

Titre original : « Heart of a Champion », publié par *Esquire*, traduction de Robert Pépin, 1974.

Les voici maintenant dans un bois. L'enfant sifflote ; mains dans les poches, il avance à petits pas de gamin joufflu, en donnant des coups de pied dans les cailloux ; à côté de lui elle se tient, le bout de sa queue blanche s'agitant comme un drapeau qui dit « aucun danger ». Ils passent sous un vieux chêne à écorce noire et ramure en voûte. L'arbre grince. Et tout soudain se penche et se jette sur eux, — immense, brutal, en attaque de panzer. Surpris, Timmy bat des paupières et la scène devient floue, — gueule intelligente qui l'a attrapé par le bas du pantalon, tronc d'arbre qui dégringole dans un bruit de tonnerre, poussière, feuilles qui tourbillonnent. « Mon Dieu, Lassie... Je ne l'avais même pas vu ! » s'écrie-t-il, assis à l'abri sur une butte moussue. Le colley lève la tête, le regarde, — museau élégant et yeux profonds et dorés du logicien —, et lui lèche la figure.

Maintenant, ils sont au bord de la rivière. Brunes et d'une laideur qui suppure par endroits, les eaux en sont hérissées de branches, de piquets de clôture, de vieux pneus et de troncs d'arbres. Au loin, elles foncent comme wagons de marchandise qui défilent, insidieuses sous nos yeux, elles grignotent la berge sous les pieds de l'enfant. Leur grondement est celui de la piste d'envol pour avions à réaction, pas étonnant qu'il n'entende pas la chienne qui aboie pour l'avertir. La fissure se forme, on le voit, s'élargit, déjà est fossé, — dont les deux pans s'écartent (vision de terre rouge avec petit ver qui se tortille) —, suspense, puis hop, ça y est, Tom dévale avec le flot. A peine une seconde de passée, mais il est emporté, sa tête telle cruche de plastique qui cavale et sautille, se rue en tournoyant vers la gueule, qu'elle est vilaine, de la cataracte. Mais déjà elle est là et, vive comme l'allumette qui craque, s'élance sur la berge, toute d'ors et de blancheurs qui se meuvent, poils de fourrure lissés par le vent, pattes qui se soulèvent et retombent au rythme effréné de la musique… mais quoi ? Quel espoir pourrait-il lui rester ? Enfle le courant, file l'onde, le pari est perdu, l'eau sera la première à l'abîme. De ce dernier Timmy s'approche encore et encore, en bas les chutes font comme mille timbales, sont tambours de guerre des indiens Sioux, soifs de sang qui affolent l'Afrique. La chienne peine sous l'effort, détale sur la terre mouillée ainsi que fouet qui claque ; s'épuise jusqu'au dernier ganglion, jusqu'à l'ultime dendrite, enfin le dépasse. Et voici qu'elle a quitté la terre, voici que sous elle l'eau jaune écume. Pattes qui battent comme pistons, moustaches qui frémissent de fatigue, — ah, ces eaux qui grondent ! —, et là, là ! elle attrape le gamin, ses mâchoires qui savent se refermant sur le col de sa chemise, son regard qui là-bas se fige sur le rocher au bord du gouffre. En nous le sang s'emballe, en nous pas un organe qui ne palpite. Ici le flanc noir de la cataracte, là les pattes blanches qui frappent la roche, — ça y est, ils sont sains et saufs. La chienne renifle la petite forme inerte de Timmy, de sa truffe elle travaille son flanc, enfin elle parvient à le retourner sur le dos. Et dans l'instant se nettoie la langue et se lance dans le bouche-à-bouche.

Nuit ; calme serein de la cour de ferme, ampoule allumée au-dessus de la porte-moustiquaire. A l'intérieur, la famille s'est assise pour dîner, — table qui croule sous les côtes de porc, la purée de pommes de terre, la compote de pommes et les petits pois. Pichet de lait aussi blanc que pur. Pain cuit maison. Le visage fade et asexué, on est toujours de bonne humeur et s'intéresse à tout, on se tient le dos droit, on a la fourchette figée en l'air, Maman et Papa écoutent Tommy raconter son histoire.

— Et alors, Lassie m'a attrapé par le col de chemise et bon sang, j'ai dû m'évanouir parce que je ne me rappelle plus de rien jusqu'au moment où je me suis réveillé sur le rocher...

— Ben, du diable si je, dit Maman.

— Tu as de la chance d'avoir une chienne pareille, fiston, dit Papa en regardant Lassie qui s'est couchée par terre et remue la queue, le museau posé sur une patte.

Lavée, séchée et peignée, elle a le poil qui gonfle, le cil bien courbe et passé au mascara, la poitrine et le bout des pattes aussi blancs que produit à vaisselle. Elle regarde humblement son maître. Mais voilà que soudain elle tend l'oreille, qu'enfle son encolure... d'un bond elle est à la porte, la tête penchée de côté, en alerte. Abrupt et suraigu un hurlement, comme un feu qui siffle et s'étouffe, ébranle la pièce. Est suivi d'un autre, Lassie gémit.

— Bon sang de bonsoir ! s'écrie Papa. Je croyais qu'on en

avait fini avec ces coyotes… tu vas voir qu'ils vont encore s'en prendre aux poules.

La lune blanchit la cour de ferme, ici jette des ombres noires sur les arbres, là sur la grange. Dans la maison, à l'étage, Timmy dort dans de pâles lumières, le souffle doux et les cheveux artistement ébouriffés. La chienne est couchée par terre sur sa carpette. On voit qu'elle a les yeux ouverts. Soudain elle se dresse et, silencieuse comme une ombre, se glisse jusqu'à la fenêtre. Et regarde en bas, tout au bout de son long et fin museau, la cour de ferme où le coyote se faufile d'ombre en ombre, un poulet flasque dans la gueule. Courtaud, scabieux et syphilitique, il a les pattes de devant déformées par les mâchoires du piège et l'œil qui coule. Lassie gémit doucement derrière la fenêtre. Alors il s'arrête, une patte en l'air, dans un éclat de lumière glacée il se fige, les oreilles tout droit dressées sur le crâne. Laisse tomber son poulet à ses pieds, puis, l'œil lubrique, contemple la fenêtre et se lance dans une complainte aussi douce que longue et de triste figure.

La porte de la moustiquaire claque derrière Timmy qui sort de la maison en coup de vent, Lassie sur les talons. La tête de Maman apparaît au premier bond du fils

— Timmy ! (Il s'arrête comme si une corde le tirait en arrière et se tourne vers elle.) Tu reviens à la maison avant le déjeuner, tu m'entends ?

— Oui, M'man ! répond-il, et aussitôt il se retourne pour repartir, la chienne à côté de lui.

Gros plan sur le visage de Maman qui sourit de son bon sourire « Ah, les garçons seront toujours les garçons ». Elle a des dents impeccables.

Dans les bois, Timmy marche sur un serpent à sonnettes, dont Lassie arrache la tête d'un coup de dent.

— Ah, mon Dieu ! s'écrie l'enfant. Bon chien, ça, bon chien.

Après quoi il trébuche, tombe par-dessus un talus, dévale une pente encombrée de buissons et brusquement franchit un précipice en tournoyant dans l'azur saisissant tel un parachutiste acrobate. Et poum, atterrit sur une corniche étroite quelque six mètres plus bas. Et dans l'instant se remet debout et jette un œil craintif tout en bas de la paroi où repose un tas d'os blanchis. Des petits cailloux se détachent, filent à l'abîme ainsi qu'astéroïdes. Le glissement de terrain n'est pas loin. Mais tout en haut Lassie le rassure en jappant, sprinte jusqu'à la grange, y prend un treuil et un câble et, ho-hisse, ramène le gamin en sécurité.

En rentrant déjeuner Timmy, qui ouvre la marche, passe par un bosquet plein de silence et d'ombres. On s'étonne que les oiseaux ayant cessé de pépier et les criquets de striduler, la musique de fond soit si lourde de grondements. Soudain, à un détour du sentier devant eux, le coyote apparaît. Museau collé au sol, absorbé, il ne se rend pas compte de leur présence. Mais brusquement il s'arrête d'une secousse et tremble tel l'épileptique, la queue entre les jambes et le poil hérissé. La chienne pile à son tour, à quelques mètres de l'animal, le poitrail fier, touffu et blanc. Le coyote se tapit devant elle, se met en boule comme un chat, fusille la chienne et l'enfant du regard. Le visage de Timmy s'affaisse sous la peur. Le coyote retrousse ses babines. Mais là, au lieu de sauter à la gorge de son adversaire, la chienne caracole devant lui, allonge le museau, lui fait les yeux doux comme au bal, une vraie biche. Elle embaume, elle est toute parfumée, de sa belle poitrine à ses hanches fines et ses pattes sculpturales, son corps dessine un S de rêve. Il est, lui, maigrelet, avorton qui fait la moitié de sa taille, et sa fourrure évoque le paillasson jeté au rebut. Autour de lui voilà qu'elle tourne, et le renifle. Et gémit, il gronde : du plus profond de la gorge et c'est du solide, monsieur est un dur. Qui se tient tout raide tandis qu'elle lui lèche les moustaches, renifle l'arrière-train, là, le scrotum noir et pelé. Timmy en est frappé d'horreur. Puis, la musique s'envolant comme oiseaux en trilles de flûtes et accords de harpes, le coyote se retourne et se redresse, gorge rejetée en arrière, lèvres noires tremblantes d'excitation.

— Qu'est-ce qu'elle faisait, Papa ? demande Timmy, assis devant son sandwich et son verre de lait.

— Le ciel était bleu aujourd'hui, fiston, lui répond-il.

— Mais… elle l'avait coincé, Papa… ils étaient collés ensemble bout à bout et je me disais qu'enfin on tenait ce vilain coyote, mais non, elle le laisse filer ! Qu'est-ce qui lui a pris, Papa ?

— La grange était rouge aujourd'hui, fiston, lui répond-il.

Fin d'après-midi : soleil doux, plus orange que blanc. Grumeaux d'ombres violettes accrochées aux branches, s'effilochant sur les troncs d'arbres. Abeilles, guêpes et mouches découpant l'air humide et ventru. Timmy et la chienne bien au-delà de la prairie nord, là-bas, près du vieux tumulus indien. L'enfant se baisse pour chercher des pointes de flèches. Assez bizarrement Lassie ne le surveille pas du coin de l'œil. Mais fait les cents pas sur la crête au-dessus, et gémit doucement en s'arrêtant de temps en temps pour scruter la forêt, l'œil vague et fou d'amour. Derrière elle, des nuages d'orage se tassent, tels sombres rognons ou cervelles.

Le vent, on l'observe, augmente : feuilles qui claquent comme lessive au vent, arbustes qui tremblent, herbes qui frémissent. Déjà le ciel s'assombrit, bas et cendrés des nuages filent au ras des arbres, masquant le soleil. Lassie est encore plus blanche qu'avant sur l'horizon qui fonce, battue par le vent, sa fourrure mousse autour d'elle. Et non, elle ne regarde toujours pas le gamin qui creuse, le genou sale, le dos courbé, oublieux de tout. Enfin les premières gouttes, qu'elles sont grosses, s'écrasent ici et là, éclair, coup de tonnerre proprement volcanique. Timmy l'entend et regarde par-dessus son épaule, — juste à temps pour voir le pin foudroyé se ruer sur la constellation de taches de rousseur qu'il a au milieu du front. Enfin la chienne tourne la tête, — trop tard ! —, chbouoing-plaf de l'arbre, aiguilles de pin qui tremblent. Elle fonce dans la folie de verdure, elle lutte pour rejoindre son maître, en un instant elle est avec lui. Inconscient il gît sur la terre boueuse, cheveux artistement arrangés, fine écorchure peinte en travers de la joue. Le tronc repose en travers de son dos telle la queue d'un brontosaure. La pluie tombe.

Lassie tire sur un bout de branche qui dépasse, ses jolies pattes dérapant dans la gadoue, — mais ça ne sert à rien —, il faudrait un palan, une grue, une armée de Bunyan pour soulever cette masse têtue. Elle faiblit, elle lui lèche l'oreille, elle gémit. On voit son air inquiet tandis qu'elle hésite et ne sait plus ses priorités : faut-il rester là pour monter la garde ou courir chercher de l'aide ? Sa décision est sûre et rapide, — le propos aussi ferme que le regard, elle file tel éclat d'obus, déjà elle a gagné le sommet de la colline, dépasse les arbres qui gouttent, franchit la rivière, se fraie un chemin entre les murs de blé détrempé.

Un instant plus tard, la voici qui traverse à toute allure la cour de ferme pleine de flaques sous un écran de bruine, là, elle aboie à la porte de derrière, y gratte avec délicatesse et donne de la voix, — suraiguë —, encore et encore. Maman ouvre grand, elle entre à petits pas, ses griffes crissant sur le lino qui brille.

— Qu'est-ce qu'il y a, ma fille ? demande Maman. Qu'est-ce qui se passe ? Où est Timmy ?

— Ouaf ! Ouafaf ouaf ahouaf !

— Ah, mon Dieu ! Papa ! Papa, viens vite !

Papa entre précipitamment, le visage aussi solide et rassurant que le Lincoln Memorial.

— Qu'y a-t-il, ma chérie ? Mais… ? Lassie ?

— Oh, Papa, Timmy est coincé sous un pin près du vieux tumulus indien…

— Ouaourf-wourf !

— … deux kilomètres cinq cent après la prairie nord.

Papa est rapide, ferme et résolu.

— Lassie, dit-il, tu remontes là-haut et tu gardes Timmy ! Maman et moi allons chercher le Dr Walter. Allez, vite !

Devant la porte Lassie hésite.

— Ououaf ? Ra ? lance-t-elle.

— Tu as raison, dit Papa. Maman, va chercher la tronçonneuse.

De retour dans les bois. Vue du tumulus boueux pour situer la scène, — ici le pin qui est tombé, là Timmy. Il gît au milieu d'une flaque, les yeux clos et la respiration courte. Le bruissement de la pluie est aussi fort que crachouillis à la radio. Et l'on voit l'eau à l'œuvre : en train d'éparpiller des feuilles, de creuser des tranchées, de pousser les ruisseaux à avaler leurs berges. Elle est déjà profonde dans les bas-fonds, puis les fonds, puis les hauts fonds. Coup de caméra sur le barrage, à une distance indéterminée (mais faible, on le pense) : l'eau jaune y tourbillonne et déborde comme de l'urine, ses horribles flancs en terre sont tout tendus, comme boursouflés sous la pression des flots. Des gouttes de pluie en grêlent la surface ainsi qu'une plaie.

Soudain la musique dégringole vers de tonnants accords, — nous sommes revenus au pin couché —, mais qu'est-ce ? là : le coyote. Ses reniflements, ses airs furtifs, ses yeux méchants, la façon qu'il a de se tapir et de s'éclipser. Il se raidit en voyant le gamin, — puis se rapproche à la dérobée, une manière de liquide caoutchouteux dégoulinant entre ses dents inégales. Gros plan. Juste au-dessus de la forme couchée sur le ventre, — d'inquiétants accords nous expédient d'inquiétantes vibrations dans le ventre. Il se penche, tête baissée entre les épaules, iris filmés juste au coin des yeux : méfiant, sournois, prédateur, — le vautour qui bave sur le faon abattu.

Mais non ! Voici la chienne ! Elle sort du champ de blé à toute vitesse, traverse la rivière en bondissant de rocher en rocher, ses pattes en perdant leurs formes tant elles foncent et sont déterminées, la musique s'emballant en un prestissimo follement héroïque !

Banquette avant d'une Ford, secousses. Papa, Maman et le docteur, tous vêtus d'imperméables et de chapeaux à rabats contre la pluie. Epaule contre épaule, ils sont assis derrière les essuie-glaces qui battent. On a la mâchoire tendue par la détermination et l'œil brillant de l'élan pionnier.

Les mâchoires du coyote. Telles machines à broyer, elles travaillent les os et les cartilages de la main gauche de Timmy. Les paupières du gamin tremblent de douleur, il soulève faiblement la tête, — qui presque aussitôt retombe, plate et sans volonté, dans la boue. A cet instant Lassie fonce par-dessus la colline telle une charge de cavalerie, sa très canine indignation brûlant au fond de ses yeux. Tas d'os du coyote qui la regarde et, la gueule pleine de sang, s'étouffe en avalant des bouts de chair comme un frénétique. Et la fixe encore de son regard vieux de trente millions d'années, sauvage, assoiffé de sang, libre. La contemple sans broncher ni flancher, son sanglant museau et ses yeux jaunes en défi moins physique que philosophique. En plein bond la chienne change d'expression, — ses airs de canin offensé se liquéfiant peu à peu, cédant. Elle s'arrête en freinant des quatre fers, baisse la queue et s'approche de lui, ses yeux dorés tout fondant de miel. Elle lèche le sang sur ses babines.

Le barrage. Incroyablement gonflé, pluie comme suppuration à sa surface jaune, mille et un ruisselets nouveaux qui s'y jettent de minute en minute, pression de ces millions de litres comme coups de poing sur des millions d'autres. Là ! La première fissure, l'eau qui jaillit, bubon qui crève. Et voilà que le barrage tremble, se fendille, tombe en morceaux comme poterie bon marché. Le rugissement de l'onde est dévastateur.

Les deux animaux sursautent à ce terrible grondement et, sans cesser de remuer leurs mâchoires gluantes, remontent la colline à grands bonds. On voit la queue à bout blanc s'éloigner avec la grise toute tailladée et pleine de tiques, — telles bannières crottées qui remuent elles disparaissent en haut de la montée. Nous reste alors un tableau[1] : la pluie, le pin tombé au fond du petit vallon en V, la tache que fait la tête de l'enfant. Et dans les oreilles ce rugissement à glacer les sangs. Soudain le mur d'eau apparaît au bout du V, se rue dans la déclivité en brisant tout sur son passage tel un poing aux dimensions de Dieu, — hérissé de troncs d'arbres et de rochers broyés il avance tel un glacier qui fond dans l'instant, telles planètes entrant en collision. Gros plan sur Timmy : yeux clos, cheveux collés, bras gauche à emballer dans du papier de boucher. Comment ? La question se pose. Comment va-t-on jamais pouvoir le tirer de là ? Mais c'est alors qu'on les voit, — Maman, Papa et le docteur : eux aussi remontent la pente avec peine et se ruent sur fond de musique frénétique. Le torrent bouillonne de plus en

1. En français dans le texte. *(N.d.T.)*

plus près, gronde, hurle. Papa s'élance au bas de la colline comme on charge, — mais l'eau déjà recouvre le pin tombé, le soulève comme fétu de paille, — flou, vision éclair d'un typhon en mer (serait-ce l'éclat d'une mèche de cheveux blonds ?) et c'est fini. La vallée est pleine d'une eau qui fonce tel un Colorado adolescent. Le pantalon de Papa est mouillé jusqu'à l'entrejambe.

Visage de Maman, visage du docteur. Pluie. Premiers accords du thème musical, un seul violon au début, mais ça s'amplifie, mélancolique, devient triomphe américain au fur et à mesure que l'orchestre entier s'en mêle, c'est beau, ça arrache les larmes, fait oublier la pluie, ramène aux champs de blé dorés sous le soleil de midi. Où l'enfant met ses mains en porte-voix et appelle de sa voix flûtée :

— Laaaaaasssie ! Laaaaaasssie !

Et là, on la voit… tout au bout du champ, sillon qui file comme une vague et se rue, flou qui détale, poitrail blanc, pattes qui lancent des éclairs, la chienne.

Connaissance de la viande

La viande… je n'avais jamais vraiment réfléchi à la question. On en trouvait au supermarché (enveloppée dans du film pour contact alimentaire), ça se présentait entre deux tranches de pain (avec de la moutarde, de la mayonnaise et un cornichon), on la voyait fumer et l'entendait crachouiller sur le gril jusqu'à ce que quelqu'un la retourne et après, elle atterrissait dans une assiette, entre la pomme de terre cuite au four et la julienne de carottes, et alors elle était très joliment marquée de hachures et baignait dans une flaque de jus rouge. Bœuf, mouton, porc, venaison, hamburgers dégoulinants et côtelettes graisseuses, pour moi, tout ça, c'était du pareil au même, de la nourriture, du carburant pour le corps, quelque chose qu'on savoure un instant sur sa langue avant que le système digestif se mette au boulot. Ne pas s'en aller croire pour autant que j'aurais été totalement inconscient des significations plus profondes de la chose. De temps à autre je mangeais chez moi, du poulet en morceaux, un paquet de C'est chaud, c'est cuit ou de Farce Minute avec des petits pois et, tout en charcutant allégrement la peau jaunâtre et fripée de quelque poulet aux chairs roses et pasteurisées, je m'interrogeais sur la nature des petits bouts d'organes qui collaient aux côtes du volatile : qu'était-ce là ? Du foie ? Un rein ? Pour finir cependant, je n'en aimais pas moins ma portion de Kentucky Fried ou de Chicken McNuggets. Et oui, je voyais aussi

Titre original : « Carnal Knowledge », publié par *Playboy*, repris dans le recueil *Poem Without a Hero* (Histoires sans héros, traduction de Robert Pépin, Grasset, 1996).

les encarts dans les revues, ceux qui montrent le veau sous la mère, le veau qui nage dans ses excréments et a les membres tellement atrophiés et les veines si gorgées d'antibiotiques qu'il n'en peut même plus contrôler ses viscères. Pour autant, rien à faire : quand j'emmenais Anna Maria au restaurant, jamais je ne résistais aux charmes de l'escalope.

Jusqu'au jour où je rencontrai Alena Jorgensen.

C'était il y a un an, quinze jours avant Thanksgiving, je m'en souviens parce que c'était mon anniversaire, mon trentième, et que je m'étais fait porter pâle pour aller me bronzer à la plage, lire un livre et m'apitoyer un peu sur mon sort. Les vents de Santa Ana soufflant fort, on voyait jusqu'à Catalina, mais l'air était vif, il y avait comme une odeur d'hiver qui traîne sur l'Utah et, à ce que j'en découvrais au moins, j'avais toute la plage pour moi ou pas loin. Je me trouvai un coin à l'abri dans une coulée de rochers, étalai une couverture, m'installai et attaquai le sandwich pastrami-pain de seigle que j'avais emporté pour me restaurer. Puis je me consacrai à mon livre (un pamphlet agréablement apocalyptique sur la déconfiture générale de la planète) et laissai le soleil me réchauffer tandis que j'en apprenais de belles sur la désertification de la forêt équatoriale, la pollution de l'atmosphère et la disparition silencieuse, mais rapide, des espèces. Des mouettes me passaient au-dessus de la tête en glissant. Je distinguais l'éclat métallique de lointains avions à réaction.

J'avais dû m'endormir, la tête rejetée en arrière et mon livre grand ouvert sur mes genoux, car juste après ça, je m'en souviens aussi, je découvris un chien assez bizarre qui me tournait autour et m'aperçus que le soleil avait déjà plongé derrière les rochers. L'animal était gros, avait le poil fou et m'observait fixement d'un œil tout bleu. Il me regardait, rien de plus, les oreilles légèrement dressées, comme s'il attendait que je lui jette un Nonosse-Friandise ou autre. Je sursautai. Ce n'est pas que je n'aimerais pas les chiens, mais… quand même : ce truc laineux qui me flanquait son museau dans la figure… Toujours est-il que j'avais dû faire un geste pour me défendre, car il recula d'un pas en vacillant et s'immobilisa. Même dans la confusion du moment je compris que l'animal avait un problème : non content de ne pas bien tenir sur ses pattes, il boitillait et tremblait du jarret. J'éprouvais déjà un mélange de répulsion et de pitié (s'était-il fait renverser par une voiture ?) lorsque tout soudain je sentis quelque chose de mouillé sur le devant de mon coupe-vent et y humai une odeur reconnaissable entre mille : ce con m'avait pissé dessus.

Pissé dessus ! Alors que là je gisais, sans me douter de rien, alors que là je savourais la caresse du soleil, la plage, la solitude, cet animal imbécile avait levé la patte et usé de moi ainsi que d'une *pissoire* [1]. Et voilà qu'en plus, il se tenait en équilibre au bord de ma couverture comme s'il espérait une récompense ? Brusquement, la rage me saisit. Je bondis sur mes pieds en jurant, une vague lueur de compréhension semblant alors, mais alors seulement, se glisser dans l'autre œil (marron) du bestiau, qui déjà sautait en arrière et se cassait la figure, hors de portée de mes mains. Il sauta de nouveau en arrière, d'un coup, et se cassa derechef la figure, puis il fila en sautillant et tremblouillant sur le sable tel le phoque hors de son eau marine. J'étais déjà sur mes deux pieds et dans des dispositions plutôt assassines, je fus heureux de constater que la bête boitait. Ma tâche en serait simplifiée d'autant car j'allais, oui, la rattraper et la rosser, — à mort.

— Alf ! lança une voix et, tandis que mon clebs s'affalait sur la grève, je me retournai et découvris Alena Jorgensen, debout sur le rocher derrière moi.

Faire de cet instant plus qu'il n'était, truffer l'évocation de cette scène d'allusions à Aphrodite sortant des flots ou acceptant la pomme d'or de Pâris, non, non, loin de moi. Cela dit, le spectacle qu'offrait la dame avait de quoi impressionner. La jambe nue et le geste fluide, elle était aussi grande et inflexible que ses ancêtres nordiques, et portait un bikini en goretex, et un survêt à capuchon ouvert jusqu'au nombril et… elle m'en boucha un coin. J'étais couvert de pipi et plongé dans la stupeur, je ne pus que la contempler bouche bée.

— Vilain, vilain, dit-elle, et l'on morigénait, va-t'en d'ici !

Son regard s'attardait tantôt sur moi, tantôt sur son chien.

— Oh, le gros vilain ! Qu'as-tu donc fait ? reprit-elle d'un

1. En français dans le texte. *(N.d.T.)*

ton impérieux, et j'étais déjà prêt à tout avouer lorsque je m'aperçus que c'était à son animal qu'elle s'adressait.

Lequel animal s'écroula de nouveau dans le sable comme si on l'avait tiré au fusil. Aérienne, Alena descendit à petits bonds de son rocher et, avant même que j'aie pu me récrier, se mit en devoir d'effacer, avec l'ourlet de sa robe, la tache que j'avais sur mon coupe-vent.

Je tentai de l'en dissuader.

— Ce n'est rien. Rien du tout, lui dis-je comme s'il était de routine que les chiens me compissent la garde-robe, mais elle ne voulut rien savoir.

— Non, dit-elle en continuant d'essuyer, et ses cheveux lui volaient dans la figure et ses cuisses inconsciemment se frottaient aux miennes, non, non, c'est ignoble, j'ai honte… Alf ! vilain, vilain ! je vais vous nettoyer ça, si, si, c'est le moins que je puisse… Oh, mais regardez-moi ça : ça a traversé… jusqu'au T-shirt !

Je sentais son odeur, la laque qu'elle se mettait dans les cheveux, le savon, senteur lilas ou autre, dont elle se servait, le parfum doux et salé de sa sueur, brusquement ce fut clair : elle faisait du jogging. Je marmonnai vaguement que je porterais mon vêtement chez le teinturier.

Elle cessa de frotter et se redressa. Elle avait ma taille, peut-être même était-elle un peu plus grande, et des yeux un rien dépareillés, comme ceux de son chien : d'un bleu profond et vigoureux pour l'iris droit, tirant un peu sur l'aigue-marine et le turquoise pour le gauche. Nous étions si près l'un de l'autre que nous aurions pu danser.

— Il me vient une idée, reprit-elle, son visage s'éclairant d'un sourire. Vu la gentillesse avec laquelle vous prenez tout ça, ce que bien d'autres ne feraient pas, même s'ils savaient les épreuves qu'a endurées ce pauvre Alf, pourquoi… Laissez-moi donc vous le laver… Et le T-shirt avec ?

J'étais passablement déconcerté (c'était quand même sur moi qu'on avait fait pipi), mais ma colère s'était apaisée. Je me sentais léger, j'avais l'impression de dériver tel duvet qu'emporte la brise.

— Ecoutez, lui répondis-je, et déjà je ne pouvais plus la regarder dans les yeux, je ne voudrais pas vous importuner…

— J'habite à dix minutes d'ici sur la plage et j'ai une machine à laver et une sécheuse. Allons ! Ça ne me gêne pas du tout. A moins que vous n'ayez d'autres projets... Enfin, je veux dire : je peux très bien vous régler la note du teinturier si c'est ça que vous voulez...

J'étais entre deux femmes, — celle que je voyais de temps en temps depuis un an ne voulait même plus me rappeler quand je lui laissais des messages sur son répondeur —, et côté projets à court terme, je me voyais seulement en train de me louer une cassette vidéo pour passer le reste de l'après-midi tout seul, mon cadeau d'anniversaire, quoi, puis d'aller dîner chez ma mère qui m'aurait sûrement préparé un gâteau avec des bougies. Tante Irene serait là, elle aussi, et ma grand-mère avec. Elles s'exclameraient sur ma taille et ma beauté, puis se mettraient à comparer mon être présent avec ceux, de plus en plus minuscules, qu'elles avaient connus jadis, et s'échaufferaient tellement dans la réminiscence qui jamais ne mollit qu'à la fin ma mère déciderait de les ramener chez elles en voiture. Après, si la chance me souriait, j'irais traîner les bars à femmes seules et ferais peut-être la rencontre d'une programmatrice divorcée, la trentaine, elle aussi, avec trois mômes et l'haleine qui tue.

Je haussai les épaules.

— Des projets ? Moi ? Non, pas vraiment. Enfin, je veux dire... rien de bien spécial.

Alena s'était vu confier la garde d'un bungalow d'une pièce planté là, comme une souche d'arbre dans le sable, à quinze mètres, et encore, de la ligne de marée haute. Il y avait des arbres dans la cour de derrière, l'endroit étant pris en sandwich entre diverses forteresses en verre avec terrasses crénelées, drapeaux qui claquent au vent et gros pylônes en ciment qui roulent les mécaniques. En s'installant sur le canapé de la grande pièce, on pouvait entendre les coups sourds des vagues s'écrasant sur la grève, pulsation lente et régulière qui devait à jamais me rappeler ces lieux. Alena me tendit un sweat-shirt marqué au sigle de l'Université de Californie, campus de Davis, — les couleurs avaient passé, mais il m'allait presque —, pulvérisa du détachant sur mon T-shirt et mon coupe-vent et d'un geste fluide ouvrit le couvercle de la machine à laver avant de sortir deux bières du réfrigérateur qui se trouvait tout à côté.

Un silence gêné tomba sur la pièce tandis que nous nous concentrions sur nos bières. Je ne savais que dire. Désarçonné, je me sentais la tête légère et tentais vainement de comprendre ce qui venait de m'arriver. Un quart d'heure plus tôt je somnolais encore sur la plage, un quart d'heure plus tôt j'étais tout seul pour mon anniversaire et m'apitoyais sur mon sort et voilà que brusquement je me retrouvais confortablement assis dans une maison cossue du bord de mer, en face d'une Alena Jorgensen qui avait la cuisse longue et nue et buvait une bière avec moi ?

— Et donc, me demanda-t-elle en reposant sa canette sur la table basse, que faites-vous dans la vie ?

Je lui fus reconnaissant, — trop peut-être —, de m'avoir posé la question. Je m'étendis longuement sur l'insupportable ennui du boulot que je faisais (presque dix années passées dans la même agence, et à y rédiger des pubs !) et les malheurs de mon cerveau qui s'ankylosait à force de ne pas servir. Je me perdais déjà dans la description détaillée de notre dernière campagne publicitaire (il s'agissait de promouvoir une bière ghanéenne à base d'écorce de calebasse), lorsqu'elle m'informa « qu'elle connaissait tout ça par cœur » vu que, pour sa part, elle venait de laisser tomber ses études de vétérinaire.

— Découvrir tout ce qu'on fait aux bêtes... parce que non... vous vous voyez en train de châtrer un chien parce qu'il est plus facile de se dire que les animaux n'ont pas de vie sexuelle ?

Et, s'enflammant encore, elle ajouta :

— Ah ! C'est toujours la même histoire ! Le fascisme de la théorie des espèces ! Et dans ses pires conséquences, bien sûr !

Etendu à mes pieds, Alf grognait doucement en me regardant désespérément du fond de son gros œil bleu, l'image même de la créature irréprochable. Je fis un peu de bruit pour marquer mon accord à la dame, puis je portai toute mon attention sur son chien.

— Et Alf, lui demandai-je, il a de l'arthrite ? Un rien de dysplasie de la hanche ? Autre chose ?

J'étais assez content de ma question : le mot « ténia » mis à part, l'expression « dysplasie de la hanche » était la seule que j'aurais été en mesure d'extraire de ma banque de données vétérinaires et bien je voyais que ce qui affligeait son chien ne se limitait pas à un vulgaire problème de vers.

Brusquement, Alena parut fort en colère.

— Si ce n'était que ça ! s'écria-t-elle.

Puis elle eut un soupir plein d'amertume et précisa :

— Tout ce qui l'afflige lui a été infligé. C'est qu'ils l'ont torturé, vous savez ? Mutilé, même !

— Torturé ? répétai-je en écho cependant que l'indignation me montait : quoi ? ils avaient fait ça à cette belle bête ? A cet innocent animal ?

— Qui ça « ils » ? lui demandai-je alors.

Elle se pencha en avant et, c'était indéniable, je vis de la haine briller dans ses yeux tandis qu'elle me parlait d'une marque de chaussures réputée, ou plutôt, non : qu'elle m'en crachait le nom. Qui était assez ordinaire et me disait tellement quelque chose que, sinistre, il en resta comme suspendu en l'air entre nous deux. Alf avait servi de cobaye dans une série d'expériences visant à la création de bottines pour chiens, — en suédine, en cuir de Cordoue, en cuir déposé, tout, quoi ! Et donc, dans cette fabrique, les chiens étaient condamnés à courir sur un tapis roulant afin qu'on puisse étudier l'usure de leurs brodequins et Alf avait fait partie du groupe de contrôle.

— Du groupe de contrôle ?

J'en avais les petits cheveux qui se dressaient sur la nuque.

— Oui, dit-elle. Ils mettaient du papier de verre à gros grain sur le tapis roulant pour accélérer le processus !

Par la fenêtre, elle contempla l'endroit où la vague battait le sable et se mordit la lèvre.

— Oui, reprit-elle, et Alf avait échoué dans le groupe qu'on avait privé de bottines.

J'en restai bouche bée. J'aurais voulu me lever pour aller la consoler, mais j'avais l'impression d'être greffé à mon siège.

— C'est incroyable ! m'exclamai-je. Comment peut-on… ?

— Incroyable, mais vrai.

Elle m'étudia un instant, reposa sa bière sur la table et traversa la pièce pour aller fouiller dans un carton jeté dans un coin. J'étais ému par les images qu'elle venait de faire surgir en moi, je le fus bien plus encore en découvrant le bikini en goretex qu'elle me donna en spectacle en se penchant sur sa boîte. Je m'accrochai au rebord de mon siège comme si je dévalais les pentes vertigineuses d'un grand huit. Une seconde plus tard, elle laissait tomber une dizaine de dossiers sur mes genoux. Le premier d'entre eux portait le nom de la marque de chaussures en question et débordait de coupures de journaux et de mémorandums décrivant, sur plusieurs pages, toutes les opérations auxquelles on se livrait dans cette société. Jusqu'aux heures de relève des équipes de l'usine de Grand Rapids et autres plans d'occupation des sols du laboratoire qui s'y trouvaient ! Le reste des dossiers provenait de diverses firmes de produits cosmétiques, centres de recherches biomédicales, entreprises de fourrure en gros, tanneries et abattoirs de même farine. Alena s'assit sur le rebord de la table basse et me regarda feuilleter ses dossiers.

— Vous connaissez le test de Draize ?

Je la regardai d'un œil vide.

— On injecte des produits chimiques dans les yeux des lapins pour voir jusqu'où ils peuvent tenir avant de devenir aveugles. Les pauvres bêtes sont enfermées dans des cages, par milliers, monsieur, et eux, ils prennent une aiguille et ils la leur enfoncent dans l'œil… Et tout ça pour quoi ? Vous le savez, vous ? Dites, vous savez au nom de quelle grande cause humanitaire on continue de pratiquer ce genre de choses ? Oui, jusques et y compris à l'heure qu'il est ?

Je ne le savais pas et le ressac battait toujours la plage à quelques mètres de mes pieds. Je jetai un coup d'œil à Alf, puis j'affrontai à nouveau la colère qui se lisait dans le regard d'Alena.

— Le mascara, voilà. Le mascara ! Ils torturent des milliers de lapins pour que les femmes puissent ressembler à des putes.

Je trouvai sa remarque un peu dure, mais en étudiant ses cils pâles et ses lèvres serrées et sans fard, je constatai qu'elle le pensait vraiment. Mais bon, bref. Cette idée semblant la faire démarrer, elle se lança dans un grand discours et deux heures durant agita beaucoup ses mains qui étaient parfaites et me cita force statistiques en me sortant de temps à autre de ses cartons telle ou telle photo représentant des souris sans patte ou des marmottes complètement accro à la morphine. Elle me dit comment elle leur avait elle-même arraché le pauvre Alf des griffes au cours d'une descente sur le labo avec six membres de l'Animal Liberation Front, groupe militant en l'honneur duquel elle avait ensuite rebaptisé la pauvre bête. Au début, c'est vrai, elle s'était contentée d'écrire à droite et à gauche et de porter des banderoles dans les manifestations, mais en voyant tous les dangers que couraient ces animaux, elle s'était peu à peu tournée vers des actions plus directes, genre harcèlement, vandalisme militant et sabotage caractérisé. Elle me raconta comment avec quelques escouades de l'organisation La Terre D'abord elle avait truffé des arbres de l'Oregon de clous acérés, comment elle avait cisaillé des kilomètres entiers de fil de fer barbelé protégeant des ranchs d'élevage dans le Nevada, comment du nord au sud de la côte californienne elle avait détruit des dossiers d'études dans des laboratoires de recherche biomédicale, comment un jour elle s'était même jetée entre des chasseurs de mouflons des Rocheuses et leurs proies quelque part dans les montagnes de l'Arizona. « La vache ! » m'exclamais-je bien de temps à autre en souriant et sifflant pour lui marquer mon enthousiasme, mais comment aurais-je pu aller plus loin ? Pour finir, elle s'arrêta de parler et me fixa de son regard inquiétant.

— Vous savez ce qu'a écrit Isaac Bashevis Singer là-dessus ?

Nous en étions à notre troisième bière, le soleil avait disparu et je n'avais pas la moindre idée de ce qu'Isaac Bashevis Singer avait pu écrire sur le sujet.

Elle se pencha vers moi.

— Il a écrit : « Pour les animaux, c'est Auschwitz tous les jours. »

Je baissai les yeux et contemplai le goulot ambré de ma canette en hochant tristement la tête. La sécheuse s'était arrêtée une bonne heure et demie plus tôt. Je me demandai si Alena accepterait d'aller dîner au restaurant avec moi, et ce qu'elle mangerait si elle le faisait.

— Euh, lui lançai-je, je me disais que… Vous n'avez pas envie de grignoter un petit quelque chose ?

Ce fut le moment que choisit Alf pour se décoller du plancher et s'en aller uriner sur le mur derrière moi. Mon invitation à dîner restant pendante entre nous, Alena se leva d'un bond et, telle la flèche, s'en fut morigéner son chien avant de le pousser gentiment dehors.

— Pauvre Alf, soupira-t-elle.

Puis elle se tourna vers moi et me dit en haussant les épaules :

— Je m'excuse de vous avoir inondé de bavardages, mais… Je ne le voulais pas, mais il est si rare de trouver quelqu'un avec qui on est sur la même longueur d'onde…

Elle sourit. *Sur la même longueur d'onde !* Véritable révélation, ces paroles m'excitèrent, m'expédièrent des secousses que je sentis jusque dans les tréfonds extrêmes de mon canal reproducteur.

— Et donc… que diriez-vous d'aller dîner ? insistai-je.

Des images de restaurant me vinrent à l'esprit, mais… faudrait-il que nous mangions végétarien ? Le moindre petit fumet de chair grillée ne serait-il même pas toléré ? Lait de chèvre caillé, taboulé, tofu, soupe de lentilles, pousses de trucs : *pour les animaux, c'est Auschwitz tous les jours*.

— Pas de viande, bien sûr, précisai-je.

Elle se contenta de me regarder.

— Enfin, je veux dire, repris-je en mentant, ce n'est pas que j'en mangerais (depuis mon sandwich au pastrami, c'était d'ailleurs vrai), mais… je ne connais pas vraiment d'endroit où…

Et, tout gauche, je préférai laisser ma phrase en suspens.

— Je suis végétalienne, m'assena-t-elle.

Après deux heures de petits lapins aveugles, de veaux qu'on massacre et de chiots qu'on mutile, je ne pus m'empêcher de plaisanter.

— Remarquez, moi aussi, je végète à lien du tout. Sultout en amoul.

Elle rit, mais je vis bien qu'elle ne trouvait pas ça très drôle. Les végétaliens, m'expliqua-t-elle alors, étaient des gens qui ne mangeaient ni viande ni poisson, ne consommaient ni lait, ni fromage ni œufs et, naturellement, ne portaient rien qui fût en laine ou en cuir, — en fourrure, n'en parlons même pas.

— N'en parlons même pas en effet, répétai-je.

Nous nous étions levés et tournions lentement autour de la table basse, je commençai à me sentir un peu idiot.

— Et si on mangeait ici, dit-elle, tout simplement.

Profondes étaient les pulsions de l'océan et toutes elles semblaient s'inscrire dans mes os cependant qu'au lit déjà, et avec elle, j'apprenais tout ce qu'il fallait savoir des fluidités de ses membres et des douceurs de sa langue végétale. Vautré par terre, Alf l'asthmatique grognait et sifflait de la poitrine dans son sommeil et oui, je le bénis pour ses incontinences et sa grande bêtise de chien. Quelque chose d'imprévu se passait en moi, je le sentais à la manière dont le plancher s'agitait sous moi, je le sentais à chaque battement de la vague, et j'étais prêt à suivre le mouvement. Le lendemain matin, je me fis porter pâle encore un coup.

Toujours couchée, Alena m'observa tandis que j'appelais le bureau et racontais à mon interlocuteur comment, partie de ma tête, ma grippe avait émigré jusqu'à ma tripe et au-delà. Dans l'œil d'Alena, je le voyais, une lueur me disait que j'allais passer le reste de ma journée allongé à côté d'elle, à lui éplucher des grains de raisin et à les glisser l'un après l'autre entre ses lèvres entrouvertes et tremblantes de désir. Je me trompais. Une demi-heure plus tard, après avoir déjeuné d'une portion de levure de bière et de ce qui me parut être un bout d'écorce mariné dans du yaourt, je me retrouvai en train de battre furieusement la semelle devant un magasin de fourrures de Beverly Hills. Au-dessus de ma tête j'agitais une pancarte où on pouvait lire, en lettres qui dégoulinaient comme du sang frais :

QUELLE IMPRESSION CELA FAIT-IL DE PORTER
LA DÉPOUILLE D'UN CADAVRE ?

Je ne vous dis pas le choc que c'était ! J'avais déjà vu des cortèges à la télé, des marches contre la guerre du Vietnam et pour la conquête des droits civiques des Noirs dans le Sud, mais jamais encore je n'avais traîné mes guêtres sur la voie publique, psalmodié des slogans ou senti la hampe de bois nue dans ma main. Dans les quarante en tout, des femmes essentiellement, nous brandissions nos panneaux devant les voitures qui passaient et bloquions la circulation sur le trottoir. Si une de nos camarades s'était barbouillé la figure et les mains de crème démaquillante teintée de rouge, Alena, elle, s'était armée d'une étole de vison bouffée aux mites. Son étendard était du genre petites bêtes cousues ensemble (la gueule de l'une mord la queue de l'autre et toutes sortes de pattes minuscules pendouillent à droite et à gauche) et, afin que tout cela parût tué de fraîche date, elle avait bombé le museau de chaque victime en rouge vif. Telle était la lugubre bannière qu'elle secouait en haut d'un bâton en sautant comme une furie et en hurlant si souvent et régulièrement « La fourrure, c'est la mort ! La fourrure, c'est la mort ! » que c'en devint vite un mantra pour notre rassemblement. Il faisait une chaleur inhabituelle en cette saison, les Jaguar scintillaient au soleil, les palmiers hochaient du chef sous la brise, à l'exception d'un seul et unique vendeur qui, les lèvres closes, bouillait de colère derrière les vitrines immaculées de son magasin, personne ne nous prêtait la moindre attention.

Et là, dans la rue, je manifestais avec les autres et me trouvais nu et ridicule, mais manifestais quand même, — pour l'amour d'Alena et pour l'amour de tous les renards et de toutes les martres de la création, sans oublier celui que je me devais à moi-même : à chaque pas que je faisais, bien je sentais en effet que ma conscience politique se gonflait comme un ballon, que déjà l'esprit sain se glissait en moi. Jusqu'alors j'avais porté cuirs et suédines comme tout un chacun, et encore arboré, depuis mes années de collège, bottines, Air Jordans et vestes de pilotes de bombardiers. Certes je n'avais jamais poussé jusqu'au port de la fourrure, mais c'était seulement parce que jamais non plus je n'y avais vu la moindre utilité. Aurais-je vécu au Yukon (et parfois, lorsque je sommeillais pour ne pas succomber à telle ou telle réunion au boulot, il m'arrivait d'en rêver) que je l'aurais fait, sans componction ni remords particuliers.

Mais ces temps-là étaient révolus. Maintenant j'étais protestataire et brandisseur de pancartes, maintenant je luttais pour que, jusqu'au dernier, tous les blaireaux et tous les lynx aient le droit de vieillir et de mourir en paix, maintenant j'étais l'amant d'Alena et force avec laquelle il fallait compter. Evidemment, j'avais aussi mal aux pieds, suais sang et eau et priais le ciel que personne du bureau n'ait la mauvaise idée d'aller faire un tour en voiture et ne me repère en train de dénoncer des choses au milieu de mes folles camarades.

Ainsi nous tournâmes en rond pendant des heures, tellement même qu'à la fin je me demandai si nous n'allions pas creuser un sillon dans le ciment. Chants inspirés et lazzis, tout y passait et personne jamais ne se donnait même seulement la peine de nous regarder deux fois. Aurions-nous été Hare Krishna, clodos, militants antiavortement ou lépreux que cela n'aurait rien changé. Pour le reste du monde, aux yeux des masses qui ne savaient pas et, vingt-quatre heures plus tôt, j'en faisais partie, nous étions tout bonnement invisibles. J'avais faim, j'étais fatigué et découragé, mais Alena m'ignorait. Jusqu'à la femme au visage rouge qui ralentissait, jusqu'à ses slogans qui n'étaient plus que rauques murmures que le grondement des voitures aspirait et oblitérait aussitôt. Mais c'est alors qu'au moment même où déjà l'après-midi en se fanant courait à l'heure de pointe, une ruine de femme, Dieu, qu'elle était cassée sous les reflets scintillants de sa tenue, c'eût pu être une star vieillissante, ou sa mère, voire la première épouse, à peine reconnaissable, de quelque patron de studio du temps jadis, descendit d'une grande voiture blanche garée le long du trottoir et, sans peur aucune, marcha sur nous. Malgré la chaleur (il devait faire dans les vingt-cinq degrés), elle portait un manteau en renard argenté qui lui tombait jusqu'aux chevilles et, masse de peaux qui lui gonflait les épaules, avait dû coûter la vie à tout ce que les moindres recoins de la toundra avaient jamais pu abriter de créatures de ce genre. Enfin l'instant que nous attendions était arrivé.

Un cri s'éleva, suraigu et ululant, et tous nous convergeâmes sur la pauvre femme tel détachement d'éclaireurs cheyennes dans les grandes plaines. L'homme qui se trouvait à côté de moi se jeta à quatre pattes et dans l'instant se prit à hurler comme un chien cependant qu'Alena fendait l'air de son vison pendouillant et que là, dans mes tempes, le sang battait plus fort.

— Assassin ! m'écriai-je, car déjà je m'échauffais avec les autres. Tortionnaire ! Nazi !

J'en avais les tendons du cou qui saillaient. Je ne savais plus ce que je disais. La foule marmonnait. Les banderoles dansaient. J'étais si près de la vieille femme que je sentais ses odeurs, celle de son parfum, celle, en molles bouffées, de la naphtaline sur son manteau, et ces odeurs tellement me soûlaient et rendaient fou que je me plantai devant elle et lui bloquai le passage avec les quelque quatre-vingt-douze kilos de muscles et de militantisme bouillonnant dont j'étais fait.

Pas un seul instant je n'aperçus son chauffeur. Plus tard, Alena m'informa qu'ancien champion de boxe thaïlandaise, il s'était fait virer de tous les rings pour excès de brutalité. Le premier coup me fit l'effet de tomber du ciel, fut obus très joliment tiré en vrille du plus profond du territoire ennemi. Les suivants m'évoquèrent le tournoiement des ailes d'un moulin à vent pris dans l'orage. Quelqu'un poussa un cri. Je me souviens d'avoir longuement étudié les plis impeccablement repassés du pantalon du chauffeur, puis d'avoir eu comme un léger voile dans les yeux.

Lorsque je me réveillai, la vague continuait de s'écraser sur la grève et Alena avait posé ses lèvres sur les miennes. J'avais l'impression d'avoir été rompu sur la roue de torture, démantibulé entièrement, puis remonté un bout de membre après l'autre.

— Ne bouge pas, me dit-elle, et sa langue se promena sur ma joue gonflée.

Abattu, je ne pus que traîner ma tête sur l'oreiller et scruter les profondeurs de ses yeux qui n'étaient pas de la même couleur.

— Tu es des nôtres maintenant, me souffla-t-elle.

Le lendemain matin, je ne me donnai même pas la peine de me faire porter pâle.

A la fin de la semaine, j'avais déjà assez recouvré la santé pour avoir envie de manger de la viande, ce qui m'inspirait beaucoup de honte, et, des huaraches en vinyle aux pieds, tenir à nouveau ma place parmi les manifestants. En la compagnie de diverses coalitions d'antivivisectionnistes, de végétaliens militants et de grands amoureux du chat, Alena et moi couvrîmes des centaines de kilomètres de trottoirs, bombâmes des slogans incendiaires sur des vitrines de supermarchés et des stands de vendeurs de hamburgers, dénonçâmes tanneurs, vétérinaires, volaillers et fabricants de saucisses et, Dieu sait comment, trouvâmes encore le temps de mettre fin à un combat de coqs à Pacoima. Ça soûlait, ça portait au crâne et c'était dangereux. Je m'étais senti déconnecté par le passé. J'étais maintenant complètement ficelé. J'avais le bon droit de mon côté, — pour la première fois de ma vie j'avais une cause à promouvoir —, et j'avais Alena, surtout ça. Elle me fascinait, m'ancrait, me donnait le sentiment d'être matou qui saute des fenêtres du troisième étage et se moque de tomber sur les pancartes qu'on brandit là-bas en bas sur le trottoir. Il y avait aussi sa beauté, bien sûr, et c'était triomphe de l'évolution et des gènes qui se marient avec bonheur depuis l'âge des cavernes, mais cela ne faisait pas le tour de la question : il y avait surtout qu'elle était entièrement dévouée aux animaux, qu'elle ne songeait qu'à redresser les torts et que sa moralité la rendait proprement irrésistible. Fallait y voir de l'amour ? Ce terme me met mal à mon aise depuis toujours, mais bon, ce devait en être. Et même, c'en était. C'était de l'amour, pur et simple. Enfin je le tenais et lui aussi il me tenait.

— Tu sais quoi ? me dit-elle un soir que, debout devant sa cuisinière miniature, elle faisait revenir du tofu dans de l'huile saupoudrée d'ail.

Nous avions passé l'après-midi à manifester devant une usine à tortillas où on se servait du gras animal en guise d'agent de congélation, après quoi, nous avions été poursuivis, et sur trois rues, par un cadre obèse de chez Von qui osait reprocher à Alena d'avoir bombé la formule « LA VIANDE, C'EST LA MORT » sur son étalage de bons morceaux en promotion. Un vrai bonheur d'adolescent. J'en avais encore la tête qui tournait et, une bière à la main, me rengonçai sur le canapé en regardant Alf se traîner par terre, puis se laisser choir afin de lécher une tache douteuse qui s'étalait sur le plancher. Dehors, la vague faisait des bruits de tonnerre.

— Non, quoi ? dis-je.

— C'est bientôt Thanksgiving.

Je méditai sa remarque un instant, me demandai si je ferais bien d'inviter mon amante à partager l'énorme dindon rôti et truffé aux huîtres et aux miettes de croûtons beurrés dont ma mère nous régalait chaque année, puis arrêtai que ce n'était peut-être pas une idée géniale. Bref, je gardai le silence.

Elle me regarda par-dessus son épaule.

— C'est vrai que les bêtes n'ont pas vraiment de quoi être reconnaissantes. De fait, c'est juste une excuse de plus pour que les magnats de l'industrie de la viande abattent deux ou trois millions de ces volailles.

Elle marqua une pause cependant que l'huile de carthame chaude grésillait dans la poêle.

— Je crois que l'heure est venue d'aller faire un petit tour à la campagne. On peut prendre ta voiture ?

— Et comment ! m'écriai-je. Mais pour aller où ?

— Libérer quelques dindons, me répondit-elle avec son plus beau sourire de Joconde.

Le lendemain matin, j'appelai le patron pour lui apprendre que j'avais attrapé un cancer du pancréas et que je ne pourrais pas revenir au bureau avant quelques jours. Puis nous jetâmes quelques affaires dans la voiture, aidâmes Alf à s'affaler sur la banquette arrière et gagnâmes la Route 5 pour rejoindre la Vallée de San Joaquin. Trois heures durant nous roulâmes dans un brouillard si épais que nous aurions mieux vu à travers des vitres enduites de coton hydrophile. Alena jouait les petites cachottières, mais je voyais bien qu'elle était tout excitée. Je savais seulement que nous avions rendez-vous avec un certain Rolfe, vieil ami à elle et grand monsieur de l'écologie et du droit des animaux, et que, plus tard, nous commettrions quelques méfaits particulièrement désespérés, mais qui nous vaudraient la reconnaissance éternelle du dindon d'Amérique.

Un camion ayant calé juste devant le panneau signalant la bretelle de sortie de Calpurnia Springs, je dus freiner à mort et tourner fort le volant dans les deux sens pour que mes roues ne quittent pas la chaussée. Alena décolla de son siège tandis que, tel le sac de grain, Alf allait s'écraser contre l'accoudoir, mais nous en réchappâmes. Quelques minutes plus tard, nous glissions à travers les déserts de la ville proprement dite, des boules de lumière roses, jaunes et blanches filant ici et là au sommet de lampadaires noyés de brouillard, puis nous retrouvâmes le goudron noir de la route et les pâles vacuités qui aspiraient la chaussée. Nous avions parcouru une quinzaine de kilomètres lorsque Alena m'ordonna de ralentir et se mit à étudier l'accotement de droite d'un œil fixe et perçant.

La terre inspirait, puis expirait. En clignant des paupières, je scrutai les lueurs errantes de mes phares.

— Là ! Là ! s'écria-t-elle.

Je virai à droite, soudain nous commençâmes à cahoter sur un chemin en terre plein d'ornières et qui semblait sortir de la route goudronnée comme un sentier à chèvres gravé au flanc d'une montagne. Cinq minutes plus tard, Alf se redressa sur la banquette et se prit à piauler. Dans le grand vague qui nous entourait, une manière de cabane grossière et qui ne connaissait pas la peinture enfin se détacha.

Rolfe nous accueillit dans la véranda. Il était grand et avait la peau tannée comme le cuir. Agé, à mon avis, d'une cinquantaine d'années, il arborait une grosse touffe de cheveux et des traits ravinés qui faisaient songer à Samuel Beckett. Il portait des bottes en caoutchouc, des jeans et une chemise de bûcheron aux teintes tellement passées qu'on l'aurait crue lavée plus de cent fois. Vite, vite, Alf pissa un coup contre un mur de la maison, puis remonta en vacillant les marches de la véranda afin de se répandre et baver aux pieds du maître des lieux.

— Rolfe ! s'écria Alena et, non vraiment, il y avait trop d'admiration, d'excitation et de familiarité dans sa voix pour que je trouve la chose à mon goût.

Elle franchit les marches de l'escalier d'un bond et se jeta dans ses bras. Je les regardai s'embrasser et non, vraiment, ce ne fut point là le bisou du père à sa fille. Pas du tout du tout. Dans ce baiser, il y avait beaucoup de choses, et je n'aimai guère. Rolfe, me demandai-je : mais quelle sorte de prénom est-ce là ?

— Rolfe ! haleta encore Alena qui était tout essoufflée d'avoir ainsi bondi comme une majorette, Rolfe, j'aimerais te présenter Jim.

Le signal était donné. Je gravis les marches à mon tour et tendis la main en avant. Rolfe m'examina du fin fond de ses yeux aux lourdes paupières, puis enserra ma main dans la sienne qui, dure et calleuse, disait l'homme qui fend la bûche, répare la clôture et libère le dindon d'élevage et la souris de laboratoire.

— Enchanté, dit-il, et dans sa voix j'entendis le râpeux grattouillis du papier de verre.

Il y avait du feu dans la cheminée, Alena et moi nous assîmes devant et nous y réchauffâmes les mains tandis qu'Alf gémissant et reniflant aux alentours, Rolfe nous servait de la tisane Red Zinger[1] dans des tasses japonaises de la taille d'un dé à coudre. Alena n'avait pas cessé de jacasser depuis qu'elle avait franchi la porte et Rolfe de lui répondre avec ses grincements d'homme des bois, l'un et l'autre échangeant noms, renseignements et commérages comme s'ils parlaient en langage codé. J'étudiai les croquis de sarcelles et de canards siffleurs accrochés aux murs qui pelaient, remarquai la caisse de haricots végétariens Heinz dans un coin de la pièce et la bouteille de Jack Daniel's de deux litres posée sur le dessus de la cheminée. Au bout de sa troisième tasse de tisane, Alena finit par se renverser dans son fauteuil, — ce dernier du type meuble de récupération de l'Armée du Salut avec protège-accoudoirs en dentelle crasseuse —, et demanda à Rolfe :

— Alors, c'est quoi le plan d'attaque ?

Il me décocha encore un regard, du genre bref coup d'œil du prédateur, comme s'il n'était pas évident qu'on puisse me faire confiance, puis il se tourna de nouveau vers elle :

— L'Elevage de Dindons Plein Champ Hedda Gabler, dit-il, et non, je ne trouve pas ce nom amusant, pas du tout du tout.

Et il me regarda droit dans les yeux, longuement, pour me jauger.

— Ils leur broient la tête pour faire de la bouffe à chat et

1. Tisane très en vogue dans les milieux hippies des années soixante-dix et qui, contrairement à la camomille, est censée réveiller celui qui en boit. *(N.d.T.)*

le reste, cou et abats, ils l'enveloppent dans du papier avant de le remettre dans la cage thoracique de l'animal comme si c'était un crime de guerre. Que nous a donc jamais fait le dindon pour mériter pareil sort ?

La question étant de pure rhétorique, même s'il semblait bien qu'il me l'eût destinée, je n'y fis d'autre réponse que celle de me composer un visage où la douleur le disputait à l'indignation et à la résolution. Je songeai à tous les dindons que j'avais expédiés à la mort, à tous leurs bréchets qui m'avaient servi à parier sur l'avenir, à tous les morceaux de peau bien grillée que j'adorais grignoter lorsque j'étais enfant. J'en avais la gorge nouée, certes, mais éprouvai aussi autre chose : j'avais faim.

— Quand je pense que Benjamin Franklin voulait faire du dindon notre animal national ! renchérit Alena. Tu le savais ? Evidemment, ce sont les mangeurs de viande qui l'ont emporté.

— Cinquante mille victimes, précisa Rolfe en jetant un coup d'œil à Alena avant d'une fois encore me brûler de tout le feu de son regard. D'après mes renseignements, ils devraient commencer l'abattage dès demain, pour le marché du garanti frais sans congélation.

— De la volaille à yuppies, lâcha Alena d'une voix noyée de dégoût.

Pendant un instant personne ne dit mot. Je pris conscience des craquements du bois qui brûlait dans la cheminée. Le brouillard se pressait contre les vitres. Il commençait à faire nuit.

— Le domaine est visible de la route, reprit Rolfe, mais on ne peut y accéder qu'en traversant Calpurnia Springs. C'est à une trentaine de kilomètres d'ici. Trente-cinq virgule deux, exactement.

Alena avait les yeux qui brillaient. Elle regardait Rolfe comme s'il était miracle fraîchement tombé du ciel. J'en eus l'estomac qui se soulevait.

— On frappe ce soir.

Rolfe insista pour qu'on prenne ma voiture, — ici, tout le monde connaît ma camionnette et je ne peux pas prendre de risques pour une petite opération de ce genre —, mais nous fîmes attention à bien en masquer les plaques minéralogiques avant et arrière sous une couche de boue de trois centimètres d'épaisseur. Nous nous passâmes le visage au noir, comme des soldats de commando, et allâmes chercher nos outils dans l'appentis qui se trouvait derrière la maison : cisailles, barre à mine et deux bidons de vingt litres d'essence.

— De l'essence ? m'écriai-je en en soulevant un.

Rolfe me contempla d'un œil agacé.

— Pour faire diversion, dit-il.

Pour des raisons évidentes, Alf resta derrière l'appentis.

D'épais qu'il avait été dans la journée, le brouillard était devenu franchement impénétrable, le ciel, lui, s'étant effondré sur la terre. Il s'emparait de la lumière de mes phares et me la renvoyait dans la figure jusqu'à ce que j'en aie les yeux qui pleurent. Aussi bien faisais-je de mon mieux pour garder la voiture sur la route alors qu'ornières et bosses mises à part, nous aurions pu nous croire au cœur de l'espace. Assise devant, entre Rolfe et moi, Alena observait un curieux silence. Rolfe ne disait pas grand-chose non plus, sauf pour me donner un ordre de temps en temps : « A gauche toute », « Mollo, mollo ». Je pensais viande et je pensais prison, mais je songeais aussi à la stature de héros qui allait bientôt être la mienne aux yeux d'Alena et à ce que j'aurais envie de faire à mon amie lorsque enfin nous nous coucherions. Il était deux heures du matin au tableau de bord de la voiture.

— Bon, dit Rolfe d'une manière si abrupte que je sursautai, tu te gares ici… et tu éteins tes phares.

Nous descendîmes, le silence de la nuit nous enveloppant dès que nous eûmes refermé doucement les portières derrière nous. Je n'y voyais goutte, mais bien j'entendais le sifflement lourd de la circulation sur l'autoroute voisine… et avec lui le bruit, sourd et indistinct comme soupir, de milliers et de milliers de compagnons d'infortune respirant sans savoir. Déjà je les sentais, l'odeur rance et envahissante de leurs excréments et celle de leurs plumes et de leurs pattes nues et squameuses s'insinuant dans ma gorge et me brûlant les narines.

— Beurk, dis-je dans un murmure, je les sens déjà.

Rolfe et Alena n'étaient plus que présences vagues à mes

côtés. Rolfe ouvrit la malle arrière d'un geste sec, je sentis le poids d'une barre à mine et d'une paire de cisailles dans ma main.

— Ecoute un peu, Jim, me souffla-t-il, et, m'enserrant le poignet dans une main de fer, il me tira en avant sur cinq ou six mètres. Tu sens… là ?

Je sentis un bout de grillage, qu'il cisailla promptement : *click, click, click.*

— C'est leur enclos… c'est là qu'ils passent leurs journées à grattouiller dans les cochonneries. Si jamais tu te perdais, suis la clôture, vu ? Tu fais le nécessaire de ce côté-ci, Alena s'occupera du flanc ouest et moi, je me charge du sud. Dès qu'on a fini, je donne le signal avec ma lampe torche et on enfonce les portes des hangars à dindons… là, les grands bâtiments bas… ils sont blancs, tu les verras en t'approchant… et hop, on flanque tout le monde dehors. Ne t'inquiète pas pour nous deux. Occupe-toi seulement de virer le plus de dindons que tu pourras.

J'étais nerveux. J'avais peur de tout et de rien : de me faire flinguer par un éleveur à moitié fou tirant à la carabine à canon scié ou à l'AK 47 (quelle était la dernière arme en vogue dans ces milieux, je l'ignorais), de perdre Alena dans le brouillard, d'être submergé par les dindons. Et d'abord, ils étaient grands comment, ces animaux ? Etaient-ils violents ? Parce qu'ils avaient bien des becs et des ergots, non ? Comment allaient-ils vivre mon irruption dans leur chambre à coucher au cœur même de la nuit ?

— Et quand les bidons explosent, tu reviens à la voiture au triple galop, compris ?

Les dindons tournaient et viraient dans leur sommeil, je l'entendais. Sur l'autoroute, un camion passa à la vitesse supérieure.

— Je crois, lui répondis-je dans un murmure.

— Ah… encore un truc. Tu fais bien attention à laisser la clé de contact enclenchée.

Je tiquai.

— Mais…

— C'est pour pouvoir filer plus vite.

Alena était si près de moi que je sentais son souffle dans mon oreille.

— Il n'est pas question de ne pas arriver à mettre le contact quand ça pétera dans tous les coins, reprit-il.

Je rouvris doucement ma portière et réinsérai la clé dans son logement malgré le signal sonore qui, automatiquement, m'enjoignit de n'en rien faire.

— Bon, ça y est, murmurai-je, mais ils avaient déjà filé, déjà s'étaient fait aspirer par les ténèbres et le brouillard.

Mon cœur battait si fort que c'est à peine si j'entendais le bruit soyeux des dindons. C'est complètement fou, me dis-je. Ça va faire des dégâts et, sans même parler du côté illégal de l'affaire, c'est mal. Bomber des trucs, d'accord, mais là, c'était tout autre chose. Je songeai à l'éleveur qui dormait dans son lit, me dis qu'entrepreneur il était, et luttait pour que l'Amérique fût forte, que chargé d'âmes, une femme et des enfants sans doute, de traites et d'hypothèques… mais voilà : je songeai aussi à tous ces dindons innocents qu'on avait condamnés à mort et je songeai, encore, à mon Alena aux longues jambes, à son amour, à la façon qu'elle avait de sortir des ténèbres de la salle de bains pour venir à moi, au bruit des vagues s'écrasant sur la plage.

Je devais y être depuis une bonne demi-heure, voire quarante-cinq minutes, et peu à peu je me rapprochais des grands hangars blancs qui se profilaient devant moi, lorsque je vis la lampe de Rolfe clignoter sur ma gauche. C'était le signal : j'allais devoir me diriger vers le hangar le plus proche, briser le cadenas avec ma barre à mine, ouvrir grandes les portes et pousser dehors une bande de bouffe-tout qui se feraient tirer l'oreille et me regarderaient d'un œil soupçonneux. C'était maintenant ou jamais. Je scrutai les alentours à deux reprises, puis je me courbai en avant et me ruai gauchement vers le hangar le plus proche. Les dindons avaient dû sentir qu'il se passait des choses car de l'autre côté du long mur blanc sans fenêtres la rumeur se fit, pleine de gloussements prudents, vaste susurration de plumes que la brise emporta vers la cime des arbres. « Courage, camarades dindons mâles et femelles, me dis-je, la liberté n'est plus loin. » Un coup sec du poignet, et le cadenas tomba par terre. Le sang battant follement dans mes tempes, je m'emparai de la porte coulissante, la poussai dans un bruit de tonnerre assourdi et soudain, là… ils étaient tous là, par milliers, parés de leurs plumes blanches sous l'éclat faible et jaunâtre des ampoules et dans leurs yeux reptiliens la lumière avait des éclats métalliques. Quelque part dans le lointain, un chien se mit à aboyer.

Je me tendis comme l'acier et, ma barre à mine tourbillonnant au-dessus de ma tête, m'élançai dans l'ouverture en poussant des cris.

— Allez ! hurlai-je, et l'écho me renvoya mille fois mon appel. C'est le moment tant attendu ! Dindons, debout !

Rien. Aucune réaction. On fit bien des bruits de plumes et, oui encore, on pencha la tête de côté d'un air inquiet, mais on avait quand même tout de la statue ou de l'oreiller qui stagne. Autant parler à la volaille morte et coupée en morceaux qu'on sert avec des patates douces, des oignons et tout le tralala. Au loin, les aboiements du chien montèrent d'un cran. Je crus entendre des voix.

Imbéciles et immuables, par vagues entières les dindons s'étaient tassés à même le sol en béton, perchés sur des poutres, casés sur des rayonnages et pelotonnés ensemble sur des châlits en bois. Désespéré, je me ruai sur le premier rang en agitant ma barre à mine, trépignant sur place et hurlant comme le méchant gamin que j'avais été jadis. Il n'en fallut pas davantage. Le volatile le plus proche de moi s'étant violemment récrié, tous les autres reprirent ses gloussements. Dans l'enfer qui naissait, on dégringola de son perchoir, battit des ailes et fit voler en tempête l'excrément séché et le grain à moitié picoré, se répandit sur le sol en béton jusqu'à le masquer entièrement. Encouragé, je poussai un deuxième cri, — « Yiiii-ha-ha ! ha-ha ! » —, et frappai les murs en aluminium avec ma barre à mine : les dindons s'engouffrèrent dans l'ouverture et la nuit qui les attendait.

Ce fut alors que la gueule sombre de la porte fut saisie par la lumière et que boum ! boum ! les bidons d'essence en explosant firent trembler la terre. Barre-toi ! me souffla ma cervelle et, l'adrénaline me montant, je me ruai vers la porte dans un ouragan de dindons. Il y en avait partout et tous battaient des ailes, gloussaient, piaulaient et se répandaient du bas-ventre tant la panique les tenait. Quelque chose m'étant tombé sur le gras du mollet, je me retrouvai par terre en leur sein, là, sur le ciment souillé de cochonneries, de plumes et d'étrons frais. En un instant, je fus nationale à dindons, puis autoroute. A grands coups d'ergots, on me laboura le dos, les épaules et le sommet du crâne. Paniqué à mon tour et suffoquant sous la plume, la poussière et pire encore, je luttai pour me remettre debout cependant qu'autour de moi les grands oiseaux s'élançaient, puis vacillaient dans l'enclos.

— Qui va là ? rugit une voix, mais j'avais déjà filé.

Que dire ? Oui, j'enjambai du dindon et bottai des culs pour écarter la volaille, oui, de mes bras et de mes mains je fis des moulinets et tapai dans le tas quand ça volait au-dessus de ma tête. Je courus jusqu'à en avoir les poumons qui me brûlaient la peau et ne savais où j'allais, fus terrifié du coup de carabine qui, j'en étais sûr, allait me scier en deux à tout instant. Derrière moi, l'incendie faisait rage et le brouillard avait des teintes rouge sang comme en enfer. Mais hé ? Où était passée la clôture ? Et la voiture, hein ?

La course de mes pieds enfin maîtrisée, je restai un instant immobile au milieu des dindons qui tombaient comme flocons de neige et longuement, en plissant les paupières, j'étudiai le mur de brouillard. Etait-ce donc ça ? Etait-ce donc ma voiture, là-bas ? Alors j'entendis un bruit de moteur quelque part derrière moi et… ce moteur m'était familier, il toussait des airs connus et bavouillait… voilà : au fond du carburateur… et là-bas, dans le lointain, à trois cents mètres, mes phares clignotèrent un instant. J'entendis le moteur s'emballer, perdu et sans défense, j'écoutai ma voiture disparaître dans la direction opposée. Je restai encore un peu, seul et abandonné, puis à toute allure je m'enfonçai aveuglément dans la nuit, mettant incendie, cris, aboiements et glapissements incessants et idiots de mes dindons aussi loin derrière moi que je le pouvais.

Enfin l'aube pointa, à peine discernable dans le brouillard épais. J'avais retrouvé une route goudronnée, — laquelle et où elle conduisait, je n'en savais rien —, en tremblant de froid, je m'assis à croupetons dans des herbes sur le bas-côté. Alena m'abandonner ? J'étais bien sûr que non : elle m'aimait tout aussi fort que je l'aimais moi-même… et elle avait au moins autant besoin de moi que moi d'elle… non, non : elle devait battre la campagne à ma recherche. J'étais certes blessé dans ma fierté, et ne plus jamais revoir Rolfe ne m'aurait fait ni chaud ni froid, mais j'avais au moins eu la chance de ne pas me faire trouer comme une passoire, mettre en pièces par des molosses de ferme ou béqueter à mort par des dindons en courroux. J'avais mal partout, mon tibia m'élançait fort depuis que je m'étais écrasé dans un obstacle substantiel en faisant du saut de haie dans les ténèbres, j'avais des plumes plein les cheveux et mon visage et mes bras étaient mosaïque d'entailles, d'égratignures et de poussière en longs filaments. J'étais assis là depuis des heures, me semblait-il, et injuriais Rolfe, soupçonnais Alena et n'avais qu'idées malveillantes à l'endroit des écolos en général lorsque enfin j'entendis les bruits de succion et des gargouillis familiers : là-bas devant, ma Chevrolet Citation fendait le brouillard.

C'était Rolfe qui conduisait, et il avait le visage impassible. Je me jetai en travers de la chaussée tel le mendiant en haillons, et agitai les bras au-dessus de ma tête en donnant libre cours à ma joie. Presque il m'écrasa. Alena descendit de la voiture avant même que celle-ci se fut arrêtée, me serra dans ses bras et m'expédia comme paquet sur la banquette arrière avec Alf, — déjà nous étions repartis vers notre planque.

— Que s'est-il passé ? s'écria mon amie comme si elle n'en avait pas la moindre idée. Où étais-tu ? On t'a attendu aussi longtemps qu'on pouvait.

Je me sentais grognon, trahi et avais le sentiment de mériter beaucoup mieux qu'une simple étreinte bureaucratique suivie d'une série de questions insipides. Il n'empêche : il me suffit d'entamer mon récit pour m'échauffer, — pendant qu'ils se sauvaient dans une voiture chauffée, j'étais resté derrière et m'étais battu avec les dindons, les éleveurs et les éléments (oui, ça aussi), et si ce n'était pas héroïque, qu'est-ce donc qui l'était, j'aurais bien aimé le savoir. Je regardai les yeux admiratifs d'Alena, m'imaginai la cabane de Rolfe, me vis en train de boire une ou deux goulées de son Jack Daniel's, d'avaler, qui sait ? un sandwich au tofu avant d'aller me coucher, avec Alena dans mon lit. Rolfe garda le silence.

Enfin arrivé chez lui, je pris une douche et chassai, en astiquant fort, la fiente de dindon de mes pores, puis je me versai un verre de bourbon. Il était alors dix heures du matin et la maison était toujours aussi sombre : le monde aurait-il jamais connu un instant sans brouillard qu'on n'en aurait rien su. Rolfe étant allé chercher une brassée de bois dans la véranda, j'assis Alena sur mes genoux.

— Hé mais, murmura-t-elle, je croyais que tu étais un invalide.

Elle portait une paire de jeans moulants, un sweater trop grand pour elle et rien en dessous. J'y glissai la main et trouvai à quoi me raccrocher.

— Un invalide, moi ? répétai-je en mettant mon nez dans sa manche. Du diable ! C'est que j'ai libéré du dindon, moi ! Un vrai guérillero de l'écologie que je suis ! Un ami sincère des animaux et de l'environnement tout ensemble.

Elle rit, mais se remit debout et traversa la pièce pour regarder par la fenêtre à demi aveugle.

— Ecoute, Jim, me dit-elle, ce qu'on a fait hier soir, c'était génial, vraiment génial, mais ce n'est qu'un début.

Alf releva la tête et lui lança un regard plein d'espoir. J'entendis Rolfe faire du vacarme dans la véranda, puis, *plonc, plonc, plonc*, empiler du bois. Alena se tourna vers moi.

— Ce que j'entends par là, reprit-elle, c'est que Rolfe veut que j'aille passer quelque temps dans le Wyoming, aux environs de Yellowstone…

Rolfe voulait qu'elle… ? Elle ? Voilà qui ne sentait pas l'invitation, ne disait guère le pluralisme et en aucune manière ne reconnaissait tout ce que nous avions fait ensemble et le sens que cela pouvait avoir.

— Et ce serait à quel propos ? lui demandai-je. Que veux-tu dire au juste, Alena ?

— Il y a un grizzly, non… en fait, il y en a deux, et ils n'arrêtent pas de faire des descentes en bordure du Parc National. L'autre nuit, l'un des deux s'est carapaté avec le doberman du maire et les gens en ont quasiment pris les armes. Nous… Rolfe, moi et quelques anciens des Charançons du Minnesota, enfin, tu vois… allons y monter et nous assurer que les gardes forestiers, ou les tordus du coin, ne les éliminent pas. Les ours, s'entend.

Je pris un ton fort acide.

— Toi et Rolfe ?

— Si c'est à ça que tu penses, sache qu'il n'y a rien entre nous. Il s'agit seulement d'une histoire d'animaux.

— Comme nous ?

Elle hocha lentement la tête.

— Non, Jim, pas comme nous. Nous, nous sommes la peste sur cette terre, tu l'ignorais donc ?

Soudain, la colère me prit. J'en bouillonnai. J'avais, couvert de merde de dindon, passé une nuit entière tapi dans les buissons et voilà que j'étais comme la peste sur cette terre ? Je me redressai d'un bond.

— Oui, je l'ignorais, lui renvoyai-je.

D'un regard, elle me fit comprendre que ça n'avait aucune importance, que, de fait, elle avait déjà filé et que, pour l'instant au moins, je ne faisais pas partie de son paysage mental, — et non, il n'y avait pas à y revenir.

— Ecoute, ajouta-t-elle en baissant la voix dès que, son chargement de bois dans les bras, Rolfe eut à nouveau passé le seuil, on se retrouve à L.A. dans un mois, à peu près ? D'accord ?

Puis elle s'excusa d'un sourire et précisa :

— Tu m'arroses mes plantes ?

Une heure plus tard, j'avais repris la route. J'avais aidé Rolfe à ranger son bois près de la cheminée, autorisé Alena à m'effleurer les lèvres d'un baiser pour me dire au revoir, puis, debout sous la véranda, j'avais regardé Rolfe fermer la maison, jeter Alf à l'arrière de son pick-up et commencer à descendre bruyamment, et avec Alena à côté de lui, le chemin semé d'ornières. Je ne m'étais détaché de ce spectacle que lorsque la lumière de ses feux arrière s'était fondue dans la brume grise qui dérivait, et avais aussitôt fait démarrer ma Citation pour m'élancer sur la route après eux. *Un mois, à peu près.* J'eus soudain comme un creux en moi. Je la vis avec Rolfe, mangeant du yaourt et du germe de blé, s'arrêtant à tel ou tel motel, se battant avec des grizzlis et ceignant des troncs d'arbre de piquants en acier. En moi, le grand creux s'ouvrit encore, me trognonna tant et si fort que je me crus volaille plumée, nettoyée et servie dans un grand plat.

Je traversai Calpurnia Springs sans encombre : pas un barrage, pas une rampe de gyrophares allumés, pas l'ombre d'un gendarme fouillant, la mine lugubre, dans la malle ou sur la banquette arrière, personne ne s'était lancé à la recherche d'un grand éco-terroriste ayant la trentaine et des empreintes de dindon jusqu'en bas du dos. Mais après m'être engagé sur l'autoroute qui conduit à Los Angeles, j'eus le choc de ma vie. A une quinzaine de kilomètres de la bretelle d'accès, mon pire cauchemar s'était matérialisé : partout ce n'était que lumières clignotantes, signaux de détresse et voitures de police garées à la queue leu leu sur le bas-côté. J'étais déjà au bord de la panique, à un poil vraiment de franchir la ligne médiane pour faire demi-tour et fausser compagnie à tous ces gens lorsque j'aperçus le semi-remorque qui avait fait un tête-à-queue devant moi. Je ralentis, descendis à soixante, puis à quarante-cinq kilomètres-heure et, encore une fois, appuyai sur le frein. En un instant, je me retrouvai à faire du surplace dans une file de voitures et là, sur la chaussée, il y avait quelque chose, et ce quelque chose était bien fantomatique et blanc dans le brouillard. Au début, je crus que c'était un truc tombé du camion, rouleaux de papier hygiénique ou caisses de savon en poudre qui se serait répandu sur la route. Mais il ne s'agissait ni de ceci ni de cela. Je m'approchai lentement, un centimètre après l'autre. Mes pneus chantaient tout bas et j'avais des gyrophares qui me pulsaient dans la figure lorsque enfin je compris : la chaussée était couverte de plumes, de plumes de dindons qui se seraient abattues comme pluie d'orage. Comme tempête de neige. Et ce n'était pas tout : il y avait aussi des chairs et ces chairs étaient luisantes et graisseuses, manière de pulpe rouge qui se fût enfoncée dans le revêtement de la chaussée. Ça giclait comme gadoue sous les pneus de la voiture qui me précédait, encore et encore écrasé par les roues énormes du poids lourd, ça rentrait dans le goudron. Des dindons. Il y en avait partout.

J'avançai encore un peu. J'enclenchai les essuie-glaces et mis le lave-vitres : l'espace d'un instant, un fin grillage de sang dilué obscurcit mon pare-brise, le creux que j'avais en moi s'ouvrant si fort que je me demandai si je n'allais pas m'y faire aspirer. Derrière moi, quelqu'un appuyait sur son klaxon. Un gendarme se profila dans le brouillard et me fit signe de passer en agitant l'œil jaune de sa lampe torche. Je pensai à Alena et me sentis mal. Nous n'avions donc vécu tout cela que pour connaître l'attente déçue et ces taches sur la chaussée ? J'avais envie de sortir de ma voiture et de me flinguer, de me rendre aux autorités, de fermer les yeux et de les rouvrir en prison, de me retrouver sous l'habit de bure ou ligoté dans une camisole de force, tout, quoi. Et ça dura. Le temps passa. Rien ne bougeait. Puis, miracle, une vision commença à émerger de l'autre côté de mon pare-brise souillé, par-delà le ventre gris du brouillard. Dorées, des lumières brillaient au cœur de la désolation. Je vis le panneau : Essence-Nourriture-Chambres. Ma main s'abattit sur le clignotant.

Il me fallut un moment, je le passai à m'imaginer l'endroit : dallage de base, air faussement gai de l'éclairage, odeurs lourdes de la viande qu'on brûle, Big Mac, Chicken McNuggets, carne asada, cheeseburger. Mon moteur toussa. Les lumières rougeoyaient. Ça, je ne songeai pas à Alena, ni non plus à Rolfe, à ses grizzlis, au bêlant troupeau qui va mourir, au petit lapin aveugle ou à la souris cancéreuse… je songeai seulement à la caverne qui béait en moi et au moyen de la remplir. « De la viande », pensai-je, et je le dis tout haut et le répétai encore et encore, comme pour me calmer au sortir d'un mauvais rêve. « De la viande, ce n'est que cela. »

Les origines de l'homme

Je vivais avec une femme qui brusquement se mit à puer. Ce fut très pénible. La première fois que je lui en parlai, elle se contenta de sourire. « Les risques du métier », me dit-elle. La deuxième, elle ourla la lèvre. Il n'y avait pas que ce problème-là. Il y avait aussi celui des poils, par exemple. Des poils qui apparaissaient sur ses vêtements, nets, noirs, cruels. Invariablement j'en trouvais dans ma bouche au réveil, ou en découvrais telles lames de rasoir sur le col de mes chemises blanches quand je me regardais dans la glace. Et les fruits, ça aussi. J'en vis bientôt des morceaux pourrissants dans toute la maison, — pommes et bananes pour l'essentiel, mais la prune, le tangelo, le fruit de la passion même, et le yim-yim n'avaient rien d'anormal. Ces bouts de fruits se matérialisaient surtout dans la chambre, sur l'oreiller, au milieu de taches qui noircissaient. Je ne fus pas long à repérer d'où ils sortaient : tels des bijoux ils étaient cachés dans la folle ficelle de ses longs cheveux. Autre risque du métier.

En rentrant du travail Jane avait pour habitude de s'asseoir devant le climatiseur, de se peigner avec les doigts et de sécher la sueur sur sa figure et sur son cou dans le frais grondement de l'appareil, ces morceaux de fruits tombant silencieusement sur le tapis, ces poils noirs dérivant comme plumes dans les airs. Alors la chambre s'emplissait de la puanteur de ma femme, bestiale, fétide. Et je me retrouvais avec les yeux qui pleuraient, l'esprit envahi d'images de troncs d'arbres pourrissant dans la

---

Titre original : « Descent of man », publié par *Paris Review*, repris dans le recueil *Descent of man*. Traduction de Robert Pépin, 1974.

forêt pluviale, tous ocres jaunissants, mandalay et verts de Hooker sous les excréments tombés d'en haut. Dans mes oreilles sifflaient et piaillaient les oiseaux de la jungle, hurlaient les grands singes à museau morveux perchés sur leurs branches. Alors, le visage mou et la tripe nouée, je passais à la salle de bains et dégueulais, l'odeur sucrée de mes propres secrets intestinaux remède à ses puanteurs de poils.

Un soir, juste après qu'elle avait pris son bain (à peine si quelques effluves se faisaient encore sentir, si forts pourtant que je dus résister à l'envie d'aller uriner contre un arbre, un piquet de clôture, n'importe quoi), je posai, comme ça, ma main sur son ventre et fus soudain tout étonné de voir un insecte filer de sa planque, remonter la pente comme on patine et aller s'enterrer dans son nombril.

— De Dieu ! m'écriai-je.

— Hein ? me renvoya-t-elle en me regardant par-dessus son recueil de textes en yerkish[1].

— Ça, lui dis-je. Cette bestiole, cet insecte, cette vermine.

Elle se redressa sur son séant, extirpa l'affaire de sa *cachette*[2], la porta à ses lèvres et la glissa entre ses dents de devant.

— Un pou, précisa-t-elle en aspirant. Je suis descendue à la maison de retraite de la 13e Rue pour aller en chercher.

J'anticipai sur la suite.

— Pas pour… ?

— Bien sûr que si, mon gros… pour que Konrad puisse faire l'expérience de la gratification tangible de ses instincts sociaux pendant le rituel de l'épouillage. Tu sais bien… tu me grattes le dos, je te gratte le tien.

Cette nuit-là, je restai à suer dans mon lit, écoutai les poux qui rampaient sur son crâne ou plantaient leurs sales petits siphons tout sanglants dans les poils de ses aisselles et songeai à Jane et à tous ces singes aux doigts filous qui la pelotaient.

1. Nom d'un langage artificiel créé par Robert Mearns Yerkes afin de communiquer avec les primates. *(N.d.T.)*
2. En français dans le texte. *(N.d.T.)*

Pour finir, aux environs de quatre heures du matin, je me levai et pris trois cachets de Doriden. Je me réveillai à deux heures de l'après-midi, un insecte dans l'oreille. Ce n'était qu'un perce-oreille. J'avais loupé mon train et n'avais pas appelé au bureau. Jane m'avait laissé un mot : « Passe me prendre à quatre heures. Konrad t'envoie ses amitiés ».

Le Centre de Primatologie se trouvait au cœur d'un hectare ou deux de macadam et ressemblait beaucoup à une école : briques décolorées, colonnes cannelées, hautes clôtures grillagées. Des peintures au doigt et des mobiles pendaient aux fenêtres, des céramiques informes se tapissaient sur des appuis de fenêtres. Un drapeau pendouillait en haut d'un mât blanchi à la chaux. Je me surpris à me pencher en avant pour examiner la pierre angulaire : Asa Priff Grammar School, 1939. A l'intérieur du bâtiment, il faisait sombre et frais, les couloirs étaient bordés de casiers et d'aquarelles qui rebiquaient, le lino brillait comme un sourire timide. J'entrai dans les TOILETTES GARÇONS. Les urinoirs se trouvaient à quarante centimètres du sol. Conçus pour des petits, me dis-je, songeur. Pour des moussaillons à peine assez grands pour tenir leurs petits zizis sans l'aide du maître. Je souris et me plaçai devant un de ces joujoux, mes narines se remplissant de la forte et honnête odeur du nettoyant Pine-Sol. C'est alors que, la porte s'ouvrant dans un soupir, un chimpanzé entra en traînant la patte. Il portait un short et une chemise, celle-ci avec nœud papillon. Il me fit un signe de tête, me sembla-t-il, et se livra à deux ou trois gestes bizarres de la main en venant se poster à l'urinoir à côté du mien. Puis il ouvrit sa braguette et en sortit un énorme truc rouge et élégant, — on aurait dit une banane épluchée. Gêné, je me détournai, mais l'entendis uriner puissamment. Son jet frappa la porcelaine tel un orage, fit trembler le tuyau de vidange en s'y ruant. Mais moi rien, pas une goutte. Je commençai à me sentir idiot. Le chimpanzé se la secoua avec grâce, remonta sa fermeture Eclair, appuya sur la chasse, rejoignit le lavabo, se lava et sécha les mains, et partit. Je m'aperçus que je n'avais plus envie.

Dans le couloir, le concierge se tenait penché sur son balai-brosse. Debout devant lui, le chimpanzé gesticulait avec une habileté de maniaque, — un coup il se frottait le front et se tirait sur le menton, un autre il se flanquait des claques sous les aisselles, un autre encore il se tapait sur les poignets, la langue, l'oreille, la lèvre. Le concierge l'observait avec attention. Soudain, — après une volée de gestes particulièrement virulents —, il éclata de rire, à grands et superbes braiments. Le chimpanzé plissa la lèvre et se joignit à lui, ajoutant ses ricanements étrangement nasillards aux rires insondables du concierge. Je restai debout à la porte des TOILETTES GARÇONS sans savoir quoi faire. Je commençai à me dire qu'il était peut-être plus sage d'attendre dans la voiture, mais n'avais aucune envie d'attirer l'attention en entrant et sortant ainsi des toilettes. Le concierge aurait pu croire que je volais des serviettes en papier ou autre. Bref, je ne bougeai pas et me rappelai de parler au concierge dès que le chimpanzé serait parti, — peut-être pourrait-il me donner quelques idées de première main sur le boulot de Jane. Mais le singe ne partait toujours pas. Ils continuèrent de rire, et plus fort qu'avant. Le concierge en avait le visage strié de larmes. Chaque fois qu'il levait la tête pour le regarder, le chimpanzé se lançait dans une nouvelle bourrasque de gesticulations qui derechef l'effondraient. Au bout d'un moment, le concierge finit par se calmer un peu et, sans cesser de glousser, tendit les mains en avant, la paume en l'air. Le chimpanzé leva les bras au-dessus de sa tête, puis les redescendit et en cadence relança les grandes paumes du concierge en l'air avec les siennes.

— En plein dans l'mille, Master Konrad ! s'écria ce dernier avec l'accent noir. A cent pour cent !

Le chimpanzé sourit, puis remonta son short et fila dans le couloir en sautillant. Le concierge revint à son balais en gloussant.

Je m'éclaircis la gorge. Le balai entama un parcours géométriquement très précis dans ma direction. Et s'arrêta devant mes orteils, la crête des ordures pile au bord de mes chaussures à bout fleuri. Le concierge leva la tête. Dans son œil droit la pupille s'était figée dans un coin sous la paupière et le blanc était rouge. Entre ses dents de devant il y avait comme un jour plein d'ironie.

— J'peux faire quékchose pour vous, mon bon missié ? dit-il.

— J'attends Mlle Good.

— Ohoh ! Mlle Good ! s'écria-t-il en hochant la tête. Au début, j'me suis dit que vous piquiez des serviettes en papier dans les Toilettes Garçons, mais quand je vous ai vu planté ici comme la Vénus de Milo, ben, je m'suis dit : ça doit être une nouvelle statue qu'les étudiants se s'ront fait, c'est sûrement ça.

Il n'arrêtait pas de cligner des paupières en me regardant et de me sourire comme si nous avions fait le tour du monde en voilier ensemble.

— C'est un beau balai que vous avez là, lui dis-je.

Il me regarda fixement, toujours en souriant.

— Vous vous d'mandez sans doute ce que moi et Master Konrad on s'racontait, pas vrai ? reprit-il. Ben, que j'vous dise : y me relatait une anecdote homau-ristique, dont la chute avait des conséquences proprement koss-miques dans la m'sure où elle pose l'existence d'un terrain commun entre les singes et le Homo Sapiens malgré leurs antécédents qui divergent.

Il secoua la tête, gloussa et ajouta :

— Oh que oui que Master Konrad, il a de l'esprit !

— Vous seriez donc en train de me dire que vous comprenez tous ces trucs où on se tire sur la lèvre en agitant les doigts ? lui demandai-je en commençant à éprouver une indicible indignation.

— Oh mais abso-lument, mon bon monsieur. C'est de l'ASL.

— De la quoi ?

— De l'ASL. C'est ça qu'on causait. L'American Sign Language que ç'a été inventé pour les sourds et les muets. C'est que voyez-vous, Master Konrad est considéré comme une espèce de génie dans le coin. Il est capab' de communiquer les idées les plus ésotériques aussi bien en ASL qu'en yerkish et de réagir à et de traduire du français, de l'anglais, de l'allemand et du chinois. De fait, c'est Mlle Good qui m'disait que notre Konrad là, ben, il travaille à la traduction en yerkish des *Origines de l'Homme* de Darwin. Il fait surtout dans l'anthropologie, vous savez, mais il s'est pris d'intérêt pour d'autres sujets aussi. L'automn' dernier, il a entrepris la traduction en yerkish de *Language and Mind* de Chomsky et de *Jenseits von Gut und Böse* de Nietzsche. Et ça, Jackson, c'est pas d'la p'tite bière !

Je brûlais d'indignation.

— Balivernes ! m'écriai-je.

— Inutile de vous sentir personnellement menacé par les succès de Master Konrad, mon bon monsieur… tant que vous n'aurez pas compris que c'est un génie…

Un seul mot me vint.

— Conneries, dis-je.

Et je me tournai pour partir.

Le concierge m'attrapa par la manche de ma chemise.

— Il est présentement en train d'écrire son troisième opéra, me souffla-t-il.

Je m'arrachai à lui et sortis du bâtiment en tapant des pieds.

Jane m'attendait dans la voiture. Je montai, abaissai le toit ouvrant et ouvris les volets de ventilation.

Une fois rentré, je me versai un grand verre de gin, le tins devant mes narines et inspirai. Jane s'assit devant le climatiseur, ses cheveux telle serpillière à chiottes, puante. Des poils noirs tailladaient l'atmosphère, des bouts de fruits murmuraient des choses au tapis. De temps en temps le bout de ma langue entrait dans le gin. Je reniflais et sirotais en pensant usines de plastiques, distilleries de térébenthine et épaisse fumée de soufre. En gagnant la chambre, je me versai un deuxième verre.

Dans la chambre je sifflai mon gin et m'habillai pour le dîner.

— Jane, lançai-je, tu ne te prépares pas ?

Elle parut dans l'embrasure de la porte. Elle avait enfilé sa nouvelle tenue de travail : jeans et sweat-shirt. Le sweat-shirt était gris et muni d'un capuchon. Il y avait des taches jaunes sur les manches. Je songeai aux profondeurs des cages à animaux, sous le plancher grillagé.

— Je pensais y aller comme ça, dit-elle, tandis que je nouais ma cravate. Et j'aimerais assez que tu arrêtes d'insister pour que je prenne un bain tous les soirs… je commence à en avoir marre de sentir comme le bonus dans sa boîte de lessive. C'est pas naturel. Ni sain non plus.

Dans la voiture, en allant au restaurant, j'allumai un cigare, une espèce de truc noir et tordu qui ressemblait à une moitié de pepperoni. Jane resta tassée contre la portière, pas lavée. C'était la première fois que je fumais le cigare. Je tentai d'engager la conversation, mais Jane m'informa qu'elle n'avait pas envie de parler : parler lui semblait terriblement inutile et anachronique. Nous continuâmes de rouler en silence. Et je me dis que ce n'était pas la Jane que je connaissais et aimais. Où, me demandai-je, était passée la fille qui changeait de perruque trois ou quatre fois par jour et avait des ongles d'empereur chinois ? Où était passée la fille qui s'habillait comme un bazar d'Arabie et fleurait bon les alizés ?

Au combat, voilà où elle était passée. A son projet, à son étude, à ses demandes de bourse. Je savais lire les signes : elle se détachait de moi.

Le restaurant était sombre, labyrinthe de jardins de rocaille, de feuilles comme des crêpes, de noires fontaines. Nous restâmes un instant à cligner des yeux derrière la porte. Des oiseaux sifflaient, des carpes se faufilaient dans des bassins. Quelque part un singe hurla. Jane posa la main sur mon épaule et chuchota dans mon oreille. « Gibbon siamang », dit-elle. A cet instant, le feuillage s'ouvrit derrière nous, un petit mec caoutchouteux en émergeant pour nous faire signe de nous asseoir sur un banc, juste au-dessous d'une cage à oiseaux en osier. Pagne crasseux et huit ou dix colliers de dents jaunes. Ses cheveux semblaient s'enflammer tel un feu de brousse. Dans la faible lumière des braseros ses narines me frappèrent, — elles étaient l'une et l'autre aplaties et pincées, comme si on les avait percées jadis. Son visage, bien sûr, était insondable. Dès que nous fûmes installés, il m'ôta mes chaussettes et mes chaussures, enleva les sneakers de Jane et enveloppa nos pieds dans ce qui, je l'appris plus tard, était des feuilles de plantain. Je commençai à me rebiffer, — je déteste absolument qu'on regarde mes pieds —, mais Jane me fit taire. Nous avions mis trois mois à avoir des places.

Le maître d'hôtel nous ayant fait signe de le suivre dans un tunnel de pierre tout suintant d'eau pour rejoindre un jardin en plein air où les dalles cédaient la place à la terre battue, nous nous retrouvâmes dans une allée étroite et asphyxiée par la végétation. En donnant des petits coups de langue il continuait d'avancer tel l'iguane, nous nous dépêchâmes de le rattraper. D'humides frondaisons me giflaient le visage, des plantes grimpantes m'attrapaient les chevilles, la boue suçait les feuilles de plantain autour de mes pieds. Des odeurs de moisi, de mouillé, d'urine qui stagne depuis des éternités traînaient dans l'air, je songeai aux chiottes hommes de la station de métro. Il faisait aussi noir que dans un utérus. Je tendis la main à Jane, elle la refusa. Elle respirait vite. Le vacarme des singes évoquait le zoo en flammes.

— Super, dit-elle.

D'une claque j'écrasai un moustique sur mon cou.

Un instant plus tard, nous nous retrouvâmes assis à une table en bambou surplombée par des branches et des plantes grimpantes. En face de nous se tenaient le Dr et Mme U-Hwak-Lo, le directeur du Centre de Primatologie et son épouse. Flamme vacillante, une chandelle s'évidait entre eux. Je m'éclaircis la gorge et du bout des doigts commençai à suivre paresseusement les bords d'un trou circulaire percé au milieu de la table. Le docteur avait les oreilles grosses comme des cacahuètes.

— Content que vous ayez réussi à venir, dit-il. Ça fait longtemps que je pousse Jane à goûter à notre humble cuisine insulaire.

Je souris et écrasai une araignée sur le dossier de ma chaise. L'anglais du docteur était impeccable, du plus pur Martha's Vineyard [1], — on aurait dit l'assureur de Ted Kennedy. Celui de sa femme était faible :

— Oui, dit-elle, rien cuit ici, tout cru !

— Sensationnel ! s'écria Jane.

Sur quoi la conversation s'engagea sur les primates et le Centre.

Mme U-Hwak-Lo et moi nous sourîmes. Jane et le docteur s'étaient déjà lancés dans un dialogue absorbant sur les conséquences de la rétention anale chez le chimpanzé privé d'exercices de coordination au Frisbee pendant sa phase senso-ri-motrice. D'un mouvement de la tête je montrai les deux bavards à Mme U-Hwak-Lo et haussai le sourcil avec humour.

1. Petite île fréquentée par la haute société américaine de la côte Est. *(N.d.T.)*

Mme U-Hwak-Lo pouffa. Mais c'est alors que la proximité de Jane commença à m'affecter. Renfermé et humide, l'air semblait concentrer son essence même, en distiller toute la puissance. Les U-Hwak-Lo ne paraissaient pas en souffrir. Un début de nausée me vint. J'attrapai le rince-doigts et en bus le contenu jusqu'à la dernière goutte. Mme U-Hwak-Lo sourit. Le récipient était rempli d'huile de noix de coco. Pile au même instant, le garçon apparut, un bol en bois gros comme un pneu de camion dans les bras. Un seul rang de dents lui claqua sur la poitrine tandis qu'il posait l'objet sur la table et s'éclipsait dans les ténèbres. Jane et le docteur avaient tout oublié, — ils parlaient avec animation, de temps à autre en ASL, oreilles, nez et lèvres qui travaillent aussi fort que ceux de l'entraîneur de base-ball et son troisième base. Je jetai un coup d'œil au bol : il était plein à ras bords d'os de poulet sans chair. Mme U-Hwak-Lo hocha la tête et sourit.

— Pas plat résistance, dit-elle. Hors d'œuf.

A cet instant un simien hurla tout près de nous, hurla comme la mort en personne. Jane leva la tête.

— Rhésus, dit-elle.

J'eus un peu de mal à repérer la table dans le noir en revenant des toilettes. J'avais déjà traversé deux bassins en pataugeant et me préparais à plonger dans le troisième lorsque j'entendis la voix de Mme U-Hwak-Lo derrière moi.

— Par ici, dit-elle. Fais vite, repas servi tout suite.

Elle me prit la main et me ramena à la table.

« Oh, ils sont incroyablement ingénieux, disait le docteur lorsque je m'affalai sur ma chaise, le pantalon mouillé jusqu'aux genoux. Ils commencent par se servir d'un anesthésiant général, — de la racine de chu-bok distillée —, puis le chef (qui, assez logiquement, fait aussi office de chirurgien du village) pratique une incision circulaire tout autour du crâne du macaque et détache soigneusement la peau préalablement rasée en épongeant très efficacement les flots de sang avec du maura-ro qui est une poudre hautement absorbante dérivée de la feuille de tamana. Après quoi, il ôte les plaques frontale et pariétale afin de découvrir le cerveau...

Je regardai Jane : elle était complètement fascinée. Je n'écoutais pas vraiment, mon attention s'étant portée sur ce que je pensais être le plat de résistance, lequel avait fait son apparition pendant mon absence. Un petit monticule rosâtre et chancelant occupait maintenant le centre de la table, en obstruant entièrement l'ouverture circulaire… on aurait dit un bon litre et demi de yaourt à la vanille-cerise, voire deux. En examinant la chose de plus près, je remarquai plusieurs trucs noirs qui rebiquaient sur les bords flasques de l'affaire. Et songeai aussitôt aux foisonnantes pilosités du maître d'hôtel. Du doigt je montrai un de ces cheveux à Mme U-Hwak-Lo et lui confiai que le personnel pourrait quand même observer un minimum d'hygiène alimentaire. Elle sourit. Encouragé, je lui demandai de quoi au juste était fait ce qu'on nous servait.

— Mets très délicat, me répondit-elle. Difficile à trouver au pays de Lincoln.

A cet instant le garçon apparut et nous tendit à chacun une baguette en bambou aplatie et bien aiguisée à un bout.

— … alors les anciens de la tribu ou les dignitaires invités s'assoient autour de la table, disait le docteur. Le chef a préalablement et bien évidemment repéré le macaque sous la table, macaque dont le cerveau découvert sort du trou au milieu. Après le festin, les basses couches de la population villageoise se partagent les restes. C'est vraiment très efficace.

— Absolument fascinant ! s'écria Jane. On essaie ?

— Et comment ! Mais, dites-moi… Où Konrad en est-il de son épopée en yerkish ?

Baguette en bambou à la main, Jane se tourna pour lui répondre.

— Ce que je suis contente que vous me posiez la question ! s'écria-t-elle. J'avais presque oublié. Il a fini le dixième livre et me dit vouloir en écrire deux de plus… pour respecter la tradition miltonienne. C'est pas dément, ça ?

— Dément, si, si, dit le docteur en lui montrant la masse rose au milieu de la table. Dément. C'est vraiment, et j'espère que vous ne m'en voudrez pas de ce jeu de mot, un cerveau ! Ho ho ho !

— Oh, docteur ! se récria-t-elle en riant.

Et derechef elle plongea sa baguette dans le machin rose.

Sous la table, dans le noir, un poing minuscule se referma sur la jambe de mon pantalon.

Je n'allai pas non plus au boulot le lendemain. Cette fois-là, cinq cachets de Doriden avaient été nécessaires pour m'expédier au tapis. Tout suant et agité dans mon lit, j'avais passé ma nuit à humer les émanations de ma femme en l'écoutant respirer tranquillement. A l'aube, j'avais fini par m'endormir, avais brièvement rêvé de cafètes d'école maternelle remplies de chimpanzés en culottes bouffantes et les bras surchargés de plateaux croulant sous le yaourt à la vanille-cerise, et m'étais réveillé avec une sale odeur dans la bouche. C'est alors que j'avais pris mes cachets. Il était trois heures et demie de l'après-midi lorsque j'avais refait surface. Jane m'avait laissé un mot : « Ai invité Konrad à dîner. Passer le tapis à l'aspirateur et nettoyer les toilettes ».

Konrad était impeccablement habillé, — pantalon long, chaussures à semelles compensées, boutons de manchettes. Il sentait l'eau de Cologne, et Jane la vieille litière à chats. Ils arrivèrent pendant les infos de sept heures. Je leur ouvris la porte.

— Bonjour, Jane, dis-je.

Nous restâmes debout à la porte, mal à l'aise et silencieux.

— Hé bien ? me renvoya-t-elle. Tu n'accueilles pas notre invité ?

— Bonsoir, Konrad, dis-je.

Puis j'ajoutai :

— C'est bien aux toilettes du Centre que nous avons fait connaissance l'autre jour, n'est-ce pas ?

Il me tira la révérence sans broncher, la lèvre supérieure telle moitié de cantaloup. Puis il se prit à ricaner, se tourna vers Jane et se lança une impossible série de gestes. Jane rit à son tour. Ma gorge se serra un rien.

— Il essaie de dire quelque chose ? demandai-je.

— Oh, mon gros, me répondit-elle, des bagatelles, vraiment. Juste une petite citation de Yeats.

— Yeats ?

— Oui, tu sais bien : « Comme il est dérisoire l'homme âgé… »

Jane nous servit des sandwichs au cresson et des crackers

en forme d'animaux en guise de *hors-d'œuvre* [1]. Elle les apporta dans la salle de séjour sur un plateau en verre taillé et les posa devant Konrad et moi qui nous étions assis sur le canapé pour regarder les nouvelles. Puis elle repartit dans la cuisine. Konrad prit un petit sandwich, l'avala comme une hostie et se lécha le bout des doigts. Et souleva le plateau et me le tendit. Je déclinai son offre.

— Non merci, lui dis-je.

Il haussa les épaules, reposa le plateau sur ses genoux et empila soigneusement tous les sandwichs au milieu. Je fis semblant de m'intéresser aux nouvelles ; de fait, je l'observais du coin de l'œil. Il remplissait de crackers les trous laissés dans son édifice de sandwich. Il avait la lèvre inférieure qui pendait, les oreilles caoutchouteuses et tiens, il commençait à devenir chauve. Puis il écrasa à deux mains son tas de sandwichs et de crackers et se mit à le pétrir jusqu'à ce que l'affaire ait la consistance de la pâte à pain. Alors il porta le tout à sa bouche, et l'avala sans mâcher. Il n'y avait plus de blanc dans ses yeux.

Seul un reportage de guerre réussit à l'exciter, — le journaliste se tenait au milieu d'un désert jonché de tanks sans chenilles et de canons sans recul quelque part en Thaïlande ou en Syrie, à moins que ce n'ait été au Chili. Des huttes brûlaient, des vieilles femmes pleuraient.

— Wow-wow ! Iiii-iii-i-ii-ii .! Euh-euheu-eh-euh ! s'écria-t-il.

Les mains trempées, Jane parut sur le seuil de la cuisine.

— Qu'est-ce qu'il y a, Konrad ? demanda-t-elle.

Konrad y alla d'une série de gestes violents.

— Alors ? m'enquis-je.

Jane traduisit :

— Konrad dit que « les tactiques génocidaires des oppresseurs conduiront à leur extermination mutuelle et feront ainsi naître un nouvel âge d'or… (là elle hésita, le regarda pour savoir s'il fallait continuer, — il sautait partout sur le canapé et battait des poings comme s'il y serrait des fouets et des cravaches)…

1. En français dans le texte. *(N.d.T.)*

de liberté et d'égalité pour tous, quels que soient les race, croyances, couleur… ou genre biologique de chacun».

Puis elle ajouta :

— Il n'y a pas de quoi s'inquiéter. C'est juste sa petite tranche de baratin révolutionnaire quotidienne. Il va se calmer dans une minute… il aime jouer les Che Guevara, mais au fond, c'est un non-violent.

Dix minutes plus tard, Jane nous servit à dîner. Konrad, avec une coordination et une célérité remarquables, consomma quatre boîtes de cocktails de fruits, trente-deux portions de travers de porc, une douzaine d'oranges, une autre de pommes et une autre encore de grenades, deux cheese-burgers et trois litres de chocolat malté. De retour dans la cuisine où je m'étais mis à nettoyer, je fis remarquer à Jane que notre hôte avait un appétit prodigieux. Il était pour l'heure assis dans l'autre pièce et écoutait Don Juan en sirotant du cognac. Jane m'informa que c'était un beau mâle, sexuellement actif et qu'elle comprenait parfaitement qu'il ait besoin de toutes ces calories.

— Combien pèse-t-il ? lui demandai-je.

— Quatre-vingt-huit kilos sans ses habits, me répondit-elle. Et il mesure un mètre quarante-deux complètement déplié.

Je méditai ces renseignements en grattant les assiettes et les plats et en les alignant dans le lave-vaisselle comme de belles pièces en porcelaine de Chine. Quelques instants plus tard j'entrai dans la salle de séjour et trouvai Jane en train de caresser les oreilles de Konrad qui avait posé sa tête sur ses genoux. Complètement déplié, je mesure un mètre soixante-quinze, et je pèse soixante et onze kilos.

Lorsque je revins du boulot le lendemain, Jane était partie. Dans la commode ses tiroirs étaient vides, comme la penderie. Sur les murs, des rectangles blancs remplaçaient ses reproductions du Douanier Rousseau. Sur l'étagère supérieure de la bibliothèque des lignes de poussière marquaient les endroits où elle avait rangé ses livres d'Edgar Rice Burroughs. Trophée de softball qu'elle avait gagné quand elle était petite, livre de cuisine naturelle, pilon en chêne, synthétiseur Moog et wok, tout avait disparu. Pas le moindre petit mot. La douleur me poignarda le sternum, les larmes me montèrent aux yeux. J'étais seul, abandonné, sans amie. Je commençai à regretter jusqu'à sa puanteur. Sur l'oreiller dans la chambre je trouvai un morceau d'ananas fermenté. Et sanglotai.

Lorsque enfin je songeai au Centre de Primatologie le soleil avait déjà commencé à décliner. Il faisait nuit lorsque j'y arrivai. Des gravillons crissèrent sous mes chaussures dans le parking ; le drapeau claqua au sommet de son mat ; aux fenêtres les lumières semblaient me tirer la langue. Dedans il ne faisait pas bien clair et le bâtiment était silencieux. Le lino brillait tout le long du couloir. Au bout, j'entendis quelqu'un siffler « My Old Kentucky Home ». C'était le concierge noir.

— Comment va ? me lança-t-il. Qu'est-ce que j'peux faire pour vous à une heure aussi peu pro-pice de la nuit ?

Je ne lui racontai pas de salades.

— Je cherche Mlle Good, lui répondis-je.

— Ooooh mais c'est qu'elle a filé zenvirons de quatre heures et d'mi… et vous êtes sûr'ment au fait, non ?

— Je m'disais qu'elle travaillait peut-être tard.

— Ooooh mais non, y a gué-re de chances, me renvoya-t-il en regardant fixement le plancher.

— Ça vous ennuie que j'aille voir ?

— J'espère, mon bon monsieur, qu'vous êtes pas à penser que j'vous masquerais la vérité, si ? Loin de moi l'idée d'user de fau-aux fuyants juste pour protéger une de-moiselle qu'a largué un homme qui comprenait pas ses besoins et lui permettait pas d'ex-primer les inclinations naturelles de son âme !

C'est alors qu'un rire de petite fille se fit entendre au fond du couloir. Le rire de Jane. Le concierge posa sa main en travers de ma poitrine.

— Moi, à vot' place, Jackson, dit-il avec force sifflements entre ses dents espacées, je ne m'insinuerais pas au mi-lieu d'une expérience aussi hautement significative.

Je le poussai de côté et commençai à descendre le couloir. Le rire de Jane éclata de nouveau. Dernière porte sur ma gauche. Je me dépêchai. Soudain le docteur et son épouse sortirent des ténèbres et me bloquèrent le passage.

— Monsieur Horne, me lança le docteur, les bras croisés sur la poitrine, dominez-vous. Nous menons ici une série d'expériences que je ne saurais tout simplement pas vous permet…

— Au diable vos expériences ! lui hurlai-je. Je veux parler à ma… à ma… à ma camarade de chambre !

J'entendis les pas du concierge derrière moi.

— C'est-y qu'y aurait un problème, docteur ? demanda-t-il en me soufflant dans le cou.

J'explosai. Attrapai le docteur par les coudes, le fis tourner et l'expédiai sur le concierge. Ils dégringolèrent sur le lino tels des danseurs tétanisés. Je donnai de l'épaule contre la porte, l'enfonçai et entrai, les glapissements suraigus de Mme U-Hwak-Lo dans les oreilles :

— Faites grossse bêtise, Missier !

Dans la salle je trouvai Jane, bras et jambes nues, une blouse de laborantine en travers de la poitrine. Au début, elle eut l'air perdu, puis elle parut ennuyée. Elle marcha sur moi et me jeta quelques gestes grossiers à la figure. J'entendis qu'on dévalait le couloir derrière moi. Puis je vis Konrad, — en caleçon ample de la marque BVD. J'empoignai Jane. Mais il fut sur moi en un instant, — et me cogna avec la force d'une calandre de Cadillac. Je valsai à travers la pièce en renversant chaises et bureaux. Et m'écroulai contre le tableau noir. La porte claqua : Jane était partie. Konrad gonfla la poitrine, vint sur moi en se balançant. Au-dessus de nous, les fluos sifflaient, le tableau noir était froid sur ma nuque. Alors je regardai, — et vis ses grands yeux noirs, ses dents, ses bras aux muscles durs comme de la pierre.

Restaurant dames

« … l'incarnation monomaniaque de tous ces hasards malveillants qui, certains hommes profonds le sentent, les rongent jusqu'à ce qu'il ne leur reste plus que la moitié d'un cœur et d'un poumon ».

Melville, *Moby Dick*

I

C'est un restaurant dames. Les hommes n'y sont pas admis. Les femmes qui s'y rendent le font pour être en la compagnie d'autres femmes, s'asseoir dans des salles élégantes, sous d'antiques ventilateurs et la verdure cascadante de plantes qui débordent de leurs pots, pour croiser ou décroiser les jambes à volonté, pour bavarder, siroter des liqueurs et manger. A la porte, la première fois qu'elles entrent, elles s'entendent demander une contribution de vingt-cinq cents, en échange de quoi elles reçoivent une carte de membre à vie. Cet établissement a donc l'apparence légale d'un club privé, ses propriétaires, Grace et Rubie, évitant ainsi de contrevenir aux lois contre la discrimination. Un restaurant de dames. Ce qui s'y passe, ce qui s'y passe précisément, aucun homme ne le sait. Un homme, j'en suis un, et je brûle de savoir.

Je sais déjà ceci : elles boivent du vin. Je suis passé derrière un soir en promenant mon chien, et j'ai vu les bouteilles

---

Titre original : « A women's restaurant », publié par *Penthouse*, repris dans le recueil *Descent of man*. Traduction de Robert Pépin, 1976.

qu'elles jettent : chablis, liebfraumilch, bordeaux, bourgogne des montagnes, Bristol Cream. Et elles mangent bien aussi. Les ordures sont riches en marcs de cafés exotiques et de tisanes fortes, en têtes de sole, feuilles d'artichaut et coquilles d'huîtres. Les poubelles contiennent également de la correspondance. Des lettres d'affaires pour la plupart, mais une fois j'y ai trouvé une lettre de la mère de Grace qui habite à Moscou, dans l'Iowa. Certaines de ces femmes fument le cigare. D'autres, — mais peut-être sont-ce les mêmes —, pilotent des motocyclettes. J'en ai regardé deux pétarader sur une 750 Triumph. En tenue cuir. L'épaule lourde et tirée en arrière et la hanche raide, elles marchaient comme des garçons bouchers. Et que je te gravis les marches de devant, te franchis les doubles portes à rideaux et entre. Les portes se sont refermées sur elles comme des yeux sous le mascara.

Il y a plus. Grace, par exemple. Grace, je la connais. Grande, — un mètre quatre-vingt-cinq ou dix, je dirais —, mince et légèrement voûtée, elle a les épaules arrondies en point d'interrogation. La bonne trentaine. Championne des droits des femmes comme elle l'est, elle promène son chat à tête carrée au bout d'une laisse. Rubie, elle, je lui ai parlé. Si Grace est austère et évoque le grand cactus plein de piquants, Rubie, elle, est somptueuse, une pivoine qui s'épanouit. Elle fait de la danse. Un mètre cinquante-cinq, quarante-cinq kilos, vingt-quatre ans. Ce sont là des faits. C'est ce qu'elle m'a confié un après-midi il y a quelques mois de ça, dans un bar. J'étais assis seul à une table, devant une bière qui pétillait dans un rayon de soleil tombant de la fenêtre. Bras et épaules nues, bretelles de ses collants de danseuse serrées fort, blue-jeans. Elle tourbillonnait, sur ses pointes, entre des groupes de gens, et son rire évoquait le piano de bastringue. Elle était arrivée par-derrière, avait fait courir son doigt le long de mon nez, et l'avait déclaré élégant. Le sien était retroussé. Nous avions bavardé. Elle avait pris des pauses, m'avait dit son corps et les rigueurs de la danse, m'avait montré les muscles durs de ses bras. Par les fenêtre hautes le soleil jetait des rayons obliques pour éclairer ses cheveux. Elle ne m'avait pas posé de questions sur ma vie, sur le livre que je lisais ou la manière dont je gagnais mon argent. Elle ne s'était pas assise. Lorsqu'elle avait filé en une série de *glissades*[1], je lui avais commandé une autre bière. Elle ne m'aurait pas reconnu dans la rue.

Le restaurant donne dans une rue qui devait être une grande artère il y a cinquante ans de ça. Il englobe l'ensemble d'un vieux manoir qui a été repeint et auquel on a remis des volets neufs. Barrière, portail, arbre, pelouse. Et gargouilles. Il n'est pas impossible que le maire y ait habité jadis. De part et d'autre de l'établissement, des blocs d'immeubles de deux étages jusqu'aux deux coins de rue, telles des barres de détritus glaciaires. Au-dessus, des appartements, au rez-de-chaussée des vitrines : fripier, marchand de produits organiques, magasin de bougies. Bien incongru sur le trottoir d'en face, un bar avec baie vitrée et danseuses seins nus. C'est de derrière cette baie vitrée que, perdu dans l'ombre, j'étudie le restaurant.

Ce sont des femmes de toutes sortes que j'ai vues en franchir les portes à rideau : des laveuses de linge, des instits peau de vache, des gymnastes, des serveuses, des démarcheuses de chez Avon, des cheftaines Scout, des aubergines, des grand-mères, des arrière-grand-mères, des vieilles filles, des veuves, des gouines, des *divorcées*[2] gay, la grosse, la maigre, la ridée, la chauve, la pendouillante et la ferme, des femmes en uniforme, des femmes en fichu et salopette, des porteuses de bas, de jupes et de fourrures, Grace, la monumentale et Rubie, la fluide, une nonne, une fille avec une jambe en plastique, — et oui, jusqu'à mes danseuses seins nus. Il y a quelque chose d'inquiétant dans ce rassemblement de femmes, dans ce synode toutes classes sociales confondues, dans ce très gynécomorphe melting pot. Je pense à Lysistrata, à Gertrude Stein et à Carry Nation[3].

Je garde les yeux et les oreilles ouverts. Il n'empêche : ce que j'ai appris sur Grace et Rubie se réduit à ce que n'importe

1. En français dans le texte. *(N.d.T.)*
2. En français dans le texte. *(N.d.T.)*
3. Carry Amelia Moore Nation (1846-1911). Militante antialcoolisme, célèbre pour ses descentes musclées dans les bars du Middle West. Cf : John Barleycorn n'est pas mort. *(N.d.T.)*

quel observateur intéressé aurait pu découvrir. Ce que je vise, c'est la connaissance de l'initié.

II

Première tentative pour percer le mystère du restaurant dames.

Ma tentative a été repoussée.

Là j'étais, assis derrière la baie vitrée de mon bar seins nus et à la chaîne je buvais des tequila-tonic en regardant l'entrée de Chez Grace et Rubie, la fleur en pot qui s'épanouit et la promesse de ces portes à rideau, et des femmes, par bancs entiers, des femmes électriques de couleurs, des femmes qui claquaient des portières de voitures, des femmes qui descendaient de vélo et de motocyclettes, des femmes qui montaient les escaliers au trot, des femmes qui entraient et sortaient, poisson tropical derrière la vitre tachée. Le soleil dérivait vers l'horizon, plongeait derrière les deux cheminées, répandait à la cuiller le miel sur le toit, lumière douce qui émoussait les bords et les coins, qui doucement repoussait le sourire sardonique des gargouilles. Ce fut alors que je remarquai Rubie. Démarche aussi fluide et calme que celle du patineur qui file au loin. Il y avait une autre fille avec elle, une Orientale. Cheveux noirs comme en manteau. Je regardai la porte s'ouvrir, puis les avaler toutes les deux. Alors je me levai, mis quelque argent dans ma poche, en laissai quelque autre sur la table et regagnai la rue.

Il faisait doux. L'arbre bourgeonnait. Le soleil avait baissé d'un cran et la maison inondait la rue de son ombre. Le sang battant fort dans mes veines, je nageai vers elle, m'arrêtai au portail pour regarder à droite, puis à gauche, poussai la grille et montai les marches. Et commis ma première erreur : je frappai. Frappai, oui. Comme si on frappait à la porte d'un restaurant ! Personne ne me répondit. J'entendais de la musique de l'autre côté de la porte. Du jazz électrique. Je jetai un coup d'œil par les fenêtres ovales disposées dans la porte et vis que les rideaux étaient vraiment très épais. Je me sentis mal. Et frappai à nouveau.

Au bout d'un moment, Grace m'ouvrit. Elle avait l'air perplexe.

— Oui ? dit-elle.

Je regardai derrière elle, sentis les pulsations de la musique, — à l'arrière-plan il y avait du mouvement, j'en étais conscient, je me concentrai sur les couleurs, les plantes, les boiseries polies. Monde sous-marin. Chagall.

— Vous désirez ?

— Oui, dis-je, je voudrais… euh… une tasse de café, pour commencer et… j'aimerais voir le menu. Et la carte des vins.

— Je suis vraiment désolée, me renvoya-t-elle, mais ceci est un restaurant dames.

III

Un restaurant dames. L'idée même m'échauffe. Il y a des moments, chez moi, — le poisson est poché, les marmites sont récurées et j'ai l'esprit vide —, où tout soudain elle commence à me monter à la conscience et se fait solive coulée qui revient à la surface. Un restaurant dames. Comme c'est injuste ! Snob ! Comme c'est sombre mystère maternel et savoureux : que peuvent-elles donc bien faire là-dedans ?

Je les imagine, Rubie, Grace, l'Orientale, la nonne, l'unijambiste, toutes… je les imagine en train de siroter, de traînasser, de faire pendre des sandales au bout de leurs orteils (et, dans ma tête, vite vite je regarde sous leurs jupes). Je les vois défaire les torsades de leurs cheveux, dégrafer leurs soutiens-gorge, une touche après l'autre se démaquiller le visage. Elles sont douces, lourdes, luisantes de féminité. Celles qui sont enceintes enlèvent les sacs qui leur tiennent lieu de corsage, leurs chaussures trop serrées, leurs pantalons, leurs sous-vêtements et se lancent dans une danse lente et primitive : le rythme des tambours est africain, froide et lunaire la musique du piano électrique. Les autres regardent, psalmodient, langage ésotérique, formules enfermées dans un rythme et un mystère qui, souriants, s'élèvent au-dessus de tout ce qui est mâle, sont aussi sombres et fertiles que la terre.

Ou alors, peut-être, elles jouent au billard dans l'arrière-salle lambrissée, en fumant le cigare, le regard est intense, les seins tirent vers la terre, élégante, la queue file sous l'arche sombre de leurs doigts, oiseaux empaillés sur les murs, billes brillantes qui claquent, filent dans les poches telles choses fureteuses qui cherchent des trous dans le sol…

IV

Hier soir il a fait du brouillard. Comme du lait dans un brumisateur. Les rues fumaient. Turner, me suis-je dit. Fellini. Jack l'éventreur. Le chien m'a conduit à la barrière qui entoure le restaurant, barrière où il s'est arrêté pour renifler et se mettre en équilibre sur trois pattes. La maison était rivage d'ombres, noire en son négligé de brumes éclairées par la lune. Fascinant, énigmatique, aussi irrésistible que la baleine blanche. La Volkswagen de Grace était derrière moi, tassée au bord du trottoir, la lune trônait, froide comme la pierre, au-dessus du toit pentu, j'avais le doigt sur la grille. Qui était verrouillée. Je passai mon chemin, puis je revins sur mes pas. Attachai le chien à un des barreaux, enfilai ma main pour déverrouiller la grille, d'un pas fus dans le jardin de devant, Chez Grace et Rubie pour la deuxième fois.

Et cette fois je ne frappai pas à la porte.

Cette fois je me glissai jusqu'à une fenêtre et jetai un coup d'œil à l'intérieur par une fente entre les rideaux. Il y faisait noir comme dans un four. Une idée comme ça, j'essayai la fenêtre. Fermée. A cet instant une voiture tourna le coin de la rue, pneus qui gazouillent, moteur qu'on emballe, phares comme chiens du paradis. La Fiat de Rubie.

Je perdis la tête. Courus jusqu'au portail, trébuchai, me ruai de nouveau vers la maison, pris de frénésie, tremblant de honte, mortifié. Coincé. La voiture s'arrêta en sifflant, moteur qui chante son refrain hystérique, phares qui s'éteignent. J'entendis des voix, et des claquements de portières. Des clés qui tintent. Je m'accroupis. Puis je rampai jusqu'aux buissons devant la véranda. A la barrière le chien se prit à gémir.

Talons. Voix étouffées. Puis Rubie qui s'écrie :

— Ohhhh, un chiot ! Et qu'est-ce qu'il fait là, hein ?

Tout cela s'adressant apparemment au chien, dont les gémissements montèrent d'une octave. J'entendis sa queue battre contre la barrière. Puis ce fut une voix d'homme, impatiente. Le portail grinça, se referma en claquant comme une gifle. Bruits de pas sur le chemin. Arrêt au pied de la véranda. Rubie pouffa. Puis, silence. J'avais la main qui saignait. J'étais étendu de tout mon long sur le ventre et regardais fixement la terre. Ils s'embrassaient.

— Hé, dit-elle, douce comme de la fourrure, j'aime bien ton nez… je te l'ai dit ?

— Et si tu me laissais entrer ce soir, hein ? murmura-t-il. Juste cette fois.

Nouveau silence. Tissus qu'on froisse. En tendant la main, j'aurais pu leur cirer leurs chaussures. Le chien gémit.

— Pauvre petite bête, soupira-t-elle.

— Allez, quoi ! dit-il.

Je le détestai.

Puis, si bas que c'est à peine si j'arrivai à l'entendre, souffle qui dort ou papillon de nuit qui bourdonne, ceci :

— D'accord.

D'accord ? J'en fus outré. Ce sigisbée sans visage, cet amoureux pantelant, ce con, ce mâle… cette tête de nœud allait entrer chez Grace et Rubie comme ça ? Sur un bisou et une promesse ? J'eus envie de hurler, d'appeler la police, d'arrêter ce sacrilège impensable.

La clé de Rubie tourna dans la serrure. J'entendis la respiration haletante de tête de nœud. Une vague de désillusion s'abattit sur moi. Et soudain la lumière de la véranda brilla d'un éclat aveuglant, comme dans une cafétéria. Je me tassai sur moi même. Grace était en colère.

— Qu'est-ce que ça signifie ? siffla-t-elle.

Je retins mon souffle.

— Ecoute… dit Rubie.

— Les hommes ne sont pas admis. Aucun ! Jamais. Ni maintenant, ni demain… tu sais très bien ce que je pense de ce genre de choses…

— … Ecoute, moi aussi, je paie le loyer…

J'entendis tête de nœud traîner les pieds sur les planches sèches du parquet. Puis ce fut Grace :

— Je suis désolée, mais… il va falloir que vous partiez.

Dans l'ombre, couché sur la terre humide et la main en sang, je commençai à sourire.

La porte claqua. Quelqu'un était entré. J'entendis la voix de Grace s'enfler jusqu'à l'ouragan, puis Rubie hurler en retour tel un typhon. Dedans. Tout cela étouffé par les doubles portes, les fenêtres ovales et les rideaux en taffetas épais. Les pieds de tête de nœud continuèrent de traîner sur le plancher de la véranda. Quelques instants s'écoulèrent, les voix continuant de tonner à l'intérieur, puis les lumières s'éteignirent. Plus rien. Tout noir. La nuit.

Mes oreilles suivirent les pas solitaires du monsieur qui descendait les marches, franchissait le portail et disparaissait dans la rue.

V

Ce matin, j'ai suivi Rubie sur huit rues. Elle avait des paquets dans les bras. Son allure était celle de la bête qui avance en traînant la croupe. En passant devant les vitrines sombres des magasins elle se tournait pour observer son reflet. Elle glissait, elle brillait au soleil, elle avait les bras nus et portait des mules, les ongles de ses orteils peints pointant sous ses pattes d'éléphant. Cheveux dénoués, ondulant dans son dos comme champ de blé sous le vent. Elle s'est arrêtée devant le poteau à rayures de bonbon de Chez Red, le Coiffeur.

J'ai traversé la rue et me suis assis sur un banc pour ouvrir un livre. Puis j'ai vu Grace : démarche d'empotée, grand débattement, gauche. Son nez pointu, ses cheveux grisés. Elle s'est portée à la rencontre de Rubie, elle ne souriait pas. Elles se sont bécotées sèchement sur la joue et sont entrées chez le coiffeur.

Quand elles sont ressorties, mon livre m'a échappé des mains : on avait profané Rubie. Elle avait la tête rasée, ses cheveux longs et fous n'étaient plus que chaume coupé au plus court. Charlie Manson, me suis-je dit. Auschwitz. Les nonnes et les néophytes. Grace souriait. Rubie avait les oreilles qui lui sortaient de la tête, et ses oreilles avaient la couleur du poulet chez le boucher. Son cou et ses tempes étaient blanches comme de la farine, veinées de bleu, vulnérables. Consterné, que j'étais.

Elles se sont mises à marcher vite et avec raideur, Rubie forçant le pas pour ne pas prendre de retard sur Grace qui avançait à longues enjambées. Grace le tournesol, Rubie le pissenlit dépiauté. Je les ai suivies jusqu'au restaurant dames. Rubie ne se tournait plus pour observer son reflet dans les vitrines des magasins.

VI

Deuxième tentative pour percer le mystère du restaurant de dames.

Tentative repoussée.

Cette fois-là, je n'avais pas bu. J'étais en colère. L'outrage infligé à Rubie m'ulcérait depuis le matin. Si j'approuvais la fermeté de Grace face au sigisbée sans visage, je n'arrivais pas à comprendre sa sévérité vis-à-vis de Rubie. Grace, je le pensai, tenait du coup de froid brutal, Grace fermait les pétales de Rubie, Grace lui traumatisait les racines. Elle était gelée prématurée, nielle. Mais je ne suis ni poète ni psychologue. J'ai la métaphore primitive et agis de manière impulsive.

J'ouvris le portail d'un coup de pied, montai les marches de devant à grand bruit, tordis la poignée de la porte et entrai. Mes intentions n'étaient pas claires. Je songeais vaguement à délivrer Rubie, à pénétrer dans ce bastion de la féminité, du sexe, du mystère et de la rigueur et à en ressortir avec elle à mon bras. Mais je fus abasourdi. Mais je restai figé sur place. Soudain, après toutes ces semaines, j'avais réussi. J'étais à l'intérieur.

Etroit et surchauffé, le vestibule était sombre et éclairé à la bougie, et ses murs couverts de fougère et de ruine-de-Rome. La musique y pulsait comme le sang. Je m'y sentis serré, à l'étroit, enfermé, Buster Crabbe dans la salle qui rétrécit. Mon cœur me lâcha. Je traînai les pieds. Devant moi, à l'autre bout du couloir, une grande pièce qui s'épanouissait dans le noir et des lumières rouges. Boumboum boumboum boumboum, la musique comme des pas. Ah, cette chambre centrale qui, sombre et profonde, m'attirait. « Un restaurant de dames », « un restaurant de dames », l'expression chantait dans ma tête.

C'est alors que la porte s'ouvrit derrière moi. Je me retournai. Deux des motardes franchirent le seuil, bloquant le couloir. L'une d'elles portait une veste en jean cloutée, avec le col relevé. Toutes les deux étaient grandes. Et avaient les cheveux courts. Et des épaules qui congestionnaient l'étroit passage. Je fis demi-tour, pris la direction de la salle sombre… et restai le pied en l'air : un plateau à la main, Grace se tenait devant moi, le visage giflé de frais.

— Vous ici ! siffla-t-elle.

Son plateau tomba, des verres se pulvérisèrent, je fus saisi par-derrière. Coup du lapin. Une des deux motardes se mit à émettre des sons férocement orientaux cependant que ses poings blancs et ses pieds chaussés de sneakers m'explosaient dans la figure. Je m'écroulai, mais crus voir que, debout derrière Grace, Rubie avait les joues un rien rouges d'inquiétude. Un rythme s'instaura. Les motardes me décochaient des coups de pied, je me mis en boule. Puis elles m'attrapèrent par la ceinture et le col de la chemise, ouvrirent violemment la porte et, un, deux, trois, dehors le clodo, me jetèrent sur les marches de l'escalier et refermèrent la porte.

Je restai allongé un instant, à souffrir. Puis je commençai à entendre des claquements de talons sur le sol. Une femme remontait l'allée : jupe, bas, chaussures à semelles compensées. Elle hésita en me voyant. Puis, un air de dégoût fissurant son maquillage, elle m'enjamba comme on évite un ver ou une grosse limace pleine de graisse que l'orage a rapportée. Son parfum me dévasta.

VII

Cela fait un moment que je médite sur les différences essentielles entre l'homme et la femme, que j'isole leurs traits distinctifs. J'ai commencé par les dissemblances. Les femmes, me suis-je dit, n'ont pas de barbe si par ailleurs elles ont de la poitrine. Et pourtant j'ai vu des femmes à barbe et des hommes avec de la poitrine, — de fait, je l'ai compris alors, de la poitrine, tous les hommes en ont. Et des mamelons aussi. Ah, me suis-je alors ajouté, mais les femmes, elles, ont les cheveux longs. Des épaules minces et des hanches expansibles. Cinq orteils à chaque pied. Et, par paires, des yeux, des jambes, des bras et des oreilles. Sauf que les hommes aussi. Mais elles sont, elles, douces, accommodantes, menues et d'une sensibilité raffinée, — elles aiment faire du shopping. J'ai fait le tour de tous ces stéréotypes, et les ai rejetés l'un après l'autre. Au fond, ai-je conclu, une seule caractéristique distingue l'homme de la femme. Le trou. Il est aussi sombre qu'étrange, tout à la fois fascinant et inquiétant, — comme cette entrée interdite de Chez Grace et Rubie. La naissance et la maternité, ai-je encore pensé. La gueule du mystère.

J'ai aussi parcouru une lettre que Rubie avait adressée à un certain Jack. Cette lettre a été reconstituée à partir de trente-deux bouts de papier déterrés dans les poubelles entreposées derrière le restaurant de dames. « Je t'aime et tu me manques, dit en partie ce document, mais je ne peux pas continuer à te voir. C'est ici que sont mes responsabilités. Non, je n'ai pas oublié la nuit à la plage, la nuit dans le parc, la nuit dans la cabane, la nuit dans le train, la nuit à la cathédrale Saint-Patrick… pour moi, ces souvenirs comptent parmi les plus chers. Mais tout est fini entre nous. C'est ici que je suis. Un gouffre nous sépare. C'est à Grace que je le dois. Prends bien soin de toi et de ton nez renversant. Bises, R ». Cette lettre me dérange. De la même façon que me dérange ce restaurant de dames. Tout n'y est que secrets, que secrets étouffants. Et moi, je veux être admis partout.

VIII

La vendeuse du grand magasin m'a demandé la taille de ma femme. J'ai hésité. « Elle est grande, lui ai-je répondu. A peu près aussi grande que moi. » La vendeuse m'a aidé à choisir un pantalon en polyester rose, un soutien-gorge assorti et des collants grande taille. Avant de quitter le magasin, j'ai aussi fait le tour du rayon chaussures et du secteur comestiques. A ce dernier j'ai récité une liste : vernis, fard à joues, fard à paupières (*crème*[1], pâte et stick), mascara, eye-liner, fond de teint translucide, vernis à ongles (nacré rose), cils en pointes, somptueux rouge à lèvres mandarine, pince à épiler, un flacon de « My sin » et le dernier numéro de « Be Beautiful[2] ». Au rayon chaussures, j'ai pris une grande taille.

IX

Au bout de quinze jours de travaux de terrassement, de brossage, de frottage et d'essuyage, ma figure était enfin passable. Peu raffinée, certes, — cela tenait du masque luisant des danseuses seins nus —, mais passable. Et mes cheveux, que je travaillais au rouleau et peignais en boucles qui me retombaient sur les épaules, étaient à deux doigts de faire la mode. Je n'avais rien d'une beauté, mais je n'étais pas un cageot non plus.

Je franchis le portail, remontai l'allée en me dandinant et trouvai ma cadence de déhanchement. Des bracelets tintaient à mes poignets, des bagues jetaient des éclairs à mes doigts. Haut des marches, porte de devant, entrée qui flanque la claustrophobie. Mouvements fluides, soyeux, sous-pieds qui glissent sur ma peau tels vents sur l'eau. Entrée en scène, première, gonflé à bloc pour le spectacle. Sauf que là, j'eus un sacré choc : une de mes motardes allumait un cigare au bout du couloir. Je jetai la tête en arrière et passai à côté d'elle en me rengorgeant. Nos épaules se frôlèrent. Elle me sourit.

— Hé, me souffla-t-elle, salut !

D'un pas je la doublai et entrai dans la pièce interdite.

Sombre. Eclairée à la bougie. Il y avait des tables, des box, des canapés et des chaises longues. Plantes vertes, tentures, tapis, lambris. Femmes. Je reculai. Puis sentis une main me prendre le coude. C'était la motarde.

— Je te paie un verre ?

---

1. En français dans le texte. *(N.d.T.)*
2. Soit « Mon péché » et « Sois belle ». *(N.d.T.)*

Je secouai la tête et me demandai ce que j'allais faire de ma voix. Fausset ? Chuchotement rauque ?

— Allez, quoi ! insista-t-elle. Détends-toi. C'est la première fois que tu viens, non ? T'as besoin de quelqu'un qui te montre.

Elle me pinça le coude et me poussa dans un box à l'autre bout de la salle, — bancs en bois comme à l'église. Je me glissai dans le coin, elle se posa à côté de moi. Bientôt je sentis sa cuisse contre la mienne.

— Ecoute, lui dis-je en optant pour le chuchotement rauque, je préférerais être seule…

Soudain, là, Rubie nous regardait de haut.

— Vous prenez quelque chose ? nous demanda-t-elle.

La motarde commanda un Jack Daniel's on the rocks. J'avais envie d'une bière, mais je choisis un lever de soleil[1].

— Vous voulez la carte ? ajouta Rubie.

Elle portait un tablier en cuir et, l'épaule ronde, paraissait plus mince. Fouettée, me dis-je. Elle avait les oreilles décollées et les cheveux hérissés. Elle ressemblait à un petit scout. A Oliver Twist.

— Oui, s'il vous plaît, lui répondis-je, la voix râpeuse.

Elle me regarda.

— C'est la première fois que vous venez ?

J'acquiesçai d'un signe de tête.

Elle pécha quelque chose, — une carte couleur lavande —, dans une poche de son tablier.

— Tenez… votre carte. C'est vingt-cinq cents pour être membre à vie. Je vous la mets sur la note ?

J'acquiesçai de nouveau. Et la suivis des yeux lorsqu'elle s'éloigna à pas feutrés.

La motarde se tourna vers moi.

— Ann Jenks, dit-elle en me tendant la main.

Je me figeai. Un nom, vite, vite. Je n'y avais pas pensé. Je fis semblant d'étudier la carte. La motarde resta la main en l'air.

— Ann Jenks, répéta-t-elle.

— Valerie, murmurai-je et je lui serrai presque la main.

De fait, je ne lui tendis que deux doigts, — grande dame. Elle me les pinça, se frotta le pouce sur les phalanges et me regarda dans les yeux.

---

1. Cocktail à base de tequila et de jus de fruits. *(N.d.T.)*

Rubie arriva avec nos commandes.

— Santé ! dit Ann Jenks.

Je descendis ma libation comme si c'était du miel à l'eau.

Une heure et demie plus tard, j'étais bien raide plâtré et commençais à me sentir un peu trop sûr de moi. Là j'étais, dans le sein même, dans l'omphale de la féminité furtive, — cliente privilégiée du restaurant de dames, membre du club et qui en connaissait les secrets les plus intimes. Je sirotai mon verre et embrassai la scène. Là elles étaient, et toutes étaient des femmes, à mastiquer, boire, digérer, bavarder, pouffer, croiser et décroiser les jambes. Sans chaussures, les pieds sur la table ou la chaise. A fumer des cigarettes, expédier des éclairs de lumière avec l'argenterie, à battre le rythme de la musique avec le pied. Des femmes entre elles. Je baignais dans leurs doux bavardages, dans leurs chants mélodieux, dans leurs rires en boucles de cheveux qui retombent. J'allumai une cigarette et souris. Plus question de libérer Rubie comme dans un conte de fées, — oh que non ! J'étais au paradis.

Sous la table, dans le noir, Ann Jenks me massait le genou du bout des doigts.

J'étudiai son visage tandis qu'elle me parlait, — comme un bourdon, elle marmonnait des trucs sur l'éveil de la conscience, le rejet des mœurs d'une société corsetée et le terrorisme féministe. Elle avait les pommettes hautes et les joues pleines de cratères. Plats sur le dessus, ses cheveux filaient droit sur ses oreilles, comme les ailes d'un canard. Les yeux étaient noirs, la bouche petite et mal dégrossie. J'écrasai mon mégot de cigarette, glissai ma main sous sa veste et lui pinçai le sein. Puis je lui enfonçai ma langue dans la bouche.

— Hé, dit-elle, on y va ?

Je lui demandai de me payer encore un verre. Lorsqu'elle se leva, je sortis du box et cherchai les toilettes des yeux. La situation était moyennement critique : six « couchers de soleil » à la tequila plus la *carafe* [1] de vin bue au repas m'arrachaient les organes vitaux. Je réprimai l'envie que j'avais de me l'empoigner fort.

Il y avait des plantes partout. Et derrière les plantes, des

1. En français dans le texte. *(N.d.T.)*

femmes. Je passai devant l'Orientale et deux femmes-au-foyer/*divorcées*[1] dans un box, une nonne sur un canapé, une nana à cheveux blancs et sa fille. Puis je repérai l'unijambiste qui, en se déhanchant façon effeuilleuse, se faufilait par une porte adjacente à la cuisine. Je la suivis.

Les toilettes étaient roses, et moquettées ; dessus de comptoirs en faux marbre, glaces éclairées par des floods, trois cabines. Grace sortait de celle du milieu lorsque j'entrai dans la salle. Elle me sourit. Je lui rendis son sourire, gentiment, la vessie en feu. Puis je me ruai dans la cabine, me battis avec ma fermeture Eclair de côté, déchirai ma culotte en soie et oubliai de m'asseoir. Et pissai, longuement et fort. A la poivrot. Etudiai les graffiti, — de femmes. Je ris, tirai la chasse et me retournai pour partir. Mais il y avait un hic, — sous la forme d'une tête qu'on avait passée par-dessus la porte de la cabine. Les yeux y fulminaient. Grace, l'imposante.

Je haussai les épaules et lui montrai les paumes de mes mains. Grace prit la tête d'un bourreau aztèque. Ce coup-là, on ne ferait pas de quartier. Je me sentis mal. Et soudain mon épaule défonça la porte comme la boule du démolisseur, Grace allant atterrir dans le lavabo tandis que l'unijambiste se mettait à bredouiller des trucs incompréhensibles dans la cabine d'à côté. La porte, la cuisine, je fonce entre des fourneaux, puanteur de la bouffe qui cuit, des déchets, des assiettes graisseuses, une porte-moustiquaire tout au bout, mes bretelles qui glissent, mon soutien-gorge qui fait le tour de ma poitrine, derrière moi Grace qui hurle comme un tueur, ARRETEZ-LE ! ARRETEZ-LE ! et là, devant moi, un sac poubelle plein à la main, Rubie, Rubie la petite fée.

Le temps s'arrêta. Je regardai Rubie droit dans les yeux, le souffle haché, je l'implorai, là, à un mètre cinquante de moi. Elle laissa tomber ses ordures. Puis elle baissa la tête et l'épaule droite, et me rentra dans les genoux comme un arrière de football américain. Je dégringolai. Tête la première dans le marc de café et les coquilles d'œufs. Les bras blancs de Rubie se refermèrent comme des fers autour de mes jambes et de ma volonté.

---

1. En français dans le texte. *(N.d.T.)*

X

Oui, j'ai pénétré dans le restaurant de dames, mais, de fait, cela n'est pas allé beaucoup plus loin qu'un viol. On ne m'y a voué aucune sympathie, je n'y avais pas ma place, — pourquoi me raconterais-je des histoires ? C'est vrai que j'en ai une carte de membre à vie et que, pendant quelques heures au moins, je n'en fus pas un client inacceptable. Mais cela ne suffit pas. Je ne suis pas satisfait. L'obsession grandit en moi, enfle, est devenue insatiable depuis qu'elle a connu un début de réalisation. Avant la fin je la comblerai, entièrement. J'ai un plan.

Pour l'instant néanmoins, je n'ai toujours pas réussi à obtenir la liberté sous caution. Bris de clôture (d'après Rubie, je serais entré pour les voler, ce qui, à sa façon, n'est pas faux, j'imagine) et agression (Grace a exhibé les bleus qu'elle a aux tibias et au larynx, endroits où la porte de la cabine lui est rentrée dedans). Liberté avec mise à l'épreuve, sans doute. Peut-être une amende. Peut-être même un bilan psychiatrique.

Les flics se montrent peu coopératifs, voire antagonistes. Plaisanteries malveillantes, mauvais tours, sarcasmes, faces suantes et rougeaudes à mes barreaux nuit et jour. Il y a même eu des brutalités. Assez bizarrement, — en réaction à leurs moqueries, qui sait ? —, j'en viens à me sentir bien dans ces vêtements. Une chemise, un pantalon, des chaussettes et des chaussures, on m'a offert tout ça, mais je les ai refusés. Evidemment, mes habits commencent à devenir grumeleux, mon maquillage est à faire peur et mes cheveux ont perdu leurs ondulations, mais quand même… les flics, je les brave.

En travesti. J'aime bien l'expression. L'impression aussi. Et, comme je l'ai dit, j'ai un plan. La prochaine fois que je franchirai les portes à rideaux de Chez Grace et Rubie, il n'y aura plus de dissimulation. C'est nonchalamment que j'entrerai et oui, je serai à ma place. C'est en initié que je me renverserai en arrière dans mon fauteuil et m'imprégnerai de ce mystère, me nourrirai de la miellée, boirai le lait du paradis. Il y a des chirurgiens qui le garantissent.

Après tout, c'est un restaurant de dames.

L'espoir grandit

J'avais amené mon dos en feu chez mon beau-frère, le médecin, il m'avait examiné et fait passer quelques radios, il m'assit de force sur une chaise. Par la fenêtre de son cabinet je contemplai les premiers signes du printemps, — le bourgeon qui, fruste, couronne le rameau, les chatons sur le saule au bord du marais, le rouge-gorge solitaire qui remue l'herbe raide —, et me sentis le cœur luxurieux et l'âme philosophique. Mon dos me donnait l'impression de tremper dans un bain d'acide de batterie de voiture et de sauce piquante version Louisiane ? Et alors ! Dehors, il y avait de la vie et cette vie était riche et feuillue, planète entière qui débordait de possibilités. C'était le printemps, l'heure était venue de se réveiller et de danser la gigue de l'existence.

Mon beau-frère avait cessé de tripoter sa barbe démodée et de faire monter et descendre ses lunettes sur l'arête de son nez. Il s'éclaircit la gorge.

— Ecoute, Peter, dit-il, l'accent salvateur et la voix melliflue, ça fait longtemps que nous nous connaissons, n'est-ce pas ?

Une centaine de blagues éculées se pressèrent à mes lèvres, mais je me contentai de sourire en hochant la tête.

— Nous sommes même intimes, non ?

Je lui rappelai qu'il avait épousé ma sœur et engendré ma nièce et mon neveu.

— Oui, bon, d'accord, reconnut-il. Maintenant que nous l'avons établi, je crois pouvoir te révéler le premier axiome caché de la cabale médicale.

Titre original : « Hopes rise », publié par *Harper's*, repris dans le recueil *Poem Without a Hero* (Histoires sans héros, traduction de Robert Pépin, Grasset, 1996).

Je me penchai en avant, une douleur féroce m'agrippant le bas de la colonne tel ratier secouant sa proie entre ses dents. Sur la pelouse, le rouge-gorge battit des ailes, le pauvre, et fut emporté par la brise.

Mon beau-frère prolongea l'instant, puis, articulant avec soin, il me dit :

— Toute blessure qu'on se fait avant vingt et un ans, à une ou deux années près, se résorbe en vingt-quatre heures. Passé vingt et un ans, elle ne disparaît qu'à la tombe.

Je hurlai si fort de rire que mon ratier imaginaire me rentra aussitôt ses griffes dans les chairs. Je grimaçai de douleur.

— Et le deuxième ? demandai-je.

Il me regardait en souriant, me donnant en merveilleux spectacle toutes ses dents blanches, égales et orthodontiquement assistées.

— Le deuxième quoi ? dit-il.

— Axiome, lui répondis-je. Le deuxième axiome de la cabale médicale.

Il fit un geste vague de la main. L'axiome était broutille.

— Oh… ça ? dit-il en repoussant ses lunettes sur son nez. Il n'a vraiment rien de secret, tu sais… plus aujourd'hui. Enfin, je veux dire… c'est ce que disaient autrefois les hommes de l'art à leurs épouses, à leurs enfants et à leurs beaux-frères… non, leurs beaux-frères, je ne sais pas. Toujours est-il que le voici : « Du repos et beaucoup de liquides. »

Cette fois, mon rire fut tout tronqué, coupé net comme sous le tranchant de la guillotine.

— Et mon dos ?

— Du repos, répéta-t-il, et beaucoup de liquides.

La douleur ne m'avait pas quitté. Certes, elle s'était adoucie un rien lorsque mon ratier avait desserré les dents, mais elle était toujours là.

— On ne pourrait pas parler sérieusement une minute ? lui demandai-je.

Il n'en était pas question. Mon beau-frère n'était jamais sérieux. A l'être, il aurait dû reconnaître que la moitié de l'univers était infirme et rongée par l'arthrite, la dysplasie et l'ostéoporose, et reconnaître encore qu'il y avait bel et bien des nains et des monstres glandulaires, sans parler des légions d'enfants aux jambes arquées qui mouraient de faim dans les rues au moment même où ainsi nous devisions. A l'être, il aurait dû, voilà, reconnaître son impuissance absolue face au pourrissement et au chaos qui dévorent le monde. Il se leva derrière son bureau et me raccompagna à la porte en me tapotant le bras, en beau-frère.

Je m'arrêtai à l'huis, derrière moi la salle d'attente s'ouvrait, béante. J'étais abasourdi : il n'allait rien faire. Rien du tout.

— Mais, mais… bafouillai-je, tu ne me donnes pas quelques pilules ? Au moins ça ?

Il continua de sourire, — impeccable, ce sourire, pas même un tremblement ne secoua sa lèvre barbue —, et ça, que je l'aimai ! Il n'avait pas mal au dos, lui, et ses genoux allaient on ne peut mieux.

— Peter, reprit-il d'une voix où pétillait l'admonition, il n'est point de pilule magique… tu devrais le savoir.

Je ne le savais pas. Je voulais de la codéine, de la morphine, de l'héroïne ; je voulais que la douleur s'en aille.

— Médecin, ululai-je, soigne-toi toi-même !

Et je pivotai sur les talons et, tout repu de ma belle repartie, rentrai presque dans un petit bout de femme ratatinée qui, telle l'araignée, était suspendue au cœur d'une toile de béquilles en aluminium, de poulies et de roues à cliquets.

— Tu vois toujours Adrian ? me lança-t-il alors que, jouant l'évitement, je gagnais la sortie.

Mon manteau (coup de poignard), mon écharpe (frisson dans l'avant-bras). Puis les gants, la porte, le vent, et la tricherie toute nue du printemps.

— Non, parce que je me disais, reprit l'homme qui guérissait, je me disais qu'on pourrait peut-être se faire quelques doubles sur mon court de tennis.

La porte qui claque dans un bruit de tonnerre, la voix toute pincée par la distance, un pan de chêne bien imperméable qui s'interpose, et ceci :

— On dit samedi ? Non ?

De retour chez moi, je me coulai dans mon fauteuil et, un carré chauffant au bas du dos, appuyai sur la touche messages de mon répondeur. Essoufflée, tendue à craquer, la voix d'Adrian me sauta dessus, toute *Angst* existentielle dehors, déchira le train-train basse fréquence de mes soucis quotidiens.

— Les grenouilles disparaissent. Dans le monde entier. Les grenouilles ! Non, mais… tu te rends compte ?

S'ensuivit une pause.

— Ça fait penser au canari qui meurt au fond de la mine… c'est la première semonce, le signe avant-coureur. L'apocalypse est là, ici et maintenant, et nous sommes condamnés. Tu me rappelles ?

Adrian et moi nous fréquentions depuis onze ans. Nous faisions les commissions ensemble, nous allions au cinéma, au concert, au musée, nous dînions en tête à tête trois ou quatre soirs par semaine, nous parlions des heures entières au téléphone. Les premières années, les feux de l'amour nous consumant, nous passions souvent la nuit ensemble, mais notre relation ayant mûri, nous en étions venus à respecter de plus en plus fortement nos espaces privés. Nous avions aussi parlé mariage, au début, — essentiellement sous l'influence de parents, d'amis et de connaissances empêtrés dans leurs prêts hypothécaires et les obligations de leurs services de livraison de couches à domicile —, mais nous nous étions dit que non, point nous ne voulions nous ruer, surtout dans un monde qui filait droit au désastre écologique, fiscal et microbien. Mais l'idée courait toujours.

Je composai son numéro et tombai sur son répondeur. J'attendis qu'elle ait fini de chanter les trois premiers couplets d' « En avant, soldats du Christ », — la plaisanterie de la semaine —, puis je lui laissai mon message, savoir, en gros : « Je t'ai rappelée. Tu me rappelles ? » J'essayais encore de trouver une chute piquante à l'affaire lorsqu'elle décrocha :

— Peter ?

— Non, ici Liberace ressuscité d'entre les morts.

— Dis, t'as entendu… pour les grenouilles ?

— Oui, j'ai entendu pour les grenouilles. Et mon dos, t'as entendu causer ?

— Que dit Jerry ?

— Du repos et beaucoup de liquides.

Elle se marra énormément à l'autre bout du fil. Gargouillis et renâclements, son rire était singulier et ressemblait aux râles du cheval qui meurt d'emphysème. C'était deux jours plus tôt qu'en descendant à la cave un plein carton de livres datant de mes années de fac, je m'étais déchiré tout ce qu'il est possible de déchirer dans un dos d'homme et m'étais soudain demandé s'il convenait vraiment que je continue à garder mon exemplaire, en parfait état, de *La Corse agraire de 800 avant J.-C. à nos jours*.

— Ce n'est donc pas si grave que ça ! reprit-elle, ses ricanements et crachouillis montant d'un cran avant de s'arrêter net.

— Pour toi peut-être, lui renvoyai-je. Ou pour Jerry. Mais moi, je n'arrive plus à lacer mes chaussures.

— Je t'achèterai des mocassins.

— Tu me gâtes ! Tu m'en trouves en peau de grenouille ?

Silence au bout de la ligne.

— Ce n'est pas drôle, dit-elle enfin. Les grenouilles, les crapauds et les salamandres sont des maillons essentiels de la chaîne alimentaire… et je t'en prie, pas de blagues sur les cuisses de grenouilles. Et donc, personne ne sait ce qui leur arrive, à tous ces animaux. Ils sont en train de disparaître, pouf, comme ça.

Je réfléchis un instant à la disparition des grenouilles et tentai de relier ce phénomène à la question de mon dos en capilotade. Et alors, presque je les vis, ces grenouilles, trapues, la patte longue, l'œil qui globule et la peau gluante de mucus. Je me souvins qu'enfant, je les traquais avec mon arc mal tendu et mes flèches émoussées et me rappelai celles qui, au printemps, maladroites et les membres empêtrés dans leurs longs sacs d'œufs, tentaient de m'échapper. Les grenouilles. Soudain je succombai à la nostalgie : que serait donc notre monde sans elles ?

— J'espère que tu es libre ce week-end, me dit Adrian.

— Libre ? répétai-je sans m'engager.

Déchirant d'un coup le fin tégument de ma peau et de mes fibres musculaires, la prémonition me poignarda jusqu'à l'échine.

— Pourquoi ?

— Parce que j'ai pris les billets.

Mon souffle se fit rauque à mes oreilles. Pas question de chercher à savoir. Stoïque, je respirai fort et attendis le *dénouement*[1].

— Nous allons à une conférence. A l'Université de New York. Sixième Congrès International d'Herpéto-Batrachiologie.

Je n'aurais pas dû poser la question, mais la posai quand même :

— Le Sixième Congrès de quoi ?

— Des histoires de grenouilles et de serpents, m'expliqua-t-elle.

Ce samedi-là, au matin, nous prîmes le train pour Manhattan. J'avais apporté quelque chose à feuilleter pendant le trajet, un truc qui, antique et bien écorné, s'intitulait *Le Grand Livre de la grenouille*. J'en avais repêché le volume sur une étagère particulièrement nue de la section Grenouilles et Crapauds de ma bibliothèque locale. Tous ces vides sur les rayons m'avaient si fort interpellé que je m'étais demandé ce que cela pouvait signifier pour l'avenir desdites espèces et familles zoologiques. Adrian n'était manifestement pas la seule à s'inquiéter de ce que, tête la première, la grenouille fonçât à l'extinction. Ou alors c'était des élèves de sixième auxquels on avait demandé de faire un compte rendu de lecture sur les amphibiens. Je n'en étais pas certain, mais n'en avais pas moins sorti l'ouvrage.

Mon dos s'était calmé, — en bas, il me serrait bien encore un peu et, en haut, il y avait nettement constriction, mais rien qui approchât des coups de couteau auxquels j'avais été soumis quelques jours auparavant. Précaution supplémentaire, j'avais emporté un coussin recouvert de Naugahyde afin de protéger mes vertèbres violentées des secousses et soubresauts du train de banlieue. Vautrée à côté de moi, la jambe longue et repliée de travers et la nuque courbée par la concentration, Adrian relisait *Mansfield Park*, — pour la vingt-troisième fois de son propre aveu. Elle donnait certes un cours sur les romans de Jane

1. En français dans le texte. *(N.d.T.)*

Austen à l'Université Bard, mais je ne comprenais toujours pas comment elle pouvait supporter de lire et relire les mêmes livres semestre après semestre, année après année. Pour moi, cela tenait de la condamnation à perpète.

— C'est vraiment la vingt-troisième fois ? lui demandai-je.

Elle leva les yeux de dessus son ouvrage, j'y vis briller les éclats d'un monde disparu.

— Non. C'est la vingt-quatrième.

— Tu ne m'avais pas dit que c'était la vingt-troisième ?

— Je te parle relecture, m'assena-t-elle. La première fois, ce n'est pas de la relecture. La première fois, on lit. C'est comme les anniversaires… il faut avoir vécu un an pour les avoir.

Sa logique était irréfutable. Je contemplai les vastes étendues grises et sans grenouilles de l'Hudson, puis me remis à mon livre : « Le cri explosif de la grenouille verte monte de l'eau peu profonde, les ronrons et les trilles de la grenouille arboricole s'élèvent d'un endroit impossible à localiser. Mais écoutez ! La berceuse du crapaud se fait entendre dans la marge lointaine, et plus douce elle est que toute autre hormis celle, à deux notes, de la mésange printanière. Jamais nous n'aurions cru que c'était l'appel d'un crapaud si nous ne l'avions pas entendu en ce premier mai. » Je continuai d'apprendre des choses sur la vie amoureuse du crapaud jusqu'au moment où nous nous enfonçâmes dans les ténèbres de la 97e Rue. Alors seulement j'accordai quelque repos à mes yeux. Au début de nos amours, Adrian et moi aurions fait assaut de mots d'esprit et de portraits assassins de nos compagnons de voyage jusqu'au terminus, mais au stade où nous en étions, nous n'avions même plus besoin de parler, enfin… pas vraiment. La parlote, nous avions dépassé.

C'eût pu être un de ces matins dorés où la lumière délicate du printemps est grosse de toutes les chaleurs et urgences de la saison, un matin où l'abeille fait du surplace, où le bourgeon éclôt, où l'air est doux et triomphant, mais ce ne l'était point. Nous prîmes un taxi et descendîmes Park Avenue sous une pluie battante et glacée d'hiver, puis nous grimpâmes, en frissonnant beaucoup, deux volées de marches qui nous conduisirent dans un grand hall plein de courants d'air. Là, un chauve en pull-over à col roulé haranguait les foules sur la mue du crapaud géant de Sumatra. J'en eus le vertige : on parlait crapauds et grenouilles !

J'allais pouvoir le reprocher à Adrian, ou menacer de le faire, pendant un bon mois. Voire deux. Pendant les deux heures bien mornes et stupéfiantes qui s'écoulèrent alors, je lui plantai de grands coups de coude dans les côtes. Nous eûmes droit à une monographie en règle sur le régime alimentaire et l'anatomie du *Discoglossus nigriventer*, qui est la grenouille peinte d'Israël, suivi d'un exposé sur certaine toxine sécrétée par la grenouille dite « flèche empoisonnée » du Costa Rica, mais rien sur leurs chances de survie dans la décennie qui s'annonçait. Adrian s'enfonça son béret vert jusque sur les sourcils. Je la surpris en train de bâiller. Au bout d'un moment, mes paupières s'alourdirent.

Quelques applaudissements secs ayant crépité ici et là dans la salle lorsque l'homme à la flèche empoisonnée avait lâché son estrade, je sortis de la boue de mes rêves. Je me levai et applaudis à mon tour, faiblement. Déjà je me penchais vers Adrian pour lui souffler les mots « dim sum » à l'oreille, — cela la ferait certainement bouger et, quand même, il était plus d'une heure de l'après-midi et nous n'avions toujours rien mangé —, lorsque l'air sauvage, la bouclette blonde et le verre de lunette teinté, un deuxième orateur s'empara du microphone.

— Bonjour à tous, lança-t-il d'une voix sans timbre qui s'en fut aussitôt frissonner dans les haut-parleurs tandis qu'un étrange sourire se dessinait sur ses lèvres.

Il portait un imperméable chiffonné par-dessus un T-shirt où l'on voyait un énorme crapaud en train de happer un insecte avec sa langue. D'après le programme, l'intervenant s'appelait B. Reid et travaillait à l'Université de Californie, campus de Berkeley. L'espace d'un instant, fort long, il resta là sans remuer et, tout son corps tassé au-dessus du micro, se contenta de nous fixer du regard derrière ses lunettes de soleil aux verres teintés de bleu.

Quelqu'un toussa. Dans la salle, le silence était si profond que je perçus distinctement le bruissement de la pluie au-dehors.

— Nous avons eu le privilège d'entendre quelques communications aussi troublantes que stimulantes pour l'esprit, reprit-il enfin.

Et, toujours sans remuer un seul muscle, hormis ceux de ses lèvres, il ajouta :

— Ces communications ayant eu pour brillant objet une

recherche aussi minutieuse que fébrile et cruciale pour la science et notre accès à la connaissance, je tiens à remercier ici les professeurs Abercrombie et Wouzatslav pour leur beau travail, mais aimerais aussi vous poser cette question : verrons-nous jamais une Septième Conférence Annuelle et Internationale d'Herpéto-Batrachiologie ? Y en aura-t-il une huitième ? Notre discipline existera-t-elle encore ? Y aura-t-il encore, oui, des batrachiologues ? Mesdames et Messieurs ici présents, cessons de nous cacher derrière les mots : y aura-t-il seulement encore des grenouilles ?

Un murmure s'éleva. Ma voisine, et elle était elle-même passablement gigantesque et amphibienne d'aspect, s'agita sur son siège : l'inquiétude. Faible et lointaine, une douleur bourdonna dans les soubassements de mon dos cependant que dans mon cou des picotements me prenaient : c'était bien pour cela que nous étions venus.

— Le Cameroun, disait maintenant B. Reid d'une voix cassante comme feuilles mortes, l'Equateur, Bornéo, les Andes et les Alpes ! Où que l'œil se porte, la grenouille et le crapaud disparaissent et, telle une plaie d'Egypte, l'extinction menace, faisant de cette nôtre planète un lieu plus pauvre et plus minable. Et qu'est-ce en vérité ? Qu'avons-nous fait ? Les pluies acides ? La couche d'ozone ? Quelque poison que nous n'aurions point encore identifié ? Mesdames et Messieurs, grinça-t-il derechef, aujourd'hui ce sont les grenouilles, demain ce seront les biologistes... un jour, et nous ne nous en serons même pas rendu compte, nos allées marchandes seront vides, nos autoroutes désertes, et nos mares, marais et rivières muets à jamais. C'est de suicide qu'il s'agit, de suicide !

Et s'étant ainsi écrié, il imprima un mouvement tellement méduséen à ses bouclettes que toutes elles lui battirent le chef ainsi que serpents.

— La fin est proche, conclut-il, et vous ne le voyez pas !

Tout un chacun en resta cloué sur sa chaise. On ne soufflait mot. Je n'osai même pas regarder Adrian.

— *Bufo canorus*, reprit-il soudain en baissant encore la voix, et dans sa bouche ces deux mots étaient prière, bénédiction et avis de décès. Vous savez tous les recherches que je menai jadis dans le Parc de Yosemite. Six ans que je leur consacrai ! Six années que je passai à ramper dans la boue, à respirer l'émanation du marais, à combattre la sangsue, la tique et le reste ! Et qu'en retirai-je ? Qu'en retira le crapaud de Yosemite ? L'extinction ! Voilà ce qu'il en retira ! Ils ont tous disparu ! Rayés de la planète !

Il marqua un temps d'arrêt pour reprendre des forces.

— Et que dire de ces grenouilles-léopards albinos découvertes par le professeur Richard Wassersug en Nouvelle-Ecosse ? Que dire de ces blancs têtards ? Car il n'y avait rien d'autre. De quelle mutation s'agissait-il encore ?

Raide de passion et lourde de mille sonnants tocsins, sa voix déchirait les haut-parleurs.

— Je vais vous le dire, moi : il s'agissait d'une mutation fatale. Fa-ta-le. Un an plus tard, il n'en restait plus rien.

J'avais la figure en feu. Soudain, j'eus l'impression que mon dos grouillait de fourmis rouges, que brûlant sous des pluies incandescentes, il reculait devant un lasso de flammes. Je regardai Adrian et ses yeux étaient fous, étaient panique pure, champ de blancheurs étranglées dans un fin lacis de veines. Nous étions venus sur un coup de tête et voilà que, nue, la vérité nous regardait en face : nous n'étions pas immortels. Alors je voulus pleurer la grenouille, le crapaud, la salamandre et mon pauvre moi sans liens ni racines.

Mais nous n'en avions pas fini. B. Reid se tirebouchonna les traits, rejeta la tête en arrière et plongea la main dans la grande poche de son imperméable. Une seconde plus tard, son poing serré en ressortait et se dressait en l'air. J'y aperçus une chose sombre et avachie, — une lanière de bœuf séché ? me demandai-je —, une boule de tissus d'où la vie avait filé.

— Le crapaud du Costa Rica ! s'écria-t-il, le ton sauvagement déclamatoire et policé. *Requiescat in pace !*

Ma voisine réprima un hoquet. Au fond de la salle, un cri monta. Des chaises grincèrent lorsqu'ici et là on se dressa d'un bond sur ses pieds.

B. Reid fouilla dans la poche intérieure de son vêtement et en sortit un autre cadavre qu'il brandit :

— *Atelopus zeteki*, ou crapaud tacheté du Pérou ! *Requiescat in pace !*

Douleurs et lamentations.

— *Rana marina! Requiescat in pace!* La grenouille du roseau de Gambie! *Requiescat in pace!*

B. Reid levait ses choses mortes devant lui comme s'il exorcisait des démons. Sa voix déjà n'était plus rien. Lentement, douloureusement il secouait la tête, les tortillons de ses cheveux lui retombant sur la figure ainsi qu'un linceul.

— Inutile de descendre jusqu'au Pérou, en Gambie ou au Costa Rica, dit-il enfin tandis qu'autour de lui les cris montaient et mouraient, ce sont là…

Et sa voix se brisant, il lança :

— … les derniers. Les derniers de leur espèce.

Le lendemain étant l'anniversaire de ma sœur Charlene, je l'avais invitée à dîner chez moi avec Jerry et ses enfants bien que je n'en eusse guère envie après l'exposé de B. Reid. Dans ma tête, et je ne pouvais rien y faire, la salle de conférences était encore antichambre de la mort où la voix rauque du professeur lentement s'éteignait. Hébétés jusqu'au mutisme et nos craintes les plus profondes concrétisées dans ces sinistres lambeaux de chair batracienne, Adrian et moi étions partis dès qu'il était descendu du podium et avions fendu la foule des savants abattus et des amateurs de crapauds désolés pour retrouver la pluie du dehors. Le monde sentait le pétrole, l'acide et le soufre, les arbres étaient tordus et infirmes et la rue débordait d'une humanité aussi laide qu'insouciante. Nous avions pris un taxi et nous étions rendus tout droit à la Gare de Grand Central. Ni l'un ni l'autre nous n'avions assez d'estomac pour déjeuner après ce que nous avions subi et, incapables d'ouvrir la bouche pendant tout le trajet, nous étions restés silencieux, Adrian serrant Jane Austen sur son cœur tandis qu'inlassablement je tournais et retournais mon *Grand Livre de la grenouille* entre les mains. A chaque soubresaut du train de la Hudson Line, c'était un épieu embrasé qui me rentrait dans le bas du dos.

Le lendemain matin, je songeais à appeler Charlene pour lui dire que j'étais patraque, mais la culpabilité me rongeait : pourquoi bousiller l'anniversaire de ma sœur pour la seule et unique raison que la planète entière courait au désastre? Lorsque, sur le coup de dix heures, et comme si de rien n'était, Adrian se pointa avec trois sacs de provisions, j'avalai deux cachets d'aspirine, me ceignis d'un tablier et commençai à pulvériser du pois chiche.

Dans l'ensemble, l'après-midi fut agréable. La pluie continuant de tomber à verse, nous fîmes du feu dans la cheminée de la salle à manger et laissâmes la porte de la cuisine ouverte pendant que nous préparions le repas. Adrian trouva de la musique de chambre à la radio et, elle en pétrissant de la pâte à pita et moi en ajoutant du beurre de tahini à la purée de pois chiches, en coupant des tomates en tranches et en émincant des oignons, nous nous affairâmes une bouteille de vin à l'appui. Nous ne parlâmes que de choses et d'autres : des cheveux de Frank Sinatra, de la question de savoir si la tomate écrasée est préférable à la tomate cuite entière, des divorces de nos amis, de la peluche qui traîne au fond du tambour de la machine à laver, — il fallait, nous le sentions bien, se tenir à l'écart de la question ô combien fatale qui nous brûlait la cervelle. Aimable, tranquille et domestique, l'après-midi le fut tout ensemble. Le vin conspirant avec l'aspirine, au bout d'un moment le nœud que j'avais dans les reins commença à se desserrer.

Jerry, Charlene et les enfants arrivèrent tôt, je servis le hommos et la pita pendant qu'Adrian faisait braiser des morceaux de chèvre dans une grande poêle en fonte noire qu'elle avait apportée de chez elle. Nous en étions à notre deuxième verre, et Jay et Nayeli, mon neveu et ma nièce, jouaient à attraper l'eau glacée qui dégoulinait des poutres de la véranda, lorsque, s'étant laissée choir dans un fauteuil en face de Jerry, Adrian prit sa voix de clairon pour lui annoncer que les grenouilles étaient en voie d'extinction.

L'information parut le surprendre. D'un ton mi-sérieux mi-comique, Charlene et lui étaient alors en train de nous faire l'historique de leur yacht, bâtiment qui, en plus de leur coûter dans les 16 000 dollars de l'heure de mer, avait eu, grâce à Jerry, le malheur d'éperonner un yacht nettement plus gros que lui lors de son voyage inaugural, juste à la sortie du port. Tous deux s'arrêtèrent de parler pour dévisager Adrian. Jerry enfin esquissa un sourire.

— Que dites-vous ?

Adrian sentait l'ail et la chèvre. Elle avait de grands yeux et un corps élancé où s'attachaient des jambes, des pieds et des bras longs et si joliment articulés qu'on les eût pu prendre pour ceux d'une statue. Elle se redressa au bord de son fauteuil et y alla d'un sourire timide.

— Les grenouilles, répéta-t-elle. Et les crapauds. Il y a quelque chose qui les tue dans le monde entier, de l'Alaska jusqu'à l'Afrique. Peter et moi sommes allés à une conférence. Hier.

— Les grenouilles ? dit encore une fois Jerry en se frottant l'arête du nez.

Pleinement épanoui, et il l'était enfin, son sourire valait le détour. Ma sœur, qui avait le nez et le pourtour des yeux de feu notre mère, eut un petit cri d'amusement.

Adrian sembla douter. Elle se fendit d'une version abrégée de son grand rire de cheval et, se tournant vers moi, quêta un signe d'encouragement sur mon visage.

— Ce n'est pas une blague, insistai-je. C'est bel et bien d'extinction qu'il s'agit.

— Il y avait un type, reprit Adrian, et ses mots se ruaient à ses lèvres, un biologiste… le professeur B. Reid… de Berkeley… et il avait plein de grenouilles séchées dans ses poches… Horrible que c'était.

J'entendis la pluie sur le toit, froide, vraiment pas de saison. Nayeli cria quelque chose dans la véranda. Le feu craquait dans l'âtre. Nous nous faisions mal comprendre, je le devinai tout de suite en voyant mon beau-frère, le docteur, prendre bonne note de l'état de notre cerveau dans le carnet d'ordonnances qui lui tient lieu de tête. Pourquoi donc lui racontions-nous tout ça ? Eternel plaisantin, il l'était, et n'arrivait même pas à me sauver le bas du dos, mais allait-il écluser sans broncher la perte de semblables populations et les sempiternelles mort et transfiguration de la vie telle que nous la connaissons ?

Non.

— Vous rigolez ? s'enquit-il au bout d'un moment. Vous croyez donc à toutes ces hystéries d'écolos ?

Son sourire s'étant effacé, il nous gratifia de son air sévère scions-tout-ça-à-la-base.

— Peter, dit-il, Adrian, et chacune de ses syllabes alors s'étira dans le profond et le pédagogique, que les espèces se battent est une donnée de base depuis la nuit des temps. L'extinction est un phénomène naturel, quelque chose à quoi il faut s'attendre : il n'est aucune espèce qui, tôt ou tard, ne s'éteigne. L'espèce humaine pas plus que les autres. Tout change.

Il agita la main, puis se mit à rire parce qu'il valait mieux en rire.

— Si le temps se maintient, reprit-il, je crois qu'on va bientôt se taper une deuxième période glaciaire ! Et alors, qu'adviendra-t-il de vos grenouilles, je vous le demande un peu !

— La question n'est pas là, lui remontrai-je.

— Et les dinosaures, hein ? lança Charlene. Et le mammouth à poil laineux ?

— Sans parler de l'huile de foie de morue[1] et de la saignée ! renchérit mon beau-frère.

On avait retrouvé son sourire. On dominait, et le monde ne se portait pas si mal.

— Tout change, insista-t-il. Les machins, ça avance et ça se modifie… Pourquoi faudrait-il pleurer sur des trucs auxquels on ne peut rien… regretter une espèce d'Eden féerique et dont la moitié de nos écolos ne savent rien ? Ce qui ne signifie pas que je ne sois pas d'accord avec vous…

— Mon Dieu ! s'écria Adrian en bondissant de son fauteuil comme si elle recevait une décharge électrique. La chèvre !

Plus tard dans la soirée, après que tout le monde fut parti, — jusqu'à une Adrian qui était devenue fort câline et, je le crois, aurait volontiers passé la nuit avec moi si je m'étais montré plus enthousiaste —, je me répandis dans mon fauteuil et ouvris le journal pour essayer de me nettoyer l'esprit : purge totale, *tabula rasa*, voilà ce que je voulais. Je me sentais vidé, seul, masse de chairs, d'os et d'organes qui avec mes lointains cousins, la grenouille et le crapaud, inexorablement filait à la tombe. La pluie continuait de dégringoler. Un petit froid s'étant abattu dans la pièce, je constatai que le feu s'était éteint. Dans mon dos un léger pincement se réveilla lorsque je remuai les fesses pour caler mon carré chauffant avant d'entamer ma lecture. Ne me sentant guère

1. Equivalent américain de la poudre de Perlimpinpin. *(N.d.T.)*

d'appétit pour la guerre au Moyen-Orient, le sida, les sans-abri et la rubrique nécrologique, je m'en tins aux critiques de films et aux pages vie quotidienne.

Il se faisait tard, mon cerveau très gentiment commençait à s'endormir, presque j'allais éteindre la lumière et me jeter au lit lorsque je passai à la page des sciences. Un titre m'y tira l'œil :

L'ESPOIR GRANDIT
ALORS QUE DES ESPÈCES NOUVELLES
APPARAISSENT DANS LES VASES CÔTIÈRES

Mais encore ? Je poursuivis ma lecture et découvris que ces espoirs grandissants devaient leur naissance à l'apparition soudaine de vers tubulaires, de clams solens et autres bactéries dans d'anciennes étendues d'eau morte d'un Hudson où, depuis des temps immémoriaux, la ville rejetait ses déchets et ses eaux usées. Mais là, au plus profond de la vase antique, sous les clapotis de la vague sans poisson, il était de la vie et cette vie naissait et prospérait dans un milieu nouveau. Quel espoir ! Fantastique, la nouvelle me souleva.

Des vers tubulaires. Ils rigolaient ?

Un moment ayant passé, je repliai mon journal, trouvai mes pantoufles et me mis au lit avec ce bel espoir qui grandissait.

La semaine qui suivit fut aussi lugubre et inexorable que celle qui lui avait donné naissance en mourant. Mon travail me tuait la cervelle (pour vivre, je déplaçais des nombres sur un écran et jamais encore cette tâche ne m'avait paru à ce point dénuée de sens), six fois par jour au moins mon dos passait de l'agonie qui réduit en cendres à l'absence totale de sensations, et la météo s'obstinait : pas une éclaircie, pas même d'une petite heure. Les cieux étaient bas et couverts de bleus, glaciale, la pluie inlassablement tombait. Dès que j'avais fini mon labeur, je rentrais chez moi et ne répondais pas au téléphone, même lorsque, je le savais bien, c'était Adrian qui m'appelait. Toute la semaine durant, je pensai grenouilles et trépas.

Et puis, dimanche étant arrivé, je m'éveillai au beau milieu d'un déferlement de lumière et soudain redoutai tellement le monde que c'en fut presque palpable. Je me redressai sur mon séant. Mes pieds trouvèrent le plancher. Nu et tremblant, je traversai ma chambre et gagnai la fenêtre où, le cordon de la jalousie ensoleillée dans ma main, je demeurai sans bouger tandis que le changement barométrique me titillait les muscles longs du bas du dos. Enfin je tirai sur le cordon et la lumière se répandit dans la pièce. Une seconde plus tard, je repoussais la jalousie et ouvrais grande ma fenêtre.

Riche et fort, l'air sentait la chose qui renaît, bruissait de tous les bourdonnements de l'abeille perspicace. Gémissements et peurs, craintes reconnues et vide sans nom, tout s'effaçait devant l'hosanna du matin. Je fus Ebenezer Scrooge qui s'éveille le jour de Noël, Lazare ressuscité, Alexandre le Grand découvrant la Thrace. J'ouvris toutes mes fenêtres. Je mangeai un muffin, lus le journal, mis le grand Jean-Sébastien Bach à l'unisson de ce triomphe matinal. Cela montait à la tête et je ne pus y tenir. Pour finir, et c'était aussi imparable que la maladie, les grenouilles et les crapauds me reprirent. A dix heures, j'avais déjà retrouvé ma condition de mortel ordinaire et, le dos en capilotade, glissais à l'oubli.

Ce fut alors qu'au fond de cet abîme, j'eus une idée. Le café avait refroidi dans ma tasse, mon journal était tout fripé, Bach s'était tu sous la tyrannie d'un bras mécanique, soudain ce fut l'inspiration : je m'éjectai de ma chaise comme une fusée. Qui me propulsa jusqu'à la penderie de ma chambre, d'où je sortis mes chaussures de marche, un sweat, ma casquette frappée au sigle des Yankees et une veste en blue-jean, puis encore jusqu'à l'armoire à pharmacie, où je repêchai ma pommade contre les tiques et un vieil aérosol de la marque Off ! J'appelai Adrian.

— Adrian ! dis-je. Mon cœur, mon amour…

Elle avait la voix engourdie de sommeil.

— C'est encore un coup de fil obscène ?

— Je suis assez morose depuis quelque temps et je sais que je n'ai pas été…

— Sans même parler des messages auxquels on ne répond pas, hein ?

— J'avoue, j'avoue, mais… As-tu vu le temps qu'il fait ?

Elle ne l'avait pas vu. Elle était encore au lit.

— Et je me disais ceci : comment croire B. Reid sur parole ? Comment croire quiconque, d'ailleurs ?

Par où commencer pour retrouver le fuyant *Bufo americanus*, je l'ignorais, et savais moins encore où aller chercher la grenouille des prés ou sa cousine léopard, mais je brûlais du désir d'enfin les connaître, de les toucher, d'observer leurs pattes goutteuses et leurs gauches rituels, d'à nouveau me plonger dans la vie grouillante du marais, de la flaque et du fossé afin d'au moins chasser un instant de mon esprit le souvenir lancinant de B. Reid et de ses cadavres miniatures. Tout cela était irrationnel, je le savais, mais je me disais que si je pouvais seulement les voir une fois et connaître l'humble niche qu'ils occupaient dans la hiérarchie des êtres, tout irait mieux.

Nous nous garâmes sur le bord de la route et nonchalamment sondâmes le fossé adjacent, mais rien d'animé ne s'offrit à notre vue. Le brin d'herbe haute était vieux et cassant, partout on voyait le polystyrène, l'éclat de verre et le bout d'aluminium. Les camions nous arrachaient l'air des poumons, l'adolescent se marrait. Adrian m'indiqua une flaque prometteuse au bord extrême d'un parking délabré de gare de banlieue, — celle de Garrison —, mais nous n'y trouvâmes rien, hormis des emballages à demi submergés et de vieux paquets de chips que le pneu à carcasse radiale avait, jusqu'à l'abrutissement, enfoncés encore et encore dans la gadoue.

— On ne peut pas renoncer comme ça, me dit Adrian, et dans sa voix il était un rien de désespoir. On va voir dans les bois en retrait de la Piste des Appalaches ? Tu sais bien… au croisement, près du supermarché K mart ?

— D'accord, lui répondis-je et, la fièvre me prenant, j'ajoutai : Allez, on essaie.

Vingt minutes plus tard nous évoluions dans les bois où,

sous un soleil qui faisait fondre le tronc et le rameau, la jeune feuille vert tendre se déployait, des oiseaux s'envolant du sentier comme si on les tirait au bout d'une ficelle. Il y avait là une odeur que j'avais oubliée, celle, humide et sombre, de la chose qui évolue, de l'être végétal qui s'effondre pour mieux se redresser, de la spore, du pollen, de la graine et du terreau bourbeux. Des insectes voltigeaient autour de mon visage. Je suais. Et pourtant je me sentais bien, fort dans le dos et dans la jambe, déjà libéré du nuage qui avait pesé sur moi toute la semaine durant; en suivant Adrian qui remontait lentement la longue pente du sentier, je crus bien que jamais encore je n'avais vu miracle aussi beau que celui de ses cuisses et de ses fesses musclées qui se tendaient et détendaient dans son jean serré. Enfin la nature.

Nous avions parcouru environ quinze cents mètres lorsque, sans prévenir, elle pila au milieu de la sente.

— Qu'est-ce ? lui demandai-je, mais de la main elle m'enjoignit de me taire.

J'avançai à pas mesurés jusqu'à l'endroit où elle se tenait. Mon pouls s'accélérait, haut dans ma gorge le souffle se coinçait.

— Quoi ? murmurai-je encore. Qu'est-ce qu'il y a ?

— Ecoute.

Au début je n'entendis pas, — mes oreilles n'attendaient que les bruits de la civilisation, les bavardages de la télé, la musique en haute-fidélité, l'explosion du moteur à combustion interne —, mais peu à peu les bois commencèrent à me parler. La rumeur fut d'abord indistincte, mais au bout d'un moment, elle se scinda en mélodies reconnaissables : ici, le frisson et la crépitation infime du vent dans les arbres, là, les stridentes dissertations de l'oiseau, là encore le gargouillis de l'eau qui court... et autre chose encore, quelque chose d'étrange et de familier tout ensemble, comme un trille fluide, une roulade qui prenait de la force, se faisait voix multiples dans le lointain proche. Adrian se tourna vers moi et sourit.

Et soudain l'urgence nous tint et, le souffle court, nous chargeâmes dans le sous-bois brûlé par le gel, au cœur même des branches qui griffent. Déjà la sente s'éloignait, nous nous enfonçâmes dans les ténèbres en goulot d'une ravine détrempée. B. Reid, Jerry, la hernie discale, la fracture multiple, la lumière doucement bleutée de l'écran de contrôle ? Je ne pensais à rien. A rien du tout. Adrian et moi, nous avancions avec une grâce de corps de ballet, il n'était rien de plus naturel au monde que de se courber, que de filer telle la flèche à droite, puis à gauche, que de se baisser pour passer sous l'obstacle, que de sauter le suivant, que de pousser encore et encore dans l'entrelacs et le fendre tel rideau de perles au restaurant chinois. Et tandis qu'ainsi nous nous rapprochions, ce bruit, ces trilles, ce rauque et joyeux péan à la vie enflait si puissamment autour de nous que presque nous le sentions vibrer dans toutes les cellules de notre corps.

— Là ! s'écria-t-elle. Là !

Devant moi, je le vis bien dans le lacis des branches, s'étendait une petite mare d'eau peu profonde. D'un noir terne sous le soleil butyreux, l'onde ne renvoyait rien et semblait suffoquer sous le détritus végétal. Mais ça remuait et ululait, était grand chœur qui résonnait dans la ramure à en faire trembler chaque feuille nouvelle au bout de sa brindille. Et alors l'odeur m'assaillit, l'odeur qui, lourde, riche et douceâtre tout à la fois, dit la chose qui mûrit. Je pris Adrian par la main et ensemble nous gagnâmes le bord de l'eau dans une manière de transe.

Nous en avions déjà jusqu'aux chevilles, et nos chaussures étaient trempées, lorsque la mare se tut… d'un seul coup, sur le temps fort, comme si un chef d'orchestre avait soudain laissé tomber sa baguette. Et alors… alors nous vîmes que cette mare n'avait pas de surface, que ce n'était qu'un même champ de chairs, qu'un grand et vaste déploiement de crapauds en congrès. Sous nos yeux ils prenaient forme, ici un membre court, là un petit corps, et tous se montaient dessus, flottaient les uns sur les autres comme pommes dans un seau d'eau. Crapauds, crapauds innombrables ils étaient, et s'enfilaient dans une frénésie de pattes palmées et de gueules bavantes, s'enfilaient aveuglément, sur trois ou quatre épaisseurs. Leurs œufs étaient partout, perlés et gluants des mucus de la vie et là, mille yeux brillaient de concupiscence. Et l'on se flanquait des coups de patte et grognait, nous l'entendions, mais ne savions que faire. Jusqu'au moment où, seul au bord de la mare, un crapaud se lança dans un trille fluet. Alors, instantanément nous fûmes oubliés, et, tout un chacun reprenant l'affaire à l'unisson, ce fut pullulant, terrifiant et beau, sauvage jusqu'aux tréfonds.

Adrian me regarda et je ne pus y tenir : je lui tombai dans les bras. J'étais au-delà de la raison, voire de la simple pensée, mais qu'importait ? Elle s'écarta de moi, mais un instant seulement, et me revint. Et dans l'eau qui grouillait, au milieu des crapauds qui beuglaient, elle ôta sa chemise et le soutien-gorge qu'elle portait en dessous. Et les yeux rivés sur les miens, elle recula d'un pas, laissa tomber ses vêtements, et dans la gadoue tout au bord de la mare se laissa aller comme dans un nid. Je n'avais jamais rien vu de semblable. Fébrile, je me débarrassai de ma veste d'un coup d'épaules, arrachai ma chemise et, oublieux de tout, jetai ma casquette des Yankees.

Et quand enfin j'allai à elle, à droite et à gauche le crapaud bondit pour sauver sa peau.

Catastrophes naturelles

Il avait été marié avant, il l'était à nouveau. La dernière épouse en date, Dixie, lui avait raflé sa maison, sa voiture, son chien, son mixer et toute sa collection de disques de Glenn Miller et de Tommy Dorsey. Avant, il y avait eu Margot, la première, celle qu'il connaissait depuis l'âge où il cavalait en épaulières et crampons tandis que, ses grands yeux chocolat brillant d'excitation et ses cheveux noirs à frange espagnole lui battant le front, elle hurlait son nom derrière la ligne de touche. Margot lui avait pris sa première maison, ses enfants et tout ce qu'il avait d'amour-propre. Muriel, elle, était différente. Force de la nature, véritable catastrophe naturelle qui exigeait et que rien ne faisait vaciller, reine-née, impératrice même, elle n'avait vu le jour que pour commander et dicter sa loi. Elle lui avait pris le reste.

Ce n'était pas beaucoup, il faut le reconnaître. Willis avait soixante-quinze ans (il en aurait soixante-seize en octobre), et en dehors de quelques titres garantis par la banque et d'un ou deux lotissements non viabilisés, il ne possédait guère que deux Ford Ferlane 1972, — des « grands classiques » comme on dit pour ne pas parler de « tas de ferraille ». Atteint d'une faiblesse aux hanches, il avait tellement peur de ne plus pouvoir se relever si jamais il s'asseyait qu'il travaillait toujours debout. Entrepreneur en bâtiment, il était passé maître dans ce métier qu'il exerçait depuis soixante ans et s'affairait encore avec toute la fierté et toute la compulsion que lui avait instillées sa mère à une

Titre original : « Acts of God », publié par *Wigwag*, repris dans le recueil *Poem Without a Hero* (Histoires sans héros, traduction de Robert Pépin, Grasset, 1996).

époque aujourd'hui révolue. Point de village de retraite pour lui, ni non plus de cours de golf et de clubs nautiques. Quand on ne bosse pas, on ferait mieux d'être mort, telle était sa vision des choses. Ce n'était d'ailleurs pas qu'il aurait eu le choix : jamais Muriel ne lui aurait permis de prendre sa retraite, voire de souffler un peu. Sous ses ordres, il travaillait comme un âne, courbait l'échine et faisait ce qu'on attendait de lui.

Muriel avait, elle, convolé à quatre reprises, son « arrangement » avec Willis comptant dans le lot. Elle avait à peu près tout oublié de ses deux maris du milieu (mollassons, ils l'étaient dans le regard, le sang et la couche nuptiale), mais le premier qu'elle avait eu tenait encore du saint à ses yeux. Bel homme, il jouait du saxophone et, le cheveu noir et ondulé, portait une merveille de petite moustache à la Ronald Colman. Sans parler de sa fortune. Outre une myriade d'immeubles locatifs, son père possédait une station balnéaire dans les Catskills avec lac, casino et bungalows antiques qu'on eût dits arrachés à leur campagne anglaise d'origine et replantés tels que, sans un boulon ou une vis qui manque, aux abords du Lac Gaudinet. Ah, les épaules qu'il avait, ce Lester Gaudinet ! Elle ne comprenait toujours pas pourquoi elle l'avait jeté. Bien sûr, maintenant elle avait Willis et Willis n'était pas nul. A condition de le tenir à l'œil... Il n'empêche : même lorsque, une bouteille de Petite-Sirah à portée de main, elle passait de longues après-midi à découper des trucs dans les journaux et à mettre au four assez de rôtis, de jambons et de gâteaux pour nourrir une armée alors qu'elle n'en avalait jamais une bouchée et que Willis, et Dieu sait pourtant s'il avait de l'appétit, n'aurait jamais réussi à y faire une brèche remarquable, des soupirs lui montaient, malgré elle, des riens, mais qui toujours étaient pour Lester et les rauques envolées et feulantes rhapsodies de son sax. Alors, c'était plus fort qu'elle, elle songeait qu'elle avait soixante-huit ans et que la vie commençait vraiment à lui passer sous le nez.

C'était par un matin sombre et bouché de la fin septembre. Debout depuis six heures, Willis avait, comme à son habitude, fait la vaisselle de la veille au soir, passé le balai et subrepticement jeté à la poubelle un gigot d'agneau à moitié mangé et déjà recouvert d'un manchon de moisissure vert fluorescent. Il avait ramassé le journal sur la pelouse de devant et s'apprêtait à s'asseoir devant une tasse de café et un toast lorsqu'il s'aperçut qu'il n'y avait plus de pain au son Vita-Santé avec Nutri-Pépites de Flocons d'avoine. Or c'était de ce pain au son Vita-Santé avec Nutri-Pépites de Flocons d'avoine que, tous les matins au petit déjeuner (qu'il lui préparait avec soin et tremblements avant de rejoindre au trot le chantier qu'il avait en cours), Muriel grignotait deux tranches, grillées mais pas trop, et sans rien dessus, accompagnées d'un œuf à la coque (cuit deux minutes et vingt-sept secondes), de seize centilitres huit de jus d'orange de Floride fraîchement pressé et de trois dés à coudre d'espresso. Si elle se montrait difficile quand le soir venu il n'avait plus qu'une envie : s'affaler devant la télé en sirotant un verre de scotch à l'eau plate, le matin, elle était franchement insupportable et ressemblait à la lionne qui ne sort des cavernes rouge sang de l'insomnie que lorsqu'on la pique avec un bâton. Bref, Willis savait depuis longtemps les vertus salvatrices du petit déjeuner impeccable qu'il lui apportait alors en guise de placebo. Il cligna des paupières, scruta, mais en vain, les profondeurs abyssales de la boîte à pain et comprit qu'il allait au-devant d'un affrontement de première grandeur.

Sans soleil était l'aube qui pointait de l'autre côté des vitres et jetait une lumière pâlichonne et désespérante dans la cuisine. Un instant il resta planté devant le comptoir et, bouche bée, regarda autour de lui comme s'il ne reconnaissait plus l'endroit où il se trouvait; puis il se ressaisit et amarra ses pensées au Quick-Stop du coin qui, heureusement, était ouvert vingt-quatre heures sur vingt-quatre. En auraient-ils ? Que dalle, décida-t-il en parcourant dans sa tête tous les rayons bien éclairés, mais chichement achalandés, du magasin, — de la bière, oui, il y en avait toujours, et aussi des cigarettes, des revues porno, des bonbons, des cassettes vidéo et du chewing-gum —, mais… comme si on pouvait avoir besoin de ce truc-là ! Il voyait déjà six malheureux pains de mie blanche Wonder bread en train de rassir dans leur emballage, mais sortit quand même sa casquette des Mets de la penderie, franchit le seuil de sa maison et traversa la pelouse couverte de rosée en songeant que, de toute façon, il n'avait rien à perdre.

Penché sur la voiture de Muriel (ils disaient « la voiture de Muriel » parce qu'elle avait tenu à l'acheter alors qu'élevée à la ville, elle n'avait jamais touché à un volant), il farfouillait encore dans la serrure lorsqu'il remarqua quelque chose de bizarre dans l'air. Qu'était-ce donc ? Il y avait certes l'odeur crue de l'océan, mais elle était beaucoup plus forte que d'habitude et, lourde et humide, l'atmosphère semblait s'être épaissie et le peloter comme mille et un petits doigts. Et les oiseaux… où étaient passés les oiseaux ? Aucun bruit ne se faisait entendre hormis le grondement lointain d'un camion sur l'autoroute, mais bon, il n'avait vraiment pas le temps de musarder, renifler la brise et s'étonner des petits mystères de la vie tel le gamin qui, l'œil tout rond, s'en va à l'école, il se baissa pour monter dans la voiture, fit si fort rugir et piauler le moteur que tous les chiens du quartier se mirent à hurler, c'est vrai qu'avec le silencieux cassé, du bruit, il y en avait tout à coup à revendre, et, vroum vroum vroum, il remonta la rue en direction du Quick-Stop.

L'homme qui se tenait derrière le comptoir sursauta violemment en le voyant s'encadrer dans la porte, mais se calma presque aussitôt, — le caissier du Quick-Stop se faisant braquer au moins une fois par semaine depuis toujours, celui-ci avait bien le droit d'être un peu nerveux. Willis s'avança lentement vers lui, se palpa inconsciemment les poches afin d'en extraire son portefeuille, ses clés et son carnet de chèques et ne lui posa qu'une question :

— Du pain ?

Petit et frêle, l'employé avait la peau sombre et le regarda sans rien dire ni comprendre, comme si on lui parlait dans une langue étrangère. Ce qui, de fait, était le cas. Pakistanais, Porto-Ricain ou Pathan, Willis ignorait de quelle nationalité il pouvait bien être, mais tout disait que l'anglais n'était pas sa langue maternelle.

— *¿ Pan ?* insista-t-il en jetant dans la balance tous les trésors d'espagnol qu'il avait appris au Texas pendant la guerre.

L'employé le dévisagea de ses petits yeux profondément enfoncés dans leurs orbites. Il devait avoir vingt et un ans, — il les avait forcément pour travailler dans cet endroit —, mais pour Willis qui n'était pas né d'hier, l'homme n'était qu'un gamin, qu'un type absurdement jeune, qu'un… avait-il même seulement douze ans ? dix ? qu'un bébé ! Et l'homme-bébé leva nonchalamment un bras en l'air pour lui montrer quelque chose. Willis partit dans la direction qu'on lui indiquait. Nouilles, litière à chats, *nachos*… et là, le bébé ne s'était pas trompé, dù pain, coincé entre l'huile solaire et les couches jetables. Triste était l'amas de petits pains à hot-dogs, de poches à pita, de tortillas et là, ce seul et unique pain fortifié aux noix, qui l'accueillit. Et, bien sûr, pas un paquet de pain au son Vita-Santé avec Nutri-Pépites de Flocons d'avoine dans tout ça. Qu'espérait-il donc ? Un miracle ?

Il était déjà en retard lorsque, son pain fortifié aux noix serré sous le bras comme un ballon de rugby, il retrouva sa cuisine. Et tout de suite ce fut le choc : Muriel était debout. Ici et là sur le comptoir, au pied du réfrigérateur et devant la machine à café, des signes le disaient clairement. Il vit l'endroit où elle avait balancé le marc de café de la veille (elle avait raté la poubelle et ça avait dégouliné sur le mur juste derrière), il vit celui où elle avait posé sa tasse sur la cuisinière, celui où elle avait fouillé dans le meuble haut pour y trouver ses pilules et son succédané de sucre. Dans la pièce d'à côté, la télé laissait échapper des grondements étouffés. Il tripotait la machine à espresso en faisant au plus vite (les charpentiers devaient arriver à sept heures et demie et les plombiers à huit), lorsqu'elle s'encadra dans le montant de la porte.

Le visage de son épouse, il le constata, s'était recomposé autour de la pointe de son nez d'Ecosso-Irlandaise et comme comprimé dans la moue étroite de ses lèvres maigres. Muriel étant petite et forte en buste, le bout de ses orteils dépassait sous l'ourlet de sa chemise de nuit.

— D'où tu sors ? lui lança-t-elle d'un ton impérieux.

Il se tourna vers la cuisinière, une douleur en coup de poignard venant le frapper à la hanche : il allait faire mauvais temps, il le sentait.

— On n'avait plus de pain, ma chérie, dit-il en lui montrant son profil tandis qu'il sortait ses œufs de leur coquille avec une cuiller. J'ai été obligé de courir au Quick-Stop.

La réponse paraissant l'apaiser, Muriel regagna la salle de séjour, s'y calma un peu et se tassa devant la télé, son bol de café dans la main. De l'endroit où il se trouvait, Willis voyait bien l'écran et le regarda en faisant griller les toasts, en préparant le café et en pressant les oranges. Petite voix flûtée, figure de grosse blonde et cheveux comme du sucre filé, une femme bavassait perte de poids et nouvelles marques de crackers à l'algue marine. Willis disposa le petit déjeuner de son épouse sur un plateau et le lui apporta.

Muriel lui décocha un regard assassin au moment où il déposait le tout sur la table basse, puis elle lui sourit brusquement, l'attrapa par le bras pour qu'il se baisse vers elle, lui fit un petit bisou sur le front et lui dit combien il la gâtait.

— Faut que j'y aille, ma chérie, murmura-t-il.

Déjà il marchait à reculons, déjà il pensait à la voiture, à la route, à la maison au bord de l'océan, déjà il voyait cette maison grandir devant lui tel un rêve en béton.

— Tu rentres à midi ?

— Oui, ma chérie, murmura-t-il encore, et commit une erreur fatale : il traîna un peu devant l'écran multicolore de la télé.

Costume débile, nœud papillon et face de surin, un météo rologue avait remplacé la pie à voix flûtée et Willis s'attarda : il avait reniflé le changement de temps dans l'air, il l'avait senti dans ses hanches, sa curiosité fit le reste. C'était quand même l'entier de sa journée qu'il allait passer dehors.

Le cri de Muriel monta des profondeurs du canapé tel le hurlement qu'on pousse aux abords du ring pendant un match de boxe. C'était dur, c'était gros de querelles, c'était la voix même de l'être qui se sent trahi et ne veut pas y croire.

— Et t'appelles ça comment, toi ? tonna-t-elle en annihilant d'un coup le météorologue, ses cartes, ses flèches et ses photos satellite.

Jusqu'à la télé qui disparut dans le néant.

— Que dis-tu, ma chérie ? réussit-il à lui répondre d'une voix qui reculait comme la bête apeurée dans son trou.

Les fenêtres étaient grises, là-bas, le météorologue continua de parler vélocité du vent et températures relevées sous abri.

— Ce... Ce toast !

— Ils n'avaient plus le pain que tu veux, ma chérie, et Waldbaum n'ouvrant pas avant une heure...

— Espèce d'enfoiré !

Soudain elle fut sur ses pieds, la figure toute rouge et le souffle court.

— Et hier soir, hein, je ne t'ai pas dit que je voulais aller faire des courses ? Je ne t'ai pas dit qu'il me manquait des choses ?

Cela faisait deux ans qu'ils vivaient ensemble, Willis comprit immédiatement qu'il n'y aurait pas moyen de la raisonner, pas maintenant, pas avant qu'elle ait avalé son toast et son œuf à la coque, pas avant qu'elle ait été complètement assommée par les jeux et les soap operas qui, un matin après l'autre, se succédaient sans relâche sur l'écran de la télé. Baisser les épaules tel le pénitent et filer vers la porte, qu'eût pu-t-il tenter d'autre ?

Mais elle avait prévu le coup et, furieuse, elle se rua sur lui en hurlant.

— Hé ben voilà ! C'est ça ! Laisse-moi ! Va travailler et laisse-moi seule ici ! Espèce de fils de pute !

Elle avait embrayé, elle était capable du pire, il le savait, il se fit minuscule devant elle. Mais, changeant soudain de direction, elle s'éloigna, s'empara du plateau et, couverts et faïence, fit tout exploser dans des ruissellements de café brûlant.

— Un toast ! reprit-elle. Tu appelles ça un toast ?

Et tandis qu'il la regardait d'un air horrifié, le plateau traversa la pièce comme un missile à tête chercheuse, sûr et rapide, évita la lampe et, filant sur le dessus du canapé, trouva, c'était inévitable, le but de son voyage dans l'image souriante et grimaceuse du météorologue télévisuel à flèche indicatrice.

Plus tard, Willis était parti au travail, elle avait eu le temps de se calmer et de méditer sur l'anéantissement du poste de télé et les taches de café qui maculaient le tapis, elle eut honte et se sentit repentante. Elle avait permis à ses nerfs de prendre le dessus, elle avait eu tort, elle eût été la première à le reconnaître. Sans même parler du fait que… qui donc avait-elle blessé sinon elle-même ? N'était-ce pas comme d'assassiner le seul être qu'on aime vraiment ? Comme de se couper du monde ainsi que la nonne en son couvent ? De fait, c'était pire : la nonne au moins avait ses prières. Le réparateur, — dans sa douleur et sa confusion elle en avait presque appelé Police Secours et s'était montrée tellement abattue lorsque enfin elle avait eu le bonhomme au bout du fil qu'il s'était retrouvé devant elle en moins de temps qu'il n'en faut à un ambulancier pour enfiler sa blouse, — le réparateur lui annonça que la situation était désespérée. Le tube cathodique avait rendu l'âme et la meilleure chose à faire était encore de passer au Caldor du coin et d'y acheter un nouvel appareil. Sur quoi, l'homme lui ayant énuméré une demi-douzaine de marques japonaises, encore une fois elle ne s'était plus dominée. Plutôt crever et rôtir trois fois en enfer que d'acheter un truc japonais... après ce qu'ils avaient infligé à son frère pendant la guerre ! et d'ailleurs, il était quoi, ce réparateur ? Américain ? Vraiment ? Ignorait-il donc que les Nippons se foutaient tous de la gueule des Américains ? Le réparateur était remonté dans sa camionnette en courant et avait déguerpi sans demander son reste.

Il était maintenant dix heures du matin. Willis avait rejoint son boulot, le temps était pourri, elle allait rater *Hollywood Squares* et ne pourrait même pas apaiser son chagrin en allant faire des courses, — pas avant que Willis ne rentre au bercail en tout cas. Dieu, quel bébé il faisait, celui-là ! songea-t-elle en s'asseyant à la table de la cuisine où fumait une tasse de café noir et amer. Un vrai désastre qu'il était lorsqu'elle avait fait sa connaissance. Sa dernière épouse l'avait lessivé et essoré comme un torchon qu'on met à sécher dehors, il portait des habits crasseux, il était saoul du matin au soir, il s'était fait virer de ses trois derniers emplois et la voiture qu'il conduisait avait tout du cercueil à roulettes. Willis était devenu son affaire. Elle l'avait sauvé, elle lui avait donné un foyer, des sous-vêtements propres et des mouchoirs, même à la remercier mille fois par jour, il serait toujours loin du compte. Elle lui tenait la bride serrée ? Il le fallait bien. Le lâcher dans la nature, même seulement une heure, c'eût été se condamner à le voir rentrer trois jours plus tard, l'haleine puant le gin et le vomi.

La maison était muette comme une tombe. Muriel regarda par les fenêtres. Bas et tourmentés au-dessus du toit, les nuages s'enfilaient bout à bout comme des saucisses, comme entrailles noires de sang et de bile mêlés. Il y avait un avis de tempête, ça au moins elle l'avait entendu au *Morning Show*, elle pensa à sa télé et de nouveau sentit le regret la fouailler. Elle aurait voulu se lever à l'instant même et mettre Canal Info, mais Canal Info n'était plus, pour elle en tout cas. Il y avait bien la radio, soudain la nostalgie frappa, son enfance, les soirs où la famille se rassemblait autour du gros poste Emerson et se tapait une émission après l'autre, mais cela faisait belle lurette qu'elle ne l'écoutait plus. Ça lui flanquait mal à la tête. Et avec Willis dans les pattes, ce n'était pas la peine de se coller la migraine en plus !

Alors elle songea au journal et, s'écartant de la table, alla le chercher dans la salle de séjour : à condition que l'affaire fût sérieuse, qu'il fût au minimum question d'ouragan, on parlerait sûrement du temps en première page. Elle y pensa si fort qu'en faisant un début de fixation, elle oublia sa télé. La redécouvrir en franchissant le seuil de la pièce la secoua beaucoup. Elle se sentait châtiée et avait eu le cœur brisé lorsqu'elle avait balayé les éclats de verre ? Revoir l'écran crevé raviva sa honte. Toute coupable, elle fouilla dans le tas de journaux et de revues empilés sous la table basse, alla voir dans la chambre et passa dehors pour écumer la pelouse de devant. Pas de journal. Ils avaient bien choisi leur jour ! Mais non... Willis avait dû l'emporter au boulot. Brusquement, debout en robe de chambre et pantoufles sur la pelouse grise et silencieuse, elle retrouva sa fureur. Quel fils de pute ! Jamais il ne pensait à elle, jamais. C'était une journée entière de bruine noire qu'elle avait devant elle, pas de télé, pas d'amis, aucun bonheur en perspective, et elle ne pourrait même pas se consoler en lisant le journal.

Tandis que, sans trop y croire, elle fouillait sous les buissons, et remarquait le travail de salopiau du jardinier (ah, il allait avoir de ses nouvelles, celui-là !), un gros camion marron d'UPS s'engagea dans l'allée, laissa échapper un aimable soupir de freins, et s'arrêta. Le chauffeur était jeune, beau, et large d'épaules. L'espace d'un instant, Muriel revit Lester Gaudinet tel qu'en lui-même, autrefois. Lester Gaudinet. Où était-il maintenant ? Dieu seul savait s'il était même seulement de ce monde, mais... ce qu'elle aurait aimé le revoir ! C'eût été quelque chose !

— Madame Willis Blythe ?

L'employé avait traversé la pelouse et se tenait à côté d'elle, un paquet sous le bras.

— Oui, dit-elle, et le vent s'en mêlant, son chignon se défit.

L'homme lui tendit un carnet à souches dont les feuilles battaient.

— Signez ici, lui dit-il en lui passant un stylo.

Elle vit une liste de noms et de signatures, et le gros X que le préposé avait tracé au stylo rouge devant son nom.

Elle s'empara de son carnet, releva la tête et sourit à ses yeux vert marine, il avait les yeux de Lester, ce fut plus fort qu'elle, elle tenta de faire durer l'instant.

— Sale temps, dit-elle.

Il avait l'air aussi tendu et anxieux que s'il s'apprêtait à bondir du starting-block pour foncer sur la cendrée.

— Menace d'ouragan, dit-il. Il devrait nous passer à côté. On aura un peu de pluie après, enfin... d'après la radio.

Elle tenait toujours le carnet à souches dans sa main et se penchait pour signer lorsque, une idée lui venant, elle se redressa.

— Ah ! Les ouragans ! s'exclama-t-elle avec mépris. Et bien sûr, ils l'ont appelé Bill, Fred ou autre ânerie de cet acabit... Ce n'est plus comme autrefois où on avait la délicatesse de leur donner des prénoms féminins. Une honte, non ?

L'homme d'UPS battit de la semelle sur le tapis spongieux de la pelouse.

— Ça, dit-il, évidemment, mais... Vous pourriez me signer mon reçu, s'il vous plaît, m'dame ?

Elle leva la main en l'air et l'arrêta net. Dieu, ce qu'il pouvait être beau... Lester tout craché. Naturellement, Lester avait la moustache, et il était aussi plus grand et avait de plus jolis yeux, plus brillants, tiens...

— Je sais, je sais... Vous avez des milliers de paquets à distribuer.

Puis elle le regarda fermement et ajouta :

— Comme si ce n'était pas les femmes qui ressemblaient à des ouragans ! Autrefois, on le savait (Etait-elle en train de lui faire du gringue ? Bien sûr que oui), mais aujourd'hui... Ouragan Paul par-ci, Pierre par-là... ou Jacques ! N'importe quoi ! C'est à vous rendre malade, non ?

— Si, si, dit-il. Je sais bien, mais...

— Bon, d'accord ! Je signe !

Elle lui parapha son avis de réception de la belle écriture géométrique qu'elle avait jadis maîtrisée dans une école privée, puis lui décocha son sourire de grande coquette, pourquoi pas ?

Etait-elle donc si vieille que rien ne fût plus possible ? Pas en ce monde, ah, ça non ! Avec tout ce qu'on voyait à la télévision ces derniers temps ! Elle lui toucha le bras et le retint même un instant tandis qu'il lui tendait son paquet.

— Merci, murmura-t-elle. C'est que vous êtes rudement beau, vous savez ?

Il resta planté là comme un balourd, un collégien, et il rougit !

— Oui, oui, bafouilla-t-il. Enfin, je veux dire… non, enfin… merci beaucoup.

Et il fila comme une flèche à travers la pelouse, ses feuilles de carnet battant dans l'air. Le vent se glissa de nouveau dans les cheveux de Muriel.

— Passez une bonne journée ! lui lança-t-elle, mais il ne l'entendit pas.

Une fois à l'intérieur, elle examina brièvement le paquet, — Société Frinstell, proclamait l'étiquette —, et gagna la salle de couture pour y prendre ses ciseaux. La Société Frinstell ? se demanda-t-elle en étudiant la question dans sa tête, mais c'est quoi, ça ? Elle passait certes l'essentiel de son temps à découper des trucs dans les magazines pour qu'on lui envoie des marchandises (l'offre du siècle et autres), mais le nom ne lui disait vraiment rien. L'affaire lui prit un certain temps, — dans la lumière crépusculaire de la cuisine, ses ciseaux brillaient d'un éclat terne —, mais elle parvint à couper la bande adhésive sur le bord du paquet et se mit à fouiller dans le foisonnement de papier de soie dont on avait bourré ce dernier. Elle y trouva… évidemment, évidemment… sa Station Météorologique « Approuvée par le Bureau de la Météo Fédérale » montée sur un pied en contreplaqué de noyer authentique. Thermomètre, baromètre et indicateur d'hygrométrie tout en un, avec garantie illimitée.

L'objet était dans l'ensemble assez mignon, songea-t-elle en le tenant devant elle afin de pouvoir l'admirer. Cuivre jaune poli, gros chiffres et repères noirs qu'il n'y avait pas besoin de regarder à la loupe, le tout made in USA. Il ferait bien sur le mur au-dessus de la cheminée, ou alors peut-être… dans la salle à manger. Sa Station Météo sous le bras, elle se dirigeait déjà vers cette pièce lorsqu'elle remarqua que l'aiguille du baromètre était coincée en bas du cadran, sur le côté gauche. De fait même, elle avait l'air bloquée. Elle secoua l'appareil, en caressa le verre bombé, rien. L'aiguille était complètement coincée.

Et brusquement elle n'y tint plus, la rage la reprenait, aussi inévitable et acharnée que la vague qui bat le rocher : combien de pilules avait-elle donc avalées et combien de médecins, sans même parler des maris, s'était-elle appuyés pour se débarrasser de ses fureurs, hein ? La Société Frinstell ! Des tricheurs et des arnaqueurs, oui ! Dire qu'il n'y avait plus moyen de s'acheter des trucs qui ne soient pas de la camelote ! Pas étonnant que l'Amérique soit la risée du monde entier ! Il n'y avait pas dix secondes qu'elle avait sorti son baromètre de sa boîte que déjà il était bon à jeter à la poubelle. Elle en bavait. Elle eut le plus grand mal à ne pas balancer sa Station Météo contre le mur, à la piétiner de tout son cœur, dans les usines, il n'y avait plus aujourd'hui que des drogués et des fanas du houblon, il... elle se rappela son poste de télévision et tint bon jusqu'à ce que la première vague de fureur brûlante se soit un peu refroidie.

OK, d'accord, elle serait raisonnable, non, vrai. Et d'ailleurs, la garantie était illimitée. Cela posé, c'était quand même assez bouffon, non ? songea-t-elle avec amertume, et de nouveau elle dut beaucoup se réprimer pour ne pas la jeter contre le mur... un verre de vin, c'était ça qu'il lui fallait. Voilà. Pour se calmer. Après, elle remballerait la Station dans son coffret et renverrait le tout à ces fumiers... ça, ils ne s'attendaient certainement pas à voir leur grosse merde leur revenir aussi vite dans la figure ! Non mais ! essayer de la blouser comme ça ! Dès qu'il rentrerait, elle enverrait Willis à la poste ! Et pas question de payer l'affranchissement non plus ! *Retour à l'expéditeur !* voilà ce qu'elle écrirait sur le paquet. *Abîmé pendant le transport ! Reprenez votre cochonnerie et...*

Sauf qu'alors elle regarda la pendule, qu'il était déjà midi moins le quart et que Willis allait rentrer d'une minute à l'autre. Soudain toute la fureur qu'elle avait générée en pensant à la Société Frinstell se dissipa, s'éteignit aussi vite qu'elle lui était montée. Et toute l'affection qu'elle avait pour son homme, son mari, son Willis, l'assaillit et faillit l'étouffer... le pauvre ! toujours à vadrouiller dehors par tous les temps, toujours à travailler comme un jeunot qui aurait eu la moitié de son âge, toujours à la nourrir, à la protéger, à la... ce qu'elle avait été dure avec lui au petit déjeuner ! Non, ce qu'il lui fallait, c'était un bon déjeuner bien chaud. Elle reposa sa Station Météo dans sa boîte aussi doucement que si elle avait couché un nourrisson dans son berceau, refit l'emballage, recolla les bords du paquet avec la bande adhésive et se dirigea vers le buffet. Elle y prit le pichet, se versa un verre de vin et s'arrêta devant une boîte de soupe de jambon-pois cassés… c'était ça qu'elle allait lui faire chauffer. Après, elle lui préparerait une salade d'œufs mayonnaise sur des toasts et…

Des toasts. Mais… comme s'ils n'étaient pas à court de pain ! Comme s'il leur restait autre chose que l'espèce de cochonnerie à la sciure et aux noix que Willis avait essayé de lui refiler au petit déjeuner ! Elle réfléchit un instant, un gros nuage noir semblant aussitôt lui remonter devant les yeux. Enfin, et elle n'avait pas eu le temps de dire ouf, la fureur du matin la reprit. La tragédie de la télé et l'escroquerie à la Station Météo doublant et triplant vite la mise, elle fumait et crachait comme le Vésuve lorsqu'elle entendit Willis glisser sa clé dans la serrure.

Se montrait-elle grincheuse le matin, lui assenait-elle alors des remarques cinglantes pour un oui ou pour un non, lui sautait-elle sur le poil à la plus infime provocation qu'au repas de midi invariablement elle changeait, un nuage de douceur maternelle s'abattant sur son époux dès qu'il franchissait la porte d'entrée. Lorsque, une demi-heure plus tard, elle le mettait à nouveau dehors, c'était avec de longs et tendres enlacements, des bisous et des petites tapes dans le dos. Tel était le scénario habituel, mais ce jour-là les choses se passèrent autrement. Willis le devina avant même d'enfiler le couloir jusqu'à la cuisine et d'y découvrir son épouse en train de se démener avec une boîte de soupe et des biscuits salés. Il constata qu'elle était toujours en chemise de nuit et robe de chambre (ce qui n'annonçait rien de bon) et reconnut tout de suite l'air ahuri et blessé, voire excédé, qu'elle avait sur le visage. Il s'arrêta à la porte de la pièce et attendit.

— Willis ! Oh, Willis ! soupira-t-elle, ou plutôt : marmonna-t-elle, gémit-elle même comme si toutes les épreuves de Job lui étaient tombées dessus pendant les cinq dernières heures.

Il connaissait ce ton, il comprit que les ennuis n'étaient pas loin : Muriel pouvait exploser pour un rien, un tuyau bouché, la guerre en Bosnie, un souvenir bien larmoyant de son premier époux, le saint.

— Mon chéri, s'écria-t-elle en se ruant à travers la cuisine pour le prendre dans un enlacement si puissant qu'il faillit en avoir les reins qui se rompaient, j'aimerais que tu m'aides un peu… C'est juste un petit service que je te demande, un petit service de rien du tout.

Sa voix s'était durcie d'une manière quasiment imperceptible tandis qu'elle s'accrochait à lui et se balançait d'avant et d'arrière en une espèce de sombre danse de la douleur.

— Tout est tellement… pourri.

Il avait soixante-quinze ans et travaillait depuis qu'il avait quitté le berceau. Les trois quarts des hommes de son âge avaient trépassé. Il était las. Il avait l'impression qu'une armée d'acupuncteurs fous lui plantaient des aiguilles brûlantes dans les lèvres. Il ne désirait plus qu'une chose : s'asseoir.

— Là, mon amour, là, reprit-elle en roucoulant (elle n'était plus que sollicitude inquiète et le conduisit gauchement jusqu'à la table en s'accrochant encore à moitié à lui), assieds-toi. Là, mange. Mon pauvre, tu dois mourir de faim. Tu es sûrement épuisé, non ? Est-ce qu'il pleut dehors ?

La question n'attendait pas de réponse, n'était que variation sur le thème qu'elle répétait à chaque repas, que diversion destinée à l'égarer sur le vrai problème de l'heure, — sa télé en miettes, était-ce donc ça ? —, sur la crise qu'il allait falloir aborder et résoudre séance tenante. Non, il ne pleuvait pas, pas encore, mais il soufflait un vent à décorner les bœufs et sa matinée s'était soldée par un désastre, n'avait été que perte de temps absolue. Les charpentiers ne s'étaient pas pointés, et ce putain de plombier non plus, d'ailleurs. Alors qu'ils avaient déjà pris du retard sur les travaux, il avait passé toute sa matinée dans le squelette vide de sa maison à regarder le vent fouetter les vagues et battre la jetée comme si c'était du carton et pas du ciment. Il avait appelé ces enfants de salaud au moins six fois de la cabine devant la banque, mais ils n'avaient pas voulu décrocher. Des chiots que c'était, des chiots qui tremblaient de frousse dès que le temps se gâtait un peu. Il leva la tête et vit la soupe arriver sur la table devant lui et, avec elle, une assiettée de sardines, six jolis petits carrés de cheddar, des biscuits salés et une verre de jus de raisin. Muriel n'arrêtait pas de lui tourner autour.

Il avala une gorgée de sa boisson, tripota sa cuiller, puis la reposa. Pourquoi repousser l'inévitable ?

— Qu'est-ce qu'il y a, ma douce ? s'enquit-il.

— Je sais que ça ne va pas beaucoup te plaire, mais il faudrait que tu ailles à la poste…

— A la poste ?

Il n'avait aucune envie d'aller à la poste. Il avait envie de retrouver la terre retournée et les vertèbres en bois de sa maison qui montait, les tas de gravats et de déchets, l'odeur brusquement chaude de la toiture qu'on goudronne. Il pensa au médecin et à son épouse qui l'avaient engagé, des jeunes mariés, dans la quarantaine et ce qu'ils lui faisaient bâtir au bord de l'océan, c'était bien la maison de leurs rêves. Il leur avait promis, et sous six mois, trois cent cinquante mètres carrés au sol, avec des balcons, un solarium et des baies vitrées tout autour de la bâtisse et au bout de deux mois la charpente n'était même pas finie. Et Muriel voulait qu'il passe à la poste ?

— C'est ma Station Météo, lui expliqua-t-elle. Il faut que je la renvoie. Aujourd'hui même. Tout de suite. Sur-le-champ.

Sa voix menaçant de prendre feu, elle ajouta :

— Je ne peux pas garder ce machin-là une minute de plus ici… Si ces fumiers s'imaginent qu'ils peuvent…

Elle s'échauffait, son ire ne se portant, pour l'heure, que sur… que sur quoi déjà ? sa Station Météorologique et les innommables fumiers qui la lui avaient envoyée ? mais il savait bien que s'il ne prenait pas garde, que s'il n'ouvrait pas l'œil, toute la colère de son épouse se retournerait contre lui et, soudaine et écrasante, l'emporterait comme une avalanche.

— Je m'en charge, ma douce, ne te fais pas de soucis, s'entendit-il lui répondre.

Mais lorsqu'il releva la tête pour étudier sa réaction, il s'aperçut qu'il parlait tout seul : Muriel avait quitté la pièce. Et donc, c'était quoi, la suite ? Dans la salle à manger des bruits se firent entendre, celui d'un ruban adhésif qu'on déchire sauvagement, celui, comme un frémissement agacé, d'un morceau de papier de soie qu'on froisse, une cavalcade de pas qui approchaient, et, avant même qu'il ait eu le temps de porter à nouveau sa cuiller à soupe à ses lèvres, Muriel était de retour dans la cuisine, une boîte en carton de la taille d'un divan dans les bras. Elle traversa la pièce et laissa tomber l'objet sur la table dans un grondement sourd qui ébranla son assiette et fit follement tourner le jus de raisin dans son verre. Dehors, le vent hurlait aux fenêtres.

— Tiens, dit-elle, tu n'as qu'à regarder !

Ses coudes battant l'air, elle déchira le paquet plus qu'elle ne l'ouvrit et en sortit un long panneau de bois où brillaient trois cadrans. L'espace d'un instant, la lumière se fit en lui : la Station Météo.

— T'as déjà vu une saloperie pareille, toi ?

La Station Météo ne lui parut pas si indécente que ça. Il avait envie d'avaler sa soupe, il avait envie de dormir, il avait envie que la maison du docteur s'élève enfin dans les dunes et courageusement affronte l'océan, qu'elle soit parfaite jusqu'en ses moindres détails.

— Qu'est-ce qu'il a, ce truc, ma chérie ? lui demanda-t-il.

— Qu'est-ce qu'il a ? répéta-t-elle en montant la voix d'une octave. Mais tu es aveugle ? Regarde-moi ça (le bout d'un ongle rongé alla frapper le cadran du milieu) et tu… c'est ça qui ne va pas. C'est de la cochonnerie. De la cochonnerie pure et simple.

Il plissa le front pour réfléchir pendant que sa soupe refroidissait, puis il sortit ses lunettes de la poche de sa chemise et examina l'objet. L'aiguille du baromètre était descendue jusqu'en bas et semblait coincée sur le repère vingt-huit pouces, — il n'avait jamais vu ça. Il souleva le panneau de dessus la table et le secoua. Il tapota sur le verre du cadran, rien ne bougea.

Muriel bouillait de colère. Elle se lança dans une grande tirade sur les arnaqueurs, les tricheurs, les Japonais et ce qu'ils avaient infligé à son frère avant de s'attaquer à l'économie américaine, tout ce qu'il put faire pour la calmer fut de lui signifier absolument et invariablement son accord et de ronronner des « ma douce » par-ci, « ma douce » par-là jusqu'à ce que, sa soupe s'étant solidifiée dans son assiette, à la fin il se lève de table, prenne le paquet sous son bras et gagne la porte pour se rendre au bureau de poste.

Le vent avait forci et battait la cime des arbres ainsi que vulgaires torchons. L'odeur des embruns était plus tenace, âcre et enveloppante, comme si le fond de l'océan ayant soudain basculé cul par-dessus tête, la plage était jonchée des cadavres qui s'y étaient déposés. Une poubelle descendit la rue en dérapant, un sac en plastique traversa la pelouse et lui enserra brièvement les chevilles. Il avait posé son paquet à côté de lui et s'installait au volant lorsque le vent lui arracha la portière de la main. Il commença à se dire que c'en était fini de sa journée de travail. Au train où allaient les choses, il serait même tout heureux que le petit bout de charpente qu'ils avaient réussi à monter consente à ne pas s'envoler avant le lendemain matin. Il ne s'étonnait plus que les charpentiers ne se soient pas montrés : ce coup-là, c'était du sérieux.

Il évita des couvercles de poubelles et des branches qui glissaient comme par magie à travers la chaussée, la voiture le tirant jusqu'au bureau de poste aussi fidèlement qu'un vieux cheval de trait. Les rues étaient désertes. Il ne croisa guère que trois voitures, toutes roulant pleins phares et se traînant lamentablement. Enfin il arriva au feu rouge de la poste et y attendit une bonne éternité en regardant le boîtier tricolore se balancer au-dessus de la route. Il faisait déjà si sombre qu'il se crut au crépuscule. Et si c'était un ouragan, se dit-il, si c'en était vraiment un ? Il aurait bien allumé la radio, mais, et d'un, ce satané engin n'avait jamais marché et, de deux, quelques mois plus tôt, un vaurien avait brisé la vitre de la portière pour se barrer avec.

Coincé là, à observer le feu qui se secouait en tous sens au-dessus de la rue déserte, il eut soudain une impression prémonitoire et fut pris d'une peur si vive et si brûlante qu'impatient, il en emballa son moteur et avança de quelques centimètres vers le milieu du croisement. Il valait peut-être mieux rentrer à la maison et s'occuper des fenêtres, et aussi de Muriel, une fois, il s'était fait surprendre par un ouragan à Corpus Christi et ils étaient restés sans eau ni électricité pendant six jours. Il se rappela avoir vu une vieille femme assise au milieu d'une rue inondée, la tête entourée d'un morceau de rideau ensanglanté. Une sacrée vision ! Et lui et ses copains qui avaient repêché deux caisses de bouteilles de tequila dans les ruines d'un magasin de vins et spiritueux ! Non, il valait mieux rentrer à la maison. Beaucoup mieux.

Mais, le feu passant au vert, il se dit qu'il touchait déjà au but et qu'il ne serait peut-être pas plus mal de régler l'affaire : ouragan ou pas, ce serait l'enfer s'il ne s'acquittait pas de la tâche que Muriel lui avait confiée. Il entra dans le parking, se gara et attrapa le paquet. Cinq minutes, il ne lui en faudrait pas plus. Après quoi, il rentrerait.

Il remontait le trottoir et, nom de Dieu, qu'est-ce que ça soufflait, de la poussière, ou du sable, lui rentrait dans les yeux, lorsqu'il vit le directeur du bureau de poste et un barbu à queue de cheval cavaler dans la rue en trimbalant un panneau de contreplaqué assez grand pour boucher l'entrée d'une allée marchande. Le directeur du bureau de poste tenait un marteau à la main et criait des trucs à l'autre type, mais, le vent s'emparant brusquement du panneau, ils se cassèrent tous les deux la figure et atterrirent dans des buissons. Willis se tassa sur lui-même et porta la main à sa casquette des Mets, mais trop tard : elle s'était déjà envolée et fila par-dessus les arbres comme une assiette de ball-trap. Il se précipita et, en poussant fort sur la double porte, réussit à pénétrer dans le bureau de poste.

Il n'y avait personne au comptoir. Et personne non plus ne faisait la queue nulle part. De fait, personne ne se trouvait même seulement dans le bâtiment, au moins à ce qu'il pouvait en voir. Toutes les ampoules avaient été montées à leur intensité maximum et, comme d'habitude, le plancher ciré courait jusqu'au bout du couloir, mais le silence avait quelque chose d'inquiétant. Dehors, le ciel se déchaînait contre les vitres en verre dépoli, de sauvages éclats de pluie courant déjà en avant-garde de la bourrasque. Willis tapa sur la sonnette pour être sûr et certain que personne ne traînait dans la salle de tri, aux toilettes ou ailleurs, puis il pivota pour rentrer chez lui. Il faudrait bien qu'elle se fasse une raison : le bureau de poste était fermé. L'ouragan arrivait. Il avait fait de son mieux.

Il venait d'ouvrir la porte intérieure du bureau lorsque la grande fenêtre en verre dépoli de l'entrée céda avec un bruit de bouchon de champagne qui saute, une averse de morceaux de verre se répandant aussitôt dans la salle. *Laisse donc ce putain de paquet*, lui susurra sa cervelle, *rentre chez toi et enferme-toi à la cave avec Muriel, le chat et une réserve de boîtes de conserve de porc aux haricots*, mais ses jambes le lâchèrent. Il resta figé sur place tandis qu'une deuxième fenêtre volait en miettes quelque part au fond du bâtiment et que les lumières commençaient à baisser, puis s'éteignaient.

— Hé, vous ! Le vieux ! hurla quelqu'un.

Brusquement, le directeur du bureau de poste fut à côté de lui, blême et les traits tirés, les cheveux en bataille. Le barbu le rejoignit, les deux hommes ayant les yeux qui leur sortaient de la tête tant ils paraissaient excités. Une seconde plus tard, ils prenaient Willis chacun par un bras tandis que le vent continuait de lui hurler dans les oreilles. Une nuée d'enveloppes blanches s'éleva soudain dans les airs, déjà il marchait, descendait vivement le couloir en direction des ténèbres et du silence.

Il pouvait sentir les deux hommes et l'odeur de peur et de mouillé qu'ils avaient sur eux. Leur souffle était avide et haletant. Dehors, très très loin, il entendit les gémissements funèbres d'un vent qui piaulait.

— Qui est-ce qui a une allumette ?

C'était la voix du directeur, il la reconnut, il l'avait entendue près du comptoir et de la fenêtre, et dans l'entrée carrelée du bureau.

— Moi, répondit une autre voix, et la flamme de l'allumette lui révéla le visage grêlé du barbu et les contours d'une réserve pleine de sacs de courrier, d'emballages en carton et de tas de papiers.

Le directeur du bureau de poste fouilla dans une armoire derrière lui et en sortit une torche électrique genre gros cube avec faisceau de phare à bateaux d'un côté et petit clignotant rouge de l'autre. Il en promena la lumière autour de la pièce, puis posa l'objet sur un carton et l'éteignit. La réserve était comme envahie par des rougeoiements surnaturels.

— Putain de merde, s'exclama le directeur du bureau de poste, vous avez vu comment qu'elle a pété, la fenêtre ? Hé, Bob, tu t'es pas coupé au moins ?

Bob lui répondit que non.

— Ça, on a eu de la chance ! reprit le directeur du bureau de poste.

Il ressemblait à une manière de gros ours. La cinquantaine au moins, il avait porté une barbe pendant des années, mais avait maintenant les joues piquantes du monsieur qui vient à peine de découvrir les vertus du rasoir. Il marqua une pause, le vent hurla dans le lointain.

— Ben, mince alors ! dit-il encore. Je me demande si Becky est à l'abri… elle devait emmener Jimmy chez le dentiste, non… chez l'orthodontiste, enfin, je veux dire…

Bob garda le silence, puis les deux hommes se tournèrent vers Willis comme s'ils s'apercevaient soudain de sa présence dans la pièce.

— Ça va ? s'enquit le directeur du bureau de poste.

— Oui, ça va, lui répondit Willis.

Parce que ça allait, non ? Sauf que… et la voiture ? Et Muriel ?

— Ecoutez, reprit-il. Il faut que je rentre chez moi…

Le directeur du bureau de poste eut un petit rire sec comme un aboiement.

— Rentrer chez vous ? Mais vous ne comprenez donc pas ? C'est de l'Ouragan Leroy qu'il est question là-bas dehors ! Vous aurez déjà de la chance s'il vous laisse une maison où rentrer ! Et d'abord, quelle mouche vous a piqué de sortir par un temps pareil ? Vous… ? Enfin, quoi ! Vous ne regardez pas la télé ? Putain ! conclut-il comme si ça faisait le tour de la question.

Le silence tomba, puis Bob poussa un soupir et se reposa dans le nid douillet qu'il s'était fabriqué à l'aide de cartons pliés.

— Bah, dit-il tandis que les lueurs rougeâtres du dehors se reflétaient sur la fiasque qu'il sortait de sa chemise, on ferait peut-être aussi bien de s'en payer une tranche… c'est pas demain la veille qu'on va se tirer.

Il avait dû s'endormir. Ils s'étaient passé et repassé le flacon, il avait avalé quelques bonnes et profondes rasades de whisky et ça, chez Muriel, c'était interdit, même que là-dessus elle était pire que le Centre de Traitement Schick alors que du matin jusqu'au soir, elle sirotait du pinard dans son coin, puis, d'une voix de bourdon qui n'arrêtait pas de se coincer dans le fond de sa gorge, Bob avait commencé à se plaindre de son mariage, de son dos en capilotade, de sa sœur qui était au chômage, de la façon qu'avait son chat de toujours pisser sur les montants du lit et sur les pieds de la table de la cuisine et Willis avait eu de plus en plus de mal à se concentrer sur le faisceau rougeoyant de la lampe torche. Affalé sur une chaise pliante que le directeur de la poste avait rapportée d'un bureau en la traînant par terre, il retrouva ses esprits, mais ce fut pour entendre Bob énumérer les défauts, tous tragiques, des compagnies d'assurances spécialisées dans le risque automobile. L'espace d'un instant, il se demanda où il était, puis il entendit le vent au loin et tout lui revint en mémoire.

— Quoi ? Avec seulement deux accidents ? Je n'arrive pas à y croire ! s'écria le directeur du bureau de poste.

— Et comment ! renchérit Bob. Je te montrerai la prime à payer !

Willis tenta de se lever, mais ses hanches le lui interdirent.

— Muriel, dit-il.

Les deux visages se tournèrent vers lui, celui qui avait de la barbe et celui qui aurait dû en avoir, et Dieu, qu'ils avaient l'air étrange et menaçant dans cette lumière venue d'ailleurs.

— Ça va, grand-père ? lui demanda le directeur du bureau de poste.

Willis eut l'impression d'être Rip Van Winkle, voire Mathusalem en personne. Il se sentait fatigué, la situation était sans espoir, il avait le sentiment que tout ce qu'il avait fait et connu dans sa vie n'avait servi à rien.

— Il faut que je… (Il se rattrapa au dernier moment, — il avait failli dire : *que je rentre à la maison*, et il y avait toutes les chances pour que ses deux compagnons essaient de l'en dissuader et il n'avait aucune envie de se disputer avec eux.) Il faut que j'aille pisser un coup, dit-il enfin.

Le directeur du bureau de poste le regarda longuement, puis lui répondit :

— C'est que ça souffle encore, vous savez ? C'est vrai que, d'après la radio, le pire est passé, mais…

Alors Willis entendit effectivement le murmure infime d'un transistor comme en portent tous les enfants. Le directeur du bureau de poste l'avait glissé dans la poche de sa chemise.

— Attendez encore une heure, reprit-il, et nous vous aiderons à rentrer chez vous sans dommage. Même que si c'est ça qui vous travaille, votre bagnole n'a pas souffert. A peine s'il est tombé une branche dessus.

Willis garda le silence.

— Au bout du couloir, à gauche, ajouta le directeur du bureau de poste.

Il lui fallut un petit moment pour vaincre l'inertie de ses hanches, mais des ténèbres de la salle de réception du courrier il gagna enfin le crépuscule grisâtre du couloir. Des morceaux de verre se brisaient et filaient sous ses pieds, et tout était trempé. Dehors, il pleuvait toujours aussi fort et l'air sentait encore l'âcre, mais le vent semblait avoir baissé. Willis arriva aux toilettes et poursuivit son chemin.

L'entrée du bureau de poste était encombrée de papiers et de feuilles mouillées qui lui collaient aux chaussures, mais, la porte à double battant s'étant ouverte sans difficulté, il se retrouva sur les marches du perron. La pluie lui tambourina sur le crâne avec férocité. Il porta automatiquement la main à sa casquette des Mets, se souvint qu'elle s'était envolée, rentra la tête dans ses épaules et commença à traverser le parking. Il avança prudemment, en se méfiant de la couche verdâtre et glissante de feuilles et de débris qui recouvrait le sol et, lorsque enfin il atteignit sa voiture, il était trempé jusqu'aux os. Une branche s'était écrasée en travers de son pare-brise, mais il n'y avait rien de cassé. Il la jeta par terre et s'assit derrière son volant.

Sa tête ne fonctionnait déjà plus très bien : le choc de la tempête ? les effets du whisky ? le petit somme qu'il avait piqué sur sa chaise pliante ? Les clés. Il palpa deux fois les poches de son pantalon et de sa veste avant de les trouver. Puis il noya son moteur et dut écraser l'accélérateur au plancher pendant que le démarreur gémissait et que la pluie l'empêchait de voir à travers le pare-brise. Pour finir, il parvint à mettre le moteur en marche, le fit rugir un bon coup et enclencha la vitesse. Ce fut alors qu'il découvrit l'arbre qui barrait la sortie du parking. Que faire ? Blême et secoué de tremblements, le spectre de Muriel se dressa devant lui. Il leva la tête et découvrit que le directeur du bureau de poste s'était planté sur le perron avec Bob et que, bouche bée, les deux hommes le regardaient comme s'il était tombé d'une autre planète. Et puis zut, quoi ! pensa-t-il, et il leur adressa un petit signe gaillard de la main, fit hurler son moteur, propulsa la voiture par-dessus le rebord du trottoir et s'engagea sur la chaussée.

Où, c'est vrai, bien des choses avaient changé. On aurait dit qu'une grande main avait balayé la rue, jetant à terre tout ce qui était arbres et poteaux téléphoniques, effaçant les fenêtres, arrachant les bardeaux des toitures. Pas moyen de rejoindre l'autoroute : une eau marron merde où surnageait, roues en l'air, une minuscule voiture japonaise, dévalait la pente à toute allure. Il essaya de passer par Meridian Street et le front de mer, mais là aussi, c'était bloqué. Un chêne d'au moins cinq cents ans avait emporté la véranda de l'ancienne demeure de Joe Diggs, des câbles électriques dénudés battant le fût d'un poteau téléphonique planté devant l'entrée. Malgré le bruit de tonnerre que faisait la pluie sur le toit de sa voiture, Willis entendit des sirènes dans le lointain, comme un long cri d'agonie qui n'en finit pas.

L'inquiétude l'ayant pris (c'était vraiment comme à Corpus Christi, sinon pire), ses mains tremblaient fort sur son volant lorsqu'il tourna le coin de sa rue et en trouva l'entrée enfouie sous les gravats et les branchages. La maison qui faisait l'angle, celle des Needleman, n'avait pas été touchée, mais en face, de son côté à lui, celle des Stover avait perdu sa toiture. Quant à la rue elle-même, la petite rue paisible et bordée d'arbres qui tant avait séduit Muriel aux premiers jours… elle était méconnaissable, une double rangée d'érables s'y étant abattue tel un jeu de cartes. Willis en sortit en marche arrière, l'eau montait déjà jusqu'aux moyeux de sa voiture, et prit à gauche dans Susan Street, puis encore à gauche dans Massapequa, l'idée étant de faire le tour du pâté de maisons pour revenir chez lui.

Il avait de la chance. Aucune de ces deux rues ne semblait avoir beaucoup souffert. Il parvint à éviter un poteau téléphonique tombé par terre à l'entrée de Massapequa en montant sur le trottoir, comme il l'avait déjà fait dans le parking du bureau de poste. Enfin il entra dans Laurel Street, sa rue à lui, et à grands coups de volant passa bien au large des détritus et de l'eau qui refoulait de la bouche du puisard engorgé. Des gens étaient maintenant sortis sur leurs pelouses pour évaluer les dégâts ; il vit Mrs Tilden, ou Tillotson, ou Dieu sait quoi, essayer de redresser un cyprès qui s'accrochait à sa véranda de devant comme une moustache mouillée. C'en était presque comique, cette petite femme qui se battait avec ce gros arbre mou, il commença à se détendre, — tout irait bien, non, sûrement, il n'y avait pratiquement pas de dégâts dans cette partie-là de la rue et, tiens, il y avait le gros… comment s'appelait-il déjà ? qui se tenait la tête à deux mains en dansant autour de la carcasse de… de sa Cadillac écrasée ? Mais non, dit-il tout haut, non, tout irait bien, et il se le répéta, encore et encore, comme une petite prière.

Il avait à nouveau plus peur de Muriel que de la tempête. Il l'entendait déjà : comment avait-il pu oser la laisser seule au milieu d'un ouragan ? Où donc était-il allé courir ? Et c'était quoi, cette odeur qu'elle décelait sur son haleine ? Les dégâts, il pourrait s'en occuper… il était entrepreneur, non ? Ce n'était qu'une question de matériaux : des briques, du bois de charpente, des cloisons, des bardeaux. Et du verre. Les verriers crouleraient sous le boulot, ça, c'était sûr. Il passa lentement devant une tondeuse à gazon qui avait atterri au milieu de la chaussée et s'engagea dans la grande courbe d'où il pourrait enfin découvrir sa maison. Il s'attendait au pire, volets arrachés, un trou béant dans la toiture, l'orme effondré sur le garage comme un animal blessé, mais la réalité lui glaça le cœur.

Il n'y avait plus rien. Absolument rien. A l'endroit où sa maison s'élevait encore quelque deux heures plus tôt, sous le grand orme, avec le garage à deux voitures derrière, là où il rangeait ses outils, son établi et le reste, il n'y avait plus maintenant qu'un terrain vague. Le bâtiment avait été balayé, rasé jusqu'à ses fondations crénelées, au milieu desquelles s'accumulaient les ruines. La panique le saisit, le choc, d'instinct, il écrasa la pédale de frein et fit faire à sa voiture une queue de poisson qui l'expédia de l'autre côté de la rue, où il rentra dans le trottoir.

En tremblant il détacha ses doigts du volant. Il avait une douleur au-dessus de l'œil gauche, à l'endroit où sa tête avait heurté le rétroviseur. Ses mains étaient agitées de soubresauts. Non, se dit-il encore une fois en relevant la tête, ce n'est pas possible. Il s'était trompé de rue, voilà : c'était ça, il avait fait un tête-à-queue et se trouvait maintenant devant chez quelqu'un d'autre. Il lui fallut un petit moment pour y parvenir, mais il ouvrit enfin sa portière de voiture et, prudent, s'avança dans les décombres de la rue et là, devant lui, il vit le numéro de sa maison et là, sous ses yeux, il découvrit sa boîte aux lettres, avec son nom écrit dessus en jolies lettres en relief blanches, intacte, son drapeau rouge toujours fièrement dressé en l'air. Et à côté, non, pas de doute, c'était bien la maison des Novak avec ses murs vert dégueulis, ses pourtours de fenêtres roses, ses...

Alors, il songea à Muriel. Muriel. Elle était, elle était... il fut incapable de formuler sa pensée jusqu'au bout, traversa la pelouse en vacillant comme un poivrot, arriva enfin devant le trou béant.

— Muriel, glapit-il, Muriel ! et la pluie le fouetta plus fort encore.

Longtemps il resta figé sur place, la tête baissée, et se sentit aussi vieux que les pierres qu'il voyait, aussi vieux que la terre ouverte et le ciel gris et mort. Et alors, — la voiture grondait et bafouillait toujours derrière lui —, il eut le premier éclair d'une pensée, comme une étincelle qui s'amplifia jusqu'à lui briller dans le crâne ainsi qu'un brasier : *un whisky Dewar à l'eau plate*. Il revit l'instant où Muriel l'avait rencontré pour la première fois, il était collé au siège en faux cuir d'un tabouret de l'Auberge de la Rosée, l'instant même où de ses lèvres étaient bien involontairement tombés ces mots : *« Et pour moi, ce sera un Dewar à l'eau plate. »* La maison avait disparu, mais des maisons, il en avait perdu d'autres avant, au profit de ses épouses essentiellement et ses épouses tenaient toutes de la catastrophe naturelle et donc : il pourrait s'en sortir. Et des femmes aussi, il en avait déjà perdu, mais jamais comme ça.

Et alors la chose le frappa, fut vague de douleur qui ourlait ses lèvres et croissait jusqu'au fond de sa gorge : Muriel. Il la revit clairement, Muriel, sa Muriel qui, au repas de midi, toujours lui massait les épaules et s'affairait autour de lui, sa Muriel qui lui préparait des petits crackers à la pâte d'anchois et aux avocats. Il la vit repousser les draps du lit le soir, froncer les sourcils en faisant ses mots croisés, ses lunettes perchées au bout de son nez... Rien que des détails, rien que de tout petits détails de la vie qu'ils avaient menée ensemble. Le cœur lourd, il songea à la façon dont elle le taquinait sur les émissions qu'il regardait, les matchs de football surtout, se rappela comment parfois elle dansait autour de la cuisine une bouteille de vin à la main, comment elle piquait des gousses d'ail dans le gigot, comment… et maintenant… tout était fini. Il avait soixante-quinze ans, il en aurait soixante-seize en octobre, il scruta le trou béant et sentit l'étreinte glacée de l'éternité sur son visage.

Sa veste était déjà trempée de part en part et ses bras lui ballaient le long des flancs lorsqu'il fit demi-tour et, tel le soldat qui s'en revient de ses guerres, retraversa en boitillant sa pelouse gorgée d'eau. Il se traîna jusqu'au trottoir d'en face, il retrouva sa voiture et ne pensa plus qu'à une chose : Ted Casselman devait être à l'Auberge de la Rosée et Ted saurait ce qu'il fallait faire. Il avait même fini par ouvrir sa portière et avait déjà un pied sous le tableau de bord lorsque, tournant une dernière fois la tête pour contempler le désastre d'un œil hébété, il la vit. Elle était là, Muriel, et avait réchappé à l'oubli éternel. Elle portait toujours sa robe de chambre, et cette robe de chambre était en haillons et complètement détrempée, et ses longs cheveux blancs s'étaient si fort emmêlés autour de ses épaules qu'elle ressemblait à une vieille sorcière tout droit sortie de sa forêt dans un conte d'enfants. Anna Novak se tenait debout derrière elle, un air tragique comme collé à ses traits immobiles de matrone slave. Muriel, elle, ne bougeait pas, Muriel regardait de l'autre côté de la rue, l'endroit même où il se trouvait, là, à deux pas de sa liberté.

Alors le vent reprit et s'en alla secouer un peu les branches des quelques arbres qui n'étaient pas tombés. En haut de la rue quelqu'un appela son chien : « Hermie ! Hermie ! Là, mon bébé ! Là ! » et le charme fut rompu. Déjà Muriel descendait les marches du perron, déjà, immense et invincible, elle lui ouvrait grands ses bras.

Que pouvait-il faire ? Il reposa son pied sur le trottoir, ignora la douleur qui lui fulgurait dans la hanche et, lui aussi, il ouvrit grands les bras pour la recevoir.

Je suis sorti avec Jane Austen

Elle avait les mains froides. Elle me les avait tendues dès que j'étais entré au salon. « Monsieur Boyle », avait lancé la bonne et dans l'instant elle s'était levée pour m'accueillir, ses mains blanches et froides tendues devant elle ainsi qu'une offrande. Je les avais prises dans les miennes, avais souhaité bonsoir à la compagnie et hoché la tête sous tous ces yeux qui m'observaient. Il y avait là des frères, assez petits et larges de tête, mais dont je n'avais pas vraiment saisi les prénoms ; il y avait aussi son père, le Révérend, et sa sœur, la vieille fille. Tous m'avaient fixé du regard comme des requins avant la grande bouffe. J'avais mis mes bottes roses, mon T-shirt « Les grands désastres » et mon médaillon Tiki. Mes épaules s'étaient affaissées sous l'examen.

— Prenez un siège, mon fils, dit enfin le Révérend.

Je m'assis à reculons sur un canapé, entre deux frères. Jane battit en retraite jusqu'à un fauteuil à l'autre bout de la pièce. Cassandra, la vieille fille, ramassa son tricot. Un des frères soupira. Je vis ce qui m'attendait, — c'était aussi certain et illogique qu'un rituel prénuptial aborigène : j'allais me taper une tournée de papotages.

Le Révérend s'éclaircit la gorge.

— Alors, lança-t-il, que pensez-vous du dernier livre de Mme Radcliffe ?

Titre original : « I dated Jane Austen », publié par la *Georgia Review*. Traduction de Robert Pépin, 1977.

Je jouais avec un verre de Xérès en équilibre sur mon genou. Le Révérend, Cassandra et les frères faisaient tourner de minuscules petites cuillers dans des tasses à thé, sans en toucher les bords. Jane mordillait un *croissant*[1] et portait ses regards, — ses yeux étaient énormes et jamais ne clignaient —, sur le côté de mon visage. Un des frères venait de faire un mot d'esprit dévastateur sur les *Lyrical Ballads* et en pouffait encore. Quelque part des chats ronronnaient et des pendules faisaient tic tac. Je jetai un coup d'œil à ma montre : à peine s'il s'était écoulé dix-sept minutes depuis que j'étais entré dans la pièce.

Je me levai.

— Révérend, dis-je, je crois que l'heure est venue de nous mettre en route, Jane et moi.

Il leva la tête, contempla l'Hindenbourg condamné à brûler en travers de ma poitrine et fit claquer ses lèvres.

— Mais vous venez à peine d'arriver !

Il n'y avait vraiment pas beaucoup de place pour Cassandra dans l'Alfa Romeo, mais le Révérend et sa troupe de fils insistèrent pour qu'elle vienne avec nous. Elle souleva ses lourdes jupes, se casa à l'arrière du véhicule et ouvrit son parasol tandis que Jane ajustait un bonnet sur ses bouclettes et s'essayait à une plaisanterie sur les phaétons et les vents d'Eole. Le Révérend resta sur le trottoir à surveiller mes doigts tandis que j'aidais Jane à serrer sa ceinture de sécurité, puis nous nous élançâmes dans de grands crissements de gravillons et des nuages de fumée d'échappement.

Le film était italien, en noir et blanc, d'une grande acuité sociale et d'un érotisme torride. J'étais assis entre les deux sœurs, un seau de pop-corn au beurre sur les genoux. Jane avait les lèvres entrouvertes et les yeux brillants. Je lui offris du pop-corn.

— Je ne crois pas avoir envie de cela pour l'instant, merci, me répondit-elle.

Cassandra était assise toute droite sur son siège, infatigable

1. En français dans le texte. *(N.d.T.)*

et silencieuse, telle une borne kilométrique sur un chemin de campagne. Elle non plus n'avait pas envie de pop-corn.

L'histoire tournait autour de la séduction d'une villageoise à longues jambes par un aventurier moustachu qui, son affaire faite, refuse d'épouser la belle en arguant qu'elle est impure. La demoiselle, qu'il a engrossée, interrompt les noces de son séducteur avec la fille d'un riche marchand et exige son dû. Elle est jetée à la rue. Mais tard ce soir-là, tandis que les jeunes mariés s'ébattent dans le lit nuptial…

Ce fut le moment que choisit Jane pour me prendre le bras et me chuchoter qu'elle aurait bien aimé partir. Que pouvais-je faire ? Je cherchai son châle à tâtons, des gens nous sifflèrent, des cuisses superbes et nues zébraient l'écran, nous nous dirigeâmes vers le panneau marqué SORTIE.

Je suggérai d'aller en boîte.

— Oh, promenons-nous plutôt ! dit-elle. L'air n'est-il pas effroyablement délicieux après cet odieux cinéma où ça sentait le renfermé ? Vous ne trouvez pas ?

Des pigeons s'ébrouaient et roucoulaient. Un mendiant s'était adossé à l'aile d'une voiture et dégueulait dans le caniveau. Je pris le bras de Jane. Cassandra prit le mien.

Au Mooncalf nous nous fîmes tamponner le poignet à l'encre luminescente et trouvâmes une table près de la piste de danse. Les ongles de la serveuse étaient des dagues, — vertes. Brosse lesbienne sur le dessus et talons aiguilles de dix centimètres aux pieds. Jane voulait du punch, Cassandra du thé. Je commandai trois margaritas.

Eclairs et nuages de fumée verte, l'orchestre rejouait la chute du Troisième Reich. Nous regardâmes les danseurs en salopettes et chaussures à semelles compensées se cogner dans des fessiers, des têtes et des sexes sur les rythmes de la musique. Je pensai à Catherine Morland à Bath et décidai de demander à Jane de m'accorder une danse. Je me penchai sur la table.

— Voulez danser ? lui hurlai-je.

— Vous demande pardon ? me renvoya-t-elle, penchée sur sa margarita.

— Danser ! beuglai-je en faisant semblant de la tenir dans mes bras.

— Non, je suis vraiment désolée, dit-elle. Je crains que non.

Cassandra me tapa sur le bras.

— Moi, j'adorerais, me lança-t-elle en pouffant.

Jane ôta son bonnet et remit de l'ordre dans ses boucles du bout des doigts tandis que Cassandra et moi nous levions de table. Puis elle nous sourit et fit des signes lorsque nous disparûmes dans la foule. Par-dessus la tête des danseurs je la regardai renifler sa boisson d'un air soupçonneux et se rasseoir pour lorgner la foule de ses yeux noirs au regard satirique.

Enfin je me tournai vers Cassandra. Elle me fit une révérence, m'attrapa d'une manière assez fox-trot et commença à faire le tour de la piste. Pour une femme aussi petite (son nez ne cessait de heurter le Titanic qui, moribond, donnait de la bande au bas de ma cage thoracique), elle avait une énergie stupéfiante. Nous fendions l'agrégat de belles de nuit et de tamponneurs tels gamins au pied de l'arbre de mai. Ça commençait même à m'amuser lorsque, jetant un coup d'œil à notre table, je vis qu'un monsieur à rouflaquettes et moustache d'un noir féroce y avait rejoint Jane. Il portait une chemise ruchée, une cravate à l'ancienne et une redingote qui descendit jusque par terre lorsqu'il s'assit à côté d'elle. A cet instant précis, un émule de Terpsichore lança sa partenaire dans les airs, la rattrapa par le poignet et la cheville et la fit tourner autour de lui comme une cape de toréador. Lorsque je regardai à nouveau, Jane était seule, les yeux fixés sur les miens dans le fatras des têtes.

L'orchestre ayant terminé sur un hurlement métallique écrasant, Cassandra et moi reprîmes le chemin de la table.

— Qui c'était ? demandai-je à Jane.

— Qui ça ?

— L'apprenti assassin à moustache avec lequel tu étais.

— Oh, lui ? dit-elle.

Je me rendis compte que Cassandra me tenait toujours la main.

— Juste une connaissance, dit Jane.

Alors que nous retrouvions l'allée cochère de Steventon, je remarquai un cheval attaché à l'une des palissades. L'animal leva la queue, puis la laissa retomber. Soudain Jane parut s'animer. Elle eut comme un gloussement de poule et appela la bête par son nom. Le cheval remua les oreilles. Je demandai à Jane si elle aimait les chevaux.

— Hmm ? me répondit-elle en regardant du côté des silhouettes qui bougeaient sur les rideaux du salon. Oui, oui. Beaucoup, beaucoup.

Après quoi, elle détacha sa ceinture, ouvrit la portière, monta les marches de l'escalier quatre à quatre et entra chez elle. J'éteignis le moteur et descendis dans l'allée enténébrée. Dans les buissons, les criquets raclaient leurs pattes à qui mieux mieux. Cassandra me tendit la main.

Et me ramena au salon, où je fus tout saisi de voir le bon à rien à moustache du Mooncalf. Il tenait une tasse de thé dans sa main. Ses bottes luisaient comme s'il les avait repassées au cuir à rasoir. Il était en train de parler avec Jane.

— Tiens, tiens ! s'écria le Révérend en sortant de l'ombre. On s'est bien amusé ?

— Oh, immensément, Père, dit Cassandra.

Jane me souriait de nouveau.

— Monsieur Boyle, dit-elle. Connaissez-vous M. Crawford ?

Os fins et têtes disproportionnées, les frères se rassemblèrent autour de nous. Crawford avait les rouflaquettes qui lui descendaient presque jusqu'au bas des mâchoires. La moustache était lisse et noire. Je lui tendis la main. Il fit passer sa tasse dans son autre main et serra la mienne avec fermeté.

— Enchanté, dit-il.

Nous trouvâmes de quoi nous asseoir (Crawford en se serrant contre Jane sur la causeuse, moi en me tassant sur le canapé entre Cassandra et un frère en uniforme de la marine), et la bonne servit des petits gâteaux et du thé. Quelque chose ne collait pas, — de ça au moins j'étais sûr. Les frères avaient perdu leur humour habituel, le Révérend pataugeait lourdement dans sa critique du culte de l'artifice chez Coleridge et là, Cassandra avait laissé filer une maille. Dans le coin de la pièce, Crawford tenait colloque chuchotant avec Jane. Alors que ses joues tendaient au flasque, elle les avait maintenant toutes rouges et enflées. Enfin ça me revint.

— Crawford, dis-je en me mettant debout, Crawford... Henry ?

Il bondit tel le cow-boy à revolver appelé à O.K. Corral.

— C'est ça même, dit-il, le regard mauvais.

Il avait les yeux froids et profonds comme des crevasses. Il était impressionnant, jusqu'au moment où l'on s'apercevait qu'il ne devait pas faire beaucoup plus d'un mètre soixante-deux-soixante-trois, à quelques centimètres près, — ceux des hauts talons.

Brusquement je l'attrapai par le coude. Mon médaillon Tiki tremblait à mon cou.

— J'aimerais vous dire deux mots, lui lançai-je. Dehors. Dans le jardin.

En un instant, les frères furent debout. Le Révérend renversa son thé. Crawford dégagea son bras de mon emprise et, tout raide, franchit la porte qui donnait sur le jardin. Des bruits de nuit me grincèrent dans les oreilles, les frères marmonnèrent dans mon dos, Jane, lorsque je m'approchai d'elle, me sourit comme si je venais de lui raconter la plaisanterie du siècle.

Crawford m'attendait dans l'ombre maigrelette des arbres et se tourna vers moi telle la bête aux abois. Je sentis la force me monter. J'avais envie de le traiter de fils de pute, mais, pour rester dans le ton d'époque, je lui servis du « goujat ».

— Espèce de goujat, lui lançai-je en le poussant un pas en arrière. Comment osez-vous venir la renifler après ce que vous avez fait à Maria Bertram dans Mansfield Park ? Corrompu, arbitraire, égocentrique... ce sont les gens comme vous qui fomentent toutes les luxures et peines de cœur du monde et remettent en cause jusqu'à la possibilité même de tout happy end.

— Hah ! me renvoya-t-il.

Et il fit un pas en avant, la lumière de la lune tombant alors sur son visage. Ses yeux ressemblaient à la naissance du mal. Dans sa main il tenait un gant de cavalier. Il m'en gifla le visage.

— Demain matin, à l'aube, me souffla-t-il. Sous le pont.

— D'accord, petit malin, lui répondis-je, d'accord, mais je sentis le Titanique couler dans mon ventre.

Un instant plus tard, la nuit résonnait d'un fracas de sabots de cheval.

Ce fut dans un grand silence qu'on m'accueillit au salon. Tous me dévisagèrent, jusqu'à satiété, tandis que j'en franchissais le seuil. Tous sauf Cassandra qui musardait derrière son tricot et Jane qui, penchée sur un carnet, griffonnait tel un chroniqueur judiciaire. Le Révérend s'éclaircit la gorge, Jane leva la tête. Gribouilla encore une ligne ou deux, puis se leva pour me reconduire. Avec elle je retraversai le salon et redescendis tout le couloir jusqu'à la porte. Devant laquelle nous nous arrêtâmes.

— J'ai passé une soirée mémorable, me dit-elle, puis elle regarda derrière elle.

Cassandra était apparue à la porte du salon.

— Revenez donc, ajouta-t-elle.

Et alors elle me tendit ses mains.

Elle avait les mains froides.

Caviar

Je préfère vous le dire tout de suite, je n'ai pas été à l'université. J'étais sur le mauvais barreau de l'échelle sociale, si vous voyez ce que je veux dire. Mon père n'était qu'un petit patron de pêche sur l'Hudson River, jusqu'à ce qu'il soit intoxiqué par les polychlorobiphényles. Ma mère était secrétaire à la sucrerie et ma grand-mère crochetait des napperons et des couvre-lits qu'elle vendait aux riches. Moi, j'ai pris la suite de mon père. J'ai hérité de son appentis au bout du môle, du vieux canot avec le moteur Evinrude de trente-cinq chevaux et de la senne qui est dans la famille depuis trois générations. J'ai pu m'installer dans la maison du vieux quand il est mort. Il m'a laissé sa collection de timbres et les clefs de sa Rambler modèle 62, tellement bouffée par la rouille qu'elle ressemblait à de la dentelle séchant au soleil.

Bon, on a de quoi vivre, ou presque. Et si je ne suis pas allé à l'université, je lis beaucoup, surtout des revues, mais aussi des bouquins sur la science ou l'écologie. C'est peut-être à cause des ouvrages scientifiques que je me suis décidé. Vous voyez, je suis le premier dans le coin — enfin, Marie et moi sommes les premiers — à avoir eu un bébé avec cette nouvelle manière, quand on ne peut pas en avoir tout seul. Le docteur Ziss nous avait dit de ne pas nous en faire, ce n'était qu'une petite expérience, et il fallait prendre cela comme un don du ciel.

Tu parles d'un cadeau.

Mais comprenez-moi bien, je ne me plains pas. Ce qui arrive, arrive. Je suis aussi coupable que les autres. Je l'admets. Mais quand je vois les gars ricaner dans leur bière dès que je pousse la porte du Flounder ou quand Marie me regarde comme

---

Titre original : « Caviar », publié par *Antaeus*, repris dans le recueil *Greasy Lake*. Traduction de Jef Tombeur avec la collaboration de Cécile Bloch-Rodot.

si j'étais un crapaud ou pire, je dis qu'il faut faire quand même la part des choses et qu'il faut bien comprendre que c'est à cause d'elle seule que tout ça a commencé.

« Je veux un enfant », qu'elle m'avait dit.

C'était en avril, il faisait froid et humide. On voyait déjà les crocus et les digitales qui pointaient dans la boue le long de l'allée et les silures commençaient à frayer. Je venais juste de rentrer, crevé, transi, claquant des dents, j'avais à peine refermé la porte qu'elle m'annonça ça. Je suis allé droit vers le pot de café. « On n'a pas les moyens », je lui ai dit.

Elle n'a pas cherché à me convaincre ou à discuter. Elle s'est contentée de répéter la même chose, comme si c'était ainsi, comme si on parlait de nouveaux rideaux ou d'une braderie, et puis elle a traversé la cuisine et est sortie par la porte de derrière. J'ai siroté mon café tout en la regardant par la fenêtre. Elle avait une bêche. Elle enterrait quelque chose. Profond. Lorsqu'elle est rentrée, elle avait le nez qui coulait un peu et des petites veines rougies dans le blanc des yeux.

« Qu'est-ce que tu fabriquais dehors ? » je lui ai demandé.

Elle avait les cheveux en bataille et le menton tout chiffonné.

« J'enterrais quelque chose. »

Je suis resté à attendre, mes sourcils comme deux points d'interrogation, pendant qu'elle versait de l'eau dans la théière. Une bonne dizaine de secondes.

« Bon, quoi ?

— Mon diaphragme. »

Marie et moi, nous nous sommes connus au lycée. Nous sommes restés fiancés pendant cinq ans, du temps où elle travaillait au *Reader's Digest*, et nous étions mariés depuis trois ans et demi lorsqu'elle décida qu'elle voulait un rejeton. Au début, j'étais pas pour, mais j'ai dû admettre qu'elle avait raison : le moment était venu. On avait toujours fait l'amour passionnément, allégrement, mais après l'enterrement de son diaphragme, ce fut tendre, intense, résolu. Nous avons essayé. Pendant des mois, nous avons essayé. Dès que je rentrais du fleuve, empestant la laitance crémeuse et les œufs argentés qui recouvraient sur cinq centimètres le fond du canot lorsque les silures de vingt-cinq ou trente kilos exhalaient leur dernier souffle, je déboulais comme un taureau en rut, pour ainsi dire, et Marie m'attendait dans son déshabillé en haut de l'escalier. On le faisait avant le dîner, puis encore après. Ça n'a rien donné.

Vers juillet-août, quand les crabes à pinces bleues remontent les rives du fleuve comme une armée en manœuvre et que la chaleur humide recouvre la vallée comme une chape, Marie est allée consulter Sœur Eleazar, de la Fraternité copte d'Éthiopie. Sœur Eleazar était une femme noire de plus d'un mètre quatre-vingts, qui portait une toge de professeur et un fez avec une houppette rouge. La femme de Leroy Lent ne jurait que par elle. Leroy et sa femme s'étaient mis à l'ouvrage depuis plus de six ans avant d'aller la voir et ils avaient eu des jumeaux. Comme Marie pensait que cela valait la peine d'essayer, j'ai fini par l'emmener.

La Fraternité copte d'Éthiopie est une bicoque peinte en vert émeraude pas plus grande qu'un garage pour deux voitures. Il y a un petit clocher avec une croix dessus. Sœur Eleazar, l'air revêche, nous entrouvrit sa porte. Une virgule de jaune d'œuf lui barrait le menton. « C'est pourquoi ? », nous dit-elle.

Nous sommes restés sur le seuil et, tandis qu'un chihuahua aux yeux dégoulinants reniflait le bas de mon pantalon, j'ai attendu que Marie termine de raconter notre histoire en regardant la virgule de jaune d'œuf se craqueler au fur et à mesure que le sourire de Sœur Eleazar s'élargissait. « Aaah,-t-elle, eh bien, que ne le disiez-vous plus tôt ? Mais entraî-don, entraî-don », dit-elle avec son accent traînant.

L'intérieur tenait en une seule pièce pauvrement éclairée. Des vieux prie-Dieu et des bancs usés par trois générations de fonds de culottes occupaient trois des côtés, et une large table vert olive trônait en plein milieu. La table était encombrée de tout un bric-à-brac sacerdotal : des petits plateaux argentés, des calices et des statuettes brunies d'un nègre dont le front disparaissait sous une couronne bien trop large pour lui. Un lit pliant et une glacière étaient tassés contre le mur du fond tapissé de paysages africains découpés dans des revues. « Allons, venez ma petite, dit Sœur Eleazar en indiquant à Marie de se rapprocher de la table. Bon, quittez vot' pardessus et enlevez-moi cette robe que j'puisse examiner ce ventre-là. »

Marie me passa son manteau, puis sa robe moulante à liserés bleus tandis que Sœur Eleazar débarrassait la table des calices et de tout le fatras. Le chihuahua nous avait emboîté le pas et il sauta sur le lit en poussant un soupir avant de se nicher le museau entre les pattes. Ça puait le chien.

« Bon, dit Sœur Eleazar à Marie, grimpez sur la table et allongez-vous pour que Sœur "Leazar puisse écouter ce qui se passe dans vos entrailles et dise une prière sur vot" ventre infertile. » Marie obéit avec un petit sourire crispé et la Noire se pencha pour plaquer son oreille contre le nombril de Marie. La houppette du fez de Sœur Eleazar s'est ouverte en éventail sur les côtes de Marie et j'ai commencé à me sentir tout émoustillé en la voyant ainsi, en soutien-gorge et petite culotte, étendue sur la table telle une vierge sacrificielle dévoilée dans cette pénombre exotique. Puis la sœur a marmonné quelque chose — une prière, j'imagine — dans une langue que je n'avais jamais entendue. Marie n'avait pas l'air très à son aise. « Vous faites plus d'inquiétudes, me dit Sœur Eleazar avec un clin d'œil appuyé, j'ai exactement ce qu'il vous faut. »

Elle alla farfouiller quelques instants sous le lit pliant et revint en tenant un morceau de craie bleue, tout comme celle que les profs de géo utilisent pour tracer les fleuves et les lacs au tableau, ainsi qu'un grand pot de moutarde Colman extraforte. Elle se pencha au-dessus de Marie comme un cardiologue puis, après quelques secondes de réflexion, elle traça une croix bleue sur son bas-ventre et lui dit : « C'est bien, mon chou, vous pouvez vous rhabiller. »

J'ai regardé Marie renfiler sa robe avec un haussement d'épaules qui disait que tout ça n'était qu'un fatras de superstitions et d'âneries. Je sentis tout à coup les doigts de Sœur Eleazar se refermer sur mon bras. Elle me fit un signe de tête d'un air entendu avant de m'entraîner dehors. Le ciel était couvert. La pluie était proche. « Écoutez, chuchota la Noire tout en me tendant le pot de moutarde, c'est pas d'elle que ça vient, mais de vous… Ça se pourrait que vous n'alliez pas assez profond. » Je la fixai droit dans les yeux en m'efforçant de rester impassible. Elle baissa encore la voix. « Voilà ce que vous allez faire… Avec la moutarde, vous vous ferez un cataplasme dont vous allez vous frotter les parties avant de la prendre… Ça va vous faire jaillir la "jaculation" comme une torpille de sous-marin — voyez ce que j'veux dire ? », expliqua-t-elle en clignant de l'œil encore une fois. Marie se tenait devant la porte. Un type bêchait son jardin devant la maison voisine. « Ah, dit la sœur en tendant la main, vous voudrez bien aussi faire un don à la Fraternité... Ça fera onze dollars et cinquante cents. »

Je n'ai jamais dit à Marie ce que je devais réellement faire avec la moutarde. C'était vraiment trop dingue. Je lui ai seulement raconté que la sœur m'avait recommandé de lui enduire le ventre de moutarde une heure après un rapport sexuel pour que cela fasse de l'effet : ça devait faciliter la fécondation. Evidemment, cela ne servit à rien. D'ailleurs, rien n'y fit. Mais à force de travailler au *Reader's Digest*, Marie était devenue superstitieuse et moi, j'aurais fait pratiquement n'importe quoi pour qu'elle se sente mieux. Je me souviens qu'un jour, alors que je montais me coucher, je l'ai trouvée nue, assise sur le bord du tabouret avec des chapelets de gousses d'ail qui lui faisaient trois fois le tour de la taille. « Je croyais que c'était contre les vampires ? » ai-je dit. Elle s'est contentée d'entrouvrir les lèvres et de tendre les bras vers moi.

Au cours des semaines suivantes, elle a essayé tous les remèdes de bonne femme possibles et imaginables. Elle plaça sous le lit un pot de grès contenant un crapaud, elle se fit une soupe composée de laitance et d'yeux de poissons, elle but du lait de chèvre avec de l'huile de foie de morue et bourra l'armoire à pharmacie de toutes sortes de mixtures et d'élixirs à base de chiendent et de corne de rhinocéros. Je la surpris une fois dans la cave, toute nue, en train de danser autour d'un coq vivant. Je devais manger de la viande trois fois par jour pour garder la forme. Enfin, un beau soir, en lisant le *Science Digest*, voilà que je tombe sur un article à propos des bébés-éprouvette. Je m'attardai longuement sur les illustrations, en particulier sur cette photo vers la fin de l'article qui montrait un couple anglais, un type au crâne dégarni et sa femme grasse comme une truie, entourant leur fils-éprouvette. Ensuite, j'ai demandé à Marie de venir voir.

Le docteur Ziss nous prit tout de suite. Il se montra compatissant et nous affirma qu'il ferait tout ce qui serait en son pouvoir pour nous venir en aide. Il nous faudrait tout d'abord nous soumettre à quelques analyses préalables avant de déterminer l'origine du problème et décider de l'opportunité d'une intervention chirurgicale. Puis il nous fit passer dans son cabinet d'auscultation pour inspecter nos yeux et nos oreilles. Il testa nos réflexes en tapant son marteau contre nos genoux et il prit notre tension. Il effectua des prises de sang, plissa les yeux au-dessus de mes spermatozoïdes au microscope, prit des radios de nous deux et procéda à un toucher vaginal complet. Son infirmière était une de nos voisines, Irène Goddard, une femme renfrognée d'une cinquantaine d'années avec une grosse tête pleine de petits sillons verticaux sur le pourtour des lèvres. Elle nous palpa, nous pinça de partout et nous fit une piqûre avant de nous faire noircir un questionnaire de vingt ou trente pages comportant de multiples questions à propos de tout et de rien, depuis nos gargouillis intestinaux jusqu'aux éventuels poils sur le menton de ma grand-mère. Deux semaines plus tard, il y eut un coup de fil. Le médecin nous demandait de passer le voir.

A peine avions-nous eu le temps d'enlever nos manteaux que Mrs. Goddard nous ouvrait déjà la porte du cabinet de consultation en nous jetant un regard de garde-chiourme sur le point d'enclencher la manette de la chaise électrique. Je dois aussi vous dire que le docteur Ziss est un jeune homme d'à peu près mon âge, plutôt étroit d'épaules, avec une petite moustache soigneusement taillée et une mèche de cheveux qui lui retombe sur l'œil et qu'il ne cesse de rejeter en arrière avec les doigts. Enfin bref, il nous attendait assis derrière son bureau à feuilleter une pile de graphiques et de résultats du laboratoire.

« Prenez place », nous dit-il avant de nous annoncer qu'il avait bien peur « d'avoir de bien mauvaises nouvelles ». Marie pâlit comme le jour où la police de la route avait appelé pour lui dire que sa mère avait eu un accident. Ses chevilles oscillèrent au-dessus de ses talons aiguilles et elle s'effondra dans le fauteuil comme si quelqu'un venait de l'y jeter. A ce moment-là, j'ai cru qu'elle allait se mettre à pleurer, mais le docteur prit les devants. Il sourit, dévoilant une double rangée de dents récurées au fluor et au fil de soie : « Mais j'ai aussi de bonnes nouvelles. »

La mauvaise nouvelle était que les ovaires de Marie étaient grillés. Il dit qu'elle était atteinte du syndrome de Stein-Leventhal et qu'elle ne pouvait produire des ovules fécondables. Il nous déclara sans détour : « Votre femme est stérile et il n'y a rien à y faire. Même si nous avions les équipements et les compétences nécessaires, la fécondation *in vitro* ne serait d'aucune utilité. »

Marie accusa durement le coup. Je baissai les yeux et les gardai rivés sur le lino pendant qu'elle reniflait à grand bruit.

Puis je lui pris la main. Le docteur Ziss se pencha au-dessus de son bureau et rejeta sa mèche rebelle : « Mais tout n'est pas perdu... », poursuivit-il.

Nos yeux ont convergé sur lui. « Avez-vous songé à la possibilité de recourir à une mère porteuse ? Une jeune femme qui serait prête à se faire volontairement inséminer — contre rétribution bien sûr — avec le sperme du père et qui, aussitôt après l'accouchement, remettrait le bébé à la mère ? » Il lissa sa moustache et reprit : « C'est très courant. Cela se fait dans tout le pays. Et si Mrs. Trimpie s'étoffe pendant sa "grossesse" et va "accoucher" en ville, aucun de vos voisins ne saura jamais que l'enfant n'est pas réellement le vôtre selon les lois de la nature. »

Ça bouillait sous mon crâne. Un bombardement de pensées égoïstes et franchement mesquines me cribla les méninges tandis que je me rengorgeais, tout gonflé de mépris pour Marie. Cela venait d'*elle*, c'était *elle* l'invalide, pas moi — moi qui brûlais d'envie d'exercer mon droit inné, mon droit divin d'avoir un enfant, un descendant. C'est vrai — c'est réellement vrai : une chose n'est jamais autant désirable que lorsqu'elle vous est refusée. Je me surpris à penser tout haut : « En fait, il serait à moitié à nous et... et en partie à...

— Exactement, c'est bien ça, Mr. Trimpie. Et j'ai déjà pris contact de votre part avec une jeune femme pour le cas où vous désireriez donner suite... »

Je regardai Marie. Ses yeux se mouillaient. Elle m'adressa un petit sourire et me serra plus fort la main.

« C'est bien sûr une Blanche, de type européen, jolie, parfaitement saine, très intelligente : une étudiante en première année de médecine qui a besoin d'une aide financière pour poursuivre ses études.

— Euh, hem... commençai-je en butant sur les mots, combien faudrait-il compter, enfin, je veux dire, au cas où on se déciderait, ça se monterait à quoi ? »

Le médecin avait déjà prévu la question. « Dix mille dollars, répondit-il sans l'ombre d'une hésitation, frais d'hôpital en sus. »

Deux jours plus tard, j'entendis frapper à la porte. C'était une fille en jeans, flottant dans un caban trop large, flanquée de vieilles valises en carton bleu passé fermées avec du ruban adhésif. Elle me parut avoir dans les seize ans, une gringalette plutôt pâlichonne avec deux petites étoiles de nacre bon marché aux oreilles et des cheveux roux coupés très court qui se hérissaient sur son crâne. Je ne pus m'empêcher de penser à ces documentaires sur la fin de la Seconde Guerre mondiale dans lesquels on voit des femmes tondues en représailles ou à des images d'orphelins en fuite, d'adolescents échappés d'une maison de redressement. La Mercedes gris revolver du docteur Ziss était garée dans le virage et des bouffées de fumée montaient du pot d'échappement dans l'air frais du matin. Il me fit un signe de la main avant de démarrer dans un crissement de gravillons. « Salut, dit la fille en me tendant la main, je m'appelle Wendy. »

Tout avait été planifié d'avance. Le docteur Ziss pensait que ce serait une bonne idée d'avoir la future mère près de nous à la maison pendant une quinzaine de jours avant l'« intervention », pour que nous puissions faire connaissance. Puis elle pourrait rester chez nous un mois ou deux avant de nous donner un aperçu de la grossesse. Lorsqu'elle commencerait à s'arrondir, elle irait s'installer dans un studio à l'autre bout de la ville pour éviter que les voisins puissent se douter de quelque chose. Le médecin se montra fort délicat lorsqu'il fallut parler d'argent. Il s'imaginait bien qu'un petit patron pêcheur et une secrétaire à mi-temps n'ayant pas fait d'études qui roulaient dans une vieille Rambler esquintée ne devaient certainement pas dormir sur un gros matelas d'économies. Mais l'argent n'était pas vraiment un problème pour nous. Nous avions touché le capital-décès de l'assurance de la mère de Marie — elle avait été fauchée par un semi-remorque dévalant la bretelle de la voie rapide — plus les trois mille cinq cents dollars que m'avait payés la Continental Edison pour la livraison d'alevins en remplacement de ceux qui avaient été aspirés dans les conduites de refroidissement de la centrale nucléaire. Tout cet argent attendait au County Trust, en rapportant cinq-vingt-cinq pour cent. Nous le gardions en cas de pépin. Le moment était venu. Je suis allé fermer le compte.

Le docteur préleva ses honoraires et nous expliqua que la fille toucherait cinq mille dollars dès que le test de grossesse serait positif, puis le solde à l'accouchement. Il fallait prévoir environ mille cinq cents dollars pour les frais de maternité, plus en cas d'éventuelles complications. Nous sommes tombés d'accord là-dessus et il nous fit signer un formulaire à tous les deux. Je me suis dit que je pourrais toujours aller travailler le soir à l'usine d'embouteillage si jamais on se retrouvait à court d'argent.

Mais là, avec cette fille devant moi, je ne pus m'empêcher d'éprouver comme un regret — elle n'était pas mal dans l'ensemble, mais je m'étais attendu à… comment dire, quelque chose d'un peu plus… étoffé — et en plus, c'était une rousse. Déception. Tout au fond de moi, j'avais espéré qu'elle serait blonde, que ce serait une de ces grandes filles élancées de type scandinave comme on en voit sur les publicités pour les cigarettes. Enfin bon, je lui ai dit que j'étais content de faire sa connaissance, puis je lui ai montré la chambre d'amis. J'y avais fait le ménage et l'avais meublée avec une commode, un lit et un bureau achetés au dépôt de l'Armée du salut, et quelques babioles pour l'égayer. Je lui ai demandé si elle désirait que je lui prépare un petit quelque chose en attendant que Marie soit rentrée du travail car j'allais partir dès la marée haute. Elle s'est assise sur le rebord du lit ; elle avait l'air fatigué. Elle n'avait même pas jeté un œil à la fenêtre pour admirer la vue sur la baie de Croton. « Oui, merci, répondit-elle après quelques secondes, comme si elle se réveillait ou que je la tirais d'une rêverie, oui, je veux bien, s'il vous plaît. » Elle avait des yeux gris, de la couleur des blocs de glace charriés par le fleuve. Elle m'appela par mon prénom entier, Nathaniel, d'une voix douce et polie, comme une institutrice débutante faisant l'appel le matin. Marie m'avait toujours appelé Nat et, sur les quais, pour tout le monde, c'était Ace. « Un sandwich, peut-être ? Avec juste une tasse de chocolat ? Si vous voulez bien, Nathaniel… »

Je redescendis lui faire un sandwich au jambon avec de la tomate et des feuilles de salade, gardant au creux de l'oreille le son de sa voix chantonnante. Le docteur Ziss avait parfois dit que c'était une fille « aux paires », ce qui m'avait laissé supposer qu'elle devait avoir quelques avantages là où il le fallait. Ce n'était pas tout à fait ça, quoique, une fois qu'elle eut enlevé son caban, je pus me rendre compte qu'elle était un peu mieux en chair que je ne l'avais cru tout d'abord. Certes, elle n'était pas très étoffée du haut. Mais elle avait les hanches et les cuisses plutôt bien faites. Je ne pus m'empêcher de trouver ça de bon augure mais je me repris vite : ce n'était pas très chic de la considérer ainsi, avec des yeux d'éleveur de chevaux.

Elle s'était allongée et paraissait endormie lorsque je revins lui porter le sandwich et la tasse de chocolat chaud. Je lui touchai l'épaule. Tout doucement, je la secouai. Elle se réveilla en sursaut et jeta un regard inquiet tout autour de la pièce comme si elle ne se souvenait plus de rien. « Oh, merci, merci... », balbutia-t-elle d'une voix précipitée de petite fille reprenant son souffle. Je me suis appuyé contre le rebord du bureau et je l'ai regardée en me réjouissant de ce qu'elle avait une denture solide et bien alignée ainsi qu'un nez bien régulier. « Alors, vous allez faire médecine ? C'est ce qu'a dit le docteur Ziss... »

« Hm-hm, fit-elle en mastiquant, je suis en première année. Mais je vais devoir sauter le deuxième semestre, je veux dire, à cause du bébé et tout... »

C'était la première fois qu'il était question de notre arrangement : un ballon lesté de plomb chuta au beau milieu de notre conversation. Elle s'interrompit et je sentis que je rougissais. J'étais là, seul dans la maison avec une jeune et jolie inconnue et elle allait me donner un enfant.

Elle poursuivit en essayant de faire comme si de rien n'était et s'éclaircit la voix du mieux qu'elle le put. « Enfin, ça me plaît bien — je veux dire, la médecine — mais c'est plutôt dur et je ne vois vraiment pas comment je pourrais me payer tout ça sans, enfin, sans... » Elle leva les yeux sur moi : « Sans votre aide... »

Je ne savais pas trop quoi lui répondre. Je l'ai regardée droit dans les yeux quelques instants et je me suis senti bizarrement excité, puissant comme un pacha faisant passer un examen d'entrée à une candidate au harem. Puis je pris l'esturgeon de porcelaine posé sur le bureau et je me mis à le retourner entre mes doigts. « Je ne suis pas allé à l'université », lui dis-je. Puis j'ajoutai, comme pour m'excuser : « Je suis pêcheur. »

Ce jour-là, une pluie froide tombait lorsque nous sommes montés tous les trois dans la voiture. Nous allions voir le docteur Ziss pour « l'intervention ». Les érables viraient déjà au brun, les rues étaient éclaboussées de pourpre et d'or, l'asphalte luisait, le monde entier était comme une cathédrale. Je fus pris d'un sentiment d'humilité, saisi de respect envers le miracle de la vie et les progrès accomplis par l'humanité : *Ma semence va porter ses fruits... Dans une demi-heure, je serai père.* En revanche, Marie et Wendy me paraissaient très décontractées, insouciantes, comme si elles avaient tout oublié de la raison de notre virée, et elles babillaient sans fin à propos de tout et de rien, de chaussures, de tricot, du divorce de je ne sais plus quel acteur. Elles avaient très rapidement sympathisé, prenant l'habitude de passer la soirée à bavarder dans la cuisine en buvant du café ou d'aller ensemble au ciné ou faire simplement du lèche-vitrines. Elles se racontaient leurs petites histoires et se mettaient à pouffer dès que j'entrais dans la pièce. Bien que Wendy ne l'aidât guère à tenir la maison — en fait, elle ne faisait pas grand-chose à part se prélasser sur le lit ou rester le nez collé dans ses bouquins — je ne crois pas que Marie lui en voulait. Elle était trop contente d'avoir quelqu'un pour lui tenir compagnie, et il y avait autre chose, bien sûr : Wendy nous rendait un immense service. Nous lui en étions tous deux très reconnaissants.

Le docteur Ziss nous reçut. Il était tout sourires. Il me serra chaleureusement la main, fit la bise aux filles avant de nous faire entrer dans son cabinet comme un impresario un soir de grande première. Mrs. Goddard resta sur son quant-à-soi. Elle me jeta un regard glacial, comme si j'étais un conspirateur résolu à déposer le pape, ou sur le point de corrompre quelques fillettes prépubères. Pendant ce temps, le docteur Ziss se penchait pour dire quelque chose à Marie et Wendy, que je ne saisis pas, et voilà qu'ils se mirent à glousser tous les trois comme une colonie d'oies du Canada. J'ignorais s'ils plaisantaient à mes dépens mais toujours est-il que je me sentis tout à coup dans mes petits souliers, gêné, confus, hors du coup, intrus. Je notai que le docteur Ziss avait passé un bras autour de la taille de Wendy. Je n'eus pas le temps de m'en chagriner longtemps. Mrs. Goddard me prit d'autorité par le bras et me mena sur-le-champ aux toilettes du bout du couloir. Elle me planta devant la porte en me tendant un préservatif emballé dans du papier d'aluminium ainsi que deux magazines porno aux pages écornées. Je n'en eus pas besoin. Rien que de penser à ce qui allait se passer dans la petite pièce du fond — Marie avait demandé au docteur Ziss si elle pourrait procéder elle-même à l'insémination — suffit à me donner une érection comme un démonte-pneu de camion. Je m'imaginais Wendy, avec rien en dessous de sa petite blouse blanche, doucement étendue sur la table gynécologique tandis que Marie, ma tendre et douce épouse, brandissait ce truc qui ressemble à une seringue… Il ne m'en fallut pas plus. En moins de soixante secondes, j'étais déjà ressorti après avoir déposé le préservatif pendouillant dans un conteneur stérilisé.

Après, nous sommes allés chez Mama's Pasta House boire une bouteille de champagne rosé et manger des lasagnes. C'était moi qui offrais.

Un beau matin, un mois plus tard à peu près, j'étais encore au lit avec Marie quand j'entendis dans le couloir les pas de Wendy allant aux toilettes. Tout était calme et silencieux dans la maison et une douce lumière nappait le rebord de la fenêtre. Je ne pensais à rien. Ou peut-être pensais-je aux bars, à leur fuselage argenté et à la façon dont ils remontent si vite des profondeurs comme des irruptions fugitives au cours d'un rêve. Peu après, je perçus des bruits de hoquet. Nausées matinales, me dis-je en citant spontanément l'un des innombrables livres pratiques qui traînaient désormais partout chez nous. Mais, subitement, inexplicablement, je me retrouvai plié en deux par un spasme. « Heurgh », s'étrangla Wendy. « Heurgh », renvoyèrent les murs en écho alors que mon estomac se retournait comme si quelqu'un y plongeait les doigts et en tirait le fond.

Au petit déjeuner, elle apparut toute pâle, décomposée. Elle avait les cheveux en bataille et les yeux gonflés. Elle essaya de croquer une tranche de pain grillé mais recracha aussitôt dans sa main. Je n'arrivai pas davantage à manger. Le lendemain, ce fut pareil, et le surlendemain aussi : elle était malade, j'étais malade. A peine avais-je démarré le moteur du bateau que la première bouffée d'échappement me donnait un haut-le-cœur. Je me penchais au-dessus du plat-bord et je vomissais dans la rivière. Ou, d'autres fois, alors que je relevais les carrelets gisant au fond, l'effort me mettait complètement à plat. J'ai appelé le médecin.

« Grossesse empathique, m'expliqua-t-il entre deux crachouillements de la ligne téléphonique. C'est tout à fait normal. Le mari partage les symptômes de l'épouse.

— Mais je ne suis pas son mari !

— Le mari, ou le père : quelle différence ? C'est tout comme… »

Cela me donna matière à réflexion. J'y ai encore pensé

lorsque Wendy et moi, nous avons commencé à dévorer comme les New York Jets en période d'entraînement et j'y songeai aussi lors de mes soirées à l'usine et aussi la fois où Wendy descendit en sous-vêtements et qu'elle nous montra le ballonnement durci de son ventre blanc qui commençait à lui élargir le nombril comme une fleur prête à éclore. Marie regardait une niaiserie à la télé, un feuilleton avec des toubibs et des infirmières, et moi je lisais un article sur la pollution de l'eau entre Manhattan et Staten Island : rien n'a pu survivre, pas même les anguilles. « Regardez, nous dit Wendy en souriant, aux anges, ça commence à se voir. » Marie se leva et la prit dans ses bras. Je souriais comme un simplet, ravi de voir son panty — en nylon blanc, semé de petites fleurs roses — tendu sur ses cuisses, ravi de la façon dont ses petits seins pointus commençaient à étirer son soutien-gorge. J'aurais voulu glisser le bout de ma langue au creux de son nombril.

Le jour suivant, alors que Marie était à son travail, j'allai frapper à la porte de Wendy. « Oui, entre… », répondit-elle. Elle portait un peignoir, une japonaiserie avec des dragons et des pagodes brodés dessus, et se tenait adossée contre le mur, calée entre les oreillers, à lire un manuel d'anatomie. Je lui dis que je n'avais pas envie d'aller pêcher et que je me demandais si elle avait besoin de quelque chose. Elle posa son livre et m'adressa un sourire aussi onctueux qu'une noix de beurre fondant sur un tournedos. « Mmouiii, acquiesça-t-elle, il me semble bien que oui. » Puis elle écarta les pans de son peignoir. Plus tard, elle me dit : « Pourquoi on avait besoin du médecin, en fait ? »

Si Marie se douta jamais de quelque chose, elle fit en sorte de n'en rien laisser voir. En fait, je crois qu'elle était trop absorbée par tout ce qui se passait pour couver des soupçons envers l'un ou l'autre de nous deux. C'est vrai : elle s'était complètement entichée de Wendy, elle paraissait boire ses paroles ; tous les soirs, lorsqu'elle rentrait de l'imprimerie, elle montait passer une heure ou deux dans la chambre de Wendy. Je pouvais les entendre se marrer toutes les deux. Quand je lui demandais après coup ce qui les faisait rire, Marie se contentait de hausser les épaules. « Oh, rien, tu sais… des histoires entre filles, on papote, tu vois bien. » La situation les avait rapprochées l'une de l'autre et elles étaient devenues plus intimes que deux sœurs et parfois, j'aimais m'imaginer que nous formions tous trois une seule famille heureuse. Mais je m'abstins de dire à Marie ce qui se passait en son absence. Une fois, il y a de ça des années déjà, j'avais eu une petite aventure avec une des filles que nous avions connues en classe. C'était une petite nana au menton pointu, aux cheveux crêpés et aux yeux de furet. Ce fut une passade, un coup sans suite, une affaire strictement charnelle et, peu après, cette fille était partie s'installer dans l'Ohio. Marie ne mit jamais une croix dessus. Il suffisait d'évoquer l'Ohio en sa présence — une simple mention, une allusion, que le mot soit prononcé, par exemple, au cours du bulletin météo — pour qu'elle se renfrogne aussitôt.

J'aimerais pouvoir dire que j'étais bourrelé de remords, mais ce serait mentir. Je ne voulais surtout pas faire de la peine à Marie ; Marie était ma femme, ma meilleure amie, je l'aimais et la respectais. Mais, d'un autre côté, il y avait aussi Wendy, avec sa voix haletante et ses yeux gris, Wendy qui portait mon enfant. Rien que d'y penser, rien qu'en imaginant mon fils flottant à l'aise dans son univers liquide, là, tout proche, sous le doux arrondi de son ventre, je me sentais tout chose... cela me rendait fou de désir, et de tendresse paternelle aussi. Wendy n'était-elle pas, en un sens, ma femme, tout autant que Marie ? Au fond, le mariage n'était-il pas avant tout le moyen d'assurer la reproduction de l'espèce humaine ? Sarah n'avait-elle pas dit à son époux Abraham d'enfanter avec son esclave Hagar ? Rétrospectivement, je suppose que Wendy a dû se donner à moi parce qu'elle s'ennuyait, à passer toutes ses journées en négligé avec ces manuels d'anatomie qui lui donnaient sans doute des idées... Il est évident qu'elle ne partageait pas les mêmes sentiments que moi. Aujourd'hui, j'en suis bien persuadé. Mais à l'époque, je n'y voyais pas plus loin que le bout de mon nez. Mère porteuse, deuxième femme, j'étais follement épris d'elle.

Tout bascula lorsque Marie se mit un coussin en duvet sur le ventre et que notre « locataire » finit par devoir aller s'installer du côté de Depew Street (« Va donc savoir pourquoi ? ai-je dit alors aux copains de Flounder, ça lui a pris comme ça, du jour au lendemain. Manque de pognon, je suppose. » Personne ne leva le nez de son verre jusqu'à ce qu'un des types sorte un truc à propos du match des Knicks. Alors Alex DeFazio s'est tourné vers moi et m'a dit : « A propos, il paraît que ta femme aurait un polichinelle dans le tiroir ? »).

Je me suis retrouvé plutôt nigaud. Marie travaillait à plein temps à présent et je restais seul chez nous, à user la moquette du living à force de faire les cent pas en me rongeant les sangs. J'aurais bien sûr pu aller faire un tour jusqu'au fleuve mais, en février, le coin était désert. Alors j'atterrissais au Flounder, où je me calais les coudes sur le comptoir et regardais les mollys et les porte-épée se cogner contre les parois de l'aquarium tout en espérant que je trouverais un gars assez sympa pour m'emmener en voiture jusqu'à l'autre bout de la ville. Parce que même s'il nous arrivait d'aller, Marie et moi, voir Wendy environ un soir sur deux après dîner, et même s'il m'arrivait de rester pendu au téléphone à lui parler jusqu'à en avoir la bouche sèche, ce n'était pas la même chose. Et puis, même les jours où je pouvais aller la voir, de temps en temps, je voyais bien que ce n'était plus comme avant. Nous avions fait l'amour depuis son départ, mais elle était comme distante, réticente, comme si c'était une corvée ou juste un moment à passer. Je lui ai demandé ce qu'il y avait. Elle m'a simplement répondu : « Mais non, rien, je t'assure. » Ce fut comme si on avait percé un petit trou rond au centre de mon être.

Une fois, début mars, alors qu'au-dehors le vent glacé cinglait, je n'ai pu supporter plus longtemps de rester enfermé entre quatre murs et je me suis coltiné les deux heures de marche jusqu'à Depew Street. Il faisait un vrai temps de cochon. Des nuages à n'en plus finir, sombres comme de la paille de fer, les trottoirs recouverts d'une couche de glace pisseuse avec, de chaque côté, des crottes de chien conservées comme des icônes dans les congères à demi fondues. Pendant le trajet, je n'ai cessé de retourner tout un tas de scénarios dans ma tête : Wendy et moi, on prenait un bus pour la Californie et, une fois arrivés, on écrivait à Marie de venir nous rejoindre, ou bien on s'envolait pour les Iles Vierges et on élevait l'enfant sur la plage, en plein air, ou encore Marie mourait dans un accident de voiture… En arrivant chez elle, je vis la Mercedes du docteur Ziss garée devant l'entrée. D'abord, ça m'a paru bizarre. Qu'est-ce qu'il pouvait bien faire chez elle au beau milieu de l'après-midi ? Mais je me suis dit qu'après tout, c'était son médecin. Alors j'ai fait demi-tour et je suis rentré à la maison.

Nathaniel junior est né en juin à New York : un bébé de neuf livres avec un léger duvet roux et des yeux gris laiteux. Wendy n'avait jamais été si resplendissante. La tête de son lit avait été relevée ; ses cheveux, qui avaient maintenant bien repoussé, venaient d'être lavés et peignés et elle portait la paire de boucles d'oreilles turquoise que je lui avais offerte. Marie, elle, était aux anges. Elle me lança un regard empli de fierté en continuant de bercer le bébé qu'elle abreuvait de roucoulements et de sourires radieux. En regardant Wendy à la dérobée, je vis que deux auréoles humides s'étaient formées sur le tissu de sa chemise de nuit à l'emplacement de ses mamelons. Quand elle donna le sein au bébé, je me crus sur le point de défaillir, de ravissement, mais aussi de jalousie. J'aurais voulu la prendre, là, tout de suite.

Le docteur Ziss était là aussi, évidemment, tout sourires, comme si c'était lui qui avait fait tout le travail. Il fit une bise à Marie, effleura le crâne du bébé, me serra la main et se pencha pour déposer un baiser sur les lèvres de Wendy. Je lui offris un cigare. Trois jours plus tard, Wendy avait ses cinq mille dollars en poche, le docteur et la maternité avaient été réglés et nous sommes rentrés chez nous avec le bébé. Lorsque je lui ai remis son chèque, Wendy avait des sandales aux pieds et portait une ample robe d'été. Je la revois encore, assise sur le banc laqué, tenant le bébé contre sa poitrine, dans ce couloir d'hôpital traversé de rayons de soleil comme l'intérieur d'une église. Il y eut un moment d'émotion, les filles y allèrent de leur larme — surtout Marie — et des promesses furent échangées, de se revoir, de se donner des nouvelles. Wendy tendit Nathaniel à Marie comme s'il s'agissait d'un quartier de viande ou d'un sac de pommes de terre, sans manifester l'ombre d'un regret. Elles s'embrassèrent, puis elle frotta sa joue contre la mienne en produisant un petit bruit de baiser et partit sans se retourner.

J'ai tenu bon toute une semaine. Je changeais les couches, surveillais le chauffe-biberon, restais blotti contre Marie avec le bébé entre nous. J'essayais de me retrouver. Mais je n'y parvins pas. A chaque fois que je regardais mon fils, je voyais Wendy : le retroussis de ses lèvres, sa chevelure, ses yeux, la moue qu'elle faisait. Et dans ces moments de rêverie éveillée, je croyais même parfois reconnaître sa voix dans les halètements et les pleurs du bébé. Un matin, alors que Marie étaient encore endormie, le bébé dans ses bras, je sortis la voiture du garage et filai vers Depew Street.

En tournant au coin de Depew Street, la Mercedes du médecin fut la première chose que j'aperçus : gris revolver, reconnaissable entre toutes, garée contre le trottoir comme une vigie en pleine figure. J'étais tellement ahuri de la voir là que je faillis rentrer dedans. Qu'est-ce qui se passait ? Une urgence postnatale ou quelque chose dans le genre ? Il était dix heures du matin. Les rideaux de Wendy étaient tirés. En remontant l'allée, mes doigts se mirent à trembler comme à l'instant où je tire sur le filet et que quelque chose se débat au fond.

La porte était ouverte. Ziss, en jeans et T-shirt, était assis devant la télé à regarder des dessins animés tout en buvant un verre de lait. Il repoussa sa mèche sur son front et me regarda avec un sourire niais. Wendy lui parla depuis la pièce du fond : « David... David, tu sors ? » Je devais avoir l'air du perdant dépité venant d'échouer à la dernière question d'un jeu télévisé car Ziss, pour une fois, la ferma. Il se contenta de hausser les épaules. La voix de Wendy s'éleva encore, aussi fûtée que le souffle d'une traversière : « Si tu sors, ramène-moi des gâteaux et des yogourts, et puis prends aussi des muffins au maïs, tu veux bien ? J'ai une faim de loup ! »

Ziss se leva pour aller jusqu'à la porte de la chambre, grommela quelque chose que je ne pus saisir, repassa devant moi comme si je n'existais pas et sortit par la porte de derrière. Je le vis ramasser un ballon de basket, faire quelques passes rapides puis se mettre en posture pour viser un panier imaginaire. Sur l'écran du téléviseur, le chat Sylvestre glissa une patte à l'intérieur d'une poubelle pour en retirer une carcasse de poisson. Wendy apparut dans l'entrebâillement de la porte. Elle ne disait rien.

« Wendy, écoute, je... », débutai-je. Je me sentais floué, berné, j'avais l'impression d'avoir été le dindon d'une farce manigancée par cette fille et ce pompeux bellâtre qui folâtrait sur la pelouse. Qui en avait été l'instigateur ? me demandai-je le cœur battant, lui ou elle ? « Vous vous êtes bien foutus de moi, hein ?

— J'ai rempli ma part du contrat, non ? »

Evidemment. J'avais obtenu ce pour quoi j'avais payé. Mais tout avait changé, comment pouvait-elle faire semblant de ne pas le voir ? Je me moquais bien de mon fils et de Marie : c'était elle que je voulais. Je le lui dis. Elle ne me répondit pas. « Tu étais de mèche avec Ziss, vous étiez cul et chemise, hein ? lui demandai-je en haussant le ton. Depuis le début, c'est bien ça ? »

Elle prit un air las, épuisé, comme si elle n'avait cessé de courir depuis des mois. Je l'ai regardée traverser la pièce en traînant les pieds et passer dans le coin-cuisine, puis ouvrir le réfrigérateur et en sortir un pot de confiture. Elle se fit une tartine, lécha une coulure sur ses doigts et dit que j'empestais le poisson. Elle ajouta qu'elle ne pourrait jamais avoir une relation durable avec moi à cause de Marie.

« Allons, tu dis n'importe quoi, et tu le sais très bien ! » criai-je cette fois. Ziss, à quelque pas de la porte, jeta un œil à l'intérieur.

« Bon, d'accord, c'est parce que nous sommes… » Elle posa sa tartine et se lécha la lèvre inférieure. « Parce que nous fréquentons des milieux différents…

— Tu veux dire que je ne suis pas toubib, que je ne suis pas assez distingué pour toi ? C'est parce que je n'ai pas fait d'études et tout ça ? »

Elle acquiesça. Sans me laisser la moindre chance, sans espoir de discussion, elle planta son regard dans le mien et acquiesça, lentement, posément.

Je ne sais pas ce qui m'a pris. J'ai vraiment perdu la tête, je suis sorti comme une flèche, j'ai foncé droit sur Ziss. Je l'ai flanqué par terre. Il s'est débattu, m'a griffé, a essayé de me mordre le poignet mais je l'ai saisi par les cheveux en lui martelant la figure tandis que Wendy accourait dans son peignoir japonais. Elle tourna autour de nous en s'affolant comme une chatte en chaleur.

Lorsque la police a débarqué, je lui avais déjà poché les deux yeux et rectifié sa belle denture. Wendy était encore agenouillée près de lui avec des compresses et de l'eau oxygénée lorsqu'ils me passèrent les menottes.

Le lendemain, un article parut dans le journal. Marie envoya Alex DeFazio avec l'argent de la caution mais elle ne voulut pas me laisser rentrer. J'ai cogné contre la porte, sans conviction, puis j'ai essayé de soulever le panneau de la fenêtre mais elle l'avait cloué. En voyant ça, j'ai vraiment eu envie de tout casser. Mais, finalement, je me suis dit qu'après tout, qu'est-ce que j'en avais à foutre ? J'ai démarré la Rambler dans un nuage de fumée bleutée. Merde pour les flics, les chiens, les gosses et les piétons : j'ai foncé comme si je disputais une course de stock-cars, passant en trombe les huit carrefours jusqu'au parking devant les docks. Arrivé là, j'ai abandonné la voiture, moteur fumant et cliquetant. Cinq minutes plus tard, je fendais les eaux du fleuve en ne laissant derrière moi qu'une grosse traînée boueuse qui s'estompait au loin.

J'étais dans mon élément. Le soleil, le vent, l'eau : la vie réduite à l'essentiel. Les mouettes planaient comme des figurines suspendues à un fil, les embruns me fouettaient le visage et la rive se fondit bientôt dans mon sillage, les docks, les bateaux de plaisance et les maisons en planches disparurent et je me retrouvai seul au-dessus de l'immensité grise du fleuve. Je finis par relâcher la poignée d'accélération pour chercher à repérer les bouées marquant l'emplacement de mes filets, m'orientant à l'instinct tandis que le nœud filandreux qui m'oppressait la gorge commençait à s'effilocher. Je les vis enfin, petits cônes blancs et rouges se ballottant en cadence. Je coupai les gaz, me rapprochai encore. Je saisis le flotteur le plus proche.

Tout en tirant sur l'orin je me disais, Wendy, Wendy, dans dix ans, dans quinze ans, jusqu'à la fin de ma vie, je reverrai ton visage chaque fois que je regarderai mon fils. Puis, à chaque poignée hissée, je me suis répété Wendy, Wendy, Wendy, sentant le filet peser chaque fois davantage, lourd de livres de chair, au fur et à mesure que je le décollais des sombres remous des profondeurs. Et, sur le moment, j'oubliai Wendy, je ne pensai plus ni à Marie ni à Nathaniel junior. Je ne pensai plus qu'à ce que me réservait le fond du fleuve, j'imaginais des ouïes, des nageoires et des yeux ronds et froids. Déjà, rien qu'en saisissant l'orin, j'ai compris que je n'étais pas venu pour rien. En cette période de la saison, il y avait des esturgeons, gros comme des bûches, au nez enflé, avec des dos crénelés, qui remontaient le lit du fleuve en provenance d'un mystérieux passé marin. Des êtres anadromes, programmés depuis toujours pour la montaison, revenus sur les lieux de frai comme des missiles téléguidés. C'est alors que je ressentis de légères pulsations sous les semelles de mes tennis et, relevant les yeux, je vis le ferry, le *Day Liner*, qui poursuivait sa route vers Bear Mountain, et des centaines d'excursionnistes avec leurs paniers de pique-nique et leurs glacières qui me faisaient des signes de la main. Je tirai le filet comme un pénitent.

Il n'y avait qu'un seul esturgeon, entortillé dans le filet comme une pelote de bouts de ficelle. Il était mort. J'ai sué et peiné pour le faire basculer dans le canot ; deux mètres de long, deux cents livres. Son corps encore souple et flexible avait gardé la froideur des profondeurs : il ne devait pas être mort depuis plus d'une heure. Tandis que je cognais contre la porte de ma maison, cherchant à rentrer chez moi, il avait dû se débattre furieusement pour s'extirper du filet. Les mouettes criaillaient au ras de l'eau, elles se moquaient de moi. J'ai dû trancher les mailles pour l'en dégager.

De retour aux docks, j'allai chercher un client du bar pour qu'il me donne un coup de main. Nous avons traîné l'esturgeon jusqu'au mât à dépiauter. Quand on prend un esturgeon, on le suspend par les ouïes du haut d'un grand mât et ensuite on le pèle comme une banane. Quatre ou cinq types s'approchèrent pour regarder ça, aucun ne pipant mot. J'ai découpé la peau tout autour des ouïes, par en dessous, puis je l'entaillai de haut en bas, de cinq fentes verticales. Des mouches vinrent se poser sur la lame du couteau. Le soleil me tapait l'arrière du crâne. Je me souviens d'un des types qui étaient plantés là, quelqu'un que je n'avais jamais vu auparavant, un type en chemise blanche qui tenait un gamin de huit ans environ. Le gosse serrait une canne à pêche dans sa main. Ils reculèrent tous deux quand je déchirai la première lanière de peau.

L'esturgeon se dépouille en produisant un bruit d'arrachement, quelque chose d'aussi crispant que le crissement d'un ongle sur le tableau noir, un son bizarre qui me fait penser à un drap qu'on déchire ou au décollement d'une écorce d'arbre. Je mis les lanières de peau en tas, les mouches affolées bourdonnèrent. La grande carcasse rose et luisante pendait comme un chevreuil sanguinolent au croc d'un boucher. Quelqu'un me tendit une bière : ma paume se colla à la canette et je l'engloutis d'un trait. Ensuite, je me suis approché du poisson pour le vider, comme un chirurgien, scalpel à la main. D'un seul coup d'un seul, j'enfonçai la lame du couteau avec la force de Jack l'éventreur, et je remontai d'un geste rageur jusqu'aux ouïes.

« Eh, t'as vu ça, dit l'homme en chemise blanche, elle est pleine d'œufs. »

J'ai baissé la tête. Il y en avait des millions, gris, scintillants comme des perles humides, se détachant en grosses grappes et chutant comme des fruits mûrs. Je mis mes mains en coupe pour maintenir cette masse tremblante contre le ventre béant, soupesant quarante ou cinquante livres d'œufs glissants et visqueux qui s'échappaient entre mes doigts comme les pièces que crachent les machines à sous, comme si je venais de toucher le jackpot.

Heartbreak Hotel

Une semaine environ après que l'écriteau A LOUER eut disparu de la fenêtre de la maison d'à côté, une camionnette couleur sirop pectoral est venue se garer dans l'allée. Cette peinture ne me disait rien qui vaille, pas plus que les gros pneus aux lettres blanches en relief ; mais la décoration ne passait pas inaperçue. On y voyait le portrait grandeur nature d'un homme coiffé en pièce montée qui tenait une guitare, et au-dessous la légende : *Le Jeune Elvis — Le Garçon Qui A Osé Le Rock.* Quand la camionnette s'est arrêtée, j'étais assis dans la cuisine en train de relire le journal et de souffler sur mon huitième café. J'étais en vacances. Ma femme aussi était en vacances, sauf qu'elle était à Mill Valley en Californie avec un dénommé Fred, et moi à Shrub Oak, dans l'état de New York.

La portière s'est ouverte et un gamin d'à peu près dix-neuf ans est descendu de l'engin. Il portait un blouson de cuir noir au col relevé bien qu'il ait dû faire plus de trente degrés, et ses cheveux se dressaient sur le sommet de son crâne en une construction de laque et de gomina luisante, d'un noir de jais, comme un nid d'oiseau perché tout en haut d'une falaise. La fille est sortie de l'autre côté et a fait le tour de la camionnette pour venir se planter bouche bée devant le pavillon défraîchi comme si c'était Graceland[1]. Elle était fluette et ses mouvements paraissaient hésitants, ses grands yeux cerclés de crayon noir ressemblant à des perforations. Elle avait un bébé dans les bras, aussi mou et abandonné qu'un filet d'oranges, qui ne devait pas avoir plus de six mois.

Titre original : « All shook up », publié dans le recueil *Greasy Lake*. Traduction de Jef Tombeur avec la collaboration de Cécile Bloch-Rodot.

1. Propriété où vécut Elvis Presley, à Memphis, aujourd'hui devenue un lieu de pèlerinage. *(N.d.T.)*

J'allai extraire trois bières du réfrigérateur, donnai un coup d'épaule dans l'écran à moustiques et traversai la pelouse jusqu'à l'allée où ils se tenaient l'un près de l'autre, l'air perdu. « Bienvenue dans le quartier », dis-je en tendant mes bières.

Le jeune mec portait des bottines noires. Il écrasa le trottoir de la pointe du pied droit comme pour éteindre une cigarette et releva les yeux le temps de me répondre : « Je ne bois pas.

— Et vous ? fis-je à l'adresse de la fille avec un sourire.

— Oui, merci », dit-elle en avançant une main gracile et veinée, étincelante d'ongles vernis. Elle jeta un coup d'œil en coin au gamin, prit une bière, me salua d'un clin d'œil et porta la bouteille à ses lèvres. Le bébé n'avait pas bronché.

Mes deux bouteilles ouvertes m'embarrassaient, si bien que j'en déposai une précautionneusement dans l'herbe et me redressai pour tirer une lampée de l'autre. « Patrick », fis-je, tendant ma main libre.

Le petit mec me prit la main et secoua la tête, une pointe de cheveux brillante et humide lui dégringolant sur le front. « Joey Greco, dit-il. Heureux de vous connaître. Et là, c'est Cindy. »

Sa voix avait quelque chose de curieux, à la fois dans le ton et l'accent. D'abord elle était étrangement grave, comme s'il voulait la déguiser ou faire une imitation. Et je n'arrivais pas à en situer l'accent. Je gratifiai Cindy d'un large sourire en signe de bienvenue et me tournai vers lui. « Vous venez du Sud ? »

La pointe du pied se remit à écraser le trottoir et l'esquisse d'un sourire aussi vite réprimé étira un instant le coin de ses lèvres. Quand il releva la tête son regard s'était animé. « Non, répondit-il. Pas vraiment. »

Un geai s'envola en criant de l'érable derrière la maison et fit un cercle au-dessus de nos têtes avant de disparaître dans la haie. Je bus une gorgée de bière. Je commençai à avoir des crampes à force de sourire et je sentais la sueur me ruisseler sous les bras et tremper mon dernier T-shirt propre.

« Non, reprit-il d'une voix accordée un ton plus haut. Je suis de Brooklyn. »

Deux jours plus tard j'étais allongé dans le hamac derrière la maison en train de lire un roman d'espionnage sur un agent double qui un moment devient triple, est démasqué, traqué, capturé, et finalement persuadé sous la torture de devenir quadruple, au terme de quoi sa femme le quitte et ses enfants changent de nom. J'étais également occupé à vider la bouteille de Chivas Regal que Fred avait offerte à ma femme pour Noël tout en m'enduisant le nombril de crème solaire d'un geste méditatif. Le coup de sonnette me prit au dépourvu. Je me redressai, arrachai une feuille d'érable pour marquer ma page et fis le tour de la maison, pieds nus dans mon short en jean effrangé et maculé de peinture.

Cindy était à la porte. Elle me tournait le dos et scrutait l'intérieur de la maison à travers la moustiquaire. Je ne la reconnus pas tout de suite : elle avait l'allure d'une gamine perdue ou abandonnée, d'une girl-scout en train de vendre des petits gâteaux au porte à porte dans un quartier inconnu. Comme je m'apprêtais à ouvrir la bouche elle appuya de nouveau sur la sonnette. « Ohé », cria-t-elle, les mains en porte-voix en s'appuyant contre la moustiquaire.

Le carillon égrena les sept premières notes grêles de « La Lettre à Elise », ce que ma femme avait trouvé du plus charmant effet ; je me promis de le débrancher dès le lendemain matin. « Y a quelqu'un ? » appela Cindy.

— Bonjour », répondis-je en la regardant sursauter. « C'est moi que vous cherchez ?

— Oh ! » s'exclama-t-elle. — Elle se retourna en riant. — « Salut. » Elle était en débardeur et en short, les cheveux retenus par une épingle, et ses impeccables petits ongles de pieds semblaient avoir été repeints de neuf. « Patrick, c'est bien ça ?

— C'est ça, et vous c'est Cindy. »

Elle fit oui en me gratifiant du regard du tailleur qui vous voit entrer dans sa boutique en quête d'un costume. « Joli bronzage », fit-elle.

Je me passai une main huileuse sur la poitrine en observant mes pieds. « Je suis en vacances.

— Ah, super ! En vacances de quoi ?

— Je travaille à l'école secondaire. Comme conseiller d'orientation.

— Ah, c'est vraiment super ! Elle redescendit les marches.

Non, sérieusement, c'est quelque chose ça. Et d'ajouter : Vous n'êtes pas un peu jeune pour être conseiller d'orientation ?

— J'ai vingt-neuf ans.

— Sans blague ? Vous ne les faites pas. C'est vrai, je vous aurais peut-être donné autour de vingt-cinq ans. » Elle s'explora les cheveux d'une main incertaine, tout autour de la tête, comme si elle voulait s'assurer qu'ils étaient toujours là. « Enfin bon, là je suis venue vous demander si vous voudriez venir manger chez nous ce soir. »

J'étais à moitié saoul, les barbouzes me barbaient, et ça faisait quatre jours que je n'étais pas sorti de mon jardin.

« A quelle heure ?

— Vers six heures. »

Dans le silence qui suivit on entendit les oiseaux qui s'invectivaient dans les arbres. Au bout de la rue quelqu'un mit en marche une tondeuse à gazon. « Bon, c'est pas tout ça, faut que j'aille m'occuper de la viande », dit-elle en tournant les talons. Puis, se rappelant quelque chose, elle fit demi-tour : « Oh, j'ai oublié de vous demander. Vous êtes marié ? »

Elle dut lire l'hésitation sur mon visage.

« Parce que, enfin, si vous l'êtes on l'invite aussi. » Elle m'observait de ses yeux gris. Dans celui de droite il y avait qui comme une horloge violette dont les aiguilles auraient indiqué trois heures et demie.

« Oui », finis-je par dire. On entendit un claquement sec suivi d'un juron franc et guttural quand l'invisible tondeuse heurta un caillou. « Mais ma femme n'est pas là. Elle est en vacances. »

J'étais entré une fois seulement dans cette maison, presque huit ans plus tôt. C'étaient les McCarey qui l'habitaient à ce moment-là, et Judy et moi venions tout juste d'obtenir notre diplôme d'enseignement de l'État. Nous étions mariés depuis deux semaines, le monde venait d'émerger du néant, et nous étions en train d'emménager. J'étais dans l'allée occupé à vider le coffre de la voiture de ses cartons de butin nuptial lorsque Henry McCarey avait traversé la pelouse pour venir se présenter. Il devait avoir dans les soixante-quinze ans. Son front pâle et dégarni se dressait au-dessus de ses yeux comme un casque, massif et carré, mais à partir des pommettes la chair s'était affaissée, ce qui donnait à son visage une allure composite. Il portait des lunettes cerclées de métal. « Si vous avez une minute, on aimerait vous montrer quelque chose, ainsi qu'à votre épouse. » Je relevai les yeux. La femme d'Henry, Irma, se tenait derrière lui dans l'encadrement de la porte. Elle avait les cheveux coiffés en chignon et portait une robe imprimée qui lui descendait jusqu'en haut de socquettes blanches.

J'avais appelé Judy. On avait échangé des sourires à la ronde et Irma, tout sourire, nous avait tenu la porte. Nous nous étions retrouvés dans la salle de séjour, une pièce sombre encombrée d'un trop-plein de meubles, de photos encadrées d'époques révolues et de tout un bric-à-brac de bibelots. Irma nous avait proposé une tasse de thé. « Par ici », avait dit Henry en nous faisant signe du fond de la pièce.

Nous nous étions frayé un chemin, toujours souriant mais pas très à l'aise. Nous avions vingt-deux ans, nous étions entichés l'un de l'autre, ivres de confiance en l'avenir, et à côté de ces gens nos grands-parents avaient l'air de gamins. Je ne savais trop quelle contenance prendre et j'avais hâte de retourner à la voiture et à mes cartons entassés sur la pelouse.

Henry se tenait devant une vitrine juchée au sommet d'un tas de napperons sur une table d'angle d'allure bancale. Il farfouilla un moment par-derrière et une petite ampoule de Noël blanche s'alluma dans la vitrine. Je vis une sorte de truelle en argent sur laquelle était gravée une inscription, ainsi qu'un fragment plissé et racorni de quelque chose qui semblait avoir été fait jadis de matière organique. Il m'avait fallu un bon moment pour comprendre que c'était un morceau de gâteau de mariage.

« Ça vient de nos noces d'or, il y a six ans, dit Henry. Et là c'est le couteau qui a servi à le découper. Est-ce que vous arrivez à lire l'inscription ? »

J'étais paralysé, comme si en remuant la terre j'étais tombé sur les traces d'une civilisation oubliée. Je lançai un regard furtif vers Judy. Elle était pétrifiée, les traits tirés comme si elle allait se mettre à pleurer. Elle était si belle, si transportée, si émue par l'instant et ce qu'il contenait de promesses, que je me sentis moi-même au bord de l'étouffement. Elle me prit la main.

« C'est écrit *Henry et Irma, 1926-1976, Semper Fidelis.* En dernier, là, c'est du latin », avait ajouté Henry avant de nous le traduire.

Les choses avaient bien changé.

Je frappai à la fragile double porte d'aluminium et Joey se matérialisa derrière la sombre maille de la moustiquaire. Il était habillé d'une veste de sport noire moulante au col relevé, d'une chemise rose et d'un pantalon noir orné sur les côtés d'éclairs roses en dents de scie. Il ne parut pas me reconnaître tout de suite, et pendant quelques instants, planté devant la porte en T-shirt et en short avec ma demi-bouteille de Chivas à la main, j'eus le sentiment d'être un intrus plutôt qu'un hôte attendu — elle avait pourtant bien dit ce soir, non ? Mais bientôt il inclina la tête en guise de salutation et tira la porte pour me faire entrer.

« Je suis content que vous ayez pu venir, dit-il sans conviction.

— Oui, moi aussi », répondis-je dans un souffle, en me demandant si je n'étais pas en train de commettre une erreur.

Je le suivis dans le séjour, où des cartons éclopés et des sacs-poubelle de plastique vert débordants de sous-vêtements et de pulls témoignaient que l'aventure du déménagement n'était pas terminée. C'était aussi sombre et renfermé que dans mes souvenirs, mais les napperons, les babioles et les tables basses aux pieds chantournés avaient cédé la place à un sofa recouvert de tissu écossais, un vélo d'exercice et un pouf d'un blanc cassé malpropre. L'autel à la fidélité conjugale avait disparu, remplacé par un ampli Fender, un micro sur pied et une guitare acoustique portant un capodastre. (Henry aussi avait disparu, emporté par un emphysème, et Irma était dans une maison de retraite à l'autre bout de la ville.) Il y avait une chaîne stéréo flanquée de grands baffles noirs monolithiques, et les murs étaient tendus de posters d'Elvis. Je tournai la tête vers Joey : il posait devant un Elvis jeune et ricanant en se balançant sur les talons de ses bottes. « Ça en jette », observai-je en désignant son accoutrement.

« Quoi, ça ? dit-il comme s'il était surpris que je l'aie remarqué. Oh, je viens de répéter, d'essayer des costumes, quoi… »

Je m'étais figuré qu'il était une sorte d'imitateur d'Elvis, à en juger par la camionnette, la tenue et l'accent travaillé, mais à part la coiffure je ne voyais pas grande ressemblance entre lui et le King. « Vous, euh… vous faites un numéro sur Elvis ? »

Il me dévisagea comme si je venais de lui demander si c'était bien le plafond qu'on avait au-dessus de nos têtes. Il finit par se contenter d'un « ouais ».

C'est alors que Cindy apparut à la porte de la cuisine, en robe paysanne blanche et sandales, un verre de vin rouge dans une main, une courgette de la taille d'une batte de base-ball ornementale dans l'autre. « Patrick ! » dit-elle en traversant la pièce pour venir m'effleurer la joue d'une bise. Je la pris rituellement entre mes bras — on aurait pu croire qu'on se connaissait depuis dix ans — et la gardai serrée quelques instants contre moi sous le regard de Joey et d'Elvis. Elle se dégagea dans une bouffée de parfum et d'alcool.

« Vous aimez les courgettes ? demanda-t-elle.

— Oui, bien sûr. » Je me demandais quoi faire de mes mains quand je me rappelai la bouteille. Je la lui tendis à bout de bras comme un lapin tué à la chasse. « Je vous ai apporté ça. »

Cindy émit quelques protestations de gratitude, et je haussai humblement les épaules. « Elle est déjà à moitié vide », dis-je tandis que Joey écrasait la moquette du bout de sa chaussure. Ce n'était peut-être qu'un effet de mon imagination, mais il me parut agité, agacé par quelque chose.

— On mange dans combien de temps ? demanda-t-il. Derrière sa basse de Nashville perçait un nasillement adolescent et plaintif.

Cindy avait le regard flottant. Elle vida son verre d'un trait et me le donna à remplir. De scotch. « Je ne sais pas, dit-elle les yeux fixés sur le verre. Une demi-heure.

— Bon, parce que je crois que je vais travailler un ou deux morceaux, d'accord ? »

Elle lui lança un curieux regard. Je ne les connaissais suffisamment ni l'un ni l'autre pour l'interpréter. Il aurait pu vouloir dire « Va te faire foutre », tout comme « Tu sais bien que je suis folle de toi et d'Elvis ». Impossible à dire.

« Pas de problème, dit-elle enfin en avalant une gorgée de whisky, la courgette coincée sous le bras. De toute façon Patrick allait venir m'aider à la cuisine — pas vrai, Patrick ?

— Avec plaisir. »

Au dîner, Joey attaqua son *braciola*, approcha de sa bouche une fourchette chargée de tomate, de poivron et de courgette, et parlait d'Elvis. « C'était l'homme le plus photographié de toute l'histoire de l'humanité. Il avait soixante-deux voitures et plus de cent guitares. » Fourchette, couteau, viande, légumes. « C'était le plus grand. »

Ça, je n'en étais pas si sûr. Quand j'avais abandonné les carabines à plombs et les vélos d'enfant pour me mettre à écouter du rock, c'était l'époque des Doors, des Stones et d'Hendrix, et Elvis déclinait déjà vers la caricature de lui-même. Je me souvenais de lui comme d'une vieillerie boursouflée en combinaison blanche qui roucoulait des romances à la guimauve en bavant sur des parterres de femmes entre deux âges. Sans compter qu'entre le Chivas et la bouteille de rouge que Cindy avait débouchée pour le repas, j'en avais déjà un fameux coup dans la trompette. « Hmhm » est à peu près la seule réponse dont je fus capable.

Pendant trois quarts d'heure, assis sur un tabouret de bar en vinyle craquelé et occupé à découper des légumes en bavardant avec Cindy, j'avais entendu Joey interpréter une demi-douzaine de classiques du répertoire d'Elvis. Il tempêtait dans le séjour. Je buvais dans la cuisine. De temps en temps il laissait souffler sa guitare ou s'écartait du micro, et on entendait le véritable Elvis gémir faiblement en fond sonore : *Don't be cruel/To a heart that's true* ou *You ain't nothin' but a hound dog.*

« Il se débrouille bien », dis-je à Cindy au terme d'une exécution particulièrement tonitruante de *Jailhouse Rock.* Il s'agissait d'entretenir la conversation.

Elle haussa les épaules. « Ouais, probablement. » Le bébé était couché dans son couffin près de la fenêtre. Il en émanait de subtils effluves de selles et d'urine. Je le supposais endormi. Sans l'odeur, je l'aurais cru mort. « Vous savez, on a été obligés de se marier », dit-elle.

J'écartai sa remarque d'un geste en essayant de me composer une expression de surprise. Bien sûr qu'ils avaient été obligés de se marier. J'en avais vu une centaine toutes pareilles à elle passer par le bureau d'orientation comme autant d'oisillons à peine sortis du nid qui volaient dans la mauvaise direction, vers le nord en hiver et le sud en été. Maigrichonnes, les épaules tombantes, les yeux creusés, maquillées comme des girls ou des putes, elles s'affalaient dans le fauteuil de mon bureau et me racontaient leur histoire. Elles se croyaient affranchies et dépravées, nihilistes et dévergondées, elles s'imaginaient avoir inventé le sexe. Deux ans plus tard elles traînaient leurs marmots dans le break familial. Deux ans encore et elles avaient divorcé.

« La première fois que j'ai entendu Elvis, dans mes souvenirs en tout cas, disait à présent Joey, c'était en décembre 68 quand il a donné ce concert à la télé — sa Soirée Spéciale ? Ça m'a décoiffé. Je n'en croyais pas mes oreilles.

— Soixante-huit ? fis-je en écho. T'avais quel âge, quatre ans ? »

Cindy fit entendre un petit gloussement. Je me tournai vers elle avec un sourire paresseux. J'étais ivre.

Joey poursuivit sans sourciller. « J'avais sept ans. » Et il ajouta : « C'est ce jour-là que je suis sorti de l'enfance. » Il s'était coincé une serviette derrière le col pour protéger sa chemise rose et des mèches lui pendouillaient sur le front. « Le lendemain ma mère m'a rapporté un exemplaire des *Grands Succès d'Elvis, Volume Un*, et une semaine après elle m'a acheté ma première guitare. Je ne l'ai plus jamais quittée. »

Joey me regarda dans les yeux. Il essayait de m'impressionner, ça c'était clair. Ce qui expliquait le costume, le fard à paupières vert, les cheveux gominés et le répertoire martelé de la pièce d'à côté pour que je ne puisse pas en perdre une miette. Et pourtant, eh bien, ça me laissait de marbre. Est-ce que c'était la faute à la bibine, à mon peu d'enthousiasme pour Elvis, ou à la peur et au dégoût qui m'empoisonnaient depuis la défection de Judy, je n'en sais rien. Toujours est-il que je n'avais plus rien à cirer ni d'Elvis, ni de Joey, ni de Fred, ni de Judy, ni de Little Richard, ni de Leonard Bernstein. Ni de qui que ce soit. Je vidai mon verre en silence.

« Mon agent essaie de me programmer une tournée dans les Catskills[1] — les stations et tout le bazar, quoi. Il trouve mon

1. Région des Appalaches fréquentée par les touristes, dans le sud de l'Etat de New York. *(N.d.T.)*

numéro vraiment géant. » Joey tapota sa serviette, porta un verre de lait à ses lèvres et en but une petite gorgée.

« J'ai une audition là-bas chez Brown dans une huitaine. Et en attendant, vendredi soir, j'ai un petit concert pour me mettre en forme — pas grand-chose, une boîte perdue dans la cambrousse. C'est à Brewster, tu connais ?

— La cambrousse, ou Brewster ?

— Non, sans rire, si ça te dit de venir. »

Cindy m'observait. Plus tôt dans la soirée, autour de la planche à découper, elle m'avait mis au courant de cette question et de quelques autres. Elle avait vingt ans et Joey vingt et un. C'est son père à elle, propriétaire d'une entreprise de travaux à Putnam Valley, qui leur avait fourni la maison. Elle avait connu Joey à Brooklyn l'été précédent, alors qu'elle habitait chez sa cousine. A ce moment-là il jouait dans un groupe. Maintenant il faisait Elvis. Point final. Il avait eu des petits engagements en ville et à Coney Island, mais ça ne rapportait rien et il refusait de se chercher un boulot dans la journée : il n'y avait que les tâcherons pour s'abaisser à ça. Si bien qu'ils étaient venus s'installer à la campagne, où son père pouvait veiller à ce qu'ils ne meurent pas de faim et Cindy faire du secrétariat chez lui. Ils espéraient que la sauce allait prendre à Brewster : il n'y avait pas grand monde dans le coin pour s'intéresser à Elvis.

Je mastiquai, déglutis et me rinçai le gosier d'un coup de vin. « Ça m'a l'air sympa. J'y serai. »

Plus tard, une fois Joey parti se coucher, Cindy et moi nous sommes restés assis côte à côte sur le sofa pour écouter la cassette du *Lac des Cygnes* que j'étais allé chercher chez moi (« De la musique douce », avait-elle dit. « T'aurais quelque chose de doux ? »). On a bu du café et une liqueur jaunâtre et sucrée qu'elle avait tirée d'un carton de produits de cuisine. On a bavardé. Je lui ai parlé de Judy. Et de Fred. Je lui ai dit que j'avais le moral à plat et que j'étais heureux qu'elle soit venue habiter là. « C'est vrai, je le pense sincèrement. Et ça m'a vraiment fait plaisir que vous m'invitiez ce soir. »

Elle était tout près de moi, les bras nus dans sa robe paysanne, les jambes repliées en yogi. « Pas de problème », dit-elle en me regardant droit dans les yeux.

Je détournai la tête et tombai sur Elvis : affalé, plié en deux, l'œil salace et accouplé au micro — un Elvis en plein rut qui arrosait de musc les trois premiers rangs : « Et qu'est-ce que tu penses de tout ça ? » — dis-je en embrassant d'un même geste les affiches, la guitare, l'ampli et l'espace indéfini au-dessus de nous où Joey était endormi — « Je veux dire de vivre avec le King ? » Je lui mis en riant ma main refermée près du menton. « Allez-y ma petite, parlez bien fort dans le micro. »

Sa réaction me surprit. Elle prit une expression profondément sérieuse. L'heure n'était plus à la légèreté. Lentement, délibérément, elle posa sa tasse et se pencha pour se tourner vers moi, agenouillée près de moi sur le sofa. Puis elle déplia une jambe comme pour monter à cheval et abaissa son genou entre mes jambes, exerçant une douce pression que je sentis m'allumer le bas-ventre. De la chaîne stéréo me parvenait le son de l'envol des jeunes filles-cygnes. « C'est comme d'être mariée à un clone », répondit-elle.

Quand je suis rentré chez moi, le téléphone sonnait. Je me suis cogné dans la porte, j'ai trébuché contre quelque chose dans le noir et grimpé l'escalier quatre à quatre. « Ouais ? » ai-je fait, essoufflé, en arrachant le combiné.

« Pat ? »

C'était Judy. Avant que je n'aie pu réagir elle m'avait assailli d'une voix tendre et passionnée, et ses syllabes me tripotaient comme des doigts.

« Pat, écoute-moi. J'ai quelque chose à t'expliquer. »

J'ai raccroché.

Le club s'appelait Delvecchio. Il était perdu au milieu d'une vaste étendue de goudron comme un croiseur sur une mer noire et étale. C'était grand : deux scènes séparées, une discothèque, trois bars et une salle de jeux. Je reconnus tout de suite le genre d'endroit : le paradis pour ados. Des néons palpitaient, des Chevrolet éraflées tournaient en ronflant, des types en chemise hawaïenne et des filles en talons aiguille attendaient devant l'entrée en fumant des joints et des cigarettes et en s'observant d'un œil glacial. Le parking commençait à se remplir quand je suis arrivé avec Cindy vers neuf heures.

« Ça penche nettement du côté des seize ans ce soir. Tu veux que je fasse rugir le moteur ? »

Cindy portait un chemisier sans manches, un pantalon corsaire et des chaussures à talons. Elle s'était maquillée comme une cover-girl de *Slash* et répandait une odeur de confiserie. « Allez, Pat, murmura-t-elle d'une voix éraillée. Sois pas vache.

— Comment ça, vache ? » Mais j'avais bien compris ce qu'elle voulait dire. On était sortis pour s'amuser, pour applaudir la grande soirée de Joey, et il n'y avait aucune raison de noyer tout ça dans le cynisme.

Joey était parti avant nous avec la camionnette pour installer son matériel et faire ses réglages de sono. Avant, il était venu tout exprès chez moi me demander si ça m'ennuierait d'emmener Cindy au club. Il était resté dans l'entrée, tournicotant la pointe de sa bottine vernie et contemplant par-dessus mon épaule les épaves laissées par l'absence de Judy : boîtes en carton du takeaway chinois empilées sur la télé, canettes de bière et papiers de hot-dogs sur la desserte, vêtements abandonnés comme par une rivière en crue. Je le regardai dans le blanc des yeux en me demandant ce qu'il savait au juste des attouchements passionnés échangés avec Cindy pendant qu'il se refaisait une santé l'autre nuit, en me demandant s'il se doutait même si peu que ce soit que j'entretenais des intentions coupables, que je me sentais trahi, que je voulais sa femme parce que j'avais des plaies à panser et qu'elle se trouvait là, que je la voulais comme le fruit défendu et comme j'avais voulu la moitié des petites bécasses agressives, claquées et encloquées qui défilaient dans mon bureau chaque année. Il soutint mon regard et je finis par détourner les yeux. « Bien sûr », murmurai-je en me faisant le Tristan de ce Marc. « Avec plaisir. »

Et c'est ainsi que sur le coup de huit heures je m'étais douché et rasé, lissé les cheveux en arrière et que, relevant le col de ma chemise de gigolo préférée, je traversai nonchalamment la pelouse pour aller chercher Cindy. Le bébé (qui s'appelait Gladys, comme la mère d'Elvis) était laissé aux soins d'une des filles pubescentes que je connaissais par cohortes entières à l'école. Cindy sortit de sa chambre, fringante sur ses talons, vint me déposer une bise sur la joue, et je l'emmenai à travers la pelouse jusqu'à ma voiture.

Suivit un silence gêné. Nous avions bavardé deux ou trois fois depuis la soirée du *braciola* et du sofa, mais ni elle ni moi n'y avions jamais fait allusion. Il y avait eu des caresses et des pelotages assez appuyés, des explorations mutuelles de dentition, le tout dans un parfum d'abandon. Finalement c'est moi qui avais reculé. Je m'étais représenté Joey en pyjama à la porte, la tête ployant sous le poids de sa banane. « Et Joey ? » avais-je chuchoté ; nous avions tous deux relevé les yeux vers la surface lisse et muette du plafond. Et je m'étais levé pour rentrer me coucher.

Et là, devant la voiture, en lui ouvrant la porte, j'ai trouvé quelque chose à dire. « Je n'arrive pas à le croire », ai-je fait en partant d'un rire robuste et enjoué, toutes dents dehors, « mais j'ai comme l'impression de sortir pour aller draguer. »

Cindy s'est contentée de relever le menton avec un petit sourire narquois. « C'est bien ça. »

On avait mis Joey à l'affiche dans le Salon des Troubadours, une salle à l'ambiance de petit club qui pouvait contenir soixante à soixante-dix personnes. Des comiques venaient s'y produire de temps à autre, ainsi qu'à l'occasion un chanteur folk ou populaire : des spectacles normalement destinés à un public plutôt mûr et recueilli. Le cœur de l'action se situait à l'évidence autour des groupes de rock qui occupaient la scène principale ou de la bruyante fantasia de la discothèque. On n'avait pas vraiment besoin de se battre pour trouver un siège.

Cindy s'est commandé un Black Russian. J'ai décidé de m'en tenir au scotch. On a discuté de Joey, d'Elvis, de rock. De Gladys, qui se montrait si précoce, alternant extases de poupon et névroses de poupon. Des aquarelles que Cindy peignait à l'école secondaire et auxquelles elle aurait aimé revenir. De Judy. De Fred. D'orientation scolaire. Nous en étions au troisième verre — peut-être au quatrième — quand la scène s'éclaira. Le présentateur annonça Joey.

« Un peu nerveuse ? » demandai-je.

Elle haussa les épaules et observa la scène où s'installaient le batteur, le bassiste et le guitariste. Puis elle trouva ma main sous la table et la serra dans la sienne.

Alors Joey surgit des coulisses en tourbillonnant et se jeta sur le micro comme s'il était vivant. Il avait un ensemble moutarde piqueté de paillettes dorées, une cravate moirée d'or et des mocassins de cuir blanc vernis. Il resta quelques instants immobile en s'efforçant de répandre cette sensualité hors-la-loi qui était la signature d'Elvis, au lieu de quoi il ne réussit qu'à paraître emprunté, comme un gamin habillé pour un bal costumé. Cela dit, il connaissait sa pantomime. Il dressa soudain le poing droit et les musiciens se figèrent net. Il nous lança son plus beau rictus, puis son poing vint fracasser les cordes, les instruments attaquèrent *Heartbreak Hotel*, et Joey, rejetant la tête en arrière, lâcha les vannes.

Rien.

Les musiciens continuèrent à patauger pendant une ou deux mesures avant de laisser tomber en voyant Joey tapoter le micro d'un air idiot.

« AC/DC ! » cria une voix dans l'ombre sur ma gauche

« Def Leppard ! »

Le présentateur, un personnage déplumé en chemise à fleurs, se précipita sur la scène et vint ausculter le pied de l'antique micro que Joey avait exigé par souci d'authenticité. Quelqu'un lança une obscénité et Joey nous tourna le dos. D'autres voix s'élevèrent pour réclamer des groupes heavy-metal, lancer des lazzi et des rires. Le reste du groupe — des hommes d'âge mûr, barbus et impassibles — semblaient à peu près aussi préoccupés par la situation que des somnambules. J'observai Cindy à la dérobée : elle se mordait la lèvre.

Enfin le micro revint à la vie, le présentateur s'effaça, et Joey souffla « Un deux trois un deux trois » dans la sono. « "Scusez ce p'tit contretemps, les amis, susurra-t-il de sa voix de basse la plus profonde et la plus pedzouille, mais là on est quasiment prêts à repartir. *Ah-one, two, three !* » beugla-t-il, et *Heartbreak Hotel,* deuxième prise, s'ébranla lourdement dans les baffles :

Well, since my baby left me,
I found a new place to dwell,
It's down at the end of Lonely Street,
That's Heartbreak Hotel[1].

1. « Depuis qu'elle m'a quitté, /J'ai trouvé une nouvelle adresse, /C'est tout au bout de la rue de la Solitude, /A l'Hôtel des Cœurs Brisés. »

Dès le départ on sentait que ça ne collait pas. Ce n'est pas seulement qu'il était mauvais, qu'il avait l'air tendu, peut-être un brin efféminé et qu'il ne maîtrisait pas son affaire, ni qu'il avait eu un trou au troisième couplet et chantait faux dans le refrain, ni que ce groupe de musiciens à la mords-moi-le-nœud n'aurait pas pu jouer ensemble quand bien même ils auraient répété huit heures par jour depuis qu'on avait porté Elvis en terre. Non, c'était plus profond que ça. La clé de toute cette affaire consistait à créer une illusion : il fallait que Joey réussisse à convaincre son public, ne serait-ce qu'un instant, qu'il avait devant lui le véritable Elvis en chair et en os, le garçon qui avait osé le rock. Hélas, il en était tout bonnement incapable. On avait beau se boucher les oreilles et cligner des yeux au point de voir les lumières se brouiller, ce gamin empoté et brillantiné aux paupières vertes ne décollait pas une seule seconde. Et le public le lui faisait savoir.

Le dernier accord de *Heartbreak Hotel* fut noyé sous un flot de sifflets et de railleries, tandis que Joey enchaînait sur une de ces ballades chevrotantes et soupirantes qui ont marqué d'une pierre noire le milieu de carrière du King. Je ne me souviens ni de l'air ni des paroles — c'était sirupeux et chanté faux. A présent Joey transpirait, ses cheveux lui pendaient sur le front. Il se pencha sur le micro, fixa une femme dans le public et s'essaya à une œillade aguichante qui finit par évoquer l'indigestion plus que la passion. Au milieu de la chanson une voix féminine s'écria « Pédale ! » du fond de la salle, et deux étudiants se mirent à hurler comme des chiens de chasse en chaleur.

Joey, désarçonné, rata son entrée après le solo de guitare et dut rester là à attendre que ça revienne en grattant dans le vide pendant tout un couplet et le refrain. Les gens se moquaient maintenant ouvertement et les étudiants, enhardis, entrelacèrent leurs aboiements de tyroliennes et de hululements. Joey baissa la tête comme pour avouer sa défaite et laissa pendre sa guitare au bout du bras pendant que l'orchestre bouclait le numéro. Il retrouva un peu de rythme dans la chanson suivante *(Teddy Bear,* je crois) mais avec le public c'était cuit. Je regardai Cindy du coin de l'œil. Elle était livide. Après avoir assisté sans un mot aux quatre premiers morceaux, elle se pencha finalement sur la table pour me prendre par le bras. « Ramène-moi », dit-elle.

On est restés assis quelques minutes dans la voiture devant la maison à écouter la radio. La nuit était tiède, et par les vitres baissées on entendait les grillons et tout le reste qui en mettaient un coup dans les buissons. Cindy n'avait pas dit grand-chose sur la route — elle était encore sous le coup de ce qui s'était passé au club — et j'avais essayé de la distraire par quelques badineries. Elle tendit le bras pour éteindre la radio. « Il est vraiment merdique, hein ? »

Pas question de mordre à l'hameçon. Je la voulais, d'accord, mais je n'allais pas marcher sur les pieds de qui que ce soit pour l'avoir. « Oh, je ne sais pas. C'est vrai, quoi, avec des musiciens pareils, même Elvis aurait été merdique. »

Elle y réfléchit un instant, puis farfouilla dans son sac à la recherche d'une cigarette, l'alluma et souffla la fumée en soupirant. Un soupir qui semblait vouloir dire : « Bon, et maintenant ? » Nous savions l'un comme l'autre que la baby-sitter était vautrée, la tête vide, devant la télé et que Joey avait encore toute sa deuxième partie devant lui. Ça nous laissait des heures. Si on voulait.

La lumière qui provenait de chez elle tombait sur la pelouse et s'accrochait à ses cheveux. Son visage restait dans l'ombre. « Tu veux entrer une minute ? » demandai-je en me rappelant comment elle était venue contre moi sur le sofa. « Pour prendre un verre ? »

Quand elle a répondu « d'accord », j'ai senti mes jambes flageoler. On y était : conseiller, conseille-toi toi-même. Je suis entré après elle et je l'ai précédée dans l'escalier sombre qui menait à la chambre. On ne s'est pas embarrassés de prendre un verre ni d'allumer. Elle était bonne, et un peu surprenante : ce n'était pas Judy.

Après je suis allé nous chercher un verre, et un deuxième. Puis j'ai apporté la bouteille au lit et on a fait l'amour une deuxième fois — sur un rythme lent et tranquille, avec les grillons qui marquaient la mesure de l'autre côté de la fenêtre. J'étais en extase. J'étais ivre. J'étais amoureux. Nos mouvements s'accordaient et je lui lichais l'oreille en lui donnant la sérénade dans un murmure passionné, parodiant Elvis, parodiant Joey. « Well-eu bless-eu my soul, what's-eu wrong with me, chuchotai-je, I'm itchin' like a ma-han on a fuzzy tree… oh-oh-oh, oh, oh yeah. ». Elle éclata de rire et aussitôt redevint sérieuse. On a partagé une cigarette et après ça un coup de liqueur poisseuse. Ensuite j'ai dû m'assoupir.

Je ne sais pas quelle heure il était quand j'ai entendu la camionnette s'arrêter. La porte d'entrée a claqué et par la fenêtre j'ai vu l'ombre de Cindy qui traversait la pelouse en courant. Puis Joey est apparu, suivi de la baby-sitter. Il y a eu un juron, un cri, le bruit d'un coup. Je l'ai vu dans la camionnette avec la baby-sitter, les stops ont lancé un éclat, et déjà ils avaient disparu.

Je me sentais merdeux. Je me faisais figure de salopard, de profanateur, de briseur de couples, de Valmont. J'éprouvais ce que Fred avait dû éprouver. Nu, dans le noir, je me versai un verre en épiant les mouvements chez Cindy. Rien ne bougeait. Une minute plus tard j'étais endormi.

Je me suis réveillé tôt. J'avais la gorge desséchée et la tête qui palpitait. J'ai enfilé un short déniché dans le bazar qui traînait par terre, je me suis brossé les dents, rincé le visage, et suis resté longtemps à contempler la cuvette des W-C en essayant de décider si oui ou non j'allais vomir.

Au bout d'une demi-douzaine d'aspirines et de trois verres d'eau je suis descendu prudemment. J'envisageais des œufs pochés et du pain grillé — et peut-être, si ça passait, une demi-tasse de café — quand en entrant dans le séjour, je l'ai vue blottie dans le sofa. Elle avait les yeux rouges, le maquillage barbouillé, et les mêmes vêtements que la veille au soir. Le bébé était près d'elle, enveloppé dans une couverture rose de la taille d'une serviette de bain.

« Cindy ? »

Elle écarta les cheveux qui lui tombaient sur le visage et m'observa, les yeux plissés. « Je ne savais pas où aller », murmura-t-elle.

« Tu veux dire qu'il… ? »

Je suppose que j'aurais dû la prendre dans mes bras, que j'aurais dû chercher tout au fond de mon lexique de conseiller les mots qui réconfortent et qui rassurent, mais je n'ai pas pu.

Des idées contraires se bousculaient dans ma tête, un goût acide me montait dans la gorge et le bébé, conscient pour la première fois depuis que je l'avais vu, m'accusait d'un regard fixe et imperturbable. Ce n'est pas ça que j'avais voulu, pas du tout.

« Ecoute, est-ce que tu veux que je t'apporte quelque chose, du café, des céréales ou autre chose ? Du lait pour le bébé ? »

Elle secoua la tête et se mit à faire de petits bruits angoissés et plaintifs. Elle se mordit la lèvre et détourna la tête.

J'avais l'impression d'être un criminel. « Bon dieu, dis-je, je suis désolé. Je ne voulais pas… » Je fis un pas vers elle, en espérant qu'elle allait lever vers moi son visage maculé de larmes, me dire que je n'y étais pour rien, se lever crânement et, d'un pas traînant, traverser la pelouse pour sortir de ma vie.

A ce moment on a frappé à la porte. Nous nous sommes figés tous les deux. Et une deuxième fois, plus fort, comme un coup de tonnerre, enragé et impatient. Je suis allé ouvrir. Joey était sur le seuil, pâle et les cheveux en broussaille. Quand j'ai tiré la porte il m'a lancé un regard chargé de haine et de mépris. Je n'ai rien fait pour ouvrir la double porte qui nous séparait.

« Tu la veux ? » dit-il en écrasant le tapis-brosse de la pointe du pied comme un bélier prêt à charger.

Je faisais quinze centimètres et vingt kilos de plus que lui : j'aurais pu bousculer la porte et noyer ma faute dans le sang. Mais ce n'est pas à Joey que j'en voulais, c'était à Fred. Ou plutôt non, tout au fond, à la racine, c'est à Judy que j'en voulais. Je croisai un instant son regard à travers la fine maille de la moustiquaire et détournai les yeux.

« Parce que je te la laisse », poursuivit-il en abandonnant les inflexions de Nashville pour revenir au Brooklynois le plus pur. « C'est qu'une pute. J'ai pas besoin de putes. Merde », cracha-t-il, les yeux tournés dans la direction du sofa où elle s'était pelotonnée avec le bébé, « Elvis s'en est fait cent comme elle. Mille. »

Cindy observait le plancher. Je n'avais rien à dire.

« Allez vous faire foutre tous les deux », dit-il enfin avant de tourner le dos et de s'éloigner à grands pas. Je le regardai claquer la porte de sa camionnette, mettre le moteur en route et faire marche arrière. Et celui qui avait osé le rock disparut.

Je me retournai vers Cindy. Elle avait les genoux relevés

sous le menton et pleurait sans bruit. Je savais qu'il fallait la consoler, lui dire que tout irait bien, que ça allait s'arranger. Mais je n'en ai rien fait. Je n'avais pas devant moi une fille enceinte à quinze ans et qui détestait sa mère, ni une gamine qui séchait l'entraînement de majorette pour fumer du hasch et traîner les salles de jeu vidéo. Non, ce problème-là n'allait pas se lever et rentrer chez lui tout seul. Il était à ma porte, sur mon canapé. J'y avais ma part — j'en étais la cause — et je ne voulais y être mêlé en rien.

« Patrick, finit-elle par bredouiller, je… je ne sais pas quoi dire. Je… — elle était à nouveau au bord des larmes — j'ai l'impression que… que… »

Je n'ai pas pu savoir comment elle se sentait. Pas à ce moment-là, en tout cas. Car le téléphone s'est mis à sonner. En haut, dans la chambre. Cindy s'était arrêtée au milieu de sa phrase. Je suis resté figé. Il a eu deux, trois sonneries. On s'est regardés. A la quatrième j'ai fait demi-tour et j'ai bondi dans l'escalier.

« Allô ?

— Pat, écoute-moi. » C'était Judy. Elle semblait hors d'haleine, comme si elle avait couru. « Ne raccroche pas, s'il te plaît. »

Le sang battait dans mes tempes. Le combiné pesait six tonnes. Je dus lutter pour le garder collé à l'oreille.

« J'ai commis une erreur. Je le sais. Fred est un pauvre type. Je l'ai planté il y a trois jours dans une cave de dégustation à Saint Helena. — Un silence. — Maintenant je suis à Monterey et je me sens seule. Tu me manques. »

Je retins mon souffle.

« Pat ?

— Ouais ?

— Je rentre, d'accord ? »

Je pensai à Joey, à Cindy en bas avec le bébé. Je jetai un coup d'œil à travers la fenêtre à la maison d'à côté, à nouveau vide, et songeai à Henry et Irma et au passage des années. Et je sentis quelque chose céder en moi, comme un envoûtement qui se serait rompu.

« D'accord. »

Caye

O Ida, ma mère, écoute avant que je meure.

Tennyson, *Œnone*

L'oncle d'Orlando a eu trente-deux enfants. Quinze avec sa première épouse, cinq avec la seconde et douze avec la troisième. Il vit maintenant avec une Canadienne ménopausée. On les entend dès que le générateur s'arrête. Quand l'île est aussi noire et calme qu'un sommeil sans rêve et que le crabe sort de son trou.

Ici, le sol est criblé de sombres cratères, de sillons, de veines dans la terre. Débuts et fins. Certains de ces orifices sont aussi petits que des pièces de monnaie, d'autres assez gros pour avaler une balle de softball. Le crabe y descend en rampant telles les fonctions du corps.

Fran possède une cuisinière à gaz, un lit, quelques étagères, un magnétophone à piles. Elle fait la cuisine. Les gens qui ne sont pas nés ici peuvent s'asseoir sur le bord de son lit pour manger et siroter du rhum avec elle. Après, il faut déplier quelques billets. Fran apprête le homard ou la conque, parfois aussi le crabe. Elle non plus n'est pas d'ici, son lit est étroit et les piles de son magnéto commencent à faiblir.

Orlando pose et remonte des casiers à homards. Tous les hommes de l'île posent et remontent des casiers à homards. Les

Titre original : « Caye », publié par *Tri Quarterly*, repris dans le recueil *Descent of man.* Traduction de Robert Pépin, 1975.

casiers sont faits de lattes de bois assemblées en forme de maison préfabriquée, avec une entrée conique à un bout. Appâter n'est pas nécessaire. Le homard, en écumant les abords du récif tandis que la mer psalmodie au-dessus de sa tête, rôde autour du casier jusqu'à ce qu'il en découvre l'entrée conique. Ravi, il s'y enfourne, — enfin à l'abri. C'est que l'âme du homard trouve le trou réconfortant. Lorsque les casiers sont remontés, la loi exige que le pêcheur rejette tout homard dont la queue ne fait pas sept centimètres de long, semence minimale. Les pêcheurs ne rejettent pas les homards dont la queue ne fait pas sept centimètres de long, — pas plus qu'ils ne les vendent au marché. Ils leur arrachent la tête, les balancent, toutes queues joliment recroquevillées, sur le tas des autres, — c'est noir sur les planches blanchies et usées du fond de l'embarcation —, et les rapportent chez eux, pour la soupe. Orlando me dit que cette année la pêche a été moins bonne qu'il y a un an, et qu'il y a un an, elle était déjà moins bonne que la saison précédente. Je hoche la tête. Ça s'amenuise, dis-je, comme le cône vers son sommet.

Routes, trottoirs, automobiles, bicyclettes ou chaussures, il n'y a rien de tout cela sur l'île.

Tito est un des petits fils de l'oncle d'Orlando. L'oncle d'Orlando l'ignore. La population de l'île dépasse à peine les trois cents personnes. Il n'est pas surprenant que bon nombre d'insulaires aient des liens de sang avec l'oncle d'Orlando, — vu l'énergie de ce dernier... Tito n'habite pas au village, mais dans une cabane dans la jungle à l'autre bout de l'île. Il y vit seul, il a les yeux bleus et sa mère (aujourd'hui morte) était Anglaise. Tito bat la forêt avec son. 22 et troue l'oiseau et le lézard. Leurs carcasses fertilisent la terre. Quand il a faim, il remonte un casier, fait de la chasse sous-marine ou plonge chercher des conques. Ou fend des noix de coco.

Ici, le soleil a le fondant de l'orange. Un jour il s'embrasera et réduira le système solaire en cendres. Après quoi il s'effondrera sur lui-même, absorbera ses propres rubans de flammes telles cendres pâles et reprendra une dernière fois son souffle pour exploser et expédier à jamais des particules à travers l'univers, — vent cosmique.

Agée de quarante ans, Fran peint ses ongles d'orteils et a les cheveux coiffés en courtes bouclettes. Les muscles de son abdomen sont flasques. Elle porte des saris, des débardeurs, des trucs tropicaux. Il y a quinze ans, elle a débarqué dans l'île et a élu résidence dans une cabane de six mètres sur trois. Les six premiers mois, elle avait de l'argent. Après, elle a commencé à faire la cuisine. Aujourd'hui, elle boit du rhum sous l'ampoule de sa cabane, trouve des pièces de monnaie pour les enfants de l'île, prépare des repas pour les visiteurs et, à l'occasion, pour les insulaires. Touriste ou insulaire, aucun homme n'a jamais réussi à satisfaire plus qu'un seul de ses appétits chez elle. Ce n'est pas faute d'avoir essayé.

Ici le cocotier pousse, sans dessein (qu'on pourrait sonder). Les noix de coco tombent dans le sable comme directs à l'estomac. Mouillées de pluie, elles y restent nichées jusqu'au jour où elles s'ouvrent. Des pousses de cocotier montent dans la noix ouverte, sans dessein (qu'on pourrait sonder).

On a vu Tito et Ida marcher main dans la main sur le sentier qui conduit au bout de l'île, — le croissant inhabité où règnent les taillis et les oiseaux. Dans la main droite de Tito les doigts d'Ida ; dans sa gauche, le. 22. Ida a le visage large, indien, et les yeux noirs. Noirs comme des cavernes.

Les beignets de conque grésillent sur le gril dans la cabane de Fran. Quatre lotissements plus loin, l'oncle d'Orlando est assis dans sa cour. Coquilles de conque haut empilées, asseau et couteau à lame fine à côté de lui, sur ses genoux une conque humide. En deux-trois coups il a fait un petit trou rectangulaire juste au-dessous de la spirale. Le couteau s'y glisse, la conque meurt, le coquillage crache ses secrets dans sa main. Il appelle ça des « konkes ».

Je suis assis au bord du lit de Fran et sirote du rhum en mâchant du homard. Il y a un autre homme dans la cabane, un Allemand de l'Ouest. Il ne parle ni anglais ni espagnol. Nous mangeons en silence. Fran porte un débardeur, son ventre est mou, elle se tient debout devant la cuisinière. Nous finissons notre repas, l'Allemand se lève, paie et s'en va. Je me verse un autre verre de rhum. Fran me tourne le dos. Je pose ma main sur son flanc. Elle me dit de partir.

En 1962, l'ouragan Hilda a déclenché des vagues de dix mètres de haut et les a poussées dans la direction de l'île à travers les Caraïbes. Le ciel était enfumé et noir comme le fer, le vent couchait les arbres et expédiait feuilles et noix de coco à tout va. Tito et Ida étaient enfants, Fran dans la fleur de l'âge, et l'oncle d'Orlando ignorait tout du Canada et avait encore quatre enfants à engendrer. Les récifs brisèrent les plus hautes vagues. Tous les casiers furent perdus, les bateaux défoncés et les cabanes effondrées. Deux mètres cinquante d'eau salée (foyer du homard, de la conque et de la crevette d'eau saumâtre) se déversèrent sur les terres. Et noyèrent cinq personnes. Le vent hurlait sang et eau.

La Canadienne prend le bateau qui rejoint le continent deux fois par semaine et l'oncle d'Orlando est seul. Je le vois dans sa cour, en train de donner à manger aux poules et aux dindons. Sa figure fait penser à un étang vaseux qui a séché au soleil. Mais ses cheveux sont toujours d'un noir profond, il marche droit comme un *I* et a les bras et la poitrine solides. Il ne relève plus de casiers. A la place, il nettoie des conques. En détrempe la chair blanche avec du citron vert, y répand du poivre et donne de l'exercice à ses vieilles dents. Les protéines lui font du bien.

Il n'y a pas d'autorités sur l'île. Ni juge de paix, ni police, ni prison.

La nuit, je reste étendu dans mon hamac à écouter le claquement des crabes qui sortent de leurs trous (noir sur noir) et vadrouillent dans les broussailles. Je regarde le ciel ; frondaisons comme ciseaux, étoiles comme givre. Il y a des météores, des planètes, des espaces entre les étoiles, des trous noirs. Pour n'être pas visibles, les trous noirs n'en sont pas moins là. Etoiles plus grandes que le soleil, effondrées sur elles-mêmes, avec une force gravitationnelle capable d'aspirer la lumière comme de l'eau dans une bonde. Trous noirs, aussi noirs que l'instant qui précède la naissance et suit la mort.

Les orteils d'Ida dans le sable, varech, coquilles de conques, têtes de homards. D'un pas de promenade elle dépasse les bateaux et les jetées branlantes avec leurs appentis perchés dessus, franchit le portail rudimentaire, double les poules et les dindons, monte jusqu'à la porte de la maison de l'oncle d'Orlando. Sa mère est la petite fille de l'oncle d'Orlando. Elle le sait, et l'oncle d'Orlando aussi. Ni l'un ni l'autre, ils ne s'en soucient.

Environ huit cents mètres séparent la plage des récifs. L'eau a de six à neuf mètres de profondeur, il y a des nids de rochers et des plaines d'herbe épaisse qui filent comme blé sous le vent. C'est dans ces herbes que se trouvent les conques. Leurs belles coquilles roses et orange feu sont tournées vers le sol, leurs pointes vers le ciel. On plonge, tire sur la pointe et retourne le coquillage, — il est d'un gris spectral et un trou, un trou noir, se trouve sur le dessus. D'après Orlando, les coquilles vides sont si effrayantes qu'elles chassent les conques vivantes, comme un cimetière après le coucher du soleil.

Chaleur de l'après-midi immobile, chiens, poules, enfants endormis, le bruit du générateur tel un bourdon d'orgue, cris dans l'air, soudains et glaçants, cris de la passion et du rythme, pression du bas-ventre contre le bas-ventre, cris qui se faufilent entre les planches de la cabane de l'oncle d'Orlando comme l'air s'échappe du sac en papier brun.

La cabane de Tito est difficile à trouver dans le noir. Et d'un, l'île est délavée de nuit dès que le générateur s'éteint. Et de deux, le sentier est étroit, et peu utilisé. A s'en éloigner, on court le risque de se casser la cheville dans les ornières creusées par les crabes ou d'atterrir sur la carcasse d'un oiseau ou d'un lézard, plumage effilé, chair humide.

La Canadienne n'a pas été blessée, mais l'oncle d'Orlando est mort. Elle était revenue depuis deux jours, il faisait noir, elle était sortie uriner. Je les avais entendus célébrer le retour de la femme : je me balançais dans mon hamac, l'esprit bercé de pensées lascives, j'écoutais. J'ai entendu claquer la porte, j'ai entendu les cinq coups de feu. Le type qui est venu du continent en bateau a sorti une balle de la tête de lit. Petit calibre, .22, a-t-il déclaré. Il a demandé aux insulaires si l'un d'entre eux possédait un. 22. Il me l'a demandé à moi aussi. Nous ne connaissions personne qui aurait possédé un. 22. Nous le lui avons dit, il est reparti sur le continent le lendemain. Sombres et soudains, ces événements préfiguraient certains changements. Maintenant Fran et la Canadienne vivent ensemble. Je leur rends visite deux fois par jour, mange, sirote du rhum, paie. La cabane de l'oncle d'Orlando est restée vide pendant quelques semaines. Après, je m'y suis installé.

Au plus profond de l'ombre j'étale une serviette par terre. Il fait trop noir pour les voir, mais je sais que les trous sont là, sous la toile, — l'île en est criblée, c'est comme une maladie. Elle s'y étend et enlève son short. Ses genoux dégringolent. La brise souffle du large, là-haut, le ciel nu de la nuit. Les chiques dorment. Je m'agenouille, la force, taquine sa bouche avec ma langue. Ida, murmuré-je en m'enfonçant en elle, sang noir qui bat, je m'enfonce, je pousse, je creuse, aussi profondément que je peux. J'ai envie de creuser encore.

John Barleycorn n'est pas mort

Trois hommes de l'Ouest il s'en vint
Qui tous fortune voulaient faire.
Et tous ils jurèrent que John Barleycorn
Mourrait un jour, rien à faire.

« John Barleycorn, le petit grain d'orge »
(air traditionnel).

J'étais juste en train de porter mon verre à mes lèvres lorsqu'elle poussa les portes battantes d'un coup et d'une claque au poignet me fit tomber ma boisson.

— Recule, rugit-elle, ou subis les feux de l'enfer et la damnation éternelle !

Sur quoi elle sortit une hachette de dessous ses jupes et se mit à débiter le nouveau comptoir de Doge en bois de cerisier. Je plongeai hors de son chemin et, du whisky à dix cents le godet me noircissant le devant du pantalon, la regardai débarquer dans les bouteilles et les verres. On aurait dit un ouragan dans une distillerie, — la pépite de verre tombait comme grêle, le doux bouquet du scotch, du rhum et du whisky à base de seigle s'envolant en brouillard à en faire monter les larmes aux yeux. Jusqu'au moment où Doge sortit de l'arrière-salle et chargea tel le taureau châtré de frais. La rage et l'ahurissement lui tirant les coins de la moustache, il arriva juste à temps pour la voir anni-

Titre original : « John Barleycorn lives », publié par *The Atlantic Review*, repris dans le recueil *Descent of man*. Traduction de Robert Pépin, 1977.

hiler la grande glace d'un mètre quatre-vingts sur un mètre vingt avec cadre en bois de teck qu'il s'était fait livrer de New Orleans par bateau. BOUM ! tout dégringola en éclats de lumière sur le parquet. Doge lui attrapa le bras au moment où elle le levait pour mettre une autre crevasse dans le portrait de Vivian DeLorbe, mais folle qu'elle était, elle pivota sur elle-même et le surprit d'un crochet du gauche. Il chut, — et Vivian DeLorbe le suivit.

Il n'y avait qu'une seule autre personne dans le bar, Cal Hoon, le peintre. Il était tombé dans les pommes sur une table, une bouteille de whisky et un verre à son coude. Debout contre le mur du fond, j'étais prêt à m'emparer d'une chaise pour me défendre si cela s'avérait nécessaire. Féroce, elle gagna la table de Cal à grandes enjambées et y fracassa la bouteille d'un grand coup de hachette qui fit dégringoler le chapeau melon de la tête du poivrot, l'arme restant plantée toute tremblante dans le dessus de la table. Enfin le calme revint. Cal décolla la tête de la table, aussi lentement qu'une vieille tortue. Il avait les yeux couleur tomate écrasée et quelque chose, là, lui pendait au coin de la bouche. La folle le regarda fixement, les mains sur les hanches.

— Malheur à qui ? Douleur de qui ? Qui jase ? Qui souffre de maux sans cause ? Qui est rouge de l'œil ? exigea-t-elle de savoir.

Dans les stupeurs, Cal leva la tête et fit les yeux ronds. D'un doigt elle lui montra son nez et conclut :

— Celui qui longtemps s'attarde au vin ! (Elle devait faire dans les un mètre quatre-vingts.) A genoux, gronda-t-elle, et demande pardon au Seigneur !

Brusquement et d'un seul coup de pied, elle lui faucha sa chaise sous les fesses, il s'écrasa par terre. Puis de quelques coups du bout de la botte elle le persuada de s'agenouiller au plus vite. Et se tourna vers moi. J'étais rédacteur en chef du *Topeka Sun* et, libre penseur, comptais au nombre des lumières de cette ville. Cela n'empêcha pas mes genoux de craquer lorsque je me baissai et joignis les mains ensemble. Nous chantâmes « Es-tu las ? Es-tu languissant ? », la voix de Cal évoquant la scie qui mord dans le pin noueux, puis elle disparut.

Deux jours plus tard, j'étais assis à une table au Saloon du Dollar en Cuivre, dans Warsaw Street, et y attendais qu'on me serve un steak et des œufs frits. John McGurk, mon compositeur était avec moi. Il ne pouvait pas être plus de neuf heures et demie du matin. Nous avions passé une nuit blanche à sortir un numéro spécial sur les chances de McKinley d'être réélu à la présidence et piquions du nez telles violettes qui manquent d'eau. McGurk n'eut pas plus tôt commandé un whisky-soda que, épaules de bûcheron et soutane noire du menton jusque par terre, elle fut sur lui, la folle. Derrière elle, c'était toute une file de femmes en jupes et bonnets noirs qui chuchotaient.

— Non mais, regardez-moi ça ! se marra un des grands vilains accoudés au bar. C'est récré au couvent !

Ses potes se la fendirent comme des corbeaux. McGurk ricana tout fort. Je souris, prudent, aux aguets.

Elle avait l'œil gauche marron et noir et la paupière fermée tant elle était enflée ; son œil droit lui sortait de la tête et regardait d'un air dément qui faisait peur. Elle contempla le grand vilain avec une froideur propre à geler un bol de chili, puis elle leva le bras, les autres femmes se mettant derechef à chanter d'une voix suraiguë et fanatique. Adrénaline qui se rue et ferveur morale leur gonflaient la poitrine et secouaient les chevrons de la toiture.

Louez le Seigneur.
Louez le Seigneur des cieux :
Louez-Le au firmament.
Louez-Le donc, vous tous, les Anges,
Louez-Le donc, vous toutes, ses Armées.
Louez-Le, soleil et lune.
Louez-Le, vous toutes, étoiles de lumière.

Nous fûmes vaincus, instantanément et totalement. Le grand vilain baissa la tête, le barman tordit son chiffon, deux buveurs allèrent même jusqu'à se joindre au cantique. McGurk jura dans sa barbe tandis que je luttais contre l'envie de chanter en harmonie, — dans mes yeux, c'était toute une enfance de chorales qui répètent et de tuyaux d'orgue qui brillent qui remontait. Alors elle brandit sa hachette, la fit tourner bien haut audessus de sa tête tel un guerrier Pied-Noir, les autres femmes l'imitant aussitôt en sortant leurs armes des plis de leurs robes.

Un morceau de bois après l'autre, elles dévastèrent la salle de bar sans cesser de hurler des hosannas, et personne ne leva le petit doigt pour les arrêter.

Je regardai ma mousse de bière déborder sur le comptoir grêlé et là-bas, quelque part dans les profondeurs de l'édifice je reconnus l'odeur de steak qui brûle au fond de la poêle en fer.

Nous décidâmes de rendre les coups. Les ruines du Saloon gisaient éparses autour de nous : éclats de bois, sciure, bouts de verres en festons, flaques de mousse. Je tendis le bras en travers de la table et attrapai McGurk par le poignet.

— On révèle tout en première page, lui dis-je, et on étaie avec un édito sur les droits civiques.

McGurk sourit telle la belette dans le poulailler. Je lui dis de foncer au télégraphe et de nous trouver quelque chose qui enlève un peu de son mordant à Mme Ladingue. Puis je m'en allai promptement dormir.

Une heure plus tard, McGurk frappait à ma porte. J'enfilai une robe de chambre et allai lui ouvrir. Il se rua dans mon salon, l'œil rétréci et fiévreux. Je lui offris une chaise et un cognac. Il les repoussa.

— Elle s'appelle Carry Gloyd Nation, dit-il. Elle est née en 46, dans le Kentucky. Elle a épousé Charles Gloyd, docteur en médecine, en 67, et tiens-toi bien… elle l'a quitté au bout de deux mois parce qu'il picolait. A épousé Nation dix ans plus tard, lequel Nation a divorcé d'avec elle il y a quelques mois parce qu'elle l'aurait abandonné.

— Abandonné ?

— Ouaip. Elle passe son temps à bousiller les saloons, les boutiques de marchands de tabac et les Loges des Elks et des Moose [1] de tout le Middle West. Arrêtée à Fort Dodge pour avoir mis le feu chez un marchand de tabac, à Lawrence pour avoir déchiré en pleine rue la robe d'une femme qui portait un corset. A passé trois jours en prison à Saint Louis après avoir agressé le propriétaire d'un restaurant chinois. D'après elle, la bouffe chinoise serait immorale.

1. Soit le Club des Elans et le Club de l'Orignal, organismes de charité. *(N.d.T.)*

Je levai la main en l'air.

— Bon, bon, c'est parfait, dis-je. Rentre te reposer un peu chez toi et tu me travailles tout ça pour le numéro de demain. Surtout les arrestations. Tu vas voir comment qu'on va la lui émousser, sa petite hache, à la dame.

Nous fîmes passer l'article dès le lendemain. Manchettes de cinq centimètres de haut, première page. A l'intérieur, juste au-dessous d'un article stimulant sur les vertus d'avenir de l'automobile en tant que véhicule sans crottin, j'y allai d'un éditorial plus que sec sur les garanties offertes par les Premier et Quatrième Amendements de la Constitution et la tyrannie de la majorité. L'erreur.

A huit heures du matin, deux cents femmes chantant « Nous vaincrons » s'enchaînaient à la grille devant ma porte. Sur la foule des bannières flottaient, — « L'ALCOOL EST UN DEMON » et « JOHN BARLEYCORN MOURRA » —, une femme plus que sinistre m'ayant même caricaturé avec une bouteille à la main, bouteille dans le goulot de laquelle le soleil s'enfonçait. Légende de l'affaire :

LE SOLEIL SE COUCHE A TOPEKA

Aucun de mes employés ne vint travailler, — jusqu'à McGurk qui me laissa tomber. A huit heures et quart son fils Jimmy se faufila dans le bureau de devant. Il était venu me dire que son père était malade. Eh bien moi aussi, je l'étais ! Je verrouillai la porte derrière lui et m'esquivai dans l'arrière-salle afin de consulter certaine bouteille de bourbon du Kentucky que je gardais en réserve en cas d'urgence. J'en descendis une grande rasade tandis que des bouts de cantique, de discours, de hourras et autres hurlements m'arrivaient filtrés de la rue. Puis il y eut un grand fracas dans le bureau de devant. Je jetai un coup d'œil par la porte et vis qu'on avait cassé la fenêtre… et que sous elle reposait la hachette avec sa lame luisante et son dur manche en bois de chêne.

Quelqu'un martelait la porte de devant. Je rampai jusqu'à la fenêtre et risquai un œil dehors. Les corbeaux avaient rempli la rue. Il y avait là le Révérend Thorpe, un groupe de Mennonites tout en noir et en barbes, et cent femmes de mieux. Je crus voir Lucy, l'épouse de McGurk, dans la cohue, mais la scène était obscurcie par une hélice de fumée qui montait lentement d'un tas de journaux encore pliés. Je me demandai où était passé le shérif.

A chaque poussée la porte se soulevait sur ses gonds. Je changeai de perspective et m'aperçus alors que c'était Mme Ladingue en personne qui tambourinait à ma porte avec le côté marteau de sa hachette.

— Ouvrez ! beuglait-elle. J'exige que vous vous rétractiez sur ses mensonges au service de Satan. Ouvrez, vous dis-je !

A quatre pattes, tel le guerrier indien ou l'éclaireur de Teddy Roosevelt, je regagnai l'arrière-salle, avalai une resucée de bourbon et pris le chemin de chez Doge, aux fins de regroupement des troupes.

Doge avait remplacé ses portes battantes par un panneau de bois de dix centimètres d'épaisseur qu'il gardait verrouillé à tout instant. Je cognai à la porte, une trappe en métal s'ouvrit à la hauteur de mon œil.

— C'est moi, Doge, lançai-je.

Le verrou fut repoussé. A l'intérieur du bar, deux ouvriers s'affairaient avec scie et marteaux, Cal étant assis à une table. Toile, palette et bouteille de whisky, il avait tout ce qu'il fallait et reproduisait d'une main tremblante le portrait de Vivian DeLorbe d'après son original mutilé. A côté de lui, la tête penchée de côté tel le chien de meute feinté par la mouffette, se tenait McGurk.

Je montai jusqu'au comptoir improvisé (deux tréteaux et une planche de bois pleine d'échardes) et me descendis deux whiskys vite fait. Puis je rejoignis Cal et McGurk à petits bonds légers. En marmonnant, McGurk s'excusa de m'avoir laissé seul pour affronter l'orage.

— C'est pas grave, John, lui dis-je.

— Elles tiennent Lucy, tu sais, dit-il.

— Oui, je sais.

Doge tira une chaise et nous restâmes longtemps assis en silence, à regarder Cal tracer le tremblotant périmètre du buste de Vivian DeLorbe sur sa toile. Enfin Doge me demanda si j'allais me rétracter. Je lui répondis que non, plutôt crever. McGurk me fit remarquer que nous serions à la rue en moins d'une semaine si je ne me soumettais pas. Doge maudit Mme Ladingue. McGurk maudit la tempérance. Nous bûmes un coup pour faire passer.

Cal reposa son pinceau et me jeta un regard aqueux.

— Savez comment qu'on peut s'débarrasser d'une femme comme ça ? me demanda-t-il.

— L'ami, lui répondit Doge, je donnerais cent dollars en argent pour le savoir.

— Enfantin, dit-il d'une voix rauque avant de s'éclaircir la gorge et d'expectorer sur le plancher. On retrouve son premier mari... le docteur Gloyd. Elle le voit, elle file d'ici comme le cheval qu'a les poils du cul en feu.

Nous nous réveillâmes d'un coup, — l'espoir fait vivre, etc., etc. —, et le pressâmes d'en dire plus. Connaissait-il Gloyd ? Savait-il comment le retrouver ? Gloyd accéderait-il à notre demande ? Cal souleva son chapeau melon pour se lisser les cheveux en arrière et se lança dans un récit passablement verbeux où l'on sautait d'un truc à un autre telle la grenouille épileptique. Nous crûmes comprendre qu'à la rue à Saint Louis quelque six mois plus tôt, Cal avait passé trois semaines à pinter avec « le docteur ». Lequel docteur ayant hérité de quelque fortune, — une pièce de vingt dollars en argent —, ils n'avaient pas quitté certain champ situé derrière une distillerie jusqu'à ce qu'il n'ait plus un sou à dépenser.

— Cinquante cent la bouteille du meilleur, et bouché ! précisa-t-il, le regard soudain aussi fondant que du beurre.

Lorsqu'il lui avait demandé l'origine de ces vingt dollars, Gloyd lui avait répondu que c'était un témoignage de gratitude des assoiffés de Manhattan, Etat du Kansas. Ils lui avaient payé son billet de train et l'avaient inondé de gnôle pour venir délivrer la ville d'une peste qui y sévissait.

— Mme Ladingue ? lui demandai-je.

— Bien deviné, me renvoya-t-il, un ricanement grinçant lui remontant le long de la gorge. Il suffira qu'elle le voie. Ce sera comme de brandir une croix devant un vampire.

Deux heures plus tard Cal et moi nous prélassions au wagon-bar d'un train de l'Atchison-Topeka-Santa Fe Line.

Whisky à goûter, cigare à déguster, nous filions vers l'est. Vers Saint Louis.

Nous étions passablement gris lorsque nous descendîmes du convoi. Avec la gare qui faisait à elle seule la moitié de Topeka, les hommes qui se ruaient partout en chapeau melon et manteaux courts et les femmes à l'arrière-train incroyablement opulent, j'étais moi-même un peu désorienté. Cal, lui, se sentait parfaitement chez lui. Il se baissa pour ramasser un mégot de cigare et fendit la foule d'un air important pour rejoindre un type qui, tout en os et haillons, se tenait assis contre un banc tel un parasol jeté au rebut. Cul sur le trottoir, coudes posés sur le banc derrière lui, tête penchée en avant comme s'il avait le cou brisé. Cal s'affala à côté de lui tel le cheval de trait au bout du rouleau, sans faire attention à la flaque douteuse au milieu de laquelle le bonhomme s'était installé. Les paupières de l'inconnu se soulevèrent lorsqu'il lui montra une bouteille, et la lui tendit. L'homme but, puis lui rendit la bouteille. Cal but à son tour, et lui tendit de nouveau la bouteille. On conféra, en ricanant, pendant cinq à dix minutes, puis Cal se leva en claquant du genou et me fit signe d'approcher.

— Le vieux cochon est en ville, m'informa-t-il. Redfearns l'a vu ici hier.

Je baissai la tête et regardai Redfearns. On aurait dit qu'il n'avait rien vu depuis longtemps.

— Il en est sûr ?

— Près des docks, croassa Cal avant de siffler un fiacre.

Nous laissâmes nos affaires, — les miennes, s'entend, Cal ne possédait que ses bretelles et son chapeau —, au Potter's Saloon, cinq cents le lit, au croisement de Wharf Street et d'Albermale Avenue. Potter nous vendit deux bouteilles de whisky du coin aux fins d'analyse, nous sortîmes d'un pas lent afin d'explorer les bas fonds des quais et *environs* [1]. Chaque fois que nous longions une forme couchée sur le dos à même la rue, Cal s'arrêtait pour l'identifier et, si c'était nécessaire, la ramener à la vie avec une goulée ou deux du poison de Potter. S'ensuivaient alors

1. En français dans le texte. *(N.d.T.)*

quelques échanges de bouteille et colloques ricanants qui doublaient la rencontre avec Redfearns comme si chacun répétait son rôle.

Au bout d'un moment je me retrouvai à me laisser choir à côté de Cal et de ces sacs à vin puants ; le soleil me faisant comme un feu de camp sous le chapeau et le pantalon souillé, j'attendais mon tour quand on faisait passer la bouteille. Là je restais assis, moi, le Rédacteur en chef du *Topeka Sun*, moi, le libre penseur et l'une des lumières de la ville, oui, assis par terre sur les pavés noircis des rues les plus louches de Saint Louis, le jugement et l'équilibre atteints et la vision qui s'en va tandis que, paresseuses, des mouches à merde flottaient entre le bout suant de mon nez et les montagnes de crottin de cheval qui s'élevaient autour de nous tels alignements de sculptures primitives. Tout ça pour le bien de l'humanité.

Au fur et à mesure que passait la journée, je commençai à perdre contact avec ce qui m'entourait. Je me levais lorsque Cal me touchait le bras, je m'effondrais tel le chien à l'arrière-train brisé lorsqu'il s'arrêtait pour interroger un énième poivrot. Nous marchions, parlions et buvions sans arrêt. Je me rappelle un hangar plein de canotiers en paille et de corsets en fanons de baleine, un bol de chili et une tasse de café noir dans une cuisine à l'étage, une suite de quais crasseux, de poubelles, de visages édentés et d'yeux qui coulaient. Mais pas de Gloyd. Lorsque le soleil finit par s'écraser derrière les collines, Cal me prit par le coude et nous ramena chez Potter.

J'étais découragé, je n'avais plus le cœur à rien et, grâce à la bière maison de Potter, pratiquement plus d'estomac non plus. Après avoir dégobillé sur le flanc d'une voiture et m'être vomi sur le devant de la chemise, je ne demandais plus qu'une chose à la vie : un lit. Potter (et le seul souvenir que j'aie de lui est qu'il avait les bajoues les plus flasques et pendouillantes que j'avais jamais vues sur un homme ou une bête, — on aurait plutôt dit des fesses qu'il se serait greffées sur la figure) me conduisit au dortoir à l'étage et me poussa doucement dans la pièce enténébrée.

— Numéro neuf, dit-il.

Lorsque mes yeux se furent habitués à l'obscurité, je remarquai que les lits étaient numérotés à la peinture blanche. Je commençai à descendre l'allée en puant et titubant, et luttai beaucoup pour ne pas perdre l'équilibre avant d'arriver au neuf. Je m'accrochais à la colonne de lit de la main gauche et me battais pour déboutonner ma chemise avec la droite lorsque je devinai la présence d'une forme sous la couverture en crin de cheval jetée en travers de ma couche. Quelqu'un s'était glissé dans mon lit ! C'en était trop. Je commençai à secouer le bonhomme.

— Hé ! Debout, quoi, l'ami ! C'est dans mon lit que t'es ! Hé !

C'est alors que je perdis l'équilibre et lui dégringolai dessus.

Il s'anima comme les flammes d'un incendie de bordel, en hurlant et se tordant.

— A l'enculette ! hurla-t-il. Au meurtre ! A la sodomie !

Réveillés en sursaut, les autres occupants du dortoir commencèrent à cracher l'injure et l'épithète dans le noir. Je tentai de m'arracher au fou, mais il m'avait pris la tête comme dans un étau. Il avait la voix spasmodique et haut perchée et les yeux en œufs d'insecte aquatique.

— Docteur ! hurla Cal.

Le fou desserra son étreinte.

— Cal ? dit-il.

McGurk nous retrouva à la gare de Topeka et nous mit au courant de la situation. Un groupe des leurs, — femmes en bonnet noir et autres buveurs d'eau et Holy Rollers[1] —, bloquait toujours l'entrée du bureau, *The Sun* ayant fait démarrer en notre absence une presse alternative dans la cave de l'église baptiste. McGurk me montra un canard qu'ils avaient imprimé. On m'y traitait d' « anarchiste crapuleux », de « vipère humaine » et de « laquais des entreprises illicites et immorales qui se servent des faibles pour faire avancer leurs gains fiduciaires ». Mais ces coups de fouets syntactiques n'étaient pas ce qu'il y avait de pire. Après avoir acheté le shérif, Ladingue et ses vigiles écu-

1. Ou « Roule Bibles », sobriquet donné à une secte pentecotiste à l'évangélisme particulièrement exalté. *(N.d.T.)*

maient la ville au nom de Jésus-Christ, de la sobriété et de l'abstinence de tabac, de la fraternité et de la bouffe Texicane. Elle avait fait évacuer la Loge des Moose et le Tobacco Emporium de Charlie Trumbull, après quoi ses disciples en avaient condamné les portes. Elle avait aussi fait fermer le café-restaurant de Pedro Paramo parce qu'il y servait des tortillas fraîchement pétries et des haricots recuits avec des œufs. Il était plus que temps d'en venir à l'épreuve de force.

Nous ouvrîmes la grande porte en chêne de Chez Doge, descendîmes les planches qui couvraient les nouvelles baies vitrées, allumâmes les lampes à huile et engageâmes un gratteur de banjo unijambiste originaire de l'Arkansas pour nous concocter de la musique à se battre les cuisses en cadence. Cal n'avait pas encore fini de dessiner le grand C ailé de « Chez Doge » sur la façade du saloon que celui-ci croulait déjà sous les buveurs, et une bonne mesure d'assez vilains personnages. Et notre banjo de teinter et faire frissonner les rues tel le chant des Sirènes. Quelqu'un alla même jusqu'à décharger une ou deux fois un gros pistolet à abattre les chevaux.

Notre arme secrète était assise au comptoir. Pour salaire le bonhomme avait reçu cinquante dollars et le droit de boire tout ce qu'il voulait. Doge lui avait fait cadeau d'une de ses plus belles bouteilles et j'avais moi-même commencé à faire la quête et donné l'exemple en me fendant d'un billet vert de dix dollars. Gloyd était passablement plâtré. Il regardait fixement son verre vide et meuglait encore et encore son nom telle la génisse en chaleur.

— Carry, disait-il. Ooooooohhh, Carry.

Elle mit une demi-heure. Pile. Du bas de la rue elle monta enfin, sinistre et inquiétante, ses chacals et acolytes sur les talons. Je m'adossai paresseusement au chambranle de la porte en me récurant les dents. Le banjo me résonnait dans les oreilles. Je les vis pencher la tête en arrière en hurlant les paroles de tel ou tel cantique ou autre et sentis le pavé trembler sous leurs bottes noires et luisantes qui s'abattaient par terre à l'unisson, vran, vran, vran ! On remontait la rue, on se tenait les coudes, on montrait les dents, on avait la luette qui frissonne. « Il est mon refuge et ma forteresse ! » beuglait-on. Vran, vran, vran ! Elle les amena jusqu'à la véranda, me poussa de côté, entra tel le taureau.

Brusquement le silence tomba. Le banjo s'étouffa, les hip hip hip et autres hourras furent ravalés, le menu bavardage cessa. Elle leva le bras, le chœur remonta toute la gamme jusqu'au contre ut le plus pieux et combatif. Alors elle se lança dans son numéro en grognant et trépignant si fort tout autour de la salle que les verres de ses lunettes à montures en fer commencèrent à s'embuer d'émotion.

— Réveillez-vous, les pochards, et pleurez ! rugit-elle. Hurlez, vous tous les buveurs de vins, car amère sera la boisson forte à celui qui la boit !

Imposante, elle se dressait, était rouge et enflée du visage, aussi terrifiante que la tornade qui monte du sud-ouest en rugissant. Nous en restâmes pétrifiés, — Cal, Doge, McGurk, Pedro… tous autant que nous étions. Mais c'est alors que du fin fond de la foule, là-bas tout là-bas au bout du comptoir, s'éleva la plainte sourde de l'ongulé en détresse.

— Carry, ô Carry baby, que t'ai-je donc fait ?

L'air qu'elle prit alors aurait pu, en soi, constituer un acte criminel. Elle était hideuse. Il y eut des bruits de chaises et de pieds tandis que, chacun pour soi, on s'écartait de son chemin. Dodge plongea sous le comptoir, Cal et McGurk cherchèrent refuge derrière une chaise renversée tandis que les grands voyous se faisaient rares, et brusquement il n'y eut plus qu'eux deux, — Mme Ladingue et Gloyd —, à se regarder droit dans les yeux d'un bout à l'autre de la salle. Gloyd descendit de son tabouret et se mit en route vers elle, la démarche hésitante et lourde, les bras vaguement tendus en avant, à enlacer du vide. Soudain, elle eut, tour de passe-passe, la hachette dans la main, ses doigts devenant tout blancs à force d'en serrer le manche. Elle respirait comme une locomotive, il avait le calme du comateux. Elle se mit en route vers lui.

Lorsqu'ils furent à moins de deux mètres l'un de l'autre, ils s'arrêtèrent. Gloyd chancela, vacilla sur ses pieds, une boucle de ses cheveux jaunes se prenant dans ses yeux.

— Carry, dit-il d'un ton dur et guttural. Ma chérie, mon chou, reviens moi, reviens à ton bon vieux Doc.

Et il lui fit un clin d'œil.

Elle rougit, puis se reprit et lui renvoya les Ecritures :

— A la fin cela mord tel le serpent, et pique comme la vipère.

Aussi libidineux qu'un vieux coyote, il la regarda au fond des yeux.

— Oui, oui, dit-il, je suis tel celui qui a bu, tel celui que le vin a vaincu.

Il souriait. Il leva les bras pour l'enlacer, soudain elle se rua sur lui avec la hachette, la trajectoire et le sauvage sifflement de l'engin qui fendait l'air le ratant d'une bonne cinquantaine de centimètres, sinon plus.

— Carry, reprit-il, le ton triste et qui met en garde, passons l'éponge, mon chou, et reviens à ton bon vieux Doc.

Elle en eut le bras qui tomba, et la hachette avec. Elle baissa la tête. Puis, dans un murmure au début, il se mit à chanter d'une voix douce et rouillée, vieille et triste, tremblante comme un cœur brisé :

Le chasseur ne peut courir le renard
Ni si fort faire sonner le cor,
Ni le rétameur réparer le vieux pot
S'il n'a point son grain d'orge d'abord.

Lorsqu'il en eut fini, nous restâmes tous debout en silence, — les femmes en noir, les grands voyous, Doge, Cal, McGurk et moi —, comme si nous venions de voir le grand rideau de brocart du Théâtre Tylor de Kansas City dégringoler en travers de la scène. Soudain elle tomba à genoux en sanglotant, — en gémissant et gloussant si fort de l'arrière-gorge que je n'aurais su dire si elle pleurait ou riait. Ses sanglots, comme ses fulminations, étaient tonitruantes et remplissaient la salle, secouant les chevrons de la toiture. Je commençai à me sentir gêné. Mais Doc, lui, se contenta de rester debout au-dessus d'elle, les mains sur les hanches, à sourire tout grand, jusqu'au moment où une des femmes, — Lucy McGurk —, aida sa compagne à sortir.

Les visages de son escorte étaient pâles comme la mort sur le noir des bonnets et des cols de choristes. Fini la force du cyclone moral, on n'était plus que femmes de la ville, que buveurs d'eau et autres tapettes. Nous les conspuâmes tous comme les voyous que nous étions, ils tournèrent casaque et filèrent.

Un mois plus tard, un chariot qui venait de la gare remonta Warsaw Street dans un bruit de tonnerre. A l'arrière se trouvait le nouveau bar en acajou de Doge. McGurk et moi prîmes notre après-midi pour flemmarder dans la pénombre fraîche du saloon et regarder Cal et ce Doge le clouer par terre et y passer la première couche de cire. Légèrement ridée, mais comme il fallait là où il fallait, la nouvelle Vivian DeLorbe trônait fièrement au-dessus, une manière de miroir en mosaïque, — fait de tous les morceaux du premier qu'on avait récupérés et scellés dans du plâtre —, jetant des reflets sous-marins tout autour de la salle. Nous bûmes deux ou trois whiskys, puis Doge mentionna que, d'après la rumeur au moins, Mme Ladingue avait remis ça et faisait mourir de soif les bons citoyens de Wichita. Cal et moi en rîmes, mais le pauvre John ne le prit pas aussi bien : c'est vrai que sa Lucy l'avait quitté pour rejoindre le mouvement.

Cal secoua la tête.

— Ah, ces femmes ! dit-il. Y a pas moyen de les arrêter. Vous allez voir que le prochain coup, c'est le droit de vote qu'elles voudront !

Les petites gens à fourrure

Ils voulaient lui prendre ses petits. Les lui saisir sur ordre du tribunal et lui interdire de les voir comme si elle était on ne savait quelle mère vivant des subsides de l'Etat et fumant du crack dans le ghetto, comme si elle était incapable de les soigner toute seule alors qu'elle le faisait depuis des années et qui donc s'en était jamais plaint ? Y avait-il même seulement eu rumeur de plainte ? Furieuse, elle l'était, mais elle avait aussi la trouille, une trouille qui lui arrachait les tripes et lui déchirait le crâne comme si un funambule la tenait accrochée par sa queue de cheval là-haut, tout là-haut, sur son fil infernal. Jusqu'à ses petits qui n'avaient pu la réconforter, pas au début en tout cas, pas après que, la porte ayant claqué derrière l'officier, toute la tristesse de ce monde indifférent se fut ruée dans la maison et eut rempli les lieux du lugubre brouillard de la défaite.

Alors que la journée s'annonçait si prometteuse… c'était bien ça qui rendait les choses encore pires. Après deux jours de ciel couvert, Grace avait, en se réveillant, trouvé tant de soleil dans sa cuisine, et si riche et fondant, qu'elle avait eu l'impression de se tenir au cœur d'une orange et de regarder dehors, et avait su, voilà, su que Rudolfo prendrait ses médicaments sans faire d'histoires et que la température de Birgitta aurait chuté pendant la nuit. Et elle ne s'était pas trompée, pas trompée du tout ! Phil même semblait aller mieux, — de bon poil et l'œil clair au petit déjeuner, il battait astucieusement de la tête le

Titre original : « Little fur people », publié par *Antioch Review*. Traduction de Robert Pépin, 1994.

rythme des chansons qui passaient à la radio tandis qu'elle faisait la vaisselle. Après, c'était le type d'UPS qui était passé, — et ça aussi, ç'avait été une bénédiction parce que l'exemplaire de *Les sciuridés dans l'histoire* qu'elle avait commandé à une boîte de vente par correspondance du Connecticut était arrivé, même qu'elle s'était assise pour le feuilleter et qu'elle était déjà complètement fascinée par les photos d'écureuils momifiés prises dans les ruines de Pompéi lorsqu'on avait de nouveau sonné à la porte.

Le jeune homme auquel elle avait ouvert avait l'air nerveux, le dessus de la lèvre pâle et bien rasé et, en guise de barbe, une houppette de poils fauves qui lui collait tout au bas du menton à la manière d'un plumage. Il portait un uniforme gris orné d'un genre de ganse sur l'épaule gauche et d'une pièce ronde au-dessus de la poche de poitrine. Ses yeux, — d'un bleu terne et aqueux —, lui sortaient de la tête pour regarder fixement dans deux directions, ses pieds semblant travailler quelque routine de danse compliquée sur le paillasson.

— Madame Gargano ? demanda-t-il en haussant les sourcils et resserrant tellement les chairs autour de sa bouche que le petit oriflamme de sa barbe en parut se mettre au garde à vous.

— Oui ? répondit-elle avec juste ce qu'il fallait de prudence et d'hospitalité mélangées.

Aussi vénal et grossier que le monde ait pu devenir, elle était toujours prête à se montrer courtoise. Le jeune homme avait l'air de regarder l'étagère à bibelots et la collection de figurines en porcelaine qui se trouvaient derrière elle, mais avec les yeux baladeurs qu'il avait, ce n'était pas facile à dire. Une vague de pitié la submergeant soudain, — qu'avait dû éprouver sa mère en le serrant pour la première fois sur son cœur ? —, elle se surprit à lui offrir une tasse de thé et une tranche du gâteau aux bananes et aux noix qu'elle avait fait cuire au four pour sa fille, Jet.

— Officier Kraybill, dit-il. Du service des Eaux et Forêts ? On a reçu une plainte.

Ce fut alors qu'elle vit remuer les rideaux à la fenêtre de la maison d'en face, — celle de Gladys Tranh —, et eut la première intuition de ce qui l'attendait.

— Une plainte ? répéta-t-elle.

— Oui, lui répondit le jeune homme, dont les deux yeux enfin recentrés s'étaient fixés sur elle et la regardaient avec une intensité qui la faisait sécher sur pieds. D'après ce que nous savons, vous donneriez asile à des bêtes sauvages.

— Des bêtes sauva… ?

L'espace d'un instant, ce fut tout ce qu'elle put dire, mais elle le regarda de nouveau, plus fort, et se reprit.

— Non, enfin… non, lui répondit-elle. Pas du tout. Il y a juste mes petits…

— Vos… petits ?

— Oui, mes écureuils… ceux qui sont malades ou dans le besoin. Ça fait des années que les gens m'en apportent…

L'officier Kraybill en eut la mâchoire qui pendit, puis il se recomposa le visage. Il avait les yeux qui filaient partout. Il sourit, — ou essaya.

— Ça vous ennuie que je jette un œil ? lui demanda-t-il. Enfin, je veux dire… vous pourriez me les montrer, si ça ne vous gêne pas trop ?

Tout était en balance, mais elle l'ignorait, ne s'en doutait même pas… elle était trop innocente, trop confiante, trop prête à juger l'inconnu sur sa pauvre figure de gros ordinaire qui louchait.

— Ben, c'est-à-dire que… je ne sais pas, dit-elle, mais le ton qu'elle avait pris était celui de la femme qui ne demande qu'à être convaincue. J'ai un rendez-vous au salon de beauté à onze heures et…

— Ça ne prendra qu'une minute, enchaîna-t-il aussitôt. J'aimerais juste me rendre compte, voir ce que vous faites… pour les malades, s'entend.

Et tout fut dit, et c'est ce qui la fit capituler. Comment aurait-elle pu résister à quelqu'un qui lui parlait de « ses malades », de ses pauvres petits qui souffraient ? Elle lui ouvrit grand la porte et il entra, avec ses yeux en désordre et sa barbe qui s'insinuait.

Il s'attarda un instant sur les écureuils en porcelaine, — « Ne sont-ils pas mignons ? Ils viennent du Surrey, en Angleterre, ils font partie de la collection "Les écureuils du monde" —, puis elle l'invita à entrer dans la salle de séjour. Vautrés sur le canapé, Misty et Bruno regardaient une rediffusion de

« Lassie », série télévisée qui ne manquait jamais de les exciter. Chaque fois que la chienne aboyait un message à son maître, Bruno se dressait sur ses pattes de derrière et s'égosillait à l'adresse de l'écran tandis que Misty traversait le tapis en faisant la roue. Le spectacle était à croquer, mais lorsque Grace pénétra dans la pièce avec l'officier Kraybill, les deux écureuils se traînaient sur le ventre en observant un nouveau couteau à fromage révolutionnaire qui venait de Suède.

— Celle-là, c'est Misty, dit Grace. La petite Douglas ? Et le gris, c'est Bruno. Ils sont inséparables. Comme frère et sœur.

— Ils sont malades ? voulut savoir l'officier.

— Malades ? répéta-t-elle en écho, et d'un seul regard de pur étonnement elle le cloua sur place au moment même où l'image du couteau à fromage était remplacée par celle d'un colley sautant par-dessus une palissade blanche. Mais ils ne tiendraient pas cinq minutes si je les laissais filer !

Sans cesser de jouer les andouilles et de la bercer de faux espoirs, l'officier Kraybill haussa les sourcils et permit que son regard mouillé se pose sur elle.

— Qu'est-ce qu'ils ont ?

Jet l'avait prévenue de ne jamais sermonner les gens, mais pas moyen de se retenir, ce fut plus fort qu'elle… c'était toute sa vie dont on parlait.

— Misty est chez moi depuis trois ans… enfin, presque… voyons, oui, ça fera trois ans en avril. Partiellement éviscérée par une Cadillac à Rancho Park. Elle était déjà dans le coma quand on me l'a apportée… la première semaine, elle est restée entre la vie et la mort. Le Dr Diaz l'a toute recousue, mais on a découvert qu'elle était diabétique… parce que, ah ça oui, les écureuils, ça peut tout aussi bien contracter le diabète que les gens… et il lui faut deux piqûres d'insuline par jour. Sans ça, ce serait le coma et la mort.

L'officier s'était rapproché du canapé et, l'air réservé, observait Misty.

— Et Bruno, reprit-elle à toute allure, — Jet pensait que ça mettait les gens mal à l'aise ? et alors ? ça n'avait strictement aucune importance, quand c'était de ses petits qu'il était question, rien n'avait plus d'importance —, Bruno est ici depuis six ans. C'est mon préféré, — en dehors de Phil, bien sûr, et je n'ai pas de peine à le reconnaître… (Elle prit une voix de fausset, douce et chantonnante.) Là, Bruno, là… mon bébé, là.

Bruno se tordit le cou pour poser ses yeux d'un noir luisant sur sa maîtresse et l'on vit bien alors que la douleur le mettait au supplice car, se redressant avec difficulté sur la pente du canapé, il sauta faiblement dans ses bras.

— Là, voilà, marmonna-t-elle en se penchant pour lui donner un baiser.

L'officier Kraybill s'éclaircit la gorge.

— Oh, je vous demande pardon, dit-elle, je ne voulais pas me laisser emporter comme ça… c'est juste qu'ils sont si adorables, si… Bruno. Bon, Bruno souffre d'arthrite et a un lumbago, et la première fois qu'il est venu me voir… là, ça se voit très bien, au bas de la colonne vertébrale… il avait perdu l'essentiel de sa queue dans un accident de barbecue. D'accord, ça ne vous paraît peut-être pas grand-chose à vous, mais il faut comprendre qu'un truc comme ça, chez l'écureuil, ça démolit sacrément le respect de soi. Enfin, je veux dire… la queue, chez l'écureuil, c'est tout… sa couverture et son oreiller, sa serviette de table, son costume neuf… et c'est avec ça qu'il hèle toutes les femmes de la forêt. Le pauvre Bruno en était tout dévasté, monsieur Kraybill. Voir écureuil plus déprimé, non…

Mais l'officier Kraybill n'avait pas l'air de se concentrer sur Bruno. Il s'était mis à gribouiller quelque chose dans un petit carnet relié en cuir.

— Et… combien en avez-vous d'autres ? lui demanda-t-il d'un ton plat et mécanique.

— Vous prenez des notes ? s'écria-t-elle, et pour la première fois elle entrevit la gravité de la situation.

— Juste une formalité, lui répondit-il, mais ses yeux fous le trahirent. On a reçu une plainte. Il faut que je vérifie. Bon alors… combien en avez-vous en tout ?

— Trente-deux, dit-elle, les lèvres serrées.

Et soudain effrayée, elle berça Bruno dans ses bras.

— Mais… pourquoi avez-vous besoin de savoir ? repritelle. De quel genre de plainte s'agit-il ? (Elle essaya un petit rire nerveux.) Vous ne… je ne fais rien de mal, si ?

— Et où les gardez-vous ? lui demanda-t-il en ignorant sa question. En plus de ces deux-là, je veux dire…

Elle essaya de se calmer. Quelqu'un avait déposé plainte, rien de plus, il n'y avait pas de quoi s'énerver.

— J'ai des cages au garage... mais les écureuils peuvent se promener partout à toute heure du jour et de la nuit. Ils sont propres, vous savez, tous autant qu'ils sont, même les deux qui sont arrivés la semaine dernière. N'allez pas croire pour autant que je les enfermerais... je ne ferais jamais une chose pareille. Et je nettoie les cages tous les jours, sans jamais y man...

— J'aimerais les voir.

Il s'était tourné vers elle et, le stylo en suspens au-dessus du carnet de notes, il n'en était plus aux demandes.

Il y eut un silence. De la télé monta un aboiement, Grace priant le ciel que Bruno et Misty ne se lancent pas dans leur petit numéro, — le moment n'aurait pas été bien choisi, même elle le voyait. Un instant elle songea à lui demander s'il avait une commission rogatoire, comme cela se pratique dans les feuilletons policiers à la télé, mais ça n'aurait pas été courtois. Au lieu de tout cela, elle s'entendit prononcer ces mots :

— Oui, bien sûr.

Ce fut alors que, la porte du garage ayant été entrebâillée, Phil entra en rampant. Là il était, comme punaisé au tapis et jetant des regards inquisiteurs sur le nouveau venu, — pas la moindre trace de peur chez lui —, tandis que le bruit des autres (une sorte de joyeux bavardage de milieu de matinée) entrait en dérivant par la porte. Le bruit et l'odeur. Oui, l'odeur aussi. Grace sentit qu'elle devait une explication à l'officier.

— Ne vous inquiétez pas pour cette odeur de moisi, reprit-elle. C'est naturel. Je pourrais passer la cage à la brosse dure et changer la litière cent fois par jour qu'on la sentirait encore... voyez plutôt ça comme leur parfum naturel. Et celui-ci, dit-elle en lui montrant le grand écureuil Douglas jaune et chocolat qui se tenait à leurs pieds, celui-ci, c'est Phil.

— Et lui aussi est malade.

Elle le regarda d'un drôle d'œil. Essayait-il d'être grossier ? Le ton qu'elle prit fut plus froid.

— Phil s'est fait esquinter par un pitbull, dit-elle. Il a fallu soixante-sept points de suture pour refermer ses plaies et il ne retrouvera plus jamais l'usage de ses pattes de derrière. Sachez qu'avec tous les bobos qu'il a, je l'ai conduit plus de soixante-dix fois chez le Dr. Diaz en deux ans.

Mais l'officier Kraybill ne s'intéressait pas aux problèmes de Phil. Il enjamba l'animal et, majestueux, entra dans le garage, où tous les écureuils en cage l'accueillirent en couinant d'un ton plein d'espoir. Tel un singe, — elle croyait que c'était l'heure des friandises —, Molly monta et descendit le long du grillage de sa cage tandis que Rudolfo s'asseyait pour faire claquer ses dents comme des castagnettes. En moins de temps qu'il n'en fallut à Grace pour ramasser Phil et entrer dans le garage, un écureuil sous chaque bras, l'officier Kraybill se fit son opinion.

— Vous êtes en possession illégale de biens de la nature, lança-t-il.

Puis il se tourna vers elle et ajouta :

— A moins que ces créatures ne soient rendues à leur milieu d'origine, nous allons devoir vous les confisquer.

Grace en resta pétrifiée.

— Confisquer ? répéta-t-elle. Mais... vous ne voyez donc pas que ces bêtes ont besoin de moi ? Qu'elles vont mourir si je les relâche ?

— Ces écureuils, et tous les animaux de la nature avec eux, sont la propriété de l'Etat de Californie et il est illégal d'en détenir, faire trafic ou domestiquer.

Elle sentit son cœur s'arrêter, comme ça, comme si on l'avait étendue sur une table d'opération, comme si son pacemaker s'arrêtait dans sa poitrine. Mais elle reprit son souffle et son cœur repartit et alors, le sentir battre comme un marteau la rendit féroce. Ils n'allaient pas lui piquer ses petits. Personne. Jamais. Elle lui répondit du tac au tac et plus besoin de se montrer polie maintenant qu'il avait affiché la couleur.

— Bon, mais... je peux les tuer, n'est-ce pas ? Je peux très bien les traquer avec un fusil, toutes ces bestioles innocentes qui ne feraient pas de mal à une mouche, c'est bien ça, non ?

Les yeux de l'officier avaient réintégré leurs orbites, il la poignarda de sa barbiche.

— Si vous avez un permis de chasse en cours de validité et à condition que ce soit la saison... Il n'y a pas de limites pour les écureuils.

— Insensé, dit-elle.

Il haussa les épaules.

— Ce sont des gens ! s'écria-t-elle d'une voix qu'elle entendit se briser. Des petites gens à fourrure.

Jet se teignait les mèches lorsque le téléphone sonna. Bien qu'elle ne fût âgée que de vingt-huit ans, elle avait du gris dans les cheveux depuis son adolescence et devait maintenant s'en reteindre les racines tous les quinze jours si elle ne voulait pas ressembler à la fiancée de Frankenstein. Ça ne la gênait pas vraiment, — la couleur des cheveux faisait partie des choses inévitables de la vie, au même titre que le rouge à lèvres, l'eye-liner et le maquillage —, mais depuis quelque temps elle avait commencé à remarquer du gris nettement plus bas, — du blanc, en fait, des poils blancs, bouclés et d'une longueur étonnante et ça, ça la contrariait sérieusement. Rien que l'autre soir, elle avait passé pratiquement une heure avec glace et pince à épiler, un pied après l'autre sur le rebord de la baignoire, le tout ayant l'air vaguement obscène et pas qu'un peu ridicule, sauf que… qu'est-ce que Vincent allait penser d'elle s'il la voyait blanchir sous ses yeux, elle n'arrêtait pas d'y songer. Ils ne se voyaient que depuis un mois, mais il avait deux ans de moins qu'elle et elle lui avait raconté qu'elle en avait vingt-cinq. Des poils gris. Des petits plis sous les yeux. Des espèces de squames au dos des mains. Et maintenant qu'elle avait sa pâte noire tout partout sur le crâne et qu'elle se demandait si elle n'allait pas devoir s'en mettre en bas aussi, — pas cette fois, non, mais peut-être la prochaine —, voilà que le téléphone sonnait ? Elle se tortilla les mains pour les sortir de ses gants en plastique et tint précautionneusement l'écouteur à son oreille mouillée.

Soudain, ce fut la voix de sa mère qui était là et lui soufflait son nom sur la ligne, le lui soufflait comme une femme qui se noie, une femme qui s'asphyxie à force de sangloter.

— Mes petits ! Ils veulent me prendre mes petits !

Lorsque, les cheveux encore mouillés, mais noirs et luisants de tout le noir chimique de la teinture, même qu'il faudrait encore les shampouiner deux ou trois fois avant que ça redevienne quelque chose qu'on puisse trouver à peu près normal, elle arriva chez sa mère, la porte était fermée à clef.

— M'man ? lança-t-elle. T'es là ?

Elle s'apprêtait à repartir quand un mouvement sur le trottoir d'en face attira son attention. C'était sa mère qui, habillée d'un pull-over vert assez grand pour masquer l'évasement de ses hanches, secouait la grille en fer forgé de chez Mme Tranh. Ça lui parut bizarre à plus d'un titre, le moindre n'étant pas que sa mère et Mme Tranh n'avaient jamais été particulièrement amies, — voire seulement bonnes voisines. Mais, c'est vrai, depuis quelque temps tout ce que faisait sa mère la surprenait. Les gens la traitaient d'excentrique, mais pour Jet, cet adjectif était à mille lieues de qualifier correctement l'espèce d'absence dans laquelle elle était en train de sombrer. Vieillir, voir mourir son mari et avoir le cœur qui flanche, voilà où ça conduisait. A l'excentricité. C'était comme les poils blancs.

Jet traversa la rue et observa les épaules de sa mère tandis que, dépassée par ce mécanisme des plus simples, celle-ci tripatouillait le loquet de la grille. Et si c'était un de ses écureuils, se dit Jet, peut-être que c'était ça. L'un d'eux avait dû s'échapper et elle quadrillait le quartier pour le retrouver. Au ton qu'elle avait pris pour lui parler au téléphone, on aurait pu croire que quelqu'un avait balancé une bombe sur la baraque ou autre.

— Gladys ! s'écria soudain Grace d'une voix aiguë et bizarrement flûtée, comme si on l'avait enfermée dans une chambre d'échos. Gladys Tranh ! Vous m'ouvrez tout de suite ce portail !

Une voiture qui avait salement besoin d'un silencieux remonta la rue en pétaradant. Les étourneaux nichés dans les palmiers jumeaux devant chez Mme Tranh commencèrent à se chamailler, quelques-uns filant même de dessous les frondaisons comme si on les avait virés de chez eux.

— Gladys ! Il faut que je vous parle !

Mme Tranh avait entrouvert prudemment sa porte et y avait passé l'espèce d'ampoule chauve qui lui tenait lieu de tête lorsque Jet rejoignit sa mère. Le sourire qu'arborait Mme Tranh n'était pas détendu et la dame était si vieille qu'elle commençait à ressembler à un chihuahua et… depuis quand Jet l'avait-elle vue ?

— Vous-en ! dit-elle.

— M'man ? lança Jet en tendant la main pour toucher le bras de sa mère. M'man… qu'est-ce qu'il y a ? C'est les écureuils ?

Sa mère se retourna vers elle et la fixa d'un regard si tragique que Jet sentit quelque chose se tendre en elle.

— Jet !

Ce fut tout ce que sa mère parvint à lui répondre, — et en chassant le prénom de sa fille de ses lèvres comme si elle poussait son dernier soupir. Elle avait les larmes aux yeux. Ses mains tremblaient en essayant de comprendre le loquet. Et tout d'un coup elle se retourna vers Mme Tranh qui la regardait d'un œil plein de défi tout au bout de l'allée et lui dit en haussant le ton :

— C'est vous qui avez porté plainte, hein ? C'est ça ? Je sais que c'est vous. Vous pouvez pas supporter qu'on fasse le bien, dites ?

— Maman ! s'écria Jet en prenant sa mère par l'autre bras, mais Grace se dégagea.

— Ils veulent me prendre mes petits ! hurla-t-elle brusquement, une demi-douzaine d'étourneaux s'envolant aussitôt des arbres en piaillant.

Les yeux de Mme Tranh brillaient, morceaux de verre volcanique enfouis dans la peau fatiguée de son visage.

— Ils puent, vos petits, lâcha-t-elle d'une voix rocailleuse et desséchée. Sales bestioles.

Jet commençait à se sentir gênée. C'était au moins la deuxième voiture qui ralentissait en passant, comme si sa mère se donnait en spectacle, comme si c'était l'attraction du quartier et, trois ou quatre portes plus bas, quelqu'un… Mme Mahon ? était sortie sur le pas de sa véranda. Jet avait la peau du crâne qui la picotait sous les assauts répétés du produit chimique, un instant distraite, elle se détourna de sa mère. C'est alors que celle-ci passa un pied chaussé d'un sneaker par-dessus les piques du portail en fer forgé et tenta de se hisser par-dessus en marmonnant des choses entre ses dents.

— Maman ! aboya Jet.

Et, rien à faire, tout le monde la regardait, elle ne put s'empêcher d'ajouter :

— Mais… t'es devenue folle ? Descends de là, allons ! allons !

Elle s'était mise à tirer sur le pull-over de sa mère et à se battre contre le poteau rigide de sa jambe lorsque Violet Tranh apparut derrière sa mère à elle.

— Qu'est-ce qui se passe ? voulut-elle savoir.

Puis ceci :

— Jet ? Madame Gargano ?

Jet avait alors réussi à extirper le pied de sa mère des pointes de la grille, mais, assez perversement, Grace s'accrocha à deux barreaux et refusa de lâcher.

— Nom de Dieu ! Maman ! Qu'est-ce qu'il y a ? hurla Jet tandis que Violet Tranh descendait l'allée et se plantait à l'autre bout du portail, un air qu'on eût pu qualifier de satirique comme imprimé au coin de ses lèvres et de ses yeux. Violet était la plus jeune des enfants Tranh et Jet et elle étaient allées à l'école ensemble. C'était à cela que pensait Jet tandis que les visages semblaient se multiplier aux portes des maisons et que, de plus en plus de voitures ralentissant, Violet continuait de sourire d'un air narquois. Une fois, elles avaient eu le béguin pour le même garçon, — Derek Kubota —, et c'était elle, Violet, qui avait fini par sortir avec lui.

— C'est quoi le problème ? demanda Violet.

— C'est rien, l'assura Jet. Ma mère est un peu fâchée, c'est tout.

Elle avait envie de disparaître dans le trottoir, de ne plus faire qu'un avec les larves, les scarabées et les vers.

— Fâchée, moi ? répéta Grace en la regardant d'un air furibard.

Puis elle se tourna vers Violet et dit :

— C'est ta mère. Elle… (et là, sa voix se brisa de nouveau)… elle a déposé plainte contre… contre mes petits !

Alors Mme Tranh reprit la parole, sa voix bondissant et filant si vite à travers le vietnamien qu'on aurait dit qu'elle récitait un menu à six plats. Violet se mit à traduire, en regardant Jet droit dans les yeux.

— Ma mère dit qu'elle vit dans un quartier résidentiel destiné aux humains, pas aux animaux.

— Aux animaux ? répéta Jet et oui, elle savait bien que tout cela était ridicule, mais elle sentit la colère lui monter au nez. C'est bien d'écureuils qu'on cause, non ? On est bien sur la même longueur d'onde, pas vrai ? Et si tu regardais dans les arbres, hein ? Comme si les écureuils n'y étaient pas avant nous !

Violet ne la lâchait pas du regard. A croire que c'était à qui ferait baisser les yeux à l'autre, à qui virerait les chairs de l'adversaire pour aller lui triturer les organes vitaux.

— Ouais, dit-elle, la voix vraiment tendue, et les dinosaures aussi.

Grace savait ce qui l'attendait. Elle savait que pitié, tendresse, bien et bonté, tous les officiers Kraybill de ce monde s'en foutaient comme de leur première paire de chaussettes, — que tout ce qui les intéressait, c'était ce que disait la loi, la loi imbécile qui permettait à tout un chacun d'exploser ses semblables dans les arbres, mais faisait un criminel de ce même tout un chacun dès qu'il osait essayer d'apaiser leurs souffrances. Bien sûr qu'ils reviendraient, bien sûr.

Toute cette semaine-là, elle fut debout avant l'aube, debout et habillée, à ruminer devant son café tandis que ses petits jouaient à ses pieds. Elle avait relâché Florio (comme si ça pouvait les satisfaire !) parce qu'il n'avait plus besoin de ses soins, — le Dr Diaz lui avait ôté son éclisse et l'avait déclaré bon pour le service. Mais il y avait un hic, — Florio refusait de partir. Chaque fois qu'elle levait la tête, là il était, à regarder fixement à la fenêtre et peu importait l'endroit de la maison où elle se rendait, — salle de séjour, cave, cuisine, chambre —, toujours là il était, à grincer à la vitre. Pour finir, la veille au soir, quand la température était descendue au-dessous de zéro, elle avait cédé et l'avait laissé rentrer. Et maintenant il était sous la table, à se battre avec Rudolfo. Ils étaient devenus les meilleurs amis du monde, rien de moins, comment aurait-elle pu justifier qu'on les sépare ?

Il n'empêche. Elle n'était pas bête et savait bien qu'ils reviendraient, — l'officier Kraybill et avec lui sans doute d'autres serviteurs de la loi aussi zélés qu'enflés de la barbe —, pour la harceler et l'obliger à rendre ses petits. Munis d'une citation à comparaître, d'une commission rogatoire ou autre, ils défileraient dans sa maison comme la Gestapo et lui arracheraient ses petits malades lorsqu'elle leur interdirait sa porte avec son corps. L'image lui plaisant, — leur interdire sa porte avec son corps —, elle la tenait bien au chaud dans la vapeur qui montait de sa deuxième tasse de café lorsque, quelqu'un ayant sonné à la porte, ses pires craintes se réalisèrent.

C'était l'officier Kraybill, — elle le reconnut dans la lentille rétrécissante du judas —, et l'officier Kraybill avait deux adjoints avec lui, un homme et une femme habillés d'un uniforme identique au sien. Trois qu'ils étaient ! Elle ne put s'empêcher de songer que c'était comme ça que ça se passait au cinéma ou à la télé quand il fallait expulser la veuve ou arracher à sa mère l'enfant qui pleure, — c'était le nombre qui faisait la sécurité, pas question de se salir les mains. Mais bon sang de bonsoir, ce que son cœur battait fort ! Elle s'accroupit derrière la porte et ne sut plus que faire. La sonnette retentit de nouveau, encore et encore. Bruits confus, ils conféraient de l'autre côté de la porte, puis, une ombre étant passée devant les rideaux de la salle de séjour, elle entendit battre la porte de la cuisine. Elle les avait devancés : celle-ci était fermée, — à clé et au verrou.

— Madame Gargano ? Vous êtes là ?

C'était bien sa voix, celle de l'officier Kraybill, elle se représenta ses yeux de poisson devenant fous dans sa tête. Elle retint son souffle, s'accroupit encore plus bas. Et l'on aurait pu en rester là, pour cette fois au moins, si à ce moment précis, Florio sur les talons, Misty n'avait pas traversé le tapis comme un boulet de canon, les deux animaux bondissant ensuite sur l'étendoir à linge, qui s'écrasa sur le mur dans un tapage qu'on aurait pu entendre jusqu'à Sherman Oaks et retour.

— Madame Gargano ? Je vous entends là-dedans. Bon alors... vous m'ouvrez ou il faut que j'aie recours à la force ? Nous en avons le pouvoir, vous savez... vous donnez asile à des bêtes sauvages et, agents des Eaux et Forêts comme nous le sommes, nous avons le droit de procéder à des fouilles et à des saisies. Vous m'entendez ? Madame Gargano ?

Elle fut bien obligée de parler, — parce qu'elle avait peur, mais aussi parce qu'une idée venait de se former dans son esprit.

— Je… je ne me sens pas bien, dit-elle en essayant de transformer sa voix claire de soprano en quelque chose de terriblement faible et abattu.

Il y eut un instant de silence. Puis des voix qui grondaient : on s'était remis à conférer. Ce fut une autre voix, une voix de femme, qui attaqua :

— Je suis l'officier Soto, madame Gargano. Nous sommes désolés d'apprendre que vous ne vous sentez pas bien, mais vous violez la loi et l'offense n'est pas mince. Si vous refusez de coopérer, nous n'aurons pas d'autre recours que celui d'obtenir une commission rogatoire. Me comprenez-vous bien ?

— Oui, bêla-t-elle en mettant tout ce qu'elle avait dans ce subterfuge vocal. Je ne cherche pas les ennuis… je veux seulement ce qu'il y a de mieux pour mes… mes petits. Mais je ne suis pas encore habillée, pas… pas vraiment. Revenez plus tard et je vous laisserai entrer…

Officier Kraybill : — Promis ?

Jamais elle ne les laisserait entrer. Plutôt mourir. Elle foutrait le feu à sa maison, elle emporterait ses petits avec elle.

— Oui, répondit-elle. C'est promis.

Deuxième silence, puis les voix. Reconsultation.

— Bon, reprit enfin l'officier Soto, vous avez vingt-quatre heures. Nous serons de retour demain matin à huit heures pile et nous ne tolérerons plus ce genre d'excuses. C'est compris ? Nous aurons une commission rogatoire.

Elle entrebâilla les rideaux et les regarda partir. Ils marchaient avec une suffisance qui l'irrita, — jusqu'à la femme qui se dandinait comme un footballeur. Elle les regarda monter dans la cabine d'un camion où ils auraient pu mettre tous ses petits d'un coup pour les conduire à quelque fourrière des Eaux et Forêts, à quelque camp de concentration. Rien que d'y penser, elle sentit son cœur s'emballer.

Mais elle n'avait pas dit son dernier mot, tant s'en fallait. On n'était pas en Allemagne nazie, on était en Amérique, ils allaient devoir changer de batteries s'ils s'imaginaient pouvoir entrer chez elle et fouler aux pieds ses droits de citoyenne. Ils n'avaient pas encore tourné le coin de la rue qu'elle avait Jet au bout du fil.

Jet ne connaissait absolument rien aux camions de location et avait bien trop peur de conduire des trucs aussi gros de toute façon. Elle appela donc Vincent à son travail, — il tiendrait le bar jusqu'à la fermeture —, et lui demanda de venir la retrouver chez elle dès qu'il aurait fini. Elle avait réussi à ramener le véhicule jusqu'à son immeuble, mais celui-ci ne se trouvait qu'à six rues du bureau de location, la circulation était faible et il n'y avait ni virages ni feux, — conduire ce bazar jusque chez sa mère, c'était tout autre chose. L'idée n'avait pas paru beaucoup emballer Vincent, et ne l'enthousiasmait pas outre mesure elle non plus, mais bon, c'était comme ça.

Il était onze heures passées lorsqu'il arriva en haut de l'escalier, — les affaires ne marchant pas vraiment, il avait décidé de fermer tôt —, elle sortit de chez elle en sweat-shirt à capuchon avant même qu'il ait le temps de sonner. Elle lui tomba dans les bras et le pelota un rien pendant qu'ils s'embrassaient, puis elle lui tendit les clés du camion. Grand et d'une maigreur osseuse, Vincent avait une banane imposante, d'énormes rouflaquettes et un tatouage vert qui se fanait sur le côté gauche de son cou. Maison, le tatouage, et si ancien et informe qu'on ne pouvait vraiment pas dire de quoi il s'agissait, — d'après lui, il se le serait fait un soir avec deux ou trois copains, à l'âge de quinze ou seize ans, il ne savait plus très bien.

— Et c'est censé représenter… ? lui avait-elle demandé lorsqu'ils avaient fait connaissance.

Il avait haussé les épaules.

— Ça n'est jamais vraiment bien sorti.

— Ça ! Et… ?

Il avait haussé de nouveau les épaules.

— C'est censé représenter Donatello… tu sais bien… la tortue Ninja ?

Ce soir-là, il se contenta de monter dans le camion en secouant la tête.

— Personne ne me croirait si je racontais ce que nous sommes en train de faire, dit-il… parce qu'enfin, quoi ? Des refuges à écureuils ? Et pourquoi pas des terriers de sécurité…

Le camion démarra dans un tintamarre métallique, comme s'il n'y avait que des classeurs en fer et des ventilateurs en alu bon marché sous le capot. Vincent secoua le levier des vitesses, les phares d'une voiture qui passait figeant son air d'incrédulité sur son visage. Jet le trouva tellement irrésistible qu'ils s'embrassèrent encore un coup, et longuement, — sa récompense, elle l'en assura, étant pour plus tard.

Grace alluma et éteignit deux fois les lumières de sa véranda lorsqu'ils s'arrêtèrent devant chez elle, puis elle plongea la maison dans l'obscurité. Un instant plus tard, minuscule silhouette toute en noir, elle les rejoignit dans l'allée.

— Chut ! leur lança-t-elle en guise d'avertissement lorsqu'ils descendirent du camion. Ils pourraient nous surveiller… on ne sait jamais.

Vincent tassa ses épaules dans sa veste et alluma une cigarette. Jet l'avait déjà amené là quinze jours plus tôt pour qu'il fasse connaissance avec sa mère, qui, après lui avoir préparé un bourbon à l'eau avec une bouteille V.S.O.R[1]. héritée du père de Jet, l'avait conduit au garage et lui avait présenté ses trente-deux écureuils, — l'un après l'autre, et chacun avec sa longue histoire et que de détails, bien sûr. Il avait plutôt bien pris la chose, — du moins rien n'avait-il transparu sur son visage que Jet aurait pu remarquer —, mais là il voulut savoir.

— Qui ça ? demanda-t-il. Qui c'est qui pourrait nous surveiller à une heure pareille ?

— Chuuuuut !

Grace referma une main sur son bras et porta un doigt à ses lèvres.

— C'est pas des choses qu'on a envie de savoir, chuchota-t-elle.

Ils la suivirent jusqu'au garage, où les écureuils les accueillirent en faisant vigoureusement tourner leurs roues d'exercice tandis que montait leur odeur habituelle, toute en fermentation rance et que Jet ne pouvait comparer qu'à celle des douches au collège.

Sa mère ne voulant pas risquer plus, ils travaillèrent à la lumière fantomatique de deux veilleuses, tirant les grandes cages encombrantes en fil de fer à l'extérieur et les empilant à l'arrière du camion tandis que Grace ne cessait de les harceler, — il fallait faire super attention avec celle-ci, reposer celle-là très dou-

1. Very Special Old Reserve. *(N.d.T.)*

cement, ne pas déranger Molly, Lucretius ou autre. C'était dans les trois dernières que se trouvaient ses préférés, ceux-là mêmes qui semblaient lui tenir plus à cœur que Jet, son père ou n'importe qui d'autre, — y compris Phil, Misty et Bruno. C'était à eux qu'elle permettait de courir dans toute la maison, c'était eux qui iraient chez Jet, arrangement qui avait laissé cette dernière plutôt embêtée même si sa mère l'avait assurée que ce ne serait que pour une semaine ou deux et qu'elle viendrait s'en occuper elle-même, tous les jours.

— Attention ! Attention ! s'écria Grace tandis qu'ils trimbalaient gauchement la dernière cage, leurs doigts engourdis par le froid et les marques de fil de fer. O Philly, mon pauvre bébé, Mama va te soigner, tu vas voir...

Puis lorsqu'ils eurent chargé ce dernier et refermé le hayon, elle s'effondra.

— Maman ! la supplia Jet, mais sa mère s'étant mise à sangloter, elle dut la serrer dans ses bras et la bercer d'avant et d'arrière tandis que Vincent allumait une cigarette et tripotait le col de sa veste d'impatience.

— Vincent, lança Grace en luttant pour se dominer, saviez-vous que Phil a presque douze ans ? Dites, vous le saviez ?

Elle oscillait dans les bras de Jet, la lumière du réverbère faisant de son visage une manière de boule en pâte à pain qui luisait.

— En tout cas, c'est ce que pense le Dr Diaz, reprit-elle, et ça, pour un écureuil, c'est vieux. Quasiment l'âge de Mathusalem, même s'ils arrivent parfois à vivre jusqu'à quinze ans, à ce qu'on dit.

Et c'est alors qu'elle commit l'impardonnable. Cervelle qui ramollit avec l'âge, sous la pression de l'angoisse ou autre, elle établit, Dieu sait comment, un lien entre l'anniversaire de l'écureuil et la date de naissance de Jet et lança, avant que celle-ci puisse l'arrêter :

— Mais... ton anniversaire serait pas pour bientôt ?

— Maman, lui renvoya Jet, il faut qu'on y aille. On a tes... (elle n'arrivait pas à dire « petits », pas devant Vincent)... tes écureuils à livrer à six endroits différents, dont un à Simi Valley, ce qui n'est pas la porte à cô...

Mais sa mère n'avait aucune envie de lâcher.

— Parce que… t'as bien ton anniversaire bientôt, non ? Le cinq décembre, non ? Ah, mon Dieu ! poursuivit-elle, j'arrive à peine à croire que tu vas avoir vingt-neuf ans… ou alors… ça serait pas trente ?

— Maman ! s'écria Jet.

Vincent garda le silence, mais Jet sentit bien qu'il la regardait.

Un bruit de moteur à une rue de là s'inserra dans le silence. Au-dessus d'eux, un avion à réaction gribouilla des graffiti dans le ciel. Grace soupira.

— Faut croire qu'on ne rajeunit pas, tous autant qu'on est…

Vincent remonta dans le camion, Jet serra sa mère dans ses bras et lui dit de ne pas s'inquiéter, ils s'occuperaient de tout. Et l'on en serait resté là si, en braquant assez large pour sortir de l'allée, Vincent n'avait pas laissé filer le volant entre ses mains, juste un instant, mais assez pour que le pare-chocs avant du véhicule grave une rayure aussi longue que grinçante dans le flanc de la Honda Accord toute neuve de Mme Tranh garée devant chez elle, le long du trottoir. Dans l'instant, la lumière de la véranda s'alluma chez les Tranh, madame et sa fille apparaissant aussitôt sur le pas de la porte, le cou tendu en avant. Etonnant. A croire qu'elles dormaient sur le paillasson. Mais ce n'était rien à côté de la réaction de Grace. Celle-ci poussa un long cri de désespoir, à réveiller les morts, les écureuils déjà secoués dans leurs cages lui répondant immédiatement par une cacophonie de couinements et de grincements tels qu'on aurait pu croire que quelqu'un avait flanqué le feu à leurs cages, — Jet ne pouvant alors s'empêcher de penser que ç'aurait peut-être mieux valu.

Tous feux de détresse clignotant, le camion cala au milieu de la chaussée, la preuve manifeste de l'erreur de calcul de son chauffeur fermement implantée dans le flanc de l'Accord. La mère de Jet émit une série de cris rauques et perçants en traversant la route comme un caillou qui ricoche et se mit à griffer le hayon du camion, ce qui ne fit que provoquer encore plus les écureuils. Déjà Vincent se tenait sur le trottoir et, l'air hébété dans la lumière éblouissante des phares, se grattait la tête en se demandant comment cette rayure avait fait pour tomber du ciel et, mère et fille, les Tranh étaient là, elles aussi, leurs voix s'élevant jusqu'à la clameur tant elles étaient furieuses et scandalisées. Jet descendit du camion et tenta de calmer sa mère.

— Maman, dit-elle, Maman. Les écureuils vont bien, ce n'est rien, juste de la tôle froissée, rien de…

Malheureusement, Mme Tranh avait entendu cette dernière remarque et s'écria :

— Juste tôl' fouassée, c'est tout, hein ? Rien pour vous, hein ? Hein ?

Elle s'était enveloppée dans un peignoir rose fané et sa voix était haute et impossible au cœur de la nuit.

— J'ai payé bon argent, moi ! hurla-t-elle.

Une veste en cuir noir hâtivement jetée par-dessus un petit débardeur noir, pieds nus et en short, Violet tenta, elle aussi, de calmer sa mère. De longues secondes passèrent, le choc sourd des écureuils se jetant sur le grillage de leurs cages ponctuant les sanglots de Grace, les protestations d'innocence de Vincent et les explosions de fureur de Mme Tranh, jusqu'au moment où Violet regarda Jet droit dans les yeux et lança :

— Il faudrait qu'on voie votre police d'assurance et qu'on appelle les flics.

Il n'en fallut pas plus à Grace.

— Non, pas la police ! sanglota-t-elle.

Soudain Mme Tranh redressa la tête.

— C'est vos écureuils, hein ? C'est ça qu'est question, oui ?

Les clignotants jouaient sur son visage, semant des étincelles de lumière dans ses yeux.

— A Bien-Hoa, les écureuils nous les bouffons. Et les singes aussi.

Elle s'était mise à regarder Jet et avait les lèvres tordues par l'effort qu'elle faisait pour prononcer ses mots.

— Dites vot' mère sauver les gens, pas écureuils.

Alors, Grace lâcha quelque chose que Jet ne l'aurait jamais crue capable d'énoncer et celle-ci dut la retenir, les bras de la vieille femme se débattant contre sa poitrine comme lorsque, les rôles étant inversés, c'était elle qui était la fillette. Aussitôt sa mère se retourna contre elle et lui cria :

— Une chose toute simple que je te demande, toute simple, et regarde ce que ça donne !

Ça donnait du gâchis, du vrai. Mme Tranh refusait de laisser Vincent dégager le camion avant que les flics arrivent et rédigent leur constat, Jet devant, elle, et Dieu sait pourtant s'il y avait peu de circulation, rester au milieu de la chaussée, à grelotter dans son sweat-shirt à capuchon, pour écarter les voitures avec une lampe de poche. Sa mère voulait décharger les écureuils et les recacher dans le garage avant l'arrivée de la police, mais elle l'en dissuada, Grace finissant par retraverser la route en titubant comme une femme qui aurait eu deux fois son âge pour aller se cacher dans la maison enténébrée.

Au bout d'un moment, il se mit à tomber un petit crachin doux qui aplatit les cheveux de Jet, mais ne sembla guère décourager les Tranh, qui, l'air lugubre, s'étaient assises sur le trottoir pour attendre les flics. Il ne devait pas être loin d'une heure et demie du matin lorsque ceux-ci se montrèrent enfin, un Blanc et un Mexicain, tous les deux à cheveux blancs et âgés d'une quarantaine d'années. Ils étaient à moitié endormis et descendaient de leur véhicule en roulant sur eux-mêmes comme les doughnuts à la gelée qui les sustentaient lorsque Mme Tranh les réveilla.

— Bon, dit le flic blanc dans le clapot des lumières et les tourbillons de brouillard qui pendaient autour de lui comme un rideau, qui c'est qui conduisait ?

Les Tranh se tournèrent vers Jet, qui se tourna vers Vincent. La jeune femme eut l'impression que celui-ci la regardait d'un air suppliant, d'un air censé lui transmettre un message compliqué où il était question d'amour et de respect des engagements, de culpabilité et de responsabilité, voire de primes d'assurance qu'on n'aurait pas réglées.

— Lui, répondit-elle enfin sans pouvoir s'empêcher de le désigner du doigt.

Grace ne buvait jamais, pas plus d'un ou deux coups par jour en tout cas, mais là, après s'être assise dans la maison enténébrée pour regarder les lumières serrer et desserrer le ventre ballonnant des rideaux tandis que les Tranh, sa fille, Vincent et une demi-douzaine de curieux ou de gens qui s'ennuyaient se mouvaient de-ci de-là comme autant de silhouettes sur les lieux de l'accident, elle chercha une des bouteilles de liqueur de Bill à tâtons, — n'importe laquelle ferait l'affaire —, en trouva une, la décapsula et en but une gorgée. Ce fut comme d'avaler de l'acide. Dans l'instant elle eut l'estomac en feu et voulut recracher le liquide dans la bouteille, mais il était trop tard. Pourtant, au bout d'une minute, elle en reprit une gorgée, puis une autre, son cœur cessant bientôt de lui marteler les côtes. Il fallait faire attention, elle fit attention. Elle pouvait se taper une autre crise et c'était la dernière chose dont elle avait envie, — ça n'aurait pas fait de bien à ses petits, non, pas du tout du tout.

Elle jeta un coup d'œil derrière les rideaux, en attendant car maintenant elle attendait que les flics lui demandent ce qu'il y avait dans le camion, comme s'ils n'étaient pas capables de l'entendre, et de le sentir, tout seuls. Et si personne ne parlait, Gladys Tranh, elle, le ferait, on pouvait compter sur elle.

— Des écureuils ? répéterait le flic.

Puis il dirait :

— Et vous avez un permis pour garder ces animaux ?

Et si cela arrivait, ce ne serait plus qu'une question de temps avant que l'officier Kraybill lui montre qui allait avoir le dernier mot. Et si elle sortait ? Pour essayer de détourner leur attention... ou alors... si elle suppliait, implorait et menaçait de se suicider, peut-être la laisseraient-ils garder Phil, au moins lui. Phil, c'est tout ce qu'elle voulait...

Mais rien n'arrivait. La pluie tombait. De temps à autre, une voiture faisait un écart pour éviter le camion. Gladys Tranh réintégra sa maison tandis qu'un des deux policiers rédigeait son rapport sous les yeux de Jet et de Violet. Et après, la police s'en alla et, la maison des Tranh de nouveau plongée dans le noir, Jet frappa à la porte.

— Maman ? T'es là ? lança-t-elle. Ecoute, Maman... Ça te gêne si on arrête pour ce soir ? Vincent est crevé. Hé, maman ! Il dit qu'il veut pas le faire.

Grace ne bougea pas. Entre elle et sa fille il y avait la porte, son pacemaker battait solidement dans sa poitrine, elle ne dit pas un mot.

Le dégel

C'étaient des pieds qu'il aimait, des pieds qu'il aurait bien vus dans des chaussures à talons hauts, dans des bottes en veau, dans des pantoufles en fourrure avec des yeux en guise d'œillets et des rabats en oreilles de lapin, et pourtant, là ils étaient, nus dans la neige. Il s'était accroupi et, en veste de coton écru — col remonté et foulard bien serré autour de la gorge —, se sentait les doigts si gourds qu'il avait toutes les peines du monde à allumer sa cigarette. Et elle, elle était debout à côté de lui, en peignoir, et, le lierre fou de ses cheveux blanchissant sous un fin poudroiement de neige, tremblait à peine. Il la regarda lever les bras, regarda ses seins doucement se soulever tandis qu'elle rejetait ses cheveux en arrière et s'ajustait son bonnet de bain sur la tête. Il tira vite une goulée de sa cigarette et détourna les yeux.

Il devait y avoir une vingtaine de voitures dans le parking : des familiales, des Volvo, des coccinelles, de grosses Buick bleu acier avec des pare-chocs anti-accordéons et de très nautiques clapets d'aération. Un pouce de neige fraîche adoucissait les contours des ornières gelées et des barres de glace jaunie qui, sous elle, béaient comme des plaies. De l'autre côté du parking un court talus, les barrières blanches des docks et les eaux noires et clapotantes de l'Hudson. Il était deux heures moins cinq — il venait de consulter sa montre —, mais le ventre du ciel était si bas que c'eût pu être le crépuscule.

Quelques instants plus tôt, Naïna était descendue de sa voiture et avait aussitôt déclenché une réaction en chaîne : partout, les portières s'étaient mises à s'ouvrir — les autres émergeaient.

Titre original : « Thawing out », publié par *Gentleman's Quarterly*, repris dans le recueil *If The River was Whiskey* (Si le fleuve était whisky, traduction de Robert Pépin, Grasset 1992).

Ils étaient vieux, tous, à ses yeux au moins. Il n'était pas impossible qu'il y en eût quelques-uns de moins âgés. Certains étaient en peignoir, d'autres non. Les hommes avaient l'air de fantômes : le pantalon était ample, les jambes arquées, les pieds écartés, la tête chauve, le ventre tombant et le téton frisé de poils gris. Il songea à des Buster Keaton en chapeaux de paille et maillots de bain désuets. Les femmes étaient plus lourdes et leurs excroissances comprimées comme chair à saucisse dans les bourrelets élastiques de leurs costumes de bain une pièce. Elles avaient les pieds gonflés et rouges, les cuisses tachetées à force de ne pas servir, les bras pesants, bulbeux, couleur saindoux. Elles s'appelaient joyeusement, comme des fillettes à un pique-nique, et leur accent rappelait d'autres temps et d'autres lieux.

— Nom de Dieu, Naïna, murmura-t-il en se tournant vers elle, c'est complètement fou, ce truc-là ! On dirait du Fellini. Regarde-les !

Elle lui fit un doux sourire, mais sans desserrer les lèvres : on tolérait, on faisait dans la litote et savait rester serein. Il en avait déjà un pincement à l'entre-deux, se sentait fondre sous quelque chose qui ressemblait à de la faim, allait… lorsque, tout schuss, la voiture de sa mère déboula dans le parking. D'un seul mouvement, tous ils se tournèrent vers l'antique Pontiac bouffée par la rouille et la regardèrent venir lourdement à eux en se dandinant par-dessus les rails de glace. Il vit un grand sourire crisper le visage un rien moustachu de Mama Vyshensky tandis que celle-ci se battait avec son volant pour ne pas dévier dans les bosses. Sûr et certain que son ultime dérapage allait l'expédier tout droit dans le flanc de sa Camaro, il se raidit un instant. Mais non : l'énorme pare-chocs souillé de neige boueuse s'immobilisa deux mètres avant.

— Naïna ! s'écria-t-elle en s'extrayant de sa Pontiac et se ruant, massivement, pour aller enlacer sa fille comme si elle ne l'avait pas vue depuis vingt ans.

— Et toi, Marty ! ajouta-t-elle en se tournant vers lui pour vite l'étreindre comme une ourse. Beau temps, non ?

De la buée lui fusait des narines. C'était une grosse femme avec des fossettes et un regard irrépressible, le portrait tout craché de Nina Khrouchtchev. Ses pieds — aussi gonflés et rouges que ceux des autres — étaient comprimés dans une paire de sandales en plastique bon marché. Elle portait un maillot de bain genre tente de cirque taillé dans un tissu d'un jaune qui faisait pâlir celui de sa Camaro.

— Sonia ! hurla-t-elle en se détournant et abaissant son bras comme un drapeau. Marfa !

Après avoir échangé quelques bredouillis en ukrainien, le groupe commença à se rassembler.

Marty sentit le vent sur sa main nue, tira une dernière fois sur sa cigarette, en jeta le mégot d'une chiquenaude et renfouit sa main dans sa poche. C'était quelque chose, ce truc ! Complètement fou. Il eut l'impression d'être en visite sur une autre planète. Ne voilà-t-il pas qu'un des vieux corbeaux s'était mis à se frotter de la neige sur sa poitrine velue pendant qu'un autre dévalait le talus sur le dos ?

— Un toast ! cria quelqu'un, et tous ils firent cercle autour d'une bouteille de Stolichnaya, des petits dés à coudre de verre se matérialisant soudain entre les doigts.

Et lorsqu'un des vieillards aux oreilles rouges lui demanda où il avait mis son maillot, Marty lui répondit qu'il ne faisait pas assez froid pour ça, tant s'en fallait.

Ils burent. Une tournée, une autre, et puis ils crièrent quelque chose qu'il ne comprit pas et jetèrent leurs dés à coudre par-dessus leurs épaules. Deux pesantes vieilles commencèrent à se disputer joyeusement une serviette tandis que la mère de Naïna les encourageait de la voix et que les autres riaient comme des enfants ratatinés. Naïna ? De trente ans leur cadette, au moins, Naïna était la reine, la vierge, qui se détache du groupe. Oui, c'était, se dit-il brusquement, un rite antique, le sacrifice de la vierge. Mais, bien sûr, ils s'y prenaient un peu tard, et, de nouveau, il se sentit des émois dans l'entre-deux. Il lui serra la main, regarda les grands rideaux de neige qui continuaient de tomber, vit les montagnes disparaître et reparaître dans le lointain.

Puis il entendit le premier plouf et, se tournant, vit une tête chauve piquer dans l'eau : au-dessus d'elle, dans les airs, les genoux plaqués contre la poitrine, le corps d'un vieillard aux oreilles rouges. Il y eut un deuxième plouf, on avait fait un beau plat, puis un troisième et tous ils étaient à la flotte et tous ils folichonnaient comme des phoques. Naïna fut une des dernières à y aller. Menton rentré, pieds tendus et cuisses fléchies, déjà elle filait dans le tumulte, fendant la surface plate de l'eau noire avec une grâce et une harmonie absolument parfaites.

Toutes choses qui le laissèrent de glace.

Ils étaient ensemble depuis un mois lorsqu'elle décida de lui présenter sa mère. On était à la mi-octobre, il faisait déjà frisquet, persistante, la pluie faisait tomber les feuilles des arbres. Il n'avait aucune envie de faire la connaissance de sa mère. Il avait envie de rester au lit et de la toucher partout. Agé de vingt-trois ans, les mères, il en avait déjà son content.

— Ne t'attends à rien d'extraordinaire, lui dit-elle.

Il conduisait, elle se serrait contre lui.

— C'est la maison où j'ai grandi, reprit-elle. Mama n'a rien d'une femme d'intérieur.

Il la regarda : visage aussi ouvert que celui d'une poupée, front haut, sourcils épais, yeux aussi pâles que la glace, et ces cheveux ! C'était ça qui l'avait séduit la première fois qu'il l'avait vue. Ça et sa voix : aussi sourde et placide que celle qui lui parlait dans la tête.

— Faudra rester longtemps ? dit-il.

La maison se trouvait à Cold Spring : un étage, blanche avec des boiseries vertes. Une couche de peinture n'eût pas été de trop. C'était une vieille maison. On l'eût dite arrachée au râteau à la colline pentue qui emportait la ville au pied du fleuve. La mère de Naïna les attendait sur le pas de la porte.

— Lui, c'est Marty, déclara-t-elle comme s'il eût pu vraiment s'agir de quelqu'un d'autre et, horreur, l'enlaça. Dedans, dit-elle, dedans !

Et les poussa devant elle avant de claquer la porte à grand bruit. Méchante journée.

Dedans, il faisait une chaleur étouffante. L'air était plein d'odeurs de cuisine. N'ayant rien d'un gourmet, Marty fut incapable d'identifier ce qu'il sentait, mais pensa au lycée et aux femmes à gros bras qui montaient la garde devant les grands chaudrons fumants de la cantine. Ce n'était pas bon signe.

— Assis, reprit-elle en lui indiquant un canapé affaissé où trois chats suralimentés se vautraient sur une couverture afghane. Pchiiii ! cria-t-elle à ces derniers.

Il s'assit et regarda autour de lui. Il y avait des napperons partout, des lampes aux abat-jour tachés, des montagnes de journaux et de revues. Sur le mur, au-dessus du radiateur, le portrait encadré d'un Christ aux yeux bleus.

Naïna s'assit à côté de lui tandis que sa mère tournicotait à droite et à gauche, ici déplaçait un meuble, là tripotait quelque chose et de tout ce temps ne cessait de l'observer du coin de l'œil. Il couchait avec sa fille, et elle le savait.

— Bonbon menthe ? dit-elle en lui brandissant une boîte aussi grande qu'un album de photos sous le nez, peut-être tu veux ? Bière peut-être ? Un bon verre de babeurre ?

Il n'avait envie de rien.

— Non, merci, réussit-il à lui répondre d'une voix étranglée.

Naïna prit un bonbon à la menthe.

Pour finir, la vieille femme s'assit à côté de lui sur le canapé — alors qu'il y avait six fauteuils dans la pièce. Les coussins s'affaissant aussitôt, il eut l'impression de sombrer dans un abîme. Il y avait quelque chose qui débordait dans la cuisine. Il le sentait, il en entendait le sifflement. Assise à côté de lui, la vieille femme le dominait de sa masse.

— Ma Naïna te plaît ? lui demanda-t-elle.

La question le stupéfia. Elle lui lançait un ballon d'entraînement et il était trop faible pour le lui renvoyer. Lui plaisait-elle ? Sa Naïna lui plaisait-elle ? Alors qu'il passait des heures et des heures, des heures qui devenaient des jours, à lui tourner autour et à lui faire des choses dans le noir, et à lui en faire d'autres toutes lampes allumées ? Lui plaisait-elle ? Il eut envie de sauter au plafond.

— Tu m'appelles Mama, reprit-elle en lui tapotant la main. Je veux pas de Madame.

Elle le regarda droit dans les yeux, jusqu'au fond, comme un ophtalmo.

— Alors, reprit-elle. Elle te plaît ?

Malheureux comme les pierres, il se tortilla, jeta un coup d'œil à Naïna — ah ! ce sourire, serein et lèvres serrées, ce regard pétillant ! —, puis à sa mère, et finit par s'absorber dans la contemplation de ses chaussures : il semblait incapable de faire plus.

— Ouais, marmonna-t-il.

— Hum ! grogna la vieille en fronçant le sourcil comme si elle s'apprêtait à prendre une décision.

Puis elle se leva lourdement et, à ses grandes surprise et mortification, ouvrit largement les bras au-dessus de lui d'un geste noble.

— Tout ça à toi un jour, dit-elle.

— Et ça veut dire quoi : l'amour, le mariage et tout le bataclan ?

Marty regardait fixement son Harvey Wallbanger [1]. Novembre. Naïna était à son cours de dessin, assis au comptoir du Bum Steer il parlait d'elle. Avec Terry. De retour de San Francisco, celui-ci arborait une boucle d'oreille et un chapeau de cow-boy.

— Non, non ! se récria Marty, ça veut dire qu'elle baise dément, c'est tout. En plus, c'est une chouette nana. Elle te plaira sûrement. Non, vrai. Elle…

— Et sa mère ? A quoi elle ressemble ?

L'image de Mama Vyshensky se dressa devant lui : visage assombri par une moustache de deux jours, jambes comme des pylônes, épaules de lutteur, large béance de ses seins effondrés.

— Comment ça « à quoi elle ressemble » ? répéta-t-il.

Terry buvait une bière avec un petit verre de jus de tomate à côté. Il en avala une gorgée, puis versa le reste de jus de tomate dans sa chope. Le liquide rouge s'y répandit comme du sang.

— Comme si les filles, elles finissaient pas par ressembler à leurs mères ! Sans même parler de ce qu'elles veulent toujours te soutirer !

Il touilla son breuvage de l'index et en aspira une deuxième gorgée d'un air pensif.

— T'as pas le temps de dire ouf que t'as déjà six gniards qui bavouillent, une petite maison rose et que c'est la mère que t'as épousée.

Rien que d'y songer, Marty en eut la nausée.

— Ben pas moi, dit-il. Non merci, pas question pour moi.

1. Cocktail à base de gin. *(N.d.T.)*

Terry repoussa son chapeau en arrière et tripota sa boucle d'oreille un court instant.

— Vous vivez ensemble ?

Marty se sentit rougir. Il souleva son verre, et le reposa.

— On en cause, dit-il enfin, genre : pourquoi se taper deux loyers alors que… enfin, tu vois. Elle a un appartement à New York et moi, j'habite toujours au bungalow. Mais bon, je sais pas encore.

Terry lui décocha un grand sourire, se pencha vers lui et lui assena une bourrade sur l'épaule.

— T'es foutu, mec ! s'écria-t-il. C'est déjà râpé. J'entends déjà les petits zoziaux qui gazouillent dans les arbres.

Marty haussa les épaules et fit tout ce qu'il pouvait pour réprimer un sourire. Il avait envie de parler d'elle — elle l'envahissait — mais savait qu'il y avait des limites à ne pas dépasser. Terry et lui étaient des hommes qui avaient vécu et, entre hommes qui ont vécu, on ne s'épanche pas sur ses femmes.

— J'ai pas oublié la règle, dit-il. C'est elles qui vous aiment d'abord. Et le plus. D'accord ?

— Amen, dit Terry.

Chacun devant son verre, ils gardèrent un instant le silence pour mieux savourer cette trouvaille d'une sagesse éblouissante. Marty éclusa son cocktail et en commanda un autre.

— Et pis zut, tiens, dit Terry, donnez-m'en aussi un autre.

Les boissons arrivèrent. Ils se remirent à siroter d'un air méditatif.

— Merde, dit Terry, tu sais quoi ? J'ai vu ta mère. A La Guardia. Drôlement bizarre, tu sais ? Je reviens au bout de six mois et qui c'est que je vois à ma descente d'avion ? Ta mère !

— Avec qui elle était ?

— Je ne sais pas. Un petit vieux maigrichon. Cheveux blancs, cravate et costard. Elle m'a dit bonjour et j'ai serré la main à son mec. Ils partaient pour les Bermudes, enfin… je crois bien que c'est ça qu'elle m'a dit.

Marty se tut et avala une gorgée de son verre.

— C'est une salope, lança-t-il enfin.

— Ouais, lui renvoya Terry en se remettant au petit cérémonial de la bière et du jus de tomate. Bon mais, hein… ?

Puis, le visage en feu sous le rebord de son énorme chapeau de cow-boy, il se tourna vers lui et ajouta :

— Que j'te raconte un peu San Francisco. Ah, mon vieux ! Y a que là que ça pulse, et vraiment !

En janvier, soit un mois après qu'il avait vu Naïna fendre les flots glacés de l'Hudson, la question de l'appartement refit surface. Naïna lui avait préparé un plat de nouilles à la tomate. Par elle baptisée « spaghettis », texture, saveur et aspect, l'affaire ressemblait plutôt à un plat qu'on eût préparé aux alentours de Kiev. Ce n'était pas mauvais, non, mais cela n'avait que de lointains rapports avec ce qu'il avait accoutumé d'appeler des « spaghettis ». Il en reprit trois fois, alluma un feu dans la cheminée et alla s'étendre sur le divan avec elle.

— C'est fou tout ça, tu sais ? dit-elle de sa voix la plus douce, celle qui était toujours un rien haletante.

La journée avait été longue. C'était la première année qu'il enseignait en section de rattrapage et les gamins avaient beaucoup poussé. En cours d'atelier, ils avaient scié les manches en chêne des outils et, après la cantine, avaient passé toute la récré à lapider le bus de ramassage scolaire. Il avait sommeil, « mouais ? » fut tout ce qu'il trouva à lui répondre.

Elle continua de lui ronronner à l'oreille.

— Quand je pense que je passe tout mon temps ici, enfin, je veux dire… la moitié de mes habits ici et l'autre là-bas. C'est fou.

Il se tut, mais garda les yeux ouverts.

Elle ne dit rien, elle non plus. Une bûche bougea dans la cheminée.

— Quel gaspillage ! reprit-elle enfin. Rien que le loyer ! Sans même parler de l'essence, de l'usure de la bagnole, de…

Il se leva et lui tourna le dos pour aller tisonner le feu.

— Terry retourne sur la côte Ouest cet été, dit-il. Il voudrait que je parte avec lui. Ça ferait des vacances. La côte Ouest, j'y suis jamais allé.

— Ce qui veut dire ?

Il tisonna.

— Tu sais bien que je ne peux pas y aller, reprit-elle au bout d'un moment. J'ai mes cours à New Paltz. Tu le sais, non ?

Il se sentit coupable. Il en eut l'air. Il haussa les épaules.

Plus tard, il prépara un Irish Coffee sans lésiner sur le sucre, la crème et le whisky. Elle s'était pelotonnée dans un coin du divan, jambes nues, pieds ramenés sous elle. Elle passerait la nuit au bungalow.

Le vent s'était levé. De la neige fondue commença à tomber sur les vitres. Il lui apporta son café, s'assit à côté d'elle et lui prit la main. C'est alors que lui revint l'image de la Naïna qu'il avait vue perchée au bord du ponton enneigé.

— Je voulais te demander, dit-il. L'eau, comment ça fait ?

— Hmm ?

— Tu sais, les types du Club des ours blancs ?

Il la regarda sourire, dans ses yeux vit la neige se remettre à tomber, lentement, comme en ce lointain après-midi.

— Ah, ça... ! dit-elle. Je fais ça depuis l'âge de trois ans. C'est rien du tout. J'y pense même pas.

Elle regarda par-dessus son épaule, fixa les flammes du feu.

— Tu me crois si tu veux, mais, au fond, ce n'est pas si froid que ça... ça serait même plutôt le contraire.

— Tu as raison, dit-il, je ne te crois pas.

— C'est pourtant vrai, insista-t-elle en le regardant brusquement droit dans les yeux.

Elle marqua un temps d'arrêt, haussa les épaules, avala une gorgée de café.

— C'est rien qu'une question d'état d'esprit, dit-elle, enfin... je crois.

A la fin du mois de juin, juste avant qu'il ne parte pour San Francisco, ils firent un petit voyage ensemble. Il avait entendu parler d'une réserve de pêche dans le nord du Québec. Sis à Chibougamau, l'endroit était de ceux où le brochet et la sandre vous attaquent jusque dans la barque où vous ramez. Et c'était en plein territoire esquimau... enfin, il y en avait dans les parages. De la piste en terre battue pour les quatre dernières heures du trajet.

Elle n'affectionnait guère le brochet, et la sandre pas davantage, mais c'était là qu'ils avaient choisi d'aller en vacances et comme après, ils ne seraient plus ensemble… Elle lui décocha son sourire plein de sérénité et fit son bagage. Ils passèrent une nuit à Montréal et effectuèrent le reste du trajet le lendemain. Lorsque enfin ils touchèrent au but — les collines étaient basses, les cabanes rares et grossières et la rivière avait la dureté du métal —, Marty était tellement surexcité que ses mains tremblaient sur le volant.

— Je veux pêcher ! lança-t-il au guide qui les accueillait.

La quarantaine, ce dernier avait l'air rude et une grande cicatrice blanche qui lui courait de l'oreille à la pomme d'Adam. Il portait des bottes à genouillères en caoutchouc, des jeans et une chemise de bûcheron. « Salut » et « merci », telle était, à peu de chose près, toute l'étendue de son anglais. Il leur montra une cabane proche.

— A nous ? s'enquit Marty en lui indiquant d'abord Naïna, puis lui-même.

Le guide acquiesça d'un signe de tête.

Marty regarda le soleil. Accroupi au ras de l'horizon, celui-ci était enflé et difforme.

— Ecoute, Naïna, mon amour en sucre, dit-il, ça t'embêterait si je… enfin, je meurs d'envie de tremper mon hameçon et vu qu'on a payé pour aujourd'hui et tout et tout…

— Mais bien sûr, dit-elle. J'en profiterai pour déballer. Amuse-toi bien.

Elle sourit au guide. Qui lui sourit en retour.

Un instant plus tard, Marty quittait les berges de la rivière et s'initiait au maniement des rames pendant que, debout à la proue, le guide dissertait sur des points de technique. Marty tenta de l'écouter, mais le français n'avait jamais été son point fort. Le guide lança une mouche et, dans l'instant, attrapa un poisson qui lui plia sa canne en deux. Marty tira sur les avirons. Sans cesser de se battre avec son poisson, le guide lui dit quelque chose par-dessus son épaule. Cette fois-ci cependant, il avait le visage marqué par l'urgence et ce quelque chose qui lui sortait de la bouche se ruait… comme une série de jurons ? Tirer plus fort ? se demanda Marty. C'est ça qu'il veut ?

Il enfonça les avirons dans l'eau et, les yeux fixés sur l'explosion qui, là-bas — c'était un brochet —, déchiquetait la surface de la rivière, tira plus fort. Mais voilà que le guide s'était mis à lui beugler dessus, ça n'arrêtait pas, c'était dur, c'était guttural. Et toujours son regard filait des rames jusqu'au poisson et du poisson jusques aux rames. Marty inspecta les environs. La rivière faisait autant de bruit qu'un train de marchandises.

— Quoi ? hurla Marty. Qu'est-ce qu'il y a ?

Tout d'un coup, l'œil fou, le guide enfonça sa canne à pêche dans le flot, renversa Marty et reprit frénétiquement les avirons. Alors seulement il vit : là, droit devant, le précipice béait, l'eau courait et se brisait, les embruns leur giflaient le visage, la berge se ruait, le garde s'accrochant aux buissons qui leur filaient sous le nez. Plus que dix pieds, mais déjà le guide s'était accroché à une branche basse. La barque se redressa d'une secousse, et Marty se retrouva dans l'eau.

Et quelle eau ! Le choc lui ayant coupé le souffle, il piqua. Griffa l'air, fut balayé, emporté dans les rapides comme boule de peluche, rebondit sur les rochers, fut jeté à la berge comme bois flotté. Rien de cassé. Il avait eu de la chance. Marmonnant dans sa barbe et l'œil assassin, le guide recousit la plaie qu'il avait au pouce avec du fil à pêche. Marty serra les dents et, tel le shérif blessé dans un vieux western, s'enfila un whisky d'un trait. Il ne lui fallut pas moins de deux heures pour cesser de grelotter.

Cette nuit-là, couchés dans leur lit, ils entendirent des hurlements de loups. Comme sous les coups de bistouri d'un chirurgien, les ténèbres s'ouvrirent dans l'instant.

— Problème de communication, insista Marty. Rien de plus, je te le jure.

Naïna posa ses lèvres sur ses bleus, lui pétrit le dos, le soigna avec une grâce triste, tendre et inlassable.

Il se réveilla à l'aube, complètement brisé. Elle était toute raide à côté de lui et avait les yeux grands ouverts :

— Je te manquerai ? dit-elle.

Au début, il lui écrivit tous les jours. Des cartes postales, essentiellement : Des Moines, Albuquerque, le Grand Canyon. Mais, une fois à San Francisco, il trouva un boulot de garçon de café et, une dérive après l'autre, commença à vivre autrement. Pendant un moment, Terry et lui vécurent avec une fille que Terry avait rencontrée lors de son premier séjour. Puis ils emménagèrent dans une chambre à soixante dollars la semaine, dans un taudis au-dessous de Geary. Mais un soir, Terry se fit dépouiller au coin d'une rue et ils allèrent s'installer chez une serveuse dont Marty avait fait la connaissance au travail. Entre Naïna et lui, ça s'effilochait. Il cessa de lui écrire. Et lorsque septembre arriva, il n'écrivit même pas au principal de son école.

Décembre était déjà à moitié fini lorsqu'il rentra.

La Camaro le lâcha à la sortie de Chicago : une soupape grillée. La réparation lui bouffa tout l'argent qu'il avait. Trois nuits durant, il dormit à la gare routière pendant qu'un Pakistanais aux yeux fous s'affairait sur sa voiture. N'eût été l'autostoppeur qui accepta de partager les frais d'essence, il y serait encore. Lorsque enfin il entra dans Yorktown et s'arrêta, en roue libre, devant chez Naïna, la jauge était à zéro. Pendant un long moment il resta debout dans la rue à regarder la fenêtre de son appartement. Le retour avait été sans joie et il n'avait pas cessé de penser à elle : sa bouche, ses yeux, le long miracle effilé de son corps, surtout ça — son corps. Il s'était arrêté deux fois pour lui envoyer une carte. Et deux fois avait changé d'avis : mieux valait la voir et essayer de s'expliquer de vive voix. Mais maintenant qu'il était enfin devant chez elle, le courage lui manquait.

Il resta debout dans le froid un bon quart d'heure, puis commença à remonter l'allée. Il y avait de la glace sur les marches, il perdit l'équilibre et s'écrasa sur la porte : bruit sourd, le chambranle en fut ébranlé. Il sonna, écouta les grands tumultes qui lui secouaient la poitrine. Une inconnue lui ouvrit : trente ans, grosse, le visage bouffi, un bébé dans les bras. Non, Naïna n'habitait plus là. Elle était partie en septembre. Non, elle ne savait pas où elle était.

Il se rassit dans sa voiture et tenta de recoller les morceaux. Chez sa mère, se dit-il, c'est sans doute là qu'elle est. Il se tapota les poches et compta son argent. Deux dollars et vingt-sept cents. Un dollar pour l'essence, un paquet de cigarettes et deux coups de fil.

Il commença par appeler son propriétaire. Le souffle dévasté par l'emphysème, M. Weiner lui répondit en personne. Il était désolé, oui, il l'était vraiment, mais à force de ne plus avoir de ses nouvelles, il avait fini par louer à quelqu'un d'autre. Ses affaires se trouvaient à la cave — et s'il ne venait pas les reprendre dans la semaine, il se verrait obligé de les jeter à la poubelle, était-ce bien compris ?

Le deuxième coup de fil fut pour sa mère. Elle lui parut surprise de l'entendre — surprise et aussitôt sur la défensive. Mais… avait-il appris la nouvelle ? Oui, elle s'était remariée. Et non, elle ne pensait pas que Roger apprécierait beaucoup qu'il vînt passer la nuit. C'était une honte qu'il ait perdu son poste de prof, mais bon, hein ? Comme s'il avait jamais cessé d'être irresponsable ! Pas une phrase qui ne fût ponctuée d'un soupir, comme si l'acte même de parler lui était une torture. Bon, d'accord, souffla-t-elle enfin, elle lui prêterait cent dollars le temps qu'il se reprenne un peu.

Il commençait à faire nuit lorsqu'il s'arrêta devant la maison de Cold Spring. Cette fois-ci, il n'hésita pas — il était bien trop malheureux pour ça. Qu'on en finisse, se dit-il, dans un sens ou dans l'autre.

La mère de Naïna lui ouvrit. Myopement scruta la lumière froide et faiblissante. Ça sentait le chou, le chat et le vinaigre. La chaleur montait comme en bouffées.

— Marty ? dit-elle.

Il s'était laissé pousser les cheveux, sa petite moustache s'était transformée en barbe clairsemée. Sa veste en coton n'avait plus de couleurs, mais une belle déchirure à l'épaule : un jour, il s'était aplati dans Golden Gate Park — le ciel et la mescaline qui lui gargouillait dans le cerveau le faisaient rire comme un malade. Il portait une boucle d'oreille, comme celle de Terry. Il s'étonna qu'elle l'ait reconnu et, va savoir pourquoi, se sentit envahi de chagrin — de chagrin et de culpabilité.

— Oui, dit-il.

Il n'y eut pas d'enlacements. Elle ne le poussa pas dans la maison. Elle resta plantée devant lui, ses bas à varices en accordéon sur ses chevilles.

— Je… euh… je cherche Naïna, dit-il, puis, essayant un sourire, il ajouta : Je suis revenu.

La vieille femme avait le visage lourd, sévère, comme tapissé de plis et de poches. Elle ne réagit pas. Mais, astucieuse, elle l'observait quand même. Elle comptait les changements, se décida.

— Bien, bien, dit-elle enfin, viens, et lui ouvrit la porte.

Dedans, tout était ainsi qu'il en avait gardé le souvenir. Rien n'avait changé, hormis les piles de journaux et de revues qui avaient encore monté dans les coins. Elle lui fit signe de s'asseoir sur le canapé affaissé et s'installa dans un fauteuil en face de lui. Un chat lui sauta sur les genoux. Tout était si calme qu'il entendait le tic-tac de la pendule dans la cuisine.

— Alors, elle… elle vit ici ? demanda-t-il en bégayant. Enfin, je veux dire… je suis tout de suite passé à Yorktown et…

Mama Vyshensky hocha lentement la tête.

— Faculté, dit-elle.

Elle haussa ses grosses épaules, se détourna et commença à tripoter le napperon en dentelle posé sur le bras de son fauteuil.

— Quand elle a pas de nouvelles de toi, elle retourne à la faculté, dit-elle. Pour obtenir son docteur.

Il ne savait que dire. Elle l'accusait, il le sentait et n'avait rien à lui répondre pour sa défense.

— Je suis désolé, dit-il.

Il se leva pour partir.

La vieille femme l'étudiait avec attention : menton appuyé sur une main, paupières mi-closes.

— Ta maison, dit-elle, le bungalow. Où tu dors ce soir ?

Il garda le silence. Il dormirait dans la voiture, au milieu d'un tas de vieux journaux et d'emballages de fast food, la capuche graisseuse de son sac de couchage ramenée sur sa tête.

— J'ai un lit de camp, dit-elle. Dans le placard.

— J'allais passer chez ma mère, je… dit-il, et n'acheva pas.

Il semblait incapable d'empêcher son pied droit de bouger. Nerveusement, la semelle de sa chaussure battait les lattes du parquet usé.

— Assis, dit-elle.

Il s'exécuta. Elle lui apporta une tasse de thé brûlant, un bol de chou bouilli et une assiette de pirojkis froids. Il se mit à manger et tenta de s'expliquer.

— Pour Naïna, dit-il, je…

Elle lui fit signe d'arrêter.

— Ne me dis pas, fit-elle. Je suis pas celle à qui il faut parler.

Il posa sa tasse et la regarda — la regarda vraiment —, pour la première fois.

— Après-demain, reprit-elle, le solstice, le jour le plus court de l'année. Tu viens sur le ponton au fleuve.

Elle soutint son regard, il repensa au jour où elle lui avait offert toute sa baraque misérable comme s'il s'agissait du plus beau palais de Hyde Park.

— Même heure que l'année dernière, dit-elle.

Le froid était vif, le vent soufflait du fleuve en rafales. Une croûte de neige morte collait au paysage, usées et décolorées, des bandes de terre affleuraient ici et là comme des plaies. Marty arriva tôt. Il entra dans le parking et gara sa Camaro derrière une Cadillac aussi grosse qu'un char du défilé du Rose Bowl. Il n'avait pas envie qu'elle le voie tout de suite. Il laissa tourner son moteur et, le chauffage à fond, alluma une cigarette. Il mit la radio, mais, mal à l'aise, finit par l'éteindre.

Le parking se remplissait lentement. Il reconnut plusieurs voitures et regarda les vieux masos à cheveux blancs manœuvrer dans les ornières comme s'ils y faisaient atterrir des Boeing 747. Mama Vyshensky arriva en retard, comme d'habitude, mais personne ne bougea avant que sa Pontiac déglinguée n'ait enfin négocié le virage à l'entrée du parking. Alors seulement on commença à ouvrir les portières et à poser ses pieds nus dans la neige.

Il n'empêche : il attendit encore, regarda la Pontiac. La portière avant s'ouvrit, puis l'arrière. Il sentit quelque chose monter en lui, comme un mélange d'espoir et de désespoir qui, métallique, lui aurait collé à la gorge. Enfin Naïna descendit. Elle lui tournait le dos. Ses jambes longues et nues, l'éclair de son vernis à ongles rouge sang sur la neige sale. Il la regarda secouer la tête, ramener ses cheveux en chignon et les faire disparaître sous son bonnet de bain. Il avait passé deux nuits dans sa voiture, il avait traîné les McDonald, il s'était affalé devant des cafés comme un clochard. Il la vit et se sentit sans forces.

On commença à se rassembler autour de Mama Vyshensky. On était antique, on avait les jambes comme des allumettes, on évoluait dans des peignoirs qui évoquaient le suaire. Il reconnut le vieillard aux oreilles rouges — cassé en deux, s'agrippant à une canne. Et encore une femme qu'il avait vue l'année précédente : vêtue d'un maillot de bain une pièce avec de la dentelle autour des hanches, elle avançait en soufflant. On porta un toast et hurla. On en porta un autre, on jeta ses dés à coudre en l'air. Naïna gardait le silence au milieu d'eux.

Il attendit qu'ils aient commencé à descendre vers le ponton, puis sortit de sa voiture sans un bruit. Son cœur battait fort dans sa poitrine. Naïna et sa mère conduisant la troupe, ils arrivaient déjà au ponton lorsqu'il rattrapa les traînards.

— T'as apporté une serviette ? lui cria une vieille, tandis qu'une autre pouffait de rire.

Marty lui décocha un regard vide, accéléra l'allure, fixa Naïna des yeux.

Lorsqu'il posa le pied sur le ponton, elle se tenait déjà en équilibre à l'autre bout. Elle ôta son peignoir. Se tourna et le vit. Elle l'avait vu, ses yeux le disaient, mais se détourna comme si de rien n'était. Il essaya de la rejoindre, se faufila entre deux femmes à gros seins et un vieillard à bouc blanc qui avait l'air bien gaillard, mais non, il y avait trop de monde. Et puis ce fut le premier plouf. Naïna se tourna vers lui, lui lança un regard, le doux sourire d'autrefois semblant effleurer ses lèvres. Ça y était : enfin elle le fixait du regard, là-bas, à l'autre bout du champ de toisons grisonnantes, de bouches édentées et de chairs pendantes. Elle se tourna et plongea.

Bon, d'accord, se dit-il, le sang lui battant les tempes, d'accord. Et déjà il avait une botte à la main et sautillait sur un pied. Enlevait l'autre botte. Autour de lui tout n'était que carambolage d'éclaboussures. L'eau volait, le vent soufflait en bourrasques sur le ponton. Il arracha sa veste, son tricot, son maillot de corps, ôta ses jeans délavés et, en caleçon, scruta les flots noirs en folie. Là-bas ! Elle nageait déjà. Sa tête sautillait aimablement au-dessus de l'eau, ses bras coulaient gracieusement le long de sa poitrine.

Il n'eut pas la moindre hésitation. Ses pieds battirent les planches rugueuses du ponton, le vent s'accrocha dans ses cheveux, il démarra. Et, s'élançant au-dessus des flots bouillonnants, y resta comme suspendu pendant le plus bref, le plus fou, le plus lucide des instants, et se retrouva dedans.

Curieux. C'était aussi chaud qu'un bain.

Retour à l'Éocène

Abscisse, ordonnée, isocèle, carbonifère, mésozoïque, holothurie : une syllabe exhumée après l'autre, les mots se ruent à l'assaut de sa mémoire et, soudain réveillés par l'odeur âcre des tableaux noirs et de la poussière de craie, y recréent une langue oubliée. C'est chaque fois la même chose. Il lui suffit de jeter un coup d'œil au garage à vélos devant l'entrée ou au drapeau qui claque sèchement en haut de son mât en aluminium pour que les souvenirs l'envahissent et soient typhon de visages, de lieux et de noms, Ilona Sharrow et Richie Davidson, le Destin Manifeste[1], Heddy Grieves, la Mer de la Tranquillité et les trois plus grands fleuves de la Russie. Il prend sa fille par la main et, le souffle court déjà, se dirige lentement vers l'auditorium aux éclats rougeoyants.

A l'intérieur, c'est pire. Dans la clarté jaune pâle des plafonniers, le souvenir le fouaille tel un couteau. Il le retrouve dans la dureté des tubes en acier et des planches sans coussins des sièges, dans les crachouillis des haut-parleurs, dans le lugubre déploiement de petits fours glacés et de gâteaux aux pépites de chocolat que surveille une matrone asthmatique de l'Association des Parents d'Elèves. Et les odeurs... celle du détergent Pine Sol, celle du vernis à planchers, de l'aisselle qui chauffe et du pied en éruption, le fumet aussi, léger mais insistant, d'un pain de viande aux haricots beurre. Les haricots beurre : il n'en a pas avalé, ni ne s'en est même introduit un seul dans la bouche

---

Titre original : « Back in The Eocene », publié par *Gentleman's Quarterly*, repris dans le recueil *Poem Without a Hero* (Histoires sans héros, traduction de Robert Pépin, Grasset, 1996.)

1. Nom donné à la doctrine surtout prônée dans la seconde moitié du XIXe siècle et selon laquelle les Etats-Unis étaient « manifestement destinés » à couvrir l'ensemble du continent nord-américain. *(N.d.T.)*

depuis quoi ? vingt ans ? Cette pensée le submergeant, il reste immobile un instant, tout gêné, juste derrière la porte, mais déjà il sent qu'on le tire par la main et sa fille s'éclipse, tel un oiseau file à travers la cohue pour rejoindre ses amies. Il trouve une place au fond de la salle.

Sévère et imposante, la pendule modèle institution lui rappelle qu'il est huit heures moins cinq. Il se coule dans l'étreinte redoutable du siège, concentre son attention sur les visages de ses compagnons parents d'élèves, — vaguement il en reconnaît les incarnations précédentes cependant que, la patte traînante, tous ils montent et descendent les travées comme des automates. Autour de lui des voix bourdonnent, tendues et uniformes. Des talons hauts claquent sur le linoléum. Des sièges grincent. Il revoit une scène dans un autre auditorium, c'était à la période glaciaire, les élèves en retenue, les textes qui endorment, il entend à nouveau les cris, là-bas, de l'autre côté des fenêtres, il sent le parfum doux et entêtant du printemps lorsque l'Officier Rudman s'approche brusquement du micro.

Le silence s'abat sur la salle, la tempête de bavardages se faisant petite brise, souffle dans les cintres, restes de néant. Sa fille, dix ans, belle, les pieds trop grands et les épaules baissées, remonte la travée et s'affale sur le siège à côté de lui comme si on lui avait fusillé les jambes.

— Papa, dit-elle, c'est l'Officier Rudman.

Il acquiesce d'un hochement de tête. Comme s'il pouvait s'agir de quelqu'un d'autre ! Avec ses souliers impeccablement cirés, ses cheveux tondus et son uniforme taillé sur mesure… Qui d'autre ce pourrait-il être ? Avec ce sourire ensoleillé et ce torse de champion de poids et altères… L'Officier Rudman ! Le grand coordinateur des programmes antidrogue de l'école, le bourreau des cœurs des filles de CM2.

Une femme aux cheveux moussus et laqués et aux hanches refaites arrive en retard et s'assoit, sans bruit, sur le siège devant lui.

— Bonsoir, dit l'Officier Rudman. Je m'appelle Rudman et je suis officier.

Quelqu'un tousse. Un sifflement de feed-back se fait entendre dans les haut-parleurs.

Une seconde plus tard, tout le monde se lève gauchement

dans une cacophonie de vêtements froissés, de pieds qui tapent et de nez qu'on mouche : l'Officier Rudman a entonné le serment d'allégeance au drapeau. La main sur le cœur, le murmure des mots à demi oubliés. Il entend la voix de sa fille à côté de lui, il entend la sienne, il tourne la tête et coule un regard à sa fille. Elle est sereine, son visage luit, respire l'espoir, est concentré raffiné de celui de sa mère, brusquement c'en est trop, son père ne peut pas s'empêcher de baisser la tête et de regarder ses pieds : « … Dans la liberté et la justice pour tous. » On tousse à nouveau. Les sièges couinent. Tout le monde se rassoit.

L'Officier Rudman contemple longuement l'assistance, puis il attaque :

— Les drogues sont dangereuses, lance-t-il. Nous le savons tous.

Et il s'arrête pendant que la principale, — cheville épaisse, air têtu et cheveu follet —, traduit la chose dans un espagnol hésitant : *« Las droguas son peligrosas. »* Assis au fond de la salle, avec sa fille à côté de lui, l'homme a comme des remontées de haricots beurre dans la bouche et se tape de grands rushs où furieusement la nostalgie le dispute à toute la douleur du monde.

Eocène : désigne une des premières époques du tertiaire, ère cénozoïque, pendant laquelle les mammifères devinrent les animaux dominants.

Je romps ; tu romps ; il rompt ; nous rompons ; vous rompez ; ils rompent[1].

Il n'y avait pas de drogue quand il fréquentait la communale. Il n'y avait ni crack, ni glace, ni héroïne, et encore moins de sida pour couronner le tout. Pas à la communale. Pas dans les années cinquante. Il n'y avait même pas de marijuana.

La « Marie Jeanne », voilà comment les autorités appelaient la chose dans les films qu'on leur passait jadis pendant les cours d'hygiène. Les élèves, eux, ne l'appelaient jamais par ce nom. Pas sur cette planète en tout cas. Pour eux, c'était de l'herbe, tout bêtement, et il en fumait autant que les autres. Il se rappelle son premier joint (il avait dix-sept ans, il habitait un taudis dans Broome Street, avec des trous dans les murs, des cadavres de

1. En français dans le texte. *(N.d.T.)*

bouteilles partout, des rats, des cadenas aux portes, t'en fumes une taffe, t'es accro pour la vie) lorsque l'Officier Rudman invite un petit maigrichon à cheveux noirs à se rapprocher du micro. Grosses mains d'adulte qui étranglent le pied du micro, le micro qui s'abaisse d'une bonne trentaine de centimètres. En tirant fort sur ses chevilles, les voilà qui lui sortent des baskets, le gamin attrape la tête du micro et d'une voix flûtée jure que jamais il ne touchera à la drogue.

— Je m'appelle Steven Taylor, je me respecte comme il faut, dit-il, sa respiration démesurément amplifiée sifflant entre ses mots, et je jure de ne jamais prendre de la drogue ou d'ingérer quoi que ce soit de nocif. Si jamais on me demande si j'ai envie de me droguer, je dirai Non, tout simplement, et je tournerai le dos à mon interlocuteur, je changerai le sujet de la conversation, je me sauverai ou bien alors, je dirai Non, tout simplement.

Du lavage de cerveau, c'est ainsi que Linda a qualifié la séance lorsqu'il lui a téléphoné pour annuler leur rendez-vous de ce soir. Facile à dire, pense-t-il, mais elle, elle n'a pas de fille. Et donc, elle ne sait pas. Elle ne peut même pas imaginer le bien que ça fait d'avoir un filet où tomber, juste au-dessus de l'abîme. *Tu veux me dire quel bien ça t'a fait ?* lui a-t-elle assené. *A toi ou à moi, d'ailleurs.* La remarque n'est pas fausse. Hasch, kif, LSD, cocaïne, héroïne, il avait entendu toutes les mises en garde, il avait vu tous les films, mais… comment croire ces gens-là sur parole ? Etait-ce même seulement possible ? Il s'était tapé tous les courts métrages sur la conduite automobile, il s'était appuyé toutes les statistiques, et ça défrisait sérieusement, il s'était farci toutes les visions d'horreur, et ça ne l'avait pas empêché de prendre la Ford de sa mère et de foncer comme un malade sur l'autoroute. Scotch, gin, whisky, Boone's Farm, Night Train, Colt 45, Seconal, Tuinal, Quaalude. Il avait entendu toutes les mises en garde, et plutôt deux fois qu'une, mais lorsque le moment était venu, il s'était quand même planté l'aiguille dans le bras et en avait lentement remonté le piston pour y voir le mélange clair se teinter des rougeurs de son sang en feu. T'as pas oublié de prendre tes vitamines, au moins ?

— Je m'appelle Lucy Fadel et je jure de ne jamais prendre

de drogues, de ne jamais fumer ou boire parce que je me respecte, parce que j'aime le monde et mon école, parce que je peux planer rien qu'en vivant.

— Je m'appelle Roberto Campos et je veux pas mourir drogué. La pression des autres, c'est ça qui fait prendre de la drogue et moi, je dirai Non, tout simplement, et je parlerai d'autre chose.

— *Voy a decir no...*

L'Officier Rudman ajuste le micro et se tord les mains. Les parents d'élèves se penchent en avant. Il soutient leurs regards.

— Vous venez d'entendre le serment de ces septièmes, dit-il, et, croyez-moi, ces enfants-là ne plaisantent pas. Applaudissons-les bien fort.

Et c'est parti. C'est fort comme le tonnerre et là, tous ces parents en costume (veste de sport pour les hommes, jupes pour les femmes, on a fait dans le sobre et on a l'air très décidé) applaudissent ensemble, de soulagement, comme si ça suffisait, comme si la violence de leurs acclamations pouvait à elle seule vider les quartiers de leurs gangs ou annuler la question infiniment séductrice à laquelle « non » n'est jamais la réponse. Il applaudit avec eux, il n'ose pas regarder sa fille, il voit le premier gamin, le petit maigrichon à la peau sombre, coincé contre un mur, on lui a passé les menottes, ou bien alors il est mort sur le trottoir, ou s'étiole dans la cour de quelque institution charitable. Et la fille. La fille a quatre enfants, elle en est à son deuxième divorce, elle carbure au Martini dry et à la pilule amaigrissante, elle se sert de sa Jeep Cherokee comme d'une arme, pour tuer. Parce que c'était bien à ça que ça se ramenait, parce que c'était bien ça que toutes ces mises en garde voulaient dire. *Agon, agape, Ulysses S. Grant, parthénogenèse, le Monitor et le Merrimac*[1], *Cassius, là-bas, semble sec et cruel.* Sa fille le prend par la main.

— Et maintenant, il y a un film, lui murmure-t-elle.

Où est passée la peinture au doigt ? Que sont devenus les petits cœurs de la Saint-Valentin ? Et les lapins de Pâques ? Qu'est-il advenu de *L'Ile au trésor*, des *Quatre Filles du*

1. Premier vaisseau blindé de la marine des USA, le *Monitor* fut utilisé contre le *Merrimac*, navire confédéré, à la bataille de Hampton Roads, en 1862. *(N.d.T.)*

Docteur March, de *Lassie, chien fidèle* ? Qu'est-il arrivé ? Qui est responsable ? Où tout cela a-t-il foiré ?

Il est sur le point de lever la main et d'exiger une réponse de l'Officier Rudman, — dans sa gorge la nostalgie a un goût amer —, lorsque, les lumières ayant baissé, le film commence. Des ombres qui tressautent sur l'écran, des barreaux, une cellule de prison. Il regarde le junkie se tordre en hurlant, un vrai démon, il a les yeux enfoncés dans leurs orbites, il se cogne la tête contre un mur, quelque part des lumières clignotent, les flics arrivent, il voit des menottes, les hurlements reprennent. Un joint et un seul, et tu seras accro pendant le restant de tes jours : ce qu'ils s'étaient marrés en entendant ça, lui et Tony Gaetti, à en mourir qu'ils s'étaient poilés, jusqu'au moment où ils avaient compris que c'était vrai, — on chauffe l'héro dans des capsules de bouteilles, on vole des seringues jetables, on se shoote dans les chiottes du train et on se dit qu'on a bien baisé le monde. Ce n'était pas pareil, alors. C'était il y a bien longtemps.

Cro-Magnon, Neandertal, Homo erectus : la main de sa fille l'écrase, jeune et fraîche, elle repose dans sa paume tel un bâtiment démoli, un camion de ciment, la moraine du glacier. Les junkies ont disparu de l'écran pour laisser place à une cour d'école ensoleillée et à un clone de l'Officier Rudman. On passe aux statistiques, elles sont lugubres, mais il y a de l'espoir. Un peu de musique pour élever l'âme, des visages qui sourient, des enfants qui disent Non, tout simplement.

La séance s'achève, il se sent tout hébété lorsque les lumières qui se rallument dans la salle semblent l'immobiliser comme un animal surpris au bord d'une route plongée dans le noir. Il ne désire plus qu'une chose : sortir de là, en finir avec les interrogations, avec les mauvais coups de la mémoire, avec l'Officier Rudman et les regards bovins de ses camarades parents d'élèves.

— Ma chérie, murmure-t-il en se penchant vers sa fille, il va falloir y aller.

L'Officier Rudman a relevé le menton en arrière et s'est croisé les bras sur la poitrine.

— Quelque chose à y redire ?

— Mais, Papa… Il y a une vente de petits gâteaux !

Une vente de petits gâteaux.

— Je crois que ce coup-ci, on fera l'impasse, lui répond-il à voix basse, et brusquement il est debout, mais il a baissé les épaules comme celui qui arrive en retard ou en avance à un concert ou au théâtre, comme celui qui se soumet ou s'excuse.

Sa fille se fait prier, elle a envie de rester, elle veut manger des petits gâteaux et voir ses copains, mais il la prend par la main, déjà ils se faufilent dans la cohue, franchissent le barrage de parents qui s'inquiètent près de la porte, s'enfoncent dans la nuit.

— Papa ! s'écrie-t-elle en le tirant en arrière et soudain, mais c'est trop tard, il se rend compte qu'il lui fait mal, qu'il s'accroche à sa main comme à un filin de sauvetage qu'on lui aurait jeté dans un tourbillon d'eaux de plus en plus noires.

— M'enfin quoi ! reprend-elle. Tu vas pas piquer ta crise, si ?

Il lui lâche la main.

— Je te demande pardon, dit-il. J'avais la tête ailleurs.

Le drapeau pend, immobile et mou contre son mât. Il lève la tête, contemple les étoiles figées dans leur course, elles sont froides et lointaines, puis c'est le gravier qui se met à crisser sous leurs pas et ils se retrouvent dans le parking.

— Je voulais juste manger un petit bout de gâteau, reprend sa fille.

Dans la voiture, alors qu'il la ramène chez sa mère, elle regarde par la vitre d'un air furieux. Elle a envie qu'il sente bien tout le poids de sa réprobation, mais elle ne résiste pas longtemps.

Une seconde plus tard, elle lui parle déjà à perdre haleine de l'Officier Rudman, et de l'Officier Torres qui aide parfois l'école à conduire son programme antidrogues, et lui dit la gentillesse de ces deux hommes et l'infinie corruption de notre monde.

— C'est que nous avons des gangs, ici, insiste-t-elle. Tu le savais ? Ici même, dans le quartier.

Il regarde par la vitre et découvre des demeures à un demi-million de dollars pièce. Pierre, stuc, boîte aux lettres devant l'entrée, filet de basket sur la porte du garage. Les rues sont désertes. Il ne voit aucun gang aux alentours.

— Ici ?

— Ouais ouais. Chrissie Mueller dit que, l'autre jour, elle a vu deux types avec une casquette des Raiders entrer au magasin 7-Eleven…

— Peut-être qu'ils voulaient s'acheter des Ho-Ho's [1]. Peut-être qu'ils voulaient juste un bout de gâteau.

— Arrête, Dad ! s'écrie-t-elle, mais le ton qu'elle a pris lui confirme que tout est pardonné.

La maison de sa mère est aussi illuminée qu'une arène de cirque : lampes dans l'entrée, éclairage de sécurité, jusqu'aux fenêtres qui font des trous de lumière dans le tissu de la nuit. Il se penche pour embrasser et dire au revoir à sa fille tandis que la voiture ronronne.

— Dad ?

— Oui ?

— Je voulais juste, enfin… tu sais, te demander ? T'en as pris de la drogue, toi ? Et Maman ?

La question le prend par surprise. Il regarde derrière sa fille, il contemple un instant la maison qui brille, les rideaux sont ouverts, la pelouse est inondée de lumière. *Abstersion, épopte, éleusinien, le chemin le plus court entre deux points est la ligne droite.*

— Non, dit-il enfin, non.

1. Petits roulés au chocolat et à la crème. *(N.d.T.)*

Si le fleuve était whisky

L'eau était battement de cœur, pulsation qui lui volait la chaleur de son corps et la lui renvoyait au cerveau. Sous la surface, grossis par le verre scintillant de son masque, se trouvaient des forêts d'algues et des bancs de poissons argentés. Le silence n'était brisé que par le grondement lointain d'un hors-bord. Au-dessus, il y avait le soleil, l'éclair blanc d'une voile à l'horizon, le ponton battu par les vents avec ses bateaux battus par les vents, sa mère dans une chaise longue et les vastes étendues vertes et sans profondeur du monde au-delà.

Il refit surface tel le dauphin, cracha de l'eau par le tuyau de son tuba et fendit les flots jusqu'au ponton. Le lac l'accompagna, fut voile le long de ses bras osseux, prise qui retenait son pied, grand éclaboussement de son corps étalé sur les planches comme un objet rejeté par la tempête. Puis, sans même marquer un temps d'arrêt pour prendre une serviette, il s'empara de la canne à moulinet : la mouche argentée frétilla au ras de l'eau, en effleura la surface juste au-dessus de l'endroit ombreux qu'il avait choisi. L'entendant s'ébrouer, sa mère leva les yeux.

— Tiller, lui cria-t-elle, viens chercher une serviette.

Il avait les épaules qui tremblaient. Il se recroquevilla, tapa des pieds, mais pas un instant ne lâcha des yeux le bout de sa ligne. Habile tentateur, il agita la canne et dévida le fil en lui imprimant tous les tressautements faussement hésitants qui

---

Titre original : « If the River was Whiskey », publié par *Gentleman's Quarterly*, repris dans le recueil du même nom (traduction de Robert Pépin, Grasset, 1992).

devaient faire perdre la tête au gros. Au moins le disait-on dans les livres.

— Tiller ! Tu m'entends ?

— J'ai vu un brochet ! Un gros. Deux pieds de long, minimum.

La mouche s'était enfoncée sous l'eau. Il la fit remonter d'un coup sec du poignet. Sans cesser de lâcher du fil, il baissa la tête pour se moucher sur son épaule mouillée. Il sentait le soleil lui chauffer le dos, voyait comme s'il y était la mouche dans l'eau, elle décrivait des courbes gracieuses, elle était sensuelle, irrésistible, il attendit que le fil se tende brusquement.

***

La véranda sentait le pin — le vieux pin séché et mort —, et cela le déprimait. De fait, tout le déprimait — surtout ces vacances. Les vacances ! Quelle plaisanterie ! Les vacances de quoi ?

Il inclina le pichet en plastique et se versa un verre de vodka au soda — un grand. Il n'était pas encore midi, la vaisselle du petit déjeuner encombrait l'évier, Tiller et Caroline étaient descendus au lac. L'écran des arbres l'empêchait de les voir, mais il entendait leurs voix par-dessus les murmures creux du vent dans les branches, par-dessus les appels tristes des oiseaux. Il se laissa tomber lourdement dans un fauteuil en osier qui grinçait et regarda droit devant lui. Il n'avait pas trop chaud. De fait, il avait l'impression d'avoir séché sur pied et se sentait aussi vide que si on lui avait passé un cure-pipe dans les veines. Cela sans même parler de sa migraine — mais ça, la vodka se chargerait de l'en débarrasser. Dès qu'il aurait fini son verre, il en reprendrait un autre et puis tiens, se ferait peut-être un sandwich au gruyère fondu au gril. Après, ça commencerait à aller déjà mieux.

***

Son père parlait avec l'homme et sa mère avec la femme. Ils s'étaient rencontrés au bar, une vingtaine de godets plus tôt. Son père s'était lancé dans ses « ç'aurait pu », « ç'aurait dû » et autres « ah, c'est pas comme autrefois… ». Chauve sur le dessus, la barbe miteuse et les cheveux aussi longs et graisseux que ceux de son père, le bonhomme essayait de ramener la conversation sur le problème des matériaux de construction. La femme avait la poitrine couverte d'une véritable galaxie de taches de rousseur et, vêtue d'une robe d'été, se penchait en avant pour raconter des scandales à sa mère. Ses potins concernaient des gens dont elle n'avait jamais entendu parler. Tiller avait bu tout le Coca et mangé toutes les cacahuètes sur lesquelles il avait pu mettre la main. Il regarda l'enseigne Pabst Blue Ribbon [1] qui clignotait au-dessus du comptoir, il regarda les taches de rousseur qui montaient et descendaient entre les seins de la femme. Dehors il faisait noir et l'air était plein de l'odeur fraîche qui montait du lac.

— Ben ben, ben ouais, disait son père, le groupe Jusqu'à l'Os, quoi ! Même que je tenais la rythmique et chantais avec Dillie Richards…

L'homme n'avait jamais entendu parler de Dillie Richards.

— Un black qui jouait avec le Taj Mahal ?

Le Taj Mahal ? L'homme n'avait jamais entendu parler du Taj Mahal.

— Toujours est-il qu'on jouait des trucs vraiment déments, tenez, du Muddy, du Howlin' Wolf, du Luther Allison…

— Non ! s'écria sa mère.

La femme posa son verre et hocha la tête. Son corsage s'agita follement. Tiller la regarda et sentit sa peau se tendre entre ses épaules et sur sa nuque, là où il avait attrapé son coup de soleil dès le premier jour. Il n'avait pas mis de sous-vêtements — juste un flottant. Il se détourna.

— Trois avortements, deux enfants, dit la femme. Et elle a jamais su qui était le père de son deuxième.

— Le plâtre en plaque, ça vaut rien, dit l'homme. Mais bon, hein ? Comme si on pouvait faire autrement !

— Et des lambris ? lui suggéra son père.

L'homme trancha l'air du plat de la main. Il semblait en colère.

— Ah non ! Qu'on ne vienne pas me parler de lambris ! s'écria-t-il.

1. Soit : Pabst Ruban Bleu, marque de bière bon marché. *(N.d.T.)*

***

Certains matins, lorsque le lac était calme et que ses parents dormaient, il prenait la barque et ramait jusqu'à la crique pleine de roseaux où rôdaient les grands brochets. En fait, il n'était pas sûr qu'il y en eût vraiment. Cela dit, s'il y en avait quelque part, ce ne pouvait être qu'à cet endroit. Troncs noirâtres qui remontaient des ombres derrière lui, brouillards qui s'élevaient comme de la vapeur, tout était mystère et disait le brochet affamé qui, l'œil froid au fond de la vase, s'apprête à tuer, à sectionner la ligne monofil d'un seul coup de mâchoire, à ne faire qu'une bouchée du petit caneton. Sans compter que Joe Matochik, le vieux qui habitait la cabane d'à côté et apprivoisait les grenouilles en leur frottant le ventre, lui avait dit que c'était là qu'il en trouverait.

L'aube étant encore fraîche, il passait un pull-over tricoté à la main par dessus son T-shirt et son short et parfois en tirait sur l'ourlet comme sur une jupe pour se réchauffer les cuisses. Il emportait souvent une pomme ou une tranche de pain bis avec du peanut butter étalé dessus. Et, bien sûr, jamais il n'oubliait de prendre le gilet de sauvetage orange que sa mère tenait absolument à lui faire enfiler.

Il le portait toujours en quittant le ponton — pour la forme, mais aussi pour le surcroît de chaleur qu'il en retirait lorsque le petit matin était vif. Mais dès qu'il arrivait sur les lieux, dès que, debout dans la conque vacillante de la barque, il lançait sa ligne Hula Popper ou Abu Relfex par-dessus bord, le vêtement devenant gênant, il l'ôtait. Plus tard, lorsque, le soleil le transperçant de ses rayons, il n'en avait plus besoin, il roulait son tricot de peau en boule et le posait à côté de lui sur le siège. Parfois, lorsqu'il faisait vraiment chaud et qu'il se sentait bien, il enlevait aussi son T-shirt et son short. Dans la crique, il n'y avait jamais personne. Etre ainsi nu sous le soleil du matin le faisait toujours respirer un peu plus vite.

***

— Je t'y prends ! hurla-t-il en sentant ses veines se tendre dans son cou et la rage lui monter comme une chose qu'on aurait tuée et que, morte, on aurait fait revenir à la vie. C'est pas des trucs à dire à un gamin, non mais ! Surtout sur son père !

Il n'était pas question qu'elle lui réponde. Elle s'était repliée dans un coin de la cuisine et n'avait aucune envie de lui répondre. Et d'ailleurs, qu'aurait-elle pu ajouter, c'te salope ? Il l'avait très bien entendue. Il s'était allongé sur le lit à roulettes sous l'escalier et, trop faible pour se lever et aller se servir le petit verre dont il avait besoin, il y sommeillait vaguement lorsqu'il avait entendu qu'on parlait dans la cuisine. Elle bavardait avec Tiller. « Mieux vaut t'y faire, lui disait-elle, ton père est un poivrot, ouais : un poivrot. » Il s'était redressé d'un bond, comme si quelque chose lui avait explosé dans la poitrine. Une seconde plus tard, il la tenait par les épaules — toujours les épaules, jamais la figure, au moins lui avait-elle appris ça —, et Tiller s'éclipsait par la porte de derrière, oui : disparaissait. La voix étranglée et un petit sourire maladif et coupable sur les lèvres, elle murmura :

— C'est pourtant vrai.

— Tu peux parler ! lui renvoya-t-il. Comme si tu te bourrais pas la gueule, toi aussi !

Elle se recroquevilla sur elle-même, les épaules basses et les lèvres toujours déformées par son petit sourire coupable. Il avait envie de casser des trucs, de donner des coups de pied dans la cuisinière, de lui faire du mal.

— Moi au moins, j'ai un boulot, reprit-elle.

— T'as pas besoin de t'en faire. J'en retrouverai un.

— Et Tiller, hein ? Ça fait quinze jours qu'on est ici et t'as pas encore fait un seul truc avec lui ! Rien, que dalle. T'es même pas descendu au lac. Il est à cinquante mètres d'ici et t'y es même pas allé une fois !

Sortant brusquement de son coin, elle se mit à danser d'un pied sur l'autre, comme un boxeur. Elle avait l'œil méchant et avait serré ses petits poings pour le frapper. Elle grondait plus qu'elle ne parlait.

— T'as vu le père que tu fais ? lui lança-t-elle.

Il lui passa devant en la frôlant, ouvrit le placard d'un coup sec et empoigna la première bouteille qu'il trouva. C'était du whisky, du whisky bon marché, du Four Roses — la saloperie qu'elle buvait. Il s'en remplit un demi-verre à moutarde et l'avala cul sec, pour la faire chier.

— Je déteste la plage, les bateaux, la flotte et les arbres ! s'écria-t-il. Et toi avec.

Elle attrapa son sac à main et fonça vers la porte-moustiquaire. Elle avait déjà un pied dehors lorsqu'elle se retourna et resta immobile un instant. On aurait dit qu'elle venait de mordre dans un fruit pourri.

— Eh ben, on est d'accord ! dit-elle, et s'en fut en claquant la porte.

***

Il y avait trop de complications, trop de choses qui se mettaient entre lui et l'instant. Alors, il essayait de ne pas penser à eux. Il essayait de ne pas penser à son père, il essayait de ne pas penser à sa mère, de la même manière exactement qu'il essayait de ne pas penser aux enfants décharnés et sans cheveux qui vivaient en Afrique ou à l'emballage plastique de la viande et à la manière dont cette dernière en était arrivée là. Mais, quand il lui arrivait quand même de penser à son père, c'était au jour du « si le fleuve était whisky » qu'il pensait.

C'était un mardi ou un mercredi, enfin… au milieu de la semaine, et alors, en rentrant de l'école, il avait vu que les rideaux étaient tirés et que la voiture de son père se trouvait dans l'allée. Arrivé à la porte, il l'avait entendu, lui : ploum-ploum faisait sa guitare et il chantait d'une voix si nasillarde qu'il s'était demandé si ce n'était pas quelqu'un d'autre qui gémissait. Il était assis dans le noir. Il avait les cheveux dans la figure et la figure penchée sur sa guitare. Une bouteille ouverte trônait sur la table basse, au milieu d'un grand fouillis de canettes de bière. Ça puait la fumée de cigarette.

Tout cela était étrange : son père ne jouait plus que rarement de la guitare, il se contentait d'en parler. Au passé. C'était même d'autant plus étrange — et mauvais signe — que son père n'était pas au boulot. Tiller laissa tomber son cartable sur la console du téléphone.

— Bonjour, p'pa ! lança-t-il.

Son père ne répondit pas. Penché sur sa guitare, il continua de jouer et rejouer le même air comme s'il n'en connaissait pas d'autre. Tiller s'assit sur le canapé et l'écouta. La chanson avait un couplet, un seul, que son père répétait trois ou quatre fois avant de marquer une pause, de le redire en avalant ses syllabes comme il eût pu le faire en chantant un hymne ou en vocalisant à bouche fermée, et de recommencer. A la quatrième fois, Tiller en comprit enfin les paroles :

Si le fleuve était whisky,
Et moi canard qui plonge,
J'irais jusqu'au fond et oui,
Je boirais tout pour remonter.

Une demi-heure durant, son père joua et rejoua cet air jusqu'à ce que tout autre en paraisse incongru. Et lorsqu'enfin il s'arrêta, ce fut pour attraper la bouteille et seulement alors remarquer son fils. Et en paraître surpris. Donner l'impression de se réveiller, à peine.

— Salut à toi, bourreau des cœurs ! dit-il et avala une gorgée à même le goulot.

Tiller rougit. Au bal que les filles avaient organisé à l'école, Janet Rumery l'avait choisi comme cavalier et depuis ce soir-là, son père n'arrêtait pas de le traiter de « bourreau des cœurs ». Tiller n'était pas sûr de savoir ce que cela voulait dire, mais rougissait quand même : rien qu'au ton que prenait son père ! En secret pourtant, ça le flattait.

— C'était vraiment chouette, ta chanson, dit-il.

— Ah bon ? lui renvoya son père en haussant les sourcils et faisant une grimace. Hé bien, viens-t'en donc voir mama, mon p'tit chiot. Tiens, et ça, t'en as déjà bu, l'bourreau des cœurs ? ajouta-t-il en lui tendant une canette de bière ouverte.

Il le regardait en souriant. Il avait une manche déchirée et le coude écorché. Un peu de sang séché tachait la poche de sa chemise.

— T'en as jamais avalé avec tes p'tits potes de cinquième derrière le terrain de handball ?... Non ?

Tiller hocha la tête.

— T'en veux ? Allez, vas-y, prends-t'en une giclée !

Tiller attrapa la bouteille et en avala une gorgée, pour voir. Côté goût, c'était pas terrible. Il leva les yeux sur son père.

— Qu'est-ce que ça veut dire, enfin... le truc que tu chantais ? Tu sais, l'histoire du whisky et tout et tout...

Son père lui décocha un long sourire, prit la bouteille d'alcool blanc et s'en versa un verre.

— J'sais pas, dit-il enfin.

Et, lui souriant de plus en plus largement, jusqu'à lui en montrer ses dents tachées de nicotine, il ajouta :

— Peut-être que c'était un type qu'aimait bien le whisky, va savoir...

Il sortit une cigarette de sa poche, fit mine de l'allumer, puis la reposa.

— Hé, dit-il, tu veux la chanter avec moi ?

***

Bon, d'accord, elle l'avait tanné, elle l'avait menacé et maintenant elle s'apprêtait à le quitter, c'était clair comme le jour. Mais il allait lui montrer. A elle et au gamin. Non, pas aujourd'hui. Aujourd'hui, il ne boirait pas. Pas une goutte.

Sur le ponton, il resta debout les mains dans les poches tandis que Tiller se débrouillait avec les cannes à pêche, les rames et tout le reste. Des oiseaux grinçaient dans les arbres, l'air commençait à sentir le fioul et le soleil à lui fendre le crâne comme à la hache. Il avait mal au cœur.

— Dis, p'pa, j'te donne la grande canne et tu peux ramer si t'en as envie.

Il descendit dans le bateau qui parut s'ouvrir sous lui comme la gueule d'un abîme béant.

— J'ai préparé de la salade aux œufs, p'pa, c'est le truc que tu préfères. J'ai aussi emporté un peu de bière de bouleau.

Il ramait. Sous lui, l'eau du lac faisait des remous. Le vent s'était levé, ça puait les détritus que le flot avait rejetés sur la rive, ses saloperies de rames n'arrêtaient pas de sauter des tolets et, bien sûr, c'était lui qui souquait. A la dernière minute, il avait failli faire demi-tour pour s'envoyer un petit godet, mais non, il avait tenu bon et maintenant il ramait.

— Tu vas voir le brochet qu'on va attraper ! lui cria Tiller qui s'était tassé à la proue comme une grosse araignée.

Des embruns montaient des vagues. Il ramait. Il avait mal au cœur. Il avait mal au cœur et se sentait déprimé.

— On va attraper un brochet, je le sais, dit Tiller. J'en suis sûr, j'en suis sûr et c'est tout.

***

Le soleil, la brise si douce qu'il pouvait presque la goûter sur sa langue, impensable première, son père qui ramait — il avait les bras d'un blanc pâle et un vieux mégot lui pendait aux lèvres —, le bateau qui tanguait et les oiseaux qui chuchotaient, cela faisait un peu trop pour lui. Il ferma les yeux un instant pour ne pas trop vaciller sous sa joie. Ils étaient déjà au large. Tiller dévidait une ligne munie d'une cuiller et d'un ver en plastique, au cas où, mais attraper quoi que ce fût en cet endroit, il n'y croyait guère. C'était vers la crique aux troncs submergés et aux grands bancs d'algues qu'il emmenait son père parce que c'était là qu'enfin ils se retrouveraient, là qu'ils attraperaient des brochets.

— Putain de Dieu ! lança son père lorsque Tiller le remplaça aux avirons.

Les mains tremblantes, il se recroquevilla à l'arrière et tenta d'allumer une cigarette. Il avait le teint gris et ses cheveux lui battaient follement dans la figure. Il bousilla la moitié de sa pochette d'allumettes et finit par jeter sa cigarette à l'eau.

— Et où c'est que tu nous emmènes, hein ? demanda-t-il. Jusqu'à l'océan Indien ?

— Au coin à brochets, lui répondit Tiller. Tu vas voir comme ça va te plaire.

Le soleil descendait déjà derrière les collines lorsqu'ils y arrivèrent. De bleu qu'il était, le lac devint gris. Aucun vent ne soufflait sur la crique. Tiller laissa la barque glisser sur les eaux calmes en attendant que son père ait fini d'allumer une cigarette, puis jeta l'ancre. Il était surexcité. Des hirondelles volaient en piqué, des crapauds-buffles rotaient dans les roseaux. C'était l'heure idéale, l'heure où les grands brochets rôdent parmi les troncs d'arbres coulés, l'heure où ils chassent.

— Allez, s'écria son père, tu vas voir c'putain d'poisson que j'vais t'attraper ! Ce s'ra le plus gros du lac.

Il rejeta le bras en arrière et lança la ligne munie du plus gros plomb de toute la boîte. Le fil ayant longuement sifflé dans les œillets, le plomb s'écrasa dans l'eau avec un tel bruit de tonnerre que tous les brochets du coin en restèrent probablement terrorisés jusqu'à huit cents mètres à la ronde. Tiller le regarda par-dessus son épaule et commença à ramener sa cuiller. Son père lui fit un clin d'œil. Comme il avait l'air triste !

Il faisait déjà sombre. Son père n'avait plus de cigarettes et Tiller avait si souvent lancé sa ligne qu'il en avait mal au bras. Brusquement la grosse canne trembla violemment.

— P'pa ! P'pa ! cria-t-il et son père se redressa comme si on lui avait flanqué un coup de couteau.

Sa canne appuyée au plat-bord, il avait passé un bon moment à somnoler. Tiller avait étudié les longues rides que la souffrance avait creusées sur son visage, les sillons qu'il avait au front, les chairs décolorées et gonflées qui lui pendaient au-dessous des yeux. Avec sa barbe, ses cheveux longs et l'air douloureux qui lui ratatinait le visage, il ressemblait au Christ en croix que Tiller avait contemplé plus de cent fois à l'église. Mais voilà que la canne tressautait et que son père la tenait, s'attaquait à un poisson, à un gros puisque le bout de la ligne s'arquait jusqu'à en effleurer la surface de l'eau.

— C'est un brochet, p'pa ! c'est un brochet ! hurla Tiller.

Son père tira sur la canne. Pour toute réaction il n'avait eu qu'une espèce de grognement, mais Tiller vit soudain qu'il avait quelque chose de nouveau dans le regard, quelque chose qu'il ne lui avait jamais connu. C'était comme s'il se piquait au jeu, comme si le poisson lui avait expédié une décharge de courant par l'internédiaire du fil et de la canne. Brusquement, mains, corps et cerveau, son père semblait revivre. Pendant trois minutes entières, la cigarette coincée entre les dents et son bras mou soudain tout raide, il fatigua le poisson tandis que Tiller tournait autour de lui avec l'épuisette. Quelque chose surgit du flot, les éclaboussa et s'abattit dans le filet. Une seconde plus tard, l'animal passait par-dessus bord et atterrissait dans la barque.

— C'est un brochet, dit son père. Putain de Dieu, regarde-moi ça ! T'as vu sa taille !

Ce n'était pas un brochet. Un soir, Tiller avait vu Joe Matochik en attraper un près du ponton et son brochet lui avait paru nettement plus méchant. Long, maigre et plein de dents, l'animal lui avait fait penser à une masse de muscles aplatie au bout et débordante de vitalité. Rien à faire, ce n'était pas un brochet. C'était une carpe. Une carpe graisseuse, une carpe à grosses lèvres, une carpe qui était laide et puait la vase. Un truc à foutre à la poubelle. Le genre de saloperie qu'on s'amuse à tirer au fusil à flèche et laisse pourrir sur la berge. Tiller leva les yeux sur son père et eut envie de pleurer.

— C'est un brochet, répéta son père, mais déjà le petit quelque chose qu'il avait eu dans le regard s'en était allé, déjà c'était fini. C'est un brochet que j'te dis... non ?

***

Il était tard — deux heures du matin passées en tous les cas —, et il était saoul. Ou plutôt non : saoul au-delà de l'ivresse. Un grand vodka-soda après l'autre, il n'avait pas cessé de boire depuis le matin et n'éprouvait plus rien. Il s'était assis sous la véranda et là, dans le noir, ne voyait même pas le lac. Et ne l'entendait pas non plus, ni non plus n'en sentait l'odeur. Caroline et Tiller dormaient. Dans la maison, il régnait un silence de mort.

Caroline le quittait et cela voulait dire que Tiller le quittait lui aussi. Il le savait. Cela se voyait lorsqu'elle le regardait, il l'entendait dans sa voix. Elle qui jadis avait été si douce, elle qui jadis avait été son amante au doux regard, elle était devenue dure. Elle ne le lâchait pas, elle était sa pire ennemie. Ils avaient invité le couple de l'hôtel à dîner, on buvait des coups en mangeant des hamburgers, il s'était penché en travers de la table pour dire quelque chose au mec — Ed, qu'il s'appelait —, pour plaisanter, quoi ! rien de bien sérieux, juste pour causer, il avait dit : « Moi, ma boisson préférée, c'est la vodka à la vodka. Avant, je buvais de la vodka au jus de pamplemousse, mais comme ça m'arrachait l'estomac... » et alors qu'elle ne l'écoutait même pas, elle s'était avancée, avait montré son verre et lui avait lancé : « Ouais, même que ça a fini par t'arracher la cervelle. »

Et alors il avait levé les yeux sur elle et avait vu qu'elle ne riait pas.

Bon, d'accord, c'était comme ça. Et qu'est-ce que ça pouvait bien lui faire ? Comme s'il avait jamais eu envie de venir sur les bords de ce lac ! Comme si ce n'était pas son père à elle qui le leur avait suggéré ! Vous vous installez à la baraque pendant un mois, avait-il dit en poussant à la roue, en poussant, poussant et poussant comme il savait le faire, et vous verrez comme ça va vous chambouler la tête un bon coup. Eh ben non, ça ne lui avait rien chamboulé du tout et ils n'avaient qu'à aller se faire foutre, tous autant qu'ils étaient !

Au bout d'un moment le froid le gagna. Il se leva de son fauteuil et monta se coucher. Caroline marmonna quelque chose en dormant et s'écarta de lui lorsqu'il souleva les couvertures pour s'allonger. Il resta encore éveillé une minute ou deux. Il se sentait déprimé, si déprimé même qu'il aurait voulu qu'on vienne l'abattre d'un coup de fusil. Puis il s'endormit.

Et rêva qu'il était sorti en bateau avec Tiller. Le vent soufflait, ses mains tremblaient, il n'arrivait pas à allumer sa cigarette. Tiller l'observait. Il tirait sur les rames, rien ne se produisait et tout à coup ils coulaient. Le bateau était comme aspiré sous eux, l'eau noire et glacée les frappait comme un être vivant. Tiller l'appelait. Il voyait le visage de son fils, il le voyait s'enfoncer, il le voyait et ne pouvait rien y faire.

Sur le toit du monde

Ils lui demandaient souvent comment c'était. Du haut de sa tour elle les regardait défiler sur la piste, avec leurs casquettes de base-ball sur la tête, leurs sacs à dos, leurs shorts, leurs chaussures de randonnée et leurs sneakers. Les plus courageux gravissaient les cent cinquante marches en bois creusées à même le roc afin de se tenir à la barrière du petit abri en verre que sept mois durant elle disait être son foyer. En suant et buvant à la gourde ou à l'outre, en soufflant fort dans l'air raréfié, ils lui demandaient comment c'était.

— Beau, leur répondait-elle. Paisible.

Mais ça ne faisait pas le tour de la question, tant s'en fallait. C'était comme de flotter sans retenue, comme de dériver avec le nuage, c'était se trouver au creux même de la paume de Dieu. A trois mille mètres de haut, elle voyait l'orbe lointain et brumeux du monde, elle voyait le Mont Whitney se profiler au-dessus de la Sierra crénelée, elle voyait des étoiles qu'on n'a pas encore découvertes. Le matin, elle était la première à regarder le soleil émerger des collines à l'orient, et le soir, lorsqu'il faisait nuit sous elle, la dernière à le regarder se coucher. Il y avait le vent dans les arbres, le murmure infini des aiguilles innombrables soupirant dans les branches des pins, des séquoias et des cèdres qui s'étendaient à ses pieds ainsi qu'un tapis. Il y avait l'aurore. Il y avait les silences de trois heures du matin. Com-

---

Titre original : « Sitting on top of the world », publié par *Granta*, repris dans le recueil *Poem Without a Hero* (Histoires sans héros, traduction de Robert Pépin, Grasset, 1996).

ment dire tout ça ? C'était sur le toit du monde qu'elle était assise.

Vous ne vous sentez pas seule, là-haut ? lui demandaient-ils. Vous n'avez jamais la bougeotte ?

Allez expliquer ça. Oui, bien sûr qu'elle se sentait seule, évidemment, mais cela n'avait pas d'importance. En été, Todd la rejoignait, une semaine avec, une semaine sans, et la question n'avait plus de sens. Mais en septembre il redescendait dans la vallée retrouver son père, son école, et le monde se remettait à tourner sur son vieil axe fatigué. Les marcheurs cessaient de monter, ça aussi. Au plus haut de l'été, les week-ends, elle en voyait jusqu'à des trente ou quarante dans le cours d'une seule journée, dès que, comme maintenant, l'automne arrivait, ils la laissaient à sa solitude, parfois même elle passait des jours entiers sans voir une âme.

Mais c'était ça le but de l'affaire, non ?

Elle était en train de préparer son petit déjeuner, — un vrai, pour une fois, avec du jambon et des œufs qu'elle avait sortis du réfrigérateur à propane, avec du café frais et des tartines de pain grillé —, lorsqu'elle le vit s'avancer dans un des lacets du bas. Elle en fut immédiatement agacée. Il n'était même pas sept heures et le panneau planté à l'entrée du sentier de randonnée disait clairement que les visiteurs n'étaient les bienvenus au poste d'observation qu'entre dix et dix-sept heures. Qu'est-ce qu'il avait, ce type ? Se croyait-il donc au-dessus du règlement ? Elle se calma : peut-être ne faisait-il que traverser le chemin. La chasse au cerf était ouverte, toute la semaine durant elle avait entendu les déflagrations étouffées et lointaines des coups de fusil, peut-être n'était-ce qu'un chasseur qui pistait un cerf.

Manque de chance. Lorsqu'elle regarda de nouveau en bas en retournant ses œufs, lorsque par-delà l'à-pic en granit elle scruta le chemin qui s'y accrochait en zigzaguant, elle comprit qu'il montait à la tour. Hé zut ! pensa-t-elle, et la bouilloire se mit à siffler et son estomac se noua. Son petit déjeuner était gâché. Elle allait avoir quelqu'un dans son dos et ce quelqu'un se fendrait des banalités habituelles pendant qu'elle prendrait son repas. Pour eux, le poste tenait sans doute d'une manière de Disneyland, mais pour elle, c'était sa maison, et elle y habitait. Qu'auraient-ils dit si elle s'était pointée chez eux à sept heures du matin ?

Elle était en train de manger, elle s'était adossée à la porte en verre en espérant qu'il s'en irait, qu'il trébucherait au bord du précipice et y disparaîtrait à jamais, lorsqu'elle sentit la passerelle qui contournait le poste trembler sous ses pas. Elle ne s'en retourna pas pour autant. Elle lisait (elle dévorait un plein camion de livres chaque saison), elle ne leva pas davantage les yeux de dessus son ouvrage. Qu'il se promène sur la passerelle en béant de la gueule s'il voulait, qu'il colle même un œil au télescope, elle s'en moquait bien pourvu qu'il reprenne l'escalier en sens inverse. On ne l'avait pas engagée comme guide touristique. Elle avait pour tâche de détecter les fumées, vingt-quatre heures sur vingt-quatre, et de se montrer aimable (si elle en avait le temps et à condition qu'elle fût d'humeur à l'être) avec les randonneurs qui s'écartaient de la piste principale et, en suant et haletant, montaient la rejoindre un instant sur le toit du monde. Aucun règlement ne l'obligeait à leur ouvrir la porte de son abri, à leur faire voir l'installation radio et les instruments de repérage et à leur expliquer comment tout cela fonctionnait. Surtout pas à sept heures du matin. Au diable ce bonhomme, se dit-elle, et elle avala son œuf à grands coups de fourchette en essayant de se concentrer sur son livre.

Mais il y avait un hic : elle s'était entraînée à lever les yeux et à scruter l'horizon toutes les trente secondes environ, jour et nuit, hormis lorsqu'elle dormait, et chez elle cela tenait maintenant du réflexe conditionné. Elle leva les yeux et le trouva devant elle. Ça la surprit. Il avait fait le tour du bâtiment et se tenait devant elle, et sur ses lèvres il y avait un sourire et dans ses mains quelque chose qu'il lui montrait à la fenêtre. Des fleurs sauvages, elle le remarqua juste avant que les traits de l'inconnu se précisant, elle sente quelque chose céder en elle : elle le connaissait, ce type. Il était déjà venu.

— Lainie, dit-il en cognant à la vitre et en brandissant ses fleurs, je vous ai apporté quelque chose.

Son prénom. Il connaissait son prénom.

Elle esquissa un sourire et son visage se figea autour de ses lèvres. Le livre posé sur la table devant elle renversa la salière et se ferma tout seul en poussant un infime soupir qui se meurt. Fallait-il remercier l'inconnu ? Fallait-il se lever et pousser le loquet de la porte ? Fallait-il passer un appel de détresse à la radio et s'emparer du couteau de cuisine ?

— Désolé de vous déranger au petit déjeuner... je ne savais pas l'heure qu'il était, reprit-il, et son sourire changea tandis que ses yeux, d'un bleu métallique et dur, restaient fixés sur elle.

Il haussa la voix pour se faire entendre à travers la vitre.

— Je campe en bas, au bord de la rivière de Long Meadow et ce matin, en traversant la piste, je me suis dit que vous vous sentiez peut-être seule et que je pourrais peut-être vous surprendre... (Il hésita...) enfin, je veux dire... avec des fleurs.

C'était maintenant tout son corps qui s'était figé. Des cinglés, il en était déjà monté (cela faisait partie des risques du métier), mais celui-là avait quelque chose de glaçant et elle ne l'avait pas oublié.

— Il est trop tôt, lui renvoya-t-elle enfin.

Et elle le lui mima avec les mains comme si le verre ne laissait passer aucun son, puis elle lâcha le jambon auquel elle n'avait pas touché et les œufs qu'elle n'avait mangés qu'à moitié et se dirigea délibérément vers l'émetteur-récepteur.

Celui-ci se trouvait pile sous la fenêtre devant laquelle il se tenait. Elle décrocha le micro et appuya sur le bouton, — cinquante centimètres, à peine, la séparaient de lui et entre eux deux il n'y avait plus maintenant qu'une mince paroi de verre.

— Poste des Aiguilles, dit-elle, Elaine à l'appareil. Zack ? Tu es là ? A toi.

La voix de Zack lui revint aussitôt. Zack préparait un doctorat en agriculture forestière et la remplaçait deux fois par semaine lorsqu'elle redescendait dans la vallée pour passer une journée avec son fils, faire les courses et, de temps en temps, aller boire un coup dans un bar ou voir un film avec sa meilleure amie, son âme sœur, Cynthia Furman.

— Qu'est-ce qu'il y a, Elaine ? lui demanda Zack pardessus la friture. Tu as vu quelque chose de bizarre ? A toi.

Alors elle se força à lever la tête, retrouva le regard de l'inconnu, — il souriait toujours, mais mollement, d'une manière incertaine, et dans les profondeurs de ses yeux bleus il n'y avait aucune joie —, et elle garda encore un peu son micro en plastique noir à la main avant de répondre :

— Non, rien, Zack. Je me signale, c'est tout.

— O.K., dit-il d'une voix minuscule, à plus. Terminé.

— Terminé, répéta-t-elle.

Bon, et maintenant quoi ? Le type portait un poignard de chasse sur la cuisse. Il avait les joues creuses, comme s'il suçait un bonbon, une moustache à l'ancienne, rousse et fournie, lui masquait la lèvre supérieure. Au lieu d'une casquette de base-ball il avait mis un feutre à large bord. Wyatt Earp, songea-t-elle, et elle allait se détourner de la fenêtre, se préparait déjà à l'ignorer jusqu'à ce qu'il comprenne, jusqu'à ce qu'enfin il redescende les cent cinquante marches en bois, reprenne le sentier et disparaisse à jamais de sa vie lorsqu'il cogna de nouveau à la vitre et lui dit :

— Vous avez quelque chose où les mettre ? Enfin, je veux dire… ces fleurs ?

Elle ne voulait pas de ses fleurs. Elle ne voulait pas de lui sur la plate-forme. Elle ne voulait pas de lui dans ses quinze mètres carrés de sanctuaire, elle ne voulait pas qu'il touche à ses affaires, qu'il fouille partout, qu'il lui pose des questions idiotes, qu'il bavarde de tout et de rien avec elle.

— Ecoutez, dit-elle en parlant à la vitre et en regardant loin derrière lui, en scrutant l'horizon comme elle s'était entraînée à le faire quel que fût le problème du moment. J'ai du boulot, moi, et le règlement interdit à quiconque de monter à la tour entre cinq heures du soir et dix heures du matin.

Et son regard étant revenu sur lui, elle vit que son sourire était tombé et ajouta :

— Et vous devriez le savoir. C'est écrit en bon anglais à l'entrée de la piste.

Elle se détourna. C'était terminé, elle en avait fini avec lui. Elle se remit à son petit déjeuner et s'obligea à fixer les mots dans son livre. Son cœur battait fort et les mots qu'elle lisait ne voulaient rien dire. Todd était avec elle le jour où il était venu pour la première fois. Todd avait quatorze ans, Todd était grand, comme son père, Todd était blond et dégingandé. C'était un bon gamin, c'était son dernier espoir, et Todd semblait apprécier les instants qu'il passait avec elle. C'était un samedi, en milieu d'après-midi, et les visiteurs s'étaient succédé en un flot ininterrompu depuis le matin. Todd se trouvait à l'étage en dessous, à la réserve, où il lisait des illustrés, le Service des Forêts lui ayant, dans sa grande sagesse, offert cette chambre supplémentaire, quelque vingt-cinq marches plus bas. De fait, la pièce ne se réduisait pas à une réserve, mais était un endroit où se détendre, comme une boîte, comme un ventre de mère, l'antithèse, avec sa seule et unique fenêtre haut perchée, l'antidote même de la grande boîte en verre à l'étage au-dessus. Debout à son poste, Elaine coupait des légumes en rondelles pour la soupe et scrutait l'horizon.

Elle ne l'avait pas vu venir, — il y avait tellement de visiteurs ce jour-là qu'elle leur prêtait moins d'attention qu'en temps ordinaire. Elle se sentait d'humeur hospitalière et, le cœur léger, présidait à une fête qui ne prenait jamais fin. Un peu plus tôt, c'était un professeur de faculté qui était passé, un ornithologue, et ils avaient longuement parlé de l'aigle royal et du faucon à queue rouge. Après, il y avait eu une jeune fille de Merced, — dans les dix-sept ans, certainement pas davantage, avec son bébé dans son dos —, et deux femmes à la forte carrure, dans les soixante ans, très fières d'avoir fait quatre kilomètres de piste et comme enivrées par l'air raréfié et la joie d'avoir accompli pareil exploit. Elaine leur avait offert une tasse de thé à chacune et, pour ne pas leur gâcher leur plaisir, s'était abstenue de leur faire remarquer qu'il y avait quatre autres kilomètres à parcourir pour retrouver l'entrée de la piste.

Elle avait senti son poids sur la plate-forme et s'était tournée vers lui pour lui sourire. Grand et large des épaules et de la poitrine, il avait soulevé son chapeau pour la saluer et passé la tête à la porte.

— La vue vous plaît ? lui avait-il demandé.

Il y avait dans ses yeux de quoi inciter à la méfiance, mais elle se sentait d'humeur sociable et joyeuse et n'avait vu que la générosité de ses épaules et de ses mains.

— Ça ne vaut pas l'autoroute de Ventura ! lui avait-elle rétorqué, pince-sans-rire.

Il avait ri fort et s'était penché en avant, les deux mains appuyées au montant de la porte.

— Je vois que la vie monastique ne vous fait pas perdre le sens de l'humour, lui avait-il renvoyé, et il avait marqué une pause comme s'il se rendait compte qu'il était allé trop loin. Ou non… Non, « monastique » n'est pas l'adjectif qui convient. Y aurait-il une version féminine de ce terme ?

Un rien présomptueux, le monsieur. Et l'on flirtait, ça aussi. Mais l'humeur du moment lui plaisait, elle n'aurait su dire pourquoi… parce qu'elle avait Todd avec elle ? ou alors… la joie pétillante de vivre ainsi au bord du ciel ? Au moins ne la traînait-il pas dans les méandres défraîchis de l'espèce de conversation obligée sur la solitude, le beau et les fumées à l'horizon qu'il lui fallait endurer cent fois par semaine.

— Entrez donc, lui dit-elle. Détendez-vous les jambes.

Il s'était assis sur le bord du lit et avait ôté son chapeau. Il avait les cheveux coupés à la sous-punk, — avec une crête dure et irrégulière —, et ça l'avait surprise : va savoir pourquoi, ça ne cadrait pas vraiment avec son chapeau de cow-boy. Ses jeans étaient neufs et raides et ses bottes en cuir travaillé à la main donnaient l'impression d'avoir été brossées cinq minutes avant. Il l'examinait. Elle portait un short kaki et un T-shirt, elle s'était lavé les cheveux le matin même en prévision de la cohue, et ses jambes étaient belles, elle le savait, toutes bronzées et modelées par ses longues randonnées sur la piste. Elle ressentit quelque chose qu'elle n'avait plus éprouvé depuis longtemps, depuis une éternité même, et comprit tout de suite qu'elle rougissait.

— Vous avez dû avoir une chiée de visiteurs, aujourd'hui, pas ? reprit-il, et dans le tour populaire de sa phrase il y avait quelque chose d'incongru et de forcé, quelque chose qui ne collait pas avec son accent, de la même manière que sa coupe de cheveux ne collait pas avec son chapeau.

— J'en ai déjà compté vingt-six, lui répondit-elle en coupant une carotte en rondelles qu'elle jeta dans la poêle à frire avec des oignons et des bouts de courgettes qu'elle avait tranchés un peu plus tôt.

Il regardait par la fenêtre en faisant courir ses mains sur les bords de son chapeau.

— J'espère que ça ne vous gênera pas que je vous dise ça, enchaîna-t-il, mais pour moi, vous êtes ce qu'il y a de plus beau dans ce paysage. Vous êtes jolie. Vraiment jolie.

Celle-là, elle l'avait déjà entendue. Dans les mille fois. Soixante-dix pour cent des randonneurs qui montaient jusqu'au poste étant de sexe masculin, il suffisait qu'on fût seul ou en la compagnie d'autres mâles pour que, quatre-vingt-dix fois sur cent, on tentât de lui faire du rentre-dedans. Ça l'agaçait, mais elle ne pouvait pas vraiment leur en vouloir. Le mélange jeune femme à cheveux blonds, belles jambes et tour de guet en verre perdue au milieu de nulle part devait avoir quelque chose d'explosif. Sans même parler du fait qu'elle y vivait seule. Rapunzel, dénoue donc tes cheveux. En général, elle défléchissait ces compliments, voire ces gestes déplacés, en prenant son air ultra-officiel : autorité détachée par le Service des Forêts, elle était au service du gouvernement, reine et despote du Poste des Aiguilles. Cette fois-là cependant, elle n'avait rien dit. Elle s'était contentée de relever la tête pour scruter l'horizon, puis avait reposé les yeux sur son couteau de cuisine, sa planche à découper et s'était mise à hacher des oignons verts et de la coriandre.

Il la regardait toujours. Le lit était grand, — c'était un lit à deux places, un des rares réconforts que le Service des Forêts fournissait aux habitants de la tour. Sans tête de lit, bien sûr, l'affaire se réduisant à une manière de grand sommier fixé au mur, juste au niveau de la fenêtre, de façon à ce qu'elle puisse continuer de travailler du fond même de sa couche. Et donc, c'était prévu pour un couple. Lorsqu'il rouvrit la bouche pour parler, elle sut ce qu'il allait dire avant même qu'il ne se lance :

— Superbe, ce lit, dit-il.

Que croyait-elle ? Il n'était pas différent des autres et… pourquoi l'eût-il été ? Brusquement il avait commencé à lui taper sur les nerfs et lorsqu'elle s'était tournée vers lui pour lui parler, son ton était froid :

— Avez-vous vu le télescope ? lui avait-elle demandé en lui montrant le Bushnell Televar monté sur un rail à un bout de la passerelle, à côté de la fenêtre, — et de la porte.

Il l'avait ignorée. Il s'était remis debout. Quinze mètres carrés. A deux, ça fait du monde.

— Vous devez vous sentir bien seule ici, avait-il ajouté, et le ton avait changé, on ne faisait plus dans le popu ou le comique. Jolie comme vous l'êtes… Belle… Vos jambes sont très sexy, vous savez ?

Elle avait rougi. Et il l'avait vu, elle en était sûre, et ça l'avait mise en colère. Elle s'apprêtait à le jeter, à lui dire de gicler de là et de rester dehors lorsque Todd était apparu en haut des marches, le regard fou et l'air surexcité.

— M'man ! s'était-il écrié, et il était à bout de souffle et sa voix était rauque et suraiguë, il y a une fuite ! Il y a de l'eau partout !

De l'eau. Il lui avait fallu un moment pour comprendre. C'est que l'eau était précieuse, à la tour, irremplaçable. Une fois par mois, deux barbus avec des insignes du Service des Forêts sur la manche lui en apportaient six bidons de quatre-vingts litres, — à l'ancienne : à dos de mulet. Elle la choyait, cette eau, comme si elle vivait au milieu du Néguev, jusqu'à la dernière goutte, et s'autorisait rarement le luxe d'un bref shampooing et d'un rinçage comme elle l'avait fait ce matin-là. Une seconde plus tard, elle bondissait hors de la pièce et se ruait dans les escaliers derrière son fils. Tout en bas, à l'extérieur de la réserve où les bidons étaient alignés en rang, elle vit que la roche luisait sous une fine couche d'eau brillante. Elle se pencha sur le premier bidon. De l'eau s'en écoulait par une minuscule déchirure dans le plastique d'un blanc laiteux, à trois centimètres du fond.

— Prends le bidon, dit-elle à son fils. Il faut le mettre la tête en bas pour que la fente soit au-dessus du niveau d'eau.

Plein, chaque bidon pesait plus de quatre-vingts kilos, et celui-là l'était presque. Elle y mit tout ce qu'elle avait, toute la force de ses jambes musclées et en forme, mais, même avec l'aide de son fils, elle ne parvint qu'à le renverser sur un côté. Elle soufflait fort, elle transpirait, elle s'était éraflé le genou et avait un filet de sang qui lui descendait en travers de la rotule. Ce fut alors qu'elle sentit la présence de l'inconnu derrière elle. Elle leva les yeux. Sa silhouette se détachant sur l'immensité du ciel et le soleil en pleine figure, il tenait ses mains solides sur ses hanches.

— Vous voulez du renfort ? lui demanda-t-il.

A y repenser, elle ne savait toujours pas ce qui l'avait prise de refuser, — l'espèce d'admiration craintive avec laquelle Todd le regardait ? la situation classique jolie-femme-toute-seule-dans-sa-tour ? le syndrome de la femme sans homme ? —, mais sans réfléchir elle lui dit :

— Je n'ai pas besoin de votre aide. Je peux faire ça toute seule.

Alors ses mains avaient quitté ses hanches, alors il avait reculé d'un pas et voilà que brusquement il s'excusait, se faisait drôle, astucieux et charmeur, il était navré de l'avoir importunée, il voulait juste lui donner un coup de main et bien sûr qu'elle pouvait y arriver toute seule, loin de lui ce soupçon, et tout aussi soudainement il s'était repris, avait baissé les épaules et filé dans l'escalier sans ajouter un mot.

Longtemps elle l'avait regardé descendre la piste, puis elle s'était retournée vers son bidon. Il était à moitié vide lorsque, avec Todd, elle avait enfin réussi à le mettre à l'envers.

Voilà. Et maintenant il était monté à une heure interdite, il s'incrustait et le savait, et faisait tout ce qu'il pouvait pour lui rappeler sa condition. Encore une seconde et elle appelait au secours… elle n'hésiterait pas… et dans moins de cinq minutes il y aurait un hélicoptère parce qu'ils ne traînaient pas, les pompiers, elle les avait vus à l'œuvre. Cinq minutes. Elle n'hésiterait pas. Elle garda la tête baissée. Elle coupa et mâcha sa viande, un morceau après l'autre, lentement et délibérément, et lut et relut le même paragraphe jusqu'à ce qu'il n'ait plus aucun sens. Lorsqu'elle releva les yeux, il était parti.

Après, la journée se traîna tellement qu'elle lui parut ne plus avoir de fin. Il avait passé quoi ? dix minutes ? à la tour et avec ses sourires de mercenaire et ses fleurs lamentables, il avait réussi à tout lui gâcher. Il avait troublé son équilibre, elle était maintenant incapable de lire, de dessiner ou de se remettre au sweater qu'elle avait commencé à tricoter pour son fils. Elle se surprit à regarder un point fixe à l'horizon, à dériver, l'esprit vide. Elle mangea trop. Le déjeuner fut une cérémonie, le dîner un rituel. Elle n'eut pas de visiteurs et, une fois n'est pas coutume, elle le regretta. Le crépuscule s'éternisa dans le ciel occidental et lorsque la nuit tomba, elle ne se donna même pas la peine d'allumer sa lampe à propane. Elle n'eut qu'à s'asseoir sur le coin de son lit pour que l'immensité des constellations qui roulaient la prenne, pour que l'entraîne le grand rêve de la Voie Lactée.

Et le sommeil ne vint pas. Elle ne cessait de penser à lui, l'inconnu aux grandes mains et aux regards pleins de secrets, elle ne cessait de scruter la passerelle pour y voir soudain apparaître son ombre noire. Il était monté à sept heures du matin, pourquoi ne monterait-il pas à trois heures ? Qu'est-ce qui pouvait l'en empêcher ? Il n'y avait aucun bruit, rien ; le vent était tombé et la nuit était claire et sans lune. Pour la première fois depuis qu'elle faisait le guet, pour la première fois depuis trois ans, elle se sentit nue et vulnérable, aussi peu à l'abri des regards dans sa maison de verre que le poisson dans son aquarium. La nuit était tout et la tenait sous son emprise.

Alors elle pensa à Mike, à la maison qu'ils habitaient lorsque, après avoir fini son doctorat, il avait pris un poste de professeur adjoint dans une petite école d'Etat perdue dans les luxuriantes collines de l'Oregon. Avec son armature en A, c'était une cabane avec un loft, et dans les arbres elle était posée comme un cottage dans un conte de fées. Toute en fenêtres. Où qu'on regardât, les arbres se penchaient pour entrer. L'ancien propriétaire, un veuf avec des yeux aqueux et des poils jaunes qui lui sortaient des oreilles, n'avait pas jugé bon d'installer des jalousies ou de poser des rideaux et Mike n'appréciait pas ; il n'arrêtait pas de la tanner pour qu'elle prenne les mesures des fenêtres et commande des jalousies ou achète du tissu pour les rideaux. Elle renâclait. Tout cet espace, cette lumière, l'impression d'être relié à quelque chose et d'appartenir : telles étaient les choses qui l'avaient séduite dès le début. Ils faisaient l'amour dans le noir, — Mike le voulait —, comme si c'était quelque chose dont il fallait avoir honte. Au bout d'un moment, ça l'était devenu.

Puis elle songea à un autre instant, c'était avant la naissance de Todd, avant que Mike ait fini ses études de troisième cycle, il lui avait donné rendez-vous dans les salons du dortoir, devant eux la table basse était couverte de livres, dans la chaleur de la pièce une douzaine d'autres couples murmuraient en s'embrassant et s'enlaçant. Ils avaient pris rendez-vous pour étudier, prétendument. Pendant des heures elle s'était accrochée à lui comme bateau qui roule dans une mer démontée, tous ces gestes taquins, cette innocence de la main qui tâtonne, ces préliminaires infinis qui la faisaient mouiller et la tendaient de désir alors que le vent hurlait de l'autre côté des vitres couvertes de glace. Inoubliable. Et le vigile avait éteint et rallumé les lumières, il était une heure du matin déjà. Ils s'étaient jetés dans les bras l'un de l'autre, à petits pas il s'était dirigé vers la porte et chaque pas ruisselait d'hormones, en était tout collant, désespéré... Enfin il avait disparu, en elle était aussitôt montée la perte immense qu'éprouve la fiancée du guerrier. Mais il y aurait demain soir.

Pour finir, — il devait être aux environs de deux ou trois heures du matin, la Grande Ourse avait glissé sous l'horizon, Orion se profilait au firmament —, elle pensa à l'inconnu qui lui avait gâché son petit déjeuner. Il s'était assis au coin de son lit. Il était resté planté de l'autre côté de la fenêtre, son pauvre bouquet de fleurs à la main. Il avait dévoré la nuée des yeux. Elle songeait encore à lui lorsqu'un bruit sourd s'étant fait entendre, infime, là-bas, sur les marches on avait remué, elle fut incapable de respirer, puis de bouger. Les secondes s'écrasèrent lourdement dans sa tête, puis le bruissement, — on eût dit celui d'un balai –, s'arrêta. Quelque chose dans le noir, un rat, le frôlement d'une aile de chouette. Elle pensa aux mains de l'inconnu, à ses yeux, à ses épaules carrées, puis, soulagée, elle sentit que la nuit l'entraînait, et fut pleine de gratitude.

Elle se réveilla tard, les rayons obliques du soleil avaient déjà traversé le plancher pour lui effleurer les lèvres et lui masquer les yeux. A la radio, Zachary lui annonçait que l'équipe d'Oakland avait remporté le championnat de base-ball et qu'un ouragan remontait la Côte Est à toute allure.

— Tu as une voix pas possible, enchaîna-t-il. Je ne te réveille pas, au moins ?

— Je n'ai pas fermé l'œil de la nuit.

— On avait la tête dans les nuages ? Encore un coup ?

Elle essaya de rire pour lui faire plaisir.

— Faut croire.

Il y eut un instant de silence.

— Quand je pense que tu viens à peine de me remplacer et que j'ai encore quatre jours à me taper avant de redescendre sur la terre ferme !

— Surtout, ne me fais pas le coup du mysticisme. Et cette

fois-ci, tu me laisses des granolas, d'accord… ? Tu m'appelles si tu n'en as plus. C'est de mon petit déjeuner qu'il est question ! De mon petit déjeuner et de mon déjeuner tout court. Et comme il y a aussi des fois où je ne me sens pas de faire la cuisine pour le…

Elle le coupa au milieu de sa phrase.

— Pour le dîner, oui, je sais. Je t'appellerai.

Puis elle bâilla.

— Allez, à plus tard, dit-elle.

— C'est ça, à plus tard. Terminé.

— Terminé.

Quand elle mit la bouilloire sur la cuisinière, il y avait encore du gaz, mais lorsqu'elle tourna le dos pour sortir le beurre du frigidaire, la flamme disparut. Elle craqua une autre allumette, rien ne se produisit. Elle allait devoir intervertir les bouteilles de propane et c'était agaçant. On les lui livrait une fois l'an par hélicoptère et elles se trouvaient au pied de l'escalier, cent cinquante marches plus bas. Une manière de renfoncement avait été creusé à même la roche qui surplombait un côté du petit abri sur une hauteur de six mètres. De l'autre, la première marche se trouvait trois cents mètres plus bas.

Elle enfila un short et, parce qu'il faisait froid malgré le soleil, — la neige, elle en avait fait l'expérience, tombait parfois dès le cinq septembre et octobre approchait —, elle passa un sweater qui, trop grand pour elle, avait jadis appartenu à Mike. Elle n'habitait déjà plus avec lui lorsqu'elle l'avait retrouvé dans une taie d'oreiller bourrée de vêtements. Et Mike n'avait pas voulu le reprendre. Il faisait du vent, une rafale la poignarda lorsqu'elle ouvrit la porte et se mit à descendre les marches. Enormes et parfaits, des cumulus traversaient le ciel à toute allure, ici se gonflaient, là diminuaient et changeaient de forme, mais elle ne remarqua rien qui fût trop noir ou trop imposant pour dire la tempête. Mais… comment savoir ? Le vent soufflait du nord et la radio parlait d'un front qui montait du Pacifique, — apercevoir de la neige sur les sommets dès le lendemain ne l'aurait pas étonnée. Après, dès qu'elle serait tombée, la saison des incendies serait terminée et elle pourrait rentrer chez elle. En avance.

Elle y pensa, revit les quatre murs du petit logement qu'elle occupait dans une rue morte au cœur d'une ville encore plus morte, pour être avec Todd, et pria le ciel qu'il ne neige pas. Pas encore. Pas maintenant. Lorsque l'année était sèche, et c'était la troisième, il lui arrivait de rester à la tour jusqu'à la mi-novembre. Elle atteignit le bas des marches, se pencha sur les bouteilles de propane, de grands bazars de douze mètres cubes que le Service des Forêts peignait en vert, et se sentit déprimée en songeant à ses quatre murs, à l'air qui se rafraîchissait, à l'orage qui éclaterait ou, peut-être, n'éclaterait pas. Elle avait la chair de poule et la buée de son souffle s'amassait trop près de son visage. Elle regarda un écureuil (épaules fortes et fourrure tachetée de gris clair) sauter par-dessus l'avancée, ferma l'arrivée de la bouteille vide et ouvrit à fond le détendeur de la pleine.

— Des ennuis de gaz ?

La voix venait de derrière elle, elle sursauta comme si un insecte l'avait piquée. Avant même de faire volte-face, elle sut qui c'était.

— Oh là ! Oh là ! Je ne voulais pas vous faire peur ! Excusez-moi.

Il était encore là, heureux comme pas un, son poignard sur la cuisse, et se tenait deux marches au-dessus d'elle. Cette fois-ci, des lunettes à verres réfléchissants lui masquaient les yeux. Il avait abaissé le rebord de son Stetson et portait une houppelande en peau de chèvre dont il avait relevé le col.

Elle fut incapable de lui répondre. De sourire. De le prendre sur le même ton. Il l'avait surprise hors de son sanctuaire, à quelque cent cinquante marches, — et quelles marches ! —, de son émetteur radio, de son couteau à découper et de son lit plat et dur. Elle était accroupie, ses épaules se détachant sur le ciel, il la dominait. Todd était à l'école et Mike… elle refusa de penser à lui. Elle était seule, complètement seule.

Il resta immobile, et dans son visage seule sa moustache bougeait, et sa moustache monta au-dessus de ses lèvres et découvrit un sourire.

— Ça fait suer, ces trucs, enfin, je veux dire… ces bouteilles, lança-t-il en reprenant son ton populo. Et c'est dangereux. Moi, je marche à l'électricité.

Elle se releva prudemment, les muscles de ses jambes se durcissant un peu. Elle aurait bien tenté de remonter les marches, — cent cinquante il y en avait, mais elle faisait confiance à ses jambes —, mais il lui bloquait le passage, presque comme s'il avait prévu la manœuvre. Elle n'avait toujours pas soufflé mot. Et avait l'air effrayé, elle le savait.

— Toujours en camping ? dit-elle en faisant de son mieux pour lui montrer un visage ouvert et lui renvoyer son sourire.

Insister sur le côté banal de l'affaire, tout ça n'était que trop normal, faire dans le petit blabla sans importance.

Il se détourna d'elle, un éclair de lumière passant sur la surface convexe de ses lunettes de soleil, et donna un coup de pied dans le rebord de la marche avec le bout en argent de sa botte. Puis, un instant s'étant écoulé, il se retourna vers elle et ôta ses lunettes.

— Ouais, dit-il en haussant les épaules, je crois.

Ce n'était pas la réponse qu'elle attendait. Il croyait ? Et ça voulait dire quoi, au juste ? Il n'avait pas bougé le petit doigt et l'observait avec son air... parce que cet air-là, parce que son look moustache-Stetson, elle connaissait, mais ne savait pas comment il s'appelait. Il savait son nom, mais elle ignorait le sien, jusqu'à son prénom.

— Je vous demande pardon, dit-elle, mais... et lorsqu'elle leva la main devant ses yeux pour les protéger du soleil, elle vit qu'elle tremblait, comment vous appelez-vous déjà ? Je me souviens de vous, évidemment, et pas seulement d'hier, il y a eu aussi la fois où... il y a un mois de ça... environ...

Elle n'acheva pas sa phrase.

Il ne semblait pas l'avoir entendue. Le vent chantait dans les arbres. Elle était toujours debout devant lui, aveuglée par le soleil, il n'y avait rien d'autre à faire.

— Je ne campe pas, enfin... pas vraiment, reprit-il. Et ce n'est pas que je n'aimerais pas la nature... Je fais souvent du camping, le sac à dos, tout le barda... Mais je... Je croyais que c'était ce que vous vouliez entendre.

Ce qu'elle voulait entendre ? Mais de quoi parlait-il ? Elle coula un regard à la tour, le soleil en embrasait les fenêtres, des nuages s'étaient perchés au faîte du toit, soudain le poste d'observation lui parut aussi lointain que les étoiles la nuit. Y grimper, lancer un appel, ça, elle n'hésiterait pas, et ils seraient là en moins de cinq minutes, et...

— Enfin... enchaîna-t-il en regardant ailleurs, et ses

épaules s'abaissèrent et il avait le même air de chien battu que lorsqu'elle avait refusé son aide… j'ai un chalet sur la Colline au Cèdre. Je pensais… Je croyais que vous aviez envie de m'entendre dire que je campais.

Il contemplait le bout de ses bottes, brusquement il releva la tête et lui sourit si fort que les couronnes de ses molaires brillèrent au soleil.

— Et je trouve qu'Elaine est un joli prénom. Vous l'ai-je au moins dit ?

— Merci, lui répondit-elle, contre son gré ou presque, et si bas que c'est à peine si elle s'entendit.

Il pouvait la violer, la tuer, tout. Etait-ce ce qu'il voulait ? Etait-ce donc ça ?

— Ecoutez, dit-elle en tentant le coup, c'était plus fort qu'elle, écoutez… Il faut que je retourne au boulot…

— Je sais, je sais, dit-il en lui tendant la main, il faut rentrer au bercail, pas ? Je sais que je vous fais… suer, et je parie que je suis pas le premier à vous le dire, mais vous êtes bien trop belle pour tout donner à quelques écureuils et autres coyotes.

Il descendit une marche, vers elle, et alors elle se dit qu'elle allait essayer de lui passer devant, d'un bond, c'était une idée folle, mais l'instinct et le désespoir la tenaient, et l'idée s'était logée dans sa cervelle… et s'y figea avant même qu'elle ait le temps de faire quoi que ce soit.

— Et zut ! s'écria-t-il d'un ton dur et convaincu, vous ne vous sentez donc jamais toute seule là-haut ?

Et alors elle vit, en dessous à droite, ça bougeait, deux casquettes de chasseur qui sautillaient. Des gens approchaient. C'était terminé. D'un coup, tout avait pris fin. Elle pouvait le quitter, grimper les marches et s'enfermer à clé dans sa tour. Mais pourquoi donc son cœur continuait-il de battre si fort ? Pourquoi avait-elle l'impression que rien n'avait même seulement commencé à se produire ?

— Ah, la barbe ! dit-elle en tournant la tête, j'ai de la visite ! Ce coup-ci, il faut vraiment que j'y aille.

Il suivit son regard et contempla l'endroit où les deux chasseurs tantôt disparaissaient à la vue, tantôt refaisaient surface en remontant le sentier. Elle voyait leurs visages maintenant, des hommes, deux, d'âge moyen, avec des cheveux fins qui sortaient de leurs casquettes fluorescentes. Pas de fusils. Des appareils photo. Il les étudia un instant, puis se tourna vers elle et la regarda dans les yeux, tout au fond, comme s'il avait perdu quelque chose. Puis il haussa les épaules, lui tourna le dos et descendit à la rencontre des deux hommes.

Elle était en bonne forme, au meilleur de ce qu'elle avait jamais connu. Elle avait grimpé les marches mille fois, deux mille même, mais jamais encore elle ne les avait escaladées aussi vite. Elle volait comme si le vent la poussait, et dans sa poitrine il y avait comme de la panique qui battait et la tempête approchait, elle le sentait et sentait le froid la pénétrer jusqu'aux os. Sitôt arrivée à la plate-forme, elle claqua la porte derrière elle, ses doigts s'énervant sur le loquet. Ce fut alors, et alors seulement, qu'elle remarqua les fleurs. Au milieu de la table, dans un vase en verre taillé, lupins, séneçons et myosotis.

Il neigea, cette nuit-là, à flocons énormes et tourbillonnants qui griffaient les vitres et la remplirent de désespoir. Allumer la lumière l'aurait rendue encore plus vulnérable et nue, pour la deuxième fois consécutive elle s'en passa et, assise dans le noir, caressa son couteau de cuisine en attendant que ses pas résonnent sur les marches tandis que tout autour d'elle le ciel tombait en morceaux. Mais il ne viendrait pas, pas par ce temps, pas en pleine nuit ; elle était sotte et puérile, il n'y avait rien à craindre. Sauf cette neige qui lui disait que la saison était finie. Qui lui répétait que si la saison était finie, il allait bien falloir qu'elle redescende de sa montagne et retrouve la réalité, le temps ainsi qu'il passe, le smog, le bruit et les lieux encombrés.

Elle pensa aux quatre murs qui l'attendaient, à ses petits boulots sans perspective (serveuse, cuisinière dans un fast-food et autres interminables crucifixions de l'esprit), à Mike, à Mike avant qu'elle le quitte, elle le vit même dans la vitre noire de la fenêtre, asexué, pâle, le frêle papillon de ses lunettes à double foyer perché au bout de son nez, en train de taper à la machine, tape tape tape, éperdu d'amour pour Dryden, Swift et Pope, éperdu d'amour pour toutes sortes de poètes morts, amoureux, et à jamais, de la mort elle-même. Un mois après l'avoir laissé tomber, elle avait rencontré un autre homme au cours d'une soirée et cet homme-là était exactement pareil, sauf que lui, c'était des arthropodes qu'il s'était amouraché. Des arthropodes. Elle avait pris ce poste en haut de la tour de guet.

Encore une fois elle se réveilla tard et la première chose qu'elle éprouva fut du soulagement. Le soleil avait disparu et la neige, — à peine s'il en était tombé, non, vraiment —, avait commencé à fondre sur les hauteurs nues de la montagne. Elle mit de l'eau à bouillir et alluma la radio.

— Zack ? lança-t-elle. Ici, le Poste des Aiguilles. Bien reçu ?

Il était là, juste au bout de ses doigts.

— Bien reçu. A toi.

— On a eu un peu de neige… Pas grand-chose, quelques flocons, et encore. Le ciel est dégagé.

— Tu appelles un peu tard… Lewis nous a déjà donné le renseignement du Poste du Pic de la Mule. Pas moyen de se réveiller ? Encore un coup ?

— Ben oui, faut croire, dit-elle.

Elle regarda les cimes lointaines des arbres se débarrasser de leur patine de neige. Un faucon passa devant la fenêtre en glissant. Elle tenait le micro si près de ses lèvres qu'il semblait faire partie de son corps.

— Zack…

Elle avait envie de lui parler du fou, de ce type en Stetson, de ses mains, elle avait envie de l'alerter, juste au cas où, mais elle hésita. Elle parlait d'une petite voix, d'une voix détachée de tout, perdue dans les crachouillis électroniques de l'espace et du temps.

— Lainie ?

— Oui ? Je suis là, oui, oui.

— Y a un front froid qui va passer avec une tempête parderrière. Ils disent qu'il pourrait y avoir un peu de neige. La saison n'est pas terminée. D'après Reichert, elle ne finira pas avant qu'on ait des précipitations vraiment appréciables. Sauf qu'avec ce qui nous monte, ça pourrait bien être la fin cette fois-ci. A toi de voir. Tu veux descendre ou tu préfères attendre ?

C'était Reichert qui commandait. La cinquantaine chauve, doux comme un agneau. Les montagnes manquaient d'eau ;

quinze centimètres de poudreuse couvraient le sol de la forêt et la moitié des ruisseaux étaient à sec. La saison pouvait encore durer jusqu'en novembre.

— Je préfère attendre, dit-elle.

— O.K., c'est toi qui décides. Je sais pas si ça te fera du bien de l'apprendre, mais Lewis a décidé de rester lui aussi. Je garde le contact au cas où il y aurait du nouveau de mon côté.

— D'accord. Merci.

— Terminé.

— Terminé.

Les nuages montèrent en fin d'après-midi et le ciel se referma sur elle à nouveau. La température commença à chuter. Ça s'annonçait mal. Il était encore trop tôt pour qu'il tombe de la neige, mais à cette altitude il y en avait parfois à n'importe quelle époque de l'année. Il en tombait dans les six mètres par an, et elle avait vu des tempêtes qui en laissaient jusqu'à des un mètre cinquante sur le sol. Elle appela Zack à quatre heures, et Zack l'informa que ça ne s'améliorait guère, — il y avait soixante-quinze pour cent de chances pour qu'il neige et ça risquait de tomber en dessous de mille mètres.

— Je suis prête à assumer, lui renvoya-t-elle.

Elle avait une paire de snow-boots dans la réserve si jamais on en venait là.

Il commença à neiger une heure plus tard. Elle était en train de préparer le dîner, — du riz brun et des légumes —, et elle avait débouché une bouteille de vin qu'elle avait apportée pour fêter le dernier jour de la saison. Les flocons étaient minuscules, grenaille qui giclait en sifflant et ne disait rien de bon pour la suite. La saison était finie. Elle pouvait boire son vin et songer à faire ses valises et à nettoyer la cuisinière et le réfrigérateur. Elle jeta une bûche de plus dans le feu et boutonna sa veste jusqu'en haut.

Le vin avait baissé de moitié et elle s'était assise à nouveau lorsqu'elle remarqua la fumée. Au début, elle crut à un mauvais tour que lui jouait le vent, la fumée de sa cheminée à elle qui lui revenait dessus, qui sait ? En bas, à moins de cent cinquante mètres, juste à l'endroit où devait se trouver la piste, elle vit aussi les flammes. Le vent poussait un écran de fumée en travers de la fenêtre. La foudre n'était pas tombée, mais là-bas en bas il y avait un incendie, elle en était sûre. Elle se leva de table, se saisit des jumelles accrochées à côté de la porte et gagna la passerelle pour voir de quoi il retournait.

Le vent lui coupa le souffle. L'univers entier avait pâli, était blanc au-dessus et blanc en dessous : elle était perchée sur un nuage, diaphane et fantomatique, elle vivait au milieu d'eux. Elle sentit distinctement la fumée dans le vent. Elle porta les jumelles à ses yeux et la neige l'empêcha de voir. Elle essaya une deuxième fois et ce furent ses cheveux qui frappèrent les lentilles. Cela lui prit un certain temps, mais là… il y avait des flammes qui bondissaient hors du cercle tourbillonnant de la neige. Un feu de camp. Sauf que… Non, c'était plus important, on avait entassé des arbres morts en pyramide… c'était un feu de joie, c'était délibéré, c'était un signal. La neige lui reprit ce qu'elle voyait. Elle avait les doigts gourds. Lorsque le feu de joie reparut à ses yeux, elle vit aussi un mouvement, comme une ombre qui sautait autour des flammes, les nourrissait et se délectait d'elles. Elle retint son souffle. Et vit le haut du Stetson tout pointu et comprit.

Il campait.

Sous la tente. Il pouvait en mourir, là… Il était fou, vraiment fou. Et si jamais ça virait au blizzard ? Si jamais il se mettait à neiger pendant des jours et des jours ? Mais non, monsieur campait. Et alors cela lui vint à l'esprit : c'était pour elle qu'il campait.

Plus tard, lorsque la tour sortit de la tempête en flottant, lorsque dans le poêle ouvert les charbons furent ardents, lorsque tout autour d'elle les ténèbres se posèrent comme une couverture, elle débrancha la radio et rangea son couteau dans le tiroir, à sa place. Puis elle se cala dans un coin du lit, au bord même de l'abîme, et regarda les flammes de son homme faire rage au cœur froid de la nuit. Il reviendrait, elle le savait enfin, et quand il reviendrait, elle serait prête à le recevoir.

Le Juliana

Elle avait tout juste seize ans et vivait encore sous l'aile de sa mère lorsque William Wamala s'en vint pour la première fois en ville avec sès rouleaux de tissus colorés. Marchand du nord, il avait traversé la grande étendue grise du lac si tôt le matin qu'on aurait dit un fantôme se dressant dans la brume. Imaginez-le donc, tout là-bas sur ce lac, ses cylindres de beau coton décoré au bâtik pendant mollement à la proue du bateau invisible, comme suspendu dans l'éther, pas un mouvement qu'on discernerait hormis celui, lointain, de ses bras qui montent et qui plongent, et tous les oiseaux qui crient, qui, saisis, regardent son torse nu s'élever comme par lévitation au-dessus du miroir des eaux immobiles. Les pêcheurs avaient été les premiers à le voir arriver. Ils étaient les yeux du village, tout comme les chiens en étaient le nez, — en jetant les filets à dagaa, ils lui avaient montré la paume de leurs mains afin de le saluer en silence.

Miriam, — c'était la fille unique d'Ann Namirimu et de feu Joseph Namirimu qu'un éclair avait frappé, réduit en cendres et vidé de ce monde alors qu'elle était encore petite enfant sanglée au dos de sa mère —, n'eut, au début, pas conscience de ce que le marchand était arrivé en ville avec les nouveaux motifs de la saison. A cette heure-là elle dormait encore, écrasée sous le poids de ses seize ans et de la soirée disco à laquelle elle avait assisté la veille au soir avec Tata Abusaga et Tonton Milton Metembe. Gladys Makuma, la meilleure amie de Tonton Milton étant venue, c'était avec elle que celui-ci avait dansé toute la nuit, pendant que Tata Abusaga dansait avec Miriam et un mur entier d'hommes qui, jeunes et vieux, faisaient tapisserie et

Titre original : « Juliana Cloth », publié par *The New Yorker* Traduction de Robert Pépin, 1997.

n'avaient de vivant que leurs yeux. On avait fumé, on avait bu de la bière et du whisky. Les basses cognaient fort, le rythme de la musique ne se perdait que lorsque, l'électricité faiblissant, tout le monde se tombait dans les bras en riant. C'était le paradis, comme dans les livres d'images, et dans son sommeil Miriam ne vivait que pour y retourner et danser à n'en plus pouvoir lever les pieds.

Ce fut le café qui la réveilla. Et les crêpes sur la plaque chauffante. Et le cocorico de coqs qui filaient. Sa mère, richement drapée dans son kanga de l'année précédente et fleurant bon le beurre et les draps tièdes, préparait le petit déjeuner avant de partir au siège du gouvernement où elle travaillait en qualité de secrétaire. Miriam se leva, et son chien se leva avec elle. Elle mangea avec sa mère en silence, assise à la table en bois poli comme si on l'y avait enchaînée.

Et lorsque sa mère fut partie, elle sortit un paquet de cigarettes d'un pli apparemment innocent de ses couvertures et, pour voir, s'en colla une au coin des lèvres. C'étaient des Top Club («Pour les hommes qui prennent des décisions définitives») qu'on lui avait glissées à la soirée disco, au beau milieu de la piste de danse, tandis qu'elle roulait les hanches et se démanchait les épaules au rythme de la musique. Et qui donc les lui avait glissées sans qu'on s'en aperçoive ni ne le lui demande, comme une manière de tribut? James Kariango, un garçon qu'elle connaissait depuis toujours, mais qui, maintenant âgé de dix-huit ans, avait les épaules aussi larges que celles d'un homme. Elle avait senti une main effleurer la sienne alors que tout un chacun s'agitait dans une confusion de bras et de jambes, — la sueur était un mur, les vapeurs de whisky montaient du bar improvisé, des nuages de fumée d'un bleu ombreux pendaient comme rideaux devant des fenêtres imaginaires et là il était, en train de danser avec une femme qu'elle n'avait jamais vue, et hop, la paupière gauche qui se ferme, il lui avait fait un clin d'œil.

Miriam n'avait jamais fumé. Sa mère s'y opposait. Les cigarettes étaient pour les gens du commun et Ann Namirimu n'avait rien de commun, — sœur d'un des plus grands conseillers du président, elle avait été éduquée dans la capitale —, et sa fille non plus. Sa fille était une jeune dame, l'une des huit, et seulement huit, demoiselles du village à fréquenter le lycée. A elle de se conduire comme une dame à tout instant ou d'essuyer, roulant tonnerre et coups soudains, les colères de sa mère. Libre à Tata Abusaga et Tonton Milton Metembe de ne voir aucun mal à une soirée disco pour une jeune dame, Ann Namirimu, elle, pensait le contraire et c'était à son corps défendant qu'elle avait laissé sa fille y aller. Et voilà : Miriam s'était calé la cigarette entre les lèvres (et regardée sous tous les angles dans la glace), Miriam ne put s'empêcher d'en embraser le bout avec une allumette. Piquante et douce, la fumée lui envahit la bouche et y enfla jusqu'à ce qu'elle l'exhale, comme un vrai troupier. Si elle n'aspira pas la fumée dans ses poumons, et n'aima pas vraiment le goût qu'elle avait, elle fuma sa cigarette jusqu'au bout et sans cesser de s'observer dans la glace, gagna la cour et y enterra précautionneusement son mégot dans un endroit où sa mère ne pourrait pas le trouver.

Après quoi elle donna à manger au chien, nettoya les sets de table et s'habilla pour l'école dans un rêve tout entier tourné vers les pulsations de la musique disco et les mouvements de corps libérés. Puis, pieds nus, ses chaussures dans une main et son cartable plein de livres et de papiers dans l'autre, elle partit pour l'école en se disant qu'elle ferait peut-être bien un petit tour par le marché, pour voir.

Il était encore tôt, — dans les arbres les rayons du soleil étaient longs et, rayés et tachetés, tous les chiens de la ville s'étiraient et baillaient dans les rues —, mais là, au marché, on se serait cru à midi. Tout le monde s'y était donné rendez-vous. Les paysannes avec leurs patates douces et leurs tomates dans des paniers ou posées sur des tapis de paille, un type avec du colobe et des pangas aiguisées pour tuer, les pêcheurs avec leurs tilapies et leurs poissons-tigres attrapés de frais, les bouchers de troupeaux et de gibier et les grands synodes de mouches qui s'étaient rassemblées pour goûter aux douceurs humides des carcasses pendant à leurs crochets de métal. Et les artisans aussi, — les femmes qui vendaient de grands bols en plastique jaune et orange vif, des pots, des tapis, des couvertures et du tissu. Surtout du tissu. Et c'était là que Miriam l'avait trouvé, William Wamala, le très souriant, très beau et très convaincant jeune homme et florissant entrepreneur du Nord avec ses beaux imprimés de coton, son Juliana.

Car c'était ainsi qu'on avait baptisé la chose ce matin-là, alors que la foule s'était rassemblée autour de son stand, savoir une table branlante, et encore, installée tout au bout de la place du marché, là où personne ne s'inquiétait de rien : le Juliana. Là il se tenait, debout derrière sa table, avec son mètre, ses ciseaux et, comme balafrées du jaune papaye le plus pâle et du rouge sang le plus vif pour faire contraste, ses pièces de coton d'un bleu si profond qu'on s'y noyait. « Combien, le Juliana ? » avait demandé une femme, et dès qu'elle avait posé cette question, tout le monde avait su que c'était bien le nom qui convenait. Parce que, au contraire de tous ceux qu'on avait vus auparavant, cet imprimé n'avait pour motifs ni fleurs, ni oiseaux, ni palmes, ni même les dessins géométriques qui étaient devenus si populaires ces dernières années, mais un nom, — un nom anglais, un nom aussi fièrement imprimé que les couleurs susmentionnées qui filaient en zigzags fous sur son champ d'azur. « Juliana » pouvait-on lire dessus. « Juliana, Juliana, Juliana ».

Dès qu'elle le vit, Miriam en voulut. Tout le monde en voulait. Tout le monde voulait être le premier à se montrer dans les rues ou au disco paré d'un kanga taillé dans ce tissu aussi scintillant que séduisant. Mais celui-ci était cher. Très cher. Et seul William Wamala en vendait. William qui, à l'épreuve, était un jeune homme très affectueux et compréhensif, tout à fait désireux de marchander et troquer quand les shillings manquaient à l'appel, allant même jusqu'à accepter les pots de miel, le dagaa séché, la bière, le whisky et les cigarettes en guise de paiement, prêt, surtout ça, à échanger, pourvu que ce fût avec une beauté, son Juliana contre ce qu'on pourrait considérer comme le bien qui, certes le plus précieux de ces dames, ne leur coûtait que le plaisir de l'échange.

Le surlendemain matin, lorsqu'elle alla faire un tour au marché, le jeune homme y était toujours, mais autour de lui la foule était moins dense et les rouleaux de tissu avaient beaucoup diminué. William Wamala s'était renversé dans un fauteuil en rotin tout neuf et, les jambes croisées au niveau des chevilles, avait posé ses grands pieds sur la table jonchée de bouts de tissus. Il avait le sourire un rien hagard et tenait une bière à ses lèvres comme s'il s'agissait d'un bijou.

— Bonjour, petite demoiselle, lui lança-t-il de sa voix de basse forte et chantonnante en la voyant debout devant lui, son cartable à la main et flanquée de deux femmes à gros bras et kangas aussi anciens et pas beaucoup plus beaux que poussière.

Elle le regarda dans les yeux. Il n'y avait rien à craindre : Beryl Obote, quinze ans et resplendissante dans son Juliana, lui avait tout dit de lui, comment il fredonnait et chantonnait en ôtant leurs habits aux filles, combien il était insatiable aussi, — à croire que c'était son dernier jour sur terre.

— Bonjour, lui renvoya-t-elle avec un grand sourire. Je voulais juste savoir combien valait le juliana aujourd'hui.

— Pour toi ? lui demanda-t-il en ne se donnant même pas la peine d'enlever ses pieds de dessus la table.

Elle vit bien un soupçon d'intérêt monter dans les profondeurs de ses yeux, mais, tel un poisson solitaire, il retomba vite dans la boue. William Wamala était rassasié, gonflé de boisson, de drogue et de nourritures riches, William Wamala avait l'entre-deux tellement à vif que c'est à peine s'il arrivait à marcher et Miriam n'était pas une beauté, et le savait. Elle agrandit encore les yeux. Et retint son souffle. Pour finir, tandis que les deux femmes à gros bras se chamaillaient de leurs voix flûtées et que le soleil sautait par-dessus les arbres pour s'emparer du visage de la jeune fille, il lui donna un prix. En shillings.

La première à tomber malade fut Gladys Makuma, la grande amie de Tonton Metembe. Cela se produisit pendant les longues pluies d'avril, beaucoup de gens étaient malades, personne n'en pensa grand-chose au début.

— Qu'elle se repose, insista, le visage aristocratique en longue dalle de pierre, la mère de Miriam. Qu'on lui donne du thé au citron, du miel et de la tisane le soir et elle sera sur pied dans pas longtemps.

Mais la mère de Miriam se trompait.

Avec Tata Abusaga et Tonton Milton, Miriam gagna la jolie maison en torchis et bardeaux de Gladys Makuma afin de lui apporter du bouillon de bœuf et tout le réconfort dont ils étaient capables et, en entrant dans la cour, ils tombèrent sur Lucy Mawenzi, la doyenne des guérisseuses du coin ; visiblement secouée et le visage gris, celle-ci sortait de chez la malade. A l'intérieur, on avait commencé à veiller Gladys bien qu'elle ne fût pas encore morte. Entourée par ses enfants, son mari et ses sœurs au visage de pierre, elle s'était recroquevillée en elle-même tel un objet préhistorique dans la poussière. De sa figure on ne voyait plus que les narines et les yeux, ses chairs n'étaient plus que chairs de mommie et ses mains reposaient sur les draps comme des griffes. Fini les soirées disco pour elle, plus question de jamais partager un whisky avec Tonton Milton Metembe dans quelque bateau plongé dans l'obscurité et voguant sur quelque lac d'un noir de poix. L'optimiste même le voyait bien, et Miriam en était une, — sa mère l'exigeait.

Avec Beryl Obote, ç'avait été encore pire parce que du même âge qu'elle, la jambe maigre et l'œil en soucoupe, Beryl était une demoiselle qui portait ses cheveux à la chien fou et avait le rire tellement contagieux qu'elle pouvait jeter une classe entière au chaos rien qu'en ouvrant la bouche. Un après-midi qu'elle rentrait du marché, — les rues ressemblaient à de la soupe de boue et des armées entières de bestioles rampaient sur tout ce qui était surface fixe —, Miriam l'avait repérée dans la foule devant elle, son habit de Juliana tel océan qui s'éveille et ses cheveux sombre tempête rôdant au-dessus. Mais quelque chose n'allait pas. Beryl avançait en titubant d'un côté puis de l'autre, à tout petits pas, la foule s'écartant sur son passage comme si elle était saoule. Elle ne l'était pas et pourtant, lorsqu'elle tomba par terre et s'enfonça dans la boue comme si ses jambes avaient fondu sous elle, Miriam vit bien qu'elle avait les yeux aussi rouges que la dernière des pochardes. Elle tenta de l'aider à se relever, — au diable le baquet jaune de matoke, le riz et les haricots que sa mère l'avait envoyée chercher —, mais Beryl fut incapable de se remettre debout et là, tout autour d'elle il y avait une puanteur abominable.

— Ce que je peux être gênée ! dit la jeune fille, et c'est vrai que, même à ne pas les sentir, on les voyait bien, le sang et la diarrhée qui traversaient ses vêtements d'un bleu intense pour s'enfoncer dans la boue fétide et foulée aux pieds.

Après ça, tout le monde tomba malade : celles qui avaient

acheté le juliana avec leurs faveurs, les maris et les grandes amies de leurs maris, sans parler de tous les hommes qui avaient fréquenté certaine serveuse du disco, — celle qui portait un kanga des bleu, rouge et jaune papaye de la déchéance. Il y avait sorcellerie, c'est ce qu'on crut d'abord, mauvais sort que William Wamala avait jeté après avoir traversé le lac en s'en venant du pays de l'ennemi ancestral, — William Wamala était un sorcier, William Wamala pratiquait la magie noire, sous ses dehors de beau jeune homme affectueux, William Wamala n'était qu'un mauvais esprit. Mais il apparut vite qu'aucun sort, aussi puissant et de grande portée fût-il, ne pouvait affecter autant de gens à la fois. Non, c'était à une maladie qu'on avait affaire, une parmi tant d'autres dans une région qui en était déjà saturée, une maladie à laquelle il parut rien moins que naturel de donner le nom de « mal de juliana », comme le tissu qui l'avait apportée.

D'habitude, cela commençait par des maux de tête et des frissons ; après, c'étaient les intestins qui se relâchaient et le patient se mettait à dépérir. On pensait à la malaria, à la tuberculose ou au marasme, mais il n'en était rien. C'était quelque chose de nouveau. Quelque chose qu'on n'avait encore jamais vu et tous ceux qui l'attrapaient, — femmes et hommes dans la fleur de l'âge, jeunes filles comme Beryl Obote —, terminaient leur carrière dans un linceul en écorce, puis dans la tombe avant que deux mois aient pu s'écouler.

Tonton Milton Metembe et Tata Abusaga l'ayant attrapé en même temps, au jour près ou peu s'en fallut, Miriam s'installa dans leur maison pour s'occuper d'eux, en mourant de peur que l'infection ne l'atteigne. Elle leur prépara de la soupe et du riz dans la puanteur d'excréments qui filaient comme de l'eau sale ; elle balaya partout, changea leurs draps souillés et leur lut des passages de la Bible et des bandes dessinées. La nuit, les rats bruissant dans le chaume et les choses des ténèbres élevant la voix et se lançant dans des hurlements impossibles, c'était au plus profond d'elle-même qu'elle tombait en écoutant la respiration torturée de son oncle et de sa tante.

Alors des médecins débarquèrent d'Amérique, de France et d'Angleterre, des blancs en tabliers blancs, certains qui étaient presque blancs en étant encore plus étranges, comme si on les avait trempés dans le lait qui fait la vie blanche. Ils sucèrent le sang de tous comme des vampires, un flacon après l'autre, jusqu'à ce que le malade et le faible tremblent rien qu'à les voir, mais rien, il n'était toujours aucune cause ou thérapie en vue, les cadavres s'empilaient et les orphelins gémissaient. Puis, un jour, les médecins s'en allèrent et le gouvernement fit une déclaration à la radio et dans les journaux. Le mal de Juliana, annonça-t-il en substance, était effectivement quelque chose de nouveau et, très virulent et presque toujours fatal, ne se transmettait pas par le tissu ou les sortilèges, mais dans le contact sexuel. Grâce aux efforts acharnés du gouvernement, des distributions de préservatifs allaient être immédiatement organisées dans toutes les villes et dans tous les villages, chaque homme et chaque femme, chaque épouse et chaque fille et grande amie se devant d'être protégé chaque fois qu'il y avait union sexuelle. Il n'y avait pas moyen de procéder autrement, il n'y avait pas d'autre espoir en dehors du célibat des prêtres, de la condition de vieille fille ou de l'abstinence pure et simple.

La nouvelle ébranla le village. C'était impensable. Ces gens-là étaient pauvres et n'avaient ni cinémas ni supermarchés ni grosses voitures qui brillent pour les distraire, — ils n'avaient que leur assiettée de dagaa, leur verre de bière et la baise, et tous les grands amis ayant de grandes amies, il n'était pas possible d'arrêter ça, même sous peine de mort. Sans compter que les préservatifs qu'on avait promis n'arrivaient pas et que quoi ? l'homme véritable et la femme sensible permettre qu'un froid morceau de latex vienne se coller entre le plaisir et eux ? On continua, jusqu'à la provocation ou presque, en tentant le sort, en le mettant au défi, inébranlable on fut dans sa conviction que jamais on ne serait atteint même si le reste du monde se fanait et crevait dans tous les coins. La boîte disco resta aussi bondée que jamais, les ventes de bière et d'alcool de palme firent un bond spectaculaire, et les cadavres dérivèrent du lit d'agonie au cimetière en une procession ininterrompue. Toutes choses étant égales par ailleurs, l'heure était à la dénégation.

La mère de Miriam en était indignée. A ses yeux, cette réaction était rien moins que suicidaire. Vu la position qu'elle occupait au gouvernement on l'avait chargée de diriger la campagne locale en faveur des rapports sexuels protégés, c'était donc à elle que revenait la tâche de répandre la mauvaise nouvelle. Bien que les préservatifs en soient toujours au stade de l'arrivée prochaine à cause de certains problèmes de logistique propres à la capitale, elle tapa un avertissement qu'elle reproduisit mille fois, un fac-similé de l'original pendant bientôt avec mollesse à tous les arbres, poteaux et panneaux d'affichage de la ville. « Aimez avec précaution », recommandait-il, et « Interdiction de brouter », — ce dernier slogan emprunté à l'une des innombrables campagnes agricoles et prêtant passablement à confusion. En petits caractères, on y décrivait les ravages de cette chose minuscule et très dangereuse, de ce virus (entité pour laquelle il n'y avait pas de mot dans le dialecte local) qui faisait tant de mal aux villageois, aux habitants de la campagne environnante, jusqu'à ceux qui vivaient dans la capitale. Personne ne pouvant louper ces avertissements et exhortations omniprésents, il aurait fallu être aveugle pour ne pas savoir la plaie qui sévissait au sein de la population. Et sourd également. Parce que jour et nuit le chœur des lamentations jamais ne cessait et qu'on pouvait l'entendre de tous les coins du village, jusques et y compris dans les brumes du lac, où, frêle et régulier, il était gémissement d'insecte que seuls brisaient les rythmes désespérés de la boîte de disco.

— Du suicide ! gronda un matin la mère de Miriam devant son petit déjeuner.

Revenue de chez sa tante et son oncle parce qu'il n'y avait plus de raisons d'y rester, sa fille essaya d'enterrer les yeux dans son porridge.

— Conduite aussi dégoûtante qu'irresponsable ! reprit Ann Namirimu. C'est à se demander si toute la ville n'est pas devenue folle.

Encore jeune, le jour se révélait entièrement dans les bras de dentelle de l'acacia à écorce jaune dans la cour de devant. L'air coupable, le chien de Miriam leva la tête de dessus son tapis dans un coin de la pièce. Quelque part un coq chanta.

Une longue minute s'écoula, ponctuée par les grincements de la cuiller dans l'assiette creuse, puis, furieuse, sa mère quitta la table et jeta sa tasse dans la bassine à vaisselle. C'était contre Miriam que toute sa fureur était dirigée, comme si à elle seule sa colère pouvait ériger une barrière infranchissable entre une adolescente et James Kariango aux doigts tachés de nicotine.

— Ils ne valent pas mieux que les bêtes du bush, siffla-t-elle encore.

Puis, les épaules tassées et le regard qui ricoche, elle traversa la pièce en tapant des pieds et interpellant les murs et l'air surchargé de moustiques.

— Pas une once de retenue, ne parlons même pas de respect de soi !

Miriam ne l'écoutait pas. L'éloquence de sa mère était aussi vide que le sceau au fond du puits asséché. Comme si elle savait de quoi elle parlait ! L'amour, pour sa mère, n'était plus qu'un souvenir. « Une démangeaison », qu'elle appelait ça, comme si c'était quelque chose qu'on attrapait en effleurant une feuille empoisonnée ou un bouquet d'orties, sauf qu'elle, d'après ce que Miriam en voyait, les démangeaisons, elle n'en avait plus et aurait préféré avoir une hyène plutôt qu'un grand ami dans son lit. Miriam comprenait ce qu'elle lui disait, bien elle entendait la peur qui suintait dans la férocité des messages qu'elle lui répétait d'une voix à fendre le crâne et oui, elle savait aussi la chance immense qui avait été la sienne lorsque William Wamala ne l'avait pas trouvée assez jolie pour qu'il s'occupe d'elle. Tout ça elle le comprenait, et avait peur, et, oui encore, les regards suppliants de Beryl Obote, de Tante Abusaga et de Tonton Milton Metembe et tout le reste dérangeaient ses rêves et faisaient qu'elle accélérait l'allure en traversant la place du marché, mais lorsque, un quart d'heure plus tard, James Kariango sortit de sa maison et porta deux doigts jaunis à ses lèvres pour siffler comme l'oiseau inoffensif, elle fut hors de chez elle avant même que la sueur ait pu lui monter sous les bras.

La première fois qu'il était venu, — indestructible avec ses épaules neuves il était, crâneur qui a confiance en lui et tripote une fine chaîne en argent autour de son cou —, la mère de Miriam l'avait pourchassé jusqu'en bas des marches en brandissant un couteau à éplucher et insultant si fort les arbres que dans le quartier toutes les têtes s'étaient tournées et les oreilles dressées. D'une certaine manière, prendre soin de Tata Abusaga et de Tonton Milton Metembe avait été le châtiment que Miriam avait subi pour avoir séduit un garçon pareil, — non, un garçon tout court. Là, écrasée sous le poids de leur affliction, au milieu des morts vivants, elle avait été en sécurité. Sauf que maintenant elle était de nouveau chez elle et que, les mois ayant passé, parfait spécimen qu'il était, James Kariango était devenu irrésistible.

Sa mère était partie travailler. Son chien dormait. Le monde entier avait les yeux tournés sur le marché, la lessive et des centaines d'autres choses encore. Il était tôt, très très tôt, et les lèvres de James Kariango avaient le goût du fruit le plus sucré, de la mangue et de la papaye, du jus qui goutte de l'ananas coupé de frais. C'est là, derrière la maison, qu'elle l'embrassa, là où les fleurs étaient épaisses, là où les lézards filaient dans la poussière la queue haut dressée pour dire quelque triomphe fugace. Puis, qu'au bout d'un long moment, tous les pores de son corps ouverts comme la plante du désert au premier signe de pluie, elle l'entraîna à l'intérieur.

Il fut très solennel. Très doux. Pas un frôlement qui ne fût électrique, pas un seul de ses doigts qu'il n'ait collé dans quelque prise interne, et son visage brillait comme la boule au plafond du disco. Elle le laissa lui ôter ses vêtements et, peur et jouissance anticipée, le regarda enlever son caleçon et se révéler à elle. La peur était réelle. Palpable. C'était de l'entier de sa vie qu'il en allait. Mais alors il la coucha dans le berceau familier de son lit et sur elle il se tint dans toute sa gloire et… ah ! que c'était bon !

Nos remerciements aux revues qui ont publié à l'origine certaines nouvelles contenues dans ce recueil :

Antaeus, *The Antioch Review*, *The Atlantic Review*, *Esquire*, *Gentleman's Quarterly*, *The Georgia Review*, *Granta*, *Harper's*, *The New Yorker*, *The Paris Review*, *Penthouse*, *Playboy*, *Tri Quarterly* et *Wigwag*.

Remerciements pour l'autorisation de reproduire des extraits des œuvres suivantes :

« I Shot the Sheriff » de Bob Marley. Copyright © 1974 Fifty-Six Hope Road Music, Ltd., et Odnil Music, Ltd. Tous droits réservés.

« Poem Without a Hero » d'Anna Akhmatova extrait de *Poèmes de Akhmatova* traduits en anglais par Stanley Kunitz et Max Hayward. © 1972, Stanley Kunitz et Max Hayward. Reproduit avec l'autorisation de Darhansoff & Verrill Literary Agency.

« Don't Be Cruel » de Otis Blackwell et Elvis Presley. Copyright © 1956, Unart Music Corporation. Droits cédés à CBS Catalogue Partnership. Tous droits contrôlés et gérés par CBS Unart Catalog, Inc. Tous droits réservés. Propriété internationale garantie. Reproduit avec l'autorisation de CBS Songs, a Division of CBS Inc.

« Houng dog » de Jerry Leiber et Mike Stoller. Copyright © 1956, Elvis Presley Music et Lion Publishing Company, Inc. Copyright renouvelé et cédé à Gladys Music, Inc., et MCA Music. Géré aux USA par Chappell & Co., Inc. (Intersong Music, Publisher). Propriété internationale garantie. Tous droits réservés. Reproduit avec l'autorisation de Chappell/Intersong Music Group-USA.

« Heartbreak Hotel » d'Elvis Presley, Mae Boren Axton et Tommy Durden Copyright © 1956, Tree Publishing Co., Inc. Copyright renouvelé. Propriété internationale garantie. Tous droits réservés. Reproduit avec l'autorisation de Tree Publishing Co., Inc.

TABLE

Achevé d'imprimer en janvier 2000
sur presse Cameron
par ***Bussière Camedan Imprimeries***
à Saint-Amand-Montrond (Cher)
pour le compte des éditions Grasset
61, rue des Saints-Pères, 75006 Paris

N° d'Édition : 11408. N° d'Impression : 2689-995249/4.
Dépôt légal : janvier 2000.

Imprimé en France
ISBN 2-246-40221-2